KB234979

세 번째 아내

세 번째 아내

초판 1쇄 인쇄 2013년 8월 8일
초판 1쇄 발행 2013년 8월 9일

지은이 김지오 ㅣ 펴낸이 강성욱 ㅣ 책임 기획 전주예 ㅣ 카피라이터 김근배 ㅣ 마케팅 손주영
일러스트 손정민 ㅣ 로고 김미현 ㅣ 교정 임성희, 류주영 ㅣ 디자인 이선영
펴낸곳 테라스북 ㅣ 등록 제381-2003-000040호
주소 (134-826) 서울시 강동구 동남로 65길 13 2층
전화 070-4794-5826 ㅣ 팩스 0505-911-5826
블로그 http://terracebook.blog.me ㅣ 전자우편 terracebook@naver.com
ISBN 978-89-94300-24-5 (03810)

ⓒ 김지오 2013 Printed in Korea

테라스북은 오름미디어의 임프린트 브랜드입니다.

이 도서의 국립중앙도서관 출판시도서목록(CIP)은 e-CIP 홈페이지(http://www.nl.go.kr/ecip)에서
이용하실 수 있습니다. (CIP제어번호: CIP2013011711)

세 번째 아내

김지오 장편소설

CONTENTS

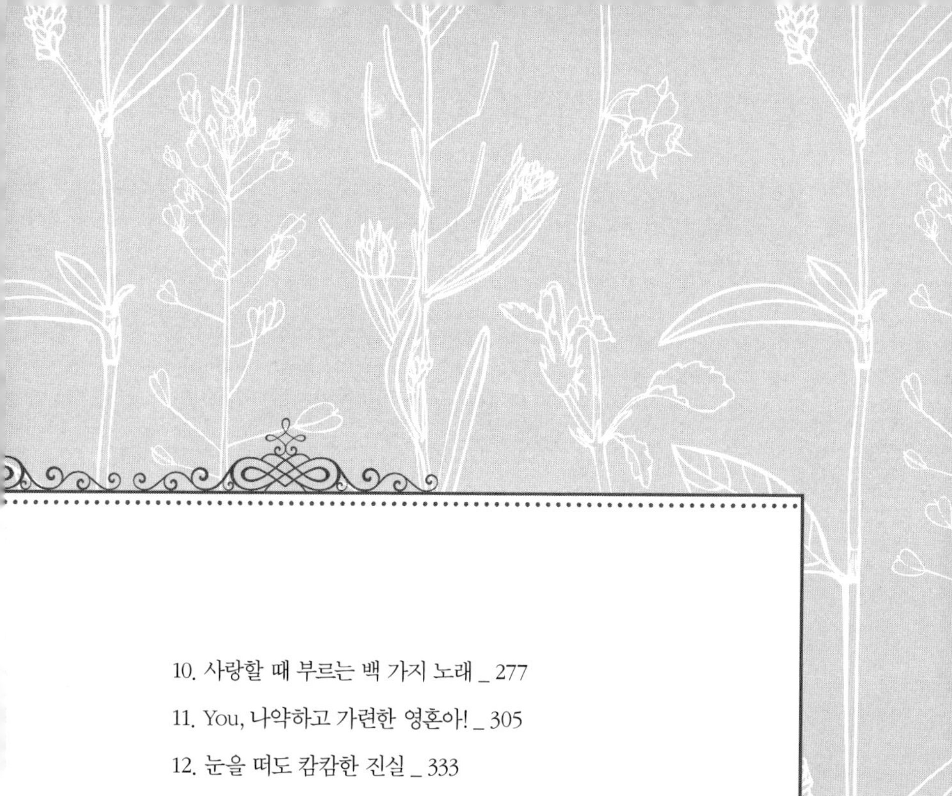

예전에 누구한테 들은 얘긴데,
우주는 말이에요,
하나의 끈으로 전체를 묶을 수 있는
둥근 모양이래요.
생각해 봐요.
내가 여기서 길고 긴 끈을 던져서
우주를 한꺼번에 묶어 버리는 건데,
돌고 돌아서
그 끈이 당신 손에
도착하는 거예요.

네가 갇혀 있는 아름다운 세계

남해안의 어느 개펄 해변.

늦은 오후, 일렁이는 오렌지 빛의 수평선을 따라 미친 것처럼 밀물이 밀려 들어오고 있었다. 길게 내뿜은 담배 연기가 채 허옇게 사라지기도 전에 차가운 바닷물이 남자의 발목을 간질였다.

"네, 네, 나갑니다요."

남자는 투덜대며 삼각대를 접었다. 물기를 흠뻑 머금은 개펄 위로 남자의 긴 그림자가 마치 거울처럼 반사되어 부산하게 움직였다. 남자는 재빠르게 자기 물건을 챙겨 쫓기듯 뭍으로 향했다. 그러다 문득 고개를 들어 맞은편 바위 언덕을 바라보았다. 수십 미터는 되어 보이는 높이에 허연 바위 몸체를 드러낸, 말하자면 흔하디흔한 바닷가의 바위 언덕일 뿐이지만……

"또냐."

훅 내뱉은 담배 연기가 밀물에 밀려온 바닷바람에 산산이 흩어져 버렸다. 이어 남자는 무명지와 엄지로 담배 끝을 털어 내고 황급히 언덕을 향해 뛰기 시작했다. 그사이 개펄 위로 떨어진 담뱃재에 칠게 몇 마리가 달려들었다.

"고수레."

물을 먹어 질퍽대는 등산화에 짜증을 내며, 담뱃진에 절어 버린 폐를 달래 가며, 남자는 경사 가파른 바위 언덕으로 내달렸다. 바위 끝에 서서 오렌지 빛 노을을 향해 위태롭게 흔들대는 하얀 그림자에게.

힘겹게 올라선 언덕 위에는 온통 오렌지 빛으로 익어 버린 그림자 하나가 등을 지고 서 있었다. 가방이며 짐을 지고 메고 드레스 커버를 품에 안고 있는 어수선한 품새가 딱 봐도 가출한 행색이었다.

반짝반짝 얕은 물이 밀려드는 황금빛 바다에서 드센 바람이 불어 닥쳤다. 그 바람을 오롯이 맞으며 위태롭게 휘청거리는 오렌지 빛의 그림자는…… 여자였다.

젠장, 어느 죄 많은 사내 녀석이 저 여자를 이곳까지 떠밀었을까. 먼 어딘가에서 상처받고 굳이 이 외딴 곳에 왔을 거다. 죽으려고. 이 바위에서 서럽도록 아름다운 낙조를 바라보다 밀물 들어온 바닷물로 풍덩하는 게 요즘 유행이란다. 그런 것도 유행이라고 불러야 할까 모르겠지만. 인터넷이란 요망한 것이 퍼뜨린 '자살하기 아름다운 곳'으로 소문나는 바람에 '백음대(百音臺)'란 멀쩡한 이름조차 잊힐 판이었다.

"어이!"

일단 부르긴 했는데 쉽게 말이 나오진 않았다. 남자는 허리를 꺾어 가쁜 숨을 연신 내쉬었다. 담배를 끊어야 하나 보다. 겨우 그거 올라왔다고 이렇게 숨이 차다니. 남자는 벌렁벌렁 예사롭지 않게 뛰는 심장을 움켜쥐고서 간신히 허리를 곧추세웠다. 그리고 분명히 인기척을 느꼈을 텐데도 못 들은 척, 안 들은 척하는 오렌지 그녀에게 삐딱하니 말을 걸었다.

"거기서 죽어 봤자 게들 배나 불리게 될걸."

조롱하듯 무심한 듯, 그러나 사실을 전하는 사람 특유의 찬찬함까지…… 도저히 무시하려야 할 수 없는 말투였지만, 그녀는 등을 빳빳하게 세운 채 수평선만 응시하고 있었다.

"안 믿네?"

물을 먹어 무거워진 구둣발 소리가 저벅저벅 몇 번 나고, 남자는 여자의 등 뒤에 서서 길게 팔을 뻗었다. 여자의 흠칫 놀란 기색 따위는 무시한 채 찬찬한 설명이 이어졌다.

"봅시다. 저기 저거, 저기 개펄 위에 수도 없이 널려 있는 점점이 작은 것들 말입니다. 뭔지 알아요? 저게 다 게들이에요. 게 알죠? 발 열 개 달리고 옆으로 걷는 거. 저런 게 저기에 못해도 수천, 수억만 마리는 있는데 말이지. 저 작고 볼품없는 생명들이 부지런하기는 또 얼마나 부지런한지."

여자가 일단 귀를 기울이고 있다는 것을 흘끗 확인한 후, 남자는 여자의 귓전에 대고 나직하고 음산하게 속삭였다.

"키우던 똥강아지가 죽어서 처치 곤란하던 차에 밤새 내던져 두면 아침녘에는 뼈만 남아 깨끗해지고, 자살한 젊은 여자도 하루 온종일만 지나면 마치 누가 자살이라도 했더냐 싶게 알뜰살뜰 깨끗이 살을 발라 먹어치워 버릴 정도다, 이거지."

"헉."

여자는 저도 모르게 온몸에 게 수만 마리가 들러붙어 알뜰살뜰 살점을 발라 먹는 환상에 빠져들었다. 그때 마침 가까운 어디선가 커다란 두루미 몇 마리가 푸드덕거리며 날아올랐다. 다행이었다. 그 소란스러움에, 까딱하면 남해안의 아름다운 낙조를 배경으로 호러 영화한 편 찍을 뻔했던 여자가 현실로 돌아왔으니.

"왜 이래요! 절루 가요!"

남자는 여자가 정수리에 걸쳐 둔 선글라스를 부랴부랴 내려 끼면서, 아닌 척 눈물 자국을 훔치는 것을 알아차렸다. 그는 가만히 왼손으로 여자의 고개를 틀어 경고 표지판을 보여 주었다.

"앗! 차가워! 무슨 손이 얼음장……. 어?"

선글라스 속에서 무슨 생각을 하는지 여자는 잠시 넋을 놓더니 곧 밭은 숨을 들이켰다.

"저게 뭐예요?"

"읽고서도 뛰어내리겠다면 굳이 안 말리겠지만."

남자는 정말 그럴 생각에 그대로 돌아섰다. 한 걸음, 두 걸음……. 여자가 소리쳤다.

"말도 안 돼!"

살겠다, 이 여잔. 경험상 저렇게 딱 잡아떼는 타입은 아직 결심이 굳게 서지 않은 경우였다. 어떻게든 구조자에게 생떼를 쓰며 이곳을 떠나려 할 것이다.

"아니거든요? 아니, 난 그저, 택시를 타고 온 거거든요? 기사 아저씨가요……."

여자가 횡설수설하며 남자에게 따라붙었다. 하지만 남자는 아까부터 심장이 뻐근하고 영 불편해서 이미 오렌지 그녀에겐 흥미가 사라져 버린 참이었다.

"제가요, 공항에서 바람맞았거든요. 택시 집어타고서 기사 아저씨한테 지금 딱 죽겠다고, 너무너무 속상하다고, 하소연은 했어요. 그냥 하소연이요. 근데요, 아아, 아니거든요?"

으음, 택시 기사가 정서 불안정한 젊은 여자 손님을 유명한 자살 바위에다 떨구고 갔다? 남자는 비웃음조차 아까워 묵묵히 발걸음을 옮겼다. 그러고는 터덜터덜 비탈길을 내려가면서 생각했다. 이 귀찮은 짓을 언제까지 해야 할까. 바리케이드를 쳐 봐도, 철조망을 쳐 봐도 다 소용없었다. 잊을 만하면 누군가 아득바득 저 언덕을 올라간다. 그렇게 끈질기게 죽을 생각이면 차라리 살아 볼 것이지. 남자는 왠지 먹먹해져서 먼 하늘가를 올려다보았다. 죽기엔…… 너무나 아름다운 오렌지 빛 하늘이 핏빛으로 익어 가고 있었다.

갑작스런 경찰차의 경광등 소리에 민재는 퍼뜩 정신을 차렸다. 경찰차 뒤에 택시가 멈춰 섰고, 아까 민재를 태워다 준 택시 기사가 죄책감 가득한 얼굴로 달려왔다.

"오메, 다행이네! 참말로 다행이네! 아직 안 죽었네!"

헛. 웃음이 나고, 눈물도 났다. 이곳 사람들은 정말로 오지랖이 넓은가 보다. 민재를 구조해 준 남자는 벌써 저만치 언덕을 내려가고 있었다. 거짓말이 아니었다고 한마디 해 두고 싶지만, 민재는 고개를 설레설레 가로저으며 기사에게 다가가다 어깨 너머 하늘을 돌아다보았다.

싱숭생숭한 사람의 마음을 갈기갈기 찢어발기던 오렌지 빛 하늘이 어느덧 핏빛으로 물들어 있었다. 카메라를 가방 깊숙한 데다 넣어 둔 게 너무 아쉬웠다. 아니, 이제 이곳에서 살아가야 하니 저 노을을 사진에 담을 날도 많고 많을 것이다. 아쉬워 말자. 저 하늘은 내일도 또 붉게 물들 테니까.

헛헛한 마음을 바람에 날리고 민재는 선글라스를 다시 정수리로 쓸어 올렸다. 마스카라가 뭉개지지 않게 조심조심 눈물 자국을 손끝으로 토닥거렸다. 그리고 순식간에 얼굴 가득 환한 웃음을 머금고서 밝게 소리쳤다.

"기사님! 아, 다행이다! 어딘지도 모르는 데다 떨구고 가시면 어떡해요!"

돌아갈 일이 막막했는데, 타고 갈 차가 생겼다. 좋게 좋게 생각하자.

택시로 달려가는 몇 걸음 사이에 민재는 비탈길 아래에 있는 키 큰 남자를 슬쩍 힐끔거렸다. 비록 오해였긴 했어도 사람을 살리려고 노력한 점은 찬사받을 일이었다. 물론 내용까지 칭찬해 주고 싶을 만큼 숭고하고 아름다웠다면 더 좋았겠지만. 에이, 또 볼 것도 아닌데. 민재는 칙칙했던 만남의 여운을 툭툭 털어 내고 홀가분하게 택시에 다가섰다. 기사와 함께 트렁크에 짐을 옮겨 실으며 영 어이없었던 속내를 털어놓았다.

"와아, 덕분에 신고식 제대로 치렀네요. 자살 바위가 뭐야. 제가 자살할 사람 같았어요? 아무리 자살할 것 같아 보였대도 진짜로 실어다 주심 안 되죠. 안 그래요?"

기사는 극구 죄송하다며 시내까지 공짜로 태워다 주겠다고 했다. 잡다한 짐을 트렁크에 싣고서 민재는 어두워져 가는 하늘에 대고 입속말을 웅얼거렸다.

"네 시간 꼬박 기다리게 하고…… 만나기만 해. 오늘 이 수모는 몽땅 되갚아 준다."

한편 인욱은 어슬렁대며 다가오는 낯익은 경찰관을 기다렸다. 작은 무궁화 두 개를 단 경찰이 사뭇 절도 있는 경례 동작을 붙이며 키가 큰 인욱을 올려다보았다. 사실 그는 정말 큰 키였다. 까무잡잡한 피부에 선명한 이목구비가 놀랄 만큼 위압적이고 매서운 분위기였다. 자리 보존에 도가 튼 노회한 중년의 경찰마저 뒷골이 찌릿찌릿해질 정도로.

"이번에도 한 생명 살리셨습니다요. '훌륭한 시민 상' 꼭 드리고 자푼데 자꾸 반려하시니."

"수고하십시오."

더 할 말이 없어서 인욱은 중년의 경찰에게서 담담히 돌아섰다. 그러다 마침 택시에 올라타는 아까 그 여자 쪽을 힐끔 바라다보았다. 설마 택시 기사가 진짜로 그런 어처구니없는 짓을 했을 줄은. 물론 저 여자가 거짓말한 건 아니었지만 분명히 눈물도……. 그런데 여자가 선글라스를 벗은 얼굴로 거짓말처럼 반짝반짝 웃으며 기사에게 뭐라 뭐라 하는 거다. 상냥한 웃음 가득한 하얀 얼굴이 인욱의 시야에 파고들었다. 그러자 시간도 멈추고 숨도 멈추고 온몸도 얼어붙었다. 오로지 심장만…….

"서! 멈춰! 대체 어떻게! 멈추라니까! 야!"

인욱은 귀신에 홀린 듯 택시의 뒤를 쫓았다. 머리 없이 다리만 있는 것처럼, 오로지 하얀 얼굴 그 하나를 향해 미친 듯 내달렸다. 어떻게, 어떻게 저 얼굴이 눈앞에 나타났을까!

“동은아!”

죽자 사자 내달려도, 온 사방이 떠나가라 소리쳐도, 하얗게 웃는 얼굴을 태운 택시는 이미 저만치 달려가 버렸다. 한순간에 차들이 씽씽 지나가는 해안 도로를 타고 어디론가 사라져 버렸다. 인욱의 안타까운 비명도 전혀 전해지지 못했다.

“동은아! 동은아! 아아악!”

터질 것 같은 가슴을, 시근대며 끊어질 것 같은 허리를 부여잡고 인욱은 땅거미가 내린 해안 도로 한복판을 위태위태 서성였다. 지나가는 차들이 하이 빔을 쏘아 대고 경적을 울려 대도, 이미 그에겐 아무것도 들리지도 보이지도 않았다. 동은아, 동은아, 정말 너니, 동은아!

쿵쿵, 쾅쾅, 쿵쿵, 쾅쾅……. 귓전에서 시끄러운 북소리가 떠나질 않았다. 담배 때문이 아니었다. 저 얼굴, 저 웃음…… 심장이 먼저 알아보고서 제멋대로 뛰었던 거다. 너무나 오래간만에, 심장이 뛴다!

⸭

“허 아나 거, 커피 여기.”

“감사. 너무 많이 늦으시네요, 이사장님이?”

민재는 작가에게 커피 머그를 받아 들고 찬찬히 향을 음미했다. 그러면서 오늘 인터뷰할 이 지역 최고(最古)이자 최고(最高)의 사학 법인인 청인(靑仁)학원 제4대 이사장의 프로필이며 청인학원에 대한 정보를 한 번 더 정독했다.

“얼굴값 하시나. 빨랑 오심 좋겠네.”

민재는 사기성 농후한 청인 이사장의 프로필 사진을 다시 한 번 들여다보고 한숨지었다. 까무잡잡하고 매끈한 피부부터 남다른데, 멋지게 휘어진 갈매기 눈썹에 가늘고 높은 콧날이 얇은 듯 윤곽 뚜렷한 입술과 조화를 이루고 있고, 높은 이마에서 고집 세 보이는 광대뼈를 거쳐 남자답게 생긴 턱에 이르는 선이 여윈 얼굴 안에서 멋지게 각을 잡고 있었다. 게다가 알 수 없는 고뇌와 슬픔이 짙은 눈매에 매력적인 그늘마저 더해 주고 있었다. 길지도 짧지도 않은 단정한 머리 모양이 그나마 평범하다면 평범한 정도였다.

솔직히, 이렇게 과하게 보정한 사진을 공식 프로필로 쓰다니 웃기지도 않았다. 재력과 권력을 쥐고 있는 사람 특유의 허영 같은 걸까. 정신 똑바로 차리고 표정 관리해야지. 이따 실물 보고 자칫 비웃음이라도 터져 버리면 인터뷰고 뭐고 끝장이겠다.

얼른 오셨음 좋겠다. 민재는 커피 한 모금을 넘기며 뾰로통하니 주변을 둘러보았다. 오늘의 인터뷰 대상자인 청인 이사장이 일방적으로 시간을 미뤄 버린 탓에 방송국 스태프들은 무작정 기다리는 중이었다. 이 동네에서는 그 사람 말이 곧 법이라니 어쩌겠는가.

청인대학교 대학 본부 17층은 전망이 참 좋았다. 언덕배기에 위치한 덕분에 사방이 뻥 뚫려 있어서 저 멀리 남해 바다와 고층 빌딩 없이도 활기찬 시가지, 그리고 산뜻한 대학 캠퍼스가 파노라마처럼 한눈에 내려다보였다. 여기 17층은 이사장실과 크고 작은 회의실도 여럿 있는데 평소에는 이사장 혼자 사용한다고 들었다. 이 경치를 혼자 독점하다니, 이기적인 성격이 엿보인다고나 할까. 허영에, 이기적이고, 시간관념 없으면…… 음, 그래도 사진만큼만 잘생겼으면 용서해 줄까? 사진만큼만.

암튼 이래저래 커피 향 죽이고, 창밖 경치 환상적이니 영 서류의 활자가 눈에 들어오지 않았다. 아니, 스스로에게만이라도 솔직해져 보자. 사실은 어쩌자고 덥석 이 도시에 와 버렸는지 후회가 밀려들어서 도통 일이 손에 잡히지 않는다고 말이다.

"뭐냐고 이게. 괜히 왔어, 진짜. 이게 누구 때문이냐고."

민재는 휴대전화의 메인 화면에서 사람 좋게 웃고 있는 약혼자를 손가락으로 콕콕 찌르며 투덜댔다. 차라리 그냥 서울에 있을걸. 난 정말 되는 일이 없어!

─최고 에이스 양반!

민재는 두 달 전 그날을 떠올리며 또 한숨을 푹푹 내쉬었다.

⁂

"오케이, 거기까지! 윤치성 의원님, 수고하셨습니다!"

피디가 만족스런 얼굴로 '컷' 사인을 보냈다. 보통 때 지루하던 인터뷰와는 차원이 달랐다. 역시 대한민국 유일무이 10선 국회의원의 관록은 대단해서 라디오 시사 프로그램 〈오늘의 인물〉 인터뷰가 일사천리로 진행되었다. 힘겨웠지만 보람찼던 시군 통합 과정이며 대기업 유치로 인한 지자체 세수 창출 성공담 등, 민재도 2시간이 어떻게 지난 줄 모를 정도로 즐거웠다. 인터뷰 내용도 알차서 다들 기분 좋게 철수 작업에 들어갔다.

5월, 그날 국회 도서관 앞 정원은 아기자기한 꽃 잔치였다. 봄 햇살이 정말 좋아서 민재가 먼 하늘을 올려다보는데 윤치성 의원이 다가

왔다. 민재는 얼른 감사 인사를 전했다.

"좋은 말씀 감사했습니다. 어쩜 그렇게 유머 감각이 출중하세요? 너무 재미있어서 시간 가는 줄도 몰랐습니다. 이러니 지지자분들이 그 오랜 세월 동안 믿고 따랐던가 봐요."

"나야말로 감사했소이다! 아나운사 양반이 잘 받아 주니까 내가 막 오버를 했잖아요. 나 같은 게 뭐라고 방송국에서 최고 에이스를 보내셨어."

민재도 '최고 에이스'가 입에 발린 칭찬인 건 안다. 간당간당한 나이에 들어와서 이제 겨우 입사 2년 차다. 입사 동기들이 불편해할 정도로 나이가 많고 동갑내기 선배들은 그녀를 우습게 안다. 라디오 뉴스와 리포터 몇 개를 진행할 뿐 아직 텔레비전 뉴스는 해 본 적이 없다. 그래도 대한민국에서 유일무이한 10선 의원이 이 많은 스태프 앞에서 이 나라 공영방송의 최고 에이스라고 띄워 주면 어깨가 으쓱해지는 건 어쩔 수가 없었다.

"과찬이십니다. 아직 까마득한 햇병아리입니다."

"과찬 같은 건 안 하는 사람이오. 여의도 한 오십 년 꾸준히 드나들면서 나도 사람 보는 눈이 쬐끔 생깁디다. 열심히 해요, 허민재 아나운사. 앞길 탄탄해 보입니다."

민재는 사람 좋은 얼굴로 손을 내밀어 주는 백발 정치가와 감격에 겨운 악수를 나누었다. 민재에겐 바로 그런 응원이 꼭 필요했던 것이다.

"요렇게 전도유망한 사람을 보면 나는 꼭 누구 좋은 사람이랑 맺어 주고 싶어져."

"아오, 아까워라! 의원님, 저 약혼자 있어요!"

지방 명문 청인학원 출신에 서울대 법대를 나온 검사라고 짤막하게 소개하자, 윤 의원도 깜짝 놀라며 반가워했다.

"어이고! 그런 인재가 있었어? 나도 청인학원 출신이잖아!"

자기 고향엔 청인학원 출신이 발에 차이게 많다던 약혼자의 얘기가 떠올라 민재는 그저 생긋생긋 웃어 주었다. 이 나이에 이 정도 친화력이니 10선도 하는구나, 감탄하면서. 그런데 나중에 알고 보니, 그 노인네는 정말로 여의도 방송가에 막강한 인맥과 영향력을 가지고 있었다.

줄줄이 좋은 일이 이어졌다. 국장님이 느닷없이 민재에게 오후 수도권 뉴스를 맡기셨다. 동료들도 어색한 미소나마 민재에게 살갑게 대하기 시작했다. 그리고 그즈음에 남자 친구가 청혼했다.

"우리 이제 결혼해야지?"

뜨뜻미지근하게 사귀던 남친이 당연한 듯 결혼 이야기를 꺼냈을 때, 몇 년만 기다려 달라는 소리가 목구멍에서 맴돌았다. 이제 막 뜨기 시작했는데 아무래도 미혼인 쪽이 더 유리하니까. 결혼이냐, 경력이냐, 적령기 여성이면 누구나 하는 고민이 민재에게도 찾아왔다.

애초에 법조계에 있는 형부의 소개로 만났고, 아버지의 대학 후배라서, 검사라서, 그 정도면 딱 좋다고 생각했다. 그 사람도 아나운서 여친이면 딱 좋다고 대놓고 말했었다. 처음부터 완벽한 조합이었고, 사귈수록 남자가 가족이나 자기 가문에 대한 애정과 책임감이 남다른 것 같아 더 좋았다. 야망 있는 남자는 흔하지만 자기 주변을 소중히 여기는 남자는 희소한 세상 아닌가. 흔한 '불타는 사랑'보다도 더 찾기 힘든 완벽한 결혼 상대를 골랐다고 자부했다.

"어머니 살아 계신 동안만이라도. 부탁할게. 너 후회하지 않게 내가 더 잘할게."

어느 날 약혼자가 홀로되신 고향 노모 곁에서 살아야겠다고 했을 때 민재는 결정을 내렸다. 앞으로 나는 검사 부인으로 살겠구나. 효자도 국제적 멸종 위기 생물인 21세기니까. 이런 남자 또 어디 있겠나, 오히려 믿음직스럽기만 했다. 주말 부부라는 건 전혀 민재의 방식이 아니어서 즉시 전근 신청도 했다.

민재도 자기가 좀 유별나게 가족 지향적인 걸 안다. 가정환경 탓일까. 부모님과 언니들, 오빠까지 모두 화목하고 안정된 가정생활을 하고 계셔서 민재도 꼭 그런 가정을 이루고 싶었다. 정말 요한하고라면 사랑과 존경이 넘치는 완벽한 가정을 만들 수 있을 것 같았다.

그러다 얼마 전, 윤 의원이 정치자금 비리로 입건되었다는 뉴스를 제 입으로 전하게 되었다.

[윤치성 의원의 정치자금 수수 현장이 녹화된 CCTV 영상이 익명의 제보자에 의해 공직자윤리위원회와 각 방송사에 동시다발적으로 전해졌습니다. ……베트남 하노이의 모 호텔에서 □□대학 관계자로부터 미국 달러를 건네받는 모습입니다. 윤 의원은 이 돈을 베트남, 인도네시아 등 여러 나라의 은행을 통해 환치기하는 수법으로 돈세탁하고 국내 모 은행의 차명 계좌에 입금했습니다. 검찰에서는…….]

내심 후련해졌다. 올바른 선택을 했다는 안도감도 가슴 한가득 뿌듯하게 차올랐다. 그렇게 서울에 있는 모든 가능성들을 접어 두고 기꺼이 이곳으로 내려왔던 것이다.

※

"하아."

"쟤 또 한숨 쉬네? 신참! 특별 면담을 하든지 해야겠어."

생글생글 웃으며 임 선배가 부푼 배를 내밀고 다가왔다. 민재는 화들짝 놀랐지만 곧 만면에 함박웃음을 지어 보였다. 마침 이사장 비서도 웃는 낯으로 다가와 임 선배에게 덕담을 건넸다.

"야아아, 우리 임 아나운서님 배 봐. 곧 나오겠네. 딸? 아들?"

"딸이요. 오늘까지만 일하는 날이네요. 아, 소개해야지. 여기는, 엊그제 서울 본사에서 전근 발령 온 허민재 아나운서. 제가 맡던 프로다 가져갈 거구요. 인사해. 여기는, 청인 양 이사장 오른팔, 비서 김소영 씨. 알아 두고 친해 두면 여러 모로 편리한 사람."

소영이 생긋 웃으며 민재에게 악수를 청했다. 민재도 밝게 웃으며 악수를 나눴다.

"어, 마침 엘리베이터 올라오네요."

소영의 말대로 잠시 후 오늘 인터뷰 상대인 청인학원 이사장이 전용 엘리베이터에서 내려섰다. 그런데 저벅저벅 큰 걸음으로 다가오는 남자를 보고 민재의 얼굴이 웃는 채로 굳어 버렸다. 이렇게 생긴 사람이, 진짜로 있었다. 허, 사진발 안 받으시네.

"인사드려요, 우리 양인욱 이사장님. 이사장님, 새로 온 아나운서신데 허민재 씨요."

"앞으로 잘 부탁드립니다. 허민재 아나운서입니다."

까무잡잡한 얼굴에 무표정한 시선이 차분히 민재를 훑어 내렸다. 높은 사람들이 으레 그렇듯 고압적이고 평가하는 시선일 뿐이었다. 헌데 그 시선에 갇힌 순간, 민재는 이상한 느낌에 휩싸이고 말았다. 위산이 확 차오르면서 속이 답답해졌고, 뱃속 깊은 곳에서부터 일렁일렁 뭔가가 꿈틀대기 시작하고, 딛고 선 단단한 바닥이 흔들흔들 어지러웠다. 갑자기 17층 허공에 붕 뜬 것처럼 멀미가 났다.

"허민재 씨, 반갑습니다. 잘해 봅시다."

양 이사장이 말과 달리 무감동한 태도로 스윽 손을 내밀었다. 민재의 예민한 귀에 나직하고 울림 좋은 목소리가 스며들었다. 음? 이 목소리? 바닷가에서 만난 남자다! 질퍽하게 젖고 지저분했던 아웃도어 캐주얼 차림이 아니라 진회색의 딱 떨어지는 맞춤 슈트 차림이었지만, 그 목소리만은 단번에 알아차렸다. 지난번에도 목소리만으로도 그는 충분히 민재의 주의를 끌었던 사람이다. 그만큼 차분하고 나지막하고 듣기 좋은 목소리였다. 물론 바닷가의 작고 귀여운 게들을 흉측하게 들먹여 가며 민재를 무섭게 겁주던 그 목소리이기도 했다. 앞뒤 사정도 모르면서 민재를 비웃던 목소리이기도 했고.

하지만 그 대단하다는 청인 이사장이셨다니, 그날의 비례(非禮)가 단번에 이해되는 민재였다. 다시 만났으니 오해를 풀어 줘야 하나? 뭘 그 정도까지? 어라? 기억 못 하는 거야?

민재가 떨떠름하니 오른손을 내밀었고 양 이사장도 데면데면하니 손을 잡았다. 메마르고 커다란 그의 손에 붙잡힌 다음 순간, 차디찬 다른 손도 묵직하게 내려앉았다. 응? 일순 얼음송곳처럼 쨍한 기운에 소름이 자르륵 솟아올랐다. 지난번에도 차디찬 손에 화들짝 놀랐던 기억이 되살아났다. 민재는 웃는 얼굴이 일그러지지 않게 조심하며 슬쩍 양 이사장의 왼손을 내려다보았다. 어! 이 남자의 왼손은 성한 손이 아니었다. 놀랄 만큼 크고 길고 섬세했지만, 거미줄처럼 울긋불긋한 흉터투성이였고 닿는 순간 등골이 소스라칠 정도로 차가웠다.

"아하, 아하, 잘 부탁드리겠습니다."

혹여 실례되는 표정이라도 지을까 봐 민재는 의식적으로 입꼬리를 더 한껏 말아 올리고 더 크게 함박웃음을 지어 보였다. 어색해서 미치겠지만 이놈의 직업병은 어쩔 수가 없었다.

"민재 씨?"

"예? 네!"

다행히 임 선배가 불러 준 덕에, 양 이사장이 악수를 풀고 돌아섰다. 그는 무덤덤하니 민재를 지나쳐 인터뷰 세트로 성큼성큼 앞서 갔다. 민재도 얼떨떨한 기분을 털어 내고 그의 뒤를 따라 세트로 들어섰다.

인터뷰는 순조롭게 진행되었다. 민재가 이 도시에 오고 나서 브리핑 받았던 대로, 남해안 일대에서 최고의 사학 법인인 청인학원과 청인대학교 등이 지난 십수 년 동안 이룬 성과는 실로 눈부셨다. 유치원부터 초중고는 물론이고 2년제 대학도 여럿 거느리고 있고, 4년제 대학교도 짱짱했다. 의과대학과 부설 대학병원, 게다가 생명과학 연구소까지 갖춘 어마어마한 규모였다. 시군 통합으로 거대해진 도시 배후로는 최첨단 시설의 거대 공업 단지들이 널려 있었다. 먹고살 직장이 있고, 아이 키우기 좋은 학교가 있는 아름다운 도시. 사람이 몰려들 수밖에 없는 환경인 것이다. 그러고 보니 바로 그 윤 의원이 성공적인 시군 통합을 이뤄 서울시 2배에 달하는 면적을 확보하고 대기업을 유치했다고 자랑했었다. 그렇다면 양인욱은 이 지역 국회의원인 윤치성 의원과 완벽한 팀워크를 이루어 이 모든 것을 현실로 일궈 낸 거였다.

"수고하셨습니다."

"그래요. 순산하시길."

인터뷰가 순조롭게 마무리되자, 양 이사장은 임 선배에게 출산 덕담을 해 주고 집무실로 들어가 버렸다. 민재는 뒷정리를 하면서 슬쩍슬쩍 그쪽을 살폈다. 사실 다른 모든 여자들도 자기 일을 하는 중간

중간 양 이사장 쪽으로 시선을 흘리곤 했다. 약혼자가 있든 배가 남산만 하든, 여자라면 누구든 다. 그만큼 양 이사장이 흘리고 간 페로몬의 영향이 막심했다.

열린 문 사이로, 벽면을 꽉 채운 서가와 기괴한 돌이 가득 찬 장식장이 눈에 들어왔다. 그리고 방 안을 슬렁슬렁 오가며 어딘가로 전화를 거는 양 이사장이 보였다 말았다 했다. 뭔가 심사가 틀어졌던지 슈트 상의를 내던지고 넥타이도 풀어 던졌다. 슬렁슬렁 와이셔츠 소매를 걷어붙이는데 그게 또 화보다. 팔뚝 봐. 흥이다. 샐쭉하니 돌아서는 민재에게 임 선배도 피식 웃어 주며 속삭였다.

"양인욱 오늘 되게 말 많다."

"그래요? 별로 모르겠던데. 인상이 좀 무섭지 않나요? 너무 할 말만 딱딱 하고. 선배, 저는요, 유머 감각 없는 사람이랑 인터뷰하는 게 젤 피곤해서요."

"배부른 소리. 평소엔 이만큼도 안 해. 얼굴에 '과묵' 쓰고 다녀요."

과묵은 무슨. 민재는 어리둥절하니 임 선배의 말을 듣고 있었다. 지난번도 오늘도 자기 할 말은 다 하는 사람이던데.

방송국팀 철수 작업이 거의 마무리되었을 무렵, 소영이 민재에게 다가왔다.

"자, 받으세요. 언제 애인이랑 한번 가 보세요. 이 동네에선 제일로 치는 데예요."

"와아, 감사합니다. 애인은 없지만 꼭 가 볼게요."

민재는 선물 받은 카페 초대권을 신기해서 들여다보았다. 낮에는 카페, 밤에는 뷔페와 술. 모든 연인석은 바닷가 조망? 민재는 엘리베이터 앞에 서 있는 임 선배에게 카페 초대권을 자랑하며 흔들어 보였다.

"김 비서랑 친해 두면 그거 원 없이 받는다? 여기 이사장이 '기다리는 남자' 주인이거든. 뷔페랑 술 끝내줄 거다."

기다리는 남자? 그러고 보니 카페 이름이 '기다리는 남자'였다. 이런 멜랑콜리한 이름도 저 인간의 머리에서 나온 걸까? 진짜 다방면으로 장삿속은 밝구나.

"아 참, 자기. 그 공짜 티켓으로 나 저녁 사 줘라. 뱃속의 애기가 맛난 거 넣어 주라네?"

"원래 선배가 신참한테 쏘는 거잖아요."

"허! 아줌마한테 그런 게 어딨어. 공짜 티켓 가진 놈이 쏘는 거지."

"그럼 쇠뿔도 단김에 빼렸다고 오늘 갈까요?"

직장 내 원만한 대인 관계야말로 신참에게 꼭 필요한 자질 아니겠는가. 워낙에 공짜였고, 어차피 인수인게 받으려면 둘이서 따로 만나 이야기하는 게 나았다. 마침 도착한 엘리베이터에 우르르 방송국 동료들이 올라탔고 민재가 마지막으로 닫힘 버튼을 눌렀다. 닫히는 문 사이로 저만치서 어슬렁거리며 걸어 나오는 양인욱의 위험스런 자태가 언뜻 보였던 것 같다.

┆┆┆

방송국으로 돌아와 인터뷰 테이프를 편집팀에 넘기고 저녁 뉴스 — 이 지역 자체 방송 — 까지 마치고서 민재는 임 선배의 차를 타고 그 유명하다는 '기다리는 남자'로 출발했다. 시원스레 뚫린 2차선 해안 도로를 따라 달리다 보니 생각보다 가까운 곳에 카페가 있었다.

"예전엔 여기가 시내에서 엄청 먼 곳이었다는데 해안 도로가 생겨서 옆 동네가 됐다나 봐."

해가 긴 여름이라 아직도 하늘엔 붉디붉은 낙조가 이글거리고 있었다. 그 낙조 아래 바다를 향해 야트막한 언덕 위에 서 있는 새하얀 건물이 바로 카페 '기다리는 남자'였다. 임 선배가 동글동글하고 하얀 자갈이 깔린 주차장 한쪽에 차를 댔다. 넓은 주차장을 벗어나자 석회를 바른 하얀 회랑이 나타났다. 대리석 바닥 위로 또각또각 민재의 하이힐 소리가 경쾌하게 울려 퍼졌다.

"안녕하세요, 이사장님! 오늘 자주 뵙죠?"

어? 아까 만난 양 이사장이 회랑 끝에 서 있었다. 임 선배가 그에게 뭐라고 뭐라고 아는 체하는 사이, 민재는 슬쩍 먼저 안으로 들어섰다.

"와아!"

갑자기 시야가 확 터지면서 남해 바다가 보였다. 넓은 원목 테라스를 따라 걷는데 그 밑은 바로 넘실대는 바다였다. 민재는 테라스 끝 난간에 기대서서 눈앞에 펼쳐진 풍경을 만끽했다. 하얀 카페 벽을 타고 자라는 덩굴장미와 화분 위로 길게 꽃대를 내민 갖가지 화려한 양란(洋蘭)들, 테라스 저 아래에 거대하게 자라고 있는 야생 동백나무 숲. 같은 듯 다른 그 붉은색의 하모니. 썰물은 아직 멀었는지 푸르게 넘실대는 남해 바다. 그리고 오렌지 빛으로 일렁이는 낙조에 물들어 버린 지중해식 건물.

"카메라 가져올걸."

민재는 저도 모르게 중얼거렸다. 예쁜 거, 좋은 거, 멋진 걸 보면 사진으로 남겨 두고 싶어진다. 우울할 때 참참이 꺼내 보면 기분 전환도 되고. 잠시 복잡한 사정은 접어 두고, 민재는 밀려드는 바닷바람을 온몸으로 만끽했다. 긴 머리채가 바람결에 사르륵 사르륵 날아올랐다.

"어머, 우리 허 아나, 그럼 되네? 그죠, 이사장님?"

임 선배의 목소리에 민재는 퍼뜩 정신을 차렸고, 환하게 웃으며 돌아섰다. 헌데 양 이사장은 화난 듯 굳은 얼굴로 민재를 외면하며 임 선배의 칭찬마저 씹어 버렸다. 뭐 공치사를 기대한 건 아니지만, 대놓고 사람을 무시하니 기분이 참 그랬다. 배도 슬슬 고프고.

"아, 배고파! 있지 나, 기본 3인분부터 시작한다. 웃지 말기."

투덜대며 앞장서는 임 선배를 쫓아 민재도 새침하게 돌아섰다.

딸깍―.

뒤통수에 따끔따끔한 시선이 느껴진다 싶더니 곧 진한 체리 향 나는 담배 연기가 날아들었다. 민재는 입술을 삐죽 내밀고 어깨 너머를 휙 돌아다보았다. 슈트 입은 긴 그림자가 대리석 기둥에 기대어 암울한 오라처럼 담배 연기를 뿜어 내고 있었다. 그리고 민재의 시선에 퍼뜩 놀란 기색으로 양 이사장이 자세를 곤추세웠다. 손가락 사이에 길고 가는 담배를 불쾌한 시선으로 노려봐 준 후 민재가 휙 되돌아섰다. 때가 어느 땐데 아직도 구(舊) 세기의 야만적인 풍습을 고수하시네. 아으, 역겨워.

싱싱한 식재료가 풍부한 남해안이다 보니 아무 데서 뭘 먹어도 다 맛있을 수밖에 없었다. 그런 것만 먹고 사는 사람들이 정말 맛있다고 하는 맛집이니 '기다리는 남자'의 주방은 축복받아 마땅하리라.

민재도 아주 맛있게 음식을 먹고 임 선배와 인수인계와 관련된 많은 팁을 나누었다. 막 신입을 벗고 이제 제자리를 잡을 시점에서 지역국으로 자원하게 된 사정도 들려주었다.

"어쩐지 땅이 꺼져라 한숨 푹푹 쉬더라니! 딱 보고 남자 문제겠다

싶더라."

임 선배는 연륜을 자랑하듯 느긋하게 고개를 끄덕였다. 드디어 하소연할 사람을 찾았다! 민재의 입에서 약혼자 성토가 주절주절 흘러나와 버렸다.

"자기 때문에 낯선 곳으로 전근까지 오게 했으면 공항에 마중 정도는 나와 줬어야죠. 낯선 공항에서 그 인간을 근 네 시간이나 기다렸어요! 사람 기대를 그렇게 뭉개 놓더라고요? 너무 황망하고 속상해서 택시 타자마자 하소연을 늘어놨더니, 어떻게 됐게요? 기사 아저씨가 결국 무슨 자살 바위로 데려다 줬어요!"

"자살 바위? 아아, 거기! 완전 웃기다, 그 기사님. 약혼자는? 뭘 하느라 그렇게 바쁘시대?"

"몰라요. 아니, 자기만 바쁜가. 저 출근한 지 나흘쨌데 연락 없는 거 보세요. 이건 해도 너무한 거죠. 그쵸, 선배!"

민재의 하소연에 임 선배는 둘째 아이 출산을 앞둔 유부녀다운 관점에서 이야기를 풀어 갔다.

"날짜까지 잡았으면 애라도 만들지 그랬니. 혹시 지금, 몇 개월?"

임 선배는 거침없는 시선으로 민재의 밋밋한 몸을 위아래로 훑어내렸다.

"아이가 있으면 남자는 방황을 못 한다? 자기도 임신했었어 봐. 약혼자가 허튼 생각, 허튼 짓을 했겠나. 안 그래? 요즘 여자들이 괜히 애를 혼수로 챙겨 가는 게 아니란 말씀."

"전 그냥, 저흰 아직."

민재는 벌게진 두 볼을 양손으로 감싸 쥐고서 임 선배를 바라보았다. 요한은 무뚝뚝한 사람이었고 민재는 몸을 사리는 편이었다. 둘은 애기를 나눈 적은 없었지만 결혼 때까지 미루는 게 당연하게 여겨지는 사이였다. 민재를 얼마나 놀라고 당황케 한지도 모른 채 임 선배가 갑자기 목소리를 낮추어 속삭였다.

"웬일이니, 저 사람 멍 때리는 거 첨 본다."

누구 말이냐고 표정으로 물으니 임 선배가 복화술로 대답했다. 양인욱. 민재는 임 선배가 슬쩍 가르쳐 준 방향으로 최대한 자연스럽게 시선을 돌려보았다. 과연. 양 이사장이 어둡고 구석진 자리에서 미동도 없이 턱을 괴고 앉아 있었다. 흔한 말로 일상이 화보인가. 무심결에 찬양 아닌 찬양을 이끌어 내는 놀라운 비주얼이었다.

"얼굴 옆태 봐, 완전 예술. 그쵸, 아까는 셔츠 소매 걷는데 숨이 콱."

"그럼 뭐해, 유부남인데."

헐. 민재가 임 선배를 휙 돌아보았다. 임 선배가 부푼 배를 흔들며 쿡쿡 웃어 댔다. 민재는 도통 믿을 수가 없어서 재차 물을 수밖에 없었다.

"진짜로요? 프로필엔 그런 말 없었는데? 완전 사기다. 아니 무슨 유부남이 총각처럼 쌔끈!"

"도발적인 생김새. 쌔끈이 뭐니 아나운서가, 쌔끈이."

솔직히 양인욱의 혼인 여부보다 선배의 말실수 지적이 더 뜨끔했다. 음, 직업병…… 아니고 철저한 직업의식 때문이라고 해 두자.

"나도 들은 건데 정략결혼이었다나 봐. 있는 집끼리 흔한 그거. 저번 이사장 때 청인학원 재단이 파산할 뻔했다던가. 지금 이사장이 윤치성 의원 손녀랑 결혼해서 뒷수습하는 걸로 독박 썼대."

"아아, 혼자 덤터기 썼다고요."

임 선배가 입술을 꾹 다물고 웃음을 참으며 민재를 노려보았다. 민재도 새치름하니 딴전을 부렸다.

"그래, 그래. 이상적인 언어생활과 현실은 괴리가 있다, 있어. 나 참."

결국 두 여자는 킬킬대며 맹물 건배로 화해했다. 한 사람은 임부이고 또 한 사람은 내일 아침 일찍 뉴스를 진행해야 하니 알코올은 애초에 포기했던 것이다. 물컵을 단숨에 비우던 민재는 어쩌다 보니 건너편 남자와 눈이 딱 마주쳐 버렸다. 표정도 없이, 뭔가 매서운 시선이어서 지은 죄도 없이 가슴이 철렁했다. 그런데 가만? 무심코 흘려들은 이름 하나가 있었다.

"윤치성? 그 윤치성 의원요?"

"그래. 10선 의원에, 얼마 전 정치자금 비리로 잡혀 들어간 그 윤 의원. 그 양반 손녀딸이 양 이사장 부인이라니깐."

"어머, 어머."

"완전 미인이야. 의사고. 저 인간 다 가졌다니까. 암튼 양인욱이 왜 물장사를 계속하는지 모르겠어. 음식 맛있으니 고맙긴 해도, 딱히 이렇게 돈 벌 필요도 없는 사람이고. 사장이라면서 사실 친절의 치읓도 모르는 인간이거든."

"앗! 왔다, 왔다. 선배, 잠깐만요. 여보세요."

그때, 드디어 약혼자에게서 전화가 왔다. 민재는 용수철처럼 자리를 박차고 일어나 선배에게 양해를 구하고 밖으로 나갔다.

"조요한 검사님! 아우, 정말 이러기예요! 도대체가 약혼자란 인간이 공항에서 바람을 맞히질 않나, 벌써 몇 주째 연락 불통이질 않나. 결혼하자고 불렀으면서. 자기 고향에 내려오래 놓곤! 너무 무책임하잖아!"

홀을 가로질러 테라스로 나가면서도 민재의 흥분한 목소리는 여전했다. 설마, 남의 통화 내용을 목 쭉 빼고 듣는 사람이 있으리라곤 전혀 생각 못 한 민재였다.

조요한? 허민재 아나운서를 결혼하자며 이곳으로 불러들였다는 조요한이란 검사가 설마 둘일 수는 없을 것 같았다. 아냐, 혹시 모르니까. 인욱은 부리나케 비서인 소영에게 전화를 걸었다.

"서울지검 조요한 검사, 요새 어떻게 지내나 확인해 봐라."

소영의 연락을 기다리는 동안 인욱은 테라스 밖에서 휴대전화에 대고 펄펄 날뛰는 허민재를 심각하게 바라보았다. 흠, 창피하지만 인욱은 저 아나운서들이 카페에 들어온 순간부터 저 여자가 하는 모든 이야기를 엿듣는 중이었다. 더 창피한 건, 저 여자가 지금 밖에서 뭐라고 떠드는지 궁금해졌다는 거다. 때마침 도착한 소영의 문자 메시지가 아니었다면, 정말로 따라 나갔을 것이다.

> 조요한 검사 7주 전 사표 수리. 죄송합니다.

조요한이 7주 전에 사표를 냈다는데, 왜 이 사실을 나는 7주 후에나 알게 된 거지? 인욱은 왼손에 놓인 휴대전화를 멍하니 내려다보았다. 아니, 휴대전화 아래 얼기설기 흉터투성이 손을 내려다보았다. 청인고등학교 동기 동창이고 깨복쟁이 친구인 조요한. 어린 시절 겪은 참혹한 사건 때문에 고향에도 돌아오지 않는 친구 요한을 인욱은 먼 곳에서나마 응원하며 지켜보던 중이었다. 언젠가 세월이 흐르면 그도 인욱도 지난 일쯤 허허롭게 웃어넘기게 되리라 기대하며. 약혼했다는 보고도 들었지만 부러 흘려들었다. 기회가 되면 친구의 입으로 직접 듣고 싶어서 그런 보고는 더 이상 하지 말라고 거부했었다. 그런데 곧

이어 날아온 문자 메시지는 인욱을 아련한 추억 대신 현실적인 불안
에 빠뜨려 버렸다.

인욱은 짜증스레 담배를 꺼내 물고 테라스로 나왔다. 짠 바닷바람
에 심호흡 몇 번으로 성질을 달래고서 소영에게 전화로 물었다.

"야, 왜 윤 의원인데? 왜."

[저도 너무 갑작스러워서, 죄송합니다. 지금 알아보고 있는 중인
데…….]

"일 그따위로 할래?"

'찰칵' 라이터를 켠 순간, 저만치에서 허민재가 세상을 다 가진 사람
마냥 환하게 웃는 게 보였다. 입꼬리를 끌어올리며 위아래 고른 치열
을 다 드러내고서 활짝.

동은아……. 귓전에선 소영이 뭐라 뭐라 변명을 늘어놓는데 하나도
귀에 들어오지 않았다. 인욱은 라이터 뚜껑을 덮어 불을 끄고, 라이터
에 새겨진 금빛 청인학원 마크를 뚫어져라 노려보았다. 비이성적으로
미쳐 날뛰고 싶은 속내를 붙들어 줄 부적이라도 되는 양 아주 필사적
이었다. 정신 차려. 동은이가 아니다. 알아. 아는데, 혼자 듣는 서글픈
입속말보다 저만치 웃는 얼굴이 더 진실 같았다. 맘먹고 한 걸음 다가
서면 바로 손에 닿을 것 같은 저 웃는 여자가 훨씬 더 현실 같았다.

"……됐고, 조요한 약혼 보고할 때 여자 인적 사항도 있었던가?"

[더 보고하지 말라고 하셔서 폐기했는데요? 다시 보고할까요?]

"끊어."

인욱은 신경질적으로 담배의 필터를 꾹꾹 씹기 시작했다. 곧 달콤한 체리 향이 쓰디쓴 입안에 가득 고였다. 그는 어느새 온 신경을 곤두세워 허민재의 전화 통화에만 귀를 기울이고 있었다. 정말로 저 여자가 요한이 약혼녀인지. 도대체 조요한 녀석은 왜 말도 없이 돌아왔는지. 왜 윤치성에게 갔는지. 자, 그 예쁜 목소리로 내게 들려줘……. 숨김없이 전부 다.

"말로만 미안하다고 하시겠다! 당장 내 앞에 달려와 무릎 꿇지 않으면 이 결혼 무효임!"

[아유, 우리 민재 씨. 쫌만 참아 봐. 있지, 곧 대규모 보궐선거가 있을 거야.]

"어어? 보궐선거? 그게 어쨌다고?"

[나 여기서 국회의원 출마하려고.]

"어머, 조요한 씨. 조요한 검사님. 홀어머니 같이 봉양하자고 고향 내려가서 살자고 하신 우리 효자 검사님. 네? 그분 맞아요? 뚱딴지같이 국회의원이라니! 보궐선거는 또 뭐고!"

민재는 불과 몇 주 전에 인터뷰했던 10선 의원을 떠올리고 아연실색하고 말았다. 아직 형이 확정 난 것도 아니고 그 정도의 스캔들 빠져나가는 거야 대한민국 정치인에겐 누워서 떡 먹기일 텐데. 그렇다고 조요한 이 남자가 섣불리 설레발치는 스타일도 아니고. 뭐가 어떻게 된 건지. 민재의 긴 침묵을 뚫고 요한이 달래듯 속삭였다.

[우리 민재 씨, 저녁밥은 먹었어?]

"하, 말꼬리 돌리시긴! 나 여기, 완전 유명한 데서 완전 맛있는 걸로만 완전 배부르게 먹었거든요? 그것도 공짜로!"

[푸핫. 어디가 그런 데가 있어?]

"당신 같은 서울 촌놈은 모를 거야. '기다리는 남자'라고, 당신 모교 청인학원 이사장이 사장이래."

[양기범 이사장님?]

"아니, 양인욱."

[아, 맞다. 지금은 그 개잡놈이 이사장이지.]

처음 듣는 욕설에 놀라 버린 민재의 귓전에 짜증 섞인 훈계가 속사포처럼 파고들었다.

[민재 씨, 당장 거기서 나가. 양인욱 그거 순 인간말짜다. 괜히 주변에서 얼쩡거리다 재수 없이 엮이면 너만 손해야. 얼른 나가. 알았지?]

"인간말짜? 알아듣게 설명 좀 해 줄래? 응?"

버럭버럭 내지르며 짜증스레 돌아서는데 지척에서 카페 주인이 담배를 꼬나물고 그녀를 노려보고 있었다. 너무 떠들었나? 영업 방해된다 이건가? 말로 하지! 무섭게.

"전화 일단 끊어. 내가 다시 할게."

민재는 주인의 눈치를 살살 살피며 연신 고개를 주억거리며 안전한 곳으로 피신했다. 밝은 곳에, 사람 많은 곳으로. 인간말짜까지야 모르겠지만 눈빛이 무시무시한 건 사실이었다. 헌데, 그 후로 왠지 모르게 내내 뒤통수가 따끔거렸다. 혹시나 해서 돌아볼 때마다 주변엔 아무도 없었다. 임 선배와 함께 밥 맛있게 잘 먹고 행복해져서 카페를 떠나는 그 순간까지도. 무언가 무서운 것이 쫓아오는 것 같은, 그 밑도 끝도 없는 착각은 계속 이어졌다.

"이사장님, 오늘 셋째 수요일입니다."

"그래."

"그리고 윤 의원님 보석 허가 나셨습니다."

"음."

"참, 허민재 씨 신상 파일 준비되었습니다."

"음? ……그래. 너도 퇴근해라."

인욱은 평소보다 일찍 퇴근하고 집으로 향했다. 새까만 청인학원 이사장 전용차가 시내에서 벗어나 해안 도로를 타고 달리다 미루나무 가로수 길로 접어들었다. 그사이 인욱은 비서 소영이 업데이트한 허민 재 신상 파일을 대충 훑고서 조용히 파일을 닫았다.

역시……. 허민재는 동명이인이 아니라 인욱의 친구, 바로 그 조요 한과 곧 결혼할 여자였다. 지금은 방송국에서 제공한 시내 오피스텔 에 거처 중이라고 적혀 있었다. 512호. 이런, 제길. 호수까지 외워 버 렸다.

사실 백음대에서 스쳐 지난 후 인욱은 부러 그 만남을 잊어버렸다. 그런 여자를 만난 적이 없는 듯 자신을 속였다. 도지사와 늦은 점심 약속을 마치고 온 날, 이사장실에서 그 여자와 마주쳤을 때 얼마나 놀랐는지는 오직 신만이 아실 것이다. 그 여자를 찾아봐야 어차피 동은이가 죽었다는 슬픈 팩트만 새삼스러울 것 같아 찾는 시늉조차 안 했는데. 그 여자가 제 발로 그를 찾아왔으니, 놀랄 노 자지 뭔가.

물론 그때보다 더 놀랐던 건, 허민재가 조요한의 이름을 불렀을 때였다. 하, 대한민국이 이렇게 좁을까. 그건 그렇고 요한이 녀석이 사표를 쓴 이유는 아직 오리무중이었다. 고향에 내려와 있으면서 인욱에겐 연락도 안 하고, 하필 윤 의원네 지역구 사무실에 숨어 있는 이유랄 게…….

"곧 도착합니다, 이사장님."

기사의 언질에 인욱은 태블릿을 서류 가방에 넣고 넥타이를 다시 조여 맸다.

"집 식구들은?"

"모두 도착하셨답니다."

미루나무 가로수 길을 한동안 달려가니 저 멀리 붉은 벽돌과 대리석으로 지은 고풍스런 서양식 대저택이 나타났다. 인욱이 간단히 집이라고 부른 곳은, 그저 그런 집만은 아니었던 것이다.

1910년대에 지은 3층 저택이 남해 바다를 향해 위엄 있게 서 있는 그 모습은 지난 세월을 그대로 드러내듯 고색창연하기 그지없었다. 바다 안개의 소금기를 먹고 자란 황금빛 이끼들이 세월의 더께만큼 두툼하게 붉은 벽돌 벽체를 뒤덮은 모습이 이채롭고도 아름다웠다. 양씨들은 자부심을 담아, 그 외 시내 사람들은 경외심을 가득 담아 이곳을 '흠문헌(欽文軒)'이라고 불렀다. 이 집보다 조금 더 오래된 사학 법인 청인학원이 이 도시의 모든 중심이었고 흠문헌 주인이 바로 청인학원의 이사장이었기 때문에, 자부심도 경외심도 지극히 마땅한 일이었다.

수요일 저녁, 조용하던 흄문헌에 활기가 돌기 시작했다. 드레스 코드 '포말(Formal)'을 완벽하게 지킨 인욱의 직계가족들이 약속된 만찬을 즐기러 꾸역꾸역 모여들었다. 모래알처럼 사는 일족이지만 세상없어도 매월 셋째 수요일 만찬은 다 같이 모이기로 되어 있었다. 식사도 식사지만 다들 흄문헌 가장에게 무언가 할 말들이 많으니 빠질 이유도 없었다.

제일 먼저, 아름답고 지적이고 세련된 인욱의 아내 혜지가 남편이 흄문헌의 문지방을 넘자마자 소란을 떨었다.

"이따위 월례 행사도 이젠 지겨워. 제발 이혼 좀 해 줘! 이렇게는 더 못 살겠어!"

인욱은 표정 없는 얼굴에 턱짓 한 번으로 혜지를 무시해 버렸다. 혜지는 이 결혼 생활에 대해 가타부타할 권리도 없는 여자이기 때문이다. 성큼성큼 걸어가는 인욱의 등 뒤에서 타박하는 목소리가 들려왔다.

"아서라, 장남. 며늘아기한테 너무한 거 아니냐. 아가, 너도 예쁜 얼굴에 주름진다. 그만해라. 하나 마나 한 소릴 벌써 몇 년씩이나, 너도 참."

인욱과 똑같이 생겼는데 매력적인 주름만 몇 개 더 있는 반백의 신사가 다가오면서 혀를 끌끌 찼다. 인욱의 아버지이자 3대 청인 이사장인 기범이었다. 그의 양팔에는 젊고 예쁜 여자들이 마치 자기 발로는 걸을 수 없는 기생생물처럼 매달려 있었다. 듣기로는 첫사랑에게 배신당한 후에 여자에 대한 믿음이 사라져서 바람을 피운다지만.

그럴 리가. 인욱은 고개를 절레절레 저으며 삼인 합체 괴물을 지나쳐 버렸다. 어머니한테 이혼당하고도 고치지 못한 저 오입질은 그냥 아버지의 무책임하고 방종한 기질일 뿐이었다. 너무 무책임하고 완전히 제멋대로인 아랫도리의 사정일 뿐, 첫사랑 운운하며 포장할 애틋함 따위는 한 톨도 없었다.

인욱은 못 들은 척 못 본 척 아내와 아버지 옆을 지나쳐 갔다. 1층 남쪽 홀에 있는 테라스 식당이 오늘의 만찬 장소였다. 기범이 아차 하며 인욱을 불러 세웠다.

"어이, 장남! 요새 바다 날씨가 베스트다. 우리 친구들이랑 요트 여행이나 갈까 하고."

인욱이 서늘하게 돌아보자, 기범이 씩 웃으며 삐죽 내민 입술로 양팔의 두 여자들을 가리켰다. 물론 인욱은 속지 않았다. 청인학원 이사장 소유의 요트는 12인승이다. 선장, 선원, 요리사 빼고도 여자 다섯은 더 태울 수 있다는 얘기다. 이쯤 되면 요트 여행이 아니라 아버지의 아방궁 크루즈라고나 할까.

"야, 준다고 그래. 아부지 유일한 낙이잖어."

인생의 낙이 난잡한 섹스 라이프밖에 없다는 건 참 불쌍한 일이다. 불쌍한 아버지. 정확하게는 더럽고, 불쌍한 아버지다. 어쨌든, 요트 열쇠 정도야. 인욱은 고개를 한 번 끄덕여 주고 그 사안을 마무리 지었다.

"아아, 사는 낙이 없구나!"

은식기가 반짝이는 만찬 식탁에 앉자마자, 상석의 할아버지 양근석 옹께서 인욱에게 불평을 늘어놓기 시작했다. 인욱의 반세기 후 모습도 분명 저럴 것이다. 마르고 꼿꼿한 몸에 불평불만을 거침없이 쏟아내는 밥맛없는 노인네 말이다. 물론 할아버지도 청인 이사장을 오래역임하셨고 지금은 지병으로 조용한 별채에서 따로 기거하셨다.

"집에만 있기 답답해. 의사 왕진 오는 거 못 하게 해. 날도 좋은데 내가 병원으로 가면 돼.”

“일주일에 세 번씩이나 병원 출입하시면 몸이 못 견디실 겁니다.”

“병원 가는 건 일 아니다. 아하, 우리 미스 송이 문제지.”

인욱은 스테이크를 한 조각 썰어 보고 즉시 메이드를 손짓으로 불렀다. 고기를 썰어 낸 단면에서 벌건 액이 흘러나왔다. 인욱이 포크로 정확히 가리키며 혐오스럽게 말했다.

“핏물.”

“죄송합니다. 근데 주방에선 너무 바짝 구우면 육즙이 말라서 뻣뻣해진다고.”

인욱이 ‘탁’ 소리 나게 나이프를 내려놓자, 메이드가 쩔쩔매며 고기 접시를 들고 주방으로 사라졌다. 육즙은 무슨. 인욱이 냅킨에 비린 입을 닦으며 투덜댔다.

“언제부터 붉은 살코기의 핏물을 육즙이라며 환장하고 먹어 대게 된 건지.”

“아, 진짜 입맛 촌스럽게.”

남동생 인겸이 딸 로렐을 인욱 곁에 앉혀 주며 이죽거렸다. 그보다 두 살 어리고, 독일에 유학 가서 박사 학위를 따고 세계적인 육종(育種) 회사에 다니는 농생물학 ― 요즘 말로 바이오테크놀로지 ― 계의 엘리트였다. 생전 안 오더니 올여름에는 유급 휴가까지 받아서 돌아왔다. 그것도 이혼했다며 딸만 데리고 왔다. 저 녀석 성격에 결혼 생활 6년이면 오래간 거다. 물론 양인겸이 노력해서라기보다는 전적으로 제수씨가 워낙에 무던한 사람이었기 때문이었지만.

“로렐, 스테이크는 말이지 겉은 바삭, 속은 육즙 촉촉. 알지? 그게 진리다.”

인욱은 핏물이 뚝뚝 떨어지는 날고기 조각을 다섯 살짜리한테 먹이는 동생을 외면해 버렸다. 그러다 다시 할아버지와 눈이 마주쳤고, 기다렸다는 듯 할아버지의 푸념이 쏟아졌다.

"아, 손만 잡고 걷자는데 한 번을 안 잡아 줘! 만날 바지만 입고 눈앞에서 알짱대고. 인욱아, 여자가 냉정하면 물론 우리 투지도 불타오르긴 한다만, 너무 냉정하면 매력 없지 않냐? 당장 결혼하자는 것도 아닌데, 너무 비싸게 굴어."

여든넷 노인이 사십대 초반 베테랑 간호사의 음전한 행실에 대해 불평하고 계신 거다. 인욱은 스테이크에 곁들여 나왔던 더운 야채를 꾹꾹 씹으며 고개를 끄덕여 드렸다. 이런 노인네이기 때문에 인욱은 남보다 몇 배나 비싸게 입주 간호사를 구해야 하지만. 다행히 그 돈이면 색정광 노인네라도 기꺼이 돌보겠다는 야심 찬 간호사는 많았다.

"즉시 다른 사람으로 알아보겠습니다. 특별히 원하시는 조건이라도."

"내버려 둬, 장남. 할아버지는 우리 미스 송, 이미 일곱 번째 마나님으로 점찍으셨다! 한 달이면 결혼하실걸."

"아니, 근데 미스 송도 여간내기 아줌마는 아니던데요. 아부지, 내기 해요. 난 석 달."

인욱만 빼고 온 식탁에 웃음바람이 한차례 휩쓸고 지나갔다. 무슨 소린지 못 알아듣는 로렐도 멀뚱멀뚱 인욱을 바라보았다. 인욱은 냉담하게 고개를 가로저어 조카의 시선을 떨쳐 냈다. 저런 걸 아빠라고, 너도 불쌍하긴 하다.

"할아버지, 어떻게 할까요. 미스 송 자를까요, 아니면 페이를 좀 더 불러 볼까요."

"자기 아니어도 내가 인기가 많다는 걸 알아야 이 여자가 정신을 차릴 건가. 좋아, 한 명 더 불러와.”

“한 명 더요?”

“고럼! 인욱아, 다리! 여잔 다리가 예뻐야지. 허리도 잘록하고. C컵이 딱 좋아. 더 크면 징그러. 안 그러냐, 인욱아?”

“할아버지! 애 듣는 앞에서!”

인겸이 펄쩍 뛰며 로렐의 귀를 막아 버렸다. 한편 인욱은 드디어 바짝 구워져 나온 스테이크 접시를 받아 들었다. 한 입 베어 물고 꾹꾹 씹으며 방금 깨달은 가능성을 묵묵히 되새겼다. 저 양반 진심이시군. 조만간 일곱 번째 할머니가 생기겠다. 큰일이다. 할아버지와 눈이 마주치자 인욱은 묵묵히 할아버지의 와인 잔을 채워 드렸다.

“미스 송이 질투할 만한 섹시한 간호사를 찾아보죠.”

할아버지의 행복한 미소로 그 사안은 정리되었다. 그때 인겸이 로렐의 귀를 막은 채 인욱에게 나직하게 말했다.

“나도 좀 살려 줘라. 우리 로렐 좀 맡아 줘.”

꾹꾹 고기를 씹는 인욱에게 인겸이 사람 좋게 웃으며 다시 말했다.

“알잖아, 나 요새 어쩌고 사나. 애한테 안 좋아서 말이야.”

인겸은 와이프와 이혼 후 되는 대로 살고 있었다. 번듯한 외모와 배경에 혹한 여자들이 여럿 꼬였지만, 번번이 여자를 실망시켜서 버려지곤 했다.

“연봉 몇 백만 유로 받음 뭐해. 여자들 요구 사항 정말 한도 끝도 없어. 그거 다 들어주기엔 내 인내심이 통장 잔고보다 먼저 바닥난다고.”

“으하하하핫!”

누군가 재미나게 해 드렸던지 아버지가 저만치 식탁 끝에서 호방하게 웃어 댔다.

"혀엉, 부탁하자. 하나밖에 없는 조카가 안정된 환경에서 자라게 돕고 싶지 않냐? 어? 어?"

꾹꾹 씹은 고기를 삼키고 인욱이 고개를 좌로 우두둑, 우로 꾸두둑 내둘렀다. 그는 저기 식탁 끝 저 남자와 눈앞의 이놈이 완전히 똑같은 종자임을 떠올렸다. 제대로 마음을 주고받기보다 돈지랄로 대충 때우려는 저 무책임한 심보. 요즘 여자들은 그걸 귀신같이 알아본다. 그래도 그게 결코 인욱 탓은 아니며, 하물며 인욱에게까지 뒤탈이 미쳐서도 안 되는 거다.

"애가 걱정되면 네 생활을 고쳐. 제수씨한테 보내든지, 애를 납득시켜서 적응하게 하든지."

"형!"

인욱은 그냥도 무서운 얼굴을 더 정색하고 동생을 노려보았다. 인겸이 투덜대며 물러났다.

"아하, 사는 게 뭔지! 제기랄!"

고기를 다시 한 점 입에 밀어 넣는데 인겸의 딸이 인욱을 빤히 바라보고 있었다. 인욱은 아이를 좋아한 적이 단 한 번도 없었다. 아이들도 그 사실을 금방 알아차린다.

"오빠! 애랑 눈싸움해? 얼씨구? 아홍~ 배불러."

이복 여동생 인아가 식사를 마치고 긴 다리를 쭉 뻗으며 기지개를 켰다. 그녀도 인욱만큼이나 이 만찬을 싫어하지만 다른 식구들과 마찬가지 이유로 이 만찬을 빼먹지 않았다.

"우리 이번에 완전 죽이는 시나리오 확보했잖아. 여기. 새로 들어가는 우리 영화 프로덕션 스케줄인데 좀 봐 줘. 사무실 임대료하고, 스태프 임금하고…… 일단 한 3억? 오케이? 콜?"

　인욱은 스케줄치고 참 단출한 프린트 한 장을 흘깃 넘겨다보고 묵묵히 고기를 씹어 삼켰다. 로렐이 아직도 그를 바라보고 있었다. 인욱은 와인을 홀짝이며 자분자분 이복 여동생에게 한 수 훈계해 주었다.

　"양 감독, 영화든 사업이든 자기 돈으로 하는 거 아니다. 네 말대로 정말 괜찮은 시나리오라면 유망한 투자자 찾는 건 일도 아니겠지. 혹시 남의 눈에도 안 차는 걸을 나한테 들이미는 거라면 괜히 내 시간 허비하지 마라."

　"냉정하셔라. 우리가 진짜 동생이었어도 그렇게 냉정하셨을까나."

　인아가 미끈하고 긴 다리를 식탁에 척 올리며 이죽거렸다. 인욱은 대꾸하지 않았다.

　"아부지 징그럽게 싫어하잖아. 자식새끼마다 엄마가 다 달라서. 그래도 오빠는 적자(嫡子)니까 떳떳하잖아. 나랑 인겸이 저 거지발싸개는 날 때부터 더러운 사생아라고."

　"그게 뭐. 네가 사생아니까 내 돈 3억을 달라고?"

　삼남매가 다 배다른 남매인 게 인욱 탓은 아니다. 따지고 들면서 돈을 뜯어내려면 인욱보다는 당사자인 아버지에게 해야 할 것이다. 해서 인욱은 인아의 오래된 투정을 무시해 버렸다. 그러자 인아가 자리를 박차고 일어나 못 배운 본새로 식당이 떠나가라 고함을 내질렀다.

　"양인욱! 이 새끼, 치사하게, 그깟 3억 가지고! 아부지 돌아가시면 나도 내 돈 생겨! 그때까지만 빌리는 셈 치자는데! 더러워서 진짜!"

　"조용 안 해? 우리 로렐 놀랜다. 너, 그건 노가다 판에서 배워 먹은 매너냐. 넌 왜 자꾸 형한테 돈을 달래는 건데. 아부지 땅에 묻히실 때까지 얌전히 기다려. 아님 그 다리로 돈 많은 남편을 잡아. 이혼 몇 번 하면 금방 돈 모일걸. 주제에 영화는 개뿔. 지랄 그만하고!"

인겸이 킥킥대며 배다른 여동생의 심기를 들쑤셨다. 게다가 남의 아픈 속도 모르는 어떤 인간이 추억이랍시고 아들의 말에 힘을 보탰다.

"인아 엄마 다리도 아주 8차선 아우토반이었어. 인아가 지 엄마를 똑 닮았어~."

"얼굴이 아부지 닮아서 꽝이죠, 불쌍한 양인아 군(君)."

"아으, 살기 싫어! 야, 너 이리 와!"

인아가 펄쩍펄쩍 날뛰며 인겸에게 덤벼들었다. 인겸은 실실 쪼개며 아버지께로 물러났다.

"말로 해. 내 주먹 몇 대 맞고 울면 너만 손해지."

"……그만."

인욱은 더 난장판이 되기 전에 이 식사를 일단락 짓기로 마음먹었다. 일단 인아부터.

"똑바로 말해. 얼렁뚱땅 또 그 되지도 않는 시놉시스 말고, 완결된 시나리오. 있어, 없어?"

"있지!"

"갖고 와 봐. 또 거짓말이면 다신 홈문헌에 발 디딜 생각 마."

"아우, 아우, 있지~ 있어~."

인아가 '꺅꺅' 비명을 내지르며 인욱에게 달려들었다. 인욱은 표정 없는 얼굴에 서늘한 눈길로 인아를 물러 세웠다. 그리고 그 얼굴 표정 그대로 메이드를 불렀다. 핏물 가득한 로렐의 접시로 눈짓하며 담담하게 일렀다.

"애한테도 바짝 익은 고기 갖다 주고."

일순 로렐이 앞니가 두 개 빠진 환한 미소로 감사를 전했다. 인욱은 놀라 주춤하다 그대로 일어나 버렸다. 그래도 안 돼, 인마.

"양인겸, 나 어중간한 건 질색이다. 나한테 애를 맡기려면 너희 부부 친권도 포기해."

"에? 혀엉!"

"둘 다."

"로렐 엄마까지 내가 무슨 수로!"

"아님 닥쳐. 자, 이번 달은 이만하죠."

인욱이 먼저 자리를 떴다. 어차피 먹자고 보는 것도 아니고, 흠문헌의 주인이란 이유로 저들의 엉뚱하고 이기적인 요구를 들어 주는 자리일 뿐이었다. 어쨌든 오늘도 모든 것을 통제하고 깔끔하게 정리했다고 생각하니, 먹은 것 없이 저절로 포만감이 들 정도였다.

⸸

"여보? 당신 손님 오셨어."

2층으로 올라가던 인욱을 혜지가 불러 세웠다. 돌아보던 무미건조한 얼굴에 찰나긴 하지만 놀라움이 스치고 지나갔다. 인욱은 흠문헌 현관에 서 있는 낯선, 아니, 너무 낯익은 얼굴을 향해 천천히 돌아섰다.

"어이."

딱 본 순간 그가 그라는 걸 알아볼 수 있었다. 세월이 그렇게 흘렀는데도. 곰 같았던 덩치는 단단한 체구로 바뀌었고 순둥이 같던 얼굴도 검사로서 연륜이 더해져 만만치 않은 인상이 되어 있었다. 그래도 인욱은 요한을 알아보았다.

"여어."

요한도 계단을 내려오는 키 큰 남자를 찬찬히 훑어보았다. 그 또한 소싯적 그대로 키가 크고 호리호리한 인욱을 한눈에 알아보았다. 그 때보다 훨씬 더 날카롭고 예리해진 얼굴선을 훑는 시선이 그렇게 말하고 있었다.

한 걸음 한 걸음 가까워질수록, 인욱의 위압적인 시선이 요한의 살피는 시선과 이질적으로 얽혀 들며 서늘한 불꽃이 눈에 보일 듯했다. 짧은 듯 긴 듯, 깊은 침묵을 깨고 인욱이 먼저 선언했다.

"늙었구나, 조요한."

"너도."

옛 친구들이 동시에 짧고 날카롭게 웃었다. 인욱이 손을 내밀자 요한이 그 손을 쳐 냈다. 그리고 누가 먼저랄 것도 없이 두 남자가 서로의 어깨를 덥석 끌어안았다.

"잘 돌아왔다."

"응."

문득 인욱은 딱딱하게 굳은 요한의 등짝을 예민하게 알아차리고 슥 물러섰다.

"아주 온 거냐."

"응."

인욱은 혜지와 요한을 서로 소개하는 뻔한 짓은 생략하기로 했다. 윤치성 사무실에서 몇날 며칠 먹고 잤다는 녀석 아닌가. 다만 요한의 곁에 있을 줄 알았던 여자의 행방은 궁금해졌다.

"혼자냐?"

"아, 그게."

요한이 서둘러 휴대전화를 꺼내 확인하더니 인욱에게 피식 웃으며 대답했다.

"약혼자도 퇴근하고 오기로 했는데, 아무래도 엉뚱한 데로 간 것 같다. 택시 기사가 오래된 철제 대문 앞에 내려 줬다네? 너희 이제 거기 안 쓰나 보지?"

"새 대문이 더 편하니까."

흠문헌의 철제 대문은 두 개다. 해안 도로가 놓인 후로 새 대문만 사용한 지 오래였고, 구(舊) 도로 쪽 옛날 대문은 일 년 중 몇 번 쓸 일이 없었다. 깊은 산속 굽이굽이 외길 신작로로 시내에 나가려면 자동차로도 한 시간은 족히 걸렸기 때문이었다.

"말투며, 아무래도 외지 사람인 거 표가 나니까, 푼돈 좀 더 건져 보겠다고 기사가 그쪽으로 데려다 줬구만. 데리러 갔다 올게."

"기다려."

인욱은 친구를 제지하고 즉시 현관으로 돌아섰다. 혜지가 그의 소매를 붙들었다.

"당신 어디 가?"

"손님 맞으러."

"당신이?"

"마사(馬舍)에서 러시 내오라고 해. 밤이고, 요새 멧돼지 포유기(哺乳期)라서 멋모르고 가면 위험하다. 내가 갔다 올게."

"당신이? 다른 사람 시키면 되지."

마사에서 데려온 서러브레드(thoroughbred) 종 흑마에 오르며 갑자기 인욱이 버럭 노성을 내질렀다.

"해 떨어진 지 언젠데 불도 안 켠 거야! 당장 가로수 길에 불 밝혀!"

흠문헌이고 주변 산기슭까지 쩌렁쩌렁 메아리치는, 그야말로 사자후(獅子吼)였다. 그러고는 칠흑 같은 어둠이 내린 가로수 길을 향해 무지막지하게 말을 내달렸다.

"여보!"

혜지는 아연실색해서 인욱의 뒷모습을 좇았다. 양인욱은 친절의 치읓도 배려의 비읍도 모르는 냉혈한 아닌가. 혜지 안의 '여자'가 뭔가 심상치 않은 기색을 눈치채고 두려움에 떨기 시작했다. 그때 등 뒤에서 웃음기를 머금은 목소리가 들려왔다.

"역시 바닷가라 밤바람이 차네요. 들어가서 따뜻한 차나 한 잔 부탁할까요."

약혼녀가 위험한 곳에 있다는데 차(茶) 타령이나 하는 남자. 혜지는 싸늘한 외면으로 대답을 대신했다. 요한이 저벅저벅 다가와서 혜지 앞에 우뚝 멈춰 섰다.

"참, 할아버님께서 걱정 마시라고 말씀 전하셨습니다. 몇 가지 더 있는데…… 그전에 우리 둘이서 먼저 이야기 나눠 보고, 그다음 진행을 해야 될 것 같은데. 괜찮을까요."

혜지의 아름다운 눈동자가 놀라움으로 커다래졌다. 요한이 빙그레 웃으며 그녀와 팔짱을 끼고 흠문헌으로 이끌었다. 그의 나직한 소회가 혜지의 어리둥절한 귓전으로 스며들었다.

"이곳은 하나도 변한 게 없네요. 마치 어제 오고 오늘 또 온 것 같으니."

혜지는 현관문을 닫기 전에 슬쩍 어깨 너머 가로수 길을 훔쳐보았다. 어둠 저 너머로 질주하는 말발굽 소리가 요란하게 울려 퍼지고 있었다.

"서울 아가씨! 흠문헌 도착했습니다! 쫌 많이 걸으시야 됨미다, 에?"

친절한 택시 기사가 민재를 내려 준 곳은 어느 거대한 철문 앞이었다. 요한이 죽마고우의 집에 가자고 청했지만 민재는 저녁 뉴스 때문에 같이 올 수가 없었다. 흠문헌을 모르는 택시 기사는 없다는 동료들 말에, 뉴스를 끝내 놓고 아무 택시나 잡아타고 온 길이었다. 이렇게 첩첩산중을 돌고 돌아서 오는 외진 곳이었을 줄은. 흐린 등불이 깜빡거리는 철제 기둥에 녹슨 명판이 달려 있고 '欽文軒'이라고 적혀 있었다. 맞게 온 것 같았다. 잠겨 있겠거니 하면서도 혹시나 철문을 건드려 봤는데, 뜻밖에도…….

끼이이이이이익.

선득선득 귀에 거슬리는 마찰음과 함께 철문이 활짝 열렸다. 철문 안을 기웃거리다 민재는 슬쩍 안으로 한 발 들어섰다. 그리고 일단 요한에게 도착을 알렸다.

지금 흠문헌 도착. 다 썩어 가는 철제 대문 통과. 여기 맞음?

^^ 데리러 사람이 갔으니까 기다려 봐.

"허, 자기가 안 오고?"

민재는 불만 가득한 눈동자로 하늘을 노려보고는 씩씩대며 눈앞의 길로 들어섰다. 어둠과 습한 안개가 자욱한 그곳에, 어둑한 가로등 불빛을 따라 어딘가를 향해 쭉 뻗은 길이 있었다. 엄청나게 키가 크고 엄청나게 밑동이 굵은 나무들이 끝없이 이어지고 유럽 거리가 연상되는 고풍스러운 가로등도 나무 사이사이에 연달아 서 있었다.

옛날 호러 영화의 한 장면 같잖아. 멋모르고 남의 저택에 들어갔다가 된통 당하는……. 설마. 민재는 왠지 오싹해지는 팔뚝을 슥슥 문질렀다. 딱히 앉아서 기다릴 만한 데도 없고 해서 그녀는 슬슬 길을 따라 걷기 시작했다.

"대체 어디야, 여기가."

가로등 불빛에 드러난 가로수 길이 이국적인 데 반해, 그 너머는 온통 칠흑 같은 어둠뿐이어서 두렵고 겁도 덜컥 났다. 뭔가가 어둠 속에서 시근덕대며 따라오는 기분마저 들었다. 환청이라기엔 그 기척이 너무 적나라했다. 민재는 일단 조심스럽게 구찌 하이힐을 벗어서 양손에 움켜쥐었다. 어둠 속의 수상한 기척에 온통 신경이 팔린 채로. 어? 하나가 아닌데? 숲에, 떼로 다니는 거, 뭐가 있더라?

"꺅!"

멧돼지들이다. 본능적으로 비명이 터져 나왔다. 민재가 놀란 만큼 멧돼지들도 놀란 게 분명했다. 갑자기 어둠 속에서 몰려나와 민재에게 달려들었다. 하나, 둘…… 여섯, 일곱?

"엄마야!"

민재는 무턱대고 그저 앞을 향해 내달렸다. 머릿속엔 오로지 넘어지면 끝장이란 생각뿐이었다. 넘어진 등짝을 우르르 짓밟고 달려가는 멧돼지 떼! 상상하지 마! 뛰자, 계속 뛰어야 산다!

그때, 더 안 좋은 소리가 저만치에서 울려 퍼졌다.

꾸에에에엑!

어미 돼지……다. 새끼들이 흥분해서 날뛰니까 어미까지 거대한 등치를 이끌고 튀어나왔다.

젠장! 민재도 총알처럼 튕겨 나갔다. 100m 15초의 준족! 매일 러닝 머신 10km의 체력! 그리고 살고자 하는 강력한 의지가 풀가동되어 멧돼지 8마리 앞에서 거침없이 내달렸다. 넘어지면 끝. 힘 빠져도 끝. 오로지 전력 질주만이 살길이다!

"흐아아압!"

하지만 뛰어도 거리가 좁혀 들지 않았다. 무섭고 거대한 것이 바로 뒤까지 바짝 따라붙었다는 등골 서늘한 느낌만이 점점 더 강렬해졌다. 기도가 절로 나왔다. 교회 갈게요! 절에 갈게요! 아무나, 누구든, 살려 주세요! 살려만 주세요!

그때, 어둠을 뚫고 저만치 앞에서 무언가 거대한 것이 엄청난 속도로 다가오는 게 보였다. 절박한 기도가 통했나 기뻐한 것도 잠시, 가로 등 불빛에 전모를 드러낸 것은 바로 말이었다. 아니, 말 탄 사람. 아니, 총을 겨누며 말을 타고 달려드는 사람!

"아아아아아아아아악! 왜! 왜 내가 이런 일을 당하는 거야!"

민재는 절망에 겨워 비명을 내질러 버렸다. 뒤에서는 거대한 어미 멧돼지와 그 일당이 줄줄이 쫓아오고, 앞에서는 묵시록(黙示錄)의 기 사(騎士)처럼 흉포한 인간이 달려들고 있다!

타아아앙—.

느닷없이 밤하늘에 살 떨리는 폭음이 울려 퍼지고 곧 매캐한 화약 냄새가 진동했다.

"히익! ……허억, 허억."

민재는 너무 놀란 나머지 다리가 풀려 버렸다. 달릴 수가 없었다. 길 한복판에서 허리를 붙들고 헉헉대며 민재는 잔혹한 운명을 한탄했 다. 어미 멧돼지에 받혀 죽으나 달리는 말에 깔려 죽으나. 혹은 총에 맞아 죽으나. 아아, 엄마, 아빠, 언니들, 오빠, 안녕.

"엎드려!"

무시무시한 노성(怒聲)에 저도 모르게 민재의 무릎이 팍 꺾였다. 풀썩 주저앉은 민재의 정수리 위로 거대한 말이 휘이익 날아서 지나갔다. 날아서……. 민재의 머릿속이 하얗게 바래 갔다.

"수고했다, 러시."

인욱은 러시의 목을 다독여 칭찬해 주고 곧 유연한 동작으로 말에서 내려섰다. 그러고는 산탄총을 겨누고 조심스럽게 쓰러진 멧돼지에게 다가갔다. 새끼 멧돼지들은 총성에 놀라 뿔뿔이 흩어졌고 거대한 어미만 긴 혀를 쑥 내밀고 가쁜 숨을 몰아쉬고 있었다. 인욱은 고통스러워하는 멧돼지에게 총을 겨누고 자비의 방아쇠를 당겼다. 총성과 단말마의 비명이 처절하게 밤하늘로 울려 퍼졌다.

타앙— 꾸에에엑!

"엄마야!"

두 번 듣고 싶지 않은 그 사운드에 민재는 질겁하며 용수철처럼 팅겨 올랐다. 두 손으로 귀를 틀어막고서 퀭한 눈으로 어둠 속을 바라보았다. 매운 화약 냄새가 옅어질 무렵 저벅저벅 무거운 발걸음 소리가 먼저 다가왔다. 덩치 큰 남자가 총까지 들고 다가오는데 민재의 심장이 콩알만 해져 버렸다. 심장도 삐걱거리는 절체절명의 순간, 남자가 가로등 불빛 안으로 들어섰다. 움? 아니, 잠깐. 저 얼굴은? 왜 여기 있지, 저 사람이? 남자는 특유의 무표정으로 민재를 노려보며 똑바로 다가왔다. 근데 얼굴을 확인하고서도 살 떨리게 무서운 건 전혀 가시지가 않았다. 오히려 더 무섭기만 했다.

이윽고 그는 민재 앞에 우뚝 멈춰 서더니 커다란 손을 슥 내밀었다.

손? 아아, 손! 멍해졌던 두뇌회로가 다시금 맹렬히 전기 신호 자극을 일으키기 시작했다. 그러고 보니 이 사람, 방금 전 멧돼지에게서 민재를 구해 준 거였다. 민재는 미적미적, 머뭇머뭇 인욱에게 제 손을 내밀었다. 그러자 인욱이 가뿐하게 민재를 잡아 일으켰다. 냉랭한 질책도 뒤따랐다.

"문밖에서 기다리란 연락 못 받았나. 딱 보면 위험한 줄 알고 밖에서 멈췄어야지. 그 정도 상식도 없어. 바보냐."

"어어, 양 이사장님? 마, 맞죠? 와아, 긴가민가했네. 저 허민잰데, 기억하시겠어요?"

인욱이 매섭게 째려보더니 다음 순간 휙 돌아서 버렸다. 민재의 심장도 지은 죄 없이 괜히 오그라들어 버렸다.

　―양인욱 그거 순 인간말짜다. 괜히 주변에서 얼쩡거리다 재수 없이
　　엮이면 너만 손해야.

요한의 살벌했던 경고가 뇌리를 강타했다. 민재는 총을 든 거대하고 무서운 남자 앞에서 바들바들 떨기 시작했다. 작금의 사태에 대한 충격적인 결론이 머릿속에서 회오리치고 있었다. 왜! 어째서! 구해 주러 온 놈이 더 무서워?

인욱이 민재와 흠문헌에 도착하자, 요한이 부리나케 뛰어나왔다. 민재도 얼른 요한의 품으로 뛰어들었다. 하지만 요한은 난감한 듯 곧 포

옹을 풀어 버렸다. 집주인 눈치 보기에 급급해서 민재가 얼마나 서운해하는지도 모르는 것 같았다.

"총소리 나던데? 괜찮아?"

"안 괜찮아! 죽을 뻔했단 말이야! 저기 저 사람이 구해 주더라. 자기 친구라는데?"

"얘기한 것 같은데, 안 했던가? 좀 앉아서 쉬자. 단단히 혼쭐난 얼굴인데?"

인욱은 두 연인을 잠시 바라보다 러시를 끌고 마사로 향했다. 그가 다시 돌아왔을 때 아름다운 현관 아치 아래에서 혜지가 기다리고 있었다.

"당신도 한잔할래?"

인욱은 혜지의 손에 가느다란 보드카 병을 무시하고 그대로 지나쳤다. 그러자 혜지가 병나발을 불며 그를 가로막았다.

"나 할 말 있다, 여보."

혜지는 술 한 모금을 시원하게 들이켠 후 인욱에게 얄밉도록 다정하게 선언했다.

"이혼해."

인욱은 독주에 진저리 치는 혜지에게 그녀가 잊은 척하는 옛 사실을 되새겨 주었다.

"너랑 너희 할아버지 윤치성, 둘이 우겨서 한 결혼이다. 이렇게 될 거라고 너한테 누누이 경고했었다. 너 혼자 피해자인 척하지 마라."

―윤혜지, 넌 평생 혼자라는 사실에 울게 될 거야. 난 새 인생도 새 사랑도 필요 없으니까. 그래도 괜찮다면 결혼해 주지. 나만 빼고

다들 원하는 게 그거 아냐?

　헤지도 옛 기억이 떠올라 정원을 향해 돌아섰다. 그리고 바로 이 정원에서 치렀던 아름다운 결혼식을 떠올렸다. 너무나 아름다웠지만 동시에 회복 불능으로 절망적이었던 그 순간도.

　—신랑 양인욱 군은 윤혜지 양을 신부로 맞이하여 기쁠 때나 슬플 때나 좋을 때나 힘들 때나 건강할 때나 아플 때에도 항상 사랑하고 존중하며 진실한 남편의 도리를 다할 것을 맹세합니까?
　—훗.

　냉엄한 얼굴에 스친 코웃음 한 번이 새신랑의 대답이었다. 모든 하객과 가족들, 특히 희망에 찬 새신부를 나락으로 떨어뜨린 한 방이었다. 혜지는 쓰디쓴 추억과 함께 보드카를 벌컥 들이켜고 늘 해 왔던 항변을 다시 들먹였다.
　"당신 말이 맞았다는 거, 내가 완전히 틀렸다는 거, 인정하잖아. 그러니까 이혼하자고."
　"이혼은 없어. 네 멋대로 내 인생 좌지우지한 건 한 번이면 충분했다."
　혜지는 싸한 독주를 들이켜며, 꼭 말해 두고픈 속내를 이렇게 저렇게 정리해 보았다. 무섭도록 잘생겼고 실제로도 무서운 사람이지만, 당신을 참 사랑한…… 사랑했다고 말하고 싶었다. 깨져 버린 내 사랑이 참…… 당신의 그 대단한 첫사랑만큼이나 내 첫사랑도 아프고 아팠다고, 말하고도 싶었다. 하지만 남편의 차고 시린 태도가 그녀를 엇

나가게 했다.

"소개해 줄 사람이 있어. 우리 할아버지 후계자고 곧 내 새 남편 될 사람."

인욱은 표정 하나 없는 얼굴로 주변을 두리번두리번 살폈다. 그러다 저만치 떨어져 있는 요한에다 냉랭한 시선을 붙박은 채 이죽거렸다.

"저 녀석은 약혼자가 있어."

"난 뭐, 남편 없나?"

"니들이 개돼지야? 목적에만 맞으면 아무하고나 막 붙어먹어?"

"당신한테 그런 소릴 들으니 참 신선하네?"

혜지가 비아냥거리거나 말거나 인욱은 무섭도록 아름다운 그 얼굴로 밤하늘을 노려보았다. 곧 그는 혜지를 향해 묵직하니 고개를 가로저었다.

"결혼은 네 멋대로 해도, 이혼은 안 돼. 절대로."

인욱이 보드카 병을 빼앗아 내던지고 빙하처럼 차가운 손으로 혜지의 팔을 붙들었다. 그리고 척척 요한에게로 이끌었다.

"놔. 내 발로 간다고. 놓으라니까!"

남편의 손에서 전해지는 싸늘한 냉기에 혜지가 사시나무처럼 떨기 시작했다. 이렇게 차갑지만 막상 혜지에게 대놓고 화를 낸 적은 없었다. 무시하고 묵살하고 외면하기만 할 뿐. 혜지는 결코 이 남자의 평정심을 깨뜨릴 수 없었다. 숨이 턱턱 막혀 왔다.

"그러게 왜 할아버지 건드렸어!"

인욱이 우뚝 멈추어 서서 천천히 혜지를 돌아다보았다. 냉기가 일렁이는 눈가에 보일 듯 말 듯 놀라움이 스쳐 지나갔다.

"언제 알았어."

"노구에 지병도 있으시고, 정치 원로시고, 그런 분이 보석 신청해도 자꾸 안 된다고 하니까 의심이 안 가? 당신 정말 마당발이더라. 검찰, 경찰, 판사, 다 입 다물고 시치미 떼던데. 내가 아는데 할아버지가 모르시겠어? 말씀은 안 하셔도 그 속이 어떻겠어!"

인욱은 윤 의원의 의중을 잠시 헤아려 보았다. 손녀를 이혼시키고, 인욱의 죽마고우를 포섭해서……. 그때 카페에서 엿들은 허민재의 전화 통화가 떠올랐다.

─뚱딴지같이 국회의원이라니! 보궐선거는 또 뭐고!

"……그렇군. 역시 늙은 너구리."

"뭐야! 야!"

약이 바싹 오른 혜지가 손톱을 세우고 인욱에게 덤벼들었다. 인욱은 가뿐하게 아내를 품에 끌어안고 귓전에 서늘하게 쏘아붙였다.

"내일 바로 출소하실 테니 생쇼 그만하시라고 해. 은행 열자마자 섭섭지 않게 입금도 해 드릴 거고. 구치소 며칠 고생하신 거 싹 잊을 정도는 드린다고 해. 현금으로."

"바보 아냐? 할아버지가 지금 돈 몇 푼 때문에 이러는 거 같아?"

"그럼! 내일 몇 푼이나 입금됐는지 확인하면 오늘 너 이혼 어쩌고 해프닝도 잊으시겠지."

혜지가 온몸으로 인욱의 차디찬 손아귀에서 벗어나려 애쓰며 소리쳤다.

"그깟 돈! 우리 할아버지는, 본인 청렴한 이미지가 더럽혀져서 화내고 계신 거야! 가만두면 곧 은퇴할 양반을 괜히 긁어 부스럼 만들었잖아, 당신이!"

"청렴이 다 얼어 죽었지. 은퇴? 웃기시네. 나한테 약속한 일들은 어쩌고."

인욱은 윤 의원이 머리 굴리는 것쯤은 쉽게 들여다보였다. 순순히 서울로 올라가서 인욱을 위해 열심히 일해 주느니 차라리 복수를 하시겠다? 뭐 대단한 일이었다고 복수씩이나?

"그간 받아먹은 만큼 일은 정확히 해 주고 가셔야지. 내가 쉽게 놓아줄 줄 알고?"

인욱이 혜지를 풀어 주고 휑하니 돌아섰다. 저만치 요한이 허민재와 이야기를 나누고 있었다. 인욱이 냉기를 철철 흘리며 저벅저벅 요한에게로 다가갔다.

이거였나. 십수 년 만에 돌아와 윤 의원 사무실에 틀어박혀 이런 짓을 꾸미고 있었나. 오래전 그 밤에 목숨 걸고 너를 지켜 준 대가가 이런 거였나. 개자식아!

┼╬┼

요한은 민재를 참나무 아래 벤치에 앉혀 주고서 영 뜬금없는 최후통첩을 내렸다.

"우리 결혼, 없던 걸로 해."

아무런 감정도 실리지 않은 지극히 평탄한 어조. 요한은 전직 검사답게 마치 판사 앞에서 형량을 한껏 부풀려 부를 때처럼 자신만만했다. 민재는 단숨에 억울한 피의자가 되어 요한의 멱살을 붙들었다. 그리고 순간적으로 떠오른 지저분한 가능성을 입에 담고 말았다.

"혹시 다른 여자라도 있어? 그래서 연락 한 번 안 한 거였어? 말해!"

"아이쿠, 민재야. 그만하자니까."

요한이 어색하게 '허허' 웃으며 민재의 두 손을 풀어냈다. 그때 뒤에서 상냥하고 우아한 목소리가 끼어들었다.

"무슨 문제 있어, 요한 씨?"

민재는 여왕처럼 아름답고 우아한 여자가 흔들흔들 다가오는 것을 바라보았다. 인욱이 혜지의 팔뚝을 낚아채고 낮게 으르렁댔다.

"끼어들지 마."

"우리 어디 딴 데로 가. 모르는 사람들 없는 데로. 가서 얘기해. 얼른, 요한 씨. 가자, 응?"

민재는 집주인 부부를 등지고 요한의 팔을 잡아끌기 시작했다. 어떻게 우리의 완벽한 결혼을 없던 일로 하자는 건지, 충격에 몸도 마음도 가누기 힘들었다. 다만, 누군가 보고 있다는 사실을 의식하느라 창피함보다도 자존심과 오기가 끓어올랐다.

"이러지 말자, 민재야. 납득시키고 말 것도 없던 사이였잖아, 너랑 나. 그냥 이대로 헤어져도 서로에게 아무런 책임질 일도 없었고. 미안한 마음이 없는 건 아니지만 서로 많이 아꼈던 기억으로 그만 용서하고 놓아주기로 하자, 응?"

"우리 식구들, 친척들, 내 친구들, 회사 사람들, 동네 사람들. 다 내가 당신이랑 결혼하는 줄 알아. 조요한이, 허민재랑 결혼합니다. 청첩장도 다 찍어 놨는데! 어떻게 책임질 일이 없다고 할 수 있어? 어떻게 이렇게 무책임할 수 있어?"

민재가 답답한 나머지 주먹으로 요한의 가슴을 내려치기 시작했다. 요한은 민재를 차분히 밀어내며 이성적으로 설명을 해 주었다. 마치

자기도 선의의 피해자인 양.

"나도 이렇게까지 일이 엇나가 버릴 줄은 몰랐다. 그냥, 내 앞날에 우리 민재 씨와 함께할 자리는…… 없겠다. 그만 나 좀 놔주라."

요한은 낯선 사람들 앞에서 민재를 바보로 만들고 있었다. 창피하고 자존심이 상해서, 이런 상황에 밀어 넣은 이 남자가 미워서 딱 죽고 싶었다.

"……뭐래니 지금."

"이제 그만하자. 민재 씨, 응? 자, 우리 깔끔하게……."

요한이 악수나 하자고 손을 내밀었을 때 민재는 급기야 퍼석퍼석하니 웃어 버렸다. 동시에, 깨져 버린 완벽한 결혼의 환영(幻影)이 커다랗게 풀린 동공에서 반짝반짝 눈물로 차올랐다. 민재는 있는 힘껏 따귀를 쳐올렸다. 하지만 그건 돌이킬 수 없는 패착(敗着)이었다.

"……그래, 나도 악수보단 따귀가 더 마음 편하다."

고작 따귀 한 대로 모든 정산(定算)을 끝낸 듯 속 편하게 웃으며 요한이 혜지에게 돌아섰다. 요한은 혜지의 어깨를 듬직하게 감싸 안으며 민재와 인욱에게 차분히 선언했다.

"우리 결혼할 거야."

민재는 멀미가 나서 휘청휘청 뒷걸음질로 물러났다. 다음 순간, 무언가 단단한 벽 같은 곳에 부딪혀 버렸다. 무언가 차디찬 것이 민재의 어깨를 붙들었다. 서글프게 올려다본 민재의 시선에 표정 하나 없는 무서운 얼굴이 그녀를 내려다보고 있었다.

"괜한 분란 일으키지 마라. 이혼은 없다."

충격이나 분노 같은 건 전혀 느껴지지 않는 냉정하고 담담한 어조였다. 민재는 그런 평정심이 부러웠다. 아니, 미칠 것 같고 신경질 나고 몸부림치며 울고불고 난리 치고 싶었다. 민재가 약혼자에게 버림받았듯 이 남자도 아내에게 버림받은 걸 텐데, 왜 이 남자는 아무렇지도 않아 보일까. 왜 나만 고통스러운 거지?

"놔요."

속삭임만큼도 안 되는 힘없는 요구였다. 인욱은 즉시 민재의 어깨를 풀어 주고 혜지에게 다그쳤다.

"당신은 어서 허민재 씨한테 사과하고 들어가."

혜지는 인욱이 낯선 여자의 이름을 알고 있어서 깜짝 놀랐다. 그러고 보니 아까 손님을 맞으러 간다며 무지막지하게 말을 몰고 갔었다. 휘청거리던 저 여자를 한달음에 다가가서 자기 몸으로 받아 주던 타이밍도 새삼 놀라웠다. 배려의 비읍도 모르는 내 남편이……. 혜지는 의심을 가득 담은 눈길로 인욱을 쏘아보며 자못 다정하게 되물었다.

"당신이야말로 납득을 못 했구나? 우리 이제 끝이라고. 당신은 내가 행복하든 말든 관심도 없겠지만. 난 이 불행한 결혼에서 벗어날 거야."

"나랑 이혼하고 다른 정략결혼을 하면 행복해진다고? 말 되는 소리 좀 해라."

혜지는 민재를 잠시 노려보다 인욱에게 돌아섰다. 세상 누구도 홀릴 수 있을 만큼 아름다운 미소로 남편에게 말했다.

"여보, 행복은 상대적인 거야. 날 불행하게 하는 사람들이 처참해지면 난 가만있어도 행복한 게 돼."

"쯧쯧."

세상에서 혜지의 미소가 통하지 않는 단 한 사람, 인욱이 경멸하듯 혀를 찼다. 민재도 그런 끔찍한 생각이 저 아름다운 입에서 흘러나왔다는 게 믿어지지 않았다. 그러자 요한이 그 어색한 침묵을 깨고 교통

정리하듯 선언했다.

"늦었다, 인욱아. 오늘은 이만하자. 혜지 씬 내가 데려갈게. 민재 씨, 택시 불러 줄까?"

"야!"

나오는 대로 힘껏 비명을 내질러 버린 민재였다. 택시를 불러 준다고? 택시를 불러 줘? 이 와중에 태평할 정도로 상냥하게 물어보는 요한이란 남자, 생판 남 같고 악마 같았다. 어떻게 저럴 수가 있을까. 결국 민재는 두 손에 얼굴을 묻고 와르르 무너져 내렸다.

이건 악몽이다. 어서 깨자. 눈을 뜨면 나는 완벽한 신부가 되어 완벽한 신랑과 완벽한 결혼식을 올리고 완벽하게 행복한 가정을 이루며 사는 거다. 어서 깨자. 다음 순간 민재는 자리에서 벌떡 일어서서 요한의 팔을 잡아끌었다. 더 이상 창피할 것도 내세울 자존심도 없었다. 내 완벽한 결혼, 내가 지켜야 한다.

"양 이사장이 이혼 안 한다잖아. 그럼 당신도 이 결혼 못 해. 그냥 원래대로 해. 원래대로 나랑 결혼하자고."

요한이 팔을 치켜들고 난감한 표정으로 혜지를 향해 웃었다. 민재는 줄줄 울고 있는데 그는 딴 여자에게 웃었다! 여태 민재를 지탱해 주던 이성, 교양, 상식이 휘발해 버린 순간이었다.

"나쁜 새끼! 네가 배신해 놓고서 왜 나를 바보 천치로 만들어? 네가 결혼하자고 여기로 내려오라고 한 건데, 왜 나를 생각 없는 앨 만들어? 그냥 국회의원 자리 욕심난다고 해! 남의 마누라 빼앗아서라도, 약혼자 배신하고서라도 국회의원 하고야 말겠다고 해! 네가 아주 나쁜 놈이고 이기적인 새끼라고 해! 같잖게 피해자인 양 실실 처웃지 말고!"

민재는 하이힐로 요한의 정강이를 걷어차고 핸드백으로 등덜미를 후려치고 손톱으로 얼굴을 긁어 버렸다. 눈물이 줄줄 쉬지도 않고 흘러나왔다.

나쁜 건 저 새끼인데! 왜 내가 미친년처럼 날뛰는지! 내 결혼 물어내! 내 예쁜 미래 물어내!

"그만."

차갑고 단단한 것이 민재의 어깨를 붙들었다. 민재는 시리게 저려오는 어깨를 빼내려 몸부림쳤지만 소용없었다.

"진정하고."

진정? 결혼이 깨지고 약혼이 깨지는데 슬프고 힘든 사람은 민재뿐이다. 이상한 것들. 아주 아주, 이상한 것들. 갑자기 이 자리에 있는 게 역겹고 토할 것 같았다. 저들과 한 무리로 섞여 있는 게 미치도록 추잡하게 느껴졌다.

"잘 먹고 잘 살아라!"

퍽이나! 민재는 뒤돌아보지 않고 냅다 뛰기 시작했다. 심장이 벌떡대는 수치심에 더 있자 해도 여기에 더 있을 수도 없었다. 생판 모르는 사람들 앞에서 이런 수모를 당하고 이런 꼴을 보이고, 도망까지 치고 있다! 엉엉 울면서 도망치고 있다!

⁂

징징 울면서 타박타박 해안 도로를 걷고 있는데 뭔가 쌩하고 옆으로 다가왔다. 민재는 멍한 얼굴로 검은색 스포츠카에서 내려서는 양 이사장을 올려다보았다.

"신발 어쨌어."

짜증 한가득인 질문에 민재도 멍하니 제 발을 내려다보았다. 올이 터지고 나간 스타킹이 발가락 사이에 간신히 걸려 있었다. 어, 내 구찌. 분명히 손에 쥐고 뛰었던 건 기억나는데…… 모르겠다. 민재는 힘없이 고개를 가로저었다.

"타."

모르고 걸을 땐 걸었는데, 까지고 부은 맨발을 보고 나니 솔직히 착잡해졌다. 민재는 절뚝절뚝 인욱이 열어 둔 조수석에 올라탔다. 담배 냄새가 지독할 줄 알았는데 의외로 쾌적했다.

"운전 자주 안 하는 편이라서."

라고 겸손을 떨었지만 운전 습관도 나쁘지 않았다. 여자를 조수석에 태우면 괜히 개폼 잡느라 과격해지는 남자들도 있지만 양인욱은 아니었다. 제한 속도와 신호를 다 지키고 앞만 보고 운전했다. 역시 교육자는 달라.

"감사합니다. 그냥 택시 불러 주셔도 되는데."

택시면 더 감사한데. 인욱은 들었는지 말았는지 털끝 하나 반응하지 않았다. 저 정도 포커페이스면 안면 근육이 경직되지 않을까. 남의 얼굴인데 그런 걱정이 들 정도로 양인욱은 무표정 그 자체였다. 네가 지금 남 걱정할 때니.

멧돼지에게 쫓기고, 말 탄 기사 — 라기보다는 악마 같았지만 — 에게 구조되고. 약혼자에게 배신당하고, 두들겨 패고, 울며불며 뛰쳐나가고. 이만하면 하룻밤치의 생난리로는 차고 넘치는 엽기 행각이었다. 민재 같이 평범한 직장인에게 이건 너무 과한 스트레스이기도 했다. 내일 아침이면 분명 몸살이 나고야 말 것이다. 아침 뉴스 할 수 있을까?

민재는 그 모든 사건을 곁에서 지켜본 흉문헌의 주인을 흘깃 훔쳐

보았다. 불쌍해하고 있을 것이다. 그래서 몸소 데려다 준다는 거 아니겠는가. 고요한 정적을 깨고 전화벨이 울렸다.

"어? 내 전화네? 어디 있지?"

민재는 부랴부랴 가방 속을 뒤져 스마트폰을 찾아냈다. 국제 전화. 보스턴에 계신 아빠의 숙소 번호였다. 민재는 차 주인에게는 등을 돌린 채 소곤소곤 속삭이며 통화하기 시작했다.

"아빠? 웬일이세요?"

[막내딸! 결혼 준비는 어떻게 돼 가? 엄마가 언니들 못 믿겠다고 한국 들어가겠대.]

엄마가 들어오신다. 민재의 가슴에 안도감이 천국처럼 퍼져 나갔다. 민재는 어느새 울먹이며 아빠께 하소연을 늘어놓기 시작했다.

"어우, 아빠. 나 어떡하면 좋아요. 조요한 그 개자식이 글쎄……."

이 나이를 먹어도 막내딸은 막내딸. 민재는 오늘 있었던 서럽고 분하고 창피했던 모든 사정을 주절주절 늘어놓았다. 그사이 전화기 너머는 아빠에서 엄마로, 다시 아빠로, 또 엄마로 상대가 바뀌고 있었다. 머나먼 미국 땅에 계신 엄마 아빠께서 막내딸 걱정에 안절부절못하고 계신 거다.

[전근을 갔다고? 그런 걸 혼자 덜컥! 아빠랑도 의논했어야지! 다시 서울 오려면 어떡해야 되는데?]

"……당장은 방법이 없어요. ……모르겠어요, 저도 뭐가 그렇게 급했나. ……그땐 그냥 그래야 할 것 같아서."

[어우, 어떡해! 야, 울지 마, 이 바보야! 내가 갈게! 엄마가 뱅기 표 되는 대로 갈 거니까!]

"응, 엄마. 응, 엄마……."

가족은 언제나 민재에게 천군만마의 힘이다. 엄마가 오신다고 무슨 큰 변화가 생기지 않으리란 것 잘 안다. 조요한하고는 그냥 깨진 것이다. 안다. 그런 질 나쁜 놈하고 이만하고 끝난 게 장기적으로는 훨씬 잘된 일일 것이다. 안다. 아는데…….

"부모님 전환가."

스르르 눈꺼풀이 감겨 가던 민재는 화들짝 놀라 차 주인을 돌아다보았다. 어우, 깜짝이야.

"네. 울 엄마 아빠는 제가 안 좋으면 어떻게 된 건지 금방 아세요. 촉이 좋은가 봐."

"……도착하면 깨울 테니 눈 좀 붙이든지."

안 그래도 엄마 아빠의 목소리를 들었더니 위로도 되고 긴장이 풀리면서 눈꺼풀이 마구 내려앉던 중이었다. 오피스텔 주소를 가르쳐 줘야 된다는 생각이 깜빡 스쳐 지나갔다.

민재의 오피스텔 앞에 도착하고도 인욱은 한동안 꿈쩍도 하지 않았다. 잠이 들어 버린 작고 옹송그린 등을 바라보며 인욱은 나직한 한숨을 토해 냈다.

"자?"

공기청정기의 바람이 서늘했던지 민재가 뒤척이며 돌아누웠다. 덕분에 인욱은 오매불망 염원하던 그 얼굴을 마주 보게 되었다. 뭉개진 화장 위로 마른 눈물 줄기며 마스카라 자국이 얼룩덜룩했다. 하지만 예쁠 거 하나 없는 그 얼굴에서조차 도통 눈을 뗄 수가 없었다.

진짜 자냐. 인욱은 허허로운 나머지 쩝쩝 입맛을 다시고서 가만히 손을 뻗어 시트를 젖혀 주었다. 윗도리도 벗어 민재에게 덮어 주었다.

또 뭐를 해야 할까. 잠든 얼굴을 하염없이 들여다보다 인욱이 또 가만히 손을 내밀었다. 숱 많고 까만 머리카락을 쓰다듬고 립스틱이 지워진 입술을 지그시 매만졌다. 추억 속 빛바랜 감촉들이 순식간에 현실이 되어 인욱을 뒤흔들었다. 그는 얼른 뒤로 물러나 버렸다.

"재수 없게도 닮았다, 허민재."

휴우. 오늘 있었던 일들을 머릿속으로 정리해 보려는데, 눈앞에 있는 여자 때문에 골치만 아팠다. 생각해 보면, 이 여자가 오늘 겪은 불미스러운 일들은 어떤 면으론 인욱의 탓이기도 했다.

몇 년을 노리고 노려서 드디어 윤치성의 꼬리를 잡았다. 외국에 나가서 비밀 회동까지 해 가며 돈을 받는 장면을 입수했을 때 얼마나 쾌재를 불렀던가. 일사분란하게 언론 플레이를 해서 늙은 너구리의 본성을 만천하에 까발려 버렸다. 할 일을 열심히 하지 않는 늙은 너구리를 혼내려고 작심하고 꾸민 일이었다. 엉뚱하게도 허민재에게 불똥이 튈 줄은, 생각도 계산도 못 한 일이었다. 인욱은 슥 팔을 뻗어 눈물이며 화장이 얼룩진 하얀 얼굴을 손등으로 살며시 쓸어내렸다. 윤치성 같은 게 뭐라고 이 여자를 울렸는지, 후회된다.

"어이…… 미안……."

평생 처음 하는 사과였지만 상대는 깊은 잠에 빠져 듣지도 못하고 있었다. 괜스레 괘씸해져서 인욱은 잠자는 여자의 턱을 집어 올렸다. 새근새근, 평화로운 숨결이 드나드는 입술이 그의 코앞에 있었다. 흐린 시선이 무방비한 입술 위로 어지럽게 떠돌았다.

그거 알아? 몇 년을 별러서 꾸민 일을 후회하게 만들었다. 사과하게 만들었다. 동은이가…… 아니, 동은이를 닮은 여자라도 우는 건 딱 질색이다. 세상이 다 너를 울려도 나는, 그리고 싶지 않다. 동은아, 아니, 허민재 씨. 그러니…….

"푹 쉬어."

인욱은 담담히 민재에게서 물러나 자신의 시트에 널브러졌다. 손가락 하나 까딱할 힘도 기운도 없었다. 몸도 마음도 녹초다. 동은이 얼굴을 한 여자가 딴 놈 때문에 울고불고하는 걸 무기력하게 지켜만 보려니 참 끔찍하게도 외로워져 버렸다.

패잔병처럼 늘어진 그때, 안주머니에 있던 휴대전화가 부르르 떨며 소영의 긴급 메시지를 전해 주었다.

그 호텔 소회의실이면 200명 정도 들어간다. 기자회견할 생각이구나. 보궐선거 어쩌고 조요한을 꼬셨다더니. 정계 은퇴 선언이라도 하실 모양이었다. 하란 일은 안 하고 자긴 뒤로 물러나고, 젊은 요한에게 인욱과 싸움을 붙이겠다는 소리다. 팔순 노인네 귀여운 짓 한다며 웃어넘기는 건 인욱에겐 없는 자질이다.

덤비면 짓밟아 준다. 누가 됐든. 난 그걸 배웠다, 요한아. 그 밤에, 그리고 지난 세월 동안에. 넌 어떠냐. 어떻게 변했냐.

인욱은 긴 한숨을 후우욱 내쉬며 민재를 향해 돌아앉았다. 달게 자는 얼굴을 하염없이 바라보며, 그는 작금의 현실을 드디어 인정하고 받아들였다.

조요한이 돌아왔다. 적이 되어.

동은이를 빼닮은 여자가 있다. 지금, 여기 내 눈앞에.

내 등에 칼을 꽂아라

흠문헌 주인이 없는 아침 식사 테이블은 수저 달그락거리는 소리 말
고는 무섭도록 조용했다. 기범은 여자 친구들이 보내는 메시지를 확
인하느라 식사도 하는 둥 마는 둥이었고, 인겸은 로렐에게 김치며 콩
자반을 옮겨 주느라 바쁜 척을 했고, 인아는 심드렁하니 밥알만 깨작
거렸다. 대화는 없었다.

"아, 늦어서 미안."

인욱이 소리도 없이 성큼성큼 식당을 가로질렀다. 갓 샤워한 상큼
한 향기와 깔끔하게 차려입은 슈트 차림 어디에도 밤새 한숨 못 잔 티
는 전무했다.

"좋은 아침, 장남. 요트 키, 잊지 말고."

"형! 우리 로렐 청인유치원에 자리 되겠지? 부탁 좀 하자, 진짜로!"

"야, 이거 우리 영화 시나리온데 한번 읽어 봐. 이거 완전 칸(Cannes)
대상감이라 극비인데. 읽고서 초기 투자 3억만 내놔. 어?"

갑자기 어수선해지자 로렐도 휘둥그레져서 인욱을 바라보았다. 인
욱은 얕은 한숨 한 번으로 모두를 물리쳤고, 언뜻 아이의 눈과 마주
치자 고개를 가로저었다. 다 안 되고, 너도 안 돼.

"아침 뉴스."

곧 커다란 텔레비전에 뉴스 화면이 떠올랐다. 오늘 아침의 톱뉴스

는 '윤치성 의원 보석 출소' 라이브 연결이었다.

50여 년간 대한민국에서 유일무이한 10선 국회의원이자 청렴한 이미지로 명망 높았던 윤치성 의원이었건만, 몇 달 전 외국의 호텔 방에서 불법 정치자금을 받는 CCTV 화면이 공개되면서 부도덕한 파렴치한으로 여론의 뭇매를 맞고 있었다. 여러 나라의 은행을 거쳐 돈세탁한 정황도 속속 드러났다. 명명백백한 증거들 때문에 대 정치가는 꼼짝없이 구속 기소되었고, 팔순 노인에 지병도 있고 불법 정치자금도 국고에 환속하겠노라 공표했지만 '어쩐지' 보석이 받아들여지지 않았다. 그러다 오늘 간신히 출소하게 되었다.

"한 보름은 더 묶어 둘걸. 아직도 눈이 살아 있네, 영감쟁이."

화면 속 윤 의원을 노려보며 인욱이 무덤덤하니 밥을 씹었다.

범털이라도 노구(老軀)는 노구. 그 얼마간의 구치소 생활이 노의원에게 무척 힘겨웠음은 화면으로도 생생히 전해졌다. 젊은 수행원에게 온몸을 맡긴 채 퍽이나 가여운 행색이었다. 연기에 물이 올랐다고나 할까.

"어? 요한 오빠 아냐?"

인아가 젊은 수행원을 아는 체했다. 인욱은 매섭게 조인 눈매로 동생의 입을 다물게 했다. 이윽고 넓은 식당에 윤 의원의 정계 은퇴 가능성을 전하는 여자 아나운서의 목소리만 낭랑하게 울려 퍼졌다.

[……이에 윤치성 의원 측은 조만간 향후 거취와 관련해 입장을 정리하여 발표하…….]

"저, 저!"

인겸이 미친놈처럼 밥풀이 묻은 숟가락으로 텔레비전 화면을 가리켰다. 인욱도 슥 화면을 일별하고 다시 식사에만 열중했다. 허민재 아나운서가 부드럽고 야무진 모습으로 뉴스를 전하고 있었다.

"뭐야, 왜 그래 오빠. 어얼? 동은이잖아! 귀신이야?"

인아까지 덩달아 호들갑을 떨며 텔레비전에 손가락질을 했다. 인겸과 인아는 도저히 믿을 수 없어서 아예 텔레비전 화면 앞으로 모여들었다. 인욱이 무덤덤하니 말했다.

"딴 사람이다."

하지만 저 여자도 동은이처럼 말할 때마다 입술 끝이 웃는 것처럼 말려 올라간다. 저 여자도 동은이처럼 반짝이는 눈망울에 웃음을 머금고 있다. 오늘 아침 저 얼굴 어디에도 지난밤 가슴 깨지는 고통에 울부짖던 모습은 보이지 않았다.

"어떻게 저렇게 똑 닮아? 도플갱언가?"

"소설을 써라, 삼류 영화감독 아니랄까 봐. 쟤가 쫌 낫네. 여잔 화장발 조명발이!"

"잘 먹었습니다."

인욱이 식사를 하다 말고 자리에서 일어났다. 그러자 두 동생들도 화들짝 제 풀에 놀라 식탁으로 돌아갔다. 원래는 이 집에서 신동은은 금기 사항이었다. 인욱이 워낙 싫어했기 때문이었다. 너무나 닮은 여자를 보고 엉겁결에 일어난 해프닝이었으니 망정이지. 두 동생들은 식탁 위로 서로를 탓하는 시선들을 주고받았다.

"파파, 도플갱어, 뭐야?"

"야, 조용. 귀신이야, 귀신."

고모의 위협에 아이가 놀라 딸꾹질을 시작했다. 그에 아랑곳없이 인아의 눈동자는 큰오빠와 아나운서 사이를 떠돌았다. 인겸 역시 마찬가지였다. 그때였다.

동은을 닮은 아나운서가 반듯하게 인사한 후, 초롱초롱 반짝이는 눈에 웃음을 담고 입술 꼬리를 말아 올려 활짝 웃었다. 진짜 귀신처럼!
인욱도 그 웃음에 완전히 넋을 놓고 있었다. 진짜 귀신을 보는 것처럼.

"뭐 해, 출근 안 해?"

스마트폰을 덮으며 기범이 대뜸 소리쳤다. 그러자 마법이 풀린 것처럼 인욱이 스윽 정신을 차리고 돌아섰다. 인욱이 휑하니 나가 버리자 두 동생은 소리 죽여 의견을 나누었다.

"암만 봐도 저건 동은인데. 귀신이 아니란 말야?"

"딴 사람이라잖아. 형이 이미 다 알아봤나 본데."

"아, 너무 놀라서 체할 것 같다."

"나두."

간만에 의견일치를 본 두 동생이 동시에 수저를 '탁' 테이블에 내려놓았다. 양인욱이 얼마나 힘들게 신동은을 떠나보냈는데, 다시 저 얼굴이 세상에 나타났단 말인가!

✦

인욱이 점심 미팅을 마치고 오후 늦게 이사장실로 돌아와 보니, 윤 의원이 그를 기다리고 있었다. 새로운 젊은 수행원은 곁에 없었다. 인욱은 일어서려는 윤 의원을 만류하며 악수를 청했다.

"고생 많으셨습니다."

쭈글쭈글하고 마디마디 뻣뻣한 손이 크고 단단한 젊은 손을 굳세게 맞잡았다. 검버섯 하나 없이 곱게 잘 늙은 얼굴이 웃는 낯으로 나직나직 소회를 전했다.

"그렇지 뭐. 이 나이가 되니 구치소 생활도 젊었을 때랑 달라. 주는 대로 잘 먹던 밥도 괜히 까탈 떨고 싶고. 돌침대서도 잘 자면서 괜히 바닥 딱딱하다고 투정 부리고 싶고. 인자 갈 때가 됐던갑서.”

윤 의원이 키가 큰 손녀사위를 한껏 올려다보며 진중하게 감사 인사까지 마저 읊었다.

“보석되라고 사방팔방 신경 써 줘서 고맙네. 자네가 안 나서면 역시 일이 안 되아. 덕분에 생각보다 빨리 나왔네.”

“할 일을 했을 뿐입니다.”

인욱은 담백하게 인사치레를 갈무리하고 영롱한 나전칠기 휴미도(humidor)에서 시가를 꺼내 윤 의원에게 권했다. 윤 의원도 아이처럼 반색하며 받아 들었다.

“아, 구치소가 밥도 밥이지만 요것도 참 그립드라고.”

윤 의원이 즐겁게 시가를 커팅하고 성냥불에 굽는 동안, 인욱은 괴석(怪石) 장식장에서 싱글 몰트 스카치위스키 병을 꺼내 왔다. 리모컨을 켜자 이사장실 사면을 둘러싼 스피커에서 베토벤 교향곡 3번 에로이카(Eroica, 영웅) 1악장이 울려 퍼졌다.

흡사 번스타인을 닮은 윤 의원이 한 손에는 시가, 또 한 손에는 위스키 잔을 들고서 만족스러운 듯 선율에 맞춰 고개를 끄덕였다. 인욱도 윤 의원의 건너편 소파에 깊숙이 파묻혀 느긋하니 턱을 고인 채 음악을 감상했다. 위장(胃腸)을 위한 스카치위스키, 가슴을 위한 향긋한 시가, 영혼을 위한 베토벤. 남자를 위한 최고의 사치 아니겠는가. 보지 않고 말하지 않지만 서로를 훤히 이해하는 두 남자의 ‘아름답게 연출된’ 침묵이 이어졌다. 윤 의원의 호사스러운 끽연이 끝나 갈 무렵 인욱이 나직이 운을 뗐다.

“서울에는 언제 돌아가십니까. 가시기 전에 저하고 몇 번 보셔야 할 텐데."

윤 의원이 몹쓸 스캔들에 휩쓸려 구치소에 갔다 오기까지 그 몇 주 동안, 밀리고 지체된 일들이 꽤 되었다. 마음먹은 일이 지체되는 것만큼 인욱을 짜증 나게 하는 것도 없었다.

"……안 갈라고."

인욱이 멈칫하며 윤 의원을 쏘아보았다. 무슨 의미인지 눈짓으로 물으니 허허로운 웃음 섞인 답변이 돌아왔다.

"인제사 내가 뭔 영화를 더 보겠어. 정치 인생 50년, 대한민국에서 유일무이한 10선 의원도 해 봤고. 안 그러냐, 인욱아."

인욱은 들끓는 부아를 꾹 참고서 윤 의원을 지그시 바라보았다. 이 너구리가 그의 이름을 부른 건 이번이 두 번째였다. 이 참을 수 없이 불쾌하고 오염된 기분도 저번과 똑같았다. 느긋하게 인욱의 시선을 참아 내던 윤 의원이 갑자기 생각난 듯 말했다.

"아, 혜지! 아이고, 이놈의 정신머리. 인욱아, 그만 놓아주지? 불쌍한 내 손녀딸."

"절대로 이혼은 안 된다고 신신당부하셨던 분, 아닌가요."

"쩝. 세월이 많이 지났고 내 생각도 그동안 이래저래 변했어야."

"무슨 말씀이신지."

느긋하고 서늘한 거부에 윤 의원의 허연 눈썹이 꿈틀꿈틀 불만을 드러냈다. 인욱이 스윽 자리에서 일어나 윤 의원의 빈 잔에 술을 따라 주었다.

"환멸밖에 없는 결혼이지만 이 결혼에 오간 많은 약속과 거래가 건재한 이상, 이혼은 안 합니다. 제 사전엔 그런 단어가 없습니다. 잘 아시면서."

인욱은 자기 잔에도 술을 따라 윤 의원에게 건배를 청했다. 인욱도 윤 의원도, 허공에 멈추어 선 그 황금빛 잔을 뚫어져라 쳐다보았다. 그 어느 순간에 강렬한 관악 선율과 함께 에로이카 4악장이 다이내믹한 코다(coda)로 치솟아 올랐다. 꽝, 꽝, 꽝, 꽝…… 몰아치는 베토벤의 재촉에 인욱이 천천히, 그러나 단호하게 잔을 거두어들였다. 마침내 온통 고요해진 그때에, 냉랭한 비난이 흘러나왔다.

"책임지시오, 앞으로 벌어질 모든 일."

"무섭다, 녀석아. ……반은 책임지마."

동맹이 깨어졌다. 십수 년 전 어느 폭풍우 치던 날에 인욱이 제 발로 찾아가 무릎 꿇고 얻어 냈던 약속들이 방금 산산이 허공으로 사라졌다. 무감동한 눈동자에 늙은 야심가를 매섭게 가두고서 인욱이 우아하고 유려한 자태로 돌아섰다. 성큼성큼 방을 가로질러 윤 의원을 위해 손수 100년 묵은 흑단목(黑檀木) 문을 열어 주었다.

문간을 지나치던 윤 의원이 돌연 난색을 표하며 덧붙였다.

"아, 오늘 아침에 입금된 20억은 내 차차……."

"전별금(餞別金)이라 생각하시고."

더 할 말이 없어서 인욱은 문을 '쾅' 닫아 버렸다.

다음 날은 오전 일찌감치 혜지의 변호사들이 들이닥쳤다. 그들은 인욱이 결혼 생활 내내 무관심과 무시로 결혼의 의무를 방치하였고 그로 인해 도저히 이 결혼을 영위할 수 없게 만든 책임이 있다며 몰아세웠다.

인욱은 묵묵히 그들이 전한 이혼 소장을 읽기만 했다. 재산 분할 청구 항목에 이르니, 청인학원에 의대와 대학병원을 유치해 준 대가로 막대한 금액이 청구되어 있었다. 인욱은 즉시 소장을 저들 면전에 내던졌다.

"일 이따위밖에 못 하나."

분노한 변호사들이 한꺼번에 노성을 내질렀다. 파렴치하니 뭐니, 목소리만 크면 장땡인 줄 아는지 집무실이 떠나가라 아우성을 쳤다. 그러나…….

"무관심과 무시만 이혼 사유가 되나? 내가 윤혜지를 여태 참아 낸 인내와 관용은!"

사실 목소리 큰 거로는 양인욱을 당할 자가 없다. 느닷없는 사자후에 변호사들이 질겁하며 물러섰다. 그사이에도 천둥 같은 호령이 계속 이어졌다.

"윤 의원이 의대와 대학병원을 유치해 줬다는 건 또 무슨 뜬금없는 소린데! 진짜 한번 해보자는 건가! 어!"

그 와중에 아직 덜 놀란 누군가가 꿋꿋하게 인욱에게 대들었다.

"이사장님께서 대체 무슨 인내와 관용을……."

"김 비서!"

인욱이 부르자마자 소영이 냉큼 준비해 둔 사진 파일을 내밀었다. 반백의 변호사가 대표로 나서서 그 파일을 받아 들었다. 새파란 의대생 시절부터 불과 몇 주 전까지 날짜가 박힌 그 사진들에는 혜지와 뭇 남성들이 찍혀 있었다. 어느 누구와도 오래 지속된 적도 없지만 혜지가 남자 친구 없이 오래 버틴 적도 없었다. 반백의 변호사가 연신 헛기침을 해 댔다.

“다시 말하지만 결혼 파탄은 누구 한 사람의 잘못이 아닙니다. 상대에게 성실하지 못한 걸로 싸움 걸지 마시길. 피차 낯 뜨거워집니다. 그리고……”

인욱이 짜증스레 자리를 박차고 일어나 변호사들 앞에 우뚝 멈추어 섰다. 저들의 정수리 한참 위에서 굽어보며 인욱이 무표정해서 더 무서운 얼굴로 살벌하게 으르렁댔다.

“잘 들어 두시오. 청인대학교의 의대 유치는 청인학원에서 오랜 기간 준비한 프로젝트였고 대한민국 법이 정한 정당한 절차와 규정에 따라 국회 심의를 통과해서 허가받은 겁니다. 그에 대한 모든 자료들도 필요하다면 법정에 제출할 수 있습니다. 국회의원 누구 한 사람이 유치해 주마, 한다고 될 일도 아니고. 그렇게 해 달라고 손 벌릴 우리 청인도 아닙니다.”

변호사들이 뜨악한 얼굴로 인욱을 올려다보았다. 전 청인 이사장이 윤 의원의 손녀와 자신의 아들을 정략결혼시키고 의대와 대학병원 유치를 거래했다는 건 세상이 다 아는 이야기였다. 저렇게 딱 잡아떼다니. 변호사들은 청인학원의 젊은 이사장이 모든 준비를 마치고 그들을 맞이했다는 걸 깨달았다. 저 남자에게 이런 정공법은 승산이 없었다.

“마지막으로 말하는데, 이혼은 없습니다. 윤 의원한테, 내 아내한테, 확실히 전해 주시길. 피차 바쁜데 시간 낭비 말자고.”

의뢰인의 개인사가 담긴 사진들을 가지런히 챙겨 들며 반백의 변호사가 한마디 거들었다.

“적절한 선에서 쌍방 간에 마무리 지으면 서로 만족스러울 텐데, 굳이 소모적인 고집을 피우시는 이유가.”

그러자 같은 남자에게조차 살 떨리게 매력적인 얼굴이 냉기를 철철 흘리며 흔쾌히 대답했다.

"싸우는 거 좋아합니다. 싸워서 이겨 버리는 걸 아주 좋아하지."

변호사들이 떠나고 얼마지 않아 요한에게서 전화 연락이 왔다.

[일 복잡하게 만든다.]

"누가 할 소리. 멀쩡한 결혼 깨려고 퍽 열심이구나. 요즘 검사들은 그렇게 일하나."

옳은 소리에 대고 적반하장으로 맞서지 못하는 걸 보니, 조요한은 아직 멀었다. 정의로운 검사셨다 이건가. 인욱은 일순 궁금해졌다. 이런 초짜가 왜 갑자기 나한테 덤벼들었지? 뭐, 이유도 궁금하지만 어쨌든 지금 당장은 괘씸한 마음이 더 컸다.

"이혼 안 해 준다. 국회의원 선거 나가든지 말든지. 그건 너랑 윤 의원 일이고."

[이혼해 주게 될 거다. 내가 다음 단계도 다 준비해 뒀거든. 곧 사학 비리 기사를 낼 거야. 청인이 표적 감사를……]

"쯧, 쯧."

인욱이 음산하게 비아냥대며 요한의 말을 잘라 버렸다.

"설레발치지 마. 전략 전술 다 내보이고 날 이길 수 있겠어? 아니면 연막 치는 거냐."

인욱은 옛 친구가 이 바닥에서 싸우는 방식을 너무 모른다고 생각했다.

"옛 정에 충고다. 잘 들어. 고고한 검사님 품성은 잊어라. 윤 의원 옆에서 사기 치고 기만하고 이간질하는 법부터 배워. 그 방면 최고의 선생이고 너도 좋은 학생이니까 금방 배울 테지. 이쁨 많이 받겠다."

[뭐야! 이 자식이!]

어차피 대답을 듣자고 한 소리도 아니어서, 인욱은 그대로 수화기를 내던져 버렸다. 곧바로 인터폰이 울렸다. 경찰서장이라며 소영이 연결해 주었다.

[윤 의원 후계자란 친구가 전화했드라, 인욱아.]

경찰서장은 윤 의원이 검사 출신 젊은이를 시켜 자신을 포섭하려 했다며 껄껄 웃었다. 이 남자는 인욱의 할아버지 대에 흠문헌에서 먹여 주고 재워 주며 키워 낸 고학생 출신이었다. 인욱도 어려서부터 그를 삼촌이라 부르며 따르곤 했다. 윤 의원도 조요한도 한참 잘못 짚은 것이다.

"살살 하십시오, 삼촌. 초짜 놀라지 않게."

전화를 끊고 복잡한 머릿속을 정리해 보는데, 얼마지 않아 또 인터폰이 울렸다.

"쉴 틈을 안 주네."

이번엔 노는 친구들 전화였다. 먼저 구(舊) 시가지 쪽 친구들이었다.

[에, 뭐시냐. 윤 의원님이 언제 따로 보자고 하시는데 우리끼리만 만나도 되려나 몰라.]

그 똑같은 내용을 5분 후에 신도시 쪽 친구들이 물어왔다.

그들은 이 도시를 동서로 나누어 구 시가지와 신도시 쪽에서 노는 친구들이었다. 지난 선거 세 번을 승리로 이끌어 준 실질적인 행동대원들이었기 때문에 윤 의원이 제일 먼저 단속하고 나선 것이다. 문제는 이 두 세력이 선거 때만 연합할 뿐 평소엔 서로 못 잡아먹어 안달인 앙숙이란 점이다. 그리고 선거 때 이들을 설득하고 균형을 잡아 주는 이가 인욱이었다.

"음, 그렇게 됐다. 음, 그러게. 아직은 뭐, 그러니까. 음, 움직이기 이르지? 음. 음.”

　인욱이 양쪽 친구들에게 돌아가는 상황을 설명하자, 그들 스스로 아직 때가 아니라는 결론을 전해 주었다. 달리 말하면, 인욱이 하자고 할 때까지 움직이지 않겠다는 뜻이었다. 앞으로 윤 의원의 후계자는 영원히 이들의 도움 없이 선거를 치러야 할 것이다.

　—곧 사학 비리 기사를 낼 거야. 청인이 표적 감사를……

　감사할 테면 해. 안 무섭다. 정치판 풋내기 요한과는 달리, 인욱은 동원할 수 있는 모든 전력을 총동원해 일전을 준비해 나갈 것이다. 등에다 칼을 꽂는 배신자를, 싸워서 이겨 버리려고.

　인욱은 쓴 입맛을 다시며 습관적으로 담배에 손을 뻗었다. 한 가치 입에 물고 라이터를 켜는데 어떤 시선이 뇌리를 스쳤다. 그는 불 꺼진 라이터를 손바닥 안에서 굴리며 시무룩하니 시간을 끌었다. 노골적으로 싫은 티를 내며 그의 담배를 노려보던 허민재의 시선이 아니라도, 원래도 담배는 끊으려던 참이었으니까. 아쉬운 마음이 가득하지만 인욱은 체리 향 그윽한 담배를 곱게 박스에 넣고 일어섰다. 차마 쓰레기통에 내던지기에는 그간 쌓인 정이 너무 커서. 가만, 쇠뿔도 단김에니까.

　키릭, 키릭, 두르르, 휙, 키릭.

　인욱은 비밀 금고를 열어 시가며 고급 담배를 꺼내 잘 보이는 데에 던져 놓았다. 후우우. 어쩔 수 없이 한숨이 새어 나오는데 문득 두툼한 노트가 손에 잡혔다. 낡은 가죽 커버에 ‘靑仁’이라는 불박 도장이 찍혀 있고 실크 끈으로 둘둘 말아 놓은 장부였다. 잠시 멈칫하며 고민하다가 인욱이 장부를 꺼내 들었다.

"아아, 비 오려나."

인욱은 넥타이를 헐겁게 풀고 뻑적지근한 목을 휘휘 내돌리며 잿빛 어둑어둑한 창가로 향했다. 오늘내일 상간에 장마가 시작된다. 틀림없었다. 왼손이 벌써부터 욱신욱신 저려 오는 게 일기예보보다 정확했다.

"오후 스케줄 전부 취소."

인욱이 비서실을 휙 지나치며 소리쳤다. 벌써 복도 저만큼 멀어져 간 인욱에게 소영이 후다닥 따라붙었다. 인욱의 옆구리에 있는 낡은 가죽 노트를 힐끔 일별하며 소영이 물었다.

"퇴근하시는 건지 돌아오실 건지."

"내 차 키."

소영이 한숨을 꾹 눌러 참으며 엘리베이터 버튼을 눌렀다. 스포츠 카 열쇠도 내주었다.

"살살 운전하시라고 해 봤자 소용없겠죠?"

"내가 얼마나 살살 운전하는데."

'잘도'라는 비난을 꾹 눌러 참는 소영에게 느닷없는 명령이 떨어졌다.

"집무실에서 담배 싹 치워라."

"어디로요?"

저도 모르게 맹하니 되묻고 제 풀에 놀라 시선을 드니, 인욱이 무시무시하게 쏘아보고 있었다. 소영은 표정을 급 수습하며 빠릿빠릿하게 대답했다.

"아아…… 예! 예, 치우고말고요. 싹 치웁니다."

"잊지 말고 내일 오전에 세무팀, 법무팀, 재무팀 불러 모아라."

"옙!"

이사장 전용 엘리베이터를 타고 인욱이 사라지자마자, 소영은 눌러 참았던 놀라움을 '컥컥' 헛웃음으로 터뜨렸다. 담배를 끊느니 아예 간접흡연으로 인한 피해를 보상한다며 연봉에다 특별수당을 얹어 주더니. 그랬던 인간이 담배를 치우라네?

인욱의 차가 캠퍼스에서 벗어나자마자, 거짓말 조금 보태서 어린애 주먹만 한 빗방울이 쏟아지기 시작했다. 막상 비가 내리니 왼손뿐만 아니라 온몸이 다 저릿저릿 아파 왔다. 한 번 이렇게 아프기 시작하면 정말 끔찍해지기 때문에 일단 약국부터 찾아야 했다. 헌데 낯익은 갓길에다 차를 세우고서 인욱은 너무 어이없는 나머지 멍해져 버렸다.

"뭐냐…… 이게."

괜찮아, 괜찮아. 비가 너무 많이 오니까, 아프니까, 길을 헤맨 거다. 아니면 금단 증상으로 판단이 흐려졌거나. 맞다, 금단 증상 때문이다. 그래서 흠문헌과 정반대 쪽 시내 한복판으로, 그것도 방송국 옆 오피스텔로 오고 만 거다.

"에라이, 미친 놈."

아파서 죽을 것 같은 왼손을 오른손으로 꾹꾹 주무르며 인욱이 부득부득 이를 갈았다. 어차피 의사도 약도 별 도움이 안 되는 아픔이었다. 차라리 음악이 나았다. 간신히 손에 잡히는 대로 시디를 집어 카오디오에 밀어 넣었다.

"윽."

곧 끔찍한 바이올린 연주가 습기 자욱하고 비좁은 스포츠카 안을 가득 채웠다. 자칭 천재였던 어떤 멍청이가 자만심만으로 연주한 타르

티니 곡 〈악마의 트릴〉 1악장이 느릿느릿 시작되었다. 옛날에, 그 멍청이는 이 실력으로 모스크바 음악학교에 들어갈 뻔도 했다. 그러지 못했던 이유는…… 뭐 됐고. 차 지붕에 쏟아지는 빗줄기의 전위적인 리듬에 엉망진창인 바이올린 연주까지 뒤섞여 안 그래도 아파 죽겠는 인욱을 무겁디무겁게 짓눌렀다.

“……동은아.”

그 이름으로 부르고 아픈 머릿속에 떠올린 얼굴은, 바닷바람에 긴 생머리를 휘날리며 환하게 웃으며 돌아보던 다른 여자였다. 숨이 턱 막혀서 멍하니 바라만 보아야 했던 얼굴이었다. 어이, 이봐. 환영(幻影)이라도 좋아. 계속 그렇게 웃어 줘. 내가 지금 너무…… 아파.

똑똑.

빗소리와 바이올린 소리 말고 뭔가 다른 소리가 들려왔지만 인욱은 꼼짝도 할 수가 없었다. 그러자 재촉하듯 다시 그 소리가 들려왔다.

똑똑! 똑똑!

“양인욱 씨! 괜찮으세요?”

환청까지. 기가 막혀서 인욱이 짜증스레 창밖을 돌아보았다. 헌데 놀랍게도 차창 밖에는…….

“어.”

크림색 트렌치코트를 단정히 챙겨 입고 새빨간 우산을 든 허민재가 걱정스레 그를 내려다보고 있었다. 〈악마의 트릴〉 2악장처럼 16분 음표들이 인욱의 가슴 속에서 빠르고 힘차게(Allegro energico) 날뛰기 시작했다. 머릿속이 하얘지면서 손이 제멋대로 차 문을 열었고, 두 다리가 제멋대로 허민재에게 달려들었고, 두 팔이 제멋대로 그 여자를 껴안아 버렸다. 그리곤 온통 깜깜해졌다.

†∮†

慶 조요한 서울대 법대 합격! 祝

청인고등학교 108기 동기 동문 일동 | 협찬 : ☆☆당구장

"꺼져!"

인욱이 잡아 던진 녀석이 화장실 창문을 깨고 밖으로 날아갔다. 2층 화장실 창밖에 펄럭이던 현수막에 걸려 버린 녀석이 겁에 질려 꽥꽥댔다. 다들 놀라 주춤한 사이에 인욱이 요한에게 신호를 보냈다.

"가. 어서."

좁은 곳에선 승산이 없었기 때문에 인욱은 요한을 먼저 창문 밖으로 내보냈다. 혼자가 된 인욱에게 녀석들이 하이에나처럼 낄낄대며 다가왔다. 자신들의 수가 압도적으로 많다는 안도감을 담아, 다시없을 오늘의 이 기회를 철저히 즐기겠다는 야생의 으르렁거림이었다. 인욱은 어느 정도 체념하며 교복 셔츠를 벗어 왼손에 감아쥐었다.

"인욱아! 얼른, 얼른!"

밖에서 요한이 절규하듯 그의 이름을 불러 댔다. 그러자 그 소리가 신호가 되어 하이에나들이 덤벼들었다. 몇 대 맞기도 하고 몇 대 피하기도 하며 인욱은 틈을 노렸다. 그리고 깨진 유리를 하나 집고 일어섰다.

"어쭈. 양인욱, 반칙 아냐?"

"웃기시네."

인욱이 이를 악다물고 으르렁댔다. 비수처럼 길고 날카로운 유리 조각에 그들이 머뭇거리는 사이 인욱은 재빨리 창문으로 몸을 던졌다.

"도망간다! 야! 잡아!"

"인욱아! 내 손 잡아."

요한이 넘어진 인욱을 잡아 일으키는 동안 녀석들이 우르르 창문에서 쏟아져 나왔다. 더러는 생각지 못한 높이에 발을 접질리기도 하고 더러는 누구 밑에 깔리고 깔고 앉기도 하며 소동이 벌어졌다. 하지만 얼마지 않아 23 대 2의 대치가 재연되었다.

"무리하지 마, 인욱아. 내가 막아 볼 테니까."

요한이 호기롭게 앞으로 나섰다. 키는 인욱보다 작지만 몸이 원체 비대해서 때리다 지쳐 버릴 것 같았다. 인욱과 요한은 서로 등을 맞댄 채, 터질 것 같은 긴장과 두려움을 함께 참아 냈다. 어떤 식으로든 인욱과 요한은 이런 날이 오리라는 걸 이미 예상하고 있었다. 우정이란 이름으로 요한을 축하해 주고 인욱을 선망하고 추종한다고 해도, 그게 가식인 줄 모를 정도로 인욱과 요한이 바보는 아니었다.

이들은 모두 인욱이나 요한의 반 친구이거나 동아리 친구이거나 요한의 교회 친구이거나 인욱의 학생회 임원 동료들 중의 누구였다. 청인유치원부터 시작해 청인고등학교까지 동학(同學)하는 동안, 공부로는 조요한에 밀리고 리더십과 재능은 양인욱에 밀리며 쌓인 스트레스가 저들의 공통분모였다. 여기서 속 시원하게 한바탕하고 개운하게 저마다의 대학생활로 흩어지자. 입시 지옥도 통과한 지금, 임계점을 넘어선 젊은 혈기들이 활활 타오르고 있었다. 다 함께 당긴 도화선에 폭발하듯 스물세 명이 단 두 명에게 덤벼들었다.

"미안하다, 인욱아. 축하해 주러 왔다가 괜히 나 때문에."

"축하도 축하지만 작별인사 온 거였다. 요한아, 나 드디어 자유다."

"뭔 소리야?"

"나 좀 멀리 떠나. 자세한 건 끝나고 둘이서 이야기하자. 자, 자, 해 보자고!"

오늘밤 저들이 분노와 좌절의 이름으로 동맹을 맺었고, 이 일이 한 번은 거쳐야 할 통과 의례라면, 인욱과 요한은 기꺼이 맞서기로 했다.

텔레비전이나 영화에 나오는 몇십 대 1 장면은 어떻게 주인공이 그렇게 멀쩡한지 모르겠지만, 인욱과 요한은 사방에서 한꺼번에 쏟아지는 주먹과 발길질에 속수무책 당하기만 했다. 인욱은 그나마 피해 가며 반격을 시도했지만 요한의 호기는 오래가지 못했다. 덩치만 컸지 순둥이 모범생이었던 요한은 요령 없이 주먹을 내두르기만 할 뿐 자신을 지켜 내기에 역부족이었다. 어느 순간부터는 그나마 맷집으로버텨 내는 게 전부였다. 그러다 때리는 쪽도 체력이 떨어져 헉헉대던즈음 요한이 속절없이 쓰러져 버렸다.

"요한아!"

솔직히 인욱은 그 순간 요한이 부러웠다. 마치 스포츠 경기처럼, 맞고 쓰러져 버리면 이 싸움판에서 '아웃'될 거라 생각했던 것이다.

하지만 이건 스포츠 경기가 아니었다. 요한이 쓰러진 순간 주변의모든 놈들이 우르르 몰려들어 요한을 짓밟기 시작했다. 마치 기다렸다는 듯이. 욕설을 퍼붓는 놈은 애교고 피 섞인 침을 컉컉 뱉는 놈,낄낄대며 흙을 퍼붓는 놈도 있었다.

등골에 서늘한 전율이 스치고 지나갔다. 인욱은 자신이 쓰러져도저와 똑같은 수순이 기다리고 있음을 깨달았다.

"그만! 그만해!"

인욱이 눈물 섞인 노성을 내질렀다. 그러자 마치 슬로비디오 화면처럼 스물세 명이 동시에 천천히 인욱을 향해 돌아섰다. 마흔여섯 개의핏빛 안광이 인욱을 옴짝달싹 못 하게 옭아맸다. 좀비처럼 그를 향해 거리를 좁혀 왔다. 평생 처음, 인욱은 사람이 무섭다고, 겁이 난다고 생각했다.

그렇게 스물세 명이 둥그렇게 인욱을 에워쌌다. 그들은 거의 황홀해하고 있었다. 이처럼 기가 꺾인 양인욱은 난생처음이었던 것이다. 그들이 한꺼번에 쏟아 내는 비웃음과 야비한 환호성이 인욱을 더욱 움츠러들게 만들었다. 누군가 뒤에서 인욱의 오금을 걸어찼다. 동시에 사방에서 배와 등을 공격했다.

"커억!"

결국 인욱이 고꾸라지자 승리의 환호성이 울려 퍼졌다. 이내 정해진 수순인 양 인욱을 짓밟고 욕설을 퍼붓고 피 섞인 침을 뱉고 흙을 퍼부었다.

인욱은 맨정신에 이 굴욕을 당하느니 차라리 의식을 잃고 싶었다. 그렇게 까무룩, 하던 그때였다. 흐릿해진 시선에 죽은 듯 미동도 않는 요한이 보였다. 인욱은 나오지 않는 목소리를 억지로 끌어올려 연거푸 친구를 불렀다.

"……한아. 야……, 야……, 요한아……."

죽었나? 순간 뒷골에서부터 격렬한 전율이 저릿저릿 넘쳐흘렀다. 죽은 거야? 이대로 있으면 자신도 요한처럼 죽고 말 것 같았다. 이대로 있으면 둘 다 죽는다! 그럴 순 없어!

저 녀석들처럼 인욱도 오래 준비한 새 인생이 막 시작되려 하고 있었다. 요한이 놈 서울대 축하 턱만 해 주고 내일 오후엔 멀리, 아주 멀리에 있는 새 인생을 찾아 떠날 참이었다. 이미 청인학원도, 양씨 집안 장남도 다 내려놓았다. 그토록 고대했던 모스크바 음악학원에서 입학 허가서가 날아왔단 말이다. 혼자 입학 전형을 치르고, 〈악마의 트릴〉로 오디션 테이프를 만들어 보내고, 그렇게 집안의 후광 없이도 내 손으로 얻어 낸 미래가 바로 코앞에 와 있는데! 이럴 순 없다. 여기서 꺾일 순 없다! 문득 인욱의 어질어질한 머릿속에 〈악마의 트릴〉 3악장처럼 괴기스런 트릴이 넘쳐나기 시작했다. 발광하듯 뱃속에서 시커먼 것이 용트림하며 인욱을 몰아세웠다.

승리에 들뜬 무리들이 악귀처럼 어깨동무를 하고 인욱과 요한의 주위를 맴돌았다. 손바닥으로 입을 두드리는 인디언 환호성에 '으싸라, 으싸' 노래까지 신 나게 이어지던 그때였다.

"으으윽."

인욱이 서서히 몸을 일으켰다. 누구도 예상 못 한 일이었다. 그들이 허걱, 놀란 숨을 들이켜던 찰나에 인욱이 재빨리 원 밖으로 몸을 날렸다. 다들 놀라 인욱을 향해 돌아섰다. 인욱이 태산처럼 버티고 서서 그들을 향해 무섭도록 느릿하게 손짓을 했다. 그 눈, 그 자태, 유리 조각을 들었을 때보다 더 불길해 보이는 그 손, 왠지 오금이 저리도록 무시무시했다. 그리고 시리도록 차갑고 음울한 목소리.

"덤벼."

이번엔 저들이 인욱의 기에 밀리는 상황이었다. 언제 합을 맞춰 덤벼야 할지 모른 채 우왕좌왕하기 시작했다.

그러자 인욱이 야수처럼 무시무시한 기합 소리를 내지르며 선제공격을 퍼부었다. 태권도, 합기도, 유도, 검도를 배웠어도 그저 검은 띠를 따기 위해 노력했을 뿐 진정으로 무도를 배우는 이유를 알지 못했다. 바이올린을 켜기 위해 고이고이 손을 아꼈을 뿐 진정 그 손으로 무엇을 해야 할지는 알지 못했다. 이제는 알 것 같다. 나를 지키고 내 친구를 지키고 내 미래를 지키고. 절대 지지 않겠다!

　자정이 지나도록 인욱은 스물세 명과 쫓고 쫓기며 싸웠다. 합을 맞춰 덤벼 오면 흠씬 맞기도 엄청 맞았다. 그러다 어느 순간 인욱이 벌떡 일어나서 다시 공격하고, 그런 식으로 시간이 흘러갔다.

　이쪽도 저쪽도 슬슬 체력이 바닥나고 있었다. 다시 한 번 인욱에게 동시에 덤벼들어 발길질을 하면서 저들은 생각했다. 이번이 마지막이었으면. 이번에야말로 양인욱이 쭉 뻗어 주었으면.

　"악!"

　누군가 비명을 질렀다. 어느샌가 벌떡 일어난 인욱이 손등으로 입술을 훔치며 씨익 '웃었기' 때문이었다. 인욱의 아름답고도 서늘한 미소는 모두에게 회복 못 할 데미지를 입혔다. 그 때문일까. 누군가 흐느끼며 확 깨는 소리를 했다.

　"우씨, 아파 죽겠네. 그만할래! 저 새끼, 패도, 패도 안 쓰러지잖아. 저건 괴물이야, 괴물!"

　이상한 일이 일어났다. 스물세 놈 중 유일하게 제정신 차리고 발 빼려는 그놈을, 다른 스물두 명이 달려들어 두들겨 패는 일이 벌어졌다! 누구도 이 싸움판을 함부로 깨서는 안 된다는 암묵적 동의가 즉각 응징으로 나타난 것이다. 그렇게 적도 아도 없는 상황이 시작되자 야밤의 난타전은 무한 배틀로 변해 버렸다. 이젠 우정도 시기심도 문제가 아니었다. 오로지 싸워서 이기는 것만이 그들의 머릿속을 점령해 버렸다.

　달도 없이 캄캄한 밤, 누가 누구를 팼는지 알 게 뭔가.

　내가 누구를 죽어라 패고 있는지 알 게 뭐냐.

　이 밤이 끝나면 알 수 있을 것이다. 누가 최후의 승자인지!

　희뿌연 새벽녘, 배틀의 승자가 가려졌다. 만신창이가 된 인욱이 마지막 놈을 때려눕힌 것이다. 거친 호흡을 내쉬며 인욱이 터벅터벅 요한에게 다가갔다.

"요한아."

멍이 몇 군데 들었지만 오히려 인욱 자신보다 상태가 좋아 보였다. 인욱이 안도하며 힘겹게 일어섰다. 다리에 힘이 풀려 제대로 걸을 수가 없다. 걸을 때마다 귓속에서 '슈웅─ 슈웅─' 피 쏠리는 소리가 들린다. 결국 인욱이 몇 걸음 가지도 못하고 철퍼덕 고꾸라져 버렸다.

"다행이다……. 다……행이다……. 다행……."

인욱이 벌겋게 부어 오른 열 손가락을 쥐락펴락 확인하고 안도하며 중얼거렸다. 기억은 거기까지만이었다. 다음 순간, 뭔가 알 수 없는 통증과 함께 눈앞이 캄캄해졌다.

⚜

다박다박 조심스런 발자국 소리에 인욱이 오래된 악몽에서 깨어났다. 비 쏟아지는 소리는 여전한데 그는 보송보송하고 따뜻한 곳에 누워 있었다. 흥얼흥얼 콧노래 소리에 무지근한 고개를 돌려보니, 지척에서 허민재가 가뿐한 몸짓으로 그의 슈트 재킷을 다림질하고 있었다. 인욱은 숨죽여 그 모습을 지켜보았다. 몸이 너무 아파서 차를 세운 게 기억났다. 흠문헌과 정반대 쪽인 허민재의 오피스텔 앞이어서 황당해한 것도. 인욱은 왼손을 들어 올려 앞뒤로 살폈다. 대체 얼마나 정신을 놓고 있었던 건지 지금은 통증도 그냥저냥 참을 만했다.

"많이 아프세요?"

어느 틈에 허민재가 다가와 걱정하며 물었다. 아니라고 호기롭게 대답할 수 없어 인욱은 차라리 입을 다물었다. 더 늘어져 있기도 싫어서 훌쩍 몸을 일으켰다.

"더 누워 계세요. 오늘은 일찍 퇴근하는 날이라 밀린 청소랑 빨래하려고 집에 오는데 이사장님 차를 봤어요. 지난번에 집에 데려다 주신 것도 제대로 인사도 못 하고 해서……."

민재는 인욱이 별로 자기 말을 듣고 싶어 하지 않는 것 같아서 입을 다물어 버렸다. 그는 서늘한 시선으로 민재의 '희한한' 단칸 오피스텔을 둘러보고 있었다.

신혼살림에 쓰려고 민재가 바리바리 싸 들고 내려왔던 물건들이 온 방에 꽉 차 있었다. 로맨틱한 스탠드 램프부터 로맨틱한 실크 이불, 로맨틱한 쿠션들, 로맨틱한 액자들, 게다가 로맨틱한 커플 잠옷까지. 작은 방 안에 가득 찬 온갖 '로맨틱'에 민재조차 숨이 막힐 지경이었다. 가장 압권은 붙박이장에 걸어 놓은 웨딩드레스겠지만. 푸르스름하게 빛나는 하얀 공단, 넓고 낮은 스퀘어 네크라인에 방울꽃처럼 귀엽고 작은 퍼프소매, 엠파이어 라인. 몸집이 작은 신부를 날씬하고 예뻐 보이게 하려고 고심한 흔적이 역력한 디자인이었다.

이 사람 앞에서 약혼자에게 파혼당했고, 이제는 창피해져 버린 용도의 물건들이라 민재는 인욱의 시선을 못 본 척했다.

"배 안 고프세요? 죽 드릴까요?"

"밖에서 사 먹는 음식은 입에 안 맞아."

인욱이 가뿐히 거부하고 일어서는데 몸에 걸친 옷이 가관이었다. 그는 침대 발치에 놓인 여자용과 똑같은 디자인 재질의 파자마를 입고 있었다. 신혼부부의 커플 잠옷. 그러니까 저 여자가 조요한을 위해 마련한 잠옷이었다. 화가 나려 한다.

"아니 왜 사다 줄 거라고 생각했는데요? 나 음식 잘해요! 난 울 엄마랑 다르거든요! 언니들이랑 부지런히 요리 선생님들 쫓아다녀서 배운 거예요! 소고기 죽도요, 청담동 선생님 스타일, 방배동 선생님 스타일, 다 할 줄 알아요! 뭐로 드릴까요?"

"내 옷."

"아! 경비 아저씨가 갈아입히셨어요. 둘이서 낑낑대며 양인욱 씨 옮겼어요. 시간 나면 고맙다고 하세요. 아까 그 빗속에서 저한테 달려든 건 기억나세요? 비싼 실크 양복에 비 맞히시면 어떡해요! 한 땀 한 땀 정성껏 짜 준 이태리 장인에 대한 예의가 아니란 말이죠!"

말끝마다 이어지는 잔소리에 인욱이 정색하고 민재를 노려보았다. 그러자 민재가 해쓱하니 겁먹은 얼굴로 얼른 물러섰다.

"와이셔츠만 다리면 돼요. 잠깐만요."

인욱은 하트가 숭숭 그려진 잠옷의 셔츠 단추를 풀면서 창가로 향했다. 창밖을 보니 그의 차는 갓길이 아니라 주차장에 얌전히 주차되어 있었다. 헉! 인욱은 그제야 차에 둔 장부가 생각났다.

"왜 내 차가? 내 노트!"

그러자 민재가 얼른 가죽 노트를 보여 주며 사과했다.

"죄송해요. 경비 아저씨가 차에 물건 두지 말라고 하셔서. 제가 차 옮기고서 챙겨 왔어요."

"내놔."

장부의 실크 끈은 인욱이 매듭 지어 놓은 그대로였다. 그는 장부의 안전을 확인하고도 민재를 물끄러미 바라보았다. 저 예민한 괴물을 운전하다니.

"아, 제가 세계에서 운전면허증을 제일 따기 힘든 나라에서 풀 라이센스(Full License) 받은 베스트 드라이버거든요. 아시죠? 호주요. 안

닭고 조심조심 운전했으니까 걱정 마세요.”

호……주? 오늘은 허민재의 새로운 모습들이 참 많았다. 인욱은 잠옷 셔츠를 벗고 움찔움찔하는 민재에게 돌아섰다. 한숨이 나왔다. 주눅 들게 할 생각은 아니었는데.

“죽 준다며.”

인욱은 가만히 허민재의 움직임을 지켜보았다. 미리 만들어서 냉동실에 쟁여 두었던 소고기 죽을 꺼내 전자레인지에 데우고, 와이셔츠를 다렸다가, 식탁을 차렸다가, 이쪽저쪽 허둥지둥 움직이는 모습이 재미있었다. 물론 혼자만 재미있어할 뿐, 민재는 무섭게 노려보는 시선에 이쪽저쪽 쫓기는 것이었지만.

“자요.”

민재는 괜히 눈 둘 데를 몰라 하며 와이셔츠를 내밀었다. 우씨, 근육도 장난 아냐. 만날 책상머리에 앉아 일만 하는 사람은 아닌가 보다. 민재는 저 남자가 오른쪽 소맷부리 단추를 어떻게 하나, 슬쩍슬쩍 곁눈질하는 중이었다. 손목을 입에 대고 이빨로 척하니 잠그는 걸 보고는 ‘과연!’ 하며 고개를 끄덕였다. 그러자 인욱이 또 매섭게 노려보았다. 민재는 찔끔했지만 부러 상쾌하게 식사를 청했다.

“청담동 선생님 스타일 소고기 죽입니다. 입에 안 맞으면 방배동 선생님 스타일도 있어요.”

“맛있어.”

아, 그럼 뭐. 불퉁한 음색이 썩 진심 같진 않았지만 민재도 일단 입을 다물었다. 그러고는 양인욱이 흠 잡을 데 없는 몸놀림으로 죽사발을 깨끗이 비우는 것도 확인했다. 따뜻한 차까지 다 마신 후에 인욱이 나직하게 물었다.

"그럼 서울엔 언제."

"네?"

"결혼하려고 내려왔다고 들었는데. 결혼 파토 났으니까 서울로 가는 거 아닌가."

"아아, 전근 온 지 얼마나 됐다고. 회사 규정도 있고. 흠, 쫌 걸릴 것 같네요."

"도와줄까?"

무슨 소린지 몰라 눈만 깜박거리는 민재에게 인욱이 오로지 청인 이사장만이 할 수 있는 제안을 해 주었다.

"돌아가고 싶어도, 혹시, 직장 상사한테 말도 못 꺼내고 있다면 내가 도와줄 수 있다고. 내가 낀 줄도 모르게 자연스럽게 서울 본사로 보내 줄 수 있다고. 이제 알아들었나."

"와아."

"필요하면 언제든 말하고."

그렇게 친절한 말을 저렇게 무섭고 험악한 말투로 하다니. 그래도 그의 친절에 민재도 잠시 감격하지 않을 수 없었다. 아주 잠시뿐이었지만.

"굳이 결혼하고야 말겠다면 그것도 도와줄 수 있지. 어때, 조요한 돌려줄까. 그렇게 해?"

인욱이 웨딩드레스를 턱짓하며 민재의 대답을 재촉했다. 묘하게 기분이 나빠져서 민재는 냉큼 순백의 드레스를 드레스 커버에 척척 집어넣어 버렸다.

"이 방에 있는 다른 물건들은 비웃어도 상관없지만 이건 달라요. 이래 봬도 우리 집안 여자들의 역사가 있는 드레스라구요. 엄마가 미국 유학하실 때 아빠랑 결혼하면서 입은 거구, 우리 큰언니도 입었고, 둘째 언니도 입었고, 셋째 언니도 입은 거예요. 올케도 입고 싶다고 했지만 엄마가 안 줬어요! 돈 주고도 못 사는 귀한 거라고! 이젠 내 차렌데……."

울컥 치밀어 올랐지만 민재는 애써 꿀꺽 삼켜 버렸다. 이 남자 앞에서 조요한 따위를 위해 흘릴 눈물은 더 없었다. 대신 바락바락 짜증을 내 버렸다.

"조요한을 돌려준다고? 헛! 필요 없거든요? 여기 있는 모든 걸 그 새끼가 다 망가뜨렸는데? 나 그렇게 순정 바보 아니거든요? 진짜 따지고 골라서 21세기 가장 완벽한 남편감 찾아냈다고 얼마나 자랑했는데, 친구 와이프 빼앗아 결혼하겠다는 찌질이 저질이었어!"

"……그럼 왜, 그렇게 슬퍼하는데?"

"아우, 그럼 슬프지 안 슬퍼요! 내가 얼마나 열심히 인생 스펙 쌓고 살아온 줄 알아요? 남보다 늦게 시작해서 배나 힘들게 여기까지 왔다구요! 근데 조요한 개자식 때문에 한 방에 무너질 뻔했잖아요. 옆에서 다 보고도 그런 소릴 하세요? 심지어 울 엄마 아빠까지 걱정하게 만들고! 아우, 진짜 최악이야!"

두 주먹 불끈 쥐고 애꿎은 양인욱에게 고래고래 내지르고 나니…… 뭔가 홀가분해졌다. 그래, 뜨뜻미지근했던, 같지도 않은 연애 끝에 의무감에 떠밀려 해 온 결혼 준비. 남 보기엔 한 번 툴툴 털어 내면 그만일 것 같은 일에 그토록 슬퍼한 이유는, 실패에 대한 본능적인 두려움 같은 거였다.

"미안해요. 상관도 없는 양인욱 씨한테. 근데 난 너무 속이 시원하네요."

꼼짝도 않고 노려보는 인욱에게 민재가 정중하게 사과했다. 그리고 냉장고에서 냉수를 꺼내 벌컥벌컥 들이켰다. 뱃속이 차가워지니 곧 머릿속도 차분해졌다. 인욱이 허영 덩어리라고 오해하기 전에 내 사정을 알리고 싶어졌다.

"제가요, 사실은 중학교 때 여름캠프 갔다가 죽을 뻔했거든요. 신문에도 났대요. 친구들 여러 명 죽고 저만 간신히 살아남았는데. 그런 거 있잖아요, 왜. 차라리 죽는 것만 못하게 살아남는 거."

충격으로 모든 기억을 잃고 갓난아기처럼 새로 시작해야 했다. 몸 움직이는 것, 말하는 것, 세상과 소통하는 것, 공부마저도 모조리 다. 그 어느 것도 쉬운 것은 없었다.

"그 후에 아부지가 식구들 죄 끌고 호주로 이민 갔거든요. 이런 나라에선 애지중지 늦둥이 딸 무서워서 못 키우겠다며. 우리 식구들 정말 눈물 나게 저 재활하는 것 도와주셨고요. 저도 보기보다 좀 악바리거든요. 후훗. 그래서 너무 소중한 거예요. 우리 엄마 아빠 언니들 오빠. 학교 졸업장도. 풀 라이센스도, 한국어능력 1급 자격증도. 공영방송 아나운서인 것도."

그 소중한 것들을 다 접고서 결혼하려고 했던 사실까지도, 버릴 수 없는 인생의 일부였다.

"여기 있는 여자는 하나부터 열까지 스스로 노력해서 이 자리까지 왔답니다."

민재가 입꼬리를 한껏 끌어올리고서 화알짝 함박웃음을 지어 보였다. 반짝반짝 물기 어린 눈망울이 반달눈이 되었다. 마치 자수성가한 백만장자처럼 의기양양 자신감이 흘러넘쳤다.

"……"

솔직히 감명받았다. 젊은 여자로서 견디기 힘든 크고 깊은 슬픔과 고통을 겪으면서도 허민재는 그 슬픔과 고통에 파묻히지 않았다. 오히려 바닥을 찍고 통통 고무공처럼 튀어 올랐다. 슬픈 건 슬프다고 솔직히 인정하면서도, 바락바락 울어 가면서도, 참 꿋꿋하게도 웃어 냈다. 그래서 인욱은 홀린 듯 허민재의 구김살 없는 함박웃음에 빠져들었다.

"어이…… 다 좋은데 말이지."

이 여자도 죽다 살아났구나. 인욱은 아무 말도 하지 않았지만 민재가 어떤 심정인지 누구보다 예민하게 이해할 수 있었다. 이런 여자를 자살하려 한다고 오해했다니. 인욱은 애써 허민재의 웃음을 외면하고 양복 재킷을 집어 입었다.

"아무한테나 웃지 말라고. 속없어 보이니까."

"어머! 전 제 웃는 얼굴에 자부심을 느끼는데요! 이거 석 달 열흘 연습해서 완성한 '아나운서 표 스마일'이란 말이에요!"

크헉! 인욱이 칼 맞은 사람처럼 크게 휘청거리다 간신히 몸을 곧추세웠다. 그는 동은이랑 똑같이 웃는 얼굴에다 퀭한 시선을 내리꽂았다. 저게 연습한 거라고? 완전 패닉 상태인 남의 속도 모르고 민재가 천연덕스럽게 설명을 이어 갔다.

"입꼬리가 잘 안 올라가는 구강 구조거든요. 안면 마비 올 정도로 열심히 연습했어요! 어, 왜 그러세요……?"

민재는 냉기가 이글이글 끓어오르는 양인욱에게서 한 발짝 또 한 발짝 움찔대며 물러섰다. 생전 듣도 보도 못한 무시무시한 살기가 민재의 여린 심장을 헤집고 아프게 파고들었다. 하지만 도대체 왜! 내가 뭘 잘못했는데? 노려보지 마! 무, 무섭다니까!

미친 척 아닌 척 그런 척

다음 날은 언제 그렇게 비가 쏟아졌던가 싶게 하늘 맑은 토요일이었
다. 그 좋은 날 민재는 아침 댓바람부터 기분 더럽게 시작하게 생겼다.

"안 봤으면 하거든."

"한 번만. 부탁해. 먼 데 아냐. 민재 씬 얼굴만 잠깐 비쳐 주면 되고."

느닷없이 조요한이 찾아와 어딜 같이 가자고 조르는 거다. 완전 짜
증 나서 문을 콱 닫으려는데 요한이 다급하게 소리쳤다.

"부탁이다, 민재 씨. 응? 내가 무릎이라도 꿇을게."

"하지 마. 하지 마, 하지 마!"

정말로 무릎을 꿇으려 드는 품에 민재는 기겁하며 만류했고, 결
국…… 말려들어 버렸다.

"무슨 일인데 그래."

"오늘이 우리 엄마 사십구재야."

억. 그러고 보니 검은 양복 차림이었다. 이 남자 어머님이라면 몇 번
뵌 적은 없지만 그래도 서울에서 만날 때마다 무척 귀하게 대해 주셔
서 민재도 잘 따랐던 어른이었는데. 여태 돌아가신 줄도 모르고 있었
다. 물론 저 인간이 알려 주지 않은 탓이 크지만. 어쨌든 어머니나 어
머님이 아닌, '우리 엄마'라는 말에 마음이 한풀 꺾여 버렸다. 시어머니
가 되실 수도 있었던 어른이니 추모하는 게 맞는 것 같기도 했고.

“오늘만이야.”

그렇게 요한의 차를 타고 아직도 많이 낯선 시내를 가로질러 달렸다. 슬슬 운전하던 요한이 술술 드라마 같은 자기 집안 이야기를 들려주었다.

윤치성 의원이 처음 국회의원에 도전했던 그 옛날에 요한의 할아버지인 조 갑 자 술 자 어르신께서 전폭적으로 도우셨다고 했다. 해안을 따라 광활한 논밭을 가진 만석꾼이셨다고. 그 옛날엔 자산 좀 있다 하는 재력가들이 이상(理想)을 같이하는 정치 지망생을 물심양면으로 밀어주는 게 다반사였단다. 그중에서도 윤치성은 아주 특출한 사람이었다나. 극빈농의 근본 모르는 유복자였지만 타고난 매력과 갈고 닦은 지성으로 곧 출세가도를 달렸고 재선, 삼선이 되도록 요한의 집안에서는 전 재산을 갖다 바치다시피 했다고.

“알거지가 되도록. 그야말로 충성을 바친 거야. 식솔들이 배곯든 말든. 아직도 이 지역 나이 드신 분들 사이에서 우리 할아버지 얘긴 레전드야, 레전드. 비웃고 욕해.”

다분히 애증 섞인 토로 후에 요한이 민재에게 눈을 찡긋해 보였다. 옛 은인의 손자가 검사로 승승장구하고 있다는 걸 어디서 듣고 윤 의원이 먼저 연락해 왔단다.

“어! 그거, 내가 말한 거지. 그치!”

민재가 지난봄에 윤 의원을 인터뷰하면서 살짝 흘렸는데 그걸 또 확인하셨던가 보다. 요한도 아니란 소리 없이 차분하게 말을 이어 갔다.

“자기 지역구 물려받지 않겠냐고 묻더라. 자기 사람으로 들어오라고. 보은 같은 거래.”

“아니, 그렇다고 해서 멀쩡한 약혼자를 헌신짝처럼 패대기쳐도 되고 친구 와이프를 빼앗아 결혼해도 된다는 건 아니잖아?”

민재의 깐깐한 지적에 요한이 입을 꾹 다물어 버렸다.

얼마 후 도착한 곳은 한가하고 경치 좋은 어느 추모 공원이었다. 쾌적한 납골당에서 다닥다닥 모여서 쉬시는 분들 사이에 낯익은 온화한 영정이 눈에 띄었다. 민재는 까만 원피스의 매무새를 다듬고 고인의 명복을 빌어 드렸다.

“왜 혼자야? 친척들은?”

“조용히 기도하고 싶어서. 엄마도 시끄러운 건 싫으실 거야.”

요한이 헌화하고 분향하고 기도하는 동안 민재도 고요히 고인을 추모하며 기다렸다.

“울 엄마 엄청 불쌍하신 분이야. 울 아버지랑 결혼하기 전에 딴 남자랑 혼담이 있었는데, 퇴짜 놓고 울 아버지한테 오셨거든. 근데 그게 꼬투리가 돼서 집안 어른들한테 평생 구박받으셨대. 집안이 자꾸 기울어 가는데 며느리 잘못 들어와서 그렇다고. 울 할아버지가 정치판에 돈 쏟아 부어서 집안 말아먹은 건데. 할아버지께 뭐라 못 하니까 울 엄마가 동네북 된 거지. 할아버지 할머니 돌아가시고 울 아버지까지 돌아가셔서, 이젠 편하게 사시라고 내가 모시려고 했더니, 급히도 가 버리시네.”

“근데 어쩌다가. 예전에 뵀을 땐 건강하신 것 같았는데.”

“몰랐는데 협심증 약을 계속 드시고 계셨더라. 심장 마비래.”

어우, 마음 같아서는 어깨를 다독이며 위로해 주고 싶은데. 이 인간이 그동안 해 온 짓이 너무 괘씸해서 그러기는 뭐하고, 뻣뻣하게 서 있기도 뭐한, 아주 어정쩡한 기분이었다.

“우리 엄마가 민재 씨 참 좋아했어. 그땐 내가 무심해서 그때그때

전하질 못해서 그런데, 안부 전화할 때마다 민재 씨 안부도 꼭 물으시고, 언제 데리고 내려오냐고 하시고. 음.”

“……효자네.”

민재가 싫어할 줄 뻔히 알면서도, 어머니 생전에 예뻐하시던 며느릿감이라고 마지막 길에 이렇게 끌고 온 것이다. 좋은 남편감으론 꽝이었지만 효자는 효자였던가 보다.

“와 줘서 고마워. 한 번만 안아 보자.”

요한이 민재에게 두 팔을 벌려 주었다. 민재는 어정쩡한 미소로 그 품을 벗어났다. 요한도 사람 좋은 너털웃음으로 머쓱한 상황을 얼버무리며 자기 차로 이끌었다.

“가자. 데려다 줄게.”

“아냐, 보니까 시내까지 한 번에 가는 버스가 있더라? 길도 익힐 겸 햇볕도 쐴 겸 버스 타고 갈래. 먼저 가.”

요한이 입을 꾹 다물고 숨을 쌕쌕 내쉬었다. 민재는 어서 꺼지라는 눈짓과 함께 함박웃음으로 그를 재촉했다. 그래도 눈치 없이 계속 버티길래 아예 대놓고 싫은 소리를 해 버렸다.

“사람을 그 개망신을 줘 놓고 이제 와서 제멋대로 좋은 친구로 지내자……는 아니라고 봐.”

“같이 10분 차 타는 것도 싫다?”

“같은 공기 마시는 것도 싫어, 사실은.”

요한이 더는 뭐라 않고 휙 돌아서서 어깨 너머로 바이바이를 날려 주었다. 저벅저벅 멀어지는 남자의 등이 그렇게 낯설 수가 없었다. 저 남자랑 결혼해서 일평생을 같이 살려고 했었건만!

민재는 자판기에서 350원짜리 '고급 원두' 커피를 뽑아 버스 정거장으로 향했다. 나무 벤치에 앉아 완만한 산세에 둘러싸인 공원 경치를 감상하며 느긋하게 버스를 기다렸다. 예상대로 커피는 아무 맛도 향도 없이 그저 달달한 350원짜리 설탕물이었다. 그런데 누군가 옆 자리에 털썩 주저앉으며 통사정했다.

"안 마실라믄 나 줄랑가. 허이고오. 당(糖) 떨어져서."

"네? 아, 네. 그러세요, 그럼."

웬 날카롭게 생긴 할아버지가 부들부들 떨리는 손으로 커피를 낚아채 갔다. 마치 산삼 진액 마시듯 마지막 한 모금까지 쭉 들이켰다. 그리고 세상을 다시 얻은 얼굴로 민재를 돌아보았다. 민재도 보통은 아닌 할아버지의 행색을 슥 한눈에 훑었다. 위아래 흰색 양복에 흰 맥고모자와 백구두? 머, 멋지셔라. 푸웁.

"고맙네! 덕분에 살았어."

"아, 예. 혼자 오셨어요? 할머니 산소 오셨어요?"

기껏 물어도 미스터 화이트는 생글생글 고개만 가로저었다. 기운을 차리신 할아버지는 의외로 허리가 꼿꼿하고 키도 무척 큰 편이라 깜짝 놀랄 정도였다. 그 연배에, 게다가…….

"마누라들이 여기저기 누워 있다 보니 늙은 내 다리만 피곤해져서."

미스터 화이트는 윙크까지 날리며 도통 불가해한 말씀을 하시는 거다. 마누라……들? 눈이 뎅그래진 민재의 코앞에서 미스터 화이트는 싱글싱글 웃으며 손가락을 척척 펴 보였다. 하나, 둘, 셋. 응? 넷은 아닌가? 뭐지, 저 머뭇거림은? 뜨악해진 민재에게 미스터 화이트는 자못 진지하게 투덜거렸다.

"선산에 첫째 마누라 발치에 함께 모여서 쉬어 주면 좋겠는데. 그렇게는 또 안 된다 그러더라고~."

아, 뭐라 대꾸할 말이 없다. 민재는 얼른 이성적이고 상식적인 수준의 대화로 되돌렸다.

"저기 버스 오는데, 어떻게 하실 거예요? 혹시 제가 시내에 모시고 가서 경찰서에 데려다 드릴까요?"

"동행이 올 거야."

"정말이시죠?"

영 마음이 안 놓이는 민재와는 달리, 미스터 화이트는 벤치에 두 팔을 걸게 벌리고 앉아 껄껄댔다.

"조심해서 가세요."

민재가 버스를 타고 간 지 얼마지 않아 연식이 오래된 청인학원 전용차가 도착했다. 뒷자리에서 놀란 기범이 부리나케 뛰어나왔다.

"아버지! 혈당이! 어지러우세요? 괜찮으세요?"

"어~ 나 괜찮아~ 어여 미스 송한테 가자고~."

청인의 영원한 큰이사장님 양근석 옹은 아들의 부축을 받고 유쾌하게 차에 올랐다.

⁂

말귀 안 통하는 멍청이처럼 혜지네 변호사들이 이혼 서류를 또 보내왔다. 인욱은 애꿎은 비서를 탓하며 어깨 너머로 내던져 버렸다.

"자꾸 이런 것 주지 마. 나 바쁜 거 안 보이냐."

청인대학 본부 17층 대회의실에 청인학원의 세무팀, 재무팀, 법무팀이 모여 대책 회의를 하고 있었다. 조요한이 호언장담한 대로 윤 의원은 10선 관록의 마지막 정치력을 대규모 사학 비리 감사(監査)에 쏟아 부었던 것 같다. 그 사학들로부터 평생 돈을 긁어 갔던 사람의 마지막 역작이 감사라니 웃기지만. 이것도 엄연히 넘어서야 할 현실이었다. 비밀리에 감사의 올가미가 조여 오고 있다지만, 인욱이 알았듯이 전국의 유명 사학 재단들도 이미 눈치채고 준비를 시작했다.

윤 의원은 지난 세월 동지였던 인욱에게는 특별히 선물을 하나 더 준비해 두었다. 회계감사와 이혼, 양동작전으로 그를 정신없게 만들려는 수작이었다.

이혼! 너구리 영감쟁이! 당신 생각에 그게 내 약점이다 이거지.

그가 윤 의원을 속속들이 꿰뚫고 있듯이 윤 의원도 양인욱이란 남자를 너무 잘 알았다. 인욱은 복잡다단한 집안 사정 때문에 이혼만은 질색하며 경계하는 사람이었다.

연세와 지병에도 불구하고 할아버지는 간호사 여자 친구에게 결혼하자고 숫총각처럼 들이대시는 양반이다. 게다가 팔순 평생에 결혼과 이혼을 여섯 번이나 반복하셨다. 그 여섯 번에는 아파 죽고 다쳐 죽고 천수를 누린 사별(死別)이 세 번, 꽃뱀 등 결혼 사기에 당한 것 두 번, 젊은 놈이랑 눈이 맞아 도망간 할머니도 계셨다고 들었다.

아버지는 세상이 다 아는 오입쟁이로 바깥자식을 둘이나 들여서 어머니께 이혼당하신 인간이다. 이혼당했다고 정신 차렸으면 아버지가 아니지. 갈수록 더 어려지는 여자들이 갈수록 더 많이 아버지 곁에 맴돌았다. 비아그라와 함께 방종의 극을 달리니 아버지도 언젠가 플레이보이 잡지 회장 휴 헤프너처럼 추해질 게 뻔했다.

하지만 난 다릅니다, 윤 의원님. 이혼시키겠다고 덤벼 보시지, 내가 해 주나.

세상 사람들은 인욱이 사랑 없이 결혼한 것을 다 알고 있다. 그들은 인욱이 얼마나 이 결혼을 버티나 지켜보고 있었다. '그 할아버지에 그 아버지였으니, 그 아들도'라는 논리였다. 그래도 인욱은 이혼은 한 번도 고려한 적이 없었다. 사랑 없는 정략결혼도 결혼이다. 양가(兩家)에 오고 간 많은 비즈니스를 증거하고 보증하는, 꼭 지켜 내야 하는 결혼 말이다. 게다가 흄문헌 집구석엔 이미 이혼이 지긋지긋하게 많았다. 인욱마저 그 횟수를 늘려 놓고 싶지 않았다. 곧 죽어도 그것만은 절대! 인욱이 그렇게 결론 내고 결심을 굳히는데 회의 모니터에 메시지가 연달아 날아들었다.

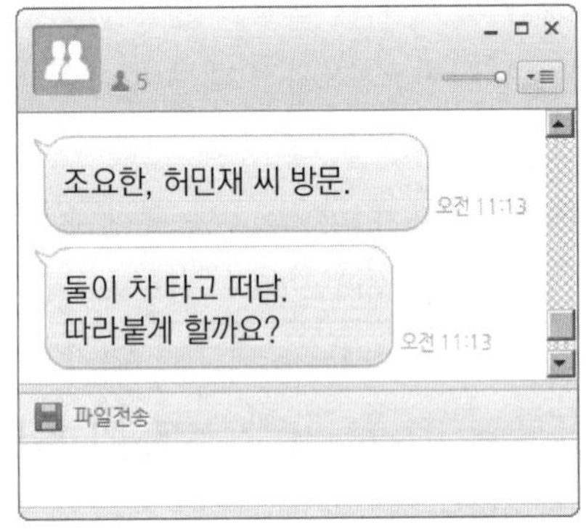

인욱은 인터폰을 누르고 소영에게 서늘하게 일갈했다.

"나 바쁘다고."

[알겠습니다.]

제길! 인욱은 괜스레 신경질이 나서 의자를 박차고 일어섰다. 그러고는 훌쩍 창가로 다가가서 거칠 것 없이 시원하게 펼쳐진 시가지와 바다를 내려다보았다. 하지만 그 아름다운 풍광 대신 인욱의 망막에는 자랑스레 선언하던 하얀 얼굴만 떠올라 버렸다.

─입꼬리가 잘 안 올라가는 구강 구조거든요. 안면 마비 올 정도로
　열심히 연습했어요!

"……꺼져."
내 머릿속에서 꺼져.
그렇게 온몸, 온 마음으로 거부하는데도 입꼬리를 끌어올려 반짝반
짝 웃는 여자의 얼굴이 햇살 속에, 그림자 속에, 질끈 감아 버린 망막 속
에 뭉게뭉게 떠다녔다. 흡사 백일몽처럼. 아니, 눈 뜨고 꾸는 악몽인가.

⚝

민재가 일찍 퇴근해 버렸던 엊저녁에 전국 언론사엔 초비상이 걸렸
단다. 대한민국 유일무이 10선 국회의원이자 요즘 가장 '핫' 한 스캔들
의 주인공, 윤치성 의원이 다음 날 기자회견을 하겠다고 공문을 띄운
것이다.
[어흑! 내가 가야 되는 건데! 허민재 너 복덩이구나! 양인욱 인터뷰
도 술술 해내더니, 윤치성 정계 은퇴 인터뷰까지! 그건 정말 내 필생
의 야심작이 될 줄 알았는데! 아우, 배 아파! 나오지도 않을 거면서 아
프긴……. 흐읍!]
임 선배가 전화로 동동거리며, 운전하느라 바쁜 민재를 마구 다그쳤
다. 지금 민재는 국장님과 임 선배 사이에 끼어서 이러기도 저러기도
애매한 처지였다.

윤치성 은퇴 기자회견 건을 통보받고서 국장님은 고민에 빠졌단다. 아무래도 민재는 아직 지역 현안이나 윤치성 관련 정보가 빈약하다 보니, 급히 임 선배에게 에스오에스를 쳤다. 배부른 임 선배는 자기 처지는 아랑곳 않고 부지런을 떨었고 급기야 진통이 시작되어 버렸다. 임 선배가 병원에 실려 간 동시에, 마트에서 일주일치 장을 보던 민재가 호출을 받았다. 누구의 탓도 아니지만 책임은 고스란히 민재의 몫이 된 것이다.

그 후 국장님과 임 선배가 1분 간격으로 번갈아 전화해 가며 민재를 달달 볶아 댔다. 특히 임 선배는 가(假) 진통이었다며 기운이 펄펄 남아돌아서 더 난리였다. 피곤해라. 오늘은 아침을 그따위로 시작해서인지 하루 종일 이 모양이다. 기자회견 얼른얼른 해치우고 집에 돌아가 쉬고 싶었다.

[질문 리스트 받았냐!]

"예! 국장님! 전부 외웠습니다! 걱정하지 마시고."

[아직도 차 안이야? 빨랑 가라고! 십 분 후에 시작 아냐!]

두 분 전화 고문만 아니면 벌써 호텔에 도착했다고요!

민재가 □□호텔에 도착했을 때 이미 1층 로비는 도떼기시장이었다. 지역 매체 기자들뿐만 아니라 서울에서 달려온 기자들이며 외신까지 바글거렸다. 윤치성 의원이 정치자금 스캔들을 정면 돌파하는 대신 정계 은퇴를 선언할 거라고 예상하고 있었다. 왜 서울 여의도가 아니고 굳이 지역구에서 은퇴 회견을 하느냐 정도만 쟁점이었다. 그에 대해서는 다들 의견이 분분했다.

누가 뭐래도 대한민국에서 유일무이한 10선 경력의 대 정치가 아니던가. 은퇴식 정도는 국회에서 다른 의원들의 기립 박수를 받으며 폼 나게 하고 싶었을 것이다. 50년 정치 경력에 처음이자 마지막 — 그러나 너무나 치명적인 — 오점 때문에 자진 사퇴하는 수모만 아니라면 충분히 가능했을 시나리오였다.

왁자한 소란 속에 엘리베이터 두 대가 쉴 새 없이 오르락내리락거렸지만 민재의 차례는 도통 요원했다. 사태가 이 지경인데도 호텔 측은 객실용과 임직원용 엘리베이터를 개방해 주는 센스도 없는 모양이었다. 도리어 직원들이 객실 쪽 통로를 막고서 철저히 통제할 뿐이었다. 기자들이 자리에 다 앉은 후에 시작하겠지? 그 정도 융통성은 있겠지? 늦어서 발을 동동 구르고 있는데 갑자기 뒤가 조용해졌다. 슬쩍 어깨 너머를 돌아본 민재도 깜짝 놀라 눈이 커다래졌다.

양인욱 청인 이사장이 무표정하고 무덤덤한 얼굴로 엘리베이터 쪽으로 성큼성큼 걸어오고 있었다. 호텔 지배인이 굽실굽실하며 '관계자 외 출입 금지'라는 임직원 전용 엘리베이터로 안내했다. 양 이사장이 다가오자 많은 기자들이 여기저기서 인사를 청했다. 민재도 얼떨결에 인사말을 웅얼거렸다.

"안녕하세요."

"음."

인욱이 고고한 자태로 엘리베이터에 올라탔다. 깊숙이 허리를 숙인 호텔 지배인의 등짝 위로 낮고 무심한 명령이 날아왔다.

"허민재."

"네?"

놀란 민재에게 인욱이 타라며 고갯짓을 했다. 비 맞은 날 간호해 준 덕인가? 나야 감사하지! 좋다고 엘리베이터에 한 발 딛는 순간, 뒤늦게 아차 싶었다. 등 뒤로 따가운 시선이 쏟아지는 게 적나라하게 느껴졌던 것이다. 문이 닫히고 단둘이 남겨지자 민재는 이마를 콩콩 찧으며 반성했다.

"왜."

"타면 안 되는 건데."

"왜."

민재는 어색하게 웃으며 인욱을 올려다보았다. 뒷말이라면 만들고 사용하고 유포하는 데 대한민국에서 제일가는 사람들 앞에서 너무 경솔하게 행동했다고 알려 줄 참이었다.

"왜."

인욱이 뚫어져라 쳐다보며 또 물었다. 눈에서 레이저 나오겠다. 숨이 턱 막혀서 민재는 얼른 시선을 내리깔아 버렸다. 느긋하게 기대서서 흔들림 없이 민재를 노려보는 인욱과는 달리, 민재는 새 구두코만 하염없이 바라보며 진땀만 삐질삐질 흘렸다.

아니 저 유부남이 뭘 잘못 먹고 저러지? 아쒸, 더는 안 돼. 던진다, 돌직구.

"그, 그렇게 노려보시면 무, 무섭지 말입니다. 제가 대체 뭐, 뭘 잘못했다고."

결국 민재가 잔뜩 주눅 들어 항의했다. 그러자 정말 놀랍게도, 저쪽으로부터 매우 놀란 기척이 전해져 왔다. '아니, 뭘 놀라. 거울도 안 봐? 자기 얼굴 무서운 걸 몰랐어?'라고 쏘아붙이려던 그때였다.

"……미안."

민재는 또르르 눈동자를 굴려 '여전히' 무섭게 노려보는 남자를 올려다보았다.

"예전에 교통사고를 크게 당해서. ……허민재 씨는 머리 뚜껑 열려 본 적 없겠지?"

놀라 커다래진 눈동자 앞에다 인욱이 머리카락에 가려진 수술 자국을 슬쩍 보여 주었다.

"피를 한 동이 받아냈다는데. 근데 거기 건드리면, 사람이 좀 변한다나 봐."

"기억상실 뭐 그런 거요?"

텔레비전 드라마에 흔하디흔한 그 '교통사고 후 기억상실' 말이야? 왠지 동질감, 그런 게 마구 샘솟았다. 딱히 같은 경우는 아니지만 넓게 보면 양인욱과 허민재는 비슷한 경험을 공유하고 있는 것이다. 와아, 이 낯설고 기묘한 기분.

"아니, 아니. 나한텐 그런 행운도 없었어. 기억 말고, 그냥 성격이 좀…… 무덤덤해진 거? 표정도 좀…… 이렇고."

인욱이 '이렇고' 할 때, 크고 긴 상처투성이 손이 무표정하고 잘생긴 얼굴 위를 슥 훑어 내렸다. 무시무시한 포커페이스의 진실이 교통사고 후유증 때문이었다니.

"난 그냥 무시로 쳐다본 건데."

인욱이 웅얼거리며 "무서워하는 줄은"이라고 서글프게 덧붙였다.

"아."

완전 미안하잖아. 멋모르고 남의 상처를 들쑤셨다. 어색한 침묵이 내려앉았다. 죄송하단 말을 꺼내기도 뭐할 정도로 무거운 침묵이었다. 민재는 어찌 할 바를 몰라서 눈동자만 또르르 또르르 굴리며 사과할 찬스만 기다렸다.

어쨌든 '관계자 외 출입 금지'인 엘리베이터를 탔으니까 당연히 11층까지 쭉 올라가려니 했다. 헌데 8층에서 덜컥 멈춘 거다. 문도 열리기 전에 날 선 여자의 목소리가 먼저 들려왔다.

"넥타이가 이게 뭐니!"

땡—.

문이 열렸다. 밖에서 실랑이하던 두 남녀도, 엘리베이터에 타고 있던 두 남녀도, 소스라치게 놀라 서로를 바라보았다. 누가 타고 있을 줄은 결코 생각 못 한 저들이고, 중간에 누가 타리라 전혀 예상 못 한 이쪽이었다. 그 와중에도 한 사람만은 평정심을 잃지 않았다.

"안녕, 여보."

담담해서 더 살 떨리는 인사말이었다. 칼날 같은 시선이 외간 남자의 넥타이를 매 주는 아내의 손끝에 닿아 있었다. 곧이어 느릿한 시선이 친구의 세련된 차림새를 위아래로 훑어 내렸다.

"좋은데."

민재가 보기에도 요한은 왠지 달라 보였다. 기성 양복에 되는 대로 골라 입던 옷차림과는 사뭇 딴판이었다. 두툼한 체격을 긴장감 있게 둘러싼 고급 양복 매무새도, 얼굴빛, 체격, 옷 색깔에 딱 맞도록 신중히 고른 넥타이도 완벽했다. 옷은 남자에게도 날개였다.

"윤 의원 다크호스네. 잘해 봐."

스르르 닫히는 엘리베이터 문 사이로 인욱이 나직이 덕담을 날려주었다.

"잠깐."

새빨갛게 반짝이는 손톱이 엘리베이터 문을 비집어 열었다. 혜지가 오만상을 찌푸리고 뾰족한 턱을 치켜들었다.

"당신, 저 여자랑 은근 자주 보인다? 뭐 하는 건데? 호오, 루저들끼

리 뭉친 거야? 웃겨. 당신은 이 짓 저 짓 다 하고 다니면서, 왜 내 이혼
은 안 해 줘?"

"무슨 소린지."

서늘한 음성과는 달리 인욱이 긴 팔을 뻗어 민재의 어깨를 다정하
게 끌어당겼다. 뜻밖의 행동에 요한도 놀라고 혜지도 놀랐지만, 제일
놀란 건 민재였다. 눈알이 빠질 듯 커다랗게 치켜뜬 눈이 표정 없는
양인욱의 얼굴과 어깨에 놓인 얼음장 같은 손 사이를 미친 듯이 오가
고 있었다.

"먼저 간다."

긴 손가락이 닫힘 버튼을 눌렀다. 빨간 손톱도 엘리베이터 문을 움
켜쥐고 버텼다.

"하나도 안 재미있거든? 당신이 동은이 말고 딴 여자한테 눈 돌릴
사람이야? 쇼하지 마!"

표독스럽게 내지르던 혜지는 그러나 살기 어린 시선 앞에 얼어붙고
말았다. 흠칫 놀란 손끝이 저도 모르게 엘리베이터 문을 놓아 버렸
다. 오, 이런. 양인욱 앞에서 신동은 이름 석 자는 금기(禁忌)였던 것이
다. 닫히는 문 너머에서 심장을 후벼 파는 저음이 혜지의 어리석음을
질타하며 으르렁댔다.

"쇼는 너희들이 하지 않나."

우씨! 문이 닫히자마자 반항심 충만한 눈길로 민재가 인욱을 휙 올
려다보았다. 그의 커다란 손은 여전히 민재의 어깨를 감싸고 있었다.

"왜?"

갑자기 무섭도록 잘생긴 얼굴이 민재를 향해 내려왔다. 바들바들
떨면서도 민재는 꿋꿋이 그를 노려보았다. 매끄러운 목소리가 민재의

귓전에 서늘한 숨결을 불어넣으며 속삭였다.

"그런 얼굴 하니까 내 거짓말이 안 먹히지. 다음엔 좀 더 황홀해해 주면 좋겠네."

"어우, 이 불결한 유부남! 저리 가요! 댁의 부부 갈등은 둘이서 풀라고요!"

"왜 그래. 배신자 조요한한테 보여 주면서 쌤통이지 않았어?"

"아니요!"

어깨를 감쌌던 커다란 손이 척하니 민재의 정수리에 무게감도 없이 옮겨 왔다. 칭찬하듯 슥슥 쓰다듬으며 인욱이 이죽거렸다.

"아, 다정도 팔자지. 벌써 용서해 준 거야? 오늘 아침에 둘이 같이 있었다며. 좋았어?"

"……그따위 질문엔 대답 안 해요. 손 치워요. 재수 없어."

차가운 시선이 민재를 또 노려보기 시작했다. 아니, 그냥 바라보는 거다. 음, 그냥 바라보는 거라잖아. 윽, 너무 무서워 다리가 풀릴 것만 같아서 민재는 한껏 반항심을 끄집어 올렸다.

"후!"

아무리 기합을 넣어 봐도 1분도 그 시선을 이겨 낼 수가 없었다. 벗어날 수도 없었다. 그래도 끝끝내 버텨 보는 거다. 눈빛에 좀 쏘였다고 죽진 않겠지.

그러자 인욱이 재미있다는 듯이 한마디 했다.

"곤조 있네."

"곤조는 일본말입니다, 이사장님. 근성이라고 하시면 됩니다."

그 와중에 아나운서답게 말 트집을 잡았더니, 인욱이 민재의 귓전에 얼굴을 기울여 자분자분 대답했다. 쾡하게 올려다보는 민재의 두 눈에 아름다운 양인욱의 얼굴만 한가득 들어찼다.

"일 세기 넘게 곁에 두고 잘 써 온 말인데 그냥 우리말로 쳐 주자. 외래어라고 어원과 유래를 밝히면 되지 않아? 한자말 근성(根性)은 되고 일본말 콘조우(こんじょう)는 안 된다는 논리도 우습잖아. 식민 지배의 역사는 가르치지도 않으면서, 쓸데없는 죄책감만 강조하는 건 좀. 아예 '성깔'이라고 우리말만 쓰게 하든지. 응? 성깔 있는 허민재 아나운서."

땡―.

드디어 11층에 도착했다. 인욱이 민재의 어깨를 토닥토닥해 주더니 성큼성큼 나가 버렸다. 민재는 맥이 탁 풀려 참았던 호흡을 길게 토해 냈다.

어흐흐으으. 누가 저 인간을 과묵의 상징이라 했던가. 게다가 저 수상한 논리는 또 뭔지.

기가 막혀 멍하니 양인욱의 뒷모습을 바라보다 하마터면 엘리베이터에서 못 내릴 뻔했다. 헉. 뭔 재앙을 당하려고! 민재가 후다닥 엘리베이터에서 내려섰고, 그땐 이미 인욱도 어디론가 사라진 후였다.

⁂

"……요사이 남해안 모든 시도들이 급격한 양적 팽창을 겪고 있습니다. 시도의 통합으로 인한 물리적 팽창뿐만 아니라 전국에서 몰려든 새 구성원들로 인해 새로운 형태의 통합 노력이 자구되어야 할 시점인 것임미다. 이에 저는 국회의원 역시도 새로운 파라다임으로써, 사회 통합과 소통을 위해 새로운 지역사회의 역군이 나서야 한다고 굳게 믿고 있슴미다."

정확히 어떤 패러다임으로 어떤 새 인물을 제시할 것인지 말하지 않았다. 노련한 윤 의원이 그저 요한의 어깨를 두드렸고 그와 군은 악수를 주고받았을 뿐이다. 카메라 플래시들이 한꺼번에 터지면서 찬란한 섬광을 뿜어냈다. 요한의 화려한 정계 데뷔는 그렇게 실시간으로 온 세상에 알려졌다.

똑똑.

노크를 해 두고 인욱은 왼손 손목의 시계 초침을 느긋하게 지켜보았다. 하나, 둘, 셋, 넷, 다섯, 여…….

"누구세요."

"룸서비스?"

설마 통할까 싶은 해묵은 트릭에도, 바지 지퍼를 바삐 추켜올리면서 요한이 호텔 방문을 열어 주었다. 인욱은 그 놀란 얼굴에 코웃음을 쳐 주고 방으로 밀고 들어갔다. 벌거벗은 친구의 맨가슴에 차갑게 예냉(豫冷)해 온 돔 페리뇽을 안겨 주었다.

"축하해. 대단한 반전 쇼였다고? 성난 기자들이 우리 카페에 떼로 몰려왔다더라."

"……근데 넌 하나도 안 놀랐고?"

"놀랄 게 뭐 있어. 윤 의원 의중쯤이야 네가 이 호텔 소회의실 예약한 순간에 다 파악했는데. 네가……."

인욱이 시계를 들여다본 후 나직하게 덧붙였다.

"42분 18초 전에 내 마누라랑 여기 투숙한 것도 알고 있지. 음, 방해됐나?"

고요하고 너저분한 침묵이 넓은 호텔 방 구석구석에 빼곡하게 들어찼다. 요한이 주먹을 말아 쥐고 저벅저벅 다가왔다. 그러고는 인욱의 멱살을 잡고서 꾹 눌러 참는 목소리로 다그쳤다.

"그래서. 바람피운 장면을 덮쳐서 내 앞길 막아 보시겠다? 해봐, 해 보라고."

그때 얼음장처럼 차가운 손이 멱살 붙든 요한의 주먹을 감싸 쥐었다. 뼛속까지 시려 오는 냉기에 요한도 흠칫 놀라 인욱의 눈을 들여다보았다. 아무런 감정도 실리지 않은 평온한 눈빛이 그를 마주 보고 있었다. 아무런 감정도 실리지 않은 평온한 목소리가 나직나직 말을 시작했다.

"놀랐나. 좀 많이 찬가. 훗. 이 손과 맞바꾸어 살려 놓았더니. 오래오래 기다렸더니, 너는 나를 배신하러 돌아왔나."

인욱은 낯익은 듯 어느새 낯설어져 버린 죽마고우의 얼굴을 서글프게 바라보았다. 멱살 붙든 두꺼운 손을 천천히 떼어 내고, 대신 빙하처럼 차갑고 단단한 손으로 요한의 목을 틀어쥐었다. 메마른 눈빛 어디에도 그의 가슴에 절절 끓고 있는 처절한 심정이 단 한 톨도 묻어나지 않았다.

"법대 우수한 성적으로 졸업하고 사법 고시 착착 패스해서 연수원 수료하고 정의로운 검사 생활하는 거, 다 보고받고 있었다. 만나는 여자도 있고 결혼하려는 것도 다 알았지만. 그 보고서, 안 봤다. 서류에 찍힌 활자보다 내 친구에게, 너에게 직접 소개받고 기뻐해 주고 싶었으니까."

메마른 목소리 어디에도 피 흘리는 처절한 마음 한 결 드러나지 않았다.

"언젠가 내려올 거라고 믿었다. 스스로를 용서할 수 있게 되면 친구에게 감사할 여유도 생길 거라고. 그때가 되면…… 뜨거운 포옹 한 번, 밤새 폭탄주 파티, 새벽녘에 돗대를 나눠 피우며 굳센 악수 한 번, 그런 날이 올 거라고. 그 정도 기대는 할 수 있는 사이라고."

얼음 칼처럼 묵직하고 단단한 손이 서서히 요한의 경동맥을 조이기 시작했다. 메마른 눈빛, 메마른 목소리, 그 황량한 얼굴이 죽마고우를 향해 처연하게 읊조렸다.

"윤 의원 그 너구리에게 빌붙어 내 등에 칼을 꽂을 줄은."

"하하, 애잔하네. 전쟁터 끌려간 서방님 기다리는 마누라처럼. 나야 뭐 서울 생활 바빠서 이쪽으로는 침 뱉을 시간도 없이 살았다만."

모욕적인 언사에도 터럭 하나 꿈쩍 않는 포커페이스에 요한이 비정한 조롱을 퍼부었다.

"어릴 때도 넌 좀 자식이 감상적이었지. 비 오면 비 온다고, 바람 불면 바람 분다고, 서툰 시인 흉내를 내더니. 쯧쯧. 나이 들어서도. 그리고, 아! 그 사건. 네가 날 살렸는지 어쨌는지, 난 금시초문인데? 그냥 친구들끼리 술 취해서 죽어라 맞고 패다가 날 샌 거잖아. 누가 신고해 가지고 경찰도 오고, 구급차도 왔고. 네가 제일 날뛰어서 제일 많이 다쳤잖아. 난 그렇게 알고 있는데?"

스르륵, 얼음 수갑처럼 단단히 조여들던 차가운 손이 힘없이 풀렸다. 양심에 우는 우정과 애잔한 향수 같은 건 애초에 없었단다. 그저 사는 게 바빴을 뿐이라고.

"……그럼 이제라도 제대로 알게 되었겠네. 넌 내가 살린 목숨이다.

지금이라도 감사하지 그래?"

"꼭 그래야 하나?"

정말 미심쩍은 건지 단순 조롱인지 요한이 실실 쪼개며 버텼다. 인욱은 요한의 어깨를 툭툭 쳐 주고 가뿐하게 돌아섰다. 그러고는 저벅저벅 넓은 방을 가로질러 짙은 베이지색 커튼을 활짝 열어젖혔다.

이런, 젠장. 하늘 봐라.

유리창 너머로 끔찍하게도 붉은 노을이 눈 시린 푸른 바다 위로 커커이 쌓여 가고 있었다. 결코 섞이지 못할 운명이 바로 저런 걸까. 친구 녀석의 배신을 확인했다고 피에 물든 저 하늘이 무너지지 않으며, 아내가 바람피운 장면을 목격했다고 바다가 땅이 되지도 않는다. 인간이란 이렇듯 대자연 앞에 한낱 부질없는 존재다. 깊은 한숨이 감탄처럼 흘러나왔다.

그토록 굳게 결심했던 신조마저 뿌리째 흔들흔들……. 받아들여야 하나. 이게 현실인 것을. 그런가.

이윽고 유리창에 비친 친구를 향해 인욱이 사람 좋게 양보해 주었다.

"뭐, 됐다. 엎드려 절 받겠냐, 너랑 나 사이에."

문득 생각난 듯 인욱이 친구에게 양해를 구했다.

"참, 샴페인은 조금 이따가 터뜨려 줄래? 내가 우리 마누라한테 할 말이 좀 있거든."

인욱이 유리창에 비친 — 바닷가 쪽으로 놓인 소파에 쥐 죽은 듯 엎드려 있던 — 혜지에게 짓궂게 덧붙였다.

"잠깐이면 돼. 오래 방해 안 할게, 여보."

딸깍, 문 닫히는 소리에 혜지가 아름다운 나신을 천천히 일으키며 우아하게 물었다.

“난 당신이랑 더 할 말 없는데. 무슨 할 말?”

“혜지야.”

웬일로 냉기 걷힌 목소리에 혜지의 눈자위가 파르르 떨리기 시작했다. 인욱이 두 팔을 길게 뻗어 혜지의 허리를 끌어당겼다.

“아악.”

철벽처럼 단단한 몸에 부딪힌 순간 혜지는 아찔한 탄성을 눌러 참았다. 섬세하게 빚어진 콧날과 얇은 듯 윤곽 선명한 입술이 천천히 혜지에게 다가왔다. 콧날과 콧날이 어긋나고, 입술과 입술이 닿을 듯 말 듯, 혜지의 애간장이 녹아들었다. 그토록 원했던 남편의 공세에 혜지의 심장도 흉곽에서 터져 나올 것처럼 세차게 뛰기 시작했다.

“스스로를 낭비하지 마라.”

“뭐?”

인욱이 두 손으로 혜지의 얼굴을 감싸고서 앙다문 입술을 손끝으로 쓰다듬어 주었다. 그리고 나직나직 속삭였다.

“넌 이렇게 예쁜 여자다. 남의 불행을 빌지 말고, 네 행복을 찾아가. 우리 이렇게 살았어도 넌 내 아내였고 내 책임이었다. 내 아내였던 여자가 망가지는 건 나도 싫으니까.”

파르르 떠는 예쁜 입술에 당혹스러워하는 혜지의 속내가 고스란히 드러났다. 분명 양측이 다 처참해질 전쟁이 시작되려 하고 있었으므로. 인욱은 오랜 세월 아내였던 여자에게 마지막 선의를 베풀었다.

“이혼해 줄게. 대신 이번 일엔 끼지 마.”

남편이란 타인이 내민 첫 배려에 혜지는 당황스럽기도 하고 서글프기도 해서 설풋 웃어 버렸다. 그러나 고개를 가로저으며 건조하게 덧붙였다.

"내가 끼어야 아귀가 맞아 돌아가는데?"

"흐음."

인욱은 혜지의 이마에 제 이마를 맞댄 채 미동도 하지 않았다. 혜지
또한 터져 나오려는 오열을 애써 참으며 남편의 처음이자 마지막 포옹
에 몸을 맡겼다. 아마도 찰나였던 시간이 흐른 후 인욱이 혜지에게서
한 걸음 물러섰다.

"……좋을 대로."

둘은 잠시 어색한 침묵으로 서로를 바라보았다. 사과를 하자면 끝
이 없고, 욕을 하재도 끝이 없는 사이였다. 그저 존재만으로도 상대방
에게 불행이 되는 인연이라니. 악수도 포옹도 적절치 않은 오래된 부
부의 이별. 인욱이 돌아서자 혜지도 돌아섰다. 아내였던 여자의 흐느
낌을 등 뒤에 남겨 두고 인욱은 그렇게 낯선 호텔 방을 떠나갔다.

[……새로운 지역사회의 역군이 나서야 한다고 굳게 믿고 있슙미
다…….]

편집된 비디오가 방송에 나가는 동안, 앵커석의 민재는 오후에 겪었
던 그 생쇼를 다시금 떠올리고 씁쓸한 입맛을 다셨다.

카메라 프레임 안에 조요한의 전모가 비로소 만천하에 드러났다.
믿음직하게 미소 짓는 모습, 연장자 앞에서 겸손해 보이는 매너, 서울
대 출신 검사라는 후광 등이 쏟아지는 카메라 플래시에 찬란하게 빛
을 발하는 순간이었다.

그러니까 저 능구렁이 전 국회의원은 은퇴 선언보다도, 전 국민 앞

에서 자신의 정치 후계자를 보여 주려고 요란한 이벤트를 벌인 것이다. 산전수전 다 겪은 대한민국 각종 매체의 정치부 기자들도 깜빡 속아 넘어간 완벽한 생쇼였다. 그 허탈했던 현장 분위기는 정말.

"수고하셨습니다."

뉴스를 마치고 스튜디오를 나오는 동안에도, 민재의 머릿속에는 윤치성 의원의 자료 화면 속에 보이던 조요한의 모습이 아른대고 있었다. 생각할수록 골치가 아팠다. 동료들 말로는 윤 의원이 조요한을 지명한 것이나 다름없기 때문에 선거는 그냥 요식행위에 불과하다고 했다. 그러면 조요한이 국회의원이 되는 건 당연지사고, 앞으로 지역 현안에 대한 뉴스 꼭지를 전할 때마다 그 인간의 얼굴을 봐야 한다는 뜻이었다.

"미쳐, 미쳐, 미쳐!"

민재는 지끈대는 골을 양손으로 부여잡고 낑낑 아나운서실로 향했다. 보통은 결혼할 뻔했던 남자랑 안 좋게 헤어지면 얼굴도 안 보고 살지 않나? 나는 그런 복도 없어!

"하아아……앙?"

아나운서실 문을 연 순간 민재는 턱이 떨어지는 줄 알았다. 삭막하고 비좁은 아나운서실의 회의용 테이블 한복판에 거대한 꽃바구니가 떡하니 놓여 있었다. 샛노랗고 연노랗고 황금 빛 나고 병아리 같고, 아무튼 노란색의 다양한 스펙트럼을 다 보여 주는 크고 작은 장미들이 한가득 꽂혀 있었다.

"우와, 누구 거예요?"

"자기 거잖아."

응? 민재는 바구니를 이리저리 살펴 카드를 찾아냈다. 카드에는

'허민재' 세 글자만 프린트되어 있었다. 아빠가? 엄만가? 오빤가? 언니들인가? 그럴 리 없었다. 식구들이라면 다정한 멘트를 잔뜩 적어서 보냈을 테니까. 설마, 조요한 그 개차반일 리도 없다. 그럼 누구지?

"좋겠다아, 허 아나~."

그 시각 이후 하루 종일, 지나가는 사람마다 민재에게 아는 체를 하며 꽃바구니를 부러워해 주었다. 뭐랄까, 새 직장에서 보름 넘도록 데면데면하던 민재에게는 돌파구가 되어 준 꽃바구니였다. 급기야 불타는 금요일 밤에 허민재 아나 환영 회식을 하자는 이야기까지 나왔다.

그래, 기죽지 말자. 허민재, 도망칠 수 없다면 즐기는 거야. 이겨 버려, 조요한 따위! 완벽한 신랑감과 완벽한 결혼을 하겠다고 각오하고 내려왔지만 배신의 쓰디쓴 경험만 남았다. 그래도 민재는 새로운 각오를 다져 본다. 긍정! 긍정의 힘! 순간, 너무 잘생겼지만 너무 무섭게 노려보던 어떤 얼굴이 뇌리에 스쳐 지나갔다. 거의 동시에 싸한 전율이 등줄기를 타고 흘러내렸다. 아, 아니, 이건 아니잖아. 유부남은 패스.

"미쳤어, 미쳤어."

불결한 상상을 했다는 사실만으로도 소름이 좍좍 돋아 올랐다. 민재는 두 팔을 벅벅 문지르며 라디오 스튜디오로 향했다. 임 선배에게 물려받은 심야 방송을 준비하러. 이 프로그램만 잘해 내면 실질적으로 인수인계도 끝나게 된다.

"고요한 밤이에요. 새로 마이크를 맡게 된 허민재 아나운서입니다. 안녕하세요. 친구 따라 강남이 아니라, 약혼자 따라 이곳에 전근 왔는데, 결혼도 못 해 보고 깨끗이 차였습니다. 몇날 며칠 분하고 속상한 마음이 가시지 않네요. 그래서 원 푸드 다이어트를 시작했답니다. 아이스크림 다이어트요. 저 좀 위로해 주세요, 여러분~."

오프닝 멘트를 끝내고 민재가 고개를 들자, 피디와 작가가 황당한 얼굴로 그녀를 보고 있었다. 원래 〈고요한 밤이에요〉는 자정에 이지 리스닝 계열의 음악들을 선별해 방송하는 프로그램이었다. 오늘은 화제의 신간을 소개하는 날인 데다 저자도 직접 출연하기로 되어 있었다. 그런데 신참 아나운서가 약혼자한테 차였다고 위로해 달라는 멘트를 날렸으니, 유리벽 너머 피디가 자꾸 입모양으로 '시, 말, 서'라고 혼을 냈다.

아니, 사람 사는 이야기하는 프로그램에서 사람 사는 이야기를 좀 했기로서니. 음악이 끝나고 민재는 꿋꿋하게 원고를 읽어 내려갔다.

"다시 돌아왔습니다. 음악 잘 들으셨나요? 지난주에 임진아 선배님이 멋진 사진 찍는 포인트를 알려 달라고 하셨던가 봐요. 게시판에 멋진 사진들이 정말 많이 올라왔네요. 어디 보자. 아아, 이 계곡 정말 예쁘다. 우와, 바다도 멋지고. 음? 아! 백음대구나. 여기 가 봤어요. 여기 올라갔다가 저 엄청 혼났어요. 자살 바위라면서요? 흐음……?"

잠시 뜸을 들인 민재는 웃음기 다분한 목소리로 속삭였다.

"아이스크림이 필요해요, 여러분. 저에게 아이스크림을 주세요."

약혼자에게 배신당했다는 여자가 자살 바위를 언급하고 의미 심장한 침묵, 그리고 이어진 아이스크림 요구. 쓰리 콤보는 곧 위력을 드러냈다. 밖에서 피디가 뭔가를 집어 던지는데, 갑자기 인터넷 모니터에 아이스크림 사진들이 '띵똥, 띵똥' 뜨기 시작했다. 민재는 깜짝 놀라 사진들을 클릭했다.

〈쪼꼬 아이스크림 드셩~ 두 번 드셩~〉

연달아 아기자기 아이스크림 이미지가 그녀 앞으로 날아왔다. 모두 청취자들이 보내온 것들이었다. 민재는 재미나고 따뜻한 위로의 글들을 하나하나 클릭하고 정성껏 읽었다. 게다가 진짜 아이스크림도 배달되어 왔다. 어느 청취자가 밥솥만 한 아이스크림 한 통을 스튜디오까지 배달시켜 준 것이다. 야밤에 방송국까지 배달 온 사람이 건넨 메모지에 '힘내요' 세 글자가 인쇄되어 있었다. 연이어 몰려드는 아이스크림 이미지들에다 거대한 실물 아이스크림 통마저 마주하니 피디도 더 이상 뭐라 하지 않았다.

"좋았스!"

음악이 흐르는 동안, 주먹 불끈 쥐고 파이팅을 외치는데 오늘의 초대 손님이 스튜디오로 들어섰다. 여행 에세이로는 이례적으로 폭발적인 반향을 불러일으키고 있는 《77번 국도의 탐미(耽味)주의자》를 쓴 양기범 박사였다. 키 크고 당당한 체구에 눈가에 웃음 주름이 매력적인, 이른바 '미노년(美老年)'이었다.

"임진아 아나운서는 아기 낳으러 들어갔다고요? 하하, 임신해서 퉁퉁 부은 다리로 나를 섭외하겠다고 찾아왔기에, 코끼리하고는 한 마디도 안 하겠다고 했지 뭐야. 임진아 아나운서, 순산하시오~. 예쁜 후배 아나운서 소개해 줘서 쌩유~. 청취자 여러분, 허민재 아나운서는 다리가 참 날씬합니다~."

으, 응? 왜 지금 내 다리 얘기가……? 민재는 양 박사님의 거침없는 언변에 말려들지 않도록 애쓰며 본론으로 들어갔다.

"오늘 오후에 급하게 읽긴 했는데, 참 맛깔나게 정리해 놓으신 77번 국도의 맛집 탐방기더라고요? 친구들 십여 명과 자동차 몇 대에 나눠 타고 놀러 갈 때 어디서 멈춰서 무엇을 보고 무엇을 하고 무엇을 먹으면 끝내준다……라거나, 오래간만에 만난 은사님을 모시고 옛 추억이 깃든 한정식 집을 찾아가서 역시 오래간만에 해우한 주인이 반갑게 권하는 송화주 한 잔을 기울였다……라든지, 뭐랄까…… TPO에 맞는 맛집을 엄선해 주셨다는 느낌이었어요."

"메모지며 머릿속이며 휴대전화며, 복잡하게 널려 있던 데이터를 한번 쫙 정리한다는 느낌으로 썼거든요. 가령, 예쁘고 발랄한 아가씨가 누구 하나 위로해 줄 사람 없는 곳에서 실연의 아픔을 달랠 때는 어디서 무엇을 먹는 것이 좋은가."

"그, 그런 것까지 가능한가요?"

민재는 웃어야 할지 울어야 할지 몰라 직업병인 함박웃음을 지으며 양 박사님을 바라보았다. 양 박사는 윙크를 샥 해 주고 매력적인 미소를 흘리며 마이크에 대고 나직하게 속삭였다.

"속 타는 마음도 차갑게 달래고 다이어트도 하려면 메밀."

"메밀 알러지 있어요."

"……가 아니고 양곱창. 칼칼하게 화끈하게 전골로. 이열치열! 죽여주는 데, 압니다. 콜?"

"와우, 양곱창전골! 어딘데요?"

"우리 집."

품. 민재는 얼른 음악을 틀어 버리고는 책상에 얼굴을 박고 '푸헐

헐’ 몸서리치며 웃었다. 양 박사는 느긋하게 그 웃음을 즐기듯 내내 여유로웠다. 재미있는 아저씨네. 민재는 부리나케 휴지를 뽑아 찔끔찔끔 눈물을 훔쳐 냈다. 근데 눈물이 자꾸 닦아도 닦아도……. 간신히 음악이 끝날 때에 맞춰 호흡을 가다듬고 양 박사님께 진지하게 다이어트 결심을 알렸다.

“말씀은 감사한데 진짜 다이어트할 거예요. 실연했다고 오밤중에 양푼이 비빔밥을 먹는 여자가 있는 반면, 다이어트 바짝 조여서 44사이즈 입고 말 거야, 칼로리를 불태우는 여자도 있답니다.”

“아이스크림만 먹고?”

“넵!”

“매운 양곱창 먹고 땀 쫙 빼는 게 낫지 않나?”

도저히 못 믿겠다는 얼굴에 대고 민재는 함박웃음을 융단폭격해 주었다. 그리고 책을 읽다 궁금했던 점을 물었다.

“친구나 직장 동료, 은사님 아니면 애인을 데리고 갈 만한 곳은 수두룩하게 안내해 주셨는데, 정작 가족들끼리 즐겁게 놀 만한 곳은 한 군데도 소개가 없어서요.”

순간 양 박사가 얼어 버린 듯 멈칫하며 그녀를 바라보았다. 민재는 이 노년 한량이 결코 가족적이지 않다는 걸 활자만으로도 이미 느꼈다. 부모 자식이나 부인 이야기는 책 어디에도 단 한 자도 없었다.

“맛있는 걸 보면 일단 가족이 먼저 생각나는 게 인지상정 아닐까요?”

문득 유리벽 너머에서 피디와 작가가 두 팔로 미친 듯이 엑스 자를 만들어 흔드는 게 보였다. 그 열띤 제스처에 민재는 속이 뜨끔해졌다. 혹시, 가족 없이 혼자 사시나? 헐, 독거노인? 아뿔싸! 어쭙잖은 편견에 사로잡혀 방송에 대고 괜한 소리를 하고 말았다. 게스트 모셔 놓고 인신공격을 한 꼴이었다. 이건 정말 시말서감인데! 민재는 최대한 안타까운 표정에 미안한 눈짓으로 양 박사님께 양해를 구했다. 그러자 양 박사가 호방한 유머로 상황을 종료시켰다.

"음, 내가 생각해도 난 나쁜 남자 같아. 근데 이 매력을 나도 어쩔 수가 없네. 가만있어도 사람이 꼬이는 걸 낸들 어째. 음?"

이 아저씨, 담담하면서도 느긋하게 '자뻑 유머'를 날려 주시니, 정말 마성의 할배가 아닐 수 없었다. 민재는 정말로 미안하기도 하고, 또한 시말서를 막아 준 답례로 그의 제안을 받아들이기로 마음먹었다.

"기분입니다. 양곱창전골, 콜."

양 박사가 시원하게 웃어 주었고, 얼른 경쾌한 음악도 내보냈다. 해서 민재는 유리 벽 밖에서 피디와 작가가 절망적으로 목을 긋는 장면을 보지 못했다.

무책임한 깡통 인겸이 문자 메시지와 딸내미만 남겨 두고 독일로 달아나 버렸다. 하다 하다 이복동생 딸까지 떠맡게 되었다. 부랴부랴 청인유치원에 부탁했더니 첫날은 보호자가 직접 와야 한단다.

"큰아빠, 이거."

인욱은 오른손으로 왼쪽 손목에 시계를 채우며 로렐을 내려다보았다. 옷은 그럭저럭 챙겨 입었는데 머리카락이 삐죽삐죽했다. 반짝이는 머리 방울을 내미는 로렐에게 인욱이 냉정하게 잘라 말했다.

"일하는 아줌마들 중에 아무나 묶어 달라고 해. 미용실 가서 짧게 자르든지."

출근하는 이사장 전용차 안에서 인욱은 태블릿으로 오늘의 일정을 확인하고 지시 사항들을 기록하며 이미 눈코 뜰 새 없이 바빴다.

"Schneewittchen!"

느닷없이 독일어 환호성이 터져 나왔다. 인욱은 퍼뜩 고개를 치켜들고 뭘 보고 저러나 앞을 살폈다. 저 앞에 알록달록하게 동화의 성(城)처럼 꾸며 놓은 청인유치원을 보고서 아이가 차창에 들러붙어 소리치고 있었다. 울타리에 그려진 일곱 난쟁이와 기차놀이 하는 백설공주를 보더니 아예 발까지 꽝꽝 구르며 좋아했다.

"슈니빗찌엔! 큰아빠! 큰아빠!"

결국 차가 멈추자마자 로렐이 문을 벌컥 열고 나가 버렸다. 삐죽빼죽 헝클어진 머리카락을 팔랑팔랑 흔들면서. 인욱도 경황없이 아이의 뒤를 따라 내려섰다.

"조심해, 로렐! 어!"

"네, 잘 부탁드립니다. 아얏!"

로렐이 누군가를 밀치고 백설공주 그림으로 달려들었다. 그 누군가를 확인하고 인욱은 우뚝 멈춰 서고 말았다. 왜 이 아침에 저 여자가 유치원 앞에서 얼쩡거리는 거지?

"아콩, 아가, 안 다쳤어? 어? 머리가 왜 이래? 풀어졌어?"

"아줌마?"

민재는 처음 보는 아이가 불쑥 내민 반짝이 머리 방울을 엉겁결에 받아 들고 말았다. 주변에 아이 엄마가 있나 둘러봐도 속수무책이었다. 할 수 없이 민재는 아이 곁에 주저앉아 머리카락을 손으로 슥슥 빗어서 묶기 시작했다.

"근데 너 말야, 나 아줌마 아니거든? 이 언니가 상처받아요. 이름이 뭐야?"

"로렐라이."

"옹? 로 뭐라고?"

암튼 방울을 둘둘 돌려 머리를 묶어 주는데, 반짝이는 갈색 구두코가 두 사람 앞에 멈추어 섰다. 누군가 싶어 민재가 시선을 들어올렸다. 옹? 민재가 아는 체를 하기 전에 뒤에서 수선스러운 목소리가 들려왔다.

“어머! 안녕하세요, 양 이사장님! 그렇잖아도 기다리고 있었네요. 아, 로렐라이는…… 호호호, 백설공주를 많이 좋아하나 봐요? 잠시만요?”

원장이란 젊은 여자가 눈웃음을 살살 흘리며 로렐을 데려 갔다. 웬 사내아이의 손을 유치원 교사에게 건네고 돌아서던 민재도 놀라며 인욱에게 인사했다.

“안녕하세요?”

웃음꽃이 만발한 얼굴이었다. 인욱은 순간 심장이 조여드는 아픔에 입을 꾹 다물어 버렸다. 그리고 신 나게 교실로 뛰어드는 낯선 꼬맹이를 슬쩍 쳐다보았다.

“임진아 선배 아시죠? 어젯밤에 일 때문에 통화하는데 갑자기 진통이 와 가지구요. 그 집까지 가서 선배 싣고 병원으로 달렸거든요. 한 시간 전에 딸 낳았어요! 정말 잘됐죠!”

만삭인 선배를 병원으로 실어 나르고 그 집 큰아이까지 유치원에 데려다 주고.

“그 집 남편은 뭐 하고.”

“출장 가셨어요! 아기 낳기 전에 돌아오려고 했다던데. 이렇게 될 줄 알았겠어요?”

마냥 좋다고 웃는 허민재를 외면하며 인욱이 자조 섞인 코웃음을 쳤다. 이 여자나 나나.

“비서한테 꽃 보내라고 하지.”

인욱은 민재에게서 휙 돌아섰다. 웃지 마, 이 여자야. 하염없이 바라보게 하지 마.

“큰아빠? 이거 봐!”

머리카락을 예쁘게 가지런히 묶은 로렐이 인욱에게 이름표와 유치원 가방을 자랑하려 달려왔다. 젊은 원장이 로렐을 어미닭처럼 비호하며 눈웃음을 살살 짓고 있었다. 물론 여느 학부모에게나 하는 눈웃음은 절대 아니었다.

"서류 작업은 이미 다 됐고, 커피 내렸는데 안에서 한잔하고 가시겠어요?"

이 원장은 인욱의 하나 마나 한 결혼 생활을 알고 있다. 이 도시의 모든 사람들처럼. 그가 언제든 이혼할 거라고 단정 짓고 있다. 그래서 로렐을 이용해 뭔가 기회를 만들어 보려는 것이다.

"바빠서."

짜고 치는 고스톱처럼 도시 전체가 그의 이혼을 기다려 왔다. 그리고 그는 이혼을 결정했다. 그들이 모두 맞고 인욱 혼자 틀렸던 것이다.

인욱은 다시 차를 타고 출근길에 나섰다. 허민재가 차 옆으로 바삐 스쳐 지나갔다. 혼자서도 방글방글 웃으면서. 보통은 웃다가도 돌아서면 표정이 사라지지 않나? 순간, 모닝커피 한 잔이 아쉬워졌다. 같이 한 잔 마시자고 할걸. 커피 한 잔 마시는 동안만이라도 저 웃음을 바라볼 수 있었을 텐데.

인욱은 푹신한 시트에 파묻혀 허민재의 여운을 즐겼다. 마치 첫사랑에 빠진 소년처럼 그 웃음을, 그 눈짓을 머릿속에 불러내고 또 불러내며 가슴 설레어 했다. 착각이라도 좋았다. 동은이처럼 생긴 여자가 동은이처럼 웃으며 동은이처럼 그를 바라보는 것 말이다. 죽어서 이 세상에서 아주 없어진 여자가 아니라 살아서 잠시 떨어져 있는 것처럼 느껴지니, 이런 착각이라면…….

야! 양인욱!

인욱은 퍼뜩 정신을 다잡고서 태블릿을 집어 들었다. 할 일이 태산인데 별 거지같은 망상이나 펼치고 있었다니. 저 여자와 자꾸 마주치는 건 절대 좋지 않았다. 인욱이 하고자 하면 그렇게 될 테니 저 웃는 얼굴을 또 볼 일은 없을 것이다.

저녁에 로렐을 데리고 퇴근해 보니 집안 꼴도 가관이었다. 이 모든 사태의 근본적인 원흉, 기범이 느긋하게 장남에게 부탁했다.

"어! 욱아, 오늘은 카페에 안 나가 봐? 내가 손님을 불렀거든."

"로렐, 저녁밥 이층으로 가져다 달라고 해."

로렐이 올라가고 난 후 인욱은 심란하게 아버지가 하는 양을 지켜보았다. 일하는 사람들을 다 내보내 놓고 커다란 식당에서 식사 준비를 하느라 분주하셨다. 손님이라고 초대해 놓고 음식 솜씨를 자랑하면서 여자 혼을 쏙 빼놓는 게 전형적인 아버지의 수법이었다.

친아버지라도 냉정하게 평가하자면…… 흠문헌이란 고혹적인 배경에 유들유들한 매너로 무장하고 신사인 양 굴지만, 속이 시커먼 카사노바에 불과했다. 늙은 카사노바. 뭐, 저 꼴을 하루 이틀 본 것도 아니고. 인욱은 아닌 게 아니라 카페에나 가 볼까 하고 돌아섰다.

"민재 씨! 어서 와요!"

누구?

인욱이 홀에 들어서는 여자를 매섭게 돌아보았다. 늘씬한 몸매가 다 드러난 니트 원피스에 굵은 가죽 벨트를 매고 예쁜 다리에 아찔한 하이힐을 신은 여자가 들어섰다. 허민재!

"양 박사님! 문자 주신 대로 내비에 주소 찍고, 가란 대로 왔는데, 여긴 거 있죠!"

정말로 독거노인인 줄 알았거든요! 청인 전(前) 이사장이신 줄은! 그 무서운 양인욱 씨 아버지이신 줄은! 차마 속내대로 내지르지 못하고 민재가 에둘러쳤다.

"하하, 내비가 가란 대로 왔으면 맞게 왔겠죠! 몰랐구나, 나 여기 살아요."

아버지가 냉큼 달려들어 민재와 팔짱을 끼는 꼴을 인욱은 아연실색하며 지켜보았다. 기가 차고 어이가 없다. 생각하고 말 것도 없이 인욱이 아버지 앞을 가로막고 버럭 내질렀다.

"이젠 딸 또래 여자한테까지 마수를 뻗힙니까!"

그는 팔짱 낀 아버지보다 팔짱 끼라고 내주고 있는 여자가 더 한심하고 분통터졌다.

"어? 딱 보니 부자 노인네고, 아주 만만해 보였구나? 검사 약혼자한테 차였다고 이젠 물불 안 가리나? 그렇게 팔자 고치고 싶어?"

"뭐래는 거예요? 댁이 왜 끼어드는데요? 난 양 박사님하고 얘기하는데!"

뻔뻔한 여자가 제일 짜증 난다. 인욱은 얼음도끼처럼 왼손을 휘저어 아버지와 허민재의 팔짱을 싹둑 풀어냈다. 그리고 현관문을 활짝 열어젖히고 서슬 퍼렇게 으르렁댔다.

"당장 나가."

"어머머! 꽃뱀 취급했어, 지금?"

민재는 기분 좋게 밥 한 끼 얻어먹으려고 왔다가 이런 비난을 듣게 될 줄은 상상도 못 했다. 안 그래도 짜증 났었는데 이유 없는 비난에 몰리다 보니 이쪽 말본새도 거칠게 튀어나왔다.

"와아, 내가 당신 같은 줄 알아? 돈만 보고 아무 남자한테나 빌붙게? 양인욱 씨야말로 돈 보고 결혼하셨다면서요? 결혼 깨지면 손해가 막심해서 이혼도 안 해 주고 버틴다면서요? 세상에 자기 같은 사람만 있는 줄 아나 봐! 어흐, 인간 수준하곤!"

민재가 뒤도 안 돌아보고 또각또각 인욱을 스쳐 지나갔다. 결국 온 도시가 다 아는 공공연한 비밀을 저 여자도 알아 버린 거다. 인욱은 아파서 들끓는 심장을 부여잡고 아버지에게 화풀이하기 시작했다.

"앞으로 다시는 이 집에 여자 끌어들이지 마십시오. 경고했습니다."

"뭐야? 아니 나는 순수하게 위로하려고 한 거지! 남자한테 차였다고 방송에다 대고 울고불고 하더라고, 저 아가씨가! 나는 그냥 친절하게."

"순수? 친절? 핫!"

인욱은 아버지 앞에 우뚝 서서 냉기를 철철 흘리며 또박또박 아버지가 해 온 짓을 일깨워 드렸다. 두 번 다시 순수를 들먹이지 못하도록 철저하고 냉혹하게.

"두 번 다시 그런 '순수한' 친절 흘리고 다니지 마십쇼. 거대한 저택 보여 주면서 손수 만든 음식 먹이며 유혹하는 게, 아버지의 순수입니까. 리무진 태워서 집에 데려다 주고, 다이아 선물 안기면 어떤 여자도 쉽게 넘어오겠지요. 오냐 오냐 허영 부추기고 실컷 응석 받아 주면, 친절한 할아버지라고 좋아하던가요? 가지고 놀다 싫증 나면 버리면 그만이라고, 쉽게 생각하시지요? 어리다고 바보 아닙니다. 요즘 여자들은 아버지 실체 다 알고서 뜯어 먹습니다. 아버지의 순수한 친절, 속으로는 비웃고 재미있어 합니다! 걔네들 돌아서면 뭐라고 하는 줄 아십니까. 양기범 박사님, 비아그라 먹고 늙은 종마 행세한다고 비웃습니다!"

"그래서 뭐? 야, 욱아, 인마. 넌 매사에 너무 심각하고 진지한 게 문제야! 그냥 즐겨. 알면서도 흥, 모르면 모르는 대로 흥. 흥겹게 흥!"

아버지의 '케세라 세라' 사고방식은 이제 바윗돌처럼 굳어 버린 모양이었다. 인욱은 제가 더 맥이 풀려서 짜증스레 선언했다.

"절대, 여자들, 이 집에, 들이지, 마십시오. 경고했습니다."

수십 년 그러고 다녔지만 단 한 번도 뭐라 안 하던 아들이 펄쩍펄쩍 날뛰니, 기범도 흥미롭게 아들을 바라보았다.

"그래서, 허민재 아나운서는 건드리지 말아 보라고?"

인욱이 표정 없는 얼굴에 눈동자만 이글이글 불태우며 아버지를 노려보았다. 뺀질뺀질한 아버지의 멱살을 확 끌어다 대문 밖에 집어던지고 싶은 마음이 굴뚝같았다!

도대체가 손이 부들부들 떨려서 민재는 하얀색 소형차에 키조차 꽂을 수가 없었다. 얼마나 우습게 보였으면 아빠보다 나이 드신 양반을 후려서 팔자를 고치려 든다고 생각했을까! 분하고 서러워서 가슴이 터져 버릴 것 같다.

그때 갑자기 뭔가가 민재의 머리 위를 지나 차 지붕에 쾅, 하며 나타났다. 접때 꼴사나운 일을 당했을 때 잃어버렸던 구찌 하이힐이었다.

"가져가."

민재는 또르르 눈동자만 굴려 옆을 살폈다. 가는 샌들 끈에 걸친 길고 섬세한 손가락부터 길디긴 팔뚝을 지나, 엉겁결에 무시무시한 시선과 딱 마주쳐 버렸다. 뭐지? 아끼던 물건을 찾아 주셨으니 감사하다고 해야 하나? 나 같은 꽃뱀 물건일랑 냉큼 챙겨서 썩 꺼지라는 뜻인

가? 후자네. 민재의 결론이었다. 저 한랭 건조한 저기압님께 호의라고
는 눈곱만큼도 찾을 수가 없었던 것이다.

"경고하는데 우리 아버지한테서 떨어져. 또 걸리면, 얼굴 들고 다니
기 힘들 거다."

'아니 내가 뭘 잘못했다고 댁한테 그런 협박까지 들어야 돼? 진짜
경찰 불러 볼까?'라고 대들고 싶다. 무서워서 딱 들러붙은 위아래 입
술만 움직여 준다면! 그러나 양인욱의 협박이 완전히 제대로 협박이어
서 민재는 반박할 엄두도 나지 않았다.

"그 손이나 치워요."

민재는 재수 없는 남자의 손을 탁 쳐 내고 하이힐을 집어 들었다.
감사 인사 따위는 생략하고 차 안에 집어 던지려는데, 뭔가 이상했다.
분명 숲 속에 나뒹굴던 구두일 텐데, 깨끗하게 닦여 있었다. 민재는
구두를 손가락 끝에 대롱대롱 매단 채 의아한 얼굴로 돌아섰다.

"저, 저기요!"

그러나 대답해 줄 상대는 스포츠카를 타고 쌩하니 민재 앞을 지나
쳐 가버렸다. 설마 저 뻣뻣한 인간이 저 넓디넓은 숲 속을 뒤져서 내
어여쁜 구찌를 찾아 준 걸까? 설마 깨끗이 닦아 주고 그런 거야? 민재
는 맥이 탁 풀려서 어둑해진 하늘을 멍하니 바라보았다. 그러다 곧 고
개를 가로저으며 차에 올랐다. 설마는 설마인 거지.

†‡†

구 시가지 한복판. 차도 못 들어오는 비좁고 구불구불한 골목길을
한참 걸어 들어가면 막다른 곳에 낡고 단출한 한옥 한 채가 있다. 평

생 문도 안 잠그고 산다는 윤치성 의원의 본가였다. 인욱이 생애 두 번째로 이 집을 찾아왔다. 꼭 보자고 윤 의원이 직접 전화를 했으니 안 올 수가 없었다.

"태울래?"

번스타인을 닮은 노인네가 최고급 시가를 커팅해서 인욱에게 내밀었다. 인욱은 묵묵부답으로 거절했다. 윤 의원이 시가를 이리저리 돌려 보여 주며 다시 간곡히 권했다.

"이거, 네가 가진 시가랑 똑같은 거야. 최고 좋은 거."

"담배도 시가도 끊었습니다."

"언제?"

"얼마 전에."

"허, 이런 낙도 없이 어떻게 세상 살려고. 답답한 녀석."

맞는 말이지만 인욱은 대꾸하지 않았다.

산해진미가 한 상 가득 올라간 밥상이 두 사람 사이에 있었지만 누구도 수저를 들지 않았다. 벽에 걸린 오래된 괘종시계의 초침 소리만 째깍째깍 제 갈 길을 가느라 바빴다. 편치 않은 그 얼마의 침묵 후에 윤 의원이 몹시 미안해하며 말문을 열었다.

"저번 언젠가는 혜지가 멋대로 변호사들 보내서 엄청난 액수를 내놓으라고 깽판 부렸다면서? 네가 잘 참아 줘서 고맙다. 그리고 살다 헤어짐서 뭔 돈을 내놓으라고. 쯧쯧."

혜지가 '멋대로' 무언가를 할 수 있는 처지였던가. 인욱은 고개를 절레절레 내저었다.

"네 앞에서 조 군이랑 안 좋은 꼴도 보였다면서? 나이만 찼지 하는 짓이, 쯧쯧."

그 역시 혜지의 의지였는지 불분명했다. 인욱은 담담하게 윤 의원의 의중을 물었다.

"혜지한테 조요한 붙들어 두라고 시키셨습니까."

"……그런 것이 시킨다고 되든가. 네가 더 잘 알잖어. 둘 다 성인이고 서로 마음이 맞았으니까 뭔 일이 나도 난 거 아니겠냐. 물론 너한테는 못 볼 짓이었겠지. 나라도 사과하마."

"필요 없습니다."

그때였다.

인욱의 휴대전화로 문자 메시지가 날아왔고 그것을 확인하는데, 윤 의원도 전화를 받았다.

"……오냐, 알았다. 끊어라."

인욱은 담담히 휴대전화를 집어넣었고 윤 의원도 나직하니 한숨을 내쉬었다. 아무런 소회도 남지 않은 두 시선이 비수처럼 서로에게 날아들었다.

"많이 컸구나."

그 한마디에 두 사람은 십 년 전 그 폭풍우 치던 밤을 떠올렸다. 그 밤, 짊어진 짐만 많고 손에 쥔 수단은 없었던 인욱이 절망 속에 윤 의원을 찾아왔었다. 빗속에 구불구불 저 골목을 돌고 돌아 이 집으로 막무가내 쳐들어왔었다. 그 밤, 인욱은 처참하게 무릎을 꿇고 빌었다.

―네 아부지는 호기만 있지 사업 감각은 영 아니더라. 한꺼번에 큰

일 잔뜩 벌리고 단기 자금만 계속 돌려 막으면 너희 청인 아니라
공룡이라도 무너지는 게 당연지사 아니겠느냐.

도와 달라는 인욱에게 윤 의원은 평생의 파트너십이라며 혜지와 결
혼하라고 했다. 인욱이 아버지 기범과 다른 점은, 윤 의원의 제안을
덥석 물지 않고 이용했다는 것이었다. 그는 언제 결혼하겠다는 확약
없이도 윤 의원을 안심시켰다.

　―의과대학 허가, 도와주신다고 들었습니다. 빨리 허가가 나야 대학
　　병원 부지 조성에 들인 자금을 회수할 수 있습니다.
　―꽤 똑똑하게 말하는구만. 앞으로 청인학원이 어떻게 될까는 전적
　　으로 너 하기 달렸다, 인욱아.
　―쌍방 계약입니다. 저는 혜지와 결혼하고, 이사회 운영하는 거고.
　　의원님은 측면 지원을 계속해 주시는 겁니다. 함께 책임져야 합니
　　다. 제 책임은 절반만입니다. 잊지 마십시오.

윤 의원이 그때를 떠올리며 짐짓 유쾌하게 무릎을 탁 쳤다.
"참 난 놈은 난 놈이었어, 네가. 어떻게 기범이한테서 요런 놈이 나
왔을까, 감탄했었지."
"은퇴한 노인네나 옛날이야기로 소일하실까, 저는 아직 바쁜 현역이
어서, 이만."
인욱은 미련 없이 자리를 털고 일어섰다. 노기 충만한 손이 밥상을
쾅쾅 두드렸다.
"어른 말씀하시는데 저런 싸가지하고는!"

138

귓등으로 흘려듣고 대청마루를 나서는데 등 뒤에서 노성이 쩌렁쩌렁 터져 나왔다.

"과일 몇 상자 준비했다. 가지고 가라!"

구불구불 비좁은 골목길을 이리 돌고 저리 돌다가 인욱은 갑자기 맥이 탁 풀려서 남의 허름한 담벼락에 쿵 어깨를 박아 버렸다.

진짜로 해 버렸다! 아, 화딱지 나. 아아, 젠장.

이젠 할아버지나 아버지나 다름없는 놈이 된 것이다. 그렇게 벗어나려 애를 썼건만. 수치스럽고 불쾌한 유전자는 운명이라며 그의 뒤통수를 잡아챘다. 젠장, 젠장.

"……젠장!"

억누르지 못한 분노는 말아 쥔 주먹에 실려 남의 집 시멘트 담벼락에 거침없이 내리 찍혔다. 오랜 세월 삭아 버린 시멘트 조각들이 부슬부슬 쏟아져 내렸다.

"……."

그 호텔 방에서 두툼한 커튼을 활짝 열어젖혔을 때 정육점 조명 같은 노을이 일렁이고 있었다. 넓고 깨끗한 유리창 위로 세 인간 군상이 반사되어 서로를 바라보았다. 저 안쪽 문가에서 바지 한 장 엉덩이에 간신히 걸친 요한이 서 있었고, 바다로 향한 소파 위에 겁먹은 혜지가 실오라기 하나 걸치지 않은 채 납작 엎드려 있었다.

인욱은 혜지에게 숱한 남자가 오간 것을 알고 있었지만 눈앞에서 본 것은 처음이었다. 그것도 죽마고우라 생각했던 요한과 뒤엉켰을 것을 생각하니 순간 머릿속이 아득해지고 구역질이 치밀어 올랐다. 아내라고 딱히 애정이나 소유욕이 있었던 것도 아니지만, 커튼을 열어젖혔을 때 내 것을 빼앗겼음을 직감했다. 적이 된 요한에게는 무엇 하나도 지고 싶지 않았기에 혜지를 놓아주겠다고 선언했다. 빼앗기지 않고 놓아주었다.

그러나 그 더러운 방을 나오던 순간, 혜지의 흐느낌을 듣고 깨달았다. 스스로를, 지키고자 했던 신념을, 제 손으로 농락했다는 사실을. 한순간의 방황에도 양인욱이란 놈의 정신머리는 간단히 오염될 수 있다는 것을.

정신 차려, 양인욱. 한 번 실수는 병가지상사(兵家之常事)라 했지만, 두 번은 안 된다.

후, 흐트러진 앞머리를 불어 내고서 인욱은 강철 기둥처럼 우뚝 서서 햇빛 찬란한 하늘을 올려다보았다. 심호흡 몇 번에 번뇌도 점차 가라앉았다. 저릿저릿한 손끝을 찬찬이 말아 쥐면서 굳게 다짐했다.

또 빼앗아 봐. 해봐. 훗. ……해봐!

미로 같은 골목길을 빠져나왔더니 비서 소영이 요한과 실랑이를 벌이고 있었다.

"이사장님! 자꾸 과일 상자를 실어 가라고."

"마침 오네. 당사자랑 이야기해야겠다."

요한이 인욱을 알아보고 돌아보았다. 인욱은 요한과 가벼운 눈인사를 나누고 표표히 지나쳐 갔다. 그러자 요한이 대놓고 그에게 짜증을 부렸다.

"어? 영수증이나 차용증 없이 현금 주고 그러지 마라. 안 그래도 돈 문제로 상처받으신 분이다. 무지 예민하다고! 너도 그래. 공금을 너무 허술하게 관리하는데? 감사하면 빵빵 터지겠다?"

"아."

인욱은 그제야 과일 상자 개수를 슥 눈으로 훑고서 고개를 가로저었다. 뜬금없이 웬 과일 타령인가 했더니 이제 보니 전별금이라고 입금한 돈을 되돌려 주겠다는 소리였다. 어이없다. 인욱은 요한에게 바짝 다가서서 귓전에 속닥였다.

"20억이 이만큼이면 614억은 몇 상자일까. 트럭 불러라, 요한아."

"무슨."

"그간 그 양반한테 이래저래 갖다 바치고 뜯기고 털린 돈. 십 원 하나까지 정확히 알려 줄까? 아니지. 감사 나와서 찾아내 보라고 해. 찾을 수 있으면."

"황당하군."

인욱이 고개를 바짝 쳐들고 요한의 눈동자를 쏘아보았다. 사람의 간담을 서늘하게 하는 아름답고 매서운 시선이 레이저처럼 요한에게 파고들었다.

"황당해? 614억이? 호오, 생각보다 배포가 큰데? 돈 문제에 예민하신 분은 왜 20억만 돌려주는 건데? 오간 것 다 토해 내야 말이 앞뒤가 맞지 않나? 응?"

흔들림 없는 인욱의 시선에 요한도 그제서야 614억이 빈말이 아니란 걸 깨닫고 저도 모르게 부르르 전율해 버렸다. 국록 먹고 산 요한에겐 꿈에도 나온 적 없는 숫자를 인욱과 윤 의원은 현실에서 주고받은 것이다. 긁힌 자존심이 벌게진 눈자위 언저리에서 파들파들 떨고 있었다.

"……614억이라고 했지. 공익 제보라고 들어 봤어? 방금 들은 걸 내가 세무 당국에 찔러도 법이 날 보호해 준다는 뜻이다."

"흐음, 넌 검사씩이나 한 놈이 법이 얼마나 숭숭 뚫린 그물인지 아직도 모르는구나. 해. 네가 할 수 있는 것, 하고 싶은 것, 다 해. 되받아쳐 준다."

"그 여유, 얼마나 가나 보자."

코웃음으로 대화를 마무리 짓고 인욱이 전용차에 올라탔다. 출발 직전 차를 세우고 인욱이 차창 너머로 요한에게 다정하게도 타일렀다.

"생각이 바뀌었다. 614억은 되돌려 받지 않는 걸로. 혜지 결혼 선물이다. 그 정도 가치는 있는 여자니까."

울리지 마라. 행복하게 해 줘라. 그런 말은 아무리 낯짝 두꺼운 인욱이라도 할 수가 없었다.

"네가 불행해지면 혜지도 행복해하겠지."

"……."

"결혼할 여자의 행복을 위해서도 반짝 더 힘내야겠다야."

"그럼 수고."

새까맣게 선팅한 창문이 스르륵 올라갔다. 서로를 외면하는 시선이 각자의 앞만 바라보고 있었다. 더 이상 같은 곳을 보지 않는 두 남자가 그렇게 제 갈 길로 흩어졌다.

"왜 그러셨어요? 614억, 그런 돈 아니잖아요. 괜히 오해 사려고."

조수석에서 소영이 걱정스럽게 물었다. 인욱은 후우웁, 한숨을 들이켜며 마른세수를 벅벅 문질렀다.

"몰라. 저 녀석 기죽이고 싶었나. 오해 잔뜩 하고 헛물이나 켜라지."

소영은 자꾸 "위험해, 위험해" 하는데, 인욱은 팔걸이에 팔꿈치를 얹고 지나가는 구 시가지 경치만 고즈넉이 바라보았다. 정말 마음에 안 드는 경치였다.

금요일은 방송국 공개 견학 날이라 매주 유치원 아이들이 몰려온다. 나이에 상관없이 연차가 제일 낮은 민재가 당연한 듯 그 일을 떠맡게 되었다.

"자, 이번엔 주조정실입니다. 여러분, 여기는 방송 프로그램을 만드는 대장 아줌마 아저씨가 계시는 곳입니다. 응. 대장. 무섭겠죠. 우리 조용히 들어갔다 올까, 아니면 떠들다가 혼나고 쫓겨날까?"

입술에 집게손가락을 세우고 아이들이 살금살금 주조정실로 들어섰다. 그런데 맨 뒤에 처져 있던 여자 아이가 따라 들어오지도 않고 멀뚱멀뚱 서 있었다. 민재는 뭔가 심상치 않아서 아이에게 다가섰다.

"왜? 화장실 가고 싶어?"

"Bitte?"

응? 독일어? 이름표를 슥 보니 '양로렐'이라고 쓰여 있었다. 아, 기억난다. 로렐라이. 혼혈 생김새는 아니고 아마 독일에서 살다 귀국한 아이 같았다.

"우리 들어가서 친구들이랑 같이 구경할까? 친구들하고 손잡고 다니기로 했는데. 혼자 다니면 안 되는 거 알지?"

"으응."

천천히 손짓 몸짓 섞어서 말하니 뜻은 통하는 모양이었다. 조금 당황스러웠지만 민재는 지금 이 아이가 느끼는 답답함과 외로움을 충분히 이해할 수 있었다. 민재도 호주에서 몇 년 살다 귀국했을 때 한국 학교와 친구들에게 무척 힘겹게 적응했었던 기억이 있다.

"이리 와."

민재는 남은 견학 내내 아이의 손을 잡고 다녔다. 한 손은 민재와, 다른 한 손은 친구와 붙잡게 하고서 외따로 떨어지지 않도록 해 주었다. 너무 외로울 땐 누군가 그냥 손만 잡아 주어도 힘이 난다는 걸 민재도 잘 알고 있었다.

"자! 즐거웠나요? 견학은 다 끝나고요, 특별히 오늘은 제가 여러분께 선물을 줄 거예요. 다른 유치원 친구들한테는 한 번도 준 적이 없으니까 우리끼리만 쉬잇~."

아이들은 민재를 따라 입술에다 손가락을 세우고 서로를 바라보며 깔깔깔 웃어 댔다. 그리고 민재는 아나운서실 냉장고에서 거대한 아이스크림 통을 내왔다.

"바닐라 아이스크림! 맛있겠지! 음, 누가 나누어 줄까? 누구 도와줄 사람?"

다행히 로렐이 제일 먼저 손을 치켜들었고, 민재는 기꺼이 아이스크림 스쿱을 넘겼다. 로렐은 작은 손으로 열심히 아이스크림을 떠서 친구들의 종이컵에 덜어 주었다. 주는 사람도 즐겁고 받는 사람도 즐거운 간식 시간이었다.

"사이좋게 지내라."

민재는 흐뭇해서 아이들에게 당부했다. 아이스크림 범벅된 아이들이 엄지손가락을 치켜세우며 고개를 끄덕였다. 그때 로렐이 새침하게 한마디 덧붙였다.

"이 아이스크림, 우리 집에도 많아."

큰아빠 카페 어쩌고, 다스 아이스 어쩌고, 손짓 몸짓 요란하게 자랑하자 아이들이 환호성을 질러 댔다. 너도 나도 로렐네 집에 가 보고 싶다고 난리가 난 것이다.

"Okay, das machen wir."

로렐이 공주처럼 근엄하게 선언했고 아이들 모두가 기뻐 날뛰었다. 언어의 벽을 뛰어넘는 놀라운 소통의 현장이었다.

민재는 아이들이 하는 짓이 예뻐서 미소 짓다가 문득 빈 아이스크림 통 바닥을 손톱 끝으로 더듬어 보았다. 이제 보니 페트 재질 바닥에 상호와 전화번호가 새겨져 있었다.

기다리는 남자. 대표전화 010…… 응? 뭐지?

※

"자아, 파도, 파도, 예이~~ 오케이~ 오케이!"

불타는 금요일 밤의 허민재 환영 회식은 윤 의원 뒷담화로 시작해서 조요한 뒷담화로 끝나 갈 판이었다. 그만큼 방송 쪽 사람들에겐 윤 의원 생쇼의 여파가 컸던 것이다. 지역 토박이에다 청인 동문인 사람들은 그 두 사람에 대해 아는 것도 많아서 끝없이 온갖 '카더라'를 늘어놓았다. 환영받으러 나온 오늘의 주인공 민재로서는 정말…… 기분이 '#※$£ぁℰÅΩ'했다. 그래서 홀짝홀짝 주는 대로 폭탄주를 받아 마시는데 누군가 진짜 폭탄을 터뜨렸다.

"조요한이 결혼한다고 결혼식장 알아보고 다닌다며? 결국 양인아랑 하는 거야?"

그러자 다들 와르르 웃어 댔다. 혼자 어리둥절한 민재에게 옆에서 친절히 설명해 주었다.

"흠문헌 막내딸 양인아요. 걔가 조요한이랑 오~래 됐죠. 유명해요, 유명해."

"양인욱이 국회의원 자리 났다고 냉큼 조요한 밀어줬다던데? 누이 좋고 매부 좋고."

"아! 그래서 그날 양 이사장이 나타났었구나!"

"맞아요, 저랑 청인고 동기 동창인데 인욱이랑 요한이는 진짜 애기 때부터 죽마고우거든요!"

여기저기서 불쑥불쑥 자기가 아는 내용을 던져 대니 어느 틈에 또 하나의 '카더라'가 뚝딱 완성되었다. 민재만 오징어 다리를 입에 문 채 아연실색 얼어붙었다.

조요한한테 여자가 있었어? 양인욱 동생이야?

처음 소개받은 순간부터 흠문헌 정원에서 배신을 때리던 그 순간까지, 그는 단 한 번도 다른 여자의 존재를 내비친 적도 민재에게 뭘 들킨 적도 없었다. 깨끗이 속았다. 강직하고 순박한 검사 조요한. 21세기 마지막 효자 조요한. 와…… 술 땡긴다.

"아흐, 왜 이렇게 술이 맛이 없냐. 어디 물 좋은 데 없어요? 술 확 오르는 데루?"

민재의 선창에 다들 좋다며 2차로 향했다. 민재도 평소보다 100배는 환하게 웃으며 흔들흔들 사람들을 따라 차에 올랐다. 그렇게 우르르 몰려간 곳이 '기다리는 남자'였다. 제길.

❦

차를 타고 오는 동안 위장이 흔들흔들 춤추더니 카페에 도착하자마자 화장실로 뛰어들었다. 언뜻 보니 카페 주인이 무서운 눈으로 민재의 뛰는 꼴을 노려보는 것 같았다.

"욱. 욱. 우……웁."

화장실 넓은 창문으로 푸른 밤바다를 바라보며 민재는 회사 앞 호프에서 마셨던 폭탄주를 다 게워 냈다. 파우더 룸에서 입을 헹구고 거울을 보니, 참으로 처참한 몰골이었다.

"힝. 다크 봐."

술이 세진 않아도 그냥저냥 분위기 봐 가며 잘 어울리는 편인데 오늘은 영 꽝이다. 입꼬리를 힘껏 끌어올리고 웃는 연습을 해 보는데, 그것도 귀신같이 끔찍하기만 했다. 축 처져서 화장실을 나서는데…….

"엄마야!"

양인욱이 화장실 밖에 떡하니 버티고 서 있었다. 근데, 왜? 내가 뭘 잘못했지? 혹시…….

"여기서 먹은 술만 토해야 돼요?"

"뭐?"

어이없다는 듯 양인욱이 담배 케이스에서 담배 한 가치를 꺼내 물었다. 그러자 곧 심히 달달한 체리 냄새가 텅 빈 민재의 위장을 마구 휘저어 버렸다.

"웁!"

민재는 다시 화장실로 뛰어들어 아까 전에 하던 짓을 고대로 되풀이하고 말았다. 눈물 나게 푸른 밤바다를 바라보며. 아쒸, 파도 소리도 서글퍼.

"괜찮아?"

10분 사이에 10살은 늙어 버린 민재가 휘청대며 화장실에서 나왔다. 인욱이 손을 내밀었지만 민재는 냅다 밀쳐 냈다. 걷잡을 수 없을 정도로 신경질이 나서 버럭버럭 내질러 버렸다.

“아우! 아직도 담배 같은 거 피우는 미개인이 있어요? 몸에도 안 좋고 주변 사람에게도 피해 주고 돈도 들고 냄새 나고 먼지 나고, 왜 그런 걸 피우는 건데! 나 토하라고? 해볼래?”

인욱이 멍하니 민재를 바라보다가 퍼뜩 정신을 차리고 천장을 한 번 바라보았다. 그리고 다시 씩씩대는 민재를 바라보다가 담배 케이스를 근처 휴지통에 집어 던졌다.

“됐지?”

“되긴 뭐가 돼! 덤벼, 해보자고!”

“뭘, 해봐?”

인욱이 민재의 면전에 얼굴을 들이밀며 물었다. 평소라면 무서워서 뒤로 물러섰을 텐데. 민재는 술심을 빌려 되는 대로 나오는 대로 입을 놀려 버렸다. 숨도 안 쉬고 다다다, 불평불만을 토해 냈다.

“조요한 그 새끼, 여자 있는 거 알았어, 몰랐어. 당신 동생하고 사귀는 거 알았어, 몰랐어. 다 알고 있었지! 그러니깐 나보고 쥐도 새도 모르게 서울로 보내 준다고 그런 거지! 너네 동생하고 조요한 엮으려고 했는데 윤 의원 때문에 일 틀어져서 화난 거지! 내 말 맞지!”

양인욱의 고개가 천천히 오른쪽으로 기울어졌다. 나직한 질문이 돌아왔다.

“아, 그게 알고 싶은 건가. 알았다면 어쩔 건데.”

“어쩌긴!”

“아직도 그 자식 생각하면 가슴이 아파? 술 퍼마시고 주사부릴 정도로?”

“속상하니까 그러지!”

민재는 두 손에 얼굴을 묻고 풀썩 주저앉아 버렸다. 눈물이 철철 흘러내렸다.

"뭐 불꽃같이 사랑하고 그래야만 이별이 슬픈 줄 알아? 뜨뜻미지근하게 사귀었어도, 난 내 남은 인생을 걸었었단 말이야. 완벽한 신랑감 찾아서 완벽한 결혼을 하고 완벽한 가족을 만들 작정이었다고! 완벽하게 행복해 보겠다는데, 그게 그렇게 나빠?"

버럭 내지르며 고개를 드니, 어느 틈에 인욱이 그녀 앞에 꿇어 앉아 뚫어져라 들여다보고 있었다. 헐, 놀래라! 게다가 커다란 손이 민재의 정수리를 슥슥 쓰다듬어 주기까지 했다.

"……조요한 돌려줄까? 인아는 그 자식한테 아무것도 아냐. 인아 혼자 좋아했지."

"에?"

"다시 결혼할 수 있게 해 줘? 마지막 기회다. 오늘 지나면 나로서도 안 돼. 잘 대답해."

"미쳤어? 대체 내 말은 어디로 들은 거야!"

인욱의 고개가 이번엔 왼쪽으로 천천히 기울어졌다. 사람 어지럽게 왜 고개를 자꾸! 슙! 민재는 두 손으로 그 고개를 똑바로 세워 주고 쏘아붙였다.

"누가 조요한 아쉽댔어? 그 양다리 사기꾼! 내 완벽한 인생 계획이 틀어진 게 속상하다고 하잖아! 그거 차이 구별 못 해? 내 말이 한국말 같이 안 들려? 어?"

"……그걸 왜 나한테 화내는 건데."

인욱이 진심으로 궁금해서 물었다. 민재는 온몸으로 서럽게 씩씩대며 그 무서운 얼굴을 올려다보았다. 오열과 설움이 차올라서 도대체 가 무슨 말을 할 수가 없을 지경이었다. 그런데도 가슴 속 열불에 밀려 나온 신세 한탄이 주절주절 이어졌다.

"도, 동지 같은 거? 조요한이 나한테 배신 때릴 때 곁에서 다 봤잖아. 위로도 해 줬고, 그쪽도 와이프가 배신해서 버림받았고. 그것들 못된 짓 하는 것도 같이 봤고. 그럼 도, 동지, 아닌가, 요? 우리?"

"아."

절대 미리 생각해 둔 건 아닌데, 말하다 보니 정말 동변상련의 동지 의식이 샘솟는 기분이었다. 불쾌했던 모든 것들이 사르르 녹는 기분도 들었다. 민재는 만취의 몽롱한 기운 속에서 전혀 뜻밖의 사실을 깨닫게 되었다.

내 편 하나 없는 이 낯선 곳에서, 그래도 나한테 사심 없이 친절하게 대해 준 사람은 겁나게 무서운 이 사람뿐이었다고.

놀라움으로 커다래진 민재의 눈망울을 들여다보며 인욱이 달래듯 나직나직 말했다.

"……다음에 술 마시고 싶으면 일루 곧장 와. 싸구려 술 냄새 풍기지 말고. 오케이, 동지?"

끄덕.

"울 아버지, 답이 없는 양반이니까 옆에 가지 말고."

"아 난 진짜, 독거노인이신 줄 알고."

"음?"

"네."

"인아는 어릴 때부터 조요한만 따라다니던 스토커니까 그냥 신경 꺼."

"아, 움."

뭔가 몸이 가벼워지고 속이 후련해지면서 날아오를 것 같았다. 뭔가가 가슴 속에서 팔랑팔랑하고 있다. 뭔지는 모르겠지만 너무 좋아서 민재는 인욱을 향해 활짝 웃어 주었다.

"자, 일어나. 사람들 기다리더라."

인욱이 민재를 훌쩍 일으켜 세웠고, 다음 순간 민재는 하늘이 빙그르 돌면서 까무룩 정신을 놓아 버렸다. 웃음기 머금은 얼굴 그대로.

"……"

인욱은 가만히 얇은 몸을 품으로 끌어당겼다. 두 팔로 꼭 끌어안고 너무나 그리웠던 그 얼굴을 찬찬히 들여다보았다. 그리고 그가 무슨 짓을 더 했는지는 하느님과 양인욱만 아는 비밀이었다.

⚜

민재는 몇 달 만에 처음으로 외로움, 근심, 걱정 없이 푹 잠에 빠져들었다.

투둑, 투둑…….

잠결에 창에 들이치는 소나기 소리도 기분 좋았다. 다 좋았다. 다…….

꿈이구나.

긴 머리의 그 남자가 스윽 눈앞에 나타난 순간 민재는 꿈인 줄 알아차렸다. 언제부터인지 기억도 못 하는 옛날부터 그녀는 잊을 만하면 긴 머리 남자 꿈을 꿨다. 얼굴도 흐릿하고 뭐라고 말하는지 알아듣지도 못한다. 하도 오랫동안 꿔 온 꿈인 만큼 그 남자가 나타나면 민재는 일단 반가운 마음부터 들었다.

―……면 우리 같이……하자.

무언가를 같이하자는데 무슨 소린지 알 도리가 없다. 원래도 내용이 잘 이어지는 꿈은 아닌데 나이가 들수록 꿈은 점점 낡은 예술 영화의 화면처럼 흐릿하고 이해 불가능한 영상들의 짜깁기가 되어 갔다. 음, 이제부터가 민재가 제일 좋아하는 부분이다.

　—……ㄹ……해…….

긴 머리의 남자가 민재를 꼭 껴안고 부드럽게 속삭이다가 입을 맞추는 것이다. 다른 장면처럼 흐릿하고 희미해서 디테일이 무척 아쉬운 장면이었다. 입술 감촉 같은 건 전혀 느낄 수 없지만 그래도 뽀뽀가 아닌 건 확실했다.

"으음."

민재는 어둠 속에서 눈을 뜨고 가만히 비가 들이치는 소리에 귀를 기울였다. 소싯적에도 꿈꾸다 오밤중에 깨어 혼자 가슴 설레어한 적이 있었다. 좀 나이가 들어서는 욕구불만의 표출은 아닐까 심각하게 분석한 적도 있었다. 하지만 지금은 마치 오랜 친구처럼 꾸고 나면 왠지 기분이 좋아지는, 민재 혼자만 아는 길몽이었다.

후드득, 후드득…….

잠 깬 김에 부스스 자리를 털고 일어났다. 씻고 자야지. 스탠드 램프를 켜려고 손을 휘젓는데 영 닿는 게 없었다. 몇 번 헛손질에 민재는 눈을 반짝 뜨고 흐릿한 주변을 둘러보았다. 응? 오피스텔이 아니었다. 훨씬 넓은 방인데 하늘로 향한 천창으로 소나기 들이치는 소리가 요란했다. 고개를 돌리니 바다가 보이는 커다란 창도 있고 그 앞에 스탠드가 켜진 사무용 책상이 놓여 있었다. 그리고 책상 몇 걸음 옆에 커다란 사무용 의자가 바다를 향해 놓여 있었다.

민재는 조심조심 자리를 털고 일어나 사무용 의자로 다가갔다. 역시! 양인욱이 길게 늘어져 잠을 자고 있었다. 가만히 귀 기울여 보니 카페의 음악 소리가 들릴 듯 말 듯 느껴졌다. 그럼 여긴 카페 사장실이나 뭐 그런 곳일까. 어색한 설렘이 가슴을 콩닥콩닥 뛰게 했다. 어둠 속에서 그의 개인적인 물건들을 살펴보는데, 창틀에 놓인 A4 정도의 액자가 눈에 들어왔다.

손때 묻은 낡은 액자에는 바닷바람에 흩날리는 긴 머리카락 사이로 하얗게 웃음을 터뜨리고 있는 어느 소녀가 추억 속에 갇혀 있었다. 와하하하, 바로 옆에서 웃음소리가 들려올 것만 같았다. 근데 그 얼굴이…… 헐, 민재는 머릿속이 하애져서 그 소녀를 들여다보았다.

누구냐, 넌. 왜 내 얼굴을 하고 있어?

민재는 액자를 가져다 책상 위 스탠드 불빛 아래에 내려놓았다. 밝게 보니까 더 닮았다. 이 묘한 기분이라니. 그때 등 뒤에서 기척도 없이 긴 팔이 다가와 액자를 들어 올렸다.

"악!"

어둠 속에 인욱이 액자를 가슴에 품고 그녀를 노려보고 있었다. 깬 줄도 몰랐는데 어느 틈에. 민재는 식은땀을 흘리며 일단 입꼬리를 끌어올려 화알짝 웃어 보였다. 그리고 공손하게 사과도 했다.

"함부로 만져서 죄송해요. 저도 모르게 그만. 근데 좀 놀랐어요, 그 사람."

인욱이 말없이 민재를 노려보다가 스윽 액자로 시선을 내려뜨렸다. 어두워서 표정은 볼 수 없었지만 안타까운 숨소리만은 민재도 똑똑히 들었다.

“……그래. 놀랄 만큼 닮았으니까. 이 앤 신동은. 내…… 첫사랑.”

“아아, 그러시구나.”

늘 듣던 평온한 목소리건만 그 미세한 떨림은 습한 기운을 타고 민재에게 고스란히 전해졌다. 민재는 답답한 분위기를 바꿔 보려고 애써 부러 밝게 물었다.

“아아, 우리 둘 설마 성격도 비슷한가요? 그 사람도 막 잘 웃고.”

“설마, 동은인 도도함의 끝판왕이야. 내 앞에서만 웃은 거야. 내가…… 음, 그렇다고.”

아, 예. 도도하셨어요. 민재는 왠지 샐쭉해져서 액자를 본 소감을 투덜거렸다.

“입꼬리 완전 자연스럽게 올라가네요? 뭐, 웃는 건 나보다 예쁘네. 인정.”

“뭘, 내 보긴 똑같은데. 허민재 씨는 석 달 열흘 연습했다며. 그럼 당신이 더 예쁜 거야. 타고난 재능보다 노력해서 더 나아지는 쪽에 가산점 10점.”

교육자적 관점이란 말씀? 민재는 왠지 모르게 마음이 풀려서 푸시시 웃어 버렸다.

인욱은 따라 웃지 않았다. 무거운 발걸음이 창가로 다가가 액자를 원래 있던 자리에 되돌려 놓았다. 그리고 그 앞에서 백년은 서 있었던 것처럼 꿈쩍도 하지 않았다.

응? 여자의 직감이 저 액자 속 소녀는 이미 죽었다고 민재를 일깨웠다. 이 방을 가득 채운 슬픔은 분명 죽은 소녀를 그리워하는 남자의 애타는 갈망이었다. 민재는 갑자기 이 남자의 곁에 있기가 불편하고 미안해졌다.

"……저를 볼 때마다 영 그러시겠어요. 그쵸."

인욱은 입을 꾹 다물고 미적미적 민재에게로 돌아섰다. 스위치로 켠 듯이 급조된 환한 웃음이 그를 향해 반짝거렸다. 민재의 불편한 심경이 인욱에게도 예민하게 전해졌다.

이 여자에게서 동은이의 환영을 보며 때로는 슬프고 때로는 화가 나고 때로는 가슴 설레었었다. 그래, 솔직히 가슴 설레었었다. 하지만 세상을 향해 환하게 웃는 허민재란 여자는 결코 그의 신동은이 아니라는 자각만 깊어졌다. 동은이는 언제나 인욱에게만, 인욱을 향해, 인욱과 함께 웃었었다. 양인욱만의 신동은이었다.

"……아니."

인욱이 긴 팔을 뻗어 민재의 얼굴을 붙들었다. 그 부드러운 감촉은 동은이와 별로 다르지 않았다. 하지만 허민재의 반짝이는 웃음은 인욱을 너무나 외로워지게 했다. 절절이 아파지게 했다. 안고 싶어지게 한다. 미치게. 어이, 오늘밤 내 곁에 있어 주면 내 가진 걸 다 줄게. 돈이든 영혼이든. 말만 해. 목구멍에서 맴도는 시커먼 욕심을 애써 삼키고서 인욱은 떼고 싶지 않은 손을 억지로 거둬들였다. 그리고 민재가 듣기 편할 말을 골라서 해 주었다.

"볼수록 달라서. 볼 때마다 다른 게 보여서. 재미있어."

민재는 그녀에게서 과거를 보는 남자가 안쓰러웠다. 여전히 부담도 되었다. 어서 이 자리를 벗어나고 싶었다. 그런 마음과 거의 동급으로, 이 남자를 위로해 주고 싶은 마음도 컸다.

"예전에 무슨 책에서 봤는데요, 세상에 나랑 똑 닮은 사람이 셋은 있대요. 지구상에 인류가 70억이나 돼요. 70억분의 3 확률인 건데, 이 사장님은 벌써 70억분의 2를 겪으신 거예요. 그거 절대 쉽지 않은 거예요. 엄청 대단한 거예요."

기껏 농담을 던져도 인욱은 웃는 시늉도 하지 않았다. 그저 끔찍해하며 민재를 외면해 버렸다. 이 세상 어딘가에 또 다른 70억분의 1이 대기 중이란 확률에 소스라치게 놀란 것이다. 두 번째도 이미 죽을 것 같은데.

"데려다 줄게."

민재는 앞서 가는 남자의 넓은 등을 바라보았다. 참 쓸쓸해 보였다. 생각만큼 위로가 못 된 모양이었다. 왠지 안타까웠다.

"뭣하면 택시를 불러 줄 수도 있고."

민재는 혼자 웃으며 고개를 가로저었다.

"이 동네 택시 기사님들 별로. 양인욱 씨 운전 스타일이 훨씬 더 좋아요."

인욱은 곁에 나란히 걷는 민재와 보조를 맞추며 소나기가 지나간 짙푸른 여름 밤하늘을 올려다보았다. 옆구리에 느껴지는 따뜻한 온기에 가슴이 마냥 설레었다. 나는 그저 숨 쉬는 것만으로도 세상을 오염시키며 하루하루 살아갈 뿐이었지만……. 뭐, 그럼 나도 이대로…… 좋아.

지옥을 뒤덮은 찬란한 부케

도시마다 미용실은 넘치게 많지만 최고의 미용실은 어느 도시에나 딱 하나뿐이다. 그리고 최고를 원하는 여자들은 비싼 비용을 아까워하지 않고 그곳으로 몰려든다.

"아, 허민재 아나운서다."

민재가 스케일링 시술을 받고 있는데 샴푸를 마친 혜지가 미용사 손에 끌려와 바로 옆자리를 차지하고 앉았다. 하필. 얼떨결에 목례를 해 놓고 보니 딱히 인사를 주고받을 사인 전혀 아닌 것이다. 어색하게 시선을 돌리는데, 혜지가 자꾸 이것저것 물어 댔다.

학교는 어디 나왔느냐, 집은 서울 어디냐, 집 그립지 않냐, 회사 생활은 할 만하냐…… 등등.

설마 나랑 친구 하자는? 진심? 민재는 일그러진 웃음과 애매한 감탄사로 모든 대답을 대신해 주었다. 누가 봐도 거부 의사는 확실했다. 헌데 혜지의 뻔뻔한 상냥함 역시 확고했다.

"그러지 마요, 민재 씨. 그렇게 불러도 되죠? 민재 씨 계속 여기서 일할 거잖아요. 요한 씨 당선되면 앞으로 참참이 취재도 해야 할 거고. 이러면 자기만 손해 거 알죠?"

무슨 언니마냥 다정하게 민재를 달래더니 혜지가 에르메스 백에서 백보다 예쁜 봉투를 꺼내 들었다.

"여기."

민재는 우아하고 하얀 봉투에 언뜻언뜻 보이는 금박 글자를 보고 속절없이 가슴이 철렁 내려앉아 버렸다. 결혼 준비를 해 본 여자라면 한눈에 알아볼 수 있는 그것.

"청첩장이에요."

유부녀가 웬 청첩장인가 싶어 엉겁결에 받고 보니 신랑 이름이 조요한이었다. 양인욱 여동생하고가 아니라? 전혀 이해를 못 하는 민재에게 혜지가 손으로 입을 가리고 속삭였다.

"드디어 이혼 판결 받아냈어요. 일단 식만 먼저 올리고 혼인 신고는 몇 달 후에 해요. 사람들한텐 우리 이혼한 지 오래됐다고 뻥쳤으니까 민재 씨도 쉬잇! 알았죠?"

윤혜지가 예쁜 얼굴로 생글생글 웃으며 완전 개판 뻔뻔한 짓에 민재를 공모자인 양 끌어넣었다. 민재는 부아가 들끓어 씩씩대며 혜지를 노려보았다.

"우리가 급하게 결혼해서 간단히 400명 한정으로 뿌리는 건데. 그만큼 하객을 엄선했으니까 두말 말고 와서 인맥도 쌓고 그래요. 10선 국회의원 빽이 얼마나 유용한데. 민재 씨도 좋은 머리로 잘 생각해 봐요. 응?"

와아, 이 여자가 지금 말 그대로 호의를 베푸는 건지, 억장 무너지라고 푸닥거리를 하자는 건지. 잘 처신해야 한다. 슬쩍 보니 평일에 날이 잡혀 있었다. 흐음. 민재는 카드를 봉투에 잘 넣고 혜지에게 살살 흔들어 보였다. 그러고는 함박웃음을 예쁘게 흘리며 상큼하게 속닥였다.

"결혼 축하드려요. 근데 이날은 엄마가 미국에서 귀국하시는 날이라 서울 가 봐야 해요. 아, 축의금은 따로 보낼게요."

혜지가 날카로운 시선으로 민재의 얼굴에서 거짓이나 허세의 흔적을 찾듯이 쏘아보았다. 민재도 지지 않고 그 시선에 맞섰다. 자위권(自衛權) 차원에서 이 정도 거짓말은 해도 돼!

"축하 고마워요. 어차피 축의금은 안 받을 거구. 으음~ 꼭 오면 좋을 텐데."

"그러게요."

"우리 요한 씬 평소에 어땠어요? 우리 급하게 서두르다 보니 나 아직 그 사람에 대해 모르는 게 너무 많아. 민재 씨가 좀 도와줘 봐요."

와아, 진짜 고단수. 이쁜 것들이 더 무서워. 질까 보냐.

"뭐 그냥 아저씨죠. 일만 알고 무뚝뚝하고 자기 관리 못 하는 게으름뱅이? 아 참, 겨울엔 물만 먹어도 뒤룩뒤룩 살찌니까 하루 2시간씩 운동하라고 닦달해야 돼요. 나머진 뭐 살면서 차차 겪어 보시면 알겠죠."

말하는 김에 요한이 양다리 걸치는 나쁜 놈이란 걸 알려야 할까 고민스러웠다. '뭐하러 알려 줘, 뒤통수 맞게 내버려 둬'와 '그래도 같은 여자끼리 이런 정보는 공유하자'가 머릿속에서 치열하게 공방 중이던 그때였다.

"나 그 남자랑 잤어요."

혜지는 싸움을 할 줄 아는 여자였다. 쿨한 척하던 민재는 말 한마디에 아래턱이 주저앉아 버렸다.

"생각보단 괜찮았어요. 차차 겪어 보면 더 나아지겠죠?"

혜지는 스트리트 파이터의 춘리처럼 콤보 연타로 민재를 그로기로 몰아넣었다. 해사하게 웃는 혜지의 화려한 미소에 더 못 견디고 도망친 건, 결국 민재 쪽이었다.

"어? 방금 저 여자?"

입구에서 민재와 엇갈려 들어오던 인아가 깜짝 놀라며 손가락질을 했다. 거울 속에서 혜지가 승자의 미소를 지으며 친구에게 손을 흔들었다.

"오래간만."

"그러네."

인아는 민재가 앉았던 자리에 철퍼덕 자리 잡고서 길고 긴 다리를 우아하게 꼬았다. 혜지는 물론 청인여고 동기 동창인 데다 한때 시누이였던 인아에게도 청첩장 봉투를 내밀었다.

"네가 부케 받을래?"

"결국엔 오빠한테 이혼 받아내셨어? 아! 그래서 오빠가 이혼해 줬나?"

거울에 시크한 단발을 이리저리 비춰 보며 인아가 예사로이 의심 한 자락을 내던졌다.

"야, 방금 나간 재, 너 기억 안 나? 우리 학교 다닐 때 그 신동은. 걔랑 똑같이 생겼어! 큰오빠가 요새 티비에 재만 나오면 넋을 놓고 본다? 아, 넌 중간에 전학 와서 잘 모르던가?"

"뭐?"

혜지가 휙 입구를 돌아다보았다. 물론 민재는 사라진 지 오래였다. 그 여자만 곁에 있으면 인욱이 예민해지곤 했던 일들이 주마등처럼 스치고 지나갔다. 알면서도 혜지는 예사롭게 넘겼다. 어차피 양인욱은 죽은 신동은 아니면 아무도 가질 수 없는 남자였다. 살아 있는 어느 여자에게도 빼앗기지 않을 줄 알기에 이혼하자고 떼쓰고 졸랐다. 그렇게라도 그의 관심 한 자락을 탐했다. 근데 이게 뭐야! 허민재가 신동은을 닮았다니! 그렇게 질색하던 이혼을 두말 없이 허락해 준 남편이, 그 서글펐던 이별이, 때늦은 의심과 질투로 허무해져 버렸다.

"야!"

갑자기 인아가 청첩장을 내던지며 자리에서 벌떡 일어섰다. 황망하기만 한 혜지 앞에서 인아가 눈물까지 철철 흘리며 소리쳤다.

"이이! 더러운 걸레가! 네가 감히! 감히!"

인아가 자기보다 한 뼘이나 작은 혜지에게 발차기로 덤벼들었다. 놀란 스태프들이 떼로 몰려들어 인아와 혜지를 뜯어말렸다.

⚜

드디어 청인학원에 정부 차원의 사학 비리 감찰단이 들이닥쳤다. 인욱은 대학본부 17층의 이사장 공간을 그들에게 내주고 모든 협력을 다하겠다고 약속했다.

"담배 냄새 좀 없어지나 했더니. 재떨이 비우다 날 샌다 진짜. 아아, 이사장님, 제가 얼마나 편하게 돈 벌고 살았나, 깨달았어요. 앞으로 뼈가 가루가 되도록 열심히 일할게요."

감찰단이 온 후로 인욱은 일에서 손을 놨지만 비서 소영은 몇 배나 더 바빠져 버렸다. 성격은 혼자 열 사람 몫만큼 거지같지만 어쨌든 보스 한 명만 모시다가, 한꺼번에 수십 명의 뒷바라지를 하려니 지치고 힘든 모양이었다.

"끝나면 휴가 줄게."

"매번 동남아 싫어요. 더 멀리 보내 주세요. 비싼 화장품도요. 다크 서클이 뺨까지 내려왔어요. 이것 보세요."

"야!"

고함 한 번에 소영이 정신을 반짝 차리고 제자리로 돌아갔다. 혀를
끌끌 차며 돌아서는 인욱을 소영이 불러 세웠다.

"참, 참, 이사장님! 그때 주신 시나리오요, 다 읽었는데요. 이거 영화
로 만들어도…… 괜찮으시겠어요?"

"왜."

"안 보셨구나. 한번 보세요."

"재미없어? 그럴 줄 알았지. 됐다, 뭘 보냐. 인아한테 돌려보내 버려."

"아니요. 읽어 보시라구요, 꼭."

평소와 다른 소영의 태도에 인욱이 일단 시나리오 뭉치를 받아 들
었다. 후루룩, 그 자리에서 속독으로 읽어 내리고서 인욱이 일견 평온
한 얼굴로 허공을 잠시 응시했다.

"……인아 불러들여."

나직하고 담담한 목소리에 아는 사람만 들을 수 있는 노여움이 짙
게 깔려 있었다. 곧이어 인욱은 문서 세단기에다 시나리오를 한 장씩
집어넣었다. 발칙한 여동생의 사기극이 종이 국수로 쏟아져 나왔다.
인욱은 묵묵히 마지막 한 장까지 다 밀어 넣었다.

"……빨리 처리해요. 화 많이 나셨다."

소영은 양인아를 잡아들이라고 보안팀에 전해 놓고, 문서 세단기에
서 쏟아져 나오는 종이 국수를 살 떨리게 지켜보았다. 양인아, 너 왜
그랬니. 이제 너 죽었다.

♦

시내 미용실에서 깽판을 부렸다는 목격 이후에 인아가 종적을 감추

었다. 평소라면 노발대발해서 끝끝내 찾아내라고 주변을 닦달했을 텐데, 이 날은 인욱이 딴 데 정신이 팔려 있었다.

"술 고파요, 술 주세요!"

인욱은 뜻밖의 손님을 바닷가 조망의 연인석으로 안내해 주었다. 소파 등받이가 벽처럼 높은 자리에 앉자마자 민재는 일단 메뉴판의 주류 리스트를 열심히 들여다보았다.

"기분 꿀꿀한데 갈 데가 여기밖에 없었어요. 나 너무 불쌍해. 맛있는 거 잔뜩 먹고 가야지."

"거기 있는 독주(毒酒)는 데려다 줄 애인 있는 여자한테만 파는 거야. 앞 페이지에서 골라."

"퓌이. 뭐야, 뭘 마셔야 잘 마셨다고 소문이 나지? 추천해 주세요."

"독하고 비싼 술이 아니라 좋은 사람하고 마셔야 제일 잘 마시는 거지. 술장사하는 입장에서 독작(獨酌)하는 사람은 친구가 없다거나 반사회적 인격이라고 광고하는 걸로 보여."

민재는 뜨악한 얼굴로 인욱을 흘겨주었다.

"어디서 그딴 개똥철학이."

"세상에 개똥철학 아닌 건, 있나? 누구나 자기만의 정의로 세상 보는 기준을 정하는 거지. 애초에 철학이란 게 얼마나 반사회적인지 우리 밤새 토론해 볼까? 뭐, 됐고. 치즈 과일 안주 놓고 예쁘게 와인이나 홀짝이다 가."

그 말대로 이루어질지니. 1분도 안 돼서 치즈 몇 점에 과일 쪼금 놓인 접시와 와인글라스가 후다닥 날아들었다. 인욱이 새로 뜯은 와인에 코르크스크루를 박으며 말했다.

"첫 잔만 온 더 하우스, 더 마시면 바가지, 나랑 마시면 한 병 공짜.

자아, 술친구 필요해?”

첫 잔은 공짜로 주고 그다음부터는 바가지 씌울 거지만, 자기랑 같이 마시면 와인 한 병이 공짜라는 말씀? 물론 민재는 반사회적 인성이 아니고 여기선 친구도 없으니까 그 제안이 너무 고마웠다. 인욱이 자기 잔을 가져오라고 시키고 디캔더에 와인을 따라 놓았다. 그리고 민재의 맞은편에 그린 듯 우아하게 자리 잡았다.

“나도 기분 별로라, 술이 땡기긴 했어.”

민재는 글라스를 채우며 출렁이는 와인 향만으로 벌써 취할 것 같았다.

“와아, 부케(bouquet : 와인의 향취) 끝내준다. 냄새만 맡고도 다리 풀리겠어요. 으음~~.”

좋은 걸 알아봐 주면 주는 사람의 기분도 좋아진다. 인욱도 글라스를 흔들어 향을 음미하며 곪아 터졌던 기분을 달래 보았다.

“지난번에 임 선배가요, 양 이사장님이 왜 술장사를 하는지 모르겠다는 거예요. 난 알 거 같애. 자기가 마시고 싶으니까 술 쟁여 놓은 거죠.”

“양은 내 성이고, 이사장은 내 직함이야.”

이름을 부르라는 에두른 표현에 민재는 새침하게 대답했다.

“다음에, 친해지면요.”

“이거 한 병 다 마시면 친해진 걸로. 그래야 로마네 콩티(ROMANÈE-CONTI)를 개봉한 보람이 있지.”

뭐시라! 급히 묵직한 유리병을 집어서 병목에 MONOPOLE 1999 숫자와 부르고뉴 와인의 복잡한 라벨을 확인했다. 진짜네! 민재는 받은 숨을 거칠게 들이켰다. 글라스를 눈높이로 치켜들고 벽돌색의 투명한 액체를 마냥 들여다보았다.

"우리나라에 일 년에 몇 병 들어오지도 않는다는 그 유명한 와인? 진짜요?"

"이거 유명세 타기 전부터, 우린 증조할아버지 때부터 참참이 들여다 마셨으니까. 아예 흠문헌 뒷산에 와인 창고를 만들었지. 우리 할아버지가. 기회 되면 보러 와."

집안 자랑을 이렇게 아무렇지도 않게 늘어놓다니. 할아버지도 부자고, 증조할아버지도 부자였어.

"나도 나름 의사 아부지 딸, 대학교수 엄마 딸인데. 우와, 위화감이 막……."

의사와 대학교수의 딸은 감지덕지해서 향기로운 와인 한 모금을 입에 머금을 뿐이다. 나른한 듯 무덤덤한 인욱의 설명이 이어졌다.

"그레이트 빈티지(포도 작황이 좋아서 질 좋은 와인이 생산된 해) 1999. 아껴 둔 건데. 우리나라엔 나밖에 없을걸. 아니다, 오늘 마셔 버리면 아무도 없겠다."

순간 민재는 입에 머금은 걸 도로 뱉어서 병에 담아 가고 싶은 심정이었다. 어안이 벙벙해서 인욱을 바라보니 그 느긋한 자태에 괜한 열등감마저 솟구쳤다. 어헛. 민재는 부르르 투레질하고 자못 의연하게 1999년 산 로마네 콩티를 노려보았다. 네가 얼마나 비싸든, 먹고 화장실 가기도 아깝지만, 이 순간을 즐겨 주마. 합! 민재는 비장하게 기합을 끌어올리고 와인글라스를 기울여 새 모이만큼 홀짝 들이마셨다.

"흐음, 엄마 아부지도 같이 드시면 좋았을 텐데. 부케, 와아, 이런 향도 있구나."

혼자 감탄하기를 벌써 여러 차례, 민재는 퍼뜩 정신을 차리고 인욱의 눈치를 살폈다.

"……이혼하셨다면서요? 쥐도 새도 모르게. 윤혜지 씨가 청첩장을 돌리더라구요?"

"아, 그거 때문에 빡쳐서 내 동생이 윤혜지를 두들겨 팼다나 봐. 스토킹의 끝이 그렇지. 조요한 같은 놈이 사생아랑 결혼해 줄 리 없거든. 이래저래 우울하네."

전혀 우울해 보이지 않는 얼굴이지만 본인이 그렇다면 그런 걸 거다. 재킷을 벗어 팔걸이에 단정히 걸어 두고 천천히 글라스를 굴리며 로마네 콩티를 음미하는 자태가 말 그대로 멜랑콜리했다. 정말로 본인이 마시려고 이런 카페를 운영하는 걸까? 인욱이 민재를 바라보며 나직나직 진상을 털어놓았다.

"여긴 여러 모로 내 추억이랄까, 그런 게 많은 곳이야. 좋아하는 여자랑 같이 살려고 땅을 샀고 그 여자가 좋아한다는 취향껏 집을 지었어. ……잘 안 돼서, 한동안 버려뒀는데 어머니가 카페를 열면 좋겠다는 거야. 한창 커피 열풍이 일 때였을 거야. 음, 막상 카페로 개조했는데 갑자기 지구 일주를 하고 싶다며 떠나 버리시더군."

어쩔 수 없다는 듯 인욱이 어깨를 으쓱이며 와인 한 모금을 들이켰다.

"지구 일주? 어…… 푸하. 억지로 떠맡은 거네요?"

"식구들이 뭔가를 떠넘기는 일에 익숙해져서. 이젠 괜찮아. 어머닌 그 후로 갑자기 공부를 새로 시작하시겠다면서 서울에 있는 대학에 다니셔. 아버지 꼴 보기 싫으셔서 청인대학은 죽어도 못 다니겠다고. 그 자유로운 영혼에 건배."

"거, 건배. ……그럼 부모님은."

"이혼하셨지, 오래전에."

인욱은 마지막 남은 한 모금을 입에 넣어 놓고 허허롭게 주절대기 시작했다. 이상하게 이 여자 앞에선 속내가 술술 터져 나왔다.

"아버지 어머니 이혼하셨고, 남동생도 이혼했고, 할아버지는 이혼하고, 이혼하고, 이혼하고, 이혼하고…… 몇 번 했지, 내가? 암튼 여섯 번 결혼하고 헤어지신 양반이야. 놀라는 걸 보니 아직 이 동네 사정 잘 모르네. 여기 사람들은 다 아는 우리 집안 웃기는 역산데. 하아, 이젠 내가 또 이혼을 했네."

인욱이 디캔더를 들어 쪼르륵 두 번째 잔을 채웠다. 꼬리를 무는 이혼 횟수에 멍해진 민재의 잔에 자기 잔을 갖다 부딪치곤 벌컥벌컥 들이켰다.

"요새 자꾸 일이 꼬이기만 하는데, 뭔가 자업자득 같아서 기분 참 그렇다. 비밀 하나 알려 줄까."

긴 손가락이 까닥까닥 불러들이는 대로 민재는 자석에 끌리듯 그에게 몸을 들이밀었다. 귓전에 황홀한 부케를 내뿜으며 인욱이 소곤거렸다.

"윤치성이 돈 받는 CCTV 화면, 내가 싹 돌린 거야. 요즘 통 일해 주는 게 성에 안 차서 혼 좀 내 준 건데. 음, 좀 과했던가 봐. 일이 주체할 수 없이 커지네?"

인욱은 민재의 짙은 갈색 홍채에 놀란 빛이 화악 번져 가는 모습을 흥미롭게 지켜보았다. 가까이에, 이 여자의 입술이 있다. 싸구려 '소맥'에도 달콤했던 입술인데 로마네 콩티라면, 어떨까나. 어떨까나. 생각은 머뭇거리는데 손이 먼저 움직여 민재의 뒤통수를 끌어당겨 버렸다. 부드러운 입술 바로 앞에서 잠시 멈칫했지만 민재는 도망가지 않았다. 인욱은 기쁘게 로마네 콩티에 젖은 그 입술에 키스해 버렸다.

“음…….”

왠지 차가울 것 같았던 그의 입술은 의외로 따뜻하고 매끈하고 향기롭기까지 했다. 민재는 이 남자의 유혹이 기뻐서 그가 하는 대로 입술을 내주었다.

―나 그 남자랑 잤어요.

그 말에 이렇게까지 상처받게 될 줄은 몰랐다. 어차피 키스다운 키스도 스킨십다운 스킨십도 없이 ‘뜨뜻미지근한’ 약혼이었다. 혼자서만 구름 위에 성을 쌓았던 꿈이 깨어지고도 별 아쉬운 줄 몰랐는데. 조요한이 원래 그런 사람인 줄, 허민재도 원래 그런 사람인 줄 알았는데. 알고 보니 그 자식, 늘씬한데 가슴은 크고 얼굴도 인형같이 예쁜 그 여자하고는 불륜도 마다하지 않았다. 그래 놓고도 또 다른 여자하고는 오래 사귀었다고 했다.

“으음…….”

내가 여자로서 그렇게 매력이 없나, 자존심이 바닥으로 추락해 버린 민재였었다. 그래서 로마네 콩티에 취한 양인욱이 미친 듯이 파고들어도 민재는 도망가지 않았다. 기꺼이 입술을 내주고 입을 열어 주고 그의 침입을 환영해 주었다. 보물단지처럼 조심스러워하는 손길에 가슴이 부풀어 오르고, 끝도 없이 탐욕스럽게 구는 남자의 욕구에 허민재라는 유기체도 ‘여자’였다는 자각이 솟구쳐 올랐다. 그리고 구석구석 철저하게 확인하려 드는 양인욱이란 ‘남자’에게 덜컥 겁도 나기 시작했다.

“억.”

커다란 두 손이 민재의 허리를 번쩍 들어 올려 소파에 눕히는 순간, 무거운 몸이 민재의 온몸을 내리누르는 순간, 정신이 퍼뜩 들어 버렸다. 낑낑대며 바윗돌 같은 그의 가슴을 밀어내고 민재는 어이없는 눈으로 인욱을 올려다보았다. 가쁜 숨을 헐떡이는 두 시선이 허공에서 찌릿찌릿 불꽃을 튕기고 있었다.

"왜."

어둡게 일렁이는 눈동자가 민재에게 따지고 들었다. 왜냐니. 민재는 정말 키스나 한 5분 하다가 말 줄 알았다. 이렇게 본격적으로, 이럴 줄은 진짜. 가만, 그러고 보니…….

"비싼 와인 값이 이거예요?"

"장난치지 마."

낮게 으르렁대며 인욱이 다시 민재의 입술로 파고들었다. 로마네 콩티의 황홀한 부케도 두 사람 사이에서 미약(媚藥)처럼 맴돌았다. 하지만 민재는 더 정신이 아득해지기 전에 힘껏 다리를 걷어찼다.

"악!"

민재는 벌떡 일어나서 후다닥 소파 끝으로 물러났다. 그리고는 인욱이 옆구리를 붙잡고 끙끙대는 꼴을 지켜보았다. 100m 15초의 준족, 매일 아침 러닝머신 10km의 체력, 그리고 원치 않는 섹스에 대한 강렬한 거부가 어우러져 완벽한 킥을 날려 버린 것이다.

"또 그러면 이번엔 정말 니킥 날린다."

일순 인욱이 번쩍 몸을 곧추세우고 민재를 노려보았다. 아니, 그냥 본다. 움! 기죽지 마!

"이혼한 지 얼마나 됐다고, 지난 결혼 생활에 뭐가 문제였나 반성이나 할 것이지. 아무 여자한테나 껄떡대지 말고."

“껄, 허!”

갑자기 길고 우아한 갈매기 눈썹이 꿈틀꿈틀 뒤틀리기 시작했다. 차가운 그림자를 드리운 눈매가 매섭게 조여들었다. 관자놀이에 핏대가 바짝 솟아올랐다. 우악스럽게 넥타이를 풀어 집어 던졌다. 거대한 남자가 뿜어 낸 검은 오라가 손에 잡힐 것 같았다.

어? 이런, 진짜 화났나 봐.

민재가 사태의 심각성에 놀라 벌떡 일어난 순간에 긴 팔이 먼저 튀어나와 얇은 몸을 붙들어 버렸다. 소름이 좍좍 끼쳐 바들바들 떠는 등에 씩씩대는 인욱의 가슴이 밀착되어 억세게 조여 왔다. 흉곽이고 가슴이고 공기 한 줌 들이마실 여유도 없이 인욱의 팔뚝에 갇혀 버렸다.

“……죽을래. 어디다 대고 감히.”

뜨겁고 나직한 협박이 귓전에 스며들었다. 무서워 죽겠는데도 몸 어디선가는 뜨거운 열기가 새록새록 피어올랐다. 말도 안 되는데, 정말로 그랬다. 무너져 내리는 몸과 달리 이성은 끝없이 거부 의사를 늘어놓았다. 아니, 말로 된 신음을 늘어놓았다.

“놔…… 놓으라고…… 놔 좀…….”

낯선 열기에 방심한 사이, 커다란 손이 민재의 가슴을 움켜쥐었고 긴 손가락이 수줍어 떠는 돌기를 쓰다듬기 시작했다. 뜨거운 입술도 민재의 여린 목덜미를 덥석 물고 희롱하고 있었다. 민재가 바들바들 떨며 신음을 꾹꾹 눌러 참는 사이, 뜨겁고 거침없는 입술이 긴 목을 거슬러 올라왔다. 이미 거부의 말은 허공에 사라지고 들뜬 신음만이 두 사람 사이를 떠돌았다. 그 어느 순간, 가슴을 마음껏 유린한 차가운 손이 민감해진 민재의 맨살을 쓰다듬어 내려갔다. 연한 11자 복근이 팽팽하게 도드라진 복부를 지난 차가운 손이 거침없이 스커트 안으로 미끄러져 들어왔다. 놀란 민재의 비명을 키스로 막고서 마침내 인욱이 음험한 유혹의 말을 속삭였다.

"민재야, 하자."

아, 뭐라고 말을 해야 되는데, 한국말이 생각이 안 나. 민재는 애처롭게 흐느끼듯 신음만 흘릴 뿐 아무런 말도 할 수가 없었다.

"……하자."

애원이나 다름없는 재촉이었다. 가슴을 움켜쥔 손도, 팬티를 쓰다듬는 손도, 똑같이 재촉하기 시작했다.

"응? 민재야……."

더는 견딜 수가 없어서 민재도 인욱에게 몸을 맡기듯 그의 품으로 축 늘어져 버렸다. 승리에 겨운 인욱의 소리 없는 함성이 온몸으로 생생하게 전해지던 그때였다. 이질적인 진동이 다리 밑에서 짜르르 전해졌다. 휴대전화? 이 시간에? 민재는 퍼뜩 정신을 차리고 몸을 일으켰다. 혹시 방송국에 비상(非常)인가? 투철한 직업의식이 민재를 수렁 직전에서 구해 주었다. 당황한 인욱이 잔뜩 억누른 불평을 터뜨렸다.

"야, 허민재!"

"아니, 아니, 잠깐만. 어디 있지? 잠깐만. 아, 여보세요? 여보세요? 엄마?"

[민재야! 아직 퇴근 안 했어?]

"네, 엄마. 응? 통화 감이 가까운데? 어디세요?"

[어디긴. 너네 오피스텔이지. 비번 네 생일이더라. 우린 좀 쉴게. 일 끝나는 대로 들어와.]

"네, 엄마!"

오시겠다고 하셨지만 정작 날짜는 전혀 언질도 없었던 귀국이었다.

민재는 순간적으로 멍해져서 이마만 긁적거렸다. 어, 근데 '우리'라니? 언니들도 왔나?

그때 인욱이 등 뒤에서 훌쩍 일어서는 기척이 느껴졌다. 그는 이미 옷매무새를 가다듬고 있었다.

"옷 챙겨. 데려다 줄게."

"아니, 그냥 택시 타고……."

스커트를 끌어내리며 민재는 처절한 반성에 젖어들었다. 여기가 오만 사람 다 오가는 카페라는 사실을 완전히, 완벽하게 잊어버리고 있었다. 이런 데서 저 남자에게 오만 군데를 다 만지게 하고 부끄러운 줄 모르고 신음을 내지르고 몸을 흔들어 댔다. 머릿속이 하얗게 바래 버렸다. 어흐으윽. 민재는 온몸에 내달리는 소름 줄기에 치를 떨며 돌아섰다.

"미쳤어. 미쳤어."

인욱이 불만스럽게 민재를 지켜보고 있었다. 민재의 얼굴에 후회 말고는 다른 어떤 감정도 섞여 있지 않았다.

"어이, 엄마 치마폭에 숨으려고? 아서라."

"그게 뭐. 쥐구멍이든 치마폭이든, 아, 정말 숨고 싶네."

더 이상 소파 등받이에 가려지는 것도 아니고, 사람 오가는 카페 한복판이니 당연한 듯 안심해 버린 민재였다. 좀 전까지 뜨거웠던 모든 애무와 신음 따위, 입 싹 닦는 거다. 이러고 택시 타고 집에 가면 아까 일은 다 없던 일이 되는 거다. 휴우, 아까 그건 내가 아냐. 또다시 머릿속으로 스쳐 지나가는 장면들에 기겁하며 민재는 부리나케 입구로 돌아섰다.

"얼마예요."

홀 매니저가 뒤쪽에 있는 인욱의 눈치를 살피며 괜찮다고 손사래를 쳤다. 그런데 차가운 손이 얼음 수갑처럼 민재의 손목을 잡아끌었다. 성큼성큼 앞서 가며 인욱이 나직나직 혼냈다.

"처음부터 의사 표현을 확실히 했어야지. 한국말 잘한다며. 사람 헷갈리게. 장난치냐."

"기분도 꿀꿀하고 술도 알딸딸하고 키스나 하고 말 줄 알았지! 뭘 막 본격적으로, 막! 어후, 양인욱 씨, 사람 쉽게 보지 말아요! 이혼하고 외로우면 딴 데 알아봐요! 억."

갑자기 우뚝 멈춰 선 인욱의 등에 머리를 찧어 버리고 민재는 반짝 고개를 쳐들었다. 심장이 덜컥 내려앉을 만치 섹시한 얼굴이 슥 민재에게 다가왔다. 위험스럽게 일렁이는 그의 눈이 무서웠지만 민재는 꼿꼿하게 고개를 세우고 버텼다. 오기를 부렸다.

"허민재."

매끄럽고 풍성한 울림에 민재가 저도 모르게 한 걸음 물러서 버렸다. 그와 동시에 커다란 손이 민재의 뒤통수를 붙들었고 '어어' 하는 순간 뜨거운 입술이 집어삼킬 듯이 찍어 눌렀다. 민재도 놀라고, 지나가던 알바생은 더 놀라고, 맛있고 즐거운 시간을 보내고 돌아가던 손님들은 떼로 놀라서…… 모두 얼어붙어 버렸다. 수많은 눈이 인욱의 탐욕스러운 키스를 지켜보았다. 민재가 휘청하며 인욱에게 무너져 내릴 때까지. 인욱이 그 어느 때보다 담담하게 속삭였다.

"거부 의사를 확실히 하라고. 가만있으면 남자는 오해하니까. 아주 좋아하는 줄 알았잖아."

으으, 약았어. 민재의 분노 게이지가 울컥울컥 차올랐다. 하라면 못 할 줄 알고?

“양인욱 씨같이 헤프고 쉬운 남자 싫거든요!”

핸드백으로 퍼억 후려쳐 주고 민재가 종종걸음으로 뛰쳐나갔다. 천하의 양인욱을 헤프고 쉽다고, 싫다고, 모든 사람 앞에서 선언하고서 저만 쏙 내빼 버렸다. 남겨진 인욱은 생전 처음 듣는 황당한 발언에 아연실색 얼어붙어 버렸다.

오피스텔에 도착하니 이연정 교수가 두 팔을 활짝 벌려 환영해 주었다.

“우리 딸 왔어?”

“엄마!”

이 교수는 딸을 꼭 끌어안고 조용히 다독여 주었다. 감격의 상봉을 마치고 돌아보니, 웬 키 큰 엄마 또래의 아줌마가 계셨다. 왜 ‘우리’라고 하나 했더니. 민재는 처음 보는 아줌마께 공손하게 인사를 드렸다.

“만나서 반가워요. 이 교수한테 얘기 많이 들었어요. 나는 10학번 제자 김순옥. 사실은 술친구가 더 맞지만. 이 교수가 안식년 휴가라고 남편이랑 미국 연수 가 버린 바람에 요샌 학교 다니는 낙이 없다.”

헐. 교수라고 해도 믿겠는데 학부생이시라고요? 만학도시네. 민재의 머릿속에 뭔가 희미한 의혹이 떠올랐지만 배고프다는 엄마의 성화에 휘리릭 휘발해 버렸다. 뚝딱뚝딱 한 상 차려 내니 사제간 두 분이 급히 밥상으로 달려드셨다.

“야, 이 김치 맛있다. 네가 담갔어? 나 갈 때 좀 싸 줘. 아빠도 드디어 나보고 김치 담가 보라고 성화서. 사 먹는 김치는 그냥 물러 못쓰

겠더라."

"무르면 지져 먹으면 되지. 가실 때 새로 담가 줄게."

"이 집은 딸이 김치를 담가 줘?"

순옥이 웃으며 모녀의 대화에 끼어들었다. 이 교수는 '호호호' 입을 막고 웃고, 민재도 '호호호' 입을 막고 웃으며 대답했다.

"엄마는 공부하시고 애 다섯 낳아 기르시느라 음식까지 배울 시간은 없었대요. 저희 집은 언니들이랑 제가 차례로 음식 당번이었거든요."

"우리 민재가 장금(長今)이야. 한 번 맛보면 척척 만들거든."

"엄마, 부엌살림 오래 하면 누구나 다 그렇게 돼. 엄마한테만 대단한 거지."

"암튼. 우리 늦둥이 막내, 내가 오래 데리고 있을 거야. 시집 안 보내."

핑 눈물이 돌았지만 민재는 환하게 웃으며 엄마의 등을 꼭 껴안았다.

"나두 시집 안 가고 엄마 아빠랑 오래오래 살래."

아아, 이 완벽한 안도감. 언제나 내 편을 들어 주는 엄마 아빠가 계시다는 건 참 행복한 일이다. 몇 달 동안 힘들었던 모든 사건들에 종지부를 찍는 기분이었다. 이젠 정말 새로 시작해야겠다는 의지도 마구 샘솟았다.

딩동―.

이 오피스텔에 이사 와서 처음 듣는 벨 소리였다. 그것도 이 늦은 시각에.

"어. 내가 아들 좀 불렀어요. 미안. 사정이 있어서 여기 온 거 비밀이거든."

비밀? 민재는 어리둥절하니 문을 열어 주었다. 앙?

"저 왔습니다, 어머니. 실례."

멍한 민재를 밀치고서 인욱이 성큼성큼 안으로 들어와 버렸다. 아, 뭉게뭉게 머릿속에 피어올랐다가 사라져 버린 의구심이 이거였던가. 갑자기 막 피곤해지려고 한다.

"간만에 오셨는데 이거 같이 드세요. 오늘 뜯어서 마시고 있었는데, 누가 그러데. 맛있는 걸 보면 일단 가족이 먼저 생각나야 인지상정이라고."

응? 내가 라디오에서 한 말인데. 민재는 인욱이 식탁에 내려놓은 로마네 콩티와 그의 넓은 등을 바라보았다. 들었나? 아니겠지. 흔히 쓰는 말이니까.

민재가 가진 컵은 신혼부부용 커피 머그 두 개가 전부여서 결국 종이컵 두 개를 추가했다. 종이컵. 하아……. 넷이서 와인 반병은 금방이었다. 그래도 빈 병과 코르크에 남은 진한 로마네 콩티 부케가 작은 방 구석구석으로 진하게 배어들었다.

"이 빈티지, 네가 무척 아끼던 거잖니. 결혼하면 첫날밤에 딴다고 했던가."

"어릴 때 해 본 소린데 그걸 또 기억하시고."

"……이혼했다며."

그렇게 싫어하는 이곳에 어머니가 부랴부랴 달려오신 이유가 하나뿐인 아들이 어쩌고 있나 걱정되셨던가 보다. 인욱은 담담히 고개를 가로저었다. 머릿속이야 복잡하지만 상심했다거나 그런 건 아니었다. 진심으로 아꼈던 결혼이 아니라 어차피 고집 피워서 끌어온 결혼이었으니까. 이혼만은 안 하겠다고 워낙에 유난 떨던 끝이라 남들의 비웃음이야 사겠지만, 그것도 곧 지나갈 것이다.

“살 만합니다. 정말입니다.”

인욱이 종이컵에 담긴 와인을 입에 털어 넣고 민재를 서늘하게 노려보았다. 그러고는 스치듯 핥듯이 민재를 일별하고 자리에서 일어섰다. 단숨에 민재의 심장을 벌렁벌렁 뛰게 만든 놀라운 재주였다.

인욱이 돌아가고 세 여자는 좁은 방에서 함께 자게 되었다. 순옥이 씻으러 들어간 동안, 이 교수는 민재에게 요한에 대해 물었다. 민재는 도란도란 엄마께 지난 사정을 들려 드렸다.

“완전히 드라마 하나 찍었지 뭐. 그런 인간인 거 이제라도 알게 돼서 어찌 보면 다행인 것도 같아. 결혼하고 알았어 봐. 아니지, 그렇게 주도면밀하게 양다리를 걸치는데 내가 뭔 수로 알아차리겠어. 내내 속고 사는 거지.”

“휴우, 네 말대로 전화위복이라면 전화위복이고. 참 나, 조요한 검사가 그런 개자식일 줄은. 아유, 속상해. 우리 딸 어떡해.”

어쩐지 그동안 조요한 껍데기만 붙들고 있었던 것 같아 두 모녀는 몹시 심란해졌다.

“근데 웃긴 게 엄마, 효자인 건 맞나 봐. 자기 엄마 돌아가셨는데 사십구재라고 나보고 같이 추모 공원에 가 달라는 거야. 명복만 빌어 드리고 갈라섰어. 얄짤없이.”

“정말이야? 조요한 어머니가 돌아가셨다고?”

응? 민재 모녀가 돌아보니 순옥이 욕실 앞에 우뚝 서 있었다. 마치 하늘이 무너진다고 들은 사람 같았다.

감사팀이 마침내 돌아갔다. 꽁초로 뒤덮인 재떨이, 겹겹이 쌓인 종이컵, 바닥에 어지럽게 널린 통신 케이블, 아무렇게나 내동댕이치고 간 의자며 테이블. 말 그대로 초토화된 대회의실에 미화팀이 들이닥치자 인욱이 피곤한 한숨을 삭이며 돌아섰다. 극도의 피로감은 평소보다 이른 퇴근으로 이어졌다.

"차 준비해라."

"운전하시게요?"

"아니."

초조하게 엘리베이터를 기다리던 인욱이 결심한 듯 소영에게 명령했다.

"양인아 휴대전화 위치 추적 의뢰해."

집안 사정이 밖으로 새는 걸 극도로 싫어하는 인욱이었지만 일주일씩이나 행방이 묘연한 동생을 두고만 볼 수도 없었다. 이렇게 되면 위치 추적도, 의심나는 곳 들쑤시기도 마다할 수 없는 처지였다.

전용차를 타고 시내 한복판을 양분하며 흐르는 강을 지나 구 시가지로 들어섰다. 거기서도 한참 외진 곳, 허름한 교회당 앞에 전용차가 멈추어 섰다. 넓지 않은 부지에 단출한 건물 몇 동과 높고 낡은 종탑이 전부였다. 폐쇄된 지 오래된 교회였는데 어쩐 일로 오르간 소리가 들려왔다.

인욱은 느릿느릿, 소리를 좇아 안으로 들어갔다. 더 이상 성소(聖所)로 쓰이지 않는 남루한 강당에 울려 퍼지는 음악은 김수희의 〈애모〉였다. 인욱은 문간에 기대어 리드오르간(풍금) 특유의 '푸식, 푸식' 바람 빨아들이는 소리에 귀를 기울였다. 조율이 시급한 형편없는 음색이 오히려 애잔한 듯도 싶었다. 이윽고 묵직한 건반 터칭이 뚝 멈추고 주인이 어깨 너머로 놀리듯 말했다.

"돌아가. 길 잃은 양 아니면 별로 환영하고 싶지 않네."

"인아 어디 있어."

요한이 어깨를 으쓱이더니 아예 노래까지 부르기 시작했다. 제 감정에 겨운 음정 무시와 뻔뻔한 음 이탈에도, 1인 관객을 무시하고 공격하는 노랫소리가 꿋꿋하게 이어졌다.

"그대 앞에만 서면 나는 왜 작아지는가. 그대 등 뒤에 서면 내 눈은 젖어 드는데……."

귀 고문이었던 〈애모〉가 끝나고, 인욱이 나직하니 다시 물었다.

"인아 어디 있어."

"뭐래."

"어머니 돌아가셨다며."

갑자기 정적이 찾아왔다. 요한이 일어섰다. 그리곤 인욱을 향해 적대감을 숨기지도 않고 으르렁댔다.

"돌아가셨다. 어쩔래. 고향이라고 돌아왔는데 반겨 주는 얼굴이 하나도 없어. 다 쓰러져 가는 이 건물 하나 남기고 울 엄마마저 돌아가셨거든. 아버지 돌아가신 후에도 밤낮으로 쓸고 닦고 광내시더니, 눈 닿는 데마다 다 반짝거려. 눈 닿는 데마다 울 엄마가 보여!"

"너희 어머니나 고향을 팽개쳐 둔 건 너지, 내가 아니다. 나한테 성질내지 마라."

서슬 퍼런 경고에도 요한은 히죽히죽 웃으며 인욱의 주변을 천천히 맴돌기 시작했다. 흡사 싸움을 걸고 싶어 안달이 난 놈이었다.

"그 입으로 불쌍한 울 엄마 애긴 하지 마라. 눈물 난다 쨔샤."

인욱도 우두둑 꾸두둑 목을 풀면서 본래의 용건을 재차 물었다.

"인아, 어디다 숨겼어. 내놔."

"네 동생을 왜 나한테 찾아. 몰라? 나 결혼할 여자 있어. 어릴 때부터 지겹게 쫓겨 다닌 친구 동생까지 내가 돌봐야겠어?"

"일주일째 행방불명이다. 서울도 외국도 나간 흔적이 없다. 인아가 내 눈을 피할 수 있는 곳이 얼마나 될 것 같냐."

"인아가 내 눈을 피할 수 있는 곳이 얼마나 될 것 같냐. 하여튼 겉멋은."

인욱의 담담한 말투를 흉내 내고는 요한이 제 풀에 너털웃음을 터뜨렸다.

"숨을라치면 세상천지에 숨을 데 천지겠지. 그러니까 일주일째 못 찾았겠지."

처음부터 끝까지 비웃음으로 일관하는 꼴이 영 같잖아서, 인욱은 도대체 저 녀석이 어디서부터 저렇게 틀어져 버렸나 궁금해졌다.

"쌓인 게 엄청 있는 눈친데? 뭔데. 내가 잘 몰라서 그런다. 이유나 알고 싸우자. 말해."

"애냐, 싸우게. ……짓밟아 버려야지."

"이유, 말해. 나도 알자."

"아휴, 자식아. 네가 더 잘 아는 걸 왜 나한테 가르치래!"

"혹시…… 허민재 아나운서 때문에? 오해다. 난 그 여자 관심 없다."

요한은 얼굴 잔뜩 일그러뜨린 헛웃음으로 인욱의 인내심을 몰아세웠다. 허민재도 아니라면 무엇이 저렇게까지 조요한을 인욱의 대척점으로 몰아세우는가. 정치적 야심?

"너도 알겠지. 우리 집안 어르신들이 너희 집안에 패배 의식 있는 거. 우리 할아버지, 윤치성 뒷바라지하느라 그 많던 논밭이랑 산이랑 야금

야금 너희한테 팔아 치우셨지. 너희는 때 잘 만나서 학교 넓히고 신도시 개발할 때 한몫 잡고 할 때 말이야. 우리 집안 어르신들이 얼마나 배 아팠겠냐. 서울 법대 나오고 검사복도 입었으니 요한이 넌 집안 일으켜야 된다고, 양씨 집안에 설욕해야 한다고, 인이 박히게 들었네."

요한이 손가락으로 관자놀이를 콕콕 건들며 씨익 웃어 보였다.

"원래는 이 도시 반(半)이 우리 땅, 아니 내 땅인데. 불과 50여 년 만에 전세 역전. 이젠 뭐 내가 어떻게 해 볼 도리가 없을 정도가 됐더라. 화아, 614억! 짜식아, 진짜로 놀랐다."

그런 거군. 인욱은 자기 선에서 할 수 있는 가장 너그러운 카드를 내보였다. 이간질은 언제나 가장 쉽고도 효과적인 카드니까.

"어이, 국회의원이 되고 싶다면 굳이 윤 의원한테 붙을 필요 없다. 혜지랑 결혼까지 할 필요도 없지. 허민재랑 그냥 재결합해. 선거는 내가 도와줄 테니."

"네가 근처 시장 군수 국회의원 선거의 보이지 않는 손이라며? 다들 너 없으면 선거 못 이긴다고 걱정해 주드라."

"사실이니까. 이대론 죽었다 깨어나도 넌 국회의원 못 한다. 청인 이 사장을 시험하지 마. 내 말 들어. 스스로를 고문하지 말고. 네가 나한테 무릎 꿇어도 아무도 비웃지 않는다."

"내가 너한테 무릎 꿇어도 아무도 비웃지 않아? 이야, 대단한 존재감인데? 어차피 스스로 선택한 고문이다. 되든 안 되든, 뭐라도 배우는 게 있겠고 얼마라도 강해지겠지."

"정말 쓸데없는 패긴데. ……좋을 대로."

인욱이 고개를 끄덕이며 돌아섰다. 그리고 어깨 너머를 향해 서늘하게 덧붙였다.

"참! 인아한테 큰오빠가 기다린다고 전해 줘. 죽을 줄 알라고."

"또 오진 마. 곧 여기 밀어 버릴 거니까."

둘이서 뛰어다녔던 좁은 마당, 예배당, 다람쥐처럼 오르내렸던 종탑을…… 어린 시절의 추억들을 밀어 버리겠다고. 인욱은 들은 둥 만 둥 변두리 교회에서 저벅저벅 멀어져 갔다.

청인 이사장 전용차가 떠나고 얼마지 않아, 폐 교회당에 혜지가 노기등등하게 나타났다.

"양인아 여기 있다며? 야, 너 벌써 바람피워? 웃긴다, 진짜!"

요한은 대답 대신 쌩한 시선으로 혜지를 노려보았다. 혜지는 하도 기가 차서 요한의 경고를 웃어넘겼다. 일주일이 지난 지금도 온몸이 아프고, 입술과 이마가 터진 상처도 그대로고 눈두덩이와 볼이 멍들어 여전히 거뭇한데. 그깟 노려보는 것쯤 우습지도 않았다.

"내놔. 양인아 고 계집앨 진짜! 그 사람 많은 데서 발길질을 하질 않나. 얼굴도 다 뭉개 놓고! 내놔!"

"왜 오늘은 나한테 양인아 찾는 인간들이……. 나도 모른다, 인아가 어디 있는지. 됐냐!"

"나한테 소리 질렀어 지금? 허민재한테는 그렇게 나긋나긋 굴더니. 진짜 별꼴이다!"

"민재는 또 무슨 상관이야! 양인아 찾는 거 아니었어? 흥분이 지나쳐서 자기가 뭘 하려는지도 모르는 건가. 부디 이성적으로 행동해 주길 바라."

요한이 몹시 기분 상한 듯 오만상을 쓰고 견고하게 팔짱을 둘렀다. 혜지의 재혼 상대는 필요하면 얼마든지 냉철해지는 사람이었다. 지금은 혜지의 비위만 틀어지게 만들 뿐이었지만.

"나 지금 무척 이성적이거든? 양인아가 허민재에 대해 완전히 내 허를 찌르는 소릴 하고 내뺐는데. 제대로 확인해야지, 안 그럼 나 폭발해 죽을지도 몰라. 당장 양인아 내놔. 좋은 말로 할 때."

"설마, 나랑 인아 사이를 의심하고 질투해서 이런 건 아닐 테고, 대체 뭘 확인해야 된다는 건데?"

대답도 없이, 경멸이라고밖에 보이지 않는 태도로 혜지가 요한을 밀어젖히고 밖으로 나가 버렸다. 그리고 온 교회에 다 들리게 빽빽 울부짖었다.

"양인아! 언제까지 숨어 있나 보자! 너 그거 거짓말이면! 내 손에 죽을 줄 알어!"

혜지의 차가 요란스럽게 떠나가고, 마침내 긴 그림자가 요한에게 찾아들었다.

"넌 대체 뭔 짓을 하고 다니기에 찾는 인간마다 죽인다고 하냐? 설명. 똑바로 말 안 하면 알지?"

인아는 전혀 기죽지 않고 오히려 요한 앞에서 긴 다리를 건들거리며 생글생글 되물었다.

"오빠 전 약혼녀가 울 큰오빠 첫 부인 무지 닮은 건 알아? 죽마고우는 여자 취향도 닮아?"

"첫 부인……이라니? 그런 여자가 있었어? 혜지가 처음 아니고?"

"신동은이라고, 서류상으로만 남은 귀신이 있어. 오빠랑 멋대로 연애질하고 멋대로 혼인 신고하고 멋대로 도망가려고 했다나 봐. 혼인 신고해 놓고 바로 큰일 당해서 죽었지만. 이건 우리 아부지 할아버지도 잘 모르고, 아는 사람만 아는 그런 전설이거든. 암튼 큰오빠 말이야, 좀 닮았다고 허민재 그 여자한테 밑도 끝도 없이 빠져들었어. 신동은 그 기집애, 대체 산 사람 몇을 해먹는 귀신인가 몰라.”

요한이 법대 공부하느라 불철주야하는 사이, 인욱에겐 그런 일이 벌어지고 있었단다. 그나저나 민재가 첫사랑인 부인과 닮았다? 아니, 인아의 도를 넘는 착각일 수도 있다.

“너무 심하게 과장하는 거 같은데. 나랑 깨진 걸로 좀 불쌍해하는 걸 가지고.”

“불쌍해해? 어머, 이보세요. 둘이 죽마고우 맞아요? 양인욱은 누굴 불쌍해하고 그런 사람 아니거든요?”

인아의 마지막 말이야말로 요한을 놀라게 했다.

“무슨, 인욱이 녀석은 원래부터도 물렁물렁한 감정을 질질 흘리고 다니던 놈인데?”

“모르는구나, 오빠. 울 큰오빠 교통사고 크게 나서 머리 수술하고 성격 확 바뀐 거.”

그 포커페이스. 센 척 가식 떠는 게 아니라, 사고로 성격이 바뀌었다? 인욱을 대할 때마다 뭔지 모르게 낯설었던 건 그가 정말로 낯선 남자였기 때문이었다! 당혹스러워하는 그의 어깨를 가는 팔로 끌어안으며 인아가 나긋나긋 속삭였다.

“내가 큰오빠 연애담으로 완전 눈물 뽑는 시나리오 써 뒀어. 울 큰오빠 화 좀 풀리면 바로 크랭크인 할 수 있는데. 어때, 투자 좀 할래?”

요한은 인아를 밀어내고 돌아섰다. 자신이 이곳에 없던 동안 인욱에게 일어났던 일들을 좀 더 알아 둬야 할 것 같았다.

“첫 부인 이름이 뭐라고? 신동은? 흠, 첫사랑 귀신이라.”

재미있네. 거기서부터 시작해야겠다.

세 번째 수요일이 되었다. 본래라면 시끌벅적한 홈문헌의 가족 만찬 날이었다. 하지만 장남인 홈문헌 가장이 이혼해 버린 바람에 여주인 자리가 비었고, 어린 딸을 놓고 도망가 버린 차남 자리도 그렇고, 이 집 막내 딸 인아도 여태 종무소식이었다. 결국 풀벌레 소리 청아하고 장미 만발한 정원에서 전 현직 청인 이사장들과 로렐만이 호화로운 중식 만찬을 받게 되었다.

"너무 조용해. 미스 송도 부를 것을."

"결혼부터 하세요, 아버지."

"수요일 밤엔 식구들만 모이는 거야, 증조할아버지. 우리 아빠는 바빠서 내일 온대요. 고모는 전화도 안 하고. 어휴, 내가 못 살아."

인욱은 이 역겨운 식사가 어서 끝나기만을 빌었다. 저 인간들과 차별점이 없어진 지금, 목구멍이 간질간질하면서 먹은 대로 다 게워 낼 것만 같았다.

"음~ 맛있겠다. 세프가 원체 손이 커서 숟가락 세 개 놓을 여유는 있을 거야. 걱정 마."

청인 전직 이사장 두 남자는 떠들썩하니 장미 정원으로 들어서는 여자를 멀뚱멀뚱 쳐다보았다. 인욱도 느닷없는 어머니의 등장에 놀라 자리에서 벌떡 일어났다. 헌데 어머니는 혼자가 아니었다. 뒤따라 들어온 민재 모녀를 보고 인욱은 저도 모르게 냅킨을 식탁에 '탁' 내리쳐 버렸다. 젠장!

"오늘은 손님을 부르는 날이 아닙니다."

허민재 앞에서 이 역겨운 가족 만찬을 보이고 싶진 않았다. 색정광 팔순 노인네도 늙은 카사노바도 제멋대로 만학도도. 창피한 콩가루 일족을 허민재에게까지 들키고 싶지 않았다. 맛있는 걸 보면 가족부터 생각난다는 저 여자에게만은…….

"엉? 저게 누구야. 기범아, 이혼해도 가족 만찬에 올 수 있던가? 나도 미스 송 불러야겠다."

"제가 부른 거 아니거든요? 그리고 미스 송은 안 된다고요!"

"어머니, 이러시면 곤란합니다. 손님 그냥 모시고 나가세요."

"인욱아! 너무한다, 너. 어떻게 내 손님 앞에서! 어차피 음식은 넘치게 많구만!"

"당신은 입 다물어! 이혼하고 집구석 기어 나간 주제에. 이건 규칙 위반이야!"

"내가 누구 때문에 그랬는데!"

"그만!"

가장의 사자후에 사람이고 풀벌레고 모두 조용해졌다. 인욱은 한숨을 '후' 내쉬고 자리에 털썩 앉아 버렸다. 그것 봐. 이럴 줄 알았다. 문득 곤란해하는 민재의 목소리가 들려왔다.

"아아, 가족만 모이시는 날이구나. 그럼 저는 엄마 모시고 시내로 갈게요. 괜찮아요."

"인욱아, 너 정말 이럴래! 엄마 창피하게!"

"아, 시끄럽고, 당신도 가 봐. 어디서 감히!"

"그러지 말고 미스 송도 부르자고!"

"으아앙~"

어른들이 자기 할 말만 버럭버럭 내지르니 잘 버티던 로렐까지 울음을 터뜨렸다.

"모두 그만."

낮고 음울한 으르렁거림은 사자후보다 더 무시무시하게 모두의 입을 다물게 만들었다. 인욱이 꾹꾹 억누른 노성으로 최대한 예를 갖추며 운을 뗐다. 민재 쪽은 쳐다도 보지 않았다.

"손님을 초대해 놓고 정말 죄송합니다. 제가 신경 쓰이는 일이 많다 보니 예민해졌나 봅니다. 우선 저희 가족 소개를 할까요?"

인욱이 일일이 손으로 가리키며 냉랭하게 소개를 이어 갔다.

"저쪽에 저희 할아버님. 양근석 전전 청인 이사장님. 간호사 유니폼에 눈 뒤집어진 색정광이시고. 그 앞에 우리 아버지 양기범 역시 전 청인 이사장님. 자식 셋이 다 어미가 다른 오입쟁이. 비아그라에 중독된 늙은 카사노바십니다. 지금은 자리에 없지만 혼외자인 이복동생들도 둘이나 됩니다. 자, 저기 맞은편에 우리 어머니 김순옥 여사. 이 모든 불쾌한 인간들을 제게 떠넘기고 훌훌 날아가 버린 자유로운 영혼."

민재는 더 듣고 있을 수가 없어 인욱을 막아섰다.

"그만해요."

"왜. 나는 이런 거지같은 구성원을 가족이라고 불러. 너도 우리 실체를 알고 나면 아마 여기 같이 있기도 싫어질걸."

오른쪽으로 고개를 갸웃하고서 인욱이 쓰게 덧붙였다. 민재는 그에게 한 걸음 다가갔다.

"그만해요."

"왜. 아직 내 소개 남았는데."

인욱이 민재의 짙은 갈색 동공을 뚫어져라 들여다보았다. 그 속에 숨고 싶었다. 그런데 등 뒤에서 어머니의 흐느낌이 들려왔다. 아버지의 깊은 한숨 소리도 들려왔다.

“당신 어머니 아버지를 울리고 있잖아.”

민재가 속삭였다. 가는 손이 인욱의 얼굴을 붙들고서 말보다 훨씬 더 많은 위로를 전하며 달래 주었다. 하지만…… 원래 남 말 하기는 쉽다. 인욱은 가만히 민재의 손을 떨쳐냈다.

“허민재, 멋진 휴머니스트지만, 돌아서면 그만인 사람한테 위로받고 싶진 않다. 이래 놓고 넌 가 버리면 그만이지만, 난 섣불리 화해했다가 두고두고 후회하게 될 테니까. 아버지가, 어머니가, 눈물 몇 방울에 바뀔 것 같아? 순진한 허민재. 난 저 사람들을 아주 잘 알아. 내 가족이니까. 내 책임이니까. ……나랑 똑같으니까.”

나직나직 속내를 전하며 인욱은 그래도 민재의 눈망울에 뜨겁게 차오른 연민에 감사했다. 그 정도면 딱 적당하다고 깨달았다. 허민재와 흠문헌 일족이 함께 있는 장면은 그 자체로 재앙이었다. 인욱은 벗어나고 싶지 않은 그 눈망울을 차마 외면하고 돌아섰다. 더 깨질 것 없는 가슴에서 절망이 검은 안개처럼 피어올랐다.

"남은 200 주셔야죠."

혜지는 심부름센터 배달책에게 5만 원 신권으로 준비한 돈 봉투를 내던졌다. 부리나케 차로 돌아온 그녀는 두근대는 가슴을 진정시키고 배달책이 넘겨준 서류 봉투를 거꾸로 쏟았다. 내용물은 단출했다. 사진 두 장과 USB 메모리.

　—우리 학교 다닐 때 그 신동은. 개랑 똑같이 생겼어! 큰오빠가 요
　새 티비에 쟤만 나오면 넋을 놓고 본다? 아, 넌 중간에 전학 와서
　잘 모르던가?

고교 시절, 서울에서 학기 중간에 전학 온 혜지는 얼마 되지 않아 청인여고 부동의 톱이 신동은이란 사실을 알게 되었다. 혜지도 공부로는 만만치 않았지만 잘해야 이과 톱에 만족해야 했다. 한 번은 하도 궁금해서 그 애가 다닌다는 독서실을 찾아간 적도 있었다. 8시간, 신동은은 단 한 번도 엉덩이를 떼지 않고 공부만 했다. 독하구나. 자신과 다른 종(種)임을 깨닫고 그날부로 관심을 끊어 버렸다.

"세월이 그렇게 흘렀는데. 나도 참 새삼스럽다."

하려고 했다면 이전에도 기회야 많았겠지만, 인욱이 워낙 언급하는

자체를 싫어했고 혜지도 자존심 때문에 동은의 존재를 무시해 왔다. 그 결과 서류에 흔적만 남은 첫 부인 신동은은 지난 세월 내내 인욱과 혜지 사이를 흐릿한 귀신으로 떠돌았던 것이다.

"도대체 신동은 그 기집애랑 허민재가 어딜 얼마나 닮았다는 거야."

산뜻한 청인여고 교복을 입고 도도하게 정면을 응시하는 긴 생머리의 여학생 신동은. 허민재의 사진도 나란히 놓고 비교해 보았다. 날선 경계심이 가득한 여고생과 온통 환한 미소를 흩뿌리는 아나운서. 비록 분위기는 딴판이지만 눈, 코, 입은 쏙 빼닮은 두 여자였다.

"뭐야. 세상에, 화가 나려 그러네."

혜지는 이를 북북 갈며 USB 메모리를 태블릿에 꼽고 동영상도 돌려 보았다. 설마 이 정도로 닮은 사람들이 있을 줄이야. 씩씩대며 테블릿을 들여다보던 혜지는 순간 멍해져서 화면에 빨려 들었다. 음악 소리며 왁자한 소란 속에 환락에 빠져 끙끙대는 두 몸뚱이가 역광(逆光) 실루엣으로 적나라하게 드러났다.

[민재야, 하자……. 응? 응?]

저 목소리, 저 몸. 틀림없는 인욱이었다. 세상에, 그 인간이 자기 카페 구석에서 저 짓을 했다니! 들어 본 적 없는 절박한 목소리로 여자에게 구걸하고 있었다. 본 적이 없는 열정으로 여자를 유혹하고 있었다.

"……진짜 어이없다."

나한텐 그런 적 없잖아, 당신. 잘난 척은 혼자 다 하더니, 고작 이런 여자한테…….

❦

그즈음에 인겸이 귀국했다. 본래도 흠문헌에서 환영받는 편은 아니었지만 이번엔 대놓고 냉대였다. 아니, 흠문헌 전체에 인겸은 모르는 냉기가 감돌았다.

"형, 시간 좀 내 주라."

"기다려."

서재에서 장부를 정리하던 인욱이 야멸차게 말을 끊었다. 인겸은 형이 이사장 비망록에 한글도 아니고 한자도 아닌 이상한 부호를 적어 넣는 동안 차분히 기다려 주었다. 그리고 보니 서글픈 추억 하나가 떠올랐다.

"6대조 할아버지께서 만든 초서체 암호네. 나 이거 어릴 때 아버지 졸라서 배우다가 형네 어머니한테 엄청 혼났어."

"장남만 배우는 거니까 어머니야 경기하셨겠지. 어느 정돈데? 읽고 쓰고 뜻도 통해?"

"읽고 쓰는 건 하지. 뜻은, 글쎄? 근데 인아는 다 배웠더라. 형네 어머니가 외국 돌아다니실 때라 혼낼 사람이 없었나."

"이걸 셋 다 가르치다니, 우리 아버지는 가지가지로 황당한 사람이다."

한참 후 인욱은 제 할 일을 다 마치고서야, 멀찌감치 서 있는 동생을 삐딱하니 쏘아보았다. 그 소리 없는 질문에 인겸이 독일 변호사들이 공증한 친권 포기 각서 두 장을 내놓았다.

"미친놈. 제수까지 왜 이래."

"나보다 형, 네가 더 믿음직하대. 쌍수 환영받았어."

아이처럼 유치찬란하게 말했지만 인욱은 다 알아들었다. 인겸은 분명 아내에게 재결합하자고 찾아갔으리라. 이 여자 저 여자 떠돌아 봤자 로렐 엄마만 한 여자는 없다는 걸 저 무책임한 돌대가리가 드디어

깨달은 것이다. 게다가 한발 늦었나 보군.

인욱은 가죽 장정 장부를 실크 끈으로 휘릭 묶은 후 벽체에 있는 비밀 금고를 열었다. 커다란 금고 안에 이런 장부가 수십 권 들어 있었다. 바로 청인학원의 산 역사라 할 수 있는 이사장 비망록들이었다. 금고를 잘 갈무리하고 인욱이 동생에게 돌아섰다.

"제수한테 남자 생겼어?"

"견실한 남자래."

"어련하겠냐."

"야!"

호기롭게 불러 놓고서 형이 서슬 퍼렇게 돌아보자 인겸은 조금 찔끔해 버렸다. 아무렇지 않은 척하고 있어도 인겸도 형의 속이 좀 들여다보였다. 형은 지금 뭔가 뜻대로 안 되는 일이 있어서 폭발하기 직전이었다. 그렇지. 형도 주춤할 때가 있어야지. 인겸 같은 약자는 요렇게 형이 약해져 있는 희귀한 순간을 잘 이용해야 한다.

"간만에 한번 붙을래?"

"까분다."

"3판 2선승, 내가 이기면 우리 로렐 키워 줘. 네가 이기면, 음, 뭐 원해?"

"꺼져."

"오케이. 꺼져 줄게. 콜!"

그렇게 해서 인욱과 인겸이 간만에 검도 대련을 하게 되었다. 형제가 어릴 때부터 무도를 연마해 온 지하 수련실로 로렐도 응원하러 내려왔다. 아이는 무슨 일인지도 모르고 무조건 아빠를 응원했다.

"아빠 이겨라! 아빠 이겨라!"

"하악!"

검도 7단의 유럽 아마추어 챔피언이 짧고 굵은 기합 소리와 함께 죽도를 한껏 치켜들고 인욱에게 덤벼들었다. 꾸준히 수련해서 형보다 단도 높아졌고 실전 경험도 풍부해졌다. 형은 수련도 하는 둥 마는 둥 승단 심사도 안 받아서 여전히 4단이었다. 승산은 충분했다.

"느려!"

인겸이 칼을 뻗기도 전에 인욱이 목을 찔러 버렸다. 머리와 목만 무지막지하게 누르고 찔러 댔다. 인겸은 형의 죽도에 코등이를 걸고 잠시 숨을 돌렸다. 인욱은 그나마 봐주지 않고 동생을 힘껏 밀어내 버렸다.

"크아아악!"

인겸의 간결한 기합과는 달리, 인욱은 언제나 주변을 쩌렁쩌렁 울리는 포효로 상대방의 기를 죽여 놓고 시작하는 스타일이었다. 인겸조차도 형의 가공할 사자후는 찔끔찔끔 무서웠다. 괜히 덤볐다는 후회가 밀려들었다.

"아쒸, 그만! 그만, 만, 만! 아, 쫌!"

결국 더 버틸 수가 없어 인겸이 성질을 부리며 뒤로 물러났다. 그는 후다닥 호구를 벗어 던지고 황소숨을 벌떡이며 차가운 수련장 바닥에 벌러덩 누워 버렸다. 로렐도 챔피언 아빠가 진 게 믿을 수 없다는 얼굴이었다.

"계속할 거냐. 시간 낭비 같은데."

인욱은 짧은 한숨으로 호흡을 고르고 동생을 다그쳤다. 몸을 움직이면 기분이 좀 나아질 줄 알았는데 별 효과가 없었다.

"……나 허민재에게 대시했다가 대번에 차였다."

"누구, 방송에 나오는 걔? 호헐!"

방금 전까지 바닥에 널브러져 있던 인겸이 아다다다, 바닥을 날아 형에게 다가왔다. 그리곤 두 손 꽃받침에 턱을 괴고 진지하게 진단을 내렸다.

"형은 말이야, 그 얼굴엔 전혀 면역이 없는 거다. 아니, 어떻게 형을 찼을까? 완전 개념녀네? 형이 돌싱이라 별로래? 흠문헌 투어 한번 좌악 해줘 봤어? 형 페라리에 태워서 드라이브 한번 해 주지? 이사장실에서 시내 좌악 내려다보면서 나 이런 사람이야, 자랑 좀 하지 그랬어. 뭘 빼먹었기에 형을 찼을까?"

"……쉽고 헤픈 남잔 싫다고."

수련장에 완벽한 침묵이 내려앉았다. 곧 인겸이 주먹으로 바닥을 퍽퍽 내리치며 웃어 댔다.

"너 그 여자한테 무슨 짓을 했길래! 설마 초짜처럼 껄떡거린 거야?"

"조용."

갑자기 인욱의 죽도가 인겸의 머리로 쿵 떨어졌다. 발끈해서 반격에 나서려다 인겸도 문간에 서 있는 여자들을 보고 멈칫해 버렸다. 인욱의 비서인 소영과 허민재였다.

"여기가 수련장이고요, 어? 안녕하세요, 이사장님. 오래간만, 인겸 씨. 하이, 로렐. 저희는 흠문헌 오픈 하우스 준비 때문에 잠시 들렀습니다."

"수고."

인욱은 손님과 눈도 안 마주치고 돌아섰다.

"안녕하세요?"

로렐이 민재에게 조르르 달려가 배꼽인사를 했다. 뭔지 모를 냉대에 어색했던 민재도 즉시 환하게 웃어 주었다.

"언니, 어, 어, 큰아빠가 울 아빠 된대요."

“진짜? 원래 아빠는?”

“회사에 가요.”

“그렇구나! 잘됐다! 잘 있어.”

뭔 사정인지도 모른 채, 민재가 얼렁뚱땅 축하 인사를 해 주고 나가 버렸다. 로렐도 방글방글 웃으며 아빠와 큰아빠 곁으로 돌아왔다. 그러자 인겸이 휘파람을 불며 형에게 돌아섰다.

“안 사귀는 거 맞네! 애인이었으면 애를 입양한다는데 잘됐다 그럴 리 없지! 여어, 청인 이사장을 거부하다니. 대단한 멘탈인데. 막 사랑스러워질라 그래.”

“까불지 마.”

죽도를 내던지고 인욱이 냉담하게 돌아섰다. 인겸이 기뻐서 펄쩍 뛰며 소리쳤다.

“벌써 포기냐? 그럼 내가 이긴 건데! 어? 내가 이긴 거다!”

⁂

“아아, 여기가 메인 무대 자리. 그러면 식사는요, 아, 정원 쪽. 네.”

민재는 소영을 따라 흠문헌을 돌며 부지런히 메모를 해 두었다. 흠문헌 오픈 하우스 행사를 앞두고 소영이 민재에게 도움을 청했고 민재도 흔쾌히 행사 진행자로 참여하기로 했다. 꼭꼭 닫아 놓고 살던 옛날과는 달리, 인욱이 이사장이 된 후로 종종 흠문헌을 개방하기 시작했다고. 이번엔 근동의 다문화 가정 어린이들 100명을 초대하는 행사라고 했다.

“이사장님은 아이들을 질색하시는데 이번 오픈 행사는 진짜 걱정이에요. 자, 타요.”

하도 넓어서 골프 카트를 타고 돌아다녀야 한다는 것만 빼면, 이국적이면서 고색창연한 본채와 정원은 유럽 어디 같은 독특한 정취를 자랑했다. 그 무서웠던 미루나무 가로수 길도 흔한 메타세쿼이아와는 달리 하늘을 향해 찌를 듯이 치솟은 위용이 장관이었다.

"정원에서 아이들 식사할 때 가로수 길 쪽으로 나가지 못하게 막아야 해요. 여름엔 뒷산에서 멧돼지가 내려올 수 있거든요."

어우! 멧돼지라면 잘 알지. 민재는 부르르 진저리를 쳤다.

"식사 후에는 두 팀으로 나눌 거예요. 마사에 가서 말을 타는 팀, 장미 정원에 가서 화분에 묘목 심기 체험하는 팀. 장미 정원부터 가 보죠."

한여름의 장미 정원은 말로 표현할 수 없을 정도로 장관이었다. 글라스 온실 몇 동과 유럽식 정원의 눈길 닿는 어디에나 탐스럽고 아름다운 장미들이 활짝 피어 있었다.

"전전 대 이사장님, 큰이사장님이요. 농생물학과 육성 사업의 일환으로 세우셨는데 허가받느라 엄청 힘들었대요. 흠문헌을 지방문화재로 정하자는 논의가 시작될 때였거든요."

"와아, 흠문헌이 지방문화재였어요?"

"그럼! 자랑스러운 문화유산이지! 시대상을 담고 있고 100년도 넘었으니깐!"

갑작스럽게 끼어든 괄괄한 목소리에 민재와 소영이 화들짝 놀라 돌아다보았다. 민재의 두 눈이 휘둥그레졌다. 미, 미스터 화이트. 오늘은 백마 탄 미스터 화이트시네. 허얼.

"안녕하시오?"

미스터 화이트께서 온통 새하얀 백마에서 내려서며 기세 좋게 인사하셨다. 그러고는 소영 옆에 있는 민재를 유심히 보시며 물어보셨다.

"김 비서, 이 아가씨는 누군가. 소개해 주겠나?"

"큰이사장님! 이쪽은 허민재 아나운서세요. 민재 씨, 말씀드린 전전 대 양근석 이사장님. 청인의 영원한 이시장님이시죠. 큰이사장님이라 고 불러 드리세요."

민재는 소영의 소개를 받고 미스터 화이트와 마치 초면인 양 인사를 나누었다. 나, 그렇게 존재감이 없었던가? 왠지 슬퍼지는 민재였다.

양근석 큰이사장은 흠문헌의 지난 역사를 구구절절 들려주었다.

"이 자리는 600년 동안 흠문헌이 있던 자리라네. 원래는 한옥 흠문 헌이 있었지만. 하아, 1910년 나라를 잃고, 고조부께서 400년 된 고택 을 싹 갈아엎으셨지. 유학(儒學)만으론 더 이상 이 나라에 미래가 없다 며 서양식 문물과 계몽주의에 경도(傾倒)된 분이셨거든. 그 자리에 당 시 미국 동부에서 유행하던 양식으로 새 흠문헌을 지어 버리셨어. 위 험할 정도로 무모한 양반이셨어. 바로 그 무식한 패기로 청인학원을 세우신 열정은 높이 사야겠지만."

"400년 된 고택을 갈아엎어요?"

"하하, 뭘 놀래. 남자가 뜻을 품었으면 그 정도 강단은 있어야지. 부 속 건물들은 필요한 대로 더 짓기도 하고 고치기도 하는데, 본채는 1910년대에 지은 그대로 벽돌 한 장도 함부로 못 해. 한국전쟁 때도 요 행히 공습을 피한 덕에 국내에 몇 안 남은 1910년대 건축물이거든."

양근석 큰이사장은 근엄하게 뒷짐을 지고 당당하게 자랑을 늘어놓 았다. 결론은 600년 동안 한 자리에서 권세를 누린 일족이었다 이거다.

"지세를 봐도 참 명당이야. 한 가지 아쉬운 건 바닷가라 집이 소금 바람을 온통 뒤집어쓴다는 거지. 다행히 500년 전부터 흠문헌 밖에 해송 방풍림을 심었는데, 지금은 흠문헌의 벽돌과 대리석 구조물을 보호하는 역할을 하게 되었지. 방풍림이 없었다면 아마 흠문헌은 예전에 곰팡이가 슬어 사라져 버렸을 거야."

"이사장님 앞에선 절대 곰팡이라고 하지 마세요. 곧 죽어도 이끼라고 우기니까요."

"그 녀석 우길 걸 우겨야지. 참, 김 비서, 행사 준비는 잘되고 있겠지?"

"예. 아이들 100명을 건사하는 게 큰일이지만. 이사장님이 애들을 질색하시는데 그것도 걱정이고요. 안전사고 대비를 제일 순위로 준비 중입니다."

양인욱이 아이를 질색한다는 말이 벌써 몇 번 나왔다. 그렇게 싫다면서 아까 그건 뭐였지? 민재는 아까 로렐한테서 흘러들은 말이 생각나 두 사람에게 물었다.

"아까 양 이사장님이 로렐 아빠가 되신다는 게 무슨 뜻이에요?"

"무슨 뚱딴지같은 소리야! 미스 송은 왜 아무 말도 안 해 준 거지? 미스 송! 미스 송!"

큰이사장님께서 노인답지 않은 성량으로 쩌렁쩌렁 호통 치시고 백마를 타고 어디론가 가 버리셨다. 오실 때처럼 가실 때도 박력 있는 퇴장이셨다.

⁂

[고요한 밤이에요! 오늘도 여러분의 귀염둥이 허민재입니다! 예고해 드린 대로, 오늘 '당신은 지금 어디 계신가요?' 코너는 시청자 연결 토크를 해 볼 건데요. 아아, 조금 떨리네요. 워낙 늦은 시간이고 많은 청

취자분들이 생업에 종사하시느라 이 밤 열정적으로 밤을 지새우는 것을 아니까요. 폐 끼치지 말고 즐거운 시간 만들어 드려야 할 텐데, 걱정입니다. 아 참, 한 가지 공지 사항 전해 드리겠습니다. 저 약혼자한테 차여서 힘들었겠다고 위로해 주시는 건 오늘 주제에서 뺍니다. 여러분, 저요, 자살 시도한 적 없어요! 아니, 진짜로요! 제가요, 호주 국가 공인 라이프가드 출신이거든요? 바다에 던져도 안 죽습니다! 게다가 저요, 그동안 남자분 세 명한테 대시받았고 다 괜찮은 사람들이라 삼각으로 양다리 걸치고 인생 즐기고 있거든요? 음, 그렇다니까요. 저 능력 좀 되는 여자예요~ 음악 듣죠?]

얼씨구. 이 맹랑한 아가씨가 라디오에 대고 남자 셋과 삼각 양다리를 걸쳤다고 뻥을 치네. 인욱은 기가 차서 깊고 푸른 밤하늘을 올려다보았다. 라디오 전파는 우주로 무한정 퍼져 나간다. 허민재의 거짓말도 저 파란 밤하늘 너머 우주로 쭉쭉 뻗어 나가고 있다. 언젠가, 모든 별에 외계인이 그 거짓말을 다 듣게 될 것이다. 그 거짓말에 매혹당한 첫 번째 외계인이 여기 있다.

이 교수가 민재에게 갖은 회유를 시도했지만, 자기 일을 계속해야 한다며 서울행을 받아들이지 않았다. 이 교수는 혼자 미국으로 돌아갔다. 결국 그 집 막내딸은 전 우주를 속여 먹으며 혼자서도 씩씩하게 잘 살고 있다.

[……그럼 디제이님은 셋 중에 누가 제일 좋으신데요? 아이스크림 주신 분, 장미 바구니 준 분, 또 와인 사 준 분 중에서, 그것만 가르쳐 주세요. 네?]

[움, 정 그러시면…… 아이스크림 주신 분? 하하, 통화 고마웠어요. 안녕히 계세요.]

　방송이 끝나고 얼마지 않아 민재가 파시마나를 둘둘 걸치며 방송국에서 걸어 나왔다. 인욱이 차에 시동을 걸자, 바다 안개가 옅게 깔린 텅 빈 길에 영롱한 헤드라이트 불빛이 가득 찼다. 또각또각, 젖은 보도블록에 하이힐 소리가 규칙적으로 울려 퍼졌다. 인욱은 민재의 조금 뒤에서 천천히 운전하며 따라갔다. 곧이어 성마른 전화벨이 울렸다.

“음?”

[따라오지 마요.]

“무슨 소린지. 난 그냥 야경을 즐기며 천천히 운전할 뿐인데. 경치가 참 볼 만하네.”

뚝―.

　민재는 멋대로 전화를 끊고 씩씩대며 뛰어가 버렸다. 인욱도 괴물차의 예민한 액셀을 슬쩍 밟아 가며 서서히 속도를 높였다. 인욱은 오피스텔 입구에 차를 주차시키고 느긋하니 보닛에 기대 민재를 기다렸다. 그리고 ‘휘잇’ 나직한 휘파람으로 민재를 멈춰 세웠다.

“아호, 정말! 성희롱으로 고소할 거예요!”

　벌겋게 달아오른 민재가 주먹을 불끈 쥐고 인욱에게 다가왔다. 인욱은 못 들은 척 담백하게 딴전을 부렸다.

“할 말 있어서 온 건데. 잊어버렸다.”

“그럼 가세요.”

“나랑 사귀자, 허민재.”

“싫어요.”

“왜?”

“내 스타일 아니라고요! 쉽고 헤픈 남자 사절! 몇 번 말해야 알아들어!”

인욱은 두 손을 바지 주머니에 찔러 넣고 익숙지 않은 거절의 여파에 한숨을 쉬었다. 이 여자에게만 벌써 몇 번째인지. 그래도 언제나 처음인 듯 가슴이 저릿저릿했다.

시간이 흐를수록 바다 안개가 점점 짙어져 갔다. 는개에 양복 어깨도 어느새 축축해져 갔다. 그래도 인욱은 꿈쩍도 하지 않았다. 불 꺼진 지 한참 지난 512호 여자 생각만 한다. 지난 수요 만찬에 대해 제대로 사과부터 해야 한다고 생각한다. 딱히 쉽고 헤픈 인간은 아니라는 확신을 주자고 다짐한다.

한참 후 다시 전화벨이 울렸다. 인욱은 시선을 들어 불 꺼진 집을 바라보았다.

"음? 왜 안 자고."

[밖에서 그러고 있는데 잠이 와요? 이사장님은 어쩐지 모르겠지만 난 아침 일찍 뉴스 준비하러 나가야 돼요. 해야 할 일이 있다고요! 건실한 직장 여성 방해 말고 가요! 제발!]

"우리 그냥 사귀자, 민재 씨."

욕설인지 제3세계 언어의 감탄사인지 알 수 없는 처절한 절규가 전화기에서 터져 나왔다. 또 제멋대로 끊겨 버린 전화를 아쉽게 들여다보며 인욱은 다시 기다리기 시작했다. 주구장창 기다렸다. 다음번 통화는 좀 더 부드럽게 시작되었다.

[알았어요, 알았으니까 날 밝으면 만나서 이야기해요. 네? 잠 좀 자요. 댁에 가요 좀!]

"잘 자."

[……왜 이래요! 양 이사장님이랑 사귈 생각 없다고요. 네? 억지 쓴다고 없는 생각이 생기겠어요? 아우, 정말!]

또 멋대로 끊었냐. 인욱은 통화 종료를 누른 후 길게 한숨을 내쉬었다. 차갑게 식어 버린 보닛의 냉기에 젖은 옷까지 체열을 앗아 가는지 슬슬 몸이 떨려 왔다. 한여름에 얼어 죽게 생겼다. 긴긴 여름밤이 지나갔다. 그렇게 6시간의 기다림 끝에 출근 준비를 마친 민재가 다시 인욱 앞에 섰다.

"……생각보다 독한 데가 있네. 밖에다 밤새 세워 놓고?"

"남 말 하지 마요. 진짜 독한 건 누군데."

방금 씻은 민낯을 인욱에게 들이밀며 민재가 몸서리를 쳤다. 인욱은 가만히 손을 뻗어 민재의 얼굴을 끌어당겼다. 그래도 야무지게 틀어 잠근 입꼬리는 도통 웃으려 들지 않았다.

"놓으세요."

애초에 사과부터 하려던 건데, 민재뿐만 아니라 민재의 어머니한테까지 실례했던 걸 후회한다고 말하고 싶었던 건데. 인욱이 촉촉이 부푼 홍채에 푹 빠져 버린 사이에 그런 살뜰한 생각들은 옅은 아침 햇살 속으로 점점 사라져 갔다.

"그만 놓으셨음 해요, 인욱 씨."

"……이름 부르네."

친해지면 이름을 부르겠다고 했던 여자가 제 풀에 놀라 고개를 가로저었다. 물론 그런다고 한 번 뱉은 말이 물러지는 건 절대 아니었다.

웨에에엥―.

도심의 매미들이 첫 울음을 일제히 시작한 순간, 인욱도 민재를 가슴에 끌어안았다. 미안하다는 말 대신 까만 머리카락에 뺨을 비비고, 가는 목에 안타깝게 흘리는 한숨으로 그날의 무례에 용서를 빌었다. 이마를 맞대고 눈과 눈을 맞추고 그날 얼마나 큰 위로를 받았던가, 무

언의 감사를 전했다. 또한 커다란 손으로 작은 등허리를 쓸어내리며
카페에서의 뜨거웠던 순간들도 상기시키려 애썼다. 와인 향기가 아니
라 너에게 취하고 싶다고 끊임없이 민재를 달래고 어르고 설득했다.

애초에 조물주는 인간이 몸으로도 말할 수 있게 만들어 주셨고 인욱
은 가슴 속 진심을 보태어 그 효과를 배가시켰다. 민재로서는 양인욱이
몸으로 전하는 의미를 고스란히 느끼고 깨달을 수밖에 없는 것이다.

카페에서처럼 다그치고 몰아세웠다면 민재도 저항했을 텐데. 그 수
요일처럼 재수 없이 굴었다면 강력한 니킥을 날렸을 텐데. 산들바람
처럼 부드러운 애무에, 달콤한 속삭임에, 민재의 경계심도 아이스크림
처럼 녹아내려 버렸다. 약았어, 정말.

"……어서 출근해. 좋은 하루."

"감사합니다. 양 이사장님도."

엇, 갑자기 인욱의 얼굴이 훅 다가와서 민재는 심장이 덜컹 내려앉
아 버렸다. 기습 키스……가 아니다.

"뭘 기대한 거야, 이 여자야. 키스라도 해 줘?"

"아뇨!"

인욱이 민재의 귓전에 나직나직 속삭였다.

"잘 들어. 양은 내 성이고 이사장은 내 직함. 내 이름은 인욱이야.
좋게 말할 때 이름 불러라. 그리고 난 쉽지도 헤프지도 않아. 두 번 다
시 그딴 소리 하지 마. 화낼 거야. 그리고 말이야, 멋대로 전화 끊지
마. 기분 안 좋다. 그리고……."

"와아, 됐거든요? 내가 자기 부한가. 막 명령하고."

"사귀자."

민재는 한 걸음 뒤로 물러나서 인욱의 가슴팍을 톡톡 다독여 주었다.

"옷 다 젖었네. 댁에 돌아가면 따뜻한 샤워 꼭 해요? 감기 걸릴라. 이만 바빠서."

민재가 또각또각 멀어지자 인욱이 드디어 차에 올라 거칠게 시동을 걸었다. 이윽고 이탈리아제 스포츠카가 풀 스로틀 엔진 굉음을 울리며 새벽안개 속으로 쏜살같이 사라져 버렸다. 이제 보니, 신호 다 지키고 규정 속도 다 지키던 착실한 운전은 순전히 내숭이었다. 의뭉스럽긴.

밤새 두껍게 내려앉았던 바다 안개는 밝아 오는 아침 기운에 급속히 사라지고 있었다. 반대로 민재의 머릿속 안개는 시간이 지날수록 답답해져만 갔다. 인욱이 온몸으로 전한 사과는 충분했고 민재도 더 이상 그것으로 뭐라 할 생각은 없었다. 하지만 그게 다는 아니었다.

"결국 한숨도 못 잤어. 피곤해 죽겠네."

⁂

어느덧 온 도시가 보궐선거의 열풍에 휩싸였다. 눈만 돌리면 오만 천지에 조요한 이름 석 자가 지천으로 널렸다.

"아무래도 노년층에서는 혜성처럼 나타난 지역 인재 조요한 후보에게서 그 옛날 윤치성 의원이 그랬던 것처럼 재기발랄한 패기를 기대하시는 것 같고요, 중년층에서는 서울 법대 출신 전직 검사라는 엄친아 이미지에 무한 감동하는 분위기랄까요? 청년층에서는 드디어 10선 의원이 아닌 다른 선택지가 생겼다는 사실만으로도 기뻐하는 듯합니다. 이상, 보궐선거의 열기가 더해 가는⋯⋯."

휴. 컷 사인에 짧은 한숨을 내쉬고 민재는 영 내키지 않았던 리포팅을 마무리 지었다. 그러자 국장님이 카메라 뒤에서 킬킬대며 한소리하셨다.

"허민재, 너 시방 조 후보 까는 거냐? 뭔가 띠꺼운 멘트 작렬인데?"

"어머, 그럴 리가요. 언제 봤다고 제가 그 사람을 까겠어요? 그냥 이곳 분위기를 중립적으로 전하는 거죠. 어디까지나 중립적으로."

쌜쭉하니 눈치 10단인 국장님을 거짓말로 눙쳐 버리고 민재는 주변 경치로 눈길을 돌렸다.

이 도시의 구 시가지는 참 묘한 분위기가 있었다. 낡고 후지고 착 가라앉은 가운데, 몇몇 장소는 뜻밖에 고풍스러웠다. 여기 옛 시청 청사 같은 곳 말이다.

"이런 서양식 화강암 건물은 연대, 이대에나 가야 있을 줄 알았더니."

"아, 1세기 전에 흠문헌이 물꼬를 튼 후로 서양식 건물이 여럿 들어섰거든."

이 도시가 작은 교육 도시였을 때부터 이 자리에 있었다는 시청은 화강암 벽돌로 지은 소박한 서양식 단층 건물이었다. 도시를 둘로 가르며 흐르는 강변을 끼고 있고 광장을 품고 있어 그 자체로 아름다운 시민의 명소였다. 따가운 햇살이 쏟아져도 강바람에 살랑살랑 나풀대는 플라타너스 그늘에 앉아 있으니 신선놀음이 따로 없었다.

"어머, 이게 누구야?"

아, 난 방금 아무것도 못 들었다. 민재는 얼른 나무 그늘에서 일어나 회사 차량으로 돌아섰다. 헌데 잽싼 민재보다 더 빠른 손길이 팔뚝을 움켜쥐었다.

"마침 잘 만났다! 나 좀 도와줘요!"

"아아, 안녕하세요."

하얀 가슴과 등이 훤히 드러난 드레스 차림으로 혜지가 민재에게 묵직한 가방을 떠넘겼다. '어, 어' 하면서 돌아보니 방송국 스태프보다 많은 인원이 혜지를 뒤따르고 있었다.

"저번엔 웨딩 촬영을 못 해 봐서. 이번엔 하고 싶은 건 다 해 보는 거예요. 재혼하면서 너무 유난떠는 것 같아서 친구를 안 불렀더니, 혼자는 힘드네. 민재 씨가 도와줄 거죠?"

"전 일하는 중인데요."

"야아, 윤 박사! 이게 대체 무슨 야단법석이서?"

"국장님! 몰랐어요? 나 이혼하고 새로 시집가잖아. 참, 청첩장 드릴게요."

"오오!"

즉석 인터뷰라고나 할까. 간이 탁자와 의자에 시원한 음료수를 놓고 셋이 마주 앉으니 얼추 그런 그림이 되어 버렸다. 혜지와 국장님의 대화에서 한발 물러선 채, 민재는 이게 과연 초혼 때 못 해 본 한풀이일까 퍽 의심스러워졌다. 이 유명한 시민의 쉼터에 나와 웨딩 촬영을 하면서, 사람들 이목을 끌려는 것처럼 보이니 말이다. 유별난 내조라고나 할까.

"우리 신랑은 야외 촬영도 같이 못 하고, 불쌍하죠? 혼자 하려니까 흥은 안 나는데, 빨리 하고 신랑 곁에 가서 내조해야겠네."

"어, 그러면 민재 씨가 좀 도와 드리고 오지?"

엥? 이 양반아! 민재가 눈을 희번덕거리든 말든 국장님은 '양인욱과 윤혜지의 이혼'에 더 정신이 팔려 있었다. 게다가 새신랑이 조요한 후보라니, 저 탐욕스러운 입가에 흐르는 군침을 보라. 특종의 달콤한 내음에 줄줄 샌다, 새.

"그럼 결혼식은 언제 올리시나?"

"맞춰 보세요. 우리 완전 깜짝쇼를 준비 중이거든요."

민재는 얼마 전에 봤던 청첩장을 떠올렸다. 평일이라 좀 이상하다 했지만 무슨 깜짝쇼……? 오 마이 갓. 그 수요일이 이제 보니 보궐선거 날짜였네! 민재는 일그러진 표정을 미처 숨기지도 못하고 혜지의 희희낙락한 얼굴을 돌아보았다.

"어머, 민재 씨는 벌써 눈치챘나 보네?"

이것들이 진짜! 결혼식이 무슨 쇼야? 신성한 결혼식을 정치 쇼에 악용하려는 인간들과는 단 한시도 같이 있기 싫었다. 에잇, 민재는 손톱으로 팔뚝을 벅벅 긁어서 벌겋게 만들었다.

"나 어떡해! 일광 알러지! 햇볕에 너무 오래 있었더니 알러지가 올라왔네! 국장님, 이거 빨리 치료 안 하면 온몸으로 퍼져서 뉴스 못 할지도."

"뭐! 뉴스를 못 해! 얼른 피부과! 뭔 살성이 약해 빠져서는! 혜지 씨 미안해서 어쩌냐."

국장님과 민재가 짜고 친 쇼에, 혜지가 썩은 뭐 삼킨 얼굴로 괜찮다며 고개를 주억거렸다. 민재는 혜지의 짐 가방을 떠넘기고 얼른 회사 차량으로 뛰어들었다. 시원한 에어컨 바람에 타는 속을 달래고 있는데 국장님이 돌아오셨다.

"대애박! 조요한 이 인간이 쇼를 좀 아네. 야아, 양인욱의 미인 마누라를 채 가는 것도 모자라 자기 국회의원 되는 날 결혼식을 올리시겠다? 국회의원 당선일이 자기 결혼기념일이고 시민 잔칫날 되는 거네. 여자들 이거 뿅가겠고만. 낭만적이네 어쩌네 하면서!"

하나도 안 낭만적이네요! 아홋, 진짜! 민재는 길거리에 넘쳐나는 선거 벽보들이 짜증스러워 미칠 것 같았다. 저걸 보름이나 참고 봐야 되고, 그 보름 후엔 조요한 당선을 축하해 줘야 하고. 심지어 결혼 축하도 해 줘야 한다. 무슨 이런 미치고 팔짝 뛸 일이 있겠는가!

"야, 철수!"

국장님의 명령에 방송국 차량들이 일사분란하게 출발했다. 민재는 유리창 너머로 윤혜지가 여름 햇살보다 찬란하고 화사하게 웨딩 화보를 찍는 모습을 일별했다. 수많은 시민들이 그녀를 둘러싼 채 놀라워하고 부러워했다. 하지만 저건 신부가 아니라 쇼걸의 가짜 웃음인데?

"그나저나 양인욱도 참, 여자 복은 진짜 없다. 첫 번째 와이프는 식도 못 올리고 죽었다지, 두 번째 정략결혼한 와이프는 죽마고우한테 빼앗겼지. 난 뚱땡이 우리 마누라랑 삼십 년 잘 살고 있는데. 그러고 보면 세상이 참 공평해?"

"처, 첫 번째 와이프요? 죽었어요? 양인욱 씨가요? 진짜요? 에?"

"진짜지 인마. 이 동네 사람들 대소사는 내 손바닥 안에 있다니까! 넌 내가 물 국장 같냐?"

그래도. 그렇지만. 와아아. 민재는 국장님의 푸념을 여전히 따라잡지 못하고 멀뚱멀뚱 바라만 보았다. 저 윤혜지가 두 번째였어? 첫 부인은 죽었다고? 세상에!

⚜

청인학원 이사장 양인욱의 전처이자 10선 의원 윤치성의 손녀 윤혜지 박사와 검사 출신 국회의원 후보 조요한이 보궐선거 당일에 결혼한다고 공식 발표했다. 조 후보가 청인 출신이고 양 이사장의 어린 시절 죽마고우란 사실이 알려지면서, 그들 셋의 스토리는 무슨 멜로드라마의 삼각관계처럼 알려져 버렸으니.

부인에게 무심하기로 유명한 양 이사장 때문에 윤 박사가 독수공방에 외로웠는데 조 검사가 친구인 양 이사장에게 결혼 생활에 성실하라고 여러 번 항의했지만 통 소용이 없었고, 윤 박사를 위로하며 돌보다가 어느덧 이성 관계로 발전했다는 것이었다. 윤 박사에 대한 동정론도 일었다. 소박데기로 살다 할아버지의 후계자를 새 남편으로 맞이하니 차라리 잘되었다는 식이었다.

지역사회에서 전혀 인지도가 없는 요한이었지만, 10선 의원 캠프의 드림팀에서 만들어 준 '치정 멜로 소문'을 통해 여성에게 자상하고 불의에 저항하는 이미지를 무기로 갖게 되었다. 지난봄 결혼 날짜까지 잡았던 약혼녀를 팽개치고 윤 의원 밑으로 들어간 야심가라는 사실은 그대로 묻혀 버렸다.

✦

남자 셋을 한 번에 농락하고 있다고 농담한 후, 민재의 '고요한 밤이에요'는 완전히 안착을 했다. 자정을 넘겨 방송되다 보니 '고요한 밤이에요'의 시청자는 주로 밤늦게까지 일하는 자영업자나 야근하는 생산직, 사무직, 전문직이 많았다. 라디오의 가장 큰 고객인 주부들은 이미 잠들었고, 중고생들은 유명 아이돌 DJ가 방송하는 전국 방송으로 몰려가 버린 상황에서 나름의 틈새시장을 찾은 셈이다. 의욕이 충만해진 '고밤' 팀은 아이디어 회의를 거듭하며 참신한 아이템을 연구했다.

"역시 '추억이 꼭꼭' 코너 반응이 제일 좋구나. 어른들한테 추억은 잘 팔리는 아이템이지."

"이번 건 상품이 좋았어. '기다리는 남자'의 원두커피를 협찬 받다니.

재주 좋아, 허 아나."

"전에 인터뷰 갔을 때 청인 비서님하고 친해져서. 얼마 전에 협찬 부탁드렸더니 흔쾌히."

"임 아나는 더 친한데, 왜 못 했지?"

"쩝. 실은 저한테 재능 기부하라면서 공짜로 행사 진행 맡겼어요."

"낚였구나~ 어쩐지. 쿡쿡."

민재와 작가, 그리고 피디는 상품 받을 사연을 선정하기 위해 게시판을 꼼꼼히 살피기 시작했다. 그런데 이번 게시판 사연이 심상치가 않았다. 피디조차 흥분해서 광 클릭할 정도였다.

"와아, 요새는 사연도 막장이야. 이번 건 다 죽이는데? 허 아나, 이걸 1등 주자."

어디 어디. 민재도 피디가 추천한 사연을 읽어 내려갔다.

"추억의 당구장. 아아, '기다리는 남자' 자리가 원래 당구장이었어요? 그렇구나. 어디 보자."

예전에 해안 도로가 뚫리기 전엔 그 당구장이 워낙 시내와 멀리 떨어져 있어서 공부 못하는 변두리 중학교 고등학교 녀석들이 죽치고 놀던 곳이었다고. 방학이면 시내 학생들도 호기심에 친구들끼리 몰려가서 밤새도록 놀기도 했단다. 어느 해 겨울에 졸업을 앞둔 고3 학생들 수십 명이 '그 유명한 패싸움'을 벌여서 '그 사람'이 죽다 살았다고. 즉시 당구장은 폐쇄되었단다. 토박이들은 다 아는 사건이라고 했다. 세월이 흘러 당구장이 팔리고 팔려 이제 그 자리에 '기다리는 남자'가 들어섰다……는 사연이었다. 사연 소개자는 친구들의 이름을 잔뜩 늘어놓고 이번 주말에 한번 보자며 글을 마쳤다.

"으음, 그 카페가 뭔가 엄청난 과거를 숨기고 있었네. 근데 이게 무슨 사건이었는지 제가 알아야 아는 척해 가며 사연을 읽을 수 있겠는데요? 그 유명하다는 '패싸움'하고 '그 사람', 이 부분요."

외지인인 민재의 부탁에 청인고 출신 피디가 답답해하며 버럭 내질렀다.

"그걸 아직도 못 들어봤어? 청인 양인욱 이사장이잖아. 그 사람이 23 대 1로 싸워서 짱 먹은 전설적인 이야기잖아! 그거 때문에 그 인간 죽다 살았어! 병원에서도 해 줄 것 없다고 산송장으로 내보냈는데, 얼마 있다가 기적같이 벌떡 일어난 인간이야."

"헐! 누가요? 양인욱 그 사람이요?"

어안이 벙벙해져서 한동안 아무 생각도 할 수가 없었다. 그 멍한 뇌리에 인욱의 망가진 왼손이 스쳐 지나갔다. 하지만 그 고고한 인간이 패싸움이라니! 역시 사람은 겉보기만으로는 알 수가 없다.

"자, 이건 2등 사연 가자."

작가가 내민 사연은 왁자지껄 활기차 보이는 소녀들의 장난기 가득한 단체 사진이어서, 민재도 한시름 던 기분이었다. 중학교 교실에서 찍은 오래된 사진 파일인데 한 명 한 명의 이름과 현황을 말풍선으로 달아 놓았다. 이름에 마우스를 대면 말풍선이 떠올랐다.

"아이디어 좋네. 제목이 서른 즈음? 제목도 딱 좋네! 난 이거 1등!"

가뿐한 마음으로 올해 서른이 되었다는 여중생들의 현황을 마우스로 톡톡 찍어 봤다. 누구는 어디서 무얼 하고, 누구는 어떻게 살고…… 흐뭇하게 읽어 가는데, '불쌍한 신동은, 미친 엄마가 농약 먹여 죽었다'에서는 의자에서 굴러 떨어질 뻔했다.

"맙소사! 신동은? 이 신동은이 그 신동은?"

사진 속의 신동은은 가장 작고 깡마르고 볼품없는 아이였다. 하지만 깨알만 한 사진에서조차 드러날 정도로 날 선 경계심과 도도한 태도가 선연했다. '도도함의 끝판왕'이었다는 인욱의 평가는 이때부터 싹이 보였던 것이다.

그나저나 미친 엄마가 농약 먹여 죽였다고? 가슴이 싸하게 아파 왔다. 이렇게 작고 여린 딸을 그 엄마는 무슨 이유로 농약을 먹여서 죽였을까. 어쩐지 양인욱 그 사람도 죽었다는 뉘앙스만 흘릴 뿐 딱 부러지게 말을 안 하더라니. 사인(死因)이 독극물에 의한 친족 살해였다니. 아파 죽은 것도 아니고, 다쳐 죽은 것도 아니라, 제 엄마가 농약 먹여 죽였다니. 졸지에 아내를 잃은 그 슬픔이 얼마나 컸을지 상상만 해도 가슴이 먹먹해졌다. 아, 그러고 보니 신동은이 그 사람 첫 아내였겠구나. 왜 아니겠어. 그렇게 된 거네. 그러네. 얼떨결에 깨달은 사실에 숨이 턱 막혀 왔다.

"아우, 나 이거 못 읽겠어. 막 눈물 날 것 같아. 방송에서 엉엉 울면 어떡해. 어우, 나 벌써 눈 시려 온다. 딴 걸로 가요."

⁂

퇴근하는 발길이 천근만근 무거워서 누가 업어다 줬으면 싶을 정도였다. 민재는 자기 얼굴이랑 싱크로율 90%인 소녀가 미친 엄마 때문에 죽었다는 사실에 감정적으로 탈진해 버렸다. 두 블록 떨어진 오피스텔까지 가는 길이 달나라만큼 멀고 길었다. 휘청대며 걷는데 누군가 그녀의 앞을 가로막았다. 비명보다, 달달한 바닐라 향에 정신이 번쩍 들었다. 응?

"아이스크림 배달 왔습니다."

커다란 아이스크림 통과 그 통을 내밀고 서 있는 인욱 사이를 오가던 민재의 눈동자에 팟, 웃음이 터져 버렸다.

"어우, 깜짝이야. 와아, 그럼 저번에도?"

"우리 카페 수석 쉐프 녀석이 아이스크림은 좀 해."

민재는 감격에 겨워 감사히 묵직한 아이스크림 통을 받아 들었다.

"어쩐지. 글케 맛있는 건, 정말. 아우, 다 먹고 완전 그리웠었는데…… 어흑!"

"어이, 어이, 이 정도에 울 것까진!"

당황해 어쩔 줄 몰라 하는 인욱을 향해 민재가 돌연 몸을 날렸다. 그러고는 키 큰 남자의 머리를 와락 끌어안고서 엉엉 울어 버렸다. 인욱은 구부정하니 고개를 빌려 주고서 조용히 기다려 주었다. 이유도 묻지 않고 울지 말라 달래지도 않고, 그냥 그렇게 한참 동안을.

"신동은이란 애, 자기 엄마가 농약 먹여 죽였다면서요? 어우, 어떡해!"

"그걸 어떻게."

"게시판 사연에, 단체 사진에, 어우, 나 몰라. 불쌍해서, 어우, 불쌍해서 어뜩해!"

"어이…… 울지 마."

아직도 동은이를 위해 울어 줄 사람이 있다니. 인욱은 진심으로 민재에게 감사했다. 그리고…….

"허민재, 나랑 사귀자."

"싫어요."

일언지하에 거절해 놓고 민재는 핸드백에서 티슈를 꺼내 엉망이 된 얼굴을 매만졌다.

"눈 붓겠다. 아이스크림 잘 먹을게요. 안 받는 게 도리겠지만 도저히 포기가 안 되네요. 조심히 가세요."

물론 인욱은 그렇게 쉽게 보내 줄 생각이 없었다. 얇은 손목을 차가운 손으로 붙들고서 꿈쩍도 하지 않았다. 무시무시하게 쏘아보는 인욱에게 민재는 입꼬리를 최대한 끌어올려 해사하게 웃어 주었다.

"있죠, 조건 따지고 쉽게 사람 골라서 사귀어 봤더니 쉽게 가 버리더라고요? 그래서 결심했어요. 다음엔 내가 막 좋아서, 정말 좋아서 미치겠는 사람을 쫓아다니면서 열심히 사랑해야지. 저요, 앞으론 진짜 열심히 사랑하며 살 겁니다!"

그 불쌍한 애도 열심히 하고 간 사랑인데. 그런 불쌍한 애도.

"열심히 사랑하겠다면서 나하고는 안 하겠다는 건 언어도단인데."

"인욱 씨 첫사랑, 첫 부인, 내가 어떻게 그 사람 흉내를 내겠어요."

"동은이랑 결혼한 건 어떻게 알았어? 혜지구나? 둘이서 무슨 이야길 한 거야?"

무섭게 넘겨짚는 인욱에게 민재는 당황한 나머지 손사래를 쳤다. 그 애가 부인이었어. 역시!

"아뇨, 아니요! 암튼 내 말은, 살아온 환경이 다르고 가치관이 다르고 추구하는 미래가 다를 텐데, 얼굴 닮은 것만으론 한 사람을 완벽하게 흉내 낼 수 없다는 거죠."

"흉내를 낸다고?"

"아니, 흉내 못 낸다고! 난 올해 스물여덟이에요. 내 생각, 의지, 확고한 성인이라고. 남의 흉내나 내면서 행복해질 순 없어. 잘 봐요. 난 허민재예요. 신동은이 아니라."

인욱이 민재의 팔목을 억세게 잡아끌었다. 그는 꿈에 나올까 무서운 눈으로 민재의 얼굴을 들여다보았다. 흔들림 없는 시선에 민재를 가두고서 나직나직 홀리기 시작했다.

"어. 잘 보고 있는데, 확실히 허민재 맞네. 신동은일 리가 없지. 동은이가 살아 있었다면 서른도 넘었겠지만…… 동은이 생전에 어른의 나날은 단 하루도 없었어. 조건 따져서 남자를 골랐다가 헌신짝처럼 버려진 일도 없고, 나랑 와인을 마신 적도 없고, 어른 여자가 되어 어른의 고민을 하고 어른의 실패를 하고 어른의 변명을 한 적이 없다고. 알겠어?"

"그게 뭐, 누구나 실수하고 실패하고 변명하고 살아요. 사람이면 누구나 당연히!"

"넌 살아 있으니까 당연하다고 말하지. 열여덟에 죽은 동은이는 결코 가질 수 없었던 기회잖아."

길고 강력한 손가락이 믿을 수 없을 만치 섬세한 손길로 민재의 긴 머리카락을 빗어 내렸다. 인욱은 폭풍 전야처럼 고요하고 어두운 눈동자에 민재를 가두고 단호하게 속삭였다.

"허민재는 그러니까 내게 유일해. 동은이를 흉내 낼 필요 없지. 흉내 낼 수도 없고."

"그래도 내 얼굴 보면 신동은이 생각나는 건 사실일 거 아니에요! 비교될 거구. 난 되게 찜찜할 것 같은데? 아무렇지도 않으세요? 진짜로? 이상하네?"

"난 하나도 안 이상한데……."

인욱은 답답한 마음에 민재를 가슴에 끌어당겼다. 하지만 민재는 그의 품을 뿌리치고 차분하게 자기 마음을 드러내 보였다.

"인욱 씨, 나는 순수하고 도도한 여고생 신동은하고는 비교도 할 수 없이 세상 때가 묻은 사람이에요. 내가 그 애처럼 도도함의 끝판 왕이었다면 지금처럼 원만하게 사회생활 할 수 있었을까? 오히려 허영도 많고 늘 앞뒤를 재면서 영악하게 산다고요. 그냥 우연히…… 그 애의 얼굴을 하고 있을 뿐, 난 나예요. 그러니까 내 얼굴에서 그런 불쌍한 아이 모습을 찾는 거, 난 싫어.”

“이 얼굴이어서 좋아한 거 아냐. 좋아하게 됐는데 그 얼굴이었을 뿐. 70억분의 1이 두 번 겹쳤을 뿐. 내 운이 억세게 좋았던 것뿐이다! 알겠냐! 알겠어?”

이 얼굴이어서 오히려 밀어내고 밀어내려 그 애를 썼건만! 어느 틈에 넌 내 가슴에 들어왔다. 이 경이로움을 아무리 설명하려 해도 맞는 어휘, 적절한 표현이란 게 없었다. 몸으로 표현하라면 오히려 쉬울 텐데. 머리로 알고 가슴으로 느끼는데 입안에서 맴돌기만 했다.

인욱이 안타까운 자가당착에 허우적이는 사이, 민재는 실망감에 돌아섰다. 로마네 콩띠를 무기 삼아 온몸으로 유혹했던 사람이 한다는 소리가 기껏 ‘좋아한다’. 기대치를 높여 놓질 말던가. 이제 허민재란 여자는 그런 뜨뜻미지근함을 결단코 거부할 것이다.

혼자 오피스텔 문을 열고 들어서자, 익숙해진 어둠이 민재를 맞이했다. 품에 안은 아이스크림 통만이 마음에 위안이 되었다. 이 차가운 달콤함만이. 큰 통을 품에 안고 밥숟갈로 듬뿍 퍼서 입안 가득 퍼넣고, 사르르 녹아내리는 감미로움에 푹 빠져들었다. 한 숟갈, 또 한 숟갈…… 점점 속도가 빨라진다. 양인욱 바보. 바보. 바보. 바……. 엉? 거의 무아지경으로 아이스크림을 퍼먹고 있는데 휴대전화가 울렸다. 인욱이었다. 왜 또!

[난 쉬운 남잔 절대 아니고 날 미치도록 좋아서 쫓아다니게 만들어 줄 테니까, 싫고 안 된단 소린 잠시 미루자. 나한테 기회를 줘.]

"벌써 댁에 도착했어요?"

[마음 아파서 한 발짝도 못 갔다.]

응? 민재는 아이스크림 통을 내려놓고, 설마하며 창문으로 다가갔다. 커튼을 젖히고 창문을 열어 보니 정말 인욱이 조경 화분에 엉덩이를 걸치고 앉아 있었다. 인욱이 고개를 치켜들었고, 곧 두 사람의 시선이 허공에서 얽혀 들었다.

[얼굴 보니 좋네.]

나직한 한숨 소리와 함께 전화가 끊겼다. 전화를 끊고도 인욱은 민재의 시선을 붙들고 놓아주지 않았다. 민재는 거의 초인적인 의지를 발휘해 그 이글대는 눈빛에서 벗어났다. 돌아서서 안도의 한숨을 삭이는데 문자가 왔다. 간단하게도 딱 두 글자. 잘 자.

그때 창밖에서 낯선 휘파람 소리가 거리를 따라 천천히 멀어져 갔다. 민재는 창에 기대 그 부드러운 선율이 완전히 사라질 때까지 내내 귀를 기울였다. 그것은 자장가였다.

저 남자 어떡할 거야. 계속 이렇게 질질 끌 거야? 네 마음은 어떤데.

문득 가슴 속에서 작은 목소리가 들려왔다. 바닐라 향 감도는 입술이, 자장가에 홀려 버린 가슴이, 우뚝 멈추어 선 채 꼼짝 않는 민재 대신 대답했다.

너무 빨라. 내 속도가 아니야. 그런데…… 늦출 수가 없어. 아닌 척 가슴 설레며 그 사람 속도에 끌려가고 있어. 봐, 온몸으로, 온 마음으로 두드리잖아. 그래서, 그러니까.

"……싫지가 않아."

아직은 답이 보이지 않는 깊은 밤

"다시 말해 볼래?"

간신히 잠들었는데. 인욱은 새벽 2시 반을 가리키는 시계를 일별하고, 한숨을 뱃속 깊이 눌러 참았다. 그러고는 침대 발치에서 로렐이 들려주는 하소연에 귀를 기울였다. 아이는 눈물이 글썽글썽해서 부족한 한국어 어휘로 뭔가를 설명하려고 애쓰고 있었다.

"아침에 초코파이 없어. 귀신이 밤에 이렇게, 이렇게."

제가 아껴 둔 초코파이가 없어졌고 천장에서 발바닥을 끌며 걷는 소리가 난다는 것이다. 아아, 그거. 인욱이 간신히 알아듣고 손을 내밀었다. 흠문헌같이 오래된 집에서 자라는 아이들에겐 한 번씩 치르는 통과의례와 같았다. 로렐이 겁에 질려 소리치며 안겨 들었다.

"Der Geist wisperte!"

"Nein, 로렐. 귀신 소리가 아니야. 귀신같은 건 없어. 응?"

인욱도 겪어 봤지만 아무리 찬찬히 설명해도 아이의 두려움은 쉽게 사라지지 않을 것이다.

"큰아빠 옆에서 자. 내일 아빠한테 전화해서 설명해 주라고 할게."

헌데 칭얼대는 아이를 잠재우고 나니 정작 인욱은 잠이 홀딱 깨 버렸다. 자려고 이리 뒤척 저리 뒤척 해 보다가 결국 인욱이 침실에서 나와 버렸다. 검은색의 실크 파자마 바지 한 장을 걸친 커다란 몸이 휘청휘청 서재로 들어섰다.

―어? 왔어요? 나 이 책 좀 빌려 갈게요.

접이식 사다리에 올라앉은 도도한 하얀 얼굴…… 인욱은 달빛이 친 장난에 잠시 멈칫했지만 곧 투레질로 오래된 환영(幻影)을 털어 냈다. 프렌치 창을 활짝 열어젖히자 드러난 맨살에 소금기를 품은 바람이 시원하게 휘감겨 왔다.

"비는 다 왔구나. 진짜 여름이네."

고요한 정적 너머 바다 냄새와 파도 소리, 그리고 풀벌레 소리가 계절을 알려 주었다. 인욱은 잠시 발코니 난간에 기대 오감으로 전해지는 여름의 정취에 빠져들었다. 추억은…… 넘치게 많지만, 모조리 그 시간에 남겨 두고 왔다. 멈추면 그대로 발목을 잡힐까 두려웠기 때문에. 살아 내야 할 오늘이 너무 많아서, 과거도 미래도 생각하지 않았다.

"숨어 있지 말고 나와."

차갑고 나직한 명령에 어둠 속에서 '쳇' 혀 차는 소리가 대답했다. 로렐을 겁먹게 한 폴터가이스트(Poltergeist : 시끄러운 유령)가 달빛에 정체를 드러냈다.

"뭔 꼬맹이가 잠귀도 밝아. 쳇, 완벽했는데."

"그래, 집으로 기어들어 온 건 잘했어. 등잔 밑이 어둡긴 하구나."

경찰과 통신사에서 제공한 위치 추적 결과, 인아 ― 혹은 인아의 휴대전화 ― 는 조요한의 본가에서 홈문헌으로 이동 후 며칠째 꼼짝하지 않았다. 집을 뒤지는 대신 인욱은 자기 성질을 먼저 다스려야 했다.

그의 손에 걸리면 다리몽둥이부터 꺾어 버릴 작정이었다.

"열흘 정도면 화 좀 죽었을까나? 아직도 화났다면 너무 쪼잔한데. 윽."

아무런 기척도 없이 인욱이 커다란 손을 쭉 뻗어 인아를 책장에 밀어붙였다. 이마를 움켜쥔 차디찬 손의 냉기에 인아는 이를 악물었다.

"네가 어떻게 살아가든 상관 않는다. 그냥 나랑 엮이지만 말아 다오. 부탁이다."

"싫은데?"

차디찬 손이 이마를 으깨 버릴 것처럼 옥죄어 왔다. 인아는 어금니를 꾹 다물고 버텨 냈다.

"첫사랑 여자가 죽어서 미쳐 날뛰는 남자 이야기는 로미오와 줄리엣 이래로 언제나 잘 팔리는 소재거든. 내가 보고 들은 리얼한 현장감까지 더해지면 완전 대박인데. 내가 그걸 포기할까 봐?"

"가족의 불행을 팔아서 무슨 영화를 얼마나 얻을 건데."

"가족이래. 웃겨. 네가 언제 날 가족 취급했니? 아얏!"

"그래. 설득 따위 안 통할 줄 알고 있었다."

인욱은 괜한 힘 쓰기 싫어서 인아를 놓아주고 돌아섰다. 인아를 멈추게 하고 좌절하게 할 방법은 상상하기 나름으로 널려 있었다.

"출판 금지, 상영 금지, 유포 금지. 네가 뭘 만들어 내든 세상에 알릴 방법은 없다. 만에 하나 세상에 내놔도, 만드는 족족 네 눈앞에서 불태워 줄게. 네 청춘 다 스러지도록 줄줄이 소송 걸어 주고. 너랑 영화 만들겠다는 스태프도 제작자도 절대 구할 수 없을 거고."

인아가 가소롭다는 듯이 입술을 삐죽이며 오빠를 노려보았다.

"잘난 척은. 불쌍한 자식."

인아가 인욱의 왼손을 번쩍 치켜들고 물어뜯을 듯이 사납게 물었다.

"로미오 싫으면, 남자끼리의 진한 우정과 애증, 배신 어때? 버디무비로 가 볼까? 그것도 엄청 잘 팔리는 소재야."

"귀 따갑다. 관두자."

인욱은 자신의 왼손을 일별하고 이내 인아의 번들거리는 눈동자를 외면해 버렸다. 오늘은 피곤하니 내일 혼내도 된다. 인아 따위는 급할 것 없다.

"아니면 요새 유행하는 SF 판타지도 좋지."

인욱은 슥 나가려다 인아가 붙들고 있는 왼손을 서늘하게 일별했다. 어서 놓으라는 무언의 명령에도 인아는 물색없이 제 할 소리만 늘어놓았다.

"시간을 딱 한 번만 되돌릴 수 있다면, 오빠야, 넌 이 손을 구할래, 동은이를 구할래?"

타락한 예술가의 야만스런 제안에 인욱은 차갑게 굳어 버렸다. 대체 무슨 카드를 쥐고 있기에 이 녀석은 악마처럼 나를 희롱하려 드나. 오른손으로 피곤에 지친 얼굴을 벅벅 문지르며 인욱은 동생에게 붙들린 손을 잡아챘다.

"손을 다쳐서 미래를 빼앗겼지만 결국 동은이를 얻었지. 손을 다치지 않으면 동은이가 오빠 인생에 들어올 이유가 안 생기네? 아아, 불쌍한 큰오빠. 손이냐, 동은이냐, 응? 말해 봐!"

단 한 번만 내 인생을 돌이킬 수 있다면, 하나를 골라야 한다면…….

⁂

살다 보면 알면 알수록 더 뻔뻔한 인간이어서 깜짝깜짝 놀라게 하는 사람이 있다. 민재에겐 요한이 그랬다. 정오 라디오 뉴스를 마치고 나와 보니 그에게서 문자 메시지가 와 있었다.

같이 점심 먹으면 기분 좋아지고 오후 일 능률도 오르는 동료들에게 양해를 늘어놓은 후, 민재는 체할 각오를 하고 요한을 만나러 갔다.

시내에 새로 연 사무실엔 입구부터 빼곡하게 들어찬 화환들로 발 디딜 틈이 없을 정도였다. 그러고도 또 화환이 줄줄이 들어오고 있었다. 민재는 까치발을 하고 일꾼들 사이로 헤집고 들어갔다.

"앗, 죄송해요."

"음?"

10cm 하이힐이 일꾼 중 누군가의 발가락을 살짝 밟은 것 같아 사과했더니 웬 미남이 씩 웃으며 돌아봤다. 짧은 단발에 귀티 나는 얼굴, 키 크고 마른 체형이 완전 아이돌 급이었다. 게다가 유머 센스도 있는지, '아이야' 하고 뒤늦게 아픈 척 호들갑을 떨었다. 귀여운 녀석.

"많이 아파요? 미안해서 어떡해요."

상냥하게 급 사과했더니 그 미남은 별일 아니라는 듯 손사래를 치고 낡은 청바지를 입은 긴 다리를 쭉쭉 뻗어 보였다. 흰 티와 낡은 청바지만으로도 멋져. 프렌치시크의 절정이야. 그대 왜 여기 있는가. 티비 속으로 신속히 귀환하라.

알딸딸했던 만남을 뒤로하고 사무실로 들어가니 안쪽도 별반 다르지 않게 북적거렸다. 사무실 안에도 각종 고급 난 화분과 거대한 관엽 식물 화분이 늘어서 있었다. 민재가 왔는데도 요한은 전화 세 개를 붙들고 통화하느라 정신없었다.

"어! 잠깐만."

그 잠깐은 꼭 채운 15분이었고, 드디어 요한이 활기차게 웃으며 민재에게 물었다.

"배고프지? 짜장면 먹을래, 짬뽕 먹을래?"

"이야기 먼저 해. 보아하니, 오래 이야기할 시간도 없어 보이는데. 끝나면 나가서 먹을래. 요한 씨도 나 가고 나면 들어요."

"그래, 그럼 나는 짜장."

애써 웃는 얼굴로 식사를 거부했더니 요한은 더 웃는 얼굴로 짜장면을 시켰다. 그리고 사무실 문을 닫아 버렸다. 뒷골이 짜릿하면서 민재는 즉각 경계 모드로 들어섰다.

"민재 씨, 난 민재 씨 적이 아니야. 난 자기가 걱정돼서 이 바쁜데도 불구하고 시간 내서 부른 거야. 어쨌든 자긴 내 약혼녀였으니까. 내 이야기 끝까지 듣고 판단은 자기가 해."

요한이 진지하게 운을 뗐다. 전직 검사답게 날카롭게 눈을 빛내며 한 마디 한 마디 낮게 힘주어 말하기 시작했다.

"윤 의원이 갑작스럽게 하야하게 된 건 인욱이가 뒤에서 농간을 부린 거야. 윤 의원 잘잘못이야 자기랑 상관없으니 무시한다 쳐도, 인욱이가 일 처리하는 방식을 보라고. 한 번 앙심 품으면 몇 년이 걸려도 끝끝내 마음먹은 대로 해 버리잖아."

—윤치성이 돈 받는 CCTV 화면, 내가 싹 돌린 거야. 요즘 영 일해 주는 게 성에 안 차서 혼 좀 내 준 건데.

그 일이라면 인욱이 자기 입으로 실토한 것도 들었지만 민재는 조용히 침묵했다.

"이건 남 일이 아니야. 자기도 긴장해야 돼. 인욱이 다음 목표는 바로 자기니까. 허민재를 파멸시키려고 벼르고 있다고."

민재는 피식 웃어 버렸다. 이 남자, 이제 보니 과대망상증 환잔가 봐. 쯧쯧, 혀를 끌며 민재가 일어섰다.

"양인욱 씨가 왜 나 같은 사람을 파멸씩이나 시키려고 벼르겠어. 뭐 나온다고. 갈래."

"자기가 허승열 박사의 딸이기 때문이지."

민재는 멈칫하며 요한을 돌아보았다. 아빠 성함이 이 자리에서 왜 나오는지 이해할 수가 없어서 절로 갸우뚱하면서.

"객관적으로 확인한 사실만 말할게. 신동은이란 여고생이 있었어. 아주 똑똑한 아이였지. 살았다면 내 대학교든 검찰청 후배든 되고도 남았을 아이. 그런데 가정 형편이 개판이었어. 아버지는 알코올 중독에 개차반이었고 엄마는 극심한 우울증이었던가 봐. 생활을 비관하다가 그 엄마가 농약을 먹여 가족을 몰살시켰어."

어우, 그 슬픈 이야기. 그게 왜 지금……. 민재는 또 눈물이 날 것 같았지만 꾹 눌러 참고 몸짓으로 요한을 재촉했다. 요한은 자분자분 '확인한 사실'을 들려주었다.

"진짜 불행은 여기서부터야. 병원에 실려 왔을 때, 그 아이 살아 있었어. 분명 살아서 응급실로 호송되었다고 사건 수사 기록이 남아 있어. 병원 의료 기록은 보관 기한이 넘어서 벌써 소각 처리되었더라마는. 허 박사님께서 그 아이를 맡은 건 분명히 기록이 남아 있고 입원 며칠 후에 특별한 위급 상황도 없이 급사했으니까 뭔가 의료 과실이 있었던 정황은 충분해. 나라면 그 사건 재수사하자고 할 텐데. 여기 검사들은 청인 눈치만 보더군."

뭐가 확인한 사실이야. 혼자 의심하는 것뿐이네. 그치만, 살아 있었다고?

요한은 이미 흔들리고 있는 민재에게 애틋한 미소를 지어 주며 계속 말을 이어 갔다.

"내가 이걸 알아내는 데 며칠 걸렸게? 전화 몇 통 돌리고 기록 가져오라고 시키니까 금방 알아낸 게 이 정도야. 터줏대감 인욱이면 어땠겠어. 자기가 누군지 알고도 인욱이가 가만 있을 놈이야? 다른 누구도 아니고 지금도 잊지 못해 절절한 첫 부인이라던데? 그 여자를 죽인 사람 딸이라는데?"

"그만해. 아빠한테 여쭤 볼 거야. 의학적 지식도 없으면서 얼렁뚱땅 넘겨짚지 마! 울 아빠가 화타도 아니지만 젊은 애를 죽게 만들고 아무렇지도 않게 내빼실 분도 절대 아냐! 설마 뭔가 일이 있었대도 그건 분명 불가항력의 사고 같은 걸 거야! 그니까 당신! 울 아빠에 대해서 섣불리 왈가왈부하지 마! 기분 나빠! 명예 훼손으로 확 고소해 버릴까 보다!"

울 아빠 명예는 막내딸이 지킨다. 민재는 삿대질에 노성까지 내지르며 요한을 성토했다.

"난 그냥 민재 씨가 걱정돼서 조심하라고 경고해 준 거야. 인욱이가 휘두르는 대로 그 자식에게 엮이지 말고. 운명이란 건 모르고 당하는 사람한테나 운명인 거지, 숨은 진실을 알고 모든 걸 준비한 사람한텐 그냥 복수극의 결말일 뿐이니까."

민재는 귀를 막아 버렸다. 조요한 개자식이 하는 말에 일일이 귀 기울일 필요 없다고 자기 암시를 되풀이했다.

"당신 헛소리에 내 점심시간만 낭비했다. 다신 이런 짓 하지 말아
줘."

민재는 고개를 빳빳하게 쳐들고 무릎에 힘을 꽉 주어 쾅쾅 걸으며
그 자리를 벗어났다. 하지만 당당해지려던 허세는 엘리베이터까지만
이었다. 후들후들 무릎이 풀려서 엘리베이터에서 주저앉아 버린 것이
다. 아빠 그런 분 아냐! 귀가 이렇게 얇아서 어쩌자는 거니.

"엥? 괜찮아요?"

엘리베이터가 열리고 아까 그 아이돌이 민재에게 손을 내밀었다. 화
환이 엘리베이터 앞에 또 잔뜩 밀려 있었다. 국회의원 다 됐네. 민재
는 얼른 표정을 수습하고 아이돌의 손을 잡고 일어섰다.

"허민재 씨죠? 텔레비전에서 봤어요."

"네, 맞아요."

'얘, 네 이름도 말해 줘'의 눈빛을 발사했더니 아이돌이 화환을 척척
들어 넣으며 대답했다.

"나? 나는 양인아. 그쪽이 내 동창이랑 닮아서 바로 기억했잖아."

크헐. 조요한이 양다리 걸친 그 양인아? 양인욱 여동생? 이렇게 젊
은 남자였어? 아니, 여자였어? 아아, 뭐가 이렇게 요지경 속이야!

❧

"아니요, 미리 약속은 안 했지만. 저기, 취재 허가증은 방송국에다
두고 왔지만."

앞뒤 안 가리고 불쑥 청인학원 본부로 쳐들어왔지만 양인욱은 약속
도 허가도 없이 만날 수 있는 사람이 아니었다. 민재는 낭패감에 로비

소파에 털썩 주저앉아 버렸다.

"시원한 녹차 한 잔 드릴까요? 누구시라고 전해 드릴까요?"

"고맙습니다. 그냥 허민재라고, 왔다 갔다고 전해 주세요."

안내 아가씨의 소소한 친절이 그나마 작은 위안이 되었다. 냉방 시원한 로비에서 차가운 녹차나 한 잔 마시다 돌아가기로 했다. 헌데…….

"올라오시랍니다."

"어, 괘, 괜찮은데."

사람들이 바삐 드나드는 엘리베이터도 아니고 안내 아가씨가 열쇠로 열어 준 엘리베이터를 타고 17층으로 향했다. 민재는 투명 창 너머로 반짝이는 바다만 멍하니 바라보았다.

"어서 오세요, 민재 씨. 이사장님은 지금 회의 중. 잠시만 기다리세요."

소영이 민재의 팔뚝을 잡아끌어 이사장실에 던져 넣고 나가 버렸다. 민재는 혼자 뻘쭘하니 처음 와 본 이사장실의 이모저모를 살폈다. 큰 책상, 큰 의자, 큰 책장, 큰 장식장. 사람이 크니까 뭐든 다 크구나.

통 유리창 저 멀리 홍문헌과 앞 바다가 내려다보였다. 그 평화롭고 고색창연한 경치에 섣부른 치기심도 어느덧 차분히 가라앉았다. 그제야 집 나갔던 이성도 슬그머니 되돌아왔다. 괜히 왔나? 생각도 정리해 보고, 아빠한테 연락도 해 볼 걸 그랬나? 비무장 상태로 적진에 뛰어들었다는 뒤늦은 후회가 밀려들었다. 아, 역시 실수다. 민재는 허겁지겁 문간으로 달려들었다. 그러다 기척 없이 들어서는 사람을 들이박고 말았다. 아코.

"어이, 괜찮아?"

철벽같은 흉곽에 튕겨 나간 민재를 인욱이 냉큼 붙들어 주었다. 찌리릿, 이젠 익숙해진 전율이 온몸을 타고 흘렀다. 늘 횡설수설을 부르는, 도움 안 되는 찌리릿이었다.

"괜찮죠, 네, 저기, 음, 제가 너무 서두른 것 같아요. 다음에 다시 올게요? 네? 죄송해요."

"야."

한숨과 낮은 호통과 긴장이 뒤섞인 한 마디로 인욱이 민재를 품으로 끌어당겼다.

"바쁜 사람한테 장난쳐? 지금 1200억짜리 교육문화회관 공사 입찰 피티 듣다 말고 왔거든?"

아이고, 이런.

"왜, 무슨 일인데 불쑥 찾아왔어."

지그시 조여드는 강인한 팔뚝에 갇혀 민재는 숨도 못 쉬고 산소 부족에 헐떡거렸다. 우씨, 이게 아닌데! 민재는 젖 먹던 힘까지 끌어올려 팔뚝을 밀어내고 휙 돌아섰다. 음산할 만큼 어두운 눈동자가 이글이글거리며 민재를 바라보고 있었다. 그냥 보는 거야. 죽일 듯 노려보는 거 절대 아냐. 해보자!

"허승열 박사, 알죠? 맞죠?"

"허승열……이라, 기억하지. 돌팔이 허 박사."

"울 아빠거든요! 그것도 알고 있었죠!"

어두운 눈매가 더욱 짙어지며 민재를 쏘아보았다. 그런 줄 알고 있었다는 뜻인지, 몹시 놀랐다는 건지, 민재로서는 저 포커페이스를 읽을 수가 없었다.

"내가 아빠 딸인 거 언제 알았어요?"

"일하다 말고 바쁜 사람한테 쳐들어와서는 겨우 허 박사에 대해 묻는 거야?"

이죽거리는 건 그만. 민재는 인욱의 재킷 앞섶을 덥석 붙잡고 간곡하게 물었다.

"언제부터! 바쁜 사람 방해한 건 미안한데, 꼭 좀 말해 주면 고맙겠어요."

짜증을 참는 심호흡이 몇 번 들리고 인욱이 민재의 손을 떼어 냈다.

"허 박사랑은 인연이 깊어. 우리 의대랑 부속병원이 없을 때는 그 인간이 우리 주치의였으니까. 머리 다쳤을 땐 할아버지께서 무척 아쉬워하셨지. 허 박사한테 수술을 받았으면 이렇게까지 되진 않았을 거라고. 내 생각엔 허 박사가 집도했으면 아예 눈도 못 뜨고 골로 갔을 것 같지만."

"우리 아빠한테 뭐 감정 있어요?"

몹시 비꼬는 말투에 민재는 심장이 떨려 미칠 것 같았지만 내처 묻고 말았다.

"내 손 봐. 이거 허 박사 솜씨야. 이걸 수지 결합 수술이랍시고, 내가 꿰맸어도 이것보단, 아, 미안. 그리고…… 동은이. 그 인간이 못 살려 내서 결국 죽었지."

아, 역시 그렇게 생각하는구나. 잘못했어. 아빠 얘길 먼저 들었어야 했는데.

"아, 생각났다. 서울 살던 허 박사 막내딸이 큰 사고를 당했다던가 어쩌고 하면서 여기 일을 그만두고 외국 나갔었다."

"그게 나예요. 아빠 잘못 아니에요, 그 아이 죽은 거. 아빤 생명을 살리기 위해선 언제나 최선을 다하시는 분이세요. 본인 과실이 있었다면 절대 그냥 떠나실 분도 아니고."

"직접 죽인 건 아니래도, 최선을 다하지 않은 건 맞아. 자기 딸에 더 정신이 팔려 있었으니까. 너 말이야."

"그래서 복수하려 그랬어요? 나 이용해서 아빠한테 복수하려고?"

"……소설을 써라."

냉정하게 힐책하고 인욱이 휙 돌아섰다. 그 냉랭한 기세에 민재는 덜컥 겁이 나 버렸다. 이대로 돌아서면 인욱의 오해를 풀 기회가 영영 없을 것 같았다. 해서 그녀는 얼른 인욱의 등허리에 매달렸다. 각지 낀 손으로 단단한 허리를 꼭 붙들고 통사정해 보았다.

"정말로, 만에 하나라도, 인욱 씨 말대로 아빠가 최선을 다하지 못했다 해도, 그걸 탓할 순 없지 않아요? 자식 걱정하는 마음은 본능인데, 인지상정인데, 직분에 충실하지 못했다고 욕할 순 없지 않아요?"

"그거야 허민재 사정이고 논리지. 죽어 가는 생명을 의사에게 맡길 때는 그 의사가 최선의 노력을 다해 주길 바라는 것, 최선을 다해 줄 것이라 믿는 것, 그것도 인지상정 아닌가."

"그래요, 물론 그렇긴 한데요."

"그만!"

인욱은 동은이랑 똑같이 생긴 민재를 외면하며 급히 입을 틀어막았다. 민재가 건드린 빗장이 잊고 지내던 기억의 봇물을 터뜨렸다. 동은이가 죽어 가던 그 며칠의 순간들이 어제인 듯 눈앞으로 흘러갔다.

외롭고 도도한 본성, 특출했던 지성, 함께 자유를 탐했던 동지(同志). 그녀의 모든 것이 사라져 갔던 그 며칠이 다시금 가슴을 먹먹하게 했다. 비루했던 현재를 끝내 벗어나지 못하고 서서히 스러져 가던 한 소녀의 마지막 며칠이. 그 모습을 지켜보아야만 했었던, 어렸던 인욱의 무기력했던 순간들이…… 끔찍하게도 생생하게 떠올랐다.

“우웁.”

인욱은 저도 모르게 터져 나오는 오열을 급히 주먹으로 틀어막았다. 그러나 채 막지 못한 뜨거운 눈물이 툭툭 각지 낀 민재의 손등으로 떨어졌다. 앗! 불에 덴 듯 뜨거운 눈물 때문에 민재는 스르륵 인욱을 놓아 버렸다. 이 남자는 죽는 날까지 신동은만 사랑할 것이다. 민재의 가슴에 갓 피어난 사랑은 이대로 말라죽어 갈 것이다.

“어이. 내가 정말 탓하고 욕했다면, 지금 허승렬 박사 가족이 그렇게 행복하게 살아갈 수 있었을 것 같아? 허민재 네가 그렇게나 사랑하는 가족이 멀쩡할 수 있었겠냐고. 쓸데없는 걱정 할 시간 있으면 세계 평화나 기도하든지.”

“네.”

민재는 깨끗이 물러섰다. 아버지를, 민재의 가족을 위해(危害)할 생각이 없다는 그의 말은 사실일 것이다. 조요한 같은 모사꾼 말에는 더 이상 부화뇌동하지 말아야겠다. 그리고…… 떨리는 손끝으로 인욱의 눈물 자국을 닦아 주며 민재는 마음속으로 속삭였다.

아빠 대신 미안해요. 고마워요. 내 사랑으로 다 갚아 줄게요. 보답받지 못할 가여운 마음인 줄 알지만, 이대로 말라죽게 내버려 둘 순 없으니까. 내가 좋아하는 사람을 열심히 사랑하기로 결심했었으니까.

그때 소영이 문 밖에서 인욱을 재촉하며 소리쳤다.

“이사장님! 10분 휴식 시간 끝나가는데요?”

“알았어, 간다! 어이. 근데, 오늘 누구한테 무슨 소릴 듣고 온 거지?”

“아니에요. 가 보세요.”

내가 사랑할게요. 욕심 부리지 않고 내 마음대로, 내 식대로.

민재는 세상 전부를 밝힐 수 있을 정도로 환하게 반짝반짝 웃어 주었다. 민재의 눈가에 매달린 눈물방울도 반짝반짝 빛나고 있었다. 바쁘다던 인욱은 흑단목 문을 붙잡은 채 나가지도 못하고 그 환한 웃음을 넋을 놓고 바라보았다. 그러다 불쑥 민재의 입술로 달려들었다. 민재의 눈가에 매달린 눈물방울이 또르르 굴러 내린 건 보지 못했다.

"이사장님!"

소영이 빽 소리쳤고, 복도로 웅성웅성 나오던 건설 회사 관계자들도 죄다 화들짝 놀라 조용해졌다. 그래도 인욱은 민재를 안은 채 집무실 안으로 사라졌다. 쾅, 무거운 흑단목 문이 닫히는 소리만 복도에 울려 퍼졌다. 귓전에 울리는 '쾅' 소리에 민재는 저도 모르게 움칠하고 말았다. 이성이 울리는 마지막 경종인가, 아니면 운명이 내린 최후의 통첩일까. 가련한 영혼 허민재, 죽은 첫 아내를 지금껏 잊지 못하는 남자와 사랑에 빠지고 말았도다. 돌이킬 수 없으리. 쾅쾅쾅!

❦

조요한 후보는 2주간의 보궐선거 유세를 훌륭히 마치고 선거일 아침에 약혼녀와 함께 투표를 했다. 그러고는 결혼식장에서 개표를 기다렸다. 이미 그들은 개표 결과를 들으면서 결혼하겠다고 공표했었다. 요한의 낙승이 예상되는 상황에서, 유세 기간 동안 열성적으로 내조해 준 약혼녀에게 승리를 결혼 선물로 보답하겠다는 것이었다.

"내가, 이럴 줄, 이럴 줄, 옛날꽃날에 알았다고!"

언젠가 암울하게 예견했던 대로, 민재는 조요한 후보의 승리를 축하해 주러 촬영팀과 그의 결혼식장으로 가고 있었다. 겸사겸사 결혼 축하까지 해 줘야 할 판이었다. 아으, 싫어라.

결혼식장인 구 시가지의 고풍스러운 옛 시청 청사 앞에는 지지자들이 진을 치고 있었다. 벌써부터 시청 앞 광장은 폐쇄되어 잔치 준비가 한창이었고, 많은 민원인들이 오갔을 넓고 높은 복도는 결혼식장으로 화려하게 꾸며져 있었다.

"우리 조 후보가 오늘 쇼를 제대로 준비하고 있네? 하여간 마음에 드는 인간이야."

촬영팀을 지휘하며 국장님도 느긋하게 한 말씀 하셨다. 혜지 말대로 결혼식은 VIP 하객 400명만 모시고 조촐하게 치르고, 식후 피로연은 광장에서 성대하게 당선 축하 잔치를 벌인다고. 개표 방송 화면을 실시간으로 내보낼 대형 LED 화면까지 세워 놓았다.

"어, 출구 조사 결과 나왔다."

조요한 후보 49.1%라고? 70% 이상의 우세가 아니라? 늘 윤치성 의원에게 밀렸던 무소속 후보는 48.7%였다. 오차 범위 내 박빙이다! 이럴 수가. 갑자기 촬영팀 분위기가 뒤숭숭해졌다. 국장님은 급히 무소속 후보 쪽 B팀에 전화를 걸어 스탠바이하라고 호통치셨다.

"충격과 공포다. 그지 깽깽이들아! 난 시방 어디로 가야 하냐! 오토바이 대기시켜!"

국장님께서 진퇴양난에 허우적일 때 박빙의 투표 결과를 기다리는 신랑이 모습을 드러냈다.

"출구 조사 결과에 대해서 한 말씀……."

"후회 없이 제 열정을 쏟아 부은 선거였습니다. 나머지는 유권자들의 선택을 기다리는 것뿐입니다."

"혹시 낙선하셔도 이 결혼식은 계속되나요?"

요한은 순도 100%짜리 방송용 미소로 민재를 돌아다보며 단호하게 대답했다.

"그럼요!"

신랑이 지나가고 곧 신부도 식장에 도착했다. 윤 의원과 함께 차에서 내린 혜지는 마치 여왕 같았다. 가슴골이 훤히 드러난 화려한 디자인도 그녀에게는 당연한 듯 아름답게 어울렸다. 순백이나 크림색이 아니라 아스라이 연한 회색이 감돌아서 재혼 드레스라고 느껴지긴 했다.

그에 비하면 민재의 남색 아사 투피스는 완전히 초라했다. 미모로도 도저히…… 쩝.

서울 스튜디오에서 큐 사인이 떨어질 때마다 개표 현황과 지지자들의 현장 반응을 전하면서 시간이 흘러갔다.

"초조하게 개표 결과를 기다리고 있는 지지자들을 보고 계신데요……."

멘트를 하다가 민재는 하마터면 혀가 꼬여 방송 사고를 낼 뻔했다. 턱시도 차림의 양인욱이 검은색 스포츠카에서 내려 느긋하게 시청으로 걸어 들어가는 모습이 LED 화면에 잡혔기 때문이었다. 마누라였던 여자와 죽마고우였던 남자가 자기를 배신하고 결혼한다는데 그걸 보러 왔어. 정녕 저 인간의 비위는 오리지널 생고무 타이어인가!

그때 지지자들 쪽에서 실망한 한숨 소리가 거대한 파도처럼 촬영팀에게 밀려들었다.

"야, 철수! 젠장! 오토바이 어디 있어! 나 B팀에 간다."

믿을 수 없게도 조요한이 졌다. 윤 의원이 전 언론에 사기 쳐서 화려하게 대중 앞에 데뷔했고 치정 멜로의 주인공으로 세간의 화제를 모았으며 완벽한 스펙과 인간적 매력으로 지지율 선두 가도를 달리고 있었건만, 결과는 낙선이었다.

인욱의 메시지를 받고 청사 안으로 들어가면서도 민재의 머릿속은 계속 어질어질했다.

♦

식이 끝난 예식장은 어수선했다. 밖에 있는 지지자들은 선거 패배의 당혹감에 패닉 상태였지만, 예식장 안에 있는 400명의 하객들은 대다수가 재미있어 하고 있었다. 이건 수십 년간 윤치성에게 고배를 마셨던 상대편 후보의 승리가 아니라, 지금 출입구에 떡 버티고 선 양인욱의 승리였다. 역시 모든 선거의 승자는 양인욱이 고르는 것이다.

"축하해, 오빠."

검은색 남성용 슈트를 세련되게 갖춰 입은 인아가 성큼성큼 다가와 인욱에게 샴페인 잔을 건넸다. 인욱은 거품 빠진 샴페인을 밀어내며 덤덤하게 덧붙였다.

"뭘 축하해. 이 선거하고 나는 아무 상관없어."

"물론 그렇겠지. 난 그냥 허민재 씨랑 사귀는 거 축하한다고. 소원 풀었네?"

"넌 왜 여기 있는 거냐. 돌아가. 너 버리고 딴 여자와 결혼하는 놈, 옆에서 알짱거려 봐야 득 될 것 하나 없다."

"잔소리, 잔소리. 오늘밤은 오빠 세상이네? 실컷 즐기셔. 즐길 수 있을 때. 허민재 온다."

바삐 인욱을 쫓아 들어온 민재에게 인아가 얼굴을 쑥 들이밀고 상냥하게 말했다.

"울 오빠 부탁해요. 오빠랑 깨지면 나한테 오구?"

민재가 자기한테 한눈에 반해서 해롱거렸던 사실을 상기시키듯, 상큼한 윙크를 날리고는 인아가 인파 속으로 사라져 버렸다. 아아, 정말로 저 얼굴은 사기다.

"신혼부부한테 인사 가자."

인욱이 민재의 손을 잡고 앞장섰다. 무덤덤한 태도로만 보면 정말 이 선거 결과와 아무 상관없어 보이긴 했다. 하지만 이제 민재도 안다. 유세 기간 중 단 한 번이라도 인욱이 요한 곁에 서 있기만 했어도 이 선거 결과는 달라졌으리란 것을. 철저히 계산된 인욱의 무관심에 유권자들도 별달리 세를 규합하지 못하고 그야말로 자유롭게 투표해 버린 것이다. 이 지역 유권자에게는 이런 자유도 낯설 것이다.

거의 사실이나 다름없는 의혹을 유추해 보는 사이, 식장 안쪽에 따로 마련된 가족 대기실에 도착했다. 침묵 속에 서로를 외면하고 있던 신혼부부는 인욱과 민재가 들어서자 자리에서 벌떡 일어섰다. 윤 의원은 이미 보이지 않았다.

"어이, 결혼 축하한다. 어이쿠!"

"여보!"

혜지가 울먹이며 인욱의 품으로 안겨 들었다. 인욱은 놀란 척도 안 하고 서늘하게 요한을 바라보며 혜지를 두 팔에 안아 주었다. 그러고는 불그죽죽해진 신랑에게 놀리듯 물었다.

"행복해라. 그래, 혼인 신고는 언제 한다고?"

인욱과 이혼한 지 얼마 되지 않았으니까, 이 결혼은 어차피 당장 혼인 신고도 못 하는, 말 그대로 이벤트였다. 불륜과 야합을 로맨틱하게 포장하고자 했으나 처참하게 망해 버린 이벤트 말이다. 막말로 이대로 둘이 등을 돌려도 그만이었다.

"와 줘서 고맙다. 두 사람도 뭐 좋은 소식 없어?"

요한이 건넨 회심의 한 방이었지만 인욱은 천연덕스럽게 민재를 돌아보았다.

"우리도 가을에 할까? 겨울엔 춥고 내년 봄은 너무 멀잖아."

요한이 민재를 싸늘하게 돌아보았고, 인욱에게 안긴 혜지도 눈물이 어룽진 얼굴로 노려보았다. 세 남녀의 악의 어린 시선 앞에서 뭐라고 말을 할 수가 없어서 민재는 그냥 '아나운서 스마일'로 얼버무렸다. 인욱이 매섭게 노려보다 스윽 혜지에게서 물러났다. 그가 원하는 게 부창부수(夫唱婦隨)라면 혜지 쪽이 훨씬 능숙했다.

"그럼 부케는 민재 씨를 줘야겠구나."

혜지가 무섭도록 예쁘게 웃으며 민재에게 손짓했다. 어쩌라고! 혜지는 기다리는데 민재의 다리는 바닥에 들러붙은 것처럼 꿈쩍도 안 했다. 왜 저 인간들 싸움에, 왜 항상 내 등만 터지는가!

"마음에 안 들어? 그럼 내가 갖는다?"

민재의 등 뒤에서 스윽 나타난 인아가 혜지에게서 부케를 낚아채 갔다. 화들짝 놀란 것도 잠시, 민재는 이 작은 방에 서 있는 다섯 군상이 너무 기가 막혔다. 엇갈린 사랑의 화살이 어지럽게 난무하며 곧 폭발할 것 같은 애증이 들끓고 있었다.

⁂

"짧은 기간 행복한 꿈을 꾸었습니다. 이제 저는 낮은 자리로 돌아가 민심의 바닥을 훑으며 다음 기회를 기약하려 합니다."

아름다운 패자에게 지지자들의 열화와 같은 박수와 응원이 쏟아졌다. 곧 시청 광장은 떠들썩한 잔치 분위기로 돌아섰다. 초대 가수가 노래를 부르고 퀴즈 대회를 하고 진짜 동네잔치 하듯 술과 음식이 돌았다. 시원한 강바람을 맞으며 모두 여름밤의 축제를 즐기고 있었다.

"와아, 원래 놀고먹으려고 모인 사람들 같다."

"좋은 날 술 좀 좋은 거 쓰지.. 구두쇠 자식."

이 자리에서 가장 심간 편하게 잔치를 즐기고 있는 사람이 신랑네 술 인심을 타박하며 병나발을 불었다. 민재는 바늘방석이 이런 거지 싶게 마음이 편치 않은데 말이다.

"……아아, 마이크 테스트, 하나 둘. 잠시 무대를 정리하는 동안 우리 캠프의 보석, 양인아 감독님의 단편 영상 한 편 보시겠습니다. 호쾌한 액션이 넘치는 짜릿한 영상! 함께 보시죠!"

사람들의 시선이 일제히 광장 입구에 설치된 대형 LED 스크린으로 쏠렸다.

"와아."

신 나는 음악이 흐르고, 역동적인 화면과 긴박한 음향 효과며 실감 나는 연기 등등, 꽤 잘 만든 액션 단편이 10분여 동안 상영되었다. 민재는 다른 사람들처럼 연신 감탄사를 연발하며 화면에 빠져들었다.

"동생분 진짜 대단한데요? 멋있어요!"

그런데 옆에 있는 인욱의 낌새가 심상치 않았다. 화면을 똑바로 노려보는 두 눈에 여태 본 적이 없는 분노와 역겨움이랄까, 진한 슬픔 같은 것이 한꺼번에 일렁거렸다.

"왜 그래요? 괜찮…… 무슨 일이에요?"

238

대답 대신 인욱은 술병을 단박에 뭉개 버렸다. 빠각, 둔중한 파열음과 함께 섬뜩한 파편이 사방에 튀어 올랐다. 민재는 다급하게 피 흘리는 손에 냅킨을 쥐어 주었다.

"놔."

인욱이 이를 북북 갈며 벌떡 일어섰다. 검은 화면에는 각본 양인아, 촬영 양인아, 감독 양인아 등의 짧은 엔딩 크레디트가 올라가는 중이었다.

"야, 양인아 잡아 와."

전화에 대고 짧게 명령하고서 인욱이 분노에 겨운 몸짓으로 냅킨을 손에 둘러치기 시작했다. 허공을 향한 눈빛이 무시무시했고 온몸으로 위험스럽게 시근덕거렸다.

"망할 계집애. 진즉에 내 손으로 죽이는 건데!"

엉망이 된 두 손으로 머리카락을 쥐어뜯으며, 인욱이 여동생에게 처절한 저주를 퍼부었다. 뭔가 사연이 있다, 분명. 민재에게는 무서운 저주 이면에, 너무도 큰 상처를 받고 어찌할 바를 몰라 하는 한 남자가 보였다. 어디선가 후다닥 소영이 달려와 겁에 질려 보고했다.

"죄송합니다. 인아 씨가 이미 서울행 비행기에 탑승했답니다."

"썩을! 끌고 와! 서울이든 지옥 끝이든! 우욱!"

갑자기 인욱이 입을 틀어막고서 강변 난간으로 돌아섰다. 그러고는 난간에 매달려서 시커먼 강에다 오늘 먹은 술을 다 토해 냈다. 잠시 후에 몸을 추스르던 인욱이 일순 비틀하더니 그대로 주저앉아 버렸다. 그토록 당당하던 양인욱이 무릎이 풀려서 무너져 내리다니. 두 번은 다시 못 볼 희한한 장면에 민재도 슬슬 걱정이 되기 시작했다.

"일어날 수 있겠어요? 쉴 만한 데 찾아볼까요? 사람을 불러올까요? 내 말 들려요?"

"……내 차."

민재는 인욱이 일어서는 것을 도와주고 잔치판을 빠져나왔다. 땀을 뻘뻘 흘리며 인욱이 넘어지지 않게 받쳐 주었다.

"당장 양인아 잡아 와!"

"잡으러 갔어요. 조금만 기다려 봐요. 키 어디 뒀어요?"

인욱은 짜증 내고 몸부림만 쳤지 전혀 협조를 하지 않았다. 할 수 없이 민재는 그의 몸을 뒤적여 키를 찾아냈다. 간신히 차에 올라탔지만 인욱은 내내 분에 겨워 몸부림쳤다. 민재는 넥타이를 풀러 주고 걱정스레 그를 달랬다.

"한숨 자 둬요. 흠문헌 도착하면 깨워 줄 테니."

인욱은 대답 대신 '끄응, 끄응' 신음하며 괴로워했다. 운전석에서 흘깃 훔쳐보니, 흐트러지고 바슬바슬 깨질 것 같은 얼굴이 거기 있었다. 민재는 한숨을 포옥 내쉬고 차에 시동을 걸었다. 뭔지는 몰라도 신동은 때문이겠지.

바윗돌 같은 인욱을 그의 방으로 끌어오는 데만도 민재의 남은 체력은 다 고갈되어 버렸다. 그녀는 인욱을 방 안에 밀어 넣고 얼른 문을 닫아 버렸다. 아아…… 더는 모르겠다.

쿠쿵. 우르르!

'쿠쿵'은 방 주인이 넘어지는 소리일 테고, 다만 '우르르'가 무엇이었는지 걱정되어 민재가 다시 방문을 열었다. 민재네 오피스텔이 통째로 몇 개 들어갈 것 같은 드넓은 방이었다. 예상대로 인욱은 서가 앞에 쓰러져 있었고 그의 몸 위로 책들이 우수수 쏟아져 있었다. 움직이지 않는 인욱이 걱정되어서 민재는 내키지 않는 걸음으로 다가갔다.

"저기요."

남은 힘이라곤 하나도 없는 민재가 풀썩 주저앉아 인욱의 어깨를 콕콕 찔러 댔다. 순간 인욱이 벌떡 몸을 일으키며 매서운 눈길로 주위를 살폈다. 제정신이 들어서 다행이란 생각에 민재도 일어서려는데, 긴 팔이 뻗어 나와 그녀를 끌어당겼다.

"잠시만."

민재를 꼭 끌어안고서 인욱이 나직이 부탁했다. 가슴에서 열불이 터져 나오는 뜨거운 한숨, 그리고 바르르 바르르 떨고 있는 전율이 민재에게까지 전해졌다. 마치 지금 화를 내 버리면 다시는 제정신으로 돌아오지 못할까 두려운 사람처럼, 꾹꾹 눌러 화를 삭이고 있었다.

민재는 그에게 안긴 채 깜깜한 허공을 올려다보았다. 꽤 재미있게 잘 만든 영상이었는데 뭐가 이 남자를 자극했을까. 곰곰이 아까 본 영상을 잠시 되새겨 보았다. 그건 그냥…… 폭우가 쏟아지는 밤에 젊은 남자가 비행기를 타고 어디론가 가려는데, 번개가 비행기를 내리치고 가까스로 동체 착륙을 하고, 기적적으로 살아남은 남자가 충돌 현장을 빠져나와서 남의 차를 훔쳐 타고서 또 어디론가 마구 달려가다가 교통사고를 내고, 거기서도 안 죽은 남자가 폭우를 뚫고 고속도로를 맨발로 달리고, 달려오던 컨테이너 트럭을 피하다가 고가 고속도로 아래로 슝 떨어지는데, 비 오고 바람 불던 화면에서 활기 넘치는 리조트로 배경이 바뀌면서, 결국 그 남자가 아름다운 청춘남녀들이 떠받드는 왕이 되어 행복해진다는 내용이었다. 다만 엔딩 크레디트가 올라갈 때 블랙 화면에 효과음만으로 사이렌이며 구조 대원들의 외침이 아득하게 들려와서…… 결국 남자는 사고로 죽었구나, 죽어서 천국에 갔구나, 좀 빤한 반전을 유추하게 되는 액션 단편이었다. 어, 사고? 사고! 맙소사!

가슴이 철렁 내려앉으면서 확신에 찬 깨달음이 찾아들었다. 양인아가 자기 오빠의 비극을 세상에 떠벌린 것이다.

"동은이가 죽어 가니까 서울로 급히 이송시켰대. 나는 아버지가 말아먹은 일들 뒤처리하느라 같이 못 있었거든. 허 박사가 직접 데리고 가 줬다더라. 그건 감사해. 그래서 다른 건 다 용서한 거야. ……죽을 수밖에 없는 운명이었다면 그 순간에 옆에 있어 주고 싶었다. 그냥 그렇게 해 주고 싶었다. 다른 생각은 하나도 없었다."

위로해 주어야 할 텐데, 안아 주고 쓰다듬어 주어야 할 텐데, 그럴 수 없었다. 단지 연인의 마지막 순간을 같이해 주려고 자기 목숨은 아랑곳 않고 위험천만하게 날뛰었다는 남자를, 결국 머리 뚜껑을 열고 피를 한 동이나 받아 냈다는 남자를, 자기만의 왕국에서 왕이 되었지만 전혀 행복해 보이지 않는 남자를 내 작은 가슴에 어떻게 품는단 말인가. 더 일찍 알았다면 외로운 사랑을 하겠다는 결심 따윈 하지 않았을 텐데. 그런 오만방자한 짓은 절대 하지 않았을 텐데.

무덤덤해서 오히려 가슴 뻐개지게 아팠던 독백 후에, 인욱은 극심한 정서적 소모 때문인지 웃통을 벗어 던지고 침대에 쓰러져 버렸다.

이 사랑, 하지 말걸. 민재는 인욱의 곁에서 가슴 아프게 되새겼다. 주먹을 불끈 쥐고 '이럴수록 더 강해져야지'라든가, '이 난관을 무한한 긍정의 힘으로 헤쳐 나가야지'라든가, 그런 속 편한 가식은 떨 수가 없었다.

"이봐요, 왜 그렇게 징글징글한 사랑을 하는 거예요. 난 그런 거 싫어. 담백하게 서로 아끼고 온화하게 서로를 지켜 주면서, 상냥하게 웃어 주면서, 그렇게 살아가도 충분하잖아."

민재는 힘겹게 자리를 털고 일어섰다. 인욱이 쓰러졌던 자리에는 민음사 세계 문학 전집이 수북이 '어질러져' 있었다.

"……못 살아, 못 살아. 팔자다, 팔자다."

누가 시킨 것도 아닌데 그냥 지나치질 못하고, 민재는 책을 집어서 서가에 꽂기 시작했다. 응?《베니스의 상인》을 꽂으려는데 책갈피에서 삐져나온 뭔가가 손끝에 걸리적거렸다. 민재는 두르르 책장을 넘겨 웬 티슈가 끼워진 페이지를 펼쳤다. 길거리 판촉용 티슈인 듯 결이 거칠고 조악했다. 하지만 오랜 세월 책갈피 사이에 갇혀 눌린 탓에 아주 빳빳했고 여전히 새것 같았다. 그 위에 검정 볼펜으로 메모가 적혀 있었다.

포오샤의 대사를 읽는데 오빠가 눈을 떴다.
그렇게 예쁜 눈동자는 처음 봤다 — D

깨알같이 작고 동글동글한 예쁜 손글씨에 십몇 년 전 날짜가 적혀 있었다. 티슈를 넘기니 검정 볼펜으로 밑줄 친 포오샤의 대사가 보였다.

자비란 강요되는 것이 아니니, 하늘에서 대지에 내리는 단비와 같은 것.
베푸는 자와 받는 자 모두를 축복하리니.

신기해서 맨 앞장을 펼쳐 보니 똑같은 손글씨로 기도 같은 게 적혀 있었다.

기울여 쓴 영어 알파벳 디(D)는 분명 동은의 이니셜일 것이다. 민재는 알딸딸해져서 《베니스의 상인》을 조심스럽게 서가에 꽂아 넣었다. 그렇게 예쁜 눈동자는 처음 봤다고? 민재는 단 한 번도 마음 편하게 인욱의 얼굴을 들여다본 적이 없었고 눈동자가 예쁜지 어떤지도 알지 못했다. 민재는 가슴에 한가득 안고 있는 책들을 망연히 내려다보았다. 남의 추억을 엿보는 짓은 죄스럽지만, 그녀는 저도 모르게 손끝으로 책들을 도르르 훑기 시작했다. 도저히 참지 못하고 책마다 하나씩 꺼내서 책장을 넘기며 D가 남긴 또 다른 코멘트를 찾아보았다. 있다!

"뭐 해?"
《제인 에어》에 쓰여 있던 D의 섬뜩한 사랑 고백을 확인한 순간, 인욱이 기척 없이 다가와 물었다. 화들짝 놀란 민재는 얼른 책을 덮고 돌아섰다. 바닥에서 허리 높이까지 쌓아 놓은 책 더미를 보고 인욱도 옆에서 같이 책을 서가에 꽂기 시작했다.
"이런, 많이도 쏟았던가 보군."
"책 정말 좋아하나 봐요. 벽마다 책이."
"전집류는 별로. 이 책들은, 예전에 다른 사람이 읽던 거야. 그거 알

아? 사람이 죽을 때 청력이 제일 끝까지 간대. 곡소리에 죽은 사람이
벌떡 일어났다는 우스갯소리도 있잖아."

"그게 이 책들하고 무슨 상관이에요?"

"예전에 어떤 의사 선생님께서 불쌍한 산송장한테 내린 처방이 그
랬다지. 감각이 다 죽었어도 청력은 아직 남았을 거라고. 옆에서 계속
말을 걸어 주라고. 그 집에선 여동생에게 그 임무를 맡겼대. 근데 이
여동생이 오빠랑 철천지원수였다는 게 함정."

인욱이 문득 민재를 내려다보았다. 민재도 용감하게 인욱의 이글거
리는 짙은 홍채에 시선을 맞추어 보았다. ……틀렸어! 민재는 황급히
시선을 내리깔았다. 무, 무섭단 말이지!

"……학교에서 제일 눈꼴 시리던 친구에게 알바를 시켰다는군. 가
난한 친구에게 매주 푼돈 쥐여 주며 얄팍한 자존심을 채운 거지. 친
구는 날마다 성실히 알바를 하러 왔고, 책을 읽어 주었는데 어느 날
산송장이었던 오빠가 정말로 깨어났다더라, 하는 전설 같은 이야기가
있다고."

—23 대 1로 싸워서 짱 먹은 전설적인 이야기잖아! 병원에서도 해 줄
  것 없다고 산송장으로 내보냈는데 기적같이 벌떡 일어난 인간이야.
—가정 형편이 개판이었어. 생활을 비관하다가 그 엄마가 농약을 먹
  여 가족을 몰살시켰어.

불우한 모범생 동은이가 인아한테 푼돈을 받고 알바를 왔구나. 소
녀는 아름다운 청년을 사랑하게 되었고, 청년은 소녀의 목소리를 듣
고 죽음으로부터 깨어난 거야. 둘은 뜨겁게 사랑했겠지. 소녀가 엄마

손에 끔찍하게 죽을 때까지. 그리고 청년은 오래오래 그 소녀만을 기억하며 사랑하며 홀로 살아왔겠지. ……겼다. 이건 못 이겨. 절대로.

마지막 책을 서가에 꽂으며 인욱이 싱숭생숭한 듯 혼잣소리를 중얼거렸다.

"왜 갑자기 여기저기서 동은이, 동은이. 요즘 좀 그렇다. 어이."

바슬바슬 곧 깨어져 버릴 것 같았던 얼굴은 언제나의 무덤덤하고 견고한 포커페이스로 돌아와 있었다. 천천히 민재에게 다가온 아름다운 얼굴이 귓전에다 나직나직 속삭였다.

"내가 지금 좀…… 지쳐 있거든? 위로 좀 해 줘."

위로라. 나한테도 위로 좀 해줘 봐요. 민재는 인욱의 허리를 두 팔로 감싸 안고 토닥토닥 등을 쓸어 주었다. 지금 민재에게도 이런 위로가 필요하다고 그가 알아주었으면 싶었다. 하지만 웬걸, 인욱이 머리 위에서 불만스럽게 으르렁거렸다.

"닥쳐요. 위로하라면서요. 남은 지금 공감과 연민을 듬뿍 담아서 위로하는데."

"공감과 연민? 나랑 너 사이에 그런 게 필요한가?"

서늘하고 매서운 질문에 민재의 토닥거림도 딱 멈추어 버렸다. 단단한 담벼락 같은 가슴에 얼굴을 묻고 민재가 서글프게 물었다.

"그럼 뭐가 필요할까요."

인욱이 민재의 얼굴을 들어 올리고 오해할 여지없는 눈빛으로 느릿느릿 분명히 말했다.

"뜨거운 것. 격렬한 것. 알고 있었을 텐데."

사랑해서는 안 될 빛

　"청인학원 양인욱 이사장이 모범 납세자로 선정되어 □□지방 국세청장으로부터 표창장을 수여받았습니다. 오늘 수상자는 그 외에도……."

　전국의 사학 재단을 휩쓴 감사 폭풍에서 무사한 곳은 청인학원을 비롯한 몇몇에 지나지 않았다. 그 와중에 인욱이 개인 자격이지만 모범 납세자로 선정되어 청인은 완전히 감사의 그림자로부터 벗어나 버렸다.

　민재는 아나운서 멘트를 읽으면서 모니터 속의 잘생긴 남자를 힐끔 곁눈질했다. 그는 카메라 플래시 세례에도 무덤덤하니 표창장을 준 공무원과 악수를 나누고 있었다.

　―뜨거운 것. 격렬한 것. 알고 있었을 텐데.

　우와, 저 할아버지뻘 되는 공무원을 볼 때랑 똑같은 표정으로 막 입술을 밀어붙이는데. 다시 생각해도 살 떨리게…… 음, 흥분되네. 헐, 방송 중이잖아! 정신 차렷! 어엇?

　갑자기 뉴스 스튜디오로 국장님이 VIP 귀빈들을 모시고 나타났다. 그 면면이란 사장님, 시장님, 새로 뽑힌 국회의원, 그리고 청인 이사장이었다. 민재의 귀에 꽂은 리시버에서도 진행 피디의 놀란 헛바람 소리가 들려왔다. 전격 방문이랄까. 사장님께서 초선 의원과 스튜디오 이모저모를 둘러보시는 사이, 인욱은 느긋하니 민재만 바라보고 있었다. 그 무덤덤한 시선으로 민재의 숨이 꼴딱꼴딱 넘어가도록 훑어 내렸다. 하지 마!

저도 모르게 식은땀 한 방울이 관자놀이를 지나 턱 밑에서 목으로 주룩 흘러내렸다. 무시무시하게 노려보는 시선도 땀방울을 따라 쇄골을 지나 앙상한 가슴으로, 그리고 봉긋한 가슴골로 숨어들었다. 투피스 정장을 완벽하게 차려입었건만, 저 레이저 시선은 레이스 속옷에 갇혀 있는 가슴을 재듯이, 핥듯이 쏘아보고 있었다. 뭐 저런!

어찌어찌 뉴스를 마치고 민재도 스태프들과 어울려 높으신 분들께 인사를 드렸다.

"자아 그러면, 이번엔 주조종실을 안내해 드릴까요?"

"저는 사장실에 먼저 올라가 있겠습니다. 전화 받을 게 좀 있어서."

"아아, 그러십시오! 에에, 그러면 허 아나가 양 이사장님 모시고 사장실로."

민재는 잽싸게 국장님의 소맷부리를 붙잡고 눈을 부라렸다. 왜 평사원한테 그런 일을? 국장님은 민재에게만 보이게 인욱 쪽을 향해 진저리를 치더니 후딱 도망가 버리셨다.

"우리 국장님도 무서워하는 사람이 있었네요? 자아, 이쪽으로 가시죠."

사장실이 몇 층이더라? 꼭대기였던가? 민재는 공손하게 엘리베이터로 귀빈을 안내했다. 인욱도 바지 주머니에 손을 꽂고 느긋하게 따라왔다. 헌데 멀끔하니 차려입은 감청색 리넨 양복 어디에도 잔주름 한 자락 보이지 않았다. 하루 종일 입었을 텐데. 저 인간이 합성 섬유 옷을 입을 리도 없고. 아니, 인간도 아닌가 봐.

"엘리베이터가 늦네요? 방송국엔 VIP용이 따로 없어서. 아래서 누가 잡고 있나? 평소엔 바쁘게 출동하는 기자들이나 스태프들 이용하라고 저는 그냥 계단으로 다녀요."

"그럼 계단으로 가지."

굳이 VIP까지 그러실 건 없는데. 이미 돌아서 버린 인욱을 위해 민재는 부랴부랴 비상구 문을 열어 주었다. 저 아래쪽에선 평소 민재가 그러듯 바삐 계단을 오르내리는 소리가 요란했지만, 인욱을 '모시고' 계단을 올라갈수록 소음도 인기척도 점점 멀어져 갔다. 역시 실무 구역과 임원 구역이 다르긴 달랐다. 자, 그럼 귀빈 영접용 대화를 시작해 볼까?

"불편 끼쳐서 죄송합니다. 같이 오신 분들과 업무 차 방문하신 건가요?"

"그냥 초선 의원이랑 친목 도모나 할까 하고. 겸사겸사, 얼굴 보니까 좋네."

민재는 사적인 대화는 못 들은 척, 부지런히 계단을 올라갔다. 그러자 커다란 손이 스윽 벽을 짚고서 민재를 막아 세웠다. 민재는 불편해 미치겠는 심정을 고스란히 드러낸 채 다급하게 투덜거렸다.

"이사장님, 여기서 이러시면 안 됩니다. 제 직장이거든요? 들키면 풍기문란으로."

"무슨 소린지."

곧 다가올 재앙을 예견하고 벽에 납작 들러붙은 민재에게 인욱이 스윽 얼굴을 들이밀었다. 느긋하고 나직한 속삭임이 민재의 얼굴에 있는 잔털들을 예민하게 간질였다.

"내가 안 하면 연락도 안 해? 내 번호 알잖아."

"지금 그런 얘긴 좀. 알았으니까요, 공과 사를 구분하셨으면."

"전화해, 보고 싶으면. 키스하고 싶어도. 같이 자고 싶어도. 언제든. 직접 오면 더 좋고."

민재는 퀭하게 치뜬 눈동자에 뻔뻔하고도 아름다운 얼굴을 담고서 밭은 숨을 들이켰다. 이렇게 대놓고 야한 대화는 생전 처음이었다. 어이없어서 두 눈만 끔벅대는 그때에, 인욱이 민재의 입술로 다가왔다. 숨넘어가는 호소가 절로 튀어나왔다.

"메, 메이크업! 망가지면 안 돼요! 근무 중이잖아요…… 제발요."

"좋아."

오 마이 갓! 입술을 거부한 대가는 혹독했다. 인욱은 빚쟁이처럼 민재의 재킷을 열어젖히고 레이스 브라를 밀어 올렸다. 꼭꼭 감춰 둔 동그란 젖가슴을 찾아냈고 로마네 꽁티 빛깔의 유두에 눈빛을 빛내며 달려들었다. 빳빳하게 반항하던 유두는 펄펄 끓는 인욱의 입속으로 빨려들어가 버렸다. 엄마야!

"울 엄마가 나 회사에서 이러고 있는 거 아시면."

인욱은 쓸데없는 푸념일랑 가뿐히 무시하고 로마네 콩띠 부케보다 더 황홀하게 민재를 몰아세웠다. 민재도 언제 누가 튀어나올지 모르는 비상계단에서 두려움 반 열정 반으로 뜨겁게 달아올랐다.

"위에서 국장님이…… 사장님도…… 시장님이랑…… 난 몰라, 국회의원…… 어뜩해."

흥분한 공영방송 아나운서는 멋대가리 없는 일반 명사조차 에로틱한 신음으로 승화시켜 버렸다. 인욱은 더 과감하게 스커트를 밀어올리고 레이스 팬티에 손을 집어넣었다. 화들짝 놀란 민재는 다리를 꼭

250

조인 채 그의 손을 붙들고 통사정을 했다.

"여기저기 CCTV도 있고, 난 몰라, 소리 울리는 거 봐요. 여기 얼마나 사람이 많이 다니는 줄 알아요?"

간곡한 호소에도 인욱은 오히려 단단한 몸을 민재에게 밀착시키며 팬티 안을 헤집기 시작했다. 싫다고 해야 되는데, 민재는 순간 아득한 쾌감에 인욱에게 안겨들어 버렸다. 두 팔을 그의 목에 걸고 뜨거운 숨을 색색 몰아쉬며, 양인욱의 처분만을 기다렸다. 억누른 신음이 서로를 응원하듯 이어지고, 이어졌다. 이러다, 이러다간……

그때 젊은 여성 스태프 둘이 분주하게 계단을 뛰어 내려왔다. 인욱은 얼른 민재를 품에 안고 구석으로 비켜섰다. 두 여자는 바삐 그들을 스쳐 지나갔다.

"자꾸만 편한 시간이 없다는 거야! 쟤네 뭐지?"

"아, 몰라. 그래서 섭외가 된 거야, 안 된 거야? 빨리 결정해!"

넓은 가슴에 쏙 안긴 민재도, 완벽히 민재를 감싸 안은 인욱도, 흥분과 긴장을 억누르며 서로의 눈동자만 들여다보았다. 째깍, 째깍……. 두어 층 아래 계단에서 갑자기 이구동성 비명이 울려 퍼졌다.

"꺅! 뭐야! 미쳤나 봐!"

일순 인욱은 민재를 안아 들고 성큼성큼 계단을 뛰어오르기 시작했다. 위아래로 다급하게 멀어지는 양측의 발자국 소리가 계단 통로에 요란하게 메아리쳤다.

"젠장. 눈치 없이 남의 산통을 깨고 가냐."

급기야 인욱이 민재를 내려 주며 나직하게 불퉁거렸다. 민재는 더 참지 못하고 그의 품에서 숨죽여 킥킥대고 말았다. 들키면 완전 창피할 줄 알았는데 그냥 웃기기만 했다. 그 여자들 얼마나 놀랐을까. 그러자 인욱도 민재를 꼬옥 안아 주고는 낮게 으르렁거렸다.

"누가 뭐라 그러면 나한테 전화해. 혼내 줄게."

"그게 더 이상해! 얌전히 혼나고 말래요."

인욱을 병풍 삼아 옷매무새를 추스르던 민재는 문득 감청색 양복에 선명히 잡힌 주름을 알아차렸다. 민재는 가만히 그 주름을 쓰다듬었다. 양인욱이 인간이라는 증거. 우리 둘이 열정을 나누었다는 증거. 하지만 의아하게 돌아보는 인욱에겐 새초롬하니 딴전을 부렸다. 그렇다곤 해도, 같이 자자고 전화할 일은 절대로 없습니다요. 흥.

"다 입었어? 오케이. 그럼…… 비켜. 문을 가로막고 있잖아."

민재도 모르는 사장실 층수를 알고 있던 남자가 비상구 문을 열어 주었다. 사장실 앞 로비에는 소영이며 청인 사람들이 진을 치고 있었다. 기다렸다는 듯 인욱에게 몰려든 사람들이 저마다 용무를 전했고, 인욱은 특유의 짧은 답변으로 삽시간에 모든 결정을 내려 주었다. 그 몇 분 사이에 사람이 참, 달리 보였다.

때마침 VIP 일행도 엘리베이터에서 내려섰다. 헌데 불청객도 함께였다. 아무도 원치 않는 손님, 전 10선 의원과 그 손녀였다. 민재는 얼른 인욱의 등 뒤로 숨어 버렸다. 윤 의원도 싫고, 그 뒤의 윤혜지도 질색으로 싫었다. 혜지 역시 민재와 인욱을 흥미롭다는 듯 찬찬히 살피고 있었다.

"우리 의원님이 당선되신 후로 제대로 된 축하 인사를 못 드린 것 같아서 말이야. 기왕 이렇게 된 거, 오늘 저녁은 내가 쏘지 뭐."

"그럼 저희 카페로 모시겠습니다."

다들 좋다며 엘리베이터로 향했고 인욱은 달아나는 민재의 허리를 끌어당겼다. 어어, 왜 나 같은 평사원을! 소리 없이 반항하는 민재를

우아하게 무시하며 인욱이 엘리베이터에 밀어 넣었다. 국장님마저 반
갑게 민재의 팔을 끌어다 바리케이드처럼 자기 옆에 세웠다. 뭔가 막,
미리서부터 피곤해지려고 해!

카페에 도착해 보니 2층 넓은 룸에 예약석이 세팅되어 있었다. 자연
스럽게 윤 의원 이하 연장자들이 한 테이블, 인욱 이하 젊은 사람들이
한 테이블로 나누어 앉게 되었다. 하지만 뒤늦게 요한까지 합석하자
민재는 나이프와 포크를 내려놓고 말았다. 요한과 민재, 그리고 맞은
편에 양인욱과 혜지, 이건 영락없는 '그 밤'의 연장선이었다.
　"이렇게도 보네."
　요한이 기분 좋은 고갯짓으로 인사하자 인욱도 싸늘하고도 아름답
게 목례를 건넸다.
　"잘 지냈어? 바쁜데 오라 가라 한 건가."
　"백수가 바쁠 게 뭐 있어."
　"선거에 져서 어떡하냐. 신혼 재미에 그런 건 벌써 잊었을까."
　요한은 대답 대신 혜지와 다정한 시선을 주고받으며 신혼부부답게
웃었다. 웃는 낯으로 혜지도 인욱에게 나긋나긋하니 건배를 청했다.
　"다 함께 건배할까? 음, 우리의 사랑과 야망을 위하여. 윽, 너무 유
치한가?"
　가타부타 대답도 없이, 무심한 시선이 혜지를 스윽 지나쳐 갔다. 민재
는 느닷없는 인욱의 시선에 뜨끔해서 몸을 곧추세우며 사양해 버렸다.
　"어? 아뇨, 전 빼고 여러분끼리. 이따 자정에 생방 있어서."

언뜻 혜지와 눈이 마주쳤는데, 가늘게 노려보는 눈매에 독기가 바짝 올라 있었다. 그러나 표정과는 달리, 혜지는 너무너무 달콤하게 민재를 놀려 댔다.

"뭘 걱정해요? 짠, 기분 좋게 건배만 하고 애인한테 흑기사 해 달라면 되지."

"아니, 그니까 제가 어디 애인이 있어야죠. 정말 안 되거든요? 왜 이러실까. 아실 만한 분이."

민재가 아무리 사양해도 혜지는 막무가내로 술을 따라 주었다. 억지웃음으로 짠, 건배하고 민재는 미련 없이 술잔을 내려놓았다. 휴. 내가 댁하고 대작을 하느니…… 어? 슥 다가온 커다란 손이 민재의 잔을 가져다 자기 입에 털어 넣었다.

"싫단 사람 억지로 술 주지 마라. 기분 내고 싶으면 신혼부부만 따로 나가든지."

간 떨어지게 서늘한 명령에도 요한이 부러 즐거운 척 박장대소하며 맞받았다.

"자식, 무섭게 챙기네! 너네 진짜 올가을에 일내는 거 아냐? 아니다, 우리 민재 성격에 올가을은 이른 듯싶기도 하고? 근데 나 왠지 좀 서운하다, 민재 씨."

민재는 나이프와 포크를 부들부들 움켜쥐고 요한에게 눈을 부라렸다. '나는 시방 위험한 짐승이다!'라고 시위하듯. 그러나 생명의 위협에 대한 요한의 반응은 허물없는 사이마냥 격하게 민재의 어깨를 끌어안는 포옹이었다! 순간 머리끝부터 발끝까지 광속으로 좌르륵 소름이 돋아 버렸다. 민재는 요한을 끔찍한 병균처럼 털어 내면서 조용히 경고해 주었다.

"드러운 손 치워. 서운하다고? 웃겼어. 나는 조요한 씨하고 달리 우리 과거를 아주 명료하게 파악하고 있거든? 당신은 위선자, 나는 바보. 그게 우리의 진실이었어."

갑자기 저쪽 테이블에서 뭔가 즐거운 듯 폭소가 터져 나왔다. 민재는 한창 분위기가 오른 직장 상사들을 흘깃 살핀 후, 소리 없이 일어섰다. 여기는 더 이상 그녀가 필요하지 않다. 민재는 "먼저 실례하겠어요"라고 웅얼거리며 휙 돌아섰다.

그때 요한이 이번에는 인욱의 목에 팔을 걸고서 '다 들리는' 귓속말로 이죽거렸다.

"아, 팅기네. 우리 민재는 팅기는 게 매력이지. 귀엽잖냐? 인욱아, 나 그냥 네가 하란 대로 우리 민재랑 결혼하고 네 빽으로 국회의원 할 걸 그랬다야."

최악이다.

민재는 처절한 모멸감에 두 눈을 질끈 감아 버렸다. 다음 순간 '우당탕' 소리에 어깨 너머로 돌아보니, 인욱이 요한의 뒷덜미를 잡아채서 문밖으로 내던지고 있었다.

"꺼져."

상사들의 놀란 시선이 단박에 날아들었다. 기껏 조용히 나가려던 민재는 순간 울컥해서 인욱에게 대들어 버렸다.

"아오, 진짜! 그런다고 내가 고마워할 줄 알고? 누군 뭐 소란 피울 줄 몰라서 조용히 물러난 줄 알아! 도대체가 양인욱 씨가 더 나빠! 싫다는 사람 억지로 끌고 와서 이게 뭐야! 난 요렇게 넷 모이는 거 정말 싫다고!"

연장자 테이블의 다섯 명은 새파란 여자가 감히 청인 이사장에게 막말하며 덤비는 낯선 광경에 감탄사조차 잊을 지경이었다. 하지만 더 놀라운 반전이 찾아왔다. 민재가 눈물이 글썽글썽해서 뛰쳐나가 자 인욱이 쩔쩔매며 뒤쫓아 나갔던 것이다.

"민재야! 기다려 봐. 미안해. 미안하다고! 기다려 봐!"

제대로 들었나? 천하의 양인욱이 방금 미안하다고……. 눈앞에서 보고 듣고도 믿기 힘들어 어안이 벙벙해진 사람들의 귀에 숨넘어가는 혜지의 웃음소리가 들려왔다.

"와아, 진짜! 진짜로 별꼴이다, 울 남편!"

아름다운 아내가 눈물까지 쏟으며 배를 잡고 웃어 대자 요한도 썩 은 미소로 윤 의원을 돌아보았다. 그런데, 하! 이 자리에서 행복한 사 람은 저 영감님뿐인 것 같다.

한편 인욱은 엄청난 속도로 내빼 버린 민재를 쫓아 정신없이 밖으 로 뛰쳐나갔다. 그런데 갑자기 소영이 그를 불러 세웠다.

"왜!"

"인아 씨가 곧 도착한답니다."

순간, 싸하게 얼어붙은 인욱이 무섭도록 강렬한 냉기를 퍼뜨리며 돌아섰다. 전에 없이 흉학한 기색을 곁눈질하며, 소영은 절레절레 고 개를 내저었다. 쯧쯧, 운도 없지 양인아. 허민재 몫까지 덤터기로 오늘 저 인간 제대로 동생을 말려 죽일 것이다.

⁂

조명이 환하게 켜진 헬리포트에 거친 먼지바람을 일으키며 헬기가 내려왔다. 주변이 고요해지고 인욱이 성큼성큼 헬기에 다가가 문을 열어젖혔다.

"겨우 그거 도망갔어? 뒷감당도 못 하면서 일을 쳤나. 이런 게 동생이라니."

"동생, 동생, 하지 마! 한 번도 동생이라고 생각한 적도 없으면서!"

"까분다."

인욱은 제 손을 쓰기도 아까워서 보안 요원들을 불러들였다. 인아가 온몸으로 반항하며 고래고래 소리쳤다.

"이건 된다니까! 사람들 반응 봤잖아! 대박난다고! 오빠! 오빠! 내 말 좀, 읍!"

인욱이 긴 팔을 쭉 뻗어 인아의 입을 틀어막았다. 냉기가 뚝뚝 떨어지는 심판의 말이 인아에게 쏟아졌다.

"네 얘기부터 하지 그래. 작가란 것들은 본래 제 얘기부터 세상에 내놓는 것 아냐? 양인아 너는 무능한 부잣집 후계자가 하룻밤 싸지른 결과물이라고 세상에 대놓고 떠들어. 나한테 늘 하듯이. 적자도 아니고 아들도 아니어서, 너 자신이 너무 싫다고. 응? 재능이 조금 부족해서 자립은 못 하고 부자 오빠 뜯어먹고 산다고. 잘 만들면 대박은 못해도 중박은 나지 않을까? 응? 그런 다음에야 네 큰오빠 개인사를 영화 감으로 내놓으라 마라 말할 자격이 있는 거 아닌가. 그래, 안 그래?"

얼어붙은 듯 바들바들 떠는 인아를 일별하고 인욱이 돌아섰다.

"치사한 자식."

인아에게 제일 무섭고 싫은 게 바로 세상이 인아가 사생아란 사실을 알아 버리는 것이었다. 인겸과 인아는 결코 진정한 흠문헌 자식이 될 수 없었다. 인욱의 친모이자 흠문헌 안주인이었던 순옥이 그것만은 안 된다고 버텼기 때문이었다. 심지어 기범과의 이혼 서류에도 분명히 명시되어 있었다. 혼외자로 비참하게 살아가느니 인겸은 외국행을 선택했다. 인아도 떠날 수만 있었다면 벌써 전에 떠났을 것이다. 떠날 수만 있었다면!

"잘난 척하지 마. 괜히 살려 놨어! 죽게 둘걸! 네가 죽어 버렸으면 나도 그냥 훨훨 멀리 갔을 텐데! 괜히 살렸어! 만날 나만 바보 돼. 바보 짓만 한다고!"

평소 동생의 말은 귓등으로도 안 듣던 인욱이었지만 방금 것, 그 무시할 수 없는 반향에 우뚝 멈춰 서고 말았다. 그는 서서히 동생에게 돌아섰다.

"뭐라 그랬지?"

인아는 분명 패싸움 났던 날을 이야기하고 있었다. 그 새벽에 그 외딴 당구장으로 느닷없이 들이닥친 경찰과 구급차가 아니었다면, 인욱은 오늘 여기 서 있지도 못했을 것이다.

"네가 신고했어?"

인아는 흠칫 놀라며 입술을 꾹 다물어 버렸다. 그녀는 그다음 올 질문이 더 무서웠다.

"봤어? 봤지! 내 손이 어쩌다 이렇게 됐는지 말이야. 누가 그랬어. 누가 어떻게 하디!"

인욱이 인아의 어깨를 뒤흔들며 거세게 다그쳤다. 인아가 움츠러들수록 인욱의 심증은 더욱 굳어질 뿐이었다. 인욱의 냉혹한 눈동자에 반짝 살기가 스쳐 지나갔다.

"뭐야, 양인아. 누굴 비호해 주는 건데. 누구랑 의리를 지켜 주는 건데. 좋아……. 필요한 게 3억이랬나. 김 비서!"

화가 머리끝까지 치민 보스의 부름에 소영이 민첩하게 다가왔다.

"인아 계좌에 3억 넣을 준비해. 내가 하라고 하면 송금해라."

소영은 태블릿을 꺼내 은행에 접속하고 곧 인욱에게 고개를 끄덕여 보였다. 인욱은 흔들리지 않으려 버티는 동생의 눈동자를 서늘하게 내려다보았다.

"무엇을 숨기고 있니. 어서 털어놔 봐, 동생아. 홋. 3억으론 입도 벙긋 안 할 건가? 김 비서, 액수가 틀렸다. 5억 송금 준비해. 아니다, 한 7억? 그래, 깔끔하게 10으로 떨어지는 게 낫겠지?"

"헉!"

휘둥그레진 동생의 눈동자를 여유롭게 내려다보며 인욱이 놀리듯 협박하듯 단가를 높여 갔다. 그와 동시에 넌지시 달래며 인아의 얄은 속을 흔들어 댔다.

"아니다. 생명의 은인인데 10억은 약소하잖아. 흠문헌 가장의 목숨 값인데 30억은 돼야지. 그래, 30억 송금 준비해라! 양인아, 그 정도면 한동안 유학이든 지구 일주든 네 맘대로 할 수 있겠지? 하고 싶은 건 욕심껏 다 해 봐."

"왜 이래 진짜!"

"호어~ 필요 없나? 네 의리와 자존심은 돈으로 살 수 없다는 거야? 그래, 평생 오빠를 배신한 채 살아가겠다면 그 선택도 존중해야겠지. 내가 뭐라고. 김 비서, 송금 그냥 취……."

인아가 냉큼 인욱을 붙들었다. 그리곤 두 손에 얼굴을 묻고 고통스럽게 투레질해 댔다. 인욱이 동생의 귓전에 서늘하고 무덤덤하게 다그쳤다.

"말해. 뭘 봤어. 누굴 봤어. 응? 오빠한테 말해."

"……내가 말했다고 하면 절대 안 돼!"

그래, 암울한 비밀일랑 이쯤에서 털어 내고 자유를 향해 날아오르는 거다. 인아는 결심을 굳히고 오빠에게 그 추운 밤에 보고 들은 것을 들려주었다.

"나 그날 거기 있었어. 알잖아, 요한 오빠 가는 데마다 따라다녔던 거. 거기서……."

철없던 스토커의 고백을 다 듣고서도 인욱은 왼손에 얼기설기 남은 붉은 흉터만 내내 들여다보았다. 얽히고설킨 붉은 미로 저 너머에 숨겨져 있던 진실은 믿기지 않고 믿을 수도 없는 배신이었다. 하지만 왜!

⚜

"어이. 좀 괜찮아? 나 먼저 갈란다."

혜지는 '흐흥, 흐흥' 콧바람만 불면서 총기 없는 시선으로 요한을 올려다보았다. 한참을 실성한 듯 웃어대다, 비싼 코냑을 보리차처럼 마셔 대더니 저런다. 요한은 못마땅하게 외면해 버렸다. 어차피 생쇼였던 결혼식 이후 데면데면했던 아내였다. 아니, 한 지붕 아래 산 적, 한 이불 아래 잔 적이 없으니 아내라고 할 것도 없었다. '깨지자' 한마디면 그냥 끝인 사이였다. 지금…… 할까?

그때 혜지가 우아하게 긴 목을 쓸어내리며 몸을 앞으로 기울였다. 외로움에 지친 새신랑의 시선을 사로잡기에 충분한 몸짓이었다.

"있잖아, 얼마 전에 나 굉장히 재미있는 거 알아 왔어. 당신도 좀 들어 봐?"

혜지가 에르메스 백에서 태블릿을 꺼내 요한에게 보여 주었다. 내내 심드렁한 요한 앞에서 혜지는 뭔가 무척 신이 나서 속닥거렸다.

260

"여의도에 있는 우리 사무관 하나가 퇴직하겠다고 해서 이야기 좀 나눴는데. 허민재 아나운서랑 중학교 동창이래. 근데, 지금 얼굴이랑 다르다는 거야. 볼래?"

요한은 별 기대 없이 화면을 응시했다. 부유한 티가 확 나는, 환하게 웃는 소녀들 사진 몇 장일 뿐이었다.

"이게 어쨌다고?"

무딘 남자의 감성을 꾸짖듯 혀를 끌끌 차고서 혜지가 동글동글한 얼굴에 오밀조밀한 이목구비를 가진 한 소녀를 짚어 보였다.

"이 얼굴이 십몇 년 후에 짱구 이마, 갸름한 얼굴에 땡그란 눈이 되려면, 단지 의학의 힘일까요? 후훗. 자, 더 재미난 걸 보여 줄게."

혜지는 옛날 신문 보기 서비스를 검색해 십여 년 전 날짜를 쳐 넣었다. 그리곤 사회면을 도배하다시피 한 '중학생 수련회 참사' 기사를 요한에게 들이댔다. 새빨간 매니큐어 끝으로 한곳에 성마르게 동그라미를 쳐 보였다. 그것은 사망자 명단이었다.

허민재 구정중 3학년

요한은 피곤한 눈썹 끝을 꾹꾹 누르며 헛웃음을 토해 냈다.

"세상 생각보다 좁구나."

"에이, 뭐야! 알고 있었어?"

"당연하지. 전에 결혼 허락받으러 갔다 허 박사님께 들었어. 지금 민재는 입양된 거야."

"아우, 김샌다. 미담의 주인공이었어?"

"잠깐."

요한은 정신을 집중하고 가슴 속에서 소용돌이치는 작은 의문을 찬찬히 형상화시켜 보았다.

"그 신문 날짜 말인데, 보름 정도 후로 설정해 봐."

혜지도 심상치 않은 요한의 낌새를 눈치채고 얼른 날짜를 재설정하고 검색 결과를 보여 주었다. 요한은 꼼꼼히 모든 기사를 훑어 내렸고 어느 사회면 단신에 의혹의 닻을 내렸다.

□□시, 평소 가정 폭력으로 인한 우울증에 시달려 온 주부 A씨가 남편 B씨와 딸(고2)을 음독 살인하고 자신은 시너를 뒤집어쓰고 불에 타 죽었다.

가정 폭력에 희생당한 여자애. 신동은. 내가 과한 상상을 하는 건가. 요한은 눈앞의 아름다운 마녀가 신동은도 허민재도 몹시 증오한다는 사실을 떠올렸다. 지금이 바로 주사위를 던져야 할 때다.

"어떻게 자기 가족을, 사람 참 그악스럽지? 근데 그즈음에 딸을 음독 살해한 엄마가 여기저기 흔했을까? 당신도 생각나는 사람 있지?"

"누구, 신동은? 기억하지! 자기 엄마가 농약 먹여서 죽였잖아. 학교가 발칵 뒤집혔었지. 동은이랑 조금이라도 안면이 있었던 애들은 완전히 패닉에 휩싸였고, 며칠씩 밥도 못 먹은 애들도 있었어."

"아주 적절한 시기에 가정 폭력에 희생된 아이지. 우리 민재랑은 얼굴도 무~척 닮았고."

"어머나⋯⋯!"

요한은 아름다운 얼굴에 번져 가는 의심과 경악, 기쁨과 의욕을 차례대로 음미하며 낮게 너털웃음을 터뜨렸다. 그는 기꺼이 혜지를 칭찬해 주었다.

"당신이 한 건 했네. 잘했어, 윤혜지 선생."

"세상에, 친족 살해범의 딸인데, 고게 허민재로 신분 세탁을 한 거야? 독하다 독하다, 이렇게 독한 기집앤 또 없을 거야. 농약보다 독한 년! 온 세상을 속여 먹으려 들었어?"

진저리가 날 만큼 아름다운 얼굴에 이미 승리의 예감이 감돌고 있었다.

"잘하면, 인욱이가 죽고 못 살았다는 귀신을 되살릴 수 있겠어. 뒤집어 생각하면, 양인욱을 다시 죽고 못 살게 만들 수 있다는 얘기지."

요한은 지그시 어금니를 깨물고 기쁜 내색을 요령껏 감추었다. 물론 혜지는 슬쩍 외면하는 그 눈동자에서 플래시처럼 스치고 지나간 빛을 놓치지 않았다. 한 남자가 들끓는 증오를 냉소에 숨기고 이제 막 타락의 늪으로 들어섰다.

⁂

요 며칠 인욱을 우울하게 만든 악마가 어느 늦은 오후에 이사장실로 찾아들었다.

[이사장님, 손님이 오셨는데…….]

묵직한 흑단목 문을 열어젖히고 인욱은 코앞으로 지나가는 요한을 서늘한 시선으로 좇았다. 만나도 별로 반갑지 않은 두 남자가 멀뚱멀뚱 딴청을 부리는 사이, 3면이 통유리로 된 창밖에 오렌지 빛 노을이 찬란하게 이글거리고 있었다. 팔짱을 끼고 우뚝 서 있는 방 주인도, 바지 주머니에 두 손을 찔러 넣은 방문객도 노을에 녹아들듯 아른거렸다.

"야아, 좋다는 얘긴 듣긴 들었다만. 끝내주는구나. 과연 청인 이사장 격에 맞네."

진심 어린 경탄에 이어, 요한은 창밖 경치도 또한 칭찬해 주었다.

"높은 데서 봐도 흠문헌은 참 지형이 좋다. 뒤로 산이 겹겹이 둘러싸서 보호해 주고 바닷바람도 막아 주고. 딱 명당이네. 나 없는 사이 청인도 많이 발전했더라. 우리 땐 2층짜리 쪼그만 석조 건물에 이사장실이랑 회의실이랑 다닥다닥 들어 있었는데."

"음, 아버지가 벌이셨던 쓰레기 사업 중에 이거 하난 제대로 건졌지."

요한이 창가에서 물러나 서가를 죽 훑고 장식장을 구경하기 시작했다.

"어! 이게 윤 의원이 좋아서 미친다는 시가하고 스카치구나. 뭐래더라, 위장에는 술, 가슴엔 담배, 영혼엔 음악. 이런다며?"

"비슷해."

"수석 컬렉션도 있네. 흠, 나쁘진 않은데 그래도 좀 더 다양하게 모아야 할 것 같은데? 참, 흠문헌 벽돌에 요즘도 누런 곰팡이 피어?"

"이끼라니까. 염분을 좋아하는 특이 종 황금색 이끼. 전 세계에서 흠문헌 한정."

"어릴 때 흠문헌에서 참 재미있게 놀았었는데. 생각해 보면, 너랑 내가 계속 친구 사이였다는 게 우습긴 해. 안 그러냐."

"뭐, 집안 어른들끼리 안 좋았다고? 그야 어릴 땐 사정을 잘 몰랐었고, 우리 집엔 부모님 이혼하시고 어쩌고 하느라 내가 누구랑 노는지 지켜보는 어른이 없었으니까. 너희 아버진 목사님 체면에 뭐라 말 못한 거고, 어머닌……."

"울 엄만 두 집안 틀어진 게 본인 탓이니까 우리 둘이 잘 어울려 다니는 게 흐뭇하셨겠지.”

“그래도 제일 우스운 건, 날 좋아하지도 않으면서 내내 나랑 어울려 다닌 너, 아닐까.”

“짜식, 쩨쩨하게. 그래, 콩고물 떨어지는 거 주워 먹고 다녔다, 에이.”

요한이 부러 장난처럼 투덜대다가 한마디 콕 덧붙였다.

“가끔씩 화는 났지만.”

설렁설렁 구렁이 담 넘어가듯 요한은 인욱이 쳐 둔 그물 사이사이를 피해 다녔다.

“화가 났다?”

“그렇잖아, 인마. 가만있어도 흠문헌에 청인이 굴러 들어오는 놈이 자유 운운하면서 도망가겠다고 하는데, 기가 안 차냐? 화가 안 나겠냐?”

“내가 이 자리 도망가려고 한 건 어떻게 알았을까. 말한 적 없는데.”

―축하도 축하지만 작별 인사 온 거다. 요한아, 나 드디어 자유다.

그 밤, 그 말을 듣는 순간 요한은 알아차렸다. 인욱이 흠문헌도 청인도 모두 팽개치고 자기만의 인생을 찾아 떠날 예정인 것을.

“너 집에서 늘 바이올린만 연습했었잖아. 매사에 유유자적, 뭐 하나 마음 붙인 적 없던 놈이 유일하게 열심히 하는 건데. 그걸 몰라? 다들 새 인생 찾아가는 졸업 입학 시기였으니 너도 뭔가 있겠다 했지. 제일 친한 나한테 일언반구도 없던 게 섭섭했지만.”

“아, 눈물 나는 우정이다.”

“호강에 초 친 놈. 제 복에 겨워서. 아아, 지금 생각해도 분하네. 나는 장학금 놓치면 어쩌나 전전긍긍하며 공부하는데, 언놈은 청인 이사장 자리를 팽개치고 떠날 요령이나 떨고."

"혼 좀 내 주고 싶었겠다? 막 패 주고 싶었겠어?"

험악한 정적이 두 남자 사이에 쿵, 내려앉았다. 요한이 시치미를 뚝 뗀 얼굴로 인욱을 바라보았고, 인욱은…… 악마라도 홀릴 것같이 아름다운 자태로 그 눈빛에 정면으로 맞섰다.

"그 당구장, 지금은 카페로 바뀌었다. 우리가, 아니지, 내가 너를 구하려고 밤새 싸웠던 공터는 지금 산뜻한 정원이 되었다. 공사하면서 돌을 참 많이도 솎아 냈지. 그중엔 어떤 새끼가 내 손을 망가뜨리려고 내리찍은 것도 있을 테고."

인욱은 요한이 수석 컬렉션이라고 불렀던 돌들 앞에서 우아하게 팔을 펼쳐 보였다.

"어떤 건지 몰라서 다 모아 뒀지. 근데, 제일 의심스런 놈이 있긴 해."

요한의 눈자위가 보일 듯 말 듯 씰룩거렸다. 인욱이 천연덕스럽게 장식장을 열어 돌 하나를 가리켰다. 연한 색의 괴석들 중에 유독 새까만 돌덩이였다.

"도와줄래? 내 손은 힘이 없어서. 이거 한번 꺼내 봐."

인욱은 일견 평범해 보이는 검은 돌을 요한의 품에 억지로 안겨 주었다.

"조심해, 발등 찍힐라."

인욱이 거미줄처럼 수술 자국이 남은 왼손을 친구의 면전에 들이밀면서 찬찬히 설명을 해 주었다.

"의사들이 말이야, 딱 요만한 돌로 사람 손을 삼십 번쯤 내리찍으면, 이렇게 된대. 내 손 봐 봐. 돌이 좀 크냐. 엄청 무겁더라고. 이걸 삼십 번씩이나 내리찍으려면 보통 등치는 아닐 거야. 너도 한번 해 볼래?"

요한이 어금니를 악다물고서 버텼지만 인욱은 느긋하게 재촉할 뿐이었다. '하라면 해'와 '네가 뭔데', 두 남자의 오기와 오기가 불꽃이라도 튈 것처럼 날카롭게 허공에서 맞붙었다. 결국 요한이 면상을 씰룩이며 돌을 들어 보였다.

"흐읍!"

꽤 무거운 돌이어서 요한도 절로 기합이 들어갈 정도였다. 기합과 함께 돌을 머리 위로 들어 올렸다가 배꼽 아래로 내리찍고, 다시 기합을 내지르며 돌을 머리 위로 들어 올렸다가 힘껏 내리찍고…… 무아지경인 어느 순간, 인욱의 무표정한 얼굴이 요한의 시야를 한가득 채웠다. 요한은 숨이 턱 막혀서 돌을 머리 위에 치켜든 채 우뚝 멈추어 버렸다.

"……그렇게 했어?"

"이 새끼가. 어디서 장난질이야."

"장난이라니, 이 많은 돌들 중에 이 돌만 시커먼 이유, 말해 줘? 요한아, 죽은 피, 식은 피가 어떤지 알아? 뜨거운 피가 돌에 스며들어 식으면 새까맣게 굳어서 지워지지도 않더라."

헐! 요한이 돌을 툭 놓아 버리고 한 걸음 뒤로 물러섰다. 그러자 인욱이 힘없다던 두 손으로 검은 돌을 거뜬히 받아서 장식장에 도로 넣었다. 그리고 곧 정색하며 요한에게 돌아섰다.

"왜 그랬어."

요한은 곧 검사 출신답게 친구에게 사리분별을 따지고 들었다.

"무슨 이야긴지는 알겠는데, 이런 건 사법 당국에 맡겨야 하지 않을까. 세상에 불만 있다고 다들 개인 차원에서 복수하려 들면 이 사회가 어떻게 되겠냐. 누군가를 가해자로 지목하고 싶은 네 마음은 이해하지만, 그런 억지는 안 통한다. 추측하고 연상하고 부풀리지 마라. 완벽한 물증, 증인, 그리고 법 논리를 대. 윤 의원에게 협조했다는 이유만으로 나를 어떻게 해 볼 생각 말고."

간곡한 설교도 들은 척 만 척, 인욱이 욱신거리는 왼손을 오른손으로 주무르며 처연하게 제 논리를 이어 갔다.

"도대체 왜 그랬을까, 몇날 며칠을 고민해 봐도 알 수가 있어야지. 근데 네 이야기를 들어보니 알겠다. 완전 머리 좋은 조요한. 내가 바이올린 들고 외국으로 튀려는 걸 알아차렸어. 나 하는 짓이 고깝고 네 처지가 분해서 나를, 내 미래를 박살냈어? 그러면 네가, 그 밤에 내가 싸운 놈들하고 다른 게 뭐냐. 같이 다니면서 콩고물은 콩고물대로 주워 먹고 뒤로는 배 아파하던 놈들 말이야. 어이, 개인 차원에서 복수하려 든 건, 오히려 너 아니야?"

요한이 인욱의 어깨에 손을 얹고 마치 어른이 어린애한테 하듯 타일렀다.

"넌 권력도 돈도 있으니까 나 하나쯤 어떻게 해 버려도 문제없다고 자신하나 본데, 상식에 따라 사는 평범한 사람들한테는 이런 거 위화감 든다. 우리 사회를 움직이는 시스템이란 게 있잖냐."

"저절로 굴러가는 시스템이 어디 있어."

"어쭈, 네가 무슨 보이지 않는 손이라도 돼?"

"나야 어차피 뻔히 보이는 손이지."

자부심과 긍지로 똘똘 뭉친 그 선언에 요한이 비릿한 웃음을 참으며 다가왔다. 그는 뭉툭한 손끝으로 인욱의 가슴팍을 꾹꾹 찔러 댔다.

"이거, 이거, 지만 큰 줄 알지. 양인욱, 네가 이 좁은 땅에서 네 할아버지 아버지가 물려준 자리에서 겉멋 들어 떵떵거릴 때, 나는 말이야, 내 이 열 손가락하고 내 머리로 여기까지 왔다. 누구 도움 따윈 거저 줘도 싫어. 한 발 한 발 내 힘으로 이룰 거니까.”

끝끝내 모르쇠로 일관하시겠다? 사과도 변명도 없이? 심장 언저리가 서늘하게 얼어 가는 고통에 인욱이 두 눈을 질끈 감았다 떴다. 다음 순간 빙하처럼 차가운 냉기가 요한의 목덜미를 사납게 옥죄었다. 한없이 나직한 협박 또한 요한을 옥죄어 왔다.

“분명히 말해 두는데, 넌 이곳에서 아무도 아니다. 아무것도 이루지 못한다. 절대로.”

“놔! 손이 왜 이래, 괴물 새끼!”

“네가 만든 괴물이잖아.”

투덜투덜 도망치듯 돌아가는 친구의 등에 대고 인욱이 낙인을 찍듯 비정하게 선언했다.

⁂

새벽은 아직 먼 깊은 밤, 인욱은 해송 방풍림에서 러시를 타고 내달렸다. 진저리 날 정도로 썩어 빠진 정신 상태를 잊어 보려 미친 듯이 말을 몰았다.

“이랴!”

도무지 통제할 수 없는 불온한 생각들을 떨치려 애꿎은 러시에 채찍을 내리치며 안달했다. 어수선한 마음만큼이나 정신 사납게 가지를 뻗은 해송들이 그의 앞길을 막아섰지만, 멈출 수 없었다.

그렇게 도착한 곳이 백음대였다. 인욱은 러시를 풀어 주고 홀로 백음대에 올라섰다. 상현 지난 배부른 달이 휘영청 떠 있는 짙푸른 밤하늘에 쏟아질 듯 별무리가 반짝이고 밀물에 쓸리어 온 파도가 끊임없이 백음대 하부를 깎아 내고 있었다. 소금기를 품은 바닷바람이 뼈 마디마디 욱신욱신 쑤시도록 스며들었다. 아니, 바닷바람 탓이 아니다.

"……."

그동안 잘 견뎌 왔다고 자부했다. 바쁜 일상에 허전함 같은 건, 상실감 같은 건, 발 디딜 틈 없도록 잘 조절해 왔다고. 문득문득 떠오르는 추억들을 기꺼이 외면하고 앞만 보고 달렸는데. 백 걸음쯤 앞으로 왔다고 안심하고 주춤거렸더니, 어느 틈에 백 걸음 뒤쳐졌고…… 두고 온 것들에 발목이 잡혀 버렸다. 이루지 못한 첫사랑의 아내도, 목숨 걸고 지켰던 우정도.

—내가 경찰하고 119에 전화한 거 맞아. 걱정돼서 돌아왔더니, 요한 오빠가 울면서 쓰러진 친구들을 하나하나 확인하고 다니더라. 마지막엔 커다란 돌덩이를 들고 오빠 손을 마구, 마구, 내리찍는데. 막 욕하고 막 울면서. 미친놈처럼. 정말 무섭고 끔찍했어. 내가 말했다고 하면 안 돼!

처음부터 우정 따윈 없었던가. 지난 모든 추억이 다 의심스러워졌다. 지난 모든 웃음이 다 무의미해졌다. 모든 게 부질없는 짓이 되었다.

"어뜩하냐. 어떡할 거냐."

휘청휘청 몸을 일으킨 인욱이 비틀대며 뒤로 물러섰고, 다음 순간 주저 없이 힘차게 내달려 버렸다. 몇 걸음 만에 단단한 바위가 끝이 나고 허공을 딛는 발걸음이 이어졌다. 별빛 가득한 만천(滿天)을 향해 맹

급류처럼 힘껏 솟구쳐 오르지만 천형 같은 중력에 이끌려 시커먼 밤바다로 나가떨어지고 말았다. 그래도 흰 포말을 이끌고 만조(滿潮)의 바닷속 내밀한 곳으로 깊숙이, 깊숙이 파고들었다. 빛도 소리도 없는 심연에 내려서며 그제야 인욱은 두 손에 얼굴을 묻었다. 차라리 울고 싶다……. 젠장할, 양인욱. 산송장이 깨어났을 때도 넌 울지 않았다. 바이올린을 빼앗긴 미래란 너무 가혹해서 울어도 소용없었으니까. 동은이가 죽었을 때도 울지 않았다. 울다 지쳐 죽어 갈 게 뻔했으니까. 그러니까 넌 지금도 울면 안 돼. 바이올린을 잃었을 때도 동은이를 잃었을 때도 안 운 놈이 그까짓 조요한 새끼 때문에 우냐!

—괜찮으세요? 남은 지금 공감과 연민을 듬뿍 담아서 위로하는데!

그렇게 말해 준 여자가 떠올랐다. 다스리지 못한 욕구에 몸부림쳐도 뜨겁게 받아 주던 여자가 떠올랐다. 그 순간 인욱은 꾹꾹 억눌러 온 속마음을 겨우 알아차렸다. 그렇구나. 나는 그 여자 품에서 울고 싶었구나. 그렇다면…… 돌아가야지.

인욱은 물귀신처럼 붙드는 미련을 힘껏 박차고 수면을 향해 솟구쳐 오르기 시작했다. 보고 있니, 동은아……. 죽기보다 힘든 삶을 놓아 버리지 않기 위해, 혼자서도 어떻게든 살아 보려…… 한 번 울지도 못하고 혼자 그 애를 썼다. 근데 나 이제는 혼자 견디는 외로움보다 따뜻한 품에서 울어 보고 싶다. 그래도 괜찮아? 어? 미안, 미안하다.

다시 돌아온 지상은 코끝 쩽한 바닷바람이 난기류처럼 인욱을 흔들어 댔다. 인욱은 바람에 씻기는 한여름 밤하늘을 올려다보았다. 셀 수도 없이 많은 별이 하나도 눈에 들어오지 않고 오직 어떤 여자의 웃는 얼굴만 눈앞에 아른거렸다.

어이, 보고 싶다. 보고 싶어 죽겠다…… 민재야.

허허롭게 고개를 가로저으며 돌아선 인욱은, 그러나, 저만치 보이는 낯익은 실루엣에 우뚝 멈추어 서고 말았다. 말과 여자. 아, 가슴 뻐근한 조우(遭遇)에 인욱은 눈물이 날 것 같았다. 그 순간 두 번 다시 하게 될 줄 몰랐던 말이 가슴속에 넘치도록 끓어올랐다. 사랑한다!

"달밤에 체조해요?"

"……누가 할 소리. 이 시간에 여길 어떻게 온 거야."

러시의 고삐를 쥐고 나타난 민재가 웅얼웅얼 변명을 늘어놓았다.

"라디오 끝났는데 기다려 주는 사람도 없고. 전화하래 놓곤 전화도 안 받고. 심심해서 드라이브하다가 혼자 돌아다니는 러시를 봤어요. 어쩐지 근처에 주인이 있을 것 같아서."

당신이 어디서 혼자 괴로워하고 있을까 봐, 미친 듯이 찾아다녔어요. 민재가 차마 입 밖에 내지 못한 속내는 인욱에게 고스란히 전해졌다. 그는 말없이 민재의 어깨를 끌어당겼다. 짠내 나는 젖은 몸에 따뜻하고 부드러운 온기가 황홀하게 전해져 왔다. 이대로 두 번 다시 놓아주고 싶지 않은 온기였다. 두 번 다시.

한편, 멀리 수평선 위에 떠 있던 낚싯배에서 작은 술렁임이 일었다. 요한은 중년의 잿빛 새치머리 남자에게 쌍안경을 내주며 즐겁게 비아냥거렸다.

"누가 자꾸 뛰어내려서 백음대가 자살 바위 됐다더니, 이거였어?"

"조거 안전히 미친눔 아임메. 가만 둬도 곧 디질 거 가튼데."

"바로 그거야! 어이, 뻬쨔. 저 새끼 저러다 진짜 죽겠지, 그치?"

요한은 고려게 러시아인의 등을 대견한 듯 토닥여 주었다. 방금 본

인욱의 고통스런 몸부림 덕분에 앞으로 진행할 계획들이 머릿속에 착착 떠오르고 있었다. 요한은 다시 쌍안경을 들고 해안을 뒤지기 시작했다. 얼마지 않아 두 남녀의 애틋한 입맞춤 장면에 포커스가 맞춰졌다. 요한은 씨익, 비리게 웃으며 그 모습을 내내 지켜보았다.

부디 미치도록 행복해하려무나, 인욱아. 곧 미치도록 괴로워하게 될 테니.

⚑

"……발달한 저기압의 영향으로 폭우가 예상됩니다. 해수면의 높이가 일 년 중 가장 높은 백중사리와 겹치면서 해안 저지대의 침수가 우려됩니다. 지역에 따라 강풍이 동반되는 곳도 있겠으니 시설물 안전에 각별히 유의하시기 바랍니다……."

저녁 뉴스를 마치고 아나운서실에 돌아오니 회의 테이블에 거대한 장미 바구니가 위용을 자랑하고 있었다. 여러 색깔의 크고 작은 장미들이 화려하기 그지없었다.

"옴마나! 설마 또 내 건가?"

"허민재 연애하냐? 꽃은 순간 좋고 마는 거니까 애인한테 앞으로 좀 더 작고 비싸고 손 덜 타는 걸로 부탁해 봐, 응?"

얼마 전 방송에 복귀한 임 선배가 부러운 티를 있는 대로 다 내면서 놀려 댔다. 민재는 기뻐서 벌렁대는 가슴을 진정하고 바구니를 뒤져 금빛 메모지를 찾아냈다.

당신보다 예쁜 꽃이 없어서 양으로 승부합니다.

후와, 누군데 나한테 이런 걸. 꽃보다 예쁜 마음 씀씀이에 감동까지 화악 밀려들었다.

"허민재, 어서 시집이나 가 버려. 자기 로망이잖아. 자긴 딱 보기에도 커리어에 목맬 위인은 아냐. 그냥 나 같은 야심가를 위해 적절한 타이밍에 물러나 주렴."

"선배! 그건 무슨 논리예요? 결혼해서 가정을 잘 꾸리고 싶다고 해서 제가 일을 열심히 안 하는 것도 아니고, 못 하는 것도 아니고. 저도 커리어에 엄청 목매는 사람이거든요?"

"닥치고. 양인욱이 꼬시면 못 이긴 척 시집가세요."

"왜 지금 그 사람 얘기가!"

임 선배가 실실 웃으며 민재가 들고 있는 메모지를 뒤집어 주었다. 메모지 뒷면에 전엔 없던 사인이 보였다. 휘갈겨 쓴, 양……인……욱, 양인욱? 순간 머릿속에서 팡팡 불꽃놀이가 시작되었다. 그럼 혹시 지난번 노란 장미도?

"알지? 임신해 가지고 확 잡아 버려!"

"어후, 진짜! 혹시 선배야말로 임신해서 형부 잡으신 거 아니에요?"

아니라는 말없이, 유유자적 임 선배는 나가 버리고 민재는 어이없는 헛웃음을 털어 내고 꽃바구니로 돌아섰다.

"사진 찍어야지."

민재는 콧노래를 부르며 카메라로 이 방향 저 방향에서 장미 바구니를 찍었다. 베스트 샷을 골라 '고밤'의 '앗싸! 자랑질' 게시판에도 올려놓았다. 온 세상에다 자랑까지 하고 나니 더 기분이 날아갈 것 같았다.

"아, 이뻐라. 퇴근하자~ 애들아~"

민재는 설비실에서 빌려 온 카트에 장미 바구니를 낑낑 옮겨 실었다. 방송국에서부터 길거리를 지나는 내내 마주치는 사람마다 꽃바구니를 보고 감탄사를 연발했다. 민재도 기분 좋게 생글생글 웃어 주었다. 오피스텔 엘리베이터에 카트를 실을 때는 웬 외국인까지 버튼을 잡아 주며 한국어로도 똑같이 발음되는 감탄사를 내질렀다.

"아유, 고마워라. 쌩유!"

5층에서 카트를 내리는데 또 다른 외국 남자도 흔쾌히 도와주었다. 그 사람도 충분히 이해 가능한 외국어로 장미를 칭찬해 주었다. 여기 외국인이 이렇게 많이 살았던가?

"그래요, 고마웠어요. 쌩유 베리 마치."

기분 좋은 감사 인사와 함께 민재는 마침내 장미 대장정을 끝내고 512호에 도착했다. 디지털 도어락을 열고 카트를 안으로 미는데 이게 또 만만치 않았다. 뭐 좋은 수 없나 이리저리 둘러보는데 아까 그 외국인이 웃으며 다가왔다.

"If you don't mind? 이거 좀 같이. 응? 오오케이!"

민재는 외국 남자의 도움을 받아 간신히 카트를 현관 안으로 들여놓았다. 직사광선이 들지 않는 창가에 꽃바구니 자리를 잡아주고 그 앞에 퍼질러 앉아 어디 상한 데는 없는지 바구니를 구석구석 살폈다. 꽃송이가 무슨 주먹만큼이나 커서 민재는 완전히 넋을 놓아 버렸다.

"얘들아, 너희들 진짜 예쁘구나."

스마트폰을 꺼내 사진을 찍는데 문간에서 무슨 소리가 들렸다. 순간 외국인에 낯선 남자를 여자 혼자 사는 집 안으로 들였다는 뒤늦은 자각이 떠올랐다. 그러나 상냥하고 친절해 보이는 외국인 남자를 확인하고서, 그녀는 이유 없이 외국인을 두려워한 자신을 꾸짖었다. 좋아. 친절한 한국인을 보여 주겠어! 상냥한 미소로 돌아서는데 인욱에게서 전화가 왔다. 민재는 얼른 통화 버튼을 눌렀다. 문간의 외국인에게도 즐거운 눈웃음을 발사하며 다가갔다.

"여보세요? 잠깐만요, 인욱 씨. 쌩유, 고마웠어요. 쌩유 붸리 마취!"

갑자기 커다랗고 우악스러운 손이 입을 틀어막았고 민재는 사지를 정신없이 버둥대며 반항하기 시작했다. 천지가 떠나가라 목청껏 비명도 내질렀다.

"Заткнись(닥쳐)!"

또 다른 남자가 버럭 화내며 민재의 배에 주먹을 꽂았고 그 즉시 민재는 축 늘어져 버렸다. 툭 떨어뜨린 휴대전화에서 다급한 인욱의 호통이 울려 퍼졌다.

[Кто там(누구냐)! Не трогайте девушку(여자한테 손대지 마)!]

남자는 수화기에서 흘러나온 서늘한 모국어에 놀라 동료를 돌아보았다. 한국어 억양이 강하지만 어쨌든 제대로 구사하는 러시아어였다.

[Если дело ко мне, то разберитесь только со мной(나한테 볼일 있으면 나하고 얘기해 보자).]

대답 대신 남자들은 함께 낄낄낄, 웃어 버렸다. 이 여잔 이 여자대로, 남자는 남자대로 다 계획이 서 있었던 것이다. 하나가 "Поручилк"라고 헛소리를 내뱉자, 다른 하나가 살기 어린 눈빛으로 입술에 손가락을 세웠다. 지금 이 시점에서 상대에게 '의뢰' 어쩌고 객쩍은 정보를 흘릴 필요는 전혀 없었다. 이윽고 텅 빈 집, 바닥에 나뒹구는 휴대전화에서 러시아어와 한국어 호통이 쩌렁쩌렁 울려 퍼졌다.

[기다려! подождите! 끊지 마! 야! 다 죽었어, 감히! нет! 안 돼! нет! 야아!]

사랑할 때 부르는 백 가지 노래

해안 도로 갓길에 차를 세운 인욱은 머릿속이 허연 상태로 보랏빛 노을을 노려보았다. 하드톱 내린 차 안으로 비를 품은 습한 바람이 스치고 지나갔다. 민재의 비명, 생뚱맞은 러시아인들……. 드디어 윤 의원이 움직이는 건가. 인욱은 소영에게 전화를 걸어 고래고래 소리쳤다.

"허민재 휴대전화 위치 추적, 급하다! 근방에 러시아 깡패 돌아다니나 수소문하고. 윤 의원 쪽하고 연관 있나 자금 추적하고! 야, 경찰에 신고해서 지원받아!"

이런 젠장맞을! 인욱은 핸들에 얼굴을 묻고 침울한 자책감에 빠져들었다. 원래는 민재가 라디오 생방송 전까지 자유 시간이어서 저녁이나 같이 먹을 생각으로 퇴근하는 길이었다. 이런 날벼락이 떨어지리라곤. 전화기 저편에 음험하게 웃어 대던 남자들과 민재의 비명이 자꾸만 귓전에서 맴돌며 별별 희한한 생각이 다 떠올랐다. 윤 의원이 결코 얌전히 나가떨어질 위인이 아니건만. 달콤한 현실에 취해 방심하다 뒤통수 제대로 맞고 있다. 정신 똑바로 차려, 양인욱!

구 시가지 쪽에서 소속 불명의 러시아 남성 8명 목격됨.

2명 추가. 민재 씨 오피스텔에서 강도 신고받고 검거됨. 동료인지 확인 중.

“그래서, 윤 의원이 끌어들였어? 맞아?”

[그것까지는 아직 확인을. 죄송합니다!]

“이야아앗!”

인욱은 치솟는 분노에 전화기를 내던지고 온몸으로 버르적거리며 울분을 토해 냈다. 그러자 하늘도 놀란 듯 굵은 빗방울이 한두 방울씩 떨어지기 시작했다. 폭풍우가 예고된 암울한 바닷가에 야수의 포효가 낮게 울려 퍼졌다.

끼리릭—.

인욱은 뒷덜미를 서늘하게 짓누르는 철기의 낯선 감촉에 그대로 얼어붙었다.

“하아 그 자식, 더럽게 시끄럽네.”

조요한? 아니, 요한 외에도 댓 명은 되는 복면(覆面) 덩치들이 페라리를 둘러쌌다. 인욱은 담담한 시선으로 소음기 달린 러시아제 권총을 일별했다. 훗, 기가 막히다.

요한은 한 손으로는 총을 겨누고, 다른 손으론 낯익은 휴대전화를 인욱의 면전에다 흔들어 보였다.

“이거 찾아? 민재 걱정은 마. 오늘은 경고만 받는 날이거든. 우리 민재 씨, 솔직히 너보단 나한테 딱 맞는 아담 사이즌데. 몸매 탄탄하고 다리 예술이고, 머릿결도 죽이지 않냐? 흠, 내가 많이 위로해 줘야 하겠네. 이제 넌 죽을 거니까.”

인욱은 태워 죽일 듯이 요한을 쏘아보았다. 이 새끼가 호텔 방에서 혜지와 벌거벗고 뒹굴던 현장을 잡았을 때는 구역질 나게 더럽다는 것 말고는 별 감흥이 없던 인욱이었다. 하지만 저 입으로 민재에 대해서 이러쿵저러쿵하는 건 한시도 참을 수가 없었다. 다음 순간 인욱은 차

문을 벌컥 열어젖히고 비호처럼 요한에게 덤벼들어 해변에 나뒹굴었다. 같잖은 권총도 단번에 빼앗아 요한의 관자놀이에 정조준해 주었다.

"너야, 윤 의원이야, 누구야. 누가 민재한테 해코지하는데? 불어. 이 똑똑한 대가리 깨부수기 전에."

어쭈. 총구에 덤벼들 만큼 허민재에 예민하게 반응하는 양인욱이라. 신동은이든 허민재라고 부르든, 그 여자는 이 녀석의 일생일대 최악의 약점이 된 것이다.

철커덕! 요한의 신호에 6개의 우지(기관단총) 총구들이 일제히 인욱을 둘러쌌다. 요한이 썩은 미소를 흘리며 여유롭게 옷을 탈탈 털면서 일어섰다. 그리고 무릎으로 서 있는 인욱의 멱살을 붙들고 씩씩거렸다.

"인욱아! 내가 법대 공부에 휘둘리고 검찰 조직에서 살아남으려고 애쓰는 사이에, 넌 정말 거물이 됐더라. 대한민국 유일무이한 10선 국회의원을 네 마음대로 주물거리고, 검경 조폭 할 것 없이 영향력을 행사하고. 쫌 감동했다. 말 마. 대한민국 조폭들, 의리 끝내주더라. 남해안 쪽 조폭들 다 접촉했는데 너한테 의리 지킨다고 물 먹이지, 서울 조폭들은 형님들 동넨 안 가신다며 발 빼지. 얘네, 부산까지 가서 어렵게 섭외해 왔다. 윤 의원이 돈 많이 쓰셨다."

"아, 윤 의원. 역시. 훗, 하긴 윤 의원 끄나풀 정도가 네 한계지. 민재 어디 있어. 컥!"

요한이 의기양양하게 킥을 날려 인욱의 옆구리를 걷어찼다. 한 번, 두 번…… 더 세고 싶지 않을 만큼. 이내 고꾸라져 버린 인욱의 정수리를 그러잡고 자못 즐거운 탄식도 늘어놓았다.

"얀마, 너 러시아어도 하데? 히야, 얼마나 놀랐던지. 이번 일은 새 친구들이랑 쥐도 새도 모르게 처리하려던 건데. 가만 보면, 네가 꼭

내 앞길을 막더라고!"

말 떨어지기 무섭게 묵직한 주먹이 명치에 내리꽂혔다. 인욱이 쿨룩쿨룩 자지러지건 말건 명치와 복근에 한참이나 주먹질이 이어졌다.

"덕분에 요즘 경찰 지구대에 뻔질나게 들락거렸다. 자기들 눈에 띄기만 하면 일단 끌고 가더라? 대문 밖에 서너 발짝만 나가도 누가 뒤를 밟고, 어디다 전화라도 걸면 지지직거리는 잡음이 섞여 든다. 사무실엔 뭔 놈의 고소장이 날마다 날아와 쌓여! 너지, 네가 나 매장하려고 작정한 거지!"

부아가 쌓일 대로 쌓인 요한이 돌덩이를 주워 인욱의 얼굴에 내리찍으려던 찰나였다. 뻬쨔가 복면을 벗어 던지고 나직하니 요한을 들어 말렸다.

"진정하라우. 계획대로 해야디. 이럴라무는 차라리 총을 쓰자. 우리도 이따구 번거로운 짓은 싫으니끼니."

윤 의원의 계획은 내일 아침 바다에 양인욱의 자살한 사체가 떠오르는 것이다. 자살로 은폐하자면 쓸데없는 상처를 남겨서 괜한 의심을 사서는 안 된다. 요한은 내키지 않지만 돌덩이를 내던지고 대신 인욱의 멱살을 덥석 말아 쥐었다. 그리곤 웬 주사기를 인욱의 어깨에 비수처럼 꽂아 넣고 영 뜬금없는 질문을 던졌다.

"양인욱, 초봄에 아버지 삼년상 마치고 울 엄마가 흠문헌에 찾아갔을 때 말이야, 너 왜 그랬냐."

뭔 소린지도 모르는 질문에다 딱히 대답할 필요도 못 느껴서, 인욱은 '헛' 짧게 웃고 말았다. 온몸으로 뜨끔뜨끔 퍼져 나가는 약물의 힘에 굴복하지 않으려 안간힘을 썼다.

"웃어? 울 엄마가 너희 아버지한테 오래전 일 사과하시러 흠문헌에 찾아가셨잖아. 네가 우리 엄마 붙잡고서 창피 주고 행패 부렸다며. 아니라고 하지 마라. 왜! 나는 사실만 말하니까! 우리 엄마가 그 비참하고 억울한 심경 다 적어 놓으셨더라. 일기장이 온통 눈물 바람이더라. 안 그래도 심장 안 좋으신 분이 심장 벌렁거리고 눈앞이 아득하다고, 병원 가야 될 것 같다고. 그리곤 그 밤에 돌아가셨다. 아들한테, 나한텐 연락도 못 하시고! 혼자서! 바로 너! 오만방자한 청인 이사장님 때문에!"

가물대는 의식의 끝에서 난 모르는 일이라고 말해 보지만, 정작 소리가 되어 나오진 않았다. 그나마 열려 있던 청각(聽覺)에 요한의 막말이 스며들었다.

"시집와서 평생 괄시받고 사신 불쌍한 엄만 거 너도 알잖아. 나 서울 생활도 접고 민재 데리고 내려와서 살 생각까지 했었다. 더 늦기 전에 아들 노릇 좀 하려고. 근데 네가 그걸 망쳤어. 늙은 창녀라고 그랬다며? 고래고래 소리치고 일하는 사람들 앞에서 막 날뛰었다며? 너 미쳤냐? 아무럼 울 엄마가 너희 아부지 유혹하러 갔겠냐? 나보고 배신 어쩌고 헛소리 지랄하지 마. 인간부터 되라, 이 개잡놈. 아니지, 개잡놈인 채 죽어라. 개잡놈. 죽어!"

음울한 저주와 함께 요한이 축 늘어진 인욱에게 흠씬 발길질해 댔다.

"подожните! 멈추라, 안 돼. нет."

안 된다며 또다시 만류하는 잿빛 새치 머리를 확 밀쳐 내고, 요한이 휘청거리며 물러섰다.

"난 괜찮아. 이 새끼 죽을 자리나 봐 줘."

의식이 가물가물해지는 인욱의 귀에 마지막으로 들려온 냉정한 일갈이었다.

"잘 잤어? 생각보다 조용히 잘 있네?"

윤혜지? 목소리가 들려서 눈을 떴지만, 토할 것 같은 무지근함에 민재는 숨조차 쉬기 힘들었다. 청 테이프로 입을 막고 팔다리도 죄다 묶여 있었다. 이건, 소리 지르지도 도망가지도 말란 뜻이었다.

목말라! 정오 라디오 뉴스를 마치고 시원한 커피를 한 잔 마시려고 방송국에서 나온 것까진 기억났다……. 혜지는 호화로운 선글라스를 정수리로 우아하게 밀어 올리며 테이크아웃 커피 잔을 민재 앞에 내려놓았다. 이 와중에 컵을 타고 흘러내리는 물방울을 보고 뻣뻣하게 말라 버린 목구멍이 물을 달라고 난리를 쳤다.

"커피 할래?"

앗! 갑자기 혜지가 청 테이프를 찌익 뜯어냈다. 곧 고통스러워하는 민재의 입에다 차가운 커피를 마구 쏟아 부었다. 반은 흘리고 반은 마시고, 쿨럭쿨럭 사레들린 민재에게 혜지가 짜증스럽게 경고했다.

"그래, 양인욱이랑 어디까지 갔니? 잤어? 좋았어? 어?"

민재는 두 눈이 뒤집어지도록 몸부림치며 반항하기 시작했다.

"조용히 해. 수틀리면 얼굴 가죽 벗겨 버린다."

진짜 그러고도 남을 것 같은 섬뜩한 저주에 민재는 반항을 멈추고 혜지를 바라보았다. 혜지는 민재 앞에 쪼그리고 앉아 반짝이는 손톱으로 민재의 얼굴을 쓸어내렸다.

"어쩌다가 이렇게 생겨 먹었니. 너도 참."

순간 민재의 머릿속으로도 언젠가 카페 2층에서 본 액자가 스쳐 지나갔다. 하지만 이건 그냥 확률의 문제일 뿐, 그 여자를 닮았다는 이유만으로 민재를 탓할 순 없지 않나? 이성적으로 납득을 시켜야 될 텐데. 민재는 분노가 일렁이는 혜지의 얼굴에서 '이성만 부재중'인 걸 알아차렸다.

"울 남편이 너만 보면 정신줄을 놓더라. 발정 난 암캐에 올라탄 것처럼 막 졸라 대던?"

민재의 얼굴에 화르르 열기가 몰려들었다. 지은 죄도 없이 혜지의 눈을 피해 버렸다. 단박에 혜지의 비웃음이 날아들었다.

"글케 좋았어? 어우, 야아. 머리가 있다면 그게 무슨 뜻인지 알아야지. 그 사람 눈에 자긴 신동은이야. 죽은 신동은이 환생해서 눈앞에서 알짱거리는 거라고. 첫사랑이고 첫 와이프가 자기 곁에 돌아왔다고 눈 뒤집어진 남자라니까."

아니야! 그런 거 아니라고 그동안 인욱이 몇 번이나 민재를 설득했었다. 속이 개운해지도록 믿음이 생겼다고는 못 하겠지만 이대로 혜지 앞에서 굴복할 순 없었다.

"그래, 나 세컨드였어. 신동은 고게 죽었거든. 걔 죽고서 양인욱도 따라 죽겠다고 난리법석 치는 걸 양가 어른들이 간신히 뜯어말렸지. 나랑 결혼하고 맘 잡고 산 거야. 휴, 진짜 어디서 이런 짝퉁이 굴러 와 가지곤 잔잔한 호수에 돌을 던졌겠니."

짝퉁. 이건 민재에게 생각보다, 예상보다 커다란 반향을 불러일으켰다. 그냥 좀 무서워서 곁에 있기 힘겨웠던 남자였을 뿐이었는데. 언제부턴가 친절한 내면이 드러나 보여서 야금야금 호감으로 바뀌고 있었을 뿐이었는데. 그 남자는 한순간에 민재의 방어선을 뚫고 들어왔다.

"최고에 최상에만 익숙한 남잔데. 하긴 세월이 참 많이 흘렀지. 그 성격에 잊지도 못하고 무척 외로웠던가 봐. 너 같은 짝퉁에도 그냥 무너지네?"

짝퉁, 짝퉁! 민재는 두 눈을 질끈 감고 그 서러운 단어를 외면해 버렸다. 애초에 서로에 대해 많이 알지도 못하는데 너무 쉽게 마음을 열던 그 사람. 정말 민재에게 마음을 열었던 걸까, 아니면 민재의 얼굴에 비친 다른 소녀를 떠올린 걸까. 나 정말 짝퉁인 거야?

요것 봐라. 동은이 정도면 기억상실 연기쯤 기똥차게 해내리라 예상은 했지만, 지금 건 연기가 아니었다. 허민재의 유리 멘탈은 깨지기 일보 직전이었다. 진짜 기억상실이었어?

"우리 남편 하는 짓도 눈꼴시지만 자기도 죄 없는 얼굴 할 건 아니지? 조요한한테 울고불고 매달리던 게 언젠데. 흐음? 젊고 잘생기고 돈도 많다니깐 확 구미가 당겼어? 같은 여자로서 창피하다. 경고하는데 몸뚱이 그따위로 놀리지 마."

"웃겨. 자기가 원해서 이혼해 놓고서 뭐가 우리 남편이야. 이상한 여자야. 당장 풀어. 경찰에 신고할 거야!"

"어머, 어머, 음전한 척은."

혜지가 혀를 끌끌 차며 스마트폰을 민재의 코앞에다 밀어 넣었다. 민망할 정도로 음란하게 째근대는 남녀의 숨소리가 적나라하게 울려 퍼졌다.

"돈만 주면 비밀도 없는 세상이야. 너희 둘이 이렇게 내 뒤통수를 치는데 가만있으라고?"

입을 꾹 다문 민재에게 혜지가 그 예쁜 얼굴로 너무 너무 상냥하게 속삭였다.

"동은아, 아니, 동은이 짝퉁아. 아직도 양인욱이 네 것 같니?"

아니라고 바락바락 우겨야 하는데 주르륵 눈물만 흘러 버렸다. 이러면 지는 건데.

"뭣들 하는 거야!"

느닷없는 호통 소리에 혜지도 민재도 움칠 놀라 버렸다. 모시 한복을 곱게 차려입은 윤 의원이 오만상을 찌푸리고 척척 다가왔다. 그리곤 다짜고짜 혜지의 뺨을 내갈겼다. 들끓는 분노가 낮고 걸걸한 그의 목소리에서 여과 없이 뿜어져 나왔다.

"내 손님으로 모시라고 했더니!"

"잘못했어요, 할아버지."

"닥쳐라!"

윤 의원은 민재에게 돌아서서 차마 눈 뜨고는 못 볼 꼴을 본 듯이 어쩔 줄을 몰라 했다. 그의 손짓에 누군가 포박을 풀어 주었고, 그 와중에도 한탄은 내내 이어졌다.

"미안해서 어쩐다. 아이고, 미안스러운그. 아이고, 죄송스러운그."

윤 의원이 자상한 할아버지처럼 자유로워진 민재에게 손을 내주었다. 하지만 민재는 허옇게 질려서 그 손을 뿌리쳐 버렸다.

"때, 때리지 말고 말로 하세요! 왜 사람을 때려요!"

혜지는 아픈 뺨을 붙들고 할아버지와 비릿한 미소를 주고받았다. 윤 의원도 짐짓 자애로운 미소를 지으며 민재에게서 한 걸음 물러섰다.

"내가 잘못했수다, 아나운사 양반. 옛날 사람이 되어 가지고 내 핏줄이 잘못하면 된통 혼을 내 버리거든. 나한테 제대로 배워야 밖에 나가서 잘할 것 아니냐고. 부디 마음 푸시게."

윤 의원이 다정하게 다가올수록 민재는 숨길 수 없는 거부감에 더욱 몸을 사릴 뿐이었다.

"아나운사 양반, 듣자 하니 우리 손녀사위가 자네 약혼자였담서? 어이고. 자네가 조 군과 헤어지고 무척 힘겨워했다고 듣긴 했네만. 내가 이리 무심했네."

어머. 이 깜찍한 할아버지 보게. 누굴 바보로 알고. 당신이 조요한 부추겨서 혜지랑 정략결혼시킨 줄 뻔히 아는데. 사람을 꼭두각시마냥 조종하시는 분이면서.

"걱정해 주셔서 감사합니다만. 다 지난 일이고 더는 심려하지 않으셔도."

"다행이시네. 낯선 도시에서 혼자 동동거리면서 잘 적응하고 있다니 말이네."

에? 에. 민재는 노인 말투에 잔가시가 다닥다닥 박힌 듯이 묘한 느낌을 받았다. 윤 의원은 민재에게 다사롭게 웃어 주며 계속 말을 이어 갔다.

"아나운사 양반도 지금쯤 들어서 알고 있겠지만, 양 이사장 첫 부인이 있었지."

민재의 눈치를 살피듯 잠시 말을 끊은 윤 의원이 덥석 민재의 손을 잡아챘다. 뻣뻣하고 마디 굵은 손가락들이 철창처럼 민재를 가둬 버렸다.

"근데 말이네, 요번에 조 군과 우리 혜지가 조사해 보니, 그 아이가 여태 살아 있었다는 거야. 미욱한 내 인맥을 동원했더니 또 어찌 어찌 찾아지더군. 놀랍지 않은가."

민재의 눈망울이 화악 두 배로 커져 버렸다. 신동은이 살아 있어? 미간에 두 갈래의 굵은 주름이 점점 깊어져 갔다. 죽었다며! 어떻게 살아 있어? 타는 민재의 속은 아랑곳 않고, 윤 의원이 자못 심각하게 속내를 털어놓았다.

"양 이사장에게 이걸 알려야 할지 말아야 할지. 전같이 사는 게 공허한 녀석이었다면 당장이라도 알려 주었겠지만. 요즘은 아나운사 양반하고 사람 사는 시늉하며 잘 지내고 있지 않은가. 고민일세. 옛 사람을 다시 불러다 양 이사장에게 혼란을 주는 것이 과연 옳은가 그른가. 참말로 고민일세. 허나, 어떻게든 결론을 내야겠지."

민재는 신동은이 살아서 양인욱의 곁으로 돌아온다는 소식에 일순 공황에 빠져들었다. 나는? 나는 어쩌라고? 윤 의원의 손아귀에 갇힌 채 민재의 두 손이 바들바들 떨리기 시작했다. 딛고 선 땅이, 머리 위 하늘이 죄다 바들바들 떨리기 시작했다.

"어찌 내 하는 일은 전부 허 아나운사 마음을 상하게 하는 일뿐인가. 쯧쯧. 조 군도 그렇고, 신동은 양을 데려오는 것도 어쩌다 보니 우리 아나운사 양반이 제일 힘들어지겠어. 허허, 이를 어쩐다."

민재는 의연한 척 입을 꾹 다물고 눈물을 참아 냈다. 울지 마, 여기선 울지 마.

"그런 의미에서."

민재의 손등을 토닥여 주며 윤 의원이 넉살좋게 히죽거렸다.

"이미 은퇴한 몸이지만 지난날 면식 익혀 둔 몇몇 연줄을 동원해서 허 아나운사를 서울 본사에 돌려보내 주십사 부탁을 드려 놨다네. 곧 좋은 소식 있을 것이니, 혹시 이 늙은이나 내 미흡한 손녀와 손녀사위를 원망했다면."

"안 했습니다! 아니, 정말 안 그러셔도!"

"하여간 씩씩해서 좋아, 우리 허 아나운사는."

사람을 시켜 민재를 정중히 배웅해 주고, 윤 의원이 뒷짐을 지며 손녀에게 돌아섰다. 혜지는 어쭙잖은 말보다 경애를 듬뿍 담아 박수를 쳐 주었다. 윤 의원은 손녀를 냉정히 일별하고 섬뜩하게 일갈했다.

"네가 대체 뭐 하는 종자더냐! 그거 인마, 양가 놈한테 걸렸으면 납치에 살인미수라니까! 할애비가 그놈한테 당하는 것 보고도 몰라? 절대 그놈한테 꼬투리 잡힐 짓 하지 마라!"

"죄송해요. 다시는 이런 일 없게 할게요. 정말이에요."

혜지가 진심으로 사죄하자 윤 의원도 곧 차분히 노기를 다스리며 향후 가능성들을 읊조렸다. 일찍이 인욱이 간파한 대로, 사람 마음을 장난으로 쥐어짜는 재주가 탁월한 양반다웠다.

"허 아나운사가 이대로 서울로 가 버려도 양가 놈은 곤란할 것이요, 안 가고 저 모양 저 꼴로 징징거려도 골치 아플 것이며, 가족끼리 죽고 죽인 그 더러운 혈통의 실체가 드러난다면 그야말로 최상의 시나리오다. 여러 모로 허 아나운사는 우리한테 귀한 카드니라."

"브라보. 브라보."

발상의 전환이란 이런 것이다! 허민재가 신동은의 귀환에 벌벌 떨며 괴로워하는 즐거움을 누리게 될 줄이야. 혜지는 속이 다 후련했다.

⁂

"뭐 더 피해 보신 건, 진짜 없으셔?"

오피스텔에 돌아와 보니 2인조 외국인 강도 신고가 들어왔다며 경찰이 출동해 있었다. 민재의 비명에 누군가 신고를 했더란다. 경찰들은 예리한 시선으로 멀쩡히 돌아온 민재를 살피며 다그쳤다. 민재는 별일 없었다고 한사코 안심시켰다.

"비명 나고 문 열어 둔 채 집을 비우고 없어지셨던 아가씨가 아무

일 없었다고요? 정 말하기 거시기하면 여경 불러 드릴까?"

"아니, 진짠데. 그러고 보니까 휴대전화가 없어지긴 했네요."

여전히 못 미더워하는 경찰이었지만 곧바로 들어온 무전 연락에 후다닥 돌아가 버렸다.

"뭐이여! 청인 이사장이 실종 신고? 해변에 차만 남았다고? 어메, 이게 뭔 일이여!"

민재도 어안이 벙벙해서 경찰을 따라 엘리베이터에 올랐다.

"아가씨는 담에 강도들 잡히면 서에 오셔서 면상 확인이나 해 주시면 됩니다."

"양인욱 씨가 실종됐다고요?"

민재가 발만 동동 구르는 그때, 수색대와 구급 대원들에게 비상 호출하는 지령이 지글지글 무전에서 흘러나왔다. 경찰 하나가 어림없다는 듯 혀를 차며 말했다.

"헬기 띄울라나 보네. 이런 날씨에 띄워 봐야 찾아질랑가."

밖은 이미 짙은 어둠과 더 짙은 먹구름에 하늘 한 점 보이지 않았다. 민재는 섣부른 절망 대신 경찰의 소맷부리를 붙들고 통사정하기 시작했다.

"경찰관님! 저 좀 헬기 있는 데로 데려가 주세요! 저 양인욱 그 사람하고 사귀거든요? 무슨 일이 났는지 가 봐야 돼요, 제발요!"

눈물까지 글썽이며 절박하게 매달렸지만 경찰관들은 투미한 시선으로 민재의 생김을 슥 훑고서 돌아서 버렸다. 그래, 나 이렇게 생겼다! 양인욱보다 한참 딸린다! 젠장! 이대로 물러날까 보냐.

"잠깐만요! 사실은요, 제가 여기 방송국 기자거든요? 청인 이사장 실종 사건이면 일생일대의 특종이잖아요! 제발요! 신참 딱지 뗄 절호의 기회랍니다! 제가 제일 먼저 가게 도와주세요! 부탁드립니다!"

꾸벅 폴더 인사를 올린 민재의 뒤통수로 어이없다며 웃는 경찰들의 대화가 들려왔다.

"어메. 여기 임진아 같은 여자가 또 있었네. 암튼 방송국 기자들은 특종이라면 물불을 안 가리는구만. 갑시다. 뭐 헬기까지야 못 보내 드리겠어?"

헐. 임진아 선배! 임 선배! 감사…… 충성!

그렇게 민재는 경찰차를 얻어 타고 해안 경찰청 헬리포트에 도착했다. 저만치 낯익은 얼굴도 다가왔다.

"민재 씨! 어쩐 일이에요! 혹시 형 실종된 거 들었어요? 지금 수색 나갈 건데."

"인겸 씨! 저 좀 데려가세요!"

엥? 어이없어하는 인겸과 경찰들, 구급 대원들에게 민재는 자신만만하게 말했다.

"저 데려가세요. 후회 안 하실 거예요."

⁂

민재야. 의식이 돌아왔을 때 맨 처음 떠오른 이름이었다. 어디서 무슨 고초를 겪고 있을지 걱정이 되어 미칠 것 같았다. 그런데…….

뭔가 작고 잽싼 것들이 움직이는 소란에 인욱이 눈을 번쩍 떴다. 아주 가볍고 재빠른 무언가가 인욱의 눈앞으로 슝 지나갔다. 뭐지? 일어나고 싶은데 몸이 움직여지지 않았다. 간신히 조금 몸을 뒤척이자 촉촉하고 찰진 바닥이 늪처럼 스윽 그를 빨아들였다. 밭은 호흡에 비릿한 갯내음이 폐부 깊숙이 파고들었다. 그때 또 무언가가 언뜻 눈앞으로 스쳐 갔다. 번개처럼 모였다 흩어지며 그를 놀라게 한 것들은, 바로 수천만 마리의 칠게들이었다.

남해안 이 바다는 썰물이 되면 광활한 개펄이 드러나고 그 개펄은 온갖 게들이 주인이었다. 그러므로 조요한과 러시아 덩치들이 그를 드넓은 개펄 끝에 버리고 갔다는 이야기가 된다. 탁월한 선택이로군. 밤새 이곳에 널브러져 있으면 곧 물이 찰 것이고 인욱은 죽을 것이다. 그러면 저 게들이 몰려들 것이다. 먹어 치워야 할 쓰레기라고 여기며 밤새 수천만 마리가 몰려들어 마지막 한 점까지 사체를 깨끗이 먹어 치울 것이다. 아마 다음 썰물 때는 백골만 남지 않을까. 제기랄. 인욱은 착잡한 입맛을 다시며 먹구름이 잔뜩 낀 밤하늘을 올려다보았다. 저 먹구름이 몰고 올 폭우와 백중사리. 오늘은 날씨마저 요한의 편이었다.

"젠장! 슈! 저리 가! 슈! 이야아아아아!"

살아 있는 거의 모든 것들이 두려워하는 인욱의 사자후도 게들에겐 통하지 않았다. 제기랄. 인욱은 팔다리를 퍼덕거려 게들을 쫓으면서 아까 들은 헛소리를 되새겨 보았다.

—우리 엄마가 흠문헌에 찾아갔을 때 말이야, 너 왜 그랬냐.

우스운 새끼. 뭘 어떻게 오해했는지 몰라도 이제 보니 정말 한심스러운 새끼였다. 내가 너 미련한 머리를 깨우쳐 주기 위해서도 여기서 죽으면 안 되겠다. 그지? 그리고, 허민재. 머리카락 한 올이라도 다쳤으면 넌 그냥 내 손에 죽는다.

그때 찰랑찰랑, 귓가에서 잔파도가 느껴졌다. 큰일이다! 인욱은 시커먼 먹구름 층을 노려보았다. 만조가 다가온다. 물이 차기 전에, 폭풍우가 치기 전에 일어나야 한다. 어이, 양인욱. 두려워 마라. 넌 할 수 있어. 인욱은 이를 악물었다.

"하나, 두울, 셋!"

으윽. 힘겹게 일어선 인욱은 걱정스럽게 먼 바다로부터 불어오는 거센 바람을 노려보았다. 폭우를 실은 바람이 구름을 밀어내자 보름달이 구름 사이로 반짝 얼굴을 내밀었다 사라졌다. 인욱은 보름달을 등지고 북쪽으로 걷기 시작했다. 민재야.

"지금 가고 있다. 기다려."

그가 힘겹게 돌아선 그때에도 저 먼 바다로부터 끊임없이 조수가 밀려들었다. 인욱의 느린 걸음을 비웃듯 점점 빠르게, 점점 거세게 그를 향해 달려들었다. 따라잡히는 건 시간문제다. 인욱이 한 걸음 한 걸음 내디딜 때마다 수천만 마리의 칠게들이 두 팔을 들고 '우하하하' 몸을 흔들어 댔다. 몸이 점점 더 무거워져 한 걸음이 백 년 같았다. 어느샌가 발바닥에 촉촉한 물기가 느껴졌다. 또 한 걸음 내딜으면 발목에 물이 찰랑였다. 그렇게 얼마 못 가서 종아리까지, 허벅지까지 물이 차올랐다. 인욱은 더 이상 걷는 게 무의미하다는 걸 알고 있었다. 밀려드는 밀물 속에서 넘어지지 않으려 허우적대는 게 전부였다. 해안은 아직 멀었고, 그는 이제 서 있기도 힘들다. 아아, 이제 정말 끝인가. 투둑, 투둑, 예정돼 있던 굵은 빗방울이 떨어지기 시작했다. 갯바람마저 인욱을 거세게 내몰았고 거대한 물결이 인욱을 쓸고 지나갔다. 휩쓸린다⋯⋯. 인욱은 물에 휩쓸려 넘어지는 마지막 순간에 환하게 웃던 민재의 얼굴을 떠올렸다.

―시간을 딱 한 번만 되돌릴 수 있다면, 오빠야, 넌 이 손을 구할래,
    동은이를 구할래?

　가르쳐 줄까. 난 손도 동은이도 되돌리고 싶지 않다. 그냥 그 시간
들은 그대로 두고 싶다.
　민재야. 시간을 되돌릴 수 있다면, 여섯 시간 꼬박 기다려 너를 품
에 안았던 그 매미 소리 소란스러웠던 아침으로. 아니, 로마네 콩티
맛이 나던 입맞춤의 순간으로. 아니, 아니, 사실은…… 네가 카페에
처음 찾아온 그날로. 바닷바람에 머리카락을 흩날리며 돌아서던 그
환한 웃음에게로. 한 번만 되돌릴 수 있다면, 부디! 너에게로…….
　"안 돼!"
　어디선가 고통스러운 비명이 들려왔다. 바다가, 바람이, 비명을 질렀
어? 인욱이 두 눈을 크게 치뜨고 하늘을 향해 몸을 뒤틀었다. 암흑처
럼 내리누르는 묵직한 먹구름, 거칠고 습한 바람 그 너머에서 무언가,
아니, 누군가가 똑바로 그를 향해 날아오고 있었다!
　"인욱 씨!"
　머리꼭지까지 차오른 바닷물에 휘말려들면서도 인욱은 기분이 참 이
상했다. 저 목소리는 분명 민재 목소린데, 왜 바람을 뚫고 민재의 목소
리가 들려오는 건지. 이상하기도 하지. 그러다 인욱의 몸뚱이가 핑그
르르 돌면서 머리가 바다 밑바닥을 향해 거꾸로 떨어지기 시작했다.
　풍덩! 구름을 뚫고 날아온 누군가가 칠흑 같은 바다 속으로 뛰어들
어 인욱을 향해 똑바로 헤엄쳐 왔다. 그러고는 낑낑대며 몸부림치며
인욱의 목과 가슴을 팔로 감아서 수면 위로 끌어올렸다. 힘찬 발차기
로 바닷물을 밀어내며 두 사람은 곧장 수면으로 솟구쳐 올랐다.

“어푸, 쿨럭. 헬기가 어디로 갔지? 너무 많이 떠밀려 왔다. 인겸 씨가 걱정하겠는데?”

풍랑이 거칠어, 민재는 매운 기침을 연신 터뜨리며 축 늘어진 인욱을 붙들었다. 흉곽 아래서 심장이 뛰고는 있었지만 이대로는 이미 위험했다. 다행히 파도가 육지 쪽으로 몰아치고 있어서 민재는 훨씬 수월하게 덩치 큰 인욱을 이끌어 갔다. 아니, 그건 취소. 왜냐하면…….

어? 저거 자살 바위인데?

갑자기 물살이 훨씬 더 세졌다. 그렇다면 저 바위 아래는 다른 곳보다 훨씬 더 깊다는 의미였다. 백중사리와 폭풍우가 합작해 낸 거대한 해류가 민재와 인욱을 점점 더 거세게 바위 쪽으로 내몰았다. 경치 구경할 때는 멋져 보였던 기암괴석들이 거친 풍랑에 휩쓸린 두 사람에게는 생명을 위협하는 암초가 되어 버렸다. 민재는 인욱을 붙든 손에 온 힘을 집중하고 파도에 맞섰다.

“힘내자, 허민재. 힘내요, 인욱 씨. 여기서 이러고 안녕은 싫다고!”

쓰나미처럼 거대한 파도가 저 멀리에서부터 무서운 속도로 다가왔다. 이대로 있다가는 인욱과 함께 바위에 부딪혀 납작 오징어가 될 게 뻔했다. 민재는 뱃속에 공기를 가득 담고서 인욱을 수면 아래로 끌고 들어갔다. 곧이어 거대한 벽처럼 밀려온 물의 힘에 민재와 인욱은 엄청난 속도로 암초 지대로 팽개쳐지고 말았다.

놓치면 안 돼! 민재는 인욱을 꼭 끌어안고서 죽을 둥 살 둥 소용돌이치는 파도를 버텨 냈다. 그렇게 진공 파이프 같은 소용돌이의 수압에 떠밀려 어딘가로 쑥 빨려 들어갔다.

“으으, 죽을 뻔했네.”

두 사람이 엄청난 수압에 밀려 도착한 곳은 신기하게도 웬 동굴 안이었다. 어디선가 바람이 드나드는 소리가 나고 약한 빛도 스며들었다.

일단 민재는 부랴부랴 마른 바위 위로 인욱을 밀어 올렸다. 그리고 급히 맥박을 확인했다. 어둠 속에서 온몸을 더듬어 상처 난 곳은 없는지도 확인했다. 거의 동시에 마우스 투 마우스 인공호흡을 시작했다. 차갑게 얼어붙은 입술끼리 부딪혀 민재의 뜨거운 한숨이 인욱에게로 스며들었다. ……세 번, 네 번. 민재는 눈물이 날 것 같은 약한 마음을 틀어쥐고, 더욱 뜨겁고 더욱 깊게 숨을 밀어 넣었다. 살아나 줘. 제발 눈을 떠!

"쿨럭!"

"살았다!"

바닷물을 토해 내긴 했지만 여전히 인욱은 온몸이 얼음장인 데다 비몽사몽이었다. 이러다간 기껏 물에서 구해 냈어도 저체온중으로 어이없이 죽을 수도 있었다. 민재는 따뜻한 입김에 데운 두 손으로 차가운 피부를 세게 문질렀다. 가슴도 배도 팔다리도, 민재는 땀이 날 정도로 열심히 인욱의 커다란 몸을 문질러 주었다. 열심히 문지르고, 쉴 때도 인욱을 꼭 끌어안고서 온기를 나누어 주었다. 하지만 뭔가 역부족이었다. 역시 심부(深部)의 체열을 올리지 않으면 겉에서 아무리 해 봤자 소용없는 걸까. 눈을 떠, 양인욱. 죽지 마. 제발. 민재는 어떻게 해서든 깨워 보려고 인욱의 뺨을 토닥이며 애원하듯 속삭였다.

"사랑해, 양인욱."

아무리 문질러도 도로 차가워지는 남자를 품에 끌어안고서 민재는 뜨겁게 입을 맞추었다. 열기를, 생명을 불어넣어 주었다. 늘 감탄했던 턱을 어루만지고 완벽한 치열을 감상하며 깜빡 본분도 잊을 뻔했다.

몽롱하게 몰입하던 어느 순간에 커다란 손이 민재의 머리채를 감아 쥐고서 빙그르 몸을 뒤집었다. 어? 커다란 남자가 잔뜩 긴장한 채 민재를 뚫어져라 내려다보았다. 어두운 게 얼마나 감사한지. 벌겋게 달아오른 얼굴을 들킬 수는 없으니까. 의식도 없는 남자를 뻔뻔하게 탐했다고 뭐라 하기만 해 봐. 분명히 기능적으로는 응급조치 중이었다!

"……나 죽었나. 어이, 말 좀 해 봐."

"죽긴! 기껏 살려 놨더니! 응급조치하고 있었는데. 아까 인공호흡도 하고. 마, 마시지도 했는데, 소용이 없어서. 심부 체열을 높이, 헉! 왜요?"

느닷없이 인욱이 양손으로 민재의 정수리부터 툭툭 훑어 내리기 시작했다. 얼굴이며 두상이랑 목도, 가슴도, 배도, 등도, 팔다리도 전부. 어둠 속에서 실루엣으로만 보이는 남자가 온 정신을 집중해서 민재를 통째로 스캔해 버렸다. 그리고 이내 안도하며 민재를 묵직한 몸으로 내리눌렀다. 부들부들 떨리는 두 손으로 얼굴을 감싸 쥐었다. 쿵, 쾅, 쿵, 쾅, 누구 것인지 모를 고동 소리가 거칠게 울려 퍼졌다.

"좋아."

"응?"

"심부 체열을 높여 보자고. 둘 다 얼어 죽기 전에."

놀라 도망가려는 민재를 얼음 조각상 같은 온몸으로 내리누르며, 뜨거운 혀가 폭풍처럼 걷잡을 수 없이 밀려 들어왔다. 민재를 단단히 붙들고서 그는 영혼 밑바닥까지 빨아들이려는 듯 거침없고 단호했다. 부러질 듯 한껏 휘어진 가는 목을 뜨거운 입술이 핥고 물고 쓰다듬었다. 주저 없이 젖은 셔츠와 속옷을 잡아당겼고 드러난 하얀 젖가슴과 작은 유두에 음산한 신음을 내질렀다. 데일 듯 뜨거운 입으로 그는 맛있게도 유두를 물고 빨았다.

미쳤어. 미쳤어. 얼어 죽어 갈 땐 언제고. 무슨 힘이 남아돌아서.

민재는 몽롱한 열기에 취해 간신히 인욱의 어깨를 흔들었다. 거친 호흡을 몰아쉬며 애처롭게 속삭였다.

"그냥 밖으로 나갈 방법이나."

"민재야, 쉿. 들어 봐."

인욱이 민재의 가슴골을 따라 동그랗게 손가락을 미끄러뜨렸다. 여린 신음이 새어 나와 사랑스러운 잔향(殘響)을 흩뿌리며 동공(洞空) 저 높은 위까지 울려 퍼졌다. 그것은 경이로운 체험이었다. 놀라 내뱉은 민재의 밭은 호흡조차 동굴 안에서 천상의 음악인 양 메아리쳤다.

"왜 백음대라고 하는지 알겠지?"

즐거운 울림이 가득한 목소리가 어두운 실루엣에게서 흘러나왔다. 민재는 조각상처럼 아름다운 실루엣에, 동굴에 울려서 더욱 황홀하게 전해지는 서로의 신음에, 푹 빠져들었다. 어두움을 가르는 심호흡 들이켜는 소리와 함께, 인욱이 긴 손가락으로 단호하게 민재의 아래턱을 잡아당겼다. 놀란 비명이 새어 나오던 입술을 열고 그대로 돌진해 들어왔다. 도망가려는 작은 혀를 휘감고서 그가 으르렁거렸다. 빙하처럼 차가운 손이 가는 팔을 머리 위로 밀어 올렸다. 민재가 쾌감에 떨며 신음을 토해 낼 때까지 무방비하게 드러난 가슴을 움켜쥐고서 희롱을 멈추지 않았다.

"민재야, 하자."

작은 팬티 위로 적나라하게 느껴지는 그의 욕망 덩어리에 민재는 또 움칠하고 말았다. 이 남자는 이렇게 온몸으로 민재에게 부딪쳐 오고 너무나 쉽게 경계를 무너뜨려 버린다. 거부가 더 이상 필요 없을 만큼. 민재는 동공을 가득 채운 항복의 신음으로 대답을 대신했다.

두 눈을 감아도 나직하게 목젖을 울리는 웃음소리가 민재의 온몸으로, 온 마음으로 스며들었다.

그렇게나 즐거운가. 뭐 당신이 좋으면 나도 좋으니까.

인욱이 미루나무처럼 긴 다리로 민재의 다리를 열고 자리 잡았다. 보송보송한 살갗 위로 방황하던 긴 손가락이 팬티를 끌어내렸고 민재는 뜨거운 한숨을 내쉬었다. 커다란 두 손에 쏙 잡히는 작은 엉덩이를 움켜쥐고 인욱이 뜨거운 입술을 아래로 아래로 미끄러뜨렸다. 민재는 온통 그 입술의 움직임밖에는 다른 건 집중할 수가 없었다. 정확히 민재의 숲 속 샘으로 찾아든 뜨거운 입술을 까무러칠 듯 헐떡이는 신음으로 환영해 주었다. 부끄러움도 잊은 채 인욱의 어깨에 두 다리를 엮고서 그의 젖은 머리카락을 쓰다듬으며 인욱이 연주하는 대로 높고 낮고 길고 짧은 환희의 비명을 내질렀다. 온 동굴을 한 바퀴 휘젓고 다시 민재의 귀로 돌아온 그 비명은 민재가 듣기에도 황홀하고 흥분될 정도였다. 민재는 열기로 터져 버릴 것 같아 어둠을 향해 두 손을 내밀었다. 유혹하듯, 재촉하듯.

인욱이 의기양양하게 몸을 일으키고 셔츠를 벗어 던졌다. 민재는 어둠 속에서 벗은 몸을 더듬더듬 쓰다듬었다. 강철처럼 무겁고 단단하지만 생고무처럼 탄력 있는 몸이 그 손길 아래에서 흥분에 떨고 있었다. 촉감만으로도 이미 진수성찬인 몸을 민재의 두 손이 음미하듯 쓰다듬었다. 인욱도 자기 몸이 민재의 마음에 쏙 들었다는 것을 알아차리고 만족감에 그르렁댔다. 기대감에 들뜬 두 몸이 서로의 피부에 밀착한 채 뜨거운 몸부림을 시작했다. 싸우듯 격렬하고 깊은 입맞춤으로 서로의 신음을 집어 삼키던 그때, 인욱이 얇고 매끈한 민재의 허벅지를 움켜쥐고 부드럽게 열어젖혔다. 뜨겁게 달아오른 민재도 기대에 부풀어 인욱에게 온몸을 열어젖혔다.

"사랑한다, 허민재!"

무섭도록 거칠고 깊게 파고들며 인욱이 거침없이 내질렀다. 민재의 이름 세 글자가, '사랑한다'가, 두 사람의 열광적인 몸부림 위에서 온 동굴 안을 울리고 울리며 저 먼 위까지 울려 퍼졌다.

사랑한다, 사랑한다, 사랑한다, 허민재, 허민재, 허민재. 사랑한다, 허민재…….

격렬한 쾌감이 스쳐 지나간 일그러진 얼굴에 순식간에 환한 함박웃음이 떠올랐다. 민재는 인욱을 꼭 끌어안고 그가 이끈 천국으로 함께 날아올랐다. 나도 사랑해. 당신, 양인욱.

고요하고 평화로운 침묵이 이어졌다. 민재는 절정 후 무너져 내린 인욱에게 안겨 하염없이 그의 눈을 들여다보았다. 인욱이 기운 없는 손길로 민재의 입술을 쓰다듬으며 넌지시 물었다.

"……왜."

민재는 살래살래 고갯짓하고 가만히 혼자 웃었다. 더 애태우고 말할 거야. 지금은 혼자 간직해야지. 긴 손가락이 민재의 웃는 입술을 따라 호를 그리며 보드랍게 쓰다듬었다.

"……러시아 녀석들한테 납치된 줄 알았더니. 어떻게 된 건데."

철렁, 심장이 내려앉으면서 혜지의 다정하고 상냥했던 저주가 떠올라 버렸다.

─동은이 짝퉁아. 아직도 양인욱이 네 것 같니?

"누가 내 비명 듣고 신고를 해 줘 가지고. 별일 없이, 무사히. 네."

반은 진실이지만 또 반은 거짓말로 둘러대며 민재는 숨 죽여 인욱의 반응을 살폈다. 아직은 윤 의원한테 들었던 엄청난 뉴스를 실토하고 싶지 않았다. 적어도 여기 이 시간만은 온전히 민재와 인욱 두 사람만의 추억이기를 바랐다.

"난 또. 그나마 다행이네. 너 인질로 잡힌 줄 알고. 사람 마음을 장난질로 쥐어짜는 건, 윤 의원 그 양반 참 악취미시거든."

조요한 녀석이 그새 배웠군. 인욱은 후우우, 긴 한숨을 내쉬었다.

"그 영감님 하는 말은 반 접어 듣고, 두 배로 의심해야 돼. 방심할 수가 없어."

그, 그런 거야? 양심이 콕콕댔지만 민재는 일단 한시름 놓이는 기분이었다. 근데 신동은이 살아 있다는 말을 반 접으면 뭐가 되는 거지?

"인겸 씨가 구조 헬기로 수색 나간다기에, 나도 끼워 달랬어요."

"양인겸 이 미친 게……."

인욱이 씩씩 거친 숨소리로 민재까지 꾸짖었다. 곧 말간 민재의 웃음소리가 터져 나왔다.

"인겸 씬 태울 만하니까 태운 거예요, 욕하지 마요. 나요, 철없는 민간인 아니거든요? 이래 봬도 호주 국가 공인 1급 라이프가드 자격증 소지자랍니다. 바다에 빠진 사람은 초기 대응이 아주 중요하거든요. 봐요, 내가 인욱 씨 살렸잖아."

"진짜 라이프가드 맞아?"

"네! 어릴 때 물에 빠져 죽을 뻔했다고 말했죠? 호주 살 때. 또 물에 빠져 죽게 할 순 없다고 아빠가 막 닦달하셔서 수영도 배우고 아예 라이프가드 자격까지 땄어요. 아오, 진짜 힘들었어요. 지금도 날마다 하루 10km씩 러닝머신 타고요, 바다 수영도 아직 왕복 2km는 거뜬해요. 보기랑 다르죠?"

"뭐든 하면 끝장을 보는구나. 흐음…… 마음에 든다."

긴 한숨을 내쉬며 인욱이 민재의 어깨를 끌어안았다. 뜻밖의 칭찬에 민재도 응석 부리듯 넓은 가슴으로 파고들었다. 힘찬 고동 소리에 가슴 설레는 시간이 흘러갔다.

"자, 늘어져 있을 때가 아니지. 어디, 나갈 수 있나 볼까. 있어 봐."

인욱이 자리를 털고 일어나더니 어둠 속을 두 손으로 가늠하며 어디론가 올라가기 시작했다. 민재는 어둠 속에 어룽대는 실루엣을 놓치지 않으려 바짝 긴장한 채 기척이 나는 방향에 귀를 기울였다.

"조심해요, 인욱 씨."

"아이쿠. 아직도 이 쓰레기들이 그대로 있었네."

딸칵. 갑자기 어둠 속에 환한 불빛이 생겨났다. 한 길 머리 위에서 인욱이 삐죽 고개를 내밀었다. 난데없는 불빛에 놀란 민재에게 긴 팔을 내밀며 말했다.

"어이, 올라올 수 있겠어? 자아, 조심해."

이윽고 인욱이 내준 손을 붙잡고 민재도 환한 종유석 마루 위로 올라갔다. 인욱과 나란히 종유석 마루에 걸터앉아서 민재는 전체 동공을 둘러보았다. 생각보다 높은 천장이었고, 저 아래 바닷물이 찰랑대는 곳이 바로 민재와 인욱을 빨아들였던 소용돌이 구멍이었다.

"여긴 해수면보다 낮은 동굴이라 저기 종유 기둥 제일 가는 지점까지 물에 잠기면 만조라는 뜻이야. 갇혀서 못 나가. 기둥이 완전히 드러나면 썰물. 물에 안 젖고도 밖에 나갈 수 있지. 조금만 기다려 보자."

자연의 신비도 신기하지만, 민재는 오히려 여기 종유석 마루 위에 흐트러져 있는 물건들에 더 신경이 쓰였다. 악보 뭉치며 굵은 양초 토막들, 인욱이 손에 들고 툭툭 던졌다 받고 있는 저 라이터까지. 이게 전부 인욱의 과거를 보여 주는 단서들 아닌가. 호기심에 찬 침묵이 오히려 질문이 되었던지 인욱이 편안하게 이죽거렸다.

"질문 금지."

"악! 그럼 더 궁금해지는데. 여기 왜 이런 물건이 있는지 정도라도."

"이 여잔 어떻게 포기를 몰라. 그만, 그만."

"방송인의 기본 마인드거든요."

직업 핑계를 댔지만 사실 너무 너무 궁금한 게 많았다. 다 물어보고 싶다. 다 듣고 싶다. 하지만 이미 거부 의사를 분명히 한 사람 앞에서 더 이상 집요하게 굴 수도 없고. 가령 아무런 사이도 아니면서 관계만 한 번 맺은 여자는 어느 선까지 남자에게 요구할 수 있는가. '너의 모든 것을 알려줘'는 아직 무리인가? 쿨하게 물러서지 못하는 나를 이 남자는 불쾌해하며 질색하려나? 아아 지금! 나는 이 남자에 대해 너무 궁금해 죽겠는데, 입 다물고 물러서야만 하는 건가? 남녀 사이에 적당한 선이란 건 대체 어느 나라 교과서에서 가르치는 걸까! 아아 가서 배워 오고 싶다!

인욱은 호기심과 포기와 낭패감과 반항심이 들끓는 민재의 얼굴을 묵묵히 바라보았다. 불끈불끈 치솟는 반항심을 애써 억누르면서 '정말 안 되나요?' 하듯 애처로운 눈망울로 인욱을 시험하려 들었다. 어림없지. 인욱이 민재의 뒤통수를 끌어당기며 속삭였다.

"도로 추워지네."

커다란 손에 붙들려 민재는 기꺼이 뜨거운 입술을 받아들였다. 더 가까이. 더 깊게. 몸이 더 가까워지면, 이 남자에게 물을 수 있을까. 당신에 대해 더 알고 싶다고, 더 알려 달라고. 머리끝부터 발끝까지,

속속들이 당신 양인욱을 알고 싶다고.

문득 뜨거운 열기에 겨운 한숨을 헐떡이며 인욱이 속삭였다.

"참지 마, 민재야. 네 노래를 들려줘."

거침없는 손길에, 뜨거운 입맞춤에, 들뜨고 색기 어린 민재의 신음이 터져 나왔다. 여리고 강하고 높고 낮은 비명이 노랫소리처럼 백음대 동공 안을 구석구석 공명하며 이어졌다. 두 사람의 거친 심장 소리도 터질 듯 귓전에서 쿵쾅대기 시작했다.

쿵, 쾅, 쿵, 쿵, 두두두…… 응?

"찾으러 다니네. 음, 물도 빠졌고. ……나가자."

인욱이 훌쩍 일어서서 민재에게 손을 내밀었다. 아직 어리둥절한 민재의 귀에도 헬기의 프로펠러 소리가 요란하게 들려왔다.

"백음대의 단점. 안에는 음향 효과 최고인데 반해 밖의 소음도 잘 들린다."

"어떻게 그렇게 잘 알아요?"

"그건."

뭔가 말하려다 인욱이 입을 꾹 다물어 버렸다. 민재의 예민한 촉이 동은이를 떠올리고 말았다. 갑자기 기분이 확 상해 버렸다. 설마, 여기서 그 기집애랑도 잤어? 차마 묻지 못한 질문이 이미 너덜너덜해진 민재의 마음을 또 헤집어 버렸다.

인욱이 알려 준 비좁은 통로를 통해 얼마간 기어 나왔더니 백음대 언덕 위였다. 폭풍우는 어느새 빗줄기도 바람도 약해지고 있었다. 흠문헌 앞바다를 수색하던 헬기가 얼마 후 두 사람을 발견하고 백음대에 내려섰다.

“어이, 수고했다.”

“형! 아이, 안 죽었네! 젠장. 어! 민재 씨, 애썼어요! 일단 이거 받고 집으로 갑시다.”

인겸이 두 사람에게 모포를 내주고 따뜻한 캔 커피도 하나씩 나누어 주었다.

“진짜 호주 공인 1급 라이프가드였어! 아까 헬기에서 다이빙하는 거 보고 완전 감명받았잖아요. 폭풍우 치는 바다를 슉 헤엄치고. 커헉!”

빈 커피 캔이 인겸의 뒤통수로 날아왔다. 확 성질나서 뒤돌아본 인겸이 곧 성질을 죽이고서 민재에게 사과했다. 그의 형이 악마처럼 활활 타는 눈으로 노려보고 있었던 것이다.

“물론 이런 날씨에 여자분을 혼자 내려 보낸 건 절대 잘못했으니까 사과하겠어요. 나도 딸 키우는 입장인데. 아깐 정말 물속에서 뭔 일 난 줄 알고 걱정 많이 했어요!”

“으웅, 아니에요. 저야말로 걱정시켜서 죄송해요.”

“와아, 암튼 세 시간 동안 마음 졸인 거 생각하면.”

세 시간. 세 시간. 앙? 갑자기 민재가 비명을 내질렀다. 놀란 형제 앞에서 헬기 소음보다 더 크게 빽빽거렸다.

“어떡해! 12시에 라디오 생방 있는데!”

그 후, 경찰 헬리콥터는 허민재 아나운서를 자정 3분 전에 방송국 앞 도로에 내려 주었다. 그녀는 100m 15초의 준족을 십분 활용해 자정에 도망치는 신데렐라보다 더 빨리 내달렸고 방송에도 다행히 늦지 않았다. 그냥 시말서만 쓰면 되었다. 최소 방송 30분 전에 스튜디오에 착석해야 하는데 달랑 방송 시작 30초 전에 착석했다면, 시말서를 쓴다. 쓰라면, 쓰는 거다.

You, 나약하고 가련한 영혼아!

　홈문헌 식구들이 모두 지켜보는 가운데, 인욱은 생채기투성이 몸을 치료받았고 수액 한 병도 맞았다. 그사이 인겸은 경찰청의 '삼촌'께 전화해서 경과 보고를 받고 형의 뜻을 전했다.

　"……당장 해야죠. 늦추면 도주하지 않겠어요? 이미 전력도 있어서요. 네, 감사합니다."

　주의 깊게 대화를 듣고 있던 기범이 화를 펄펄 내며 차남에게 물었다.

　"윤 의원은? 같이 안 있어?"

　"네. 따로 움직였답니다. 톨게이트나 공항에 빠져나간 흔적도 없다는데. 아무래도 조요한 단독 범행으로 모양새를 잡아 가는가 봅니다."

　그때 인욱이 갑자기 생각난 듯 동생과 아버지의 대화에 끼어들었다.

　"겸아, 형 친구들한테 전화해서 주변에 러시아 양아치들 얼쩡거리면 잡아들이라고 해."

　"러시아?"

　"조요한이 부산까지 가서 모셔 왔다더라."

　"웃긴다, 그 자식. 여기 형들이 자기들 영역에 외지인도 아니고 외국인들 날뛴 거 알면."

　생각만으로도 끔찍해서 인겸이 고개를 잘래잘래 내저으며 밖으로 나갔다. 인욱도 슬슬 자리를 털고 일어났다.

"다른 분들은 이제 주무세요. 아버지, 저랑 따로 잠시만."

"애! 있어, 있어. 우리가 갈게. 링거는 다 맞고!"

순옥의 걱정에도 인욱은 가뿐하게 링거 바늘을 뽑아 던졌다. 그는 팔을 접어 지혈하며 휴대전화로 소영을 호출했다.

"어. 멀쩡하다. 울 건 없고. 자, 비상이다. 법무팀 호출하고. 응, 허민재 주변에 보안팀 붙이고. 야! 울지 말고, 내 말 잘 들은 거야? 끊어!"

헌데 아들 부축에 이끌려 나가시던 근석이 벌겋게 화난 얼굴로 소리쳤다.

"조요한 그 자식 절대 가만두지 마라! 톡톡히 혼쭐을 내 줘! 감히 흠문헌에 맞서다니!"

"아버지, 혈압 조심하셔야죠. 고정하셔요."

"흠문헌 가장을 배신하고도 멀쩡한 놈이 있어선 안 돼. 일벌백계 본보기를 보여라! 흠문헌 미래는, 우리 양씨 미래는 우리 인욱이 어깨에 달려 있는데. 감히 내 귀한 장손한테!"

"……여보, 당신이 모셔다 드려라."

기범이 기운 빠진 목소리로 전처에게 아버지의 부축을 맡겼다. 순옥도 전남편의 눈치를 살피며 화난 노인네를 별채로 모셨다.

"아비라고 힘도 능력도 없고, 귀한 장손 지켜 주지도 못하고 미안하다."

자괴감에 허우적대는 아버지의 말씀을 인욱은 코웃음에 날려 버렸다. 아버지의 뿌리 깊은 파더 컴플렉스까지 보듬기엔 이미 자신도 코가 석 자였다. 생각할 일, 전화할 일, 확인할 일들이 넘치는데, 피곤해 죽겠는데, 머릿속에 한 가지 생각밖에 없었다.

―사랑해, 양인욱.

이게 진짜 귀로 들어온 소린지 머릿속에서 만들어 낸 환청인지 도
통 모르겠다는 거. 물어볼 수도 없고! 젠장.

인욱이 이마를 벅벅 문지르며 낭패감에 빠져들었다.

"앉으세요. 비 끝이라 춥네. 잠시만 기다리세요."

인욱은 아버지께 푹신한 의자를 권해 드리고 자신은 벽난로에 불
을 붙였다. 을씨년스러운 한기와 습기를 몰아내려면 벽난로의 온기가
너무나 절실했다. 참나무 장작에 활활 불길이 이는 동안, 인욱은 잠시
생각에 잠겨 들었다.

울 아버지, 불쌍하다고도 할 수 있을까. 첫사랑이었던 여자가 배신
하고 딴 남자한테 시집갔는데 평생 구박받으며 고생만 하다 죽었다.
그래서 모든 여자를 불신하며 얇고 넓은 사랑을 베푸는 박애주의자
가 되었다. 아니, 역시 그건 분탕한 바람기에 대한 변명에 지나지 않았
다. 결론이 나자 인욱은 대뜸 아버지께 궁금했던 것을 물었다.

"조요한 모친. 돌아가시기 전에도 간혹 따로 보신 적 있으십니까."

"왜 따로 봐? 남의 집 아줌마를."

"초봄에 그분이 흠문헌에 찾아오셨을 때 아버지가 만나셨습니까."

"……그 여자가 여길 왔다고? 왜?"

진짜로 펄쩍 뛰는 건데? 인욱은 간단히 바닷가에서 들은 조요한의
뜻 모를 비난을 아버지께도 전해 드렸다.

"……이건 조요한 입으로 말한 그쪽 입장일 뿐, 전체 사정은 저도
모르는 일입니다."

"황당한 소리네. 그 여자가 심장이 나쁜 걸 우리가 알 리도 없고,

험한 소리 듣고도 한 번 반박도 못 하고 자기주장도 안 내고, 집에 돌아가서 끙끙 앓다가 죽었다는 거잖아. 그게 우리 탓이라고? 그 여잔 원래 그런 여자다!"

인욱은 팔짱을 끼고 벽난로 앞에 기대 아버지의 오랜 원망을 들어드렸다. 뚫린 입으로 자기 입장과 주장을 일관되게 말할 수 있고 남을 설득하고. 그것은 흠문헌 식구들에게 당연하게 요구되는 태도였다. 말해야 할 때 말하지 못하고 돌아서서 혼자 상처받는 소심한 인간은 흠문헌 대문 안에 아무도 없었다. 또한 흠문헌 양씨들은 그런 사람들을 이해는커녕 분노하기 십상이었다. 지금 아버지처럼.

"아들놈도 희한하네. 거, 당하고만 살았나. 망상중이야? 서울대 법대는 애들을 법전 공부만 시키고 기본 인성 교육은 안 시키나? 그딴 게 서울 법대 출신 검사라고 목에 힘주고 다녔을 거 아니냐."

"알겠습니다. 그 일은 제가 알아서 하겠습니다."

인욱은 그 정도에서 대화를 끝맺고 돌아섰다. 그런데 그때 서재 문이 벌컥 열리고 순옥이 울부짖었다.

"아직도 그 여자가 문제야? 평생을 남의 가정에 분란을 일으키더니, 죽어서도 이젠 제 아들을 시켜서 내 새끼한테 해코지한다니? 뭐 그런 게 다 있어? 뭐 그런 것들이 다 있어!"

아직 부아가 덜 풀린 기범도 자리에서 벌떡 일어섰다.

"당신은 가만있어! 다 큰 아들 일에 감 놔라 배 놔라 말고!"

"내 아들이야! 내 마음이고! 당신이야말로 귀신 역성들어 줄 바엔 아들 일에 신경 꺼!"

"그만. 늦은 시간입니다. 싸우더라도 소리나 낮추시고. 먼저 쉴게요."

같이 있으면 결국 싸움밖에 안 나는 피곤한 부모님이었다. 서재를 나온 인욱은 길고 어두운 복도를 기척 없이 고요히 가로질렀다. 속속 지시한 일에 대한 경과보고도 들어왔다.

러시아 놈들 거처 확인. 친구들이 습격했음.

조요한 위치 확인. 폐 교회당.

허민재 씨 방송 마치고 귀가. 보안팀 붙였음.

법무팀 호출 완료. 검찰청이나 법원에도 지원 부탁할까요?

형, 러시아 놈들 잡아들일까? 아니면 그냥 경찰에 넘길까?

방문을 열고 들어서니, 멀리서 바람소리가 휘몰아치고 있었다. 인욱은 똑바로 테라스로 걸어가 프렌치 창을 전부 열어젖혔다. 폭풍우 끝의 쌀쌀하고 거센 바람이 몰려들었다. 먹구름들이 쫓기듯 물러나고 푸르고 맑은 여름 밤하늘이 드러났다. 인욱은 그 바람 속에 망연히 홀로 서 있었다.

"인겸아, 형이다. 그냥 경찰에 넘겨. 애썼다. 어서 들어와 쉬어라."

"얌마, 김소영! 그런 건 일일이 허락받지 말고 알아서 좀 해. 또, 우냐! 알았어. 네 밥줄 안 끊겼으니까 걱정 말고, 일이나 열심히 해라. 끊어!"

가만 있자. 돈 주고 부리는 김소영까지 놀라서 울 정도면, 어머니 저 성화는 어쩌면 당연한 것이었나. 귀찮아하며 내칠 게 아니라 안아 드리고 투정을 받아 드렸어야 옳았을까. 너무 매정한 아들이었구나, 나.

인욱은 버석거리는 얼굴을 벅벅 마른세수하고 깨나른한 몸을 억지로 쭉 기지개했다. 폭풍우 치는 밤바다에서 죽다 살아나고, 백음대 동공에서 그토록 원했던 여자를 안고……. 아, 그래. '사랑해, 양인욱' 그거, 그것도 꼭 확인해야지.

아무튼 그럼에도 일이 마무리되었다는 느낌은 하나도 없었다. 오히려 뭔가 더럽고 커다란 일이 시작되려 한다. 한 번 굴러 버린 수레바퀴를 멈추기에는 이미 늦어 버린 것이다. 인욱은 단단한 팔로 가슴 위에 빗장 지르듯 팔짱을 낀 채 프렌치 창에 길게 기대어 섰다. 어느새 푸르게 드러난 백중 보름달을 바라보며 쓸쓸히 생각에 잠겼다.

내가 죽기를 바란 친구여. 너는 지금 어디서 평안히 단잠에 빠져 있나. 그게 너의 마지막 자유인 줄도 모르고. 응?

♆

새벽이 다가올수록 폭풍우는 한풀 꺾여 부슬비로 바뀌었다. 초조함에 잠 못 이루던 요한도 슬슬 결론에 도달했다. 이 정도로 폭풍우가 몰아치는 백중사리의 바다에서 약에 취한 인간이 살아남을 확률을 따지는 것은 무의미하다고. 그러다 언뜻 잠이 들었던가 보다.

"조요한!"

형사와 경찰들이 들이닥쳐서 구석에서 풋잠을 자던 요한에게 수갑을 채웠다. 잠결에 놀란 요한도 성질을 부렸다.

"아, 또 뭐! 나 집에서 꼼짝도 안 했거든? 왜 이 동넨 삐끗하면 경찰이 떼로 몰려와서 무고한 시민을 연행하는 건데? 진짜 이번엔 나도 가만 안 있어!"

"뭐라는 겨. 조요한 200□년 당구장 사건 당시 양인욱 살인미수와 오늘 새벽 흠문헌 앞바다에서 있었던 양인욱 살인미수에 대한 혐의로 긴급 체포한다. 검사셨으니까 미란다 양 잘 아시지? 자, 가십시다!"

"살인미수?"

그 자식이 또 살았어? 요한은 속이 부글부글 끓어올랐다. 이대로 끌려갈 순 없었다.

"이거 또 정치 탄압 하는고만! 형사 양반, 중인 증거 하나도 없는데, 양인욱이 청인 꿋발 믿고 재앙 부리는 거라니까!"

"저엉치 타나압? 겁나 에러운 말인디. 나는 모르겠슴다. 가십시다."

유들유들한 형사에게 붙들려 유치장에 도착했을 때 이미 체포 영장이 먼저 와서 그를 기다리고 있었다. 보통이라면 이 새벽에 체포 영장을 써 줄 검사는 없을 텐데. 역시, 양인욱스러웠다.

그런데 이른 새벽이 되자 패싸움했다는 한 무리의 폭력배들이 시끌벅적하니 잡혀 들어왔다. 피곤한 형사들이 바삐 드나들며 짜증을 부렸다. 싸운 놈들도 발악하며 소리쳤다.

"아아, 진짜! 화이아볼 두 짝배끼 없는 외국 놈들이 우리 구역에서 얼쩡거리는데 그럼 가만 놔둬요? 예? 형사니임? 대한남아, 에? 충성!"

요한은 갑자기 좁아진 유치장에서 투덜투덜 구석으로 밀려났다. 곧이어 화이아볼 두 짝 믿고 이 동네 조폭에게 덤볐다는 외국인들도 잡혀 들어왔다. 낮게 웅성대는 러시아어. 맞아서 부어터진 얼굴들. 요한은 흠칫 놀라 그들을 외면했다. 이건 뭔가 안 좋은 징조다.

"뤄시아아? 왐마, 야들이 어찌 이 먼 데까지 와서 쌈질일까! 가만 있자, 쟈들 영사관이 어딨스꼬? 이 시간에 전화를 받을랑고 모리겄네?"

흔한 영어도 안 통하는 러시아 조폭의 출현에 형사들이 바싹 긴장하며 영사관을 물색하러 나갔다.

시간이 좀 지나자 여기저기 코 고는 소리가 나면서 양국 조폭들이 늘어져 자기 시작했다. 요한은 그제서야 슬쩍 몸을 돌려 러시아인들의 인상착의를 살폈다. 요한이 바닷가에 끌고 갔던 놈들뿐이고 윤 의원이 데려간 몇 놈은 보이지 않았다. 슥 살펴보는 시선 끝에 잿빛 머리 녀석과 눈이 딱 마주쳤다. 그는 요한을 보고 '킥' 웃는 소리를 냈다.

웃어? 칠칠치 못하게 이 중요한 시점에 패싸움이 뭐냐, 제길.

요한은 싸늘한 눈짓으로 책망해 주고 돌아누워 잠을 청했다. 내일 여기서 나가려면 힘을 비축해 둬야 한다. 그렇게 어느덧 요한도 깊은 잠에 빠져들었다. 얼마나 지났을까. 뭔가 섬뜩한 기분에 요한이 빙그르 돌아누웠다.

헉. 철창 밖에 인욱이 철퍼덕 주저앉아 썩은 미소로 그를 내려다보고 있었다. 온몸에 굳은 개펄을 잔뜩 묻히고 그를 향해 웃었다. 이건 꿈이야. 요한은 조용히 다시 눈을 감았다. 잠결에 낮은 웃음소리가 들린 것 같기도, 아닌 것 같기도. 아니, 환청이다. 요한은 고집스레 눈을 감고 잠을 청했다.

철컥. 쿵.

유치장의 철문 닫히는 소리에 요한이 번쩍 눈을 떴다. 칠흑 같은 허공을 바라보며 어금니를 악다물었다. 넌 나를 못 이겨. 울 엄마 욕보인 것 배로 갚아 주고, 원래 내 것이어야 했던 것들도 되찾고 말겠다.

[다음은 새벽부터 온 도시를 발칵 뒤집어 놓은 청인학원 양인욱 이

사장 테러 관련 속보입니다. 어제 저녁 9시 경에 흠문헌 측 신고로 경찰이 헬기를 띄워 실종된 양인욱 이사장을 수색하기 시작했는데요. 다행히 양인욱 이사장은 경찰에 무사히 구조되어 현재 흠문헌에서 요양 중인 것으로 알려졌습니다. 경찰은 양인욱 이사장의 증언에 따라 청인고등학교 동창인 용의자 A 모 씨의 신병을 확보해 수사하고 있다고 밝혔습니다. 또한 경찰은 이르면 오늘 오후 4시에 □□경찰서에서 청인학원 양인욱 이사장 납치 및 살인미수 사건에 대한 수사 상황을 브리핑할 예정입니다.]

⚝

새로 밝은 날은 요한에게 몹시 바쁜 하루였다. 마치 그가 자는 사이 누군가 경찰이고 검찰이고 판사고 죄다 불러다 닦달한 것 같았다. 아침 댓바람부터 법원으로 끌려가 이날의 첫 주자로서 영장 실질 심사를 받았다. 중년 여성 판사가 몹시 심드렁하니 요한에게 이것저것 캐물었다. 모든 질문에 '모른다', '아니다'로 일관하는 요한에게 판사가 마지막으로 물었다.

"검사가 유전자 감식 수사를 의뢰했네요? 조요한 씨 응하시겠습니까."

"못 할 거 없죠."

선선한 답변에 검사와 판사가 서로에게 씩, 미소를 주고받았다. 돌연 요한도 심기가 불편해졌다. 이것들이, 양인욱 끄나풀인가. 요한은 대한민국 사법 시스템을 믿어야 한다고 애써 스스로를 달랬다. 그런데 검사와 판사는 십여 년 전 사건과 수법이 유사하고 전례에 비추어

도주의 우려가 있다며 곧바로 구속영장을 발부해 버렸다.

"구속! 절더러 지금 구치소에! 판사님, 저도 전직 대한민국 검사 출신으로 법이라면 훤한 사람입니다만, 이건 또 무슨 경우입니까. 저는 윤치성 의원의 손녀사위고 내후년 총선에 이 지역 후보로 나설 사람입니다. 이런 제게 무슨 도주의 우려가 있단 말씀입니까."

"이유는 이미 말씀드렸고, 보석 신청해도 허가 못 해 드립니다. 조 선생님이 구치소에 구속되는 최초의 검사 출신 정치인도 아니고, 윤 의원 손녀사위인 게 뭐 어쨌다는 건지. 내후년 총선 후보는 내후년가 봐야 알겠지요?"

만사 심드렁하던 판사가 갑자기 깐깐한 포스를 내뿜으며 요한에게 조목조목 따지고 들었다. 딱히 반박할 거리가 없는 요한은 그렇게 법원에서 부랴부랴 구치소로 송치되었고, 오자마자 접견인이 찾아왔다. 인욱이었다. 귀신같은 놈. 어제 밤새도록 개펄에서 뒹굴었을 텐데. 그런 일 따위 없었다는 듯이 인욱은 늘씬하고 상쾌한 슈트 차림이었다. 요한은 후지고 볼품없는 관복 차림인데 말이다. 생각보다 훨씬 더 기분이 더러웠다.

"여긴 말야, 나도 법조계에서 잔뼈가 굵은 놈인데, 내가 모르는 세상 같다."

요한이 인욱을 외면하며 피곤하게 중얼거렸다. 까끌까끌 돋아난 수염을 문지르며 요한은 지그시 눈을 감았다. 어디서 무엇이 잘못되었는지 지난밤을 정리해 보았다. 도대체 잘못될 수가 없는 계획이었는데 말이다.

"복기해 보는 거냐."

"음."

“힌트 줄까?”

“음.”

“팽.”

기르던 개를 잡아먹는 그 팽? 요한이 눈을 번쩍 뜨고 인욱을 쏘아 보았다. 같은 남자가 봐도 설렐 정도로 아름다운 얼굴에 평온한 기색이 감돌고 있었다.

“아니야.”

“딱히 밀으란 건 아니다.”

“아니야.”

“생각을, 해 봐.”

인욱이 요한의 이마를 긴 집게손가락으로 톡톡 치면서 약을 올렸다. 그 손가락은 얼음송곳처럼 찌릿찌릿 요한에게 파고들었다.

“구멍 숭숭, 네 계획은 너무 엉성했다. 여기 깡패들 다 만나 봤다면서. 러시아에서 흘러 들어온 몇 놈 데리고 나한테 덤벼? 잡아들이라고 사람 푸니까 금세 다 잡혀 들어왔잖아. 그래 놓고 고고한 검사님 품성엔 지저분한 일에 손대기 싫어서 끝까지 확인도 안 하고 가 버렸지. 사람을 부릴 땐 말이야, 두 눈 시퍼렇게 뜨고 끝까지 전 과정을 지켜봐야 한다. 내가 게으르면 내 수족들은 더 늘어져 버리거든.”

“이 계획은 완벽했어. 너 툭하면 자살 바위에서 뛰어내리는 거, 내 눈으로 다 확인했다. 바다 한가운데 던져 놓고 죽는 걸 기다리기만 하면 되는 거였다고!”

순간 인욱은 얼마 전 백음대에서 뛰어내렸던 기억을 떠올렸다. 지난 세월 견디기 힘들 때마다 그는 숱하게 바다로 뛰어들었고, 결국 백음대는 자살 바위라는 오명까지 뒤집어썼다. 하지만 그건 반쪽의 진실일 뿐이었다.

"쯧쯧. 오해했구나. 내가 내 집 앞바다에서 다이빙 좀 했기로서니. 너나 세상 사람들에겐 그게 자살 바위겠지만 나한텐 그냥 백음대일 뿐이다. 넌 내가 자살이나 할 바보로 보이냐. 날 그렇게 몰라?"

인욱은 여유롭게 다리를 꼬면서 흥분한 요한을 계속 놀려 주었다.

"윤 의원이 예전엔 안 그랬다는데 나이 들면서 좀 게을러졌달까. 마지막에 확인해 보는 수고를 귀찮아하거든. 그런 사람한테 배운 대로만 하는 너도 참. 내가 너였다면, 내가 죽는지 안 죽는지 마지막 순간까지 확인하고, 재차 확인하고 다음 행동으로 옮겼을 텐데. 아니지. 사실 나라면 너처럼 마취해서 어디다 옮기고 그렇게 번잡스럽게 안 했지. 기왕 먼 데서 온 친구들한테 그냥 쥐도 새도 모르게 없애 버리라고 시켰을 텐데. 나는 너처럼 창의적이질 않나 봐."

"……아니야."

"증거도 있어. 내 차엔 블랙박스가 앞뒤로 두 개 있거든. 너랑 네 친구들 다 찍혔다."

부아가 들끓는 요한을 향해 인욱이 또 다른 진실 하나를 넌지시 일러 주었다.

"너 이번 일로 구치소에 처박혀 있으면 내후년 총선엔 누가 나갈까, 생각해 봤어? 음?"

순식간에 허옇게 핏기가 가셔 버린 친구에게 인욱은 고개를 끄덕여 주었다.

"아니야."

"왜 아냐. 새벽에 내가 죽었다 해도 그 노인네는 널 버렸을 거다. 내가 죽으면 자기 세상인데, 네가 필요하겠냐? 권력은 말이야, 요한아, 그런 거야. 절대 나눠 갖고 싶지 않고 오래 오래 나만 누리고 싶은 것. 그게 권력의 본성이고 권력을 탐하는 자들의 습성이다."

"아니야!"

"그럼 왜 넌 지금 혼자냐? 너를 비호해 줘야 마땅한 노인네는? 너구리 영감쟁이가 변호사라도 보내 줬어? 마누라가 울면서 달려와 영치금이라도 넣어 주던? 음?"

"친구끼리 이러기냐."

요한이 한마디 하자 인욱이 입을 꾹 다물고 서늘하게 노려보았다. 두 사람 사이에 차갑고 무거운 침묵이 내려앉았다. 한참 후 인욱이 천천히 몸을 일으켰다. 길고 긴 몸을 다 일으키자, 요한은 어쩐지 그가 저 멀리 아득한 곳에 있는 듯 기묘한 느낌에 사로잡혔다.

"……친구한테 안 이러지. 배신자를 처리하는 거다."

인욱은 오래된 봉투에서 영어로 된 서류를 꺼내 요한의 코앞에다 펼쳐 보였다.

"이거, 우리 할아버지가 예전에 내 손 망가뜨린 돌에서 DNA 분석시킨 자료다. 인간 DNA는 두 개 나왔다. 하난 내 거, 또 하난 누구 걸까. 응? 유전자 감식 응했다며? 잘했다. 이참에 우리 깔끔하게 확인하고 넘어가자고."

요한의 미간에 굵고 깊은 주름이 꿈틀대며 튀어 올랐다. 그따위 신뢰도 떨어지는 옛날 자료 따위! 요한은 여유롭게 인욱을 비웃어 주었다.

"아하, 겉멋 그만 부려. 내가 법정에서 시원하게 다 가려 줄 거니까."

"너무 애쓰진 마."

"뭐?"

"그냥 한 30년, 미리 말해 뒀다."

"이 자식이! 대한민국은 법치국가다! 어디 함부로!"

요한이 인욱에게 덤벼들자 간수가 즉시 제지시켰다. 거무죽죽하게 혈압 뻗친 얼굴에게 인욱이 마치 멍청한 똥개 가르치듯 찬찬히 설명해 주었다.

"그래. 이번에 잘 배워 둬. 대한민국이 살인자에게 어떤 나라인지. 양인욱을 배신하면 어떻게 되는지. 응?"

배신이라. 요한은 간만에 그 추웠던 새벽녘을 떠올렸다. 뻗어 버린 친구들을 하나씩 하나씩 확인할 때마다 얼마나 슬프고 괴로웠던가. 애초에 그가 시작한 모임이었으니 책임은 오롯이 그의 것이었다. 하지만 패싸움이라니, 법대생의 전도에 가당키나 한 전력인가. 누군가에게 책임을 떠넘기고 싶었다. 그렇게, 쓰러진 인욱에게 다가갔을 때 무언가 계속 중얼거리고 있었다. 자신을 지켜 주던 소중한 친구에게 그는 거침없이 분노를 퍼부었다.

—왜 이래 놨어! 왜 그랬어! 이제 어쩔 거야! 어떡할 거냐고! 당해
 봐, 너도 당해 봐!

피가 터지고 뭉개지는 친구를 보며 가슴 한구석 시원함을 느꼈다고, 누구에게도 말할 수 없었다. 아름답고 힘 있는 인욱에게 가려서 살아온 세월에 대한 반동이 아니었다고도, 말 못 한다. 그와 친했던 만큼이나 그를 시기했다고, 죽어도 말 못 한다. 차마 입 밖에 낼 수도, 혼자 되새겨 볼 수조차 없었던 비겁한 기억을 꽁꽁 묻어 두고서 대신에……

"네가 한 배신은 어쩔 건데. 울 엄마를 모욕한 건 나를 모욕하고 배신한 거나 마찬가지거든."

요한은 한 가지만 기억하려 애썼다. 넘치는 증오를 내뿜으며 요한이 서늘하게 이죽거렸다. 인욱은 고개를 가로저으며 냉정하게 돌아섰다.

"무슨 말인지. 난 그런 거 몰라."

"끝까지! 이 개잡놈이!"

"여러 명 같이 있으면 북적거려서 너도 싫지? 독거실 부탁해 놨다. 조용히 반성해라. 재판 날짜 잡히면 연락 줘? 그럼."

"양인욱!"

볼썽사납게 요한이 간수들에게 붙들려 가는 동안, 인욱도 저벅저벅 접견실에서 멀어져 갔다. 죄지은 놈을 벌하고 돌아서는데 가슴이 무겁다. 돌이켜 보건대, 어수선한 가정환경에도 양인욱의 학창 시절이 활기차고 밝았던 건 그래도 저 조요한 녀석이 늘 곁에 있어 줬기 때문이었다. 오늘, 진짜로 친구를 잃었다.

⚜

아침 뉴스를 마치고도 지난밤 피곤이 풀리지 않아 민재는 오피스텔에 들러 한숨 자 버렸다. 얼마나 잤을까. 시끄러운 벨 소리에 잠이 깼다.

"여보세요……. 여보세요? 응?"

몽롱한 정신에 주변을 두리번거렸다. 옴마야, 휴대전화가 아니라 현관문이었다. 민재는 비몽사몽 잠에 취해 어기적어기적 문을 따 주었다. 현관문 밖에는 인욱이 화난 얼굴로 서 있었다. 그는 따끔하게 민재를 나무랐다.

"누군지 확인도 안 해 보고 문을 열어? 강도면 어쩌려고! 영금을 보고도 배움이 없구나!”

헐. 그제서야 잠이 확 깬 민재가 화장실로 뛰어들었다. 전투적으로 이를 닦고 세수하고 수분크림을 바르고 나왔더니, 인욱이 창밖을 살피고 있었다. 민재도 뭐가 있나 하고 슬쩍 내려다보았다.

“저 양복 입은 남자 둘은 내가 붙였어. 신경 쓰지 말고 그냥 평소대로 생활하면 돼.”

아, 네.

“어제 강도 든 거, 나한테 테러한 거, 일단 조용한 짓으로 보고 구속시켰다. 윤 의원이 사주했다는 건 당연한데, 영감쟁일 찾을 수가 없네. 조심하는 수밖에.”

흐음, 그 무서운 할아버지. 민재는 잔뜩 굳은 얼굴로 인욱의 시선을 외면했다. 인욱이 손을 내밀어 민재의 얼굴을 끌어당겼다. 한 번도 웃어 주지 않는 민재는 민재 같지 않아 어쩐지 불안했다.

“어우.”

민재는 난처한 기색을 팍팍 보여 주며 슬그머니 몸을 내뺐다. 매섭게 얼어붙은 눈이 민재를 노려보기 시작했다. 그래도 민재는 오해의 여지가 없도록 야무지고도 상냥하게 상황을 이해시켜 주었다.

“어젯밤 일은 확실히 해 두고 넘어가요, 우리. 둘 다 저체온증으로 죽지 않으려고 극약처방에 따른 거잖아요? 심부 체열을 높이는 거요. 서로에게 감사하고, 그쯤에서.”

“어이.”

인욱이 긴 팔을 쭉 뻗어 큰 손으로 민재의 이마를 창가에 밀어붙였다. 민재는 이마에 대못이 박힌 것처럼 꼼짝도 할 수가 없었다. 서늘하고도 열렬한 비난이 저 위에서 쏟아져 내렸다.

“사람이, 진심으로 깊은 마음을 담아 고백했으면, 최소한 좋아하는 척이라도 하던가. 아니면 그쪽도 진심으로 거부해 주길 바라. 허민재, 별일 아니었다고 무시하지 말고.”

“……”

“오랫동안 친구라고 믿었던 자식을 배신자라고 벌주고 왔다. 그래도 허민재가 환하게 웃으며 위로해 주면 그럭저럭 참아질 거라고 기대하고 왔다. 내 마음을 준 여자에게 그 정도 기대는 해도 될 것 같아서. 이제 보니 난 허공에다 헛바람만 불어 댔구나.”

무슨 말이든 해야 할 상황이었고 인욱이 기다리고 있는 줄 알지만, 민재는 그저 멀거니 허공만 바라보았다. 그 고백이 내 것이 아닌 것 같아 찜찜하고 눈물 난다고 말해야 할까.

“뭐 하나 물어도 돼요?”

꾹 눌러 다문 민재의 입술 언저리에 볼우물이 깊어졌다. 빙빙 돌려 말하는 재주는 없는 민재니까 역시 대놓고 물을 수밖에 없다.

“난 있죠, 막 좋아해, 사랑해, 둘이서 징글징글하게 사랑 타령하는 거 별로라고 하면, 아무 데서나 내키면 막 섹스하고 그런 거 질색이라고 하면, 서로 다독여 주고 배려해 주는 담백한 관계가 좋다고 하면, 그래도 나랑 사귈래요? 나같이 심심한 여자도 괜찮겠어요?”

인욱이 외계어라도 들은 양 어리둥절하게 쳐다보았다. 못 알아들으면 알아들을 때까지!

“몇 번 한 얘기지만 나는 신동은, 그 여자랑 달라요. 인욱 씨는 개한테 하던 대로 나한테 하고 싶겠지만, 그런 마음 이해 못 할 건 아니지만, 나는 나로서 인욱 씨에게 대우받고 싶네요. 무슨 말인지 알겠죠?”

“왜 갑자기 동은이 이름이 나오는데?”

이번엔 정말 이해할 수 없다는 얼굴로 인욱이 다그쳤다. 민재도 한 계치에 닿아 버럭 내질렀다.

"자꾸 얘기 나오게 하잖아! 무신경한 인간! 같이 자면 뭐해, 말이 하나도 안 통하는데!"

민재는 막무가내로 인욱의 등을 밀면서 현관으로 향했다. 떠밀려가던 인욱도 다음 순간 버럭 소리를 내질렀다.

"그만 안 해!"

심장이 덜컹 내려앉을 만큼 크고 우렁찬 고함이었다. 짧은 침묵 후에 민재의 딸꾹질 소리만 히꾹, 히꾹…… 이어졌다.

"진짜 이상한 여자네. 내가 언제 먼저 내 입으로 신동은 이야기한 적 있어, 없어? 너희 두 여자 아주 다르다고 누누이."

일순 인욱이 입을 다물고 난감하게 민재를 내려다보았다. 민재가 딸꾹질도 모자라 눈물까지 철철 흘렸기 때문이었다. 민재는 이 꼴 저 꼴 다 보인 게 창피해서 휙 돌아서 버렸다.

"제발 가 버려. 여기 내 집이야. 여기서라도 편히 있자 좀. 어흑. 꼴도 보기 싫어."

살면서 눈물을 무기로 삼은 적은 단 한 번도 없었지만 지금 이 눈물은 스스로에게 감사했다. 인욱과 싸우기보다 자신이 무너지지 않도록 보호하고 싶었다. 혼자 안달내고 비교하고 넘겨짚으며 쌓아 올린 피해 의식이 그만큼 컸던 것이다.

"이것만 말할게. 허민재, 나는…… 동은이한테 했던 대로 너한테 하는 거 아냐. 나는, 동은이하고 함께하지 못했던 것들, 후회하는 게 참 많아. 그래서 너한텐 후회 없게, 하고 싶은 대로 한다."

민재의 머릿속은 박 터지기 일보 직전인데 다리만 혼자 내달려 인욱에게 달려들었다. 두 팔로 허리를 꼭 붙들고 매정한 인간의 등에 얼굴을 묻어 버렸다. 결국, 질투로 범벅이 된 못난 말이 튀어나와 버렸다.

"백음대에서 그 기집애하고도 잤죠."

"뭐? 야! 후우움, 진짜. 거긴 내가 바이올린 연습하던 곳이야. 됐어?"

바이올린? 무슨 바이올린? 왜 더 얘길 안 해 주는데! 무슨 소린지 이해도 안 되고 놓아주기도 싫어서 민재는 그냥 투레질하며 매달렸다. 인욱은 자꾸 동은이에 대해 말해야 하는 상황이 짜증스러웠지만 민재를 불안하게 하는 건 더 싫었다. 그는 언제까지 이 변명 아닌 변명을 계속해야 할까.

"어이…… 좋아한다고, 사랑한다고, 징글징글하게 들러붙었던 건 동은이였어. 나? 나는 그때 어땠냐면, 손 망가져서 바이올린 못 하게 됐다고 내내 투정부렸었고, 좀 정신 차린 후엔 울 아버지 사고 친 거 뒷감당하고 다니느라고 사랑 놀음에 장단 맞춰 줄 여유가 없었거든? 동은이가 사랑한다고 하면 난 실없이 웃어 준 게 다야. 안겨 오면 밀어내기 바빴고. 내 발등에 떨어진 다른 일들에 정신 팔려 있을 때가 더 많았어. 우린 젊었으니까, 조금 여유 부려도 될 줄 알았다. ……그렇게 급히 가 버릴 줄 알았겠냐."

인욱이 민재의 팔을 풀어내고 민재를 돌려세웠다. 전에 없이 무서운 눈빛으로 민재를 옴짝달싹 못하게 묶어 버렸다.

"넌 신동은이 아니고, 난 그때의 어리석은 양인욱이 아니니까. 우린 딱 둘이야. 우리 사이에 다른 이름 끼워 넣지 말자. 제발."

대답 대신 설움에 진저리 치며 민재가 인욱에게 안겨 들었다. 인욱은 민재를 꼭 끌어안고 단 세 걸음 만에 침대에 내려놓았다. 화장기 없는 하얀 얼굴을 빤히 바라보며 그는 재킷과 베스트를 척척 벗어 탁자에 내던졌다. 한 손으로 넥타이를 슬근슬근 풀어내면서도 그는 민재만 바라보았다. 오해의 여지없는 눈빛이고 몸짓이었다.

"이리 줘 봐요."

민재는 무릎걸음으로 다가가 오른쪽 셔츠 소매의 커프스링크를 풀어 주었다. 머쓱해서 웃으며 올려다보았더니 커다란 두 손이 민재의 얼굴을 끌어당겼고 놀란 입술 사이로 뜨거운 혀가 냉큼 파고들었다.

"흔들리지 말아 줘. 힘들면 나한테 기대면 돼. 넌 이제 내 여자니까."

영혼까지 구속하는 밀어들이 황홀한 키스에 섞여 민재의 넋을 쏙 빼놓았다.

"날 사랑한다고 했으니까 책임지고 사랑해 줘. 내 몸도, 내 충동적인 성격도 다. 그런 게 사랑 아냐?"

민재는 두 손으로 방정맞은 제 입을 틀어막고 휑한 눈만 깜박깜박하며 그를 올려다보았다.

"어떻게, 혼잣말을…… 들었어? 세상에."

다음 순간 인욱이 민재를 가슴팍으로 퍼억 끌어당겼다. 그리고는 으스러져라 품에 안고 가슴 벅차게 속삭였다.

"빙고. 책임져라."

♦♦♦

점심시간에 동료들과 밥 잘 먹고 돌아온 민재를 국장님과 임 선배가 격하게 예뻐해 주었다.

"야, 허민재! 너 이 새꺄, 어디 갔다 와!"

"네, 식사 잘하고 왔습니다. 국장님도 맛있게. 어!"

국장님이 민재의 면전에 A4 용지를 들이대고 씩씩거렸다. 본사 공문이었다.

□□지역국 허민재 아나운서, □월 □일부로 본사 아나운서국으로 근무지 이동.

윤 의원! 진짜로 해 버렸네! 신동은이 살아 있다며, 곧 불러올 거라며, 민재에게 미안하니까 차라리 서울로 전근 보내주겠다고 했었다. 전근이 확정되었다면 신동은이 살아 돌아오는 것 또한 확정인 걸까?

"인마, 사람 뒤통수 치냐? 여기서 일하는 거에 불만 있었어? 불만이 있으면 먼저 나를 통해서 원만히 해결을 해야지, 높은 데다 찔러? 이 자식 이거 그렇게 안 봤더니!"

민재는 대답도 잊고 펄펄 뛰는 국장님만 멍하니 바라보았다. 요 며칠 쨍하게 방글거리던 웃음도 뚝 끊겨 버렸다. 고갈비 정식이 한가득 들어 있는 위장도 그대로 멈추어 버렸다. 민재는 퍼렇게 질린 얼굴로 임 선배를 바라보았다. 기다렸다는 듯 임 선배의 일장연설이 시작되었다.

"올 때도 참 쉽게 결정하고 왔구나 싶더니, 갈 때는 낙타처럼 바늘구멍으로 간다, 너? 회사가 도서관이야? 너 형편 되는 대로 이리 팔딱 저리 팔딱 옮겨 다니게? 허 아나, 자기 생각 외로 형편없다. 아빠 의사시라더니, 대통령 주치의라도 돼? 나 우리 회사 참 공평 공정한 곳이라고 자부했었는데, 자기 보니까 위화감 들고 짜증 날라 그래."

"……죄송합니다."

옳은 대답이 아니었다. 임 선배도 그딴 소리를 원한 게 아닐 거다. 그런 거 아니라고, 오해시라고, 민재가 제대로 해명한다면 이해 못 해 줄 분들이 아닌 줄 알지만. 민재는 고개를 푹 숙이고 입을 다물어 버렸다. 직장 동료들의 오해보다 더 큰 두려움이 민재를 옥죄어 오고 있었던 것이다. 신동은이 돌아온다면, 난 짝퉁이니까, 양인욱을 빼앗기고 말겠지. 짝퉁이니까…….

"꼭 일 좀 시켜 먹을 만하면, 에잇! 나가, 새꺄!"

국장님께 쫓겨나 터덜터덜 걷는데 임 선배가 방송 하러 가면서 슥 물었다.

"양인욱하고는 어떻게 됐어. 끝난 거니? 약혼자도 양인욱도 잘 안 돼서 이 꼴 저 꼴 안 보게 떠난다는 거야?"

"나 어떡해요. 선배……."

조요한에게 배신당했을 때는 새 삶을 찾아 용감히 떨쳐 일어섰건만, 만약 이대로 양인욱을 잃는다면 그대로 주저앉아 다시는 일어설 수 없을 것만 같았다.

"뭔 속인진 모르겠다만, 너 하는 꼴을 보니 양인욱하고 안 끝났네. 어서 가서 끝내든 잡히든 하고 와. 얼른!"

"네, 넵!"

임 선배의 호통에 민재는 꼬리에 불붙은 야옹이처럼 쌩하니 내달리기 시작했다. 귓전에 맴도는 달콤한 명령에 의지한 채 그에게로 달려간다.

―흔들리지 말아 줘. 힘들면 나한테 기대면 돼. 넌 이제 내 여자니까.

∦∣∦

흠문헌 2층에 오래간만에 바이올린 선율이 울려 퍼졌다. 놀라운 재능을 채 꽃피워 보지 못하고 스러져 간 — 음악계에선 매우 흔한 비극 — 어느 젊은이의 열정적인 연주였다.

"야아, 진짜 지독하게 완벽하구만. 흠 잡을 데가 없어."

물론 인겸은 오디오에서 흘러나오는 형의 고릿적 치고이너바이젠 연주를 칭찬한 게 아니었다. 그는 연신 혀를 내두르며 역대 청인 이사장들의 비망록을 훑어보는 중이었다. 이 기록은 저 위에 위에 대 할아버지들부터 아버지, 형까지 지독하게 꼼꼼하게 기록해 둔 비자금 장부였다. 모든 지출마다 그 이유와 정황을 밝히고 영수증이나 인수증, 차용증 등등을 받았는지 못 받았는지, 왜 그런지, 사정이 세세히 적혀 있었다. 완벽하게 이해 못 하는 인겸이 보기에도, 이건 절대 밖으로 내돌리면 안 된다는 심증이 짙어졌다.

최초의 비자금 지출은 금광 개발권을 따내기 위해 일제 총독부 관료에게 뇌물을 먹인 일이었다. 금광으로 치부를 이루자, 청인학숙 건립 허가를 위해 뇌물을 건넸고, 일제 강점기 말에는 미국과 러시아 쪽으로 독립 운동 자금을 보낸 기록이 숱했다. 빨치산부터 시작해서 수십 년간 민주화 운동 인사를 숨겨 주고 비호해 준 기록은 인아에게 영화 소재로 건네고 싶을 정도였다.

인겸은 형이 쓴 비망록을 한 권 꺼내 들었다. 선대 이사장들 못지않게 꼼꼼한 기록이었다. 최근 기록엔 역시 윤 의원 상대 내용이 압도적으로 많았다. 좀 더 제대로 읽어 낼 수 있다면 좋을 텐데. 괜히 샘나네. 이게 뭐라고. 휴우…….

"그러게 말했잖아. 봐 봤자 별거 없다고."

반라의 인욱이 샤워를 마치고 나오며 한숨만 팍팍 쉬는 동생에게 그만하라는 뜻으로 말했다. 끈으로 조이는 헐렁한 린넨 바지가 군살

없는 치골 근처에 아슬아슬 걸려 있었다.

"봐 봤자 뵈는 게 없을 거란 소리였네. 통 뭔 소린지. 보던 거나 마저 보게 해 줘."

동생의 볼멘소리에 인욱이 낮게 코웃음 치며 비망록들을 척척 금고에 밀어넣어 버렸다. 인겸이 고집스레 붙잡고 있는 마지막 한 권에 손을 내밀던 그때였다.

"형제간에 단란하시네요? 별일이야."

느닷없는 침입자에 놀라 두 형제가 동시에 고개를 돌렸다. 하늘하늘한 원피스 자락을 펄럭이며 혜지가 방 안으로 들어섰다.

"깜짝 놀라게 해 주고 싶어서 알리지 말라고 했어. 많이 놀랐어, 여보?"

요란한 등장만큼이나 혜지는 거침없이 방을 가로질러 우아하게 전남편의 벗은 옆구리에 파고들었다. 인겸에겐 넌지시 눈빛으로 나가 달라는 신호도 잊지 않았다.

"나아 참."

인겸이 비망록을 '탁' 덮어서 들어 올렸다.

"기다려."

인욱이 혜지를 밀어낸 후, 비망록을 커다란 손으로 지그시 내리눌렀다. 그는 눈빛으로 동생을 서늘하게 책망하고 이내 나가라는 신호를 주었다.

"쳇! 난 로렐한테나 가 봐야겠다."

인겸이 벌게진 얼굴로 나가 버리고, 인욱은 태연히 비망록을 책상 서랍에 넣고 돌아섰다.

"무슨 일이지?"

"아아, 이거 당신 연주지? 청인고등학교 대강당에 가서 들은 기억 난다. 나 그때 연주회 기념 시디도 있어. 완전 열혈 팬이니까 오늘 무례하게 들이닥친 건, 그냥 용서해 주기?"

혜지는 책상 모서리에 우아하게 걸터앉은 전남편을 새삼스럽게 찬탄하며 바라다보았다. 이마에 제멋대로 흘러내린 앞머리, 맨 가슴 위로 완고하게 교차된 두 팔뚝, 섬세하기 그지없는 복근. 결혼 내내 이렇게 흐트러진 모습은 단 한 번도 보인 적이 없던 그였건만. 벌레등에 홀린 부나비처럼 혜지는 한 걸음 한 걸음 아름다운 전남편에게 다가갔다. 혜지는 인욱의 탄탄한 허벅지 사이로 파고들어 자연산 D컵 가슴으로 벌거벗은 가슴팍에 재회의 인사를 청했다. 하지만 인욱은 두 손으로 어여쁜 혜지의 얼굴을 감싸 쥐고서 덤덤하게 퇴짜를 놓았다.

"나는 누구같이 남의 유부녀 안는 취미는 없어. 윤 의원이 나한테 할 말 있다던? 해."

"그냥 당신이 보고 싶어서 온 거야. 난 아직 누구의 아내도 아니거든. 어쩌면, 이번이 우리한테 마지막 기회일 거야. 마지막 기회라니까."

혜지가 인욱에게 안겨서 농염하게 몸을 뒤틀었다. 그리고 두 팔로 목을 껴안고 아름다운 얼굴을 끌어내렸다. 늘 차갑게 외면하던 인욱이었건만 오늘은 혜지가 하는 대로 지켜봐 주었다. 서로의 숨결이 느껴지는 지척에서 혜지가 기대에 찬 시선을 들어올렸다. 하지만……

"윤 의원은 요즘 어떠셔? 통 뵐 수가 없다. 서울 댁에도 안 들어가셨고. 외국에 나가신 것도 아니고. 너구리가 안 보이면, 온 동네 쓰레기 통을 다 헤집어 놓으니까 더 걱정된다."

"나는 안 보여?"

"……."

“사람이 이렇게 매정하냐. 몇 년을 마누라라고 데리고 살았으면서 잔정 하나도 없어?”

전남편의 평온하고 무덤덤한 얼굴에 진저리를 치며 혜지가 물러섰다. 우아한 손놀림으로 흐트러진 옷매무새를 정리하며 새침을 떨었지만, 본인에게도 인욱에게도 뻔히 보이는 허세였다. 한숨과 함께 인욱이 혜지를 끌어안았다. 부들부들 떨면서 오열을 터뜨린 혜지에게 인욱이 건조하게 속삭였다.

“그렇게 끼지 말라고 했잖아. 너 그 자존심에 이런 걸 어떻게 참고 있어. 진짜 내가 불행해서 망가지면 네가 행복해진다는 거야? 너 그런 사람이야?”

짜디짠 눈물에도 메마른 전남편의 가슴은 젖어들지 않았다.

“나한테 자존심이 어디 남았어. 할아버지는 장기판의 졸(卒)쯤이나 여기실까. 당신도 남편이라고 손끝 하나 안 댔고 그저 심부름꾼 취급이잖아. 내가 여자야? 어디 여자야? 무슨 자존심이 있어?”

“무슨 그런. 넌 정말 아름다운 여자고 얼마든지 네 인생을 찾아갈 능력도 있잖아.”

“웃기지 마. 난 내 남편 불행하게 만든 추한 장애물일 뿐이야.”

“그만.”

혜지가 눈물범벅인 채 인욱에게 달려들었다. 오열하는 붉은 입술이 전남편의 놀란 입술을 뒤덮어 버렸다. 열일곱이었던가, 처음 본 그날부터 이날 이때껏 하고 싶었던 키스였다. 왜 참았을까. 해 버릴걸. 이렇게 달콤한데. 생전 처음 인욱이 그녀를 무시하지도 거부하지도 않고 받아들였다. 행복에 겨운 혜지는 더욱 깊게 남편에게 파고들었다.

“윽. 야!”

인욱은 저돌적으로 파고드는 혜지에게 놀라 엉겁결에 책상 위로 넘어뜨렸다. 그러자 책상 위로 펼쳐진 웨이브 머릿결, 어깨 끈이 흘러내린 원피스, 풍성하게 출렁이는 젖가슴, 그리고 뒷골이 서늘해질 만큼 뇌쇄적인 눈빛으로 혜지가 그를 올려다보고 있었다.

"증명해 봐, 여보. 당신 말대로 내가 아름다운 여자 맞나."

우아한 손길이 인욱의 벗은 어깨를 슥 끌어내렸다. 천하의 목석 양인욱이라도 이번만은 어쩌지 못할 것이란 기대가 혜지를 한껏 고무시켰다. 붉은 입술 끝에 승리의 예감이 서서히 번져 갔다. 두근두근, 부드러운 입술이 서로 맞닿았다.

"우리 큰아빠 뭐 하는 거예요, 언니?"

"……나가자."

숨죽인 대화가 예민한 인욱의 귀로 흘러들었다. 퍼뜩 고개를 쳐들었을 때 민재의 긴 머리채가 이미 문간 너머로 사라지고 있었다. 젠장.

"여보!"

욕구불만에 겨운 비명이 인욱을 멈춰 세웠다. 진짜로 울음보가 터지기 일보 직전인 전아내를 일으켜 주고 인욱이 도톰한 그 이마에 쪽 입을 맞춰 주었다.

"넌 의심할 바 없이 예쁜 여자 맞다. 자, 이제 윤 의원한테 가서 내가 만나잖다고 전해."

아무튼 할아버지나 손녀나, 정신 바짝 차리지 않으면 눈 뜨고 코 베인다. 인욱은 성마르게 복도 이쪽저쪽을 두리번거리며 민재의 그림자를 찾았다. 드라마 찍냐. 왜 하필 그때야. 젠장.

"야! 허민재! 어디 있어!"

복도를 쩌렁쩌렁 울리게 고함치며 인욱이 성큼성큼 나가 버렸다. 혜지 혼자 책상 위에 덩그마니 남겨 놓은 채.

"나쁜 자식."

혜지는 가슴을 끌어 모아 브래지어에 밀어 넣고 원피스의 어깨끈을 척척 끌어올리며 분한 마음을 추슬렀다. 그래도 키스는, 흐음……. 손끝으로 입술에 남은 온기를 음미하던 그때였다. 슬슬 책상에서 내려서려다 아까 인욱이 뭔가를 조심스럽게 감추던 모습을 기억해 냈다. 더듬더듬 손끝으로 서랍을 열어 보니 가죽 노트가 손에 잡혔다. 뭐지? 무언지는 모르겠지만 인욱의 태도로 볼 때 그냥 물건은 아닌 게 분명했다. 음, 여자의 자존심을 뭉개 버린 남자에겐 본때를 보여 줘야 하니까. 혜지는 혼자 해맑게 웃어 버렸다.

"야! 허민재! 썩 나오지 못해! 왔으면 나한테 썩 올 것이지. 당장 나와!"

인욱의 고함이 다시 가까워졌다. 혜지는 스윽 노트를 꺼내 들었다. 그리고 에르메스 백에 넣고서 후다닥 방에서 뛰쳐나갔다.

"이거 놔요! 대낮에 홀랑 벗고 전처랑, 진짜 우와! 내가 뭘 어쨌다고 큰소리예요! 나도 엄연히 손님인데 손님 대접은 못할망정!"

"시끄러! 왜 도망쳐. 나오라면 나올 것이지. 내가 다 알아듣게 설명을…… 이런, 젠장!"

민재의 손을 붙들고 돌아오던 인욱이 일순 땅이 꺼져라 탄식을 터뜨렸다. 민재가 무슨 일이냐고 묻기도 전에 인욱의 사자후가 드넓은 홈문헌에 쩌렁쩌렁 울려 퍼졌다.

"윤혜지! 죽을래!"

인욱의 타는 속만큼이나 부글부글 들끓는 치고이너바이젠의 선율이 사자후를 타고 넘실넘실 퍼져 나갔다.

눈을 떠도 캄캄한 진실

"뭐야?"

"내려오시랍니다."

소영이 죄송해 죽겠다는 표정으로 연신 고개를 주억거렸다. 인욱은 차 키만 잘그락거리며 조용히 허공을 바라보았다. 그러다 곧 책상에다 차 키를 '탁' 내려놓았다.

"카풀도 좋겠지."

아예 고개를 못 드는 소영을 지나 인욱은 기척도 없이 엘리베이터로 향했다. 에어컨보다 더 싸늘한 냉기가 한 걸음 움직일 때마다 넓은 등에, 주머니에 찔러 넣은 두 손에, 성큼 내딛는 두 다리에 묵직하게 쌓이고 응축되어 갔다.

"너도 퇴근해라."

인욱이 엘리베이터에 오르며 나직이 명령했다. 분명 소영이 들어본 중 제일 무서운 퇴근 명령이었다.

비망록. 필승의 패를 든 너구리가 주도권을 휘두르고 있다.

엘리베이터가 내려가는 동안 인욱은 무덤덤한 얼굴로 구두 끝만 바라보며 생각을 정리해 갔다. 내용이야 알 도리는 없겠지만 대충 감을 잡았을 수도 있다. 몇몇 영어 약어 같은 경우, 평소 사용하던 그대로 적는 바람에 미처 암호로 바꾸지 않았기 때문이다. 나쁜 버릇이다. 앞으로는 절대 그러지 말아야겠다. 윤 의원도 내용을 알아내려고 혈안이 되었겠지. 일단 회수가 먼저다. 무엇을 요구하든 들어주어야 한다. 아까워 말고. 표 내지 말고.

로비를 가로질러 본부 입구에 도착했지만 인욱 앞에는 늦여름의 폭염 말고 아무것도 없었다. 그는 선글라스를 꺼내 끼고 기다렸다. 이 정도 가지고 분해할 줄 안다면 윤 의원도 인욱을 너무 얕잡아본 것이다. 원하는 만큼 기다려 준다.

청인대학교 캠퍼스를 가득 메운 매미 소리에 귀를 기울이고 있자니, 그로부터 42분 후에 윤 의원의 반짝이는 검은 세단이 언덕을 올라왔다. 차창이 내려가고 번스타인을 닮은 윤 의원이 수더분하게 호들갑을 떨었다.

"미안한그. 많이 기다렸든가! 덥구만. 어서 타소!"

검은 양복에 선글라스를 낀 실팍한 남자들이 내려서 인욱에게 차 문을 열어 주었다.

"어디로 가실란가. 댁으로 퇴근하신가."

"카페로 갑니다. 요새 공사 중이어서 참참이 들여다봅니다."

"그러세."

윤 의원이 기사에게 고갯짓을 하자 차가 조용히 출발했다.

드넓은 청인 캠퍼스를 지나 시내를 지나는 동안 차 안의 누구도 입을 열지 않았다. 해안 도로로 접어들자 윤 의원이 휴미도에서 시가를 꺼내 들었다. 커팅 후 성냥으로 정성껏 구우며 인욱에게 다정하게 눈짓을 보냈다.

"사양하겠습니다."

빠직. 단숨에 갓 구운 시가를 바스러뜨리고 윤 의원이 새 시가를 꺼내 다시 굽기 시작했다. 그리고 또 다정한 눈짓을 보냈다.

"그럼."

인욱이 덤덤히 시가를 받아 불을 붙였다. 흐뭇해하며 윤 의원이 기사에게 신호를 보냈다. 그러자 카오디오에서 베토벤이 웅장하게 흘러나왔다.

[Freude schöner Götterfunken, Tochter aus Elysium…….]

그런데 〈환희의 송가〉라니.

"마실래?"

인욱은 윤 의원이 실실 쪼개며 내민 술잔을 벌컥 들이켜 버렸다. '하느님의 뜻에 따라 우리 모든 인류는 형제'라는 숭고한 가사가 이렇게까지 언짢을 수도 있다니. 짜증이 나서 거의 눈물이 날 것 같았다. 망할.

"이 얼마나 좋은가. 참 오래간만에 우리가 뭉쳤구나, 인욱아."

인욱은 이 너구리가 세 번째로 이름을 부른 걸 기억해 냈다. 그가 이름을 부를 때마다 인욱에겐 힘겹고 고된 일이 생기곤 했다. 정신을 바짝 차려야 했다.

"여태 몰랐더니 혜지가 손버릇이 나쁘던데요."

"칠칠맞게 흘린 놈 잘못이겠지. 주워 온 손이 뭔 죄냐. 대체 뭐에 쓰는 물건이든고?"

"반성문입니다. 매일매일 쓰는."

"흠, 그러면 꼭 돌려줘야겠구나. 분실물 사례금은 얼마나 줄래?"

인욱이 반 남은 스카치 온더록스에 시가를 담가 버렸다. 메스꺼운 냄새가 차 안에 확 퍼졌다. 인욱은 쓰레기를 윤 의원의 가슴팍에 떠안기고 넌지시 물었다.

"얼마나 원하십니까."

“약소한 거 하나면 된다.”

“예를 들면?”

번스타인처럼 온 얼굴에 웃음 주름을 겹겹이 둘러치고서 윤 의원이 시원시원하게 대답했다.

“신혼에 독수공방하는 혜지가 불쌍해서 말이다.”

인욱이 스윽 매서운 시선을 들어 윤 의원을 노려보았다. 차라리 시가를 우린 스카치 온더록스를 마시고 말겠다! 아니, 아니. 아까워 말고. 표 내지 말고.

“제 반성문은 가지고 오셨습니까.”

앞자리에 앉아 있던 검은 양복의 선글라스가 스윽 가죽 장부를 들어 보였다. 한눈에 봐도 실크 끈의 매듭 모양이 달라져 있었다. 아무렴. 인욱은 윤 의원에게 손을 내밀었다.

“안도 확인해야겠습니다.”

“나는 안에 뭐가 있는지 보지도 안 했다.”

“그러시겠죠. 확인하고 상한 데 있으면 사례금이 아니라 변상을 요구할 겁니다.”

“지독한 놈.”

윤 의원이 킬킬대며 인욱의 머리를 정답게도 쓰다듬었다. 단정했던 앞머리가 반듯한 이마 위로 흘러내렸다. 동시에 살기 어린 눈동자가 윤 의원을 비수처럼 쫓아왔다. 윤 의원의 웃는 얼굴도 얼어붙어 버렸다.

“옛다.”

마지못한 듯 건네준 비망록을 확인해 보니 뜯어지거나 상한 곳은 보이지 않았다. 인욱은 무릎 위에 비망록을 ‘탁’ 던져 놓고 휴대전화를 꺼내 들었다.

"예. 양인욱입니다. 오전에 말씀드린 대로 해 주십시오. ……괜찮습니다. 그럼."

"호어~ 입도 미리 다 맞춰 두고. 준비성은 진짜 철저한데. 쯧쯧. 네 놈이 심성만 쫌 더 착흐면 얼마나 좋겠냐."

"여기다 내려 주시면 됩니다."

볼일도 끝났고, 이런 상판하고는 더 같이 있고 싶지 않았다.

카페에서 한참 떨어진 해안 도로에 차가 멈추어 서고 검은 양복의 선글라스들이 먼저 내려 인욱에게 문을 열어 주었다.

"또 보자."

윤 의원이 해맑게 손을 흔들며 떠나갔다.

—백 걸음쯤 앞으로 왔다고 안심하고 주춤거렸더니, 어느 틈에 백
　걸음 뒤쳐졌고…….

후우욱. 인욱은 선글라스를 꺼내 끼고 길게 뻗은 해안 도로를 멀리 내다보았다. 그리고 가죽 장부를 허벅지에 툭툭 치대며 카페까지 내내 터덜터덜 걸었다. 아니, 제자리걸음이었던가.

⚜

양인욱이 하는 일은 대체로 일의 진행이 비정상적으로 빠르다. 요한의 구치소 퇴소도 그런 식이었다. 혜지는 구치소에서 나오는 요한에게 생 두부를 내밀었다.

"어머, 이렇게 빨리 나와? 할아버지께 연락 받은 지 얼마 되지도 않

왔는데.”

“아침부터 대기 중이었는데?”

“풉. 인욱 씨는 우리 할아버지하고 쿵짝이 정말 잘 맞는다니까.”

꾸역꾸역 두부를 먹어 치우고 요한이 혜지의 차에 올라탔다. 혜지도 운전석에 타고 가방에서 서류 뭉치를 꺼내 주었다.

“이거 부탁했었지? 너무 오래된 자료라 무지 애먹었어.”

“수고했어.”

요한이 성마르게 서류 뭉치를 낚아채고 손끝으로 후루룩 훑으며 쓸 만한 자료인지 살폈다. 혜지가 차를 출발시키고 얼마 후에 요한이 드디어 쾌재를 불렀다.

“신동은, 응급환자, 들어 봐, 담당의 허승렬!”

예상대로 나오는 팩트들에 흡족해진 요한과 달리, 혜지는 좀 투미하니 입술만 삐죽였다. 그 모습이 눈에 거슬려서 요한이 혀를 끌끌 찼다.

“지금 허민재의 정체가 문제가 아니라, 양씨 집안을 확 뒤엎어 버릴 물건이 손에 들어왔는데.”

눈이 휘둥그레진 요한을 흘깃 일별하고 혜지가 코웃음을 섞어 가며 말을 이었다.

“말이지, 말이지, 우린 눈으로 봐도 읽을 수가 없단 말이지. 무슨 내용일지 충분히 유추는 하겠는데 도통 이게 뭔지. 할아버지께서 군대 암호 전문가한테 자문 보내고 난리 나셨어.”

“그게 뭔데.”

요한이 귀를 확 열고 혜지의 대답을 기다렸다.

“반성문이라고 했다던데. 비자금 조성 기록부 같은 거 아닐까 싶어. 나도 알아볼 데가 있어서 지금 당신이랑 가 보려고.”

혜지가 요한을 데려간 곳은 시내 모처의 키즈 카페였다. 문을 열자마자 흥거운 노랫소리와 아이들의 비명이 터져 나왔다. 이런 어수선한 곳에 처음 와 보는 두 사람이었지만 상대를 찾는 건 생각보다 쉬웠다. 엄마들이 잔뜩 모여 있는 곳에 잘생긴 청일점이 눈에 확 띄었던 것이다.

"서방님~."

아름다운 혜지가 화려하게 등장하자 순식간에 엄마들이 떨어져 나갔다. 인겸은 떨떠름하니 전 형수를 맞이했다.

"구은타악(Guten tag)."

"네에~ 항상 인기 좋으셔, 우리 서방님."

혜지는 놀이기구에서 정신없이 노는 로렐에게도 아는 척, 손짓을 해 주었다. 인겸은 요한에게 '심각한 관심'과 '통렬한 무시' 어느 쪽을 택해야 할지 몰라 고민 중이었다.

"형수, 어제 훔친 거 형 돌려주셨어?"

"그럼요~ 봐도 무슨 뜻인지도 모르겠고, 또 인욱 씨 화내면 무서워서 어떻게 감당해요."

"쯧쯧. 그걸 아는 사람이."

"그래서 말인데."

혜지는 커피 테이블 위에 두툼한 프린트 파일을 툭 올려놓았다. 요한도 슥 일별하고 혜지와 윤 의원이 고민스러워하는 이유를 알아차렸다. 듣도 보도 못한 지렁이 흘림 부호가 세로쓰기로 페이지마다 가득했다. 아라비아 숫자 몇 개나 가끔 '%'나 '₩', '$' 정도의 부호 아니면 영어 약어 정도만 드문드문 알아볼 수 있었다. 한마디로 비자금 장부로 의심받아 마땅한 비주얼이라고나 할까.

"원문 그대로 베껴 줄 수는 있어. 읽는 건 한 60%? 근데 정확히 무

슨 뜻인지는 장담 못 해. 이게 축어도 많고 쓴 사람이 정해 놓은 약어
도 많아서 은근 간단치가 않거든."

인겸은 시원시원하게 혜지의 청을 거절하고 두 사람을 외면해 버렸
다. 혜지도 굳은 얼굴로 그 정신 사나운 곳에서 빠져나왔다. 그리고
어슬렁거리며 뒤따라온 요한에게 오만 짜증을 부렸다.

"틀렸어. 그거 원래 칭인 이사장들만 아는 거래. 아버님께서 인겸
씨한테 좀 가르쳤다고 그러더라고. 이제 양인욱 본인 말고 아무도 이
암호문을 해독 못 해. 아우, 속상해!"

"나도 한 부 줘. 나도 알아볼 데는 다 알아볼 테니까."

그러자 혜지가 씩 웃으며 요한에게 돌아섰다.

"있잖아, 각오하고 나왔길 바라. 다음 총선엔 할아버지가 나가신대.
불명예를 씻어야 한다며 그 어느 때보다 의욕이 충만하시거든."

요한이 혜지를 내려다보다 아무 생각이 없는 사람처럼 물었다.

"인욱이 물건을 훔쳤어?"

"그렇게 됐지."

"인욱이 물건 훔치기 전엔, 둘이서 뭐 하고 있다가?"

"……이야기했지."

"윤혜지, 자기 위치 선정에 신중해 줬으면 한다. 내 마누라이거나,
아님 적어도 성실한 섹스 파트너였음 한다. 쓸데없는 데 기웃거리면서
내 얼굴에 먹칠하지 않길 바라."

요한이 전직 검사답게 근엄하게 요구했지만 혜지는 코웃음을 쳤다.

"내가 왜? 자긴 이제 우리 할아버지가 부리는 개일 뿐인데. 신랑 대
우를 해야 돼?"

"마누라도 아닌데. 내가 너희 할아버지 일을 왜 해 줘. 나는 나대로

340

움직여도 충분해."

"웃겨! 장장 30년 감옥살이에서 빠져나온 게 누구 덕분인데!"

"그게 뭐. 본래 난 억울하게 들어갔어. 게다가 너희 할아버지가 나를 다시 구치소에 넣을 수 있겠어? 못 하잖아. 음? 음?"

바짝바짝 목을 조여 오는 굴레가 싫어서, 쉽게 굴복하기 싫어서, 혜지가 손톱만큼의 자존심을 담아 요한에게 물었다.

"저기…… 당신 나 좋아해? 그래서 욕심내는 거야?"

"왜 이래."

어이없어서 고개를 절레절레 저으며 요한이 서둘러 차에 올라탔다. 혜지도 아무렇지 않은 척 차에 타고 운전대를 잡았다. 문득, 이쪽 불행에서 저쪽 불행으로 뜀뛰기한 것 말고, 그동안 뭘 했나 자괴감이 밀려들었다.

—넌 정말 아름다운 여자고 얼마든지 네 인생을 찾아갈 능력도 있잖아.

그렇게 생각하는 건 세상에 당신밖에 없어. 그러니까 내가 당신을…… 놓을 수가 없어.

⁑

"허민재! 전근 간다고 아예 멍 때리고 태업이냐! 가는 그날까지 열심히 일해! 돈값을 하라고! 말했다! 내일 너 어떻게 하나 볼 것이다!"

"넵!"

“어우 피곤해.”

퇴근하고 오피스텔에 돌아오는 내내 머릿속에는 ‘대체 신동은은 언제 돌아올 것인가’, 그 고민뿐이었다. 그건 마치 자기 죽을 날이 언제일까 고민하는 기분이었다.

“웍!”

“악!”

은행나무 가로수 뒤에서 갑자기 거대한 물체가 튀어나와 민재를 놀라게 했다. 곧바로 커다란 손이 불쑥 튀어나와 민재를 품으로 끌어당겼다. 보지 않아도 이 손길은 인욱이었다.

“대체 정신을 어디다 팔고 다녀.”

“대체…… 본사로 전근 발령이 나서요.”

저도 모르게 볼멘소리가 나와 버렸다. 바로 이 일을 상의하려고 일전에 흠문헌에 갔다가, 이 남자가 전처와 들러붙은 꼴을 목도했던 것이다! 그 후에 무슨 대단한 일이 났는지 민재는 말도 못 꺼내 보고 되돌아오고 말았다. 아아, 생각하니 또 서러워라.

“국장님이 나를 잡아먹으려고 난리시고 아나운서실에서도 다들 서먹해져 버려서. 올 때도 뜬금없이 왔으면서, 전격적으로 본사 귀환 명령이 떨어졌으니, 다들 내가 재벌 딸이나 되는 줄 오해 중. 아아, 오해하든지 말든지!”

“아, 그거. 아직 연락 못 받았어?”

말귀를 못 따라잡고 멀뚱멀뚱 바라보는 민재를 인욱이 자기 옆으로 슥 끌어당겼다.

“어제 오찬 모임에서 방송국 사장이 그러던데. 윤 의원이 서울 본사에다 장난쳐서 일 잘하는 아나운서를 보내게 생겼다고. 음…… 그냥 없던 일로 해 뒀어.”

“아니 왜 내 일을 자기 멋대로 결정하는데. 나도 입 있고 말할 줄 알 거든요?”

소리 죽인 불평에 인욱이 민재의 고개를 들어 올렸다. 목 뒤를 붙잡은 서늘한 손이 찌릿찌릿 익숙해진 전율을 불러 일으켰다. 냉랭하게 쏘아보는 눈빛이 새삼스러울 정도로 무시무시했다. 아니, 이건 그냥 보는 거…… 우씨! 무섭잖아!

“……너도 내 마음 같을 줄 알고 그랬지. 원상 복귀해 줘?”

민재가 놀라서 치뜬 눈으로 노려보다가 뾰로통한 얼굴로 외면해 버렸다. 그러자 인욱이 목젖을 울리며 승자의 쾌재를 불렀다. 우씨, 입술 내려온다. 손바닥으로 있는 힘껏 인욱을 밀어내고 민재는 악마의 유혹에서 벗어났다. 단박에 뭐 뀐 놈이 먼저 성을 내며 나직나직 으르렁거렸다.

“어이. 자기 의지와 상관없이 전근 명령이 떨어졌는데 반박 시도 한 번 안 했다던데? 혹시 윤 의원한테 먼저 부탁한 건 아니겠지?”

“네에, 먼저 부탁했겠네요. 내가 가족들 곁으로 돌아가고 싶어 안달 났을 거란 생각은 안 해 봤어요? 그전엔 인욱 씨도 나 보내 준다고 했었잖아요.”

슥 다가온 아름다운 얼굴이 한참을 고즈넉이 민재의 얼굴을 들여다보았다. 그리고 속삭였다.

“가지 마.”

“엄마 아빠랑 언니들이랑 오빠랑 올케랑 조카들이랑 보고 싶어 죽겠어. 식구들이랑 맛있는 것 해 먹으면서 실컷 웃었으면 좋겠어. 우리 집 내 방에 가서 죽은 듯이 실컷 잠 좀 잤으면 좋겠어. 고아처럼 혼자 세상에 맞서고 혼자 치이고 내둘리고!"

지금 너무너무 힘들고, 그래서 내 곁에 내 편이 잔뜩 있으면 좋겠다는 허씨 집안 막내딸의 응석에 투정이었다. 그러자 부드럽지만 단호한 손길이 민재를 끌어당겼다.

"그렇게 사람 많은 게 좋다면, 이번 주 수요일 저녁에 흠문헌에 와."

"수요일? 식구들만 모이시는 날이잖아요."

"음식 잘하잖아. 와서 실력 발휘해."

어. 뭔가 좀 어긋났는데, 뭔가…… 가슴에서 벅차게 부풀어 올랐다. 인욱이 슥삭 정수리를 쓰다듬어 주고 돌아섰다. 민재의 눈망울이 반짝반짝하며 인욱의 움직임을 좇고 있었다. 식구들만 모이는 날이잖아. 식구들만……!

"우린 음식 맛없으면 손도 안 대는 족속들이니까 각오는 해 두고."

그런 소리 해 봤자, 이미 민재는 기대에 부풀어 구름 위를 걷고 있었다. 식구들 모임에 초대받았어! 무심하게 앞서가는 남자가 오늘따라 더 예뻐 보여서 민재는 폴짝폴짝 뛰어서 냉큼 그의 등에 매달렸다.

"어이쿠."

"뭐 좋아해요! 말만 해! 내가 다 해 줄게요!"

인욱이 대답 대신 민재를 훌쩍 업어 주었다. 아이처럼 업혀서 '둥개둥개' 콧노래를 흥얼거리는 여자는 모르겠지. 하긴 나도 거지같은 흠문헌 식구들을 이렇게 써먹게 될 줄은 전혀 몰랐으니까. 인욱은 고개를 설레설레 저으며 묵묵히 민재의 오피스텔로 향했다.

‡‡‡

아. 민재는 눈을 반짝 뜨고 조용히 침대에서 기어 나왔다. 어둠 속에서 바닥에 내동댕이쳐 놓은 옷가지들을 챙겨서 세탁물 바구니에 집어넣고 새 티셔츠를 꺼내 입었다. 속옷도 꺼내고 싶은데 침대에 있는 저 남자가 깰까 봐 영 조심스러웠다.

민재의 침대에서 민재의 이불을 둘둘 말고 벌거벗은 등을 다 내놓고 자는 저 남자. 자기 집 넓은 방 넓은 침대 놔두고 굳이 이 작은 방 작은 침대로 찾아오는 저 남자. 늦은 밤 방송 끝나길 기다려 주고, 아침 일찍 출근할 때 같이 나서 주는 저 남자. 도대체 어떻게 이렇게 생길 수가 있지? 이불에 반은 파묻힌 얼굴이 가슴 울렁거릴 만큼 섹시했다. 아 정말, 평생 저 얼굴만 뜯어먹고도 살겠네. 어머, 정신 차리고 네 할 일을 해!

민재는 고개를 잘래잘래 저으며 조용히 화장실로 들어섰다. 컴컴한 화장실에서 휴대전화의 액정 불빛에 의지해 미국에 전화를 걸었다.

[오, 그래! 우리 딸. 기다리고 있었다. 거기 잘 시간일 텐데. 무슨 일로 아빠 보자고 했어?]

"아빠, 신동은이란 아이 알아요?"

단도직입적으로 물었고 대답은 헛바람 들이켜는 격한 충격이었다. 그 이름만으로도 아빠를 충격에 빠뜨린 것이다. 벌써부터 슬퍼지려 했다.

"아빠 환자였던 거, 다 알아요. 여러 사람이 얘기해 줬으니까. 인욱 씨도 그랬고."

[누구? 혹시, 양인욱?]

이번 건 경악이었다. 양인욱이란 이름이 아빠에겐 경악 그 자체인 것이다.

"신동은이 죽었다더니, 알고 보니 살아 있었대요. 그거, 아빠도 알았어요?"

　대답 대신 뭔가 둔탁한 소음이 전화기 속에서 전해졌다. 전화기를 떨어뜨리신 듯. 그리곤 곧 부랴부랴 아빠의 변명이 들려왔다.

　[어, 어떻게. 아니야, 그런 게. 민재야, 죽은 거 아빠가 다 확인했거든? 신동은 양은, 아니야, 민재야. 그 앤 죽었다!]

　아빠도 신동은이 살아 있는 걸 알고 계신 거다. 틀렸어. 서울 가야 돼. 여기 더 못 있어!

　민재는 서러움이 복받쳐 깊은 한숨을 내지르며 전화를 끊고 배터리를 뽑아서 내던졌다. 차디찬 타일 바닥에 쭈그리고 앉아 꼼짝도 하지 않았다. 그것은 흠문헌에 초대받은 기쁨을 상쇄시키고도 남는 깨달음이었다. 신동은이 살아 있는 걸 아는 순간, 양인욱 저 남자는 곧바로 찾으러 나설 테니까.

　솔직히 신동은이 양인욱의 곁에 돌아와서 둘이 '해피해피한' 꼴을 보느니 얼른 서울로 돌아가 버리고 싶은 마음도 있다. 점점 커지고 있다. 버림받느니 차라리 버리겠다는 못난이 심보를 전에는 이해 못 했었는데, 지금은 막, 절절히 이해가 되고도 남는다! 정말 아빠가 마지막 희망이었는데. 아빠가 신동은은 죽었다고 어디서 헛소리 듣고 왔냐고 해 주시길 바랐는데. 이젠 정말 어디 한군데에도 희망 한 조각이 없었다.

　그렇게 백만 년 같은 절망의 시간이 흐른 어느 순간이었다.

　"뭐 해."

　새하얀 빛 속에 인욱이 거석 상처럼 우뚝 서서 민재를 내려다보고 있었다. 민재는 눈물범벅 얼굴을 한껏 젖히고 높디높은 곳의 눈부신 그를 올려다보았다. 인욱이 그 긴 몸을 접고 접어 민재와 눈을 맞추고 다시 말했다.

"울지 마."

말투는 늘 그런 무덤덤한 명령조였지만, 엄지손가락으로 눈물을 닦아 주는 손길이며 마음씀씀이는 새로 눈물을 뽑아 낼 만큼 다사로웠다.

인욱 씨, 신동은이 살아 있대. 곧 당신한테 돌아올 건가 봐. 아직도 당신 마음을 쥐고 있는 그 도도한 그 여자가 짝퉁이라고 부르면 난 어쩌지? 나는 어떡해야 하지?

자글자글 깨져 가는 민재의 속도 모르고 인욱이 민재를 일으켜 밝은 곳으로 이끌었다. 그러고는 문득 인욱이 민재의 눈동자를 헤집으며 나직하게 물었다.

"혹시 임신했어?"

둘이서 '맨몸'으로 사랑을 나눈 건 백음대 동공 속에서 서로의 심부 체열을 올리느라 관계했던 그때뿐이었다. 그리고 민재는 그 며칠 후에 임신이 아니란 걸 바로 확인했었다.

"자다 말고 일어나서 혼자 우니까. 임신하면 여자들 우울해지고 그런다며? 지금쯤 알 수 있지 않아? 한 달도 지났으니까."

민재는 애석한 마음이 가득한 얼굴로 힘없이 고개를 가로저었다.

"확실해?"

민재가 다시 고개를 끄덕이자 인욱도 왠지 힘이 빠진 듯 침대에 털썩 걸터앉았다. 그리고 손바닥으로 자기 옆자리를 툭툭 치며 민재를 불러들였다. 인욱과 나란히 앉아 허공을 바라보는데…… 암울한 그의 소감이 흘러나왔다.

"우리 꼭 3차 세계대전의 패잔병 같다. 인류가 전멸하고 우리 둘만 남겨진 것처럼."

민재는 망연자실 허공을 향해 눈동자를 부라렸다. 이 남자가 임신을 기다리고 있었을 줄이야! 아이라면 질색하던 사람이! 난데없는 깨달음에 민재는 가만히 손을 뻗어 인욱의 차가운 손에 깍지를 껴 주었다. 꼭 잡은 서로의 손과 손으로 뭔가 찡하고 뜨거운 것이 전해져 왔다.

"까짓 인류가 전멸했어도 우리 둘이서 새로 시작하면 되지. 그쵸?"

와르르 무너졌던 세상이 한 겹 한 겹 새로 쌓이고 가슴 속에 용기가 울컥울컥 샘솟았다. 그래. 누가 뭐래도 지금 이 마음 이 손길은 전부 내 거. 과거의 유령이 살아 돌아온대도, 넋 놓고 내 걸 빼앗기고만 있진 않을 테야. 절망에 몸부림치기엔 아직 이르잖아.

"지금 시작할래요?"

민재를 벼랑 끝으로 내몰았던 불안은 어느새 터져 버릴 것 같은 열정으로 탈바꿈한 모양이었다. 민재는 제 몸뚱이보다 크고 두꺼운 허벅지 사이에 자리 잡고 경배하듯 무릎을 꿇었다. 가는 두 팔이 서늘하게 쏘아보는 아름다운 얼굴을 끌어당겼다.

"좋아."

나도 좋아요. 물어뜯을 듯 격렬한 키스와 황홀경을 호소하는 두 사람의 신음만이 민재를 안심시켜 주었다. 민재는 점점 더 아래로 입술을 미끄러뜨렸다. 천국 문의 빗장 같은 쭉 고른 쇄골을 지나, 고동 소리 요란한 흉곽을 미끄러져 내려가고, 극강의 아름다움 복근도 무심한 척 지나쳐 버렸다.

"민재야! ……제기랄."

양인욱을 경배하라.

거친 숲 한가운데 미루나무처럼 우뚝 솟은 기둥에 지옥불처럼 펄펄 끓는 입술이 내려앉았다. 인욱은 민재의 뒤통수를 다급하게 붙들고 숨죽여 흉곽만 들썩였다. 백중사리 그 바다의 파도처럼 거대하고 격렬한 흥분이 연달아 척추를 훑고 지나갔다. 데일 것처럼 뜨거운 숨결이 하얗게 드러난 민재의 목덜미에 폭포처럼 쏟아져 내렸다.

"그만……"

무덤덤한 얼굴에 고통스러운 듯 경련이 퍼져 나가고 민재를 노려보는 눈동자도 점점 붉게 충혈되어 갔다. 그러나 의지를 배반한 그의 손은 민재의 뒤통수를 더욱 세게 붙들고 응원하듯 쓰다듬고 있었다. 호흡이 점점 거칠어져 가고 아득한 희열이 엄습해 오자, 인욱도 더 이상 참지 못하고 온몸을 곧추세웠다. 부풀어 오른 혈관을 폭주하는 혈류는 아름다운 근육들을 강철 조각상처럼 뻣뻣하게 경직시켜 버렸고 희열에 겨운 거친 숨결은 야수처럼 으르렁대며 민재를 재촉해 댔다. 더 강렬하게, 더 깊게.

"……민재야…… 민재야!"

외마디 비명으로 절정에 다다른 인욱이 부들부들 떨면서 민재를 덥석 끌어안았다. 100m를 전력 질주한 사람처럼 헉헉대며 묵직하게 민재에게 무너져 내렸다.

"사랑해요."

차가운 어둠 속에서 홀로 절망하고 있을 땐 세상은 온통 암흑천지일 뿐 아무런 희망도 없었다. 단 한 톨도. 이 사람이 손을 내밀어 주고 밝은 곳으로 이끌어 주어 다시 둘러본 세상은, 별처럼 점점이 박혀 반짝이는 희망들이 민재를 설레게 했다. 민재는 서서히 호흡이 되돌아오는 인욱을 부드럽게 쓰다듬어 주었다. 그리고 그의 귓전에 입술을 대고 뜨겁게 속삭였다.

"당신이 흥분해서 내 이름 부를 때 그 목소리 정말 마음에 들어."

놀랍게도, 흐려지고 충혈된 눈자위에 상기된 붉은 기가 스쳐 지나갔다. 수줍어하는 거야? 방금 그거? 민재는 일순 점점 더 환하게 번져 가는 웃음으로 인욱을 올려다보았다. 사랑받고 사랑할 줄 아는 어른 여자의 행복한 웃음이었다. 인욱에겐 심장이 덜컥거릴 만큼 섹시하고 아름다운 웃음이었기에, 어느덧 영혼까지 홀려 버렸다. 사랑스러운 허민재. 네가 있어 나의 지옥은 천국에 한 걸음씩 가까워져 간다!

지겹지만 절대 멈출 수 없는 흠문헌의 수요 만찬이 또 돌아왔다. 지구 일주 중이라는 인아만 빼고 모든 흠문헌 식구가 모여들었다. 오늘의 메뉴는 정원에서 즐기는 해물 철판 전골이었고 '강남구 삼성동 장금이' 허민재가 특별히 주방에 초빙되었다.

"남의 주방에서 막 지지고 볶고 본격적으로 하긴 그렇고, 제가 만든 음식이 여러분 입에 맞을지도 모르겠어서. 이 음식은 신선한 해물이 맛을 보장해 주니까 많이들 드세요."

"칼국수 준비했어요?"

"그럼요. 원하시면 국물에 죽도 끓여 드릴게요."

어른들 앞에 철판 하나, 인겸 부녀와 함께 먹는 철판 하나. 평소 거하게 코스로 나오던 만찬에 비하면 소박하기 그지없었지만, 푸짐하게 쌓인 각종 해물에 누구도 불평하지 않았다.

"1999 그레이트 빈티지 로마네 꽁티를 벌써 따서 마셨다고? 이기적인 인간!"

인욱이 빈티지 1999인 라 따슈(LA TÂCHE) 3병을 내오자 인겸이 공분(公憤)을 청하며 민재를 돌아보았다.

"저 쳐다볼 것 없어요, 공범입니다. 진짜 다 같이 맛보셨으면 좋았을걸. 향이 정말 끝내주던데."

"응? 둘이 같이 마셨어요? 으응, 그랬구나~ 그렇게 된 거였어~."

어떻게 돌아간 상황이었는지 감을 잡고서 인겸이 빙글빙글 웃어 댔다. 그러다 슝 날아온 코르크에 정수리를 콕 얻어맞고 말았지만.

"오징어랑 낙지는 한 번 데친 거니까 따뜻해지면 바로 드세요. 아우, 전 낙지 살아서 꿈틀거리는 거 몬도가네 같아서 싫거든요."

"이런 건 내가 선수지. 이쪽은 걱정 마요, 민재 씨."

기범이 두 팔을 걷어붙이며 김이 오른 오징어와 낙지 등을 식가위로 척척 썰어서 늙으신 아버지와 전처에게 권했다. 아닌 게 아니라 민재보다 더 전문적인 가위질이었다.

"드셔 보세요, 아부지. 민재 씨가 해물을 잘 골라 왔네요."

"맛있네. 미스 송도 부를걸."

"어이쿠, 잘 드시네요. 차 타고 한 시간만 바닷가로 나가면 해물 전골 정말 잘하는 데 있어요. 다음에 같이 가세요, 아부지. 어때, 당신도 시간 나면 같이하지?"

십수 년 한량 놀음에 외식이라면 빠삭하게 꿰고 있지만 단 한 번도 늙은 아버지나 마누라를 대동한 적은 없었던 기범이었다.

느닷없는 그의 초청에 늙은 아버지도 이혼한 전처도 기쁘게 응해 주었다. 기범은 생글 웃는 민재에게 웃는 낯으로 끄덕끄덕해 주었다.

"맛있는 건 역시 식구들이랑 먹는 게 좋긴 하네."

"뜨거우니까 후후 불어 먹어?"

민재는 로렐에게 연신 주의를 주면서 아이의 접시에 부지런히 해물

속살을 갖다 날랐다.

"퀼른 우리 동네는 해산물이 귀해서, 안 먹어 봐서 못 먹을 줄 알았더니, 무슨 애가 초고추장에 잘도 찍어 먹네?"

인겸이 딸의 먹성을 신기해하며 웃어 댔다. 그때 테이블 저 먼 쪽에서 큰이사장님이 민재를 흥미롭게 쳐다보며 손짓했다.

"아가씨, 아가씨! 내가 어디서 본 것 같기도 하고 아닌 것 같기고 하고. 이름이 뭐라고?"

아아, 미스터 화이트. 또 날 잊으셨어. 민재는 내색 않고 방글방글 웃으며 이름을 알려 드렸다.

"그래, 그래. 미스 송하고 뉴스에서 본 것 같어."

"그러세요? 팬이 여기 계셨네?"

노인분께 다정하게 맞장구쳐 드리고 돌아보니 인욱이 민재를 빤히 바라보고 있었다.

솔직히 수요일 밤에 이런 평화로운 식사는 거의 처음 있는 일이었다. 이렇게 음식이나 대화에만 집중하는 것도 낯설었다. 이런 사람들이 아닌데.

"버섯 더 드릴까요? 필요하면 말씀하세요?"

"국물이 정말 끝내주죠! 맹물에 해물하고 버섯 야채만 넣었는데 이러네요? 진짜로요!"

끊임없이 식구들에게 필요한 것을 묻고 이야기를 건네고 와르르 까르르 웃어 주는 사람이 있어서일까. 평소와 다른 것이라곤 그것뿐이었다. 인욱이 내린 결론은 흠문헌 식구들 모두의 가슴 속에서 공감을 일으키고 있었다. 그들 모두에게 신기하고 평화로운 시간이 무르익어 갔다. 아니, 딱 한 사람만 빼고.

인겸과 민재가 로렐을 재우러 간 사이 순옥이 인욱을 붙들어 앉혔다.

"결혼하려고? 이 교수 딸이랑?"

"글쎄요. 어떻게 될지."

갑자기 착잡한 기색이 역력해진 순옥이 능청 떠는 아들의 두 손을 꼭 마주잡았다.

"어미라고, 사춘기 이후에 네 곁에 있어 주지도 못했다만. 그래도 너란 아인 내가 어디서 무엇을 하던 늘 생각나는 손끝의 종기였다."

"아, 하나뿐인 아들을 종기라고 해 주셔서 감사하네요."

"인욱아, 흠문헌 양씨 집안은, 그 안주인은……."

그러고 보니 순옥은 흠문헌 안주인에 대해 이런저런 토를 달기엔 좀 우스운 위치였다.

"걱정하지 마세요. 민재는 야무진 여자니까."

"민재 양 자체를 뭐라 그러는 게 아니라, 애, 내가 걔네 엄마랑 교수 제자 사이를 넘어 술친구로 지내잖니. 서로 속내를 너무 잘 알지. 근데 이 교수 술 먹으면 막내딸 이야기하면서 울기도 숱하게 울었다. 걔가 수련회 갔다가 급류에 휩쓸려서."

"아, 그 얘긴 저도 들었습니다."

"친딸이 죽어서 다른 애 데려다 키운 걸 너도 알아? 어떻게 알아? 걘 전혀 기억 못 한다던데?"

놀라서 묻는 순옥보다 더 놀라 버린 인욱이 어머니의 얼굴만 멀뚱하니 바라다보았다. 그러자 순옥도 줄곧 하고 싶었던 소리를 늘어놓았다.

"술자리에서는 나도 이 교수가 참 대단하다고 생각이 들어서 칭송도 많이 하고 그랬는데. 인욱아, 막상 그런 자리가 며느리로 들어온다니까 나 좀 그렇다. 민재 양 친모 말이야, 생물학적 친모, 어떤 사람인 줄 알아? 남편이랑 자기 딸을 독살했다더라. 그래 놓고 자기는 몸에 불붙여서 타 죽었대. 아버진 죽고 딸만 살아남았는데, 민재 양은 그 와중에 기억도 잃고 엄청 힘들게 재활치료 받고서 다시 사람 된 거래. 뭐 인간 승리고 좋긴 한데, 그래도 애, 딸은 엄마 닮는다는데, 친족 살해범의 딸을 굳이 흠문헌에 들여야겠니? 내가 그 꼴을 참고 지켜봐야겠니?"

"우욱."

인욱은 급히 제 입을 틀어막았다. 비명이든 시뻘건 핏덩이든 시큼한 토사물이든 튀어나오고 말 것 같다. 돌팔이 허 교수의 친딸이 죽었다고? 죽은 딸 대신에, 농약 먹고 죽어 가던 친족 살해범의 딸을 데려다 딸로 삼았다고? 이게 무슨! 동은아! 아니, 아니…… 민재야!

"그게 무슨 소리야?"

기범이 혀를 끌끌 차며 전처와 아들의 대화에 끼어들었다. 꽤나 자상한 아버지인 척 아내를 꾸짖었다.

"인욱이가 고른 사람이면 믿고 잘 지켜봐 주는 게 어른 할 도리지. 당신은 도대체가 그 편협한 밴댕이 소갈딱지가 하나도 안 변했어. 본인은 기억도 못 한다는데, 생모가 무슨 짓을 했든 말았든 뭔 상관이야. 민재 양이 부모를 골라서 태어난 것도 아니고! 인욱이도 제가 골라서 당신 아들 된 게 아니듯이!"

"뭐예요! 이 양반이 정말 말본새가! 왜 말이 그렇게 흘러요, 왜!"

"그만!"

인욱이 휘청대며 간신히 의자를 끌어다 철퍼덕 주저앉았다. 머릿속이 불끈대고 심장은 멎은 듯 조용하고 손끝은 불덩이를 쥔 듯 화끈거렸다.

“어머, 애 왜 이래. 인욱아!”

“의사 불러야 되니? 애야!”

“닥쳐요!”

자기 아들이 바이올린 하나 들고 외국으로 내빼려 했다는 것도 몰랐던 사람들은. 패싸움하다 손을 다쳐 바이올린을, 미래를 잃었다는 것도 몰랐던 사람들은. 한 소녀와 사랑에 빠져 간신히 재기했다는 것도 모르는 사람들은. 아들이 그 소녀와 혼인 신고서 한 장 적어 내고 부부가 되었다는 것도 모르는 사람들은. 단 하루도 예쁘게 살아 보지 못하고 첫 아내와 사별했다는 것도 모르는 사람들은. 그래 놓고 마음 아파 힘겨워하는 아들에게 마음의 짐, 빚더미를 떠안겼던 사람들은. 부모랍시고 존경하고 순종하라 요구했던 사람들은. 제발 좀 닥쳐 줘! 부들부들 떨리는 두 손에 얼굴을 묻고 잔혹한 건지 감사한 건지 알 수 없는 운명에 허덕이고 있다. 뜨겁게 들끓는 탄식만 답답한 가슴에 넘치니 이대로라면 앉은 채 새까맣게 타 버릴 것 같다.

그때, 아이를 재우고 다시 밖으로 나오던 인겸이 깜짝 놀라 인욱에게 달려들었다.

“형, 괜찮아?”

“……민재는?”

“서재에. 책을 빌리고 싶다던데?”

인욱이 천천히 몸을 일으켰다. 그러고는 부모님도 이복동생도 외면한 채 불 켜진 2층 서재를 올려다보았다. 예쁜 그림자가 불빛에 흔들거렸다. 인욱은 비틀비틀 그 그림자에게 다가갔다.

인욱이 서재 문을 열었을 때, 서가 앞 접이식 사다리 위에 올라앉아 책을 고르던 하얀 얼굴이 반갑게 그를 돌아보았다. 순간 프렌치 창 너머 스며든 푸른 달빛과 짠 바닷바람이 공감각적인 기억을 불러일으켰다. 그것은 심장이 철렁 내려앉는 데자 뷰였다.

—어? 왔어요? 나 이 책 좀 빌려 갈게요.

"어이."

"어? 왔어요? 나 이 책 좀 빌려 갈…… 어…… 왜요?"

환한 웃음으로 돌아보던 민재는 어둡게 이글대는 눈빛에 식겁해서 말을 이을 수가 없었다.

"웃지 마, 이 여자야."

인욱이 한달음에 달려들어 민재를 서가에 밀어붙였다. 한꺼번에 너무 많은 질문들이 터져 나오려고 난리를 치니 오히려 아무것도 말할 수가 없다. 정말이냐고. 너 정말 동은이 맞냐고. 어떻게 그럴 수가 있냐고. 이 혼란스러움을 어떻게 해야 할지 모르겠다고.

"뭐야, 이 얼굴. 웃어, 웃으라니까."

부들부들 떨리는 손으로 민재의 멱살을 움켜쥐고 붉은 입술에다 퉁명스러운 냉기를 쏟아 내며 투정을 부려 본다. 웃음이 싹 사라진 민재가 어리둥절해하며 따뜻한 두 손으로 인욱의 얼굴을 감싸 쥐고 속삭였다.

"무슨 일 있어요?"

따뜻해서 눈물이 날 것 같은 두 손이었다. 문득, 이 온기를 다시 돌려주신다면 그 무엇도 다 하리라, 하늘에 대고 절규를 내질렀던 어느 밤이 떠올랐다. 끝끝내 대답 없던 허공으로 내달려 차디찬 바닷속으로 뛰어들었었다.

그런 밤들이 참…… 많았었다. 양인욱, 넌 무엇을 화내고 있나. 그렇게 원하고 바라고, 결코 되찾을 수 없을 줄 알았던 네 생명이 돌아왔는데! 남은 평생 기뻐만 하고 살아도 모자를 판에! 인욱이 민재를 꼭 품어 버렸다. 커다란 가슴에 민재가 안겨 든 순간, 잃어버렸던 나사 하나가 '철커덕' 제자리에 끼워진 것처럼 모든 것이 완벽해졌다. 몸도 마음도 영혼도, 그 무엇이든 전부 다.

"민재야."

두고 왔던 추억이, 멀고 먼 길을 돌고 돌아 제 발로 인욱에게 찾아와 주었다. 두 눈으로 보고도 알아보지 못한 바보에게로. 품에 안고도 몰라보는 천치에게로.

"……너 말이야."

그러나 눈을 동그랗게 치뜨고 인욱을 바라보는 해맑은 여자에게선 동은이의 비극이 전혀 내비치지 않았다. 기억을 잃고 힘겨운 재활치료를 거쳤다고 했던가. 대체 그 당시에 무슨 일이 있었던 걸까. 인욱은 너무도 궁금한 것투성이였지만 현명하게 입을 다물었다.

"아무것도 아냐. 달빛이 장난쳤나. 오늘따라 더 예쁘다."

떨리는 손끝으로 매끄러운 머리카락을 쓸어내리고, 걱정 가득한 하얀 얼굴을 쓰다듬어 내리고, 가는 목에서 가슴골을 지나 얇은 허리를 쓸어내리던 어느 순간, 인욱은 더 참지 못하고 털썩 무너져 내렸다. 이걸 정말 덥석 믿어 버려도 될까!

“인욱 씨?”

“아무것도 아니야. 아무것도…… 잠시만 이러고 있자, 민재야.”

커다란 남자가 쭈그리고 앉아 민재의 종아리를 붙들고 숨죽여 뜨거운 한숨을 내쉬고 있다.

마치 그녀를 처음 본 것처럼 머리카락이며 온몸을 새삼스럽게 쓰다듬던 손길이 민재는 너무나 신경이 쓰였다. 이건, 이건……. 순간 덜컥 심장이 내려앉아 버렸다. 설마. 벌써 신동은에 대해 알아 버렸나? 윤 의원이 그새 손쓴 거야? 정말 돌아오는 거야? 이미 돌아온 건 아니겠지? 민재는 접이식 사다리 위에서 인욱의 정수리만 불안스레 내려다보았다. 이제 난 어떡해!

❦

브라질 어디에 있어서 수요 만찬에 참석할 수 없다던 흠문헌의 막내딸이 그 밤 요한의 폐 교회당으로 찾아왔다. 인아는 쇼트팬츠 아래 길게 드러난 다리로 요한의 눈앞에서 서성거렸다.

“교회 갈아엎는다더니 아직 멀쩡하네? 많이 바빴나 봐?”

“웬일이냐.”

“덥다. 음료수 줘.”

“거기 어디 봐 봐.”

외사랑의 파편은 심장에 박힌 채 빠지지도 더 파고들지도 못하며 수십 년 시간만 흘러가 버렸다. 그 옛날의 비밀을 큰오빠에게 털어놓은 죄로 요한은 냉랭하게 굴었다. 자기 잘못은 하나도 없지. 흥!

“나 큰오빠한테 당신 팔아서 한몫 잡았어. 내 통장에 얼마 있게?”

"다 마셨으면 가 봐. 빈 병은 재활용 통에 넣고."

"30억이거든? 오빠, 나랑 같이 멀리 갈까? 응?"

요한은 책상에 수북이 쌓인 홈문헌 이사장의 비망록 카피에 푹 빠져서 인아의 심술은 들은 척도 하지 않았다. 인아도 심통이 나서 그의 손에서 종이를 가로채 버렸다.

"뭔데 그렇게. 어? 윤 의원이 자동차 공장 부지를 알선하고 커미션을 요구했다? 이게 왜 오빠한테 있어? 우리 큰오빠 건데!"

"너 이거 읽을 수 있어?"

요한이 눈에 불을 켜고 인아에게 달려들었다. 인아는 별거 아니라는 듯 그의 뺨을 쓰다듬어 주었다.

"당연하지. 아빠한테 착실하게 배워 뒀으니까."

핫! 순간 두 사람의 머릿속에서 각자의 계산속이 동시에 파바박, 돌아가기 시작했다. 그리하여 요한이 만면에 웃음을 띠고 인아를 안아 주었다. 인아도 씨익 웃으며 요한을 슬쩍 좁은 소파에 밀어뜨렸다.

"네가 인욱이한테 거짓말한 것 때문에 이 오빠가 고생 좀 했다. 이 은혜를 어떻게 갚지?"

"뿌린 대로 거뒀네, 뭐. 자, 말해 봐. 30억에 만족하고 나한테 만족하고, 도망가자, 우리."

"……그래."

"정말?"

"그런다니까! 우리 근데 갈 때 가더라도 이건 해결하고 가자. 자."

요한이 손에 잡히는 대로 종이 한 장을 인아에게 슥 내밀었다. 인아는 고개를 한쪽으로 갸우뚱하고 요한을 잠시 내려다보았다. 요한이 씩 사람 좋게 웃으며 자기 허벅지를 탁탁 내리쳤다. 점점 짙어지는 순박한 웃음에 인아의 눈매도 차츰 풀어져 버렸다.

“으이그, 못 말려.”

인아는 긴 다리를 활짝 열고 요한의 허벅지 위에 걸터앉아 셰익스피어의 소나타를 읊듯이 비망록을 읽어 주었다.

“200□년 4월, 총선 보조금 7억 입금. 으음, 전체 보조금 11억 지출. 아흑!”

계속되는 요한의 능청스러운 애무에 인아가 자지러지는 비명을 내질렀다. 결국 밤새도록 두 사람은 3년분의 비망록을 독파하며 또 그정도 오래 묵었던 회포도 함께 풀어 버렸다.

그의 심장을 적시는 차가운 피

여름이 막바지에 이르렀을 때, 카페 '기다리는 남자'가 폐업했다는 소식이 경악 속에 온 도시, 모든 해안으로 퍼져 나갔다. 최정예라는 주방 스태프들이 그대로 시내 한 호텔로 옮겨 갔다지만, 바닷가에서의 그 낭만적이고 자유분방했던 분위기만은 많은 이들이 아쉬워했다. 아름다웠던 하얀 건물도 이제는 아무나 드나들 수 없는 사유지가 되었다.

정신이 번쩍 나는 냉수 샤워를 마치고 인욱이 별빛 쏟아져 내리는 침실로 들어섰다. 벽걸이 텔레비전의 시계를 흘깃 한 번 보고, 편한 면 바지와 니트 셔츠를 챙겨 입었다. 그리고 약속 시간이 되자 텔레비전 앞에서 위성 통화 프로그램을 연결했다. 오늘 이 통화는 손바닥만 한 휴대전화나 태블릿, 노트북, 그런 작은 화면으로는 결코 안심할 수 없었다.

[오오, 잘 지냈나, 양인욱 군. 아니지, 양인욱 이사장.]

"오래간만입니다, 박사님."

인욱은 거대한 HD 화면에 화상으로 연결된 허승렬 박사를 매섭게 훑어보았다. 떨림 하나, 망설임 하나, 거짓 하나도 놓치지 않으려는 매의 눈이었다.

"놀랐습니다, 박사님이 먼저 통화를 요청하셔서."

[우리 민재하고 좋은 얘기가 오가길래 말이지. ……우리 막내에 대해 말해 둘 것이 있네.]

허 박사는 어색한 듯 마른세수를 하고 화면 정면을 바라보았다. 인욱도 텔레비전 앞에서 견고하게 팔짱을 끼고 일견 느긋하니 다음 이야기를 기다렸다.

[실은 조요한 군한테도 일전에 이야기했던 건데, 그 녀석하고 자네가 친구라면서?]

강철 조각상처럼 꿈쩍도 않는 인욱을 보고 허 박사도 헛기침 몇 번에 곧 본론으로 되돌아갔다. 한동안 인욱이 예상했던 이야기들이 흘러나왔다.

중3이었던 허민재는 엄마 허락 없이 놀러 간 수련회에서 급류에 휩쓸려 친구들과 사망했다. 이 교수는 실컷 싸우고 보낸 딸이 어이없게 죽었다고 하자 완전히 무너져 내렸다고. 주말부부였던 허 박사는 정신적으로 위험해진 아내를 이 도시로 불러들였다. 별 차도도 없던 어느 날, 응급 환자 호출을 받고 허 박사는 아내와 함께 병원으로 달려왔다. 아내를 혼자 둘 수 없었던 것이다.

[일가족 세 사람이 한꺼번에 죽어 가던 처참한 사건이었지. 남편은 이미 사망한 채로 도착했고, 분신을 시도한 아내도 도착 후 곧 운명했거든. 딸만 살아남았는데…… 그게 살았다기보다는 새로 태어난 쪽에 가까웠다네. 언어를 포함한 모든 기억을 잃었거든. 마치 컴퓨터 씨피유를 새로 포맷해 버린 것처럼.]

두 눈에 불을 켜고 허 박사의 구라를 밝히고 싶은데, 마치 살아 있는 예쁜 인형 같던 동은의 모습이 떠올라 버렸다. 인욱은 두 손에 얼굴을 묻고 눈을 질끈 감아 버렸다.

비루한 환경에 지지 않던 도도한 성격, 빠져들 수밖에 없었던 특출한 지성, 끝없이 자유를 추구하던 그 열정. 그 모든 것들이 사라진 어여쁜 인형을 인욱은 감당할 수가 없었다. 더 이상 무엇을, 누구를 속일까. 그래, 동은이 같지 않은 그 몸뚱이가 버거워서 아버지가 말아먹기 직전인 청인학원에 매달렸다. 차라리 죽은 것만 못한 그 모습을 팽개쳐 두었다.

[딱히 보호자도 없던 아인데. 아내가 반응하더군. 씻기고 약 먹이고 눈을 맞추어 말을 시켜 주고. 꼭 우리 민재 같다는 거야. 난 의사니까 환자의 사생활에 개입할 수 없다는 걸 알고는 있지만, 인격이란 게 아예 없는 미완의 생명체를 구하는 그 임무는 신께서 우리 부부에게 내린 소명 같았다네. 아무 잘못도 없이 친족 살해범의 딸로 욕먹느니…… 내가 우리 가족의 울타리 안에 거두고 말았네.]

인욱은 귀를 막고 싶고 심장을 깨 버리고 싶었지만 그러지 못하고 허 박사의 고백을 고스란히 들을 수밖에 없었다.

[잘 치료되어 가던 아이를 응급 상황이라 속이고 구급차에 태워 서울로 호송했네. 엄청난 폭우를 뚫고 서울로 향하다 어느 갓길에 차를 세웠지. 기사에게 몇백 집어 주고 돌아가서 응급 호송 중 사망이라고 보고하게 했어. 휴우, 우리 민재가 된 아이를 내 차에 옮겨 싣고 아내와 함께 서울로 돌아왔어.]

그날을 기억한다. 하루 종일 기록적인 폭우가 쏟아진 날이었다. 그날은 인욱에게도 생과 사가 오간 중요한 날이었다. 오후 늦게야 인욱은 동은이가 서울로 응급 호송된 것을 알았다. 동은이가 곧 죽어 간다는 소리에 확 돌아 버렸다. 죽을 때까지 변함없이 사랑하겠다고 약속했으면서 혼자선 아무것도 할 수 없는 동은일 팽개쳐 두었다. 최소한 죽을 때만이라도, 마지막 순간만이라도 곁에 있어 주어야 했다.

그래서 윤 의원에게 달려갔다. 폭우에 모든 비행기 운항이 취소되었는데 7선 국회의원은 1시간 만에 특별기를 띄웠다. 비록 이륙하고 얼마 되지 않아 번개를 맞아 동체 착륙해 버렸지만. 그 밤에 인욱은 혼자 별의별 짓을 다 하다 결국 고가도로에서 떨어져 죽을 고비를 맞았다. 그러나 그런 고생을 했다는 것보다, 그 고생을 하고도 동은의 임종을 못 지켰다는 자책이 더 컸던 날들이었다.

"……."

인욱은 얼기설기 웃기지도 않는 상처가 남은 제 손을 내려다보았다. 재능과 열정으로 준비했던 미래는 영원히 그의 곁을 떠나갔다. 인욱은 천천히 손을 들어 얼굴을 쓸어내렸다. 미래를 잃고도 살아 낸 놈은 생명 같은 사랑을 잃고도 또 뻔뻔스럽게 살아남았다. 퍽 잘 살아 냈다. 아, 혐오스러운 놈. 과연, 나는 이 행운을 차지할 자격이 있는가.

화면에서는 허 박사가 뭐라고 열심히 말하고 있었지만 이미 인욱에게는 아무런 의미가 없는 통화였다. 그는 손을 들어 허 박사의 말을 끊었다. 이윽고 통렬한 자괴감과 넘치는 진심이 짧은 문장에 실려 빛의 속도로 태평양을 넘어갔다.

"박사님, 동은이를, 민재를, 구원해 주셔서 감사드립니다."

[……동은이? 어떻게…… 난 그 아이 이름은 말 안 했는데.]

툭―. 인욱은 그대로 연결을 끊었다. 검은 화면 위로 두 눈이 휘둥그레진 허 박사의 잔상이 찰나보다 짧게 스러져 갔다. 인욱은 메마른 눈을 들어 천창에 비치는 밤하늘을 올려다보았다.

그때 갑자기 소영의 문자 메시지가 도착했다.

인욱이 힘겹게 소영에게 전화를 넣었다.

"어. 목적이 뭔데. 그거 한 500명 들어가는 홀 아냐? 간단히 팔순 잔치라도 해?"

[출판 기념회라는데요. 은퇴도 했고 회고록 내신 것 같은데요?]

"웃기지 마. 윤 의원이 은퇴했다고 누가 그래. 영감님 위치는 파악됐어?"

[아직. 어디 숨었는지 영 찾을 수가.]

"빨리 찾아내!"

어떻게 한순간도 늘어져 있을 틈을 안 주시네. 참 나. 그나저나 출판 기념회라. 흠. 인욱은 머릿속을 스쳐 지나가는 희미한 가능성에 우뚝 멈추어 섰다. 그러나…… 설마겠지. 비망록의 내용은 안전하다. 사서 걱정하지 말자. 그는 뭉게뭉게 피어오르는 의심을 애써 잠재우고 밤하늘을 올려다보았다. 늦여름에서 가을로 옮겨 가는 별자리에 멍하니 시선을 빼앗긴 채 시간이 흘러갔다. 1분, 2분…… 또 그 얼마 후, 인욱이 잽싸게 휴대전화를 집어 들었다. 젠장!

"야, 소영아! 양인아 어디 있나, 빨리 확인해! 빨리!"

후웁! 인아, 넌 이번에 또 걸리면 동생이고 뭐고 없어!

한숨에 짜증에 인욱이 머리카락을 벅벅 문지르며 침대로 몸을 내던졌다. 뭔가 오려나 본데. 온몸이 안 아픈 데 없이 다 쑤시고 저리다. 인욱이 벌렁 몸을 뒤집어 별을 향해 돌아누웠다. 쏟아질 것처럼 수많은 별빛에도 망막에 어른거리는 것은 단 한 사람의 얼굴뿐이다.

어이. 혼자 있는 거, 이젠 단 한시도 참기가 힘들다. 민재야…….

"휴가 때 엄마 아빠가 오시기로 했어요!"

"휴가가 언젠데."

"오늘 오후부터요! 내일 도착하신대요!"

"그래? 아아, 조심해."

러시에 민재를 태우고 인욱도 훌쩍 올라탔다.

"천천히 달릴 거지만 그래도 잘 잡아. 무서우면 말하고."

"옙!"

흠문헌을 빠져나와 인욱은 부드러운 모래 개펄 해안을 달려 백음대로 향했다.

"와아, 선선하네!"

따가운 늦여름 볕이 무색하게 매서운 바닷바람에 민재가 환호성을 내질렀다.

초록빛 파도가 넘실대는 저 먼 바다엔 새하얀 양식장 부표들이 바둑알처럼 가지런히 찰랑거렸다. 짙푸른 수평선 위로는 순백의 거대한 뭉게구름이 모여들고 있었다. 온난한 해양성 기후가 부리는 변덕이 가끔씩 그런 비구름을 밀어 올려 사람을 당황하게 만들곤 한다.

민재는 연신 셔터를 누르며 분주하게 멋진 풍경을 카메라에 담았다.

이건 뭐 실력이 없어도 찍는 대로 작품이 되었다. 이 정도면 '고밤' 게시판이 제법 풍성해질 것 같다.

366

"바다 느낌이 개펄하고 또 다르네? 와아, 멋지다."

"몇 년 전에 외국 투자자들이 와서 홈문헌을 팔라고 하더군. 최고급 해양 리조트를 만들겠다면서."

"혼내 줘야죠!"

인욱은 속웃음을 삼켰다. 그는 혼내느니 기왕 찾아온 그들에게 리조트 짓기에 적당한 다른 부지를 보여 주었다. 돈 되는 일을 쉽게 놓아 버리는 건 인욱의 방식이 아니었다.

"자살 바위라고 찾아오는 사람도 없고. 요즘같이 평화로우면 살 만하지."

인욱이 바람에 흩날리는 민재의 머리카락을 쓸어넘겨 주고 백음대 바위 끝에 아슬아슬 서서 두 팔을 넓게 펼쳤다. 한줄기 해풍이 그를 희롱하듯 휘감아 돌고 날아가 버렸다.

민재는 리우데자네이루의 예수상처럼 하늘을 떠받치고 있는 인욱을 렌즈에 담았다. 쭉 곧은 허리, 고집스러워 보이는 등, 기대고 싶은 어깨, 쓸쓸해 보이는 목덜미, 길게 뻗은 두 팔. 딱히 얼굴을 보지 않아도 침범할 수 없는 그만의 고독이 전해져 온다. 더 이상 방해하고 싶지 않아 결국 민재는 조용히 카메라를 내려놓았다. 이 남자는 그냥 움직이는 것도 군더더기 없이 고고하고 품위가 있다. 마치 다른 별에서 온 생명체 같다. 민재는 이마에 손 그늘을 만들어 인욱을 물끄러미 훔쳐보았다.

"어이, 난 그렇게 맛있지 않을 건데."

벌게져서 뒷걸음치는 민재를 인욱이 덥석 품으로 끌어들였다. 지금 딛고 선 이 바위 아래 저 깊은 곳에서 사랑을 나눴던 기억이 두 사람의 뇌리에 똑같이 맴돌고 있었다.

"카페 말이야, 공사가 끝났거든. 괜찮은 것 같아. 가 볼래?"

어른 남자가 어른 여자에게 하는 초대. 민재는 목까지 벌겋게 달아올라서 고개를 끄덕였다.

휘익一.

휘파람 소리에 러시가 달려왔고 인욱이 민재를 태워 주웠다.

"휘파람은 아무나 불어도 와요?"

"아니."

"똑똑해. 똑똑해."

"녀석도 알아. 대놓고 말하진 마. 알아듣고 우쭐대니까."

"푸하하."

인욱은 소리 내어 웃는 민재를 홀린 듯 멍하니 올려다보았다. 곧 그도 지체 없이 러시에 올라타고 말을 내달렸다. 천천히 달리겠다던 말은 잊어버린 모양이었다.

┼┼┼

해안 도로와 바다 사이에 평행하는 모래 개펄을 따라 달리다 보니, 어이없게도 저만치에 카페 '기다리는 남자'가 보였다. 어느새 만(灣)의 이쪽 끝에서 저쪽 끝까지 빙 돌아 내달린 것이다. 말이란 동물의 속력이 새삼 놀라웠다.

"어머, 진짜 간판도 내리고 진입로도 막아 놨네."

"진짜 장사 접었다니까. 수고했다, 러시."

인욱은 러시의 안장을 내려 주고 정성껏 땀을 닦아 주고 물을 먹였다.

"자, 가. 어서."

"안장만 내려 주고 그냥 보내요?"

"뒤뜰에 작은 마사가 있어. 놔두면 자기가 알아서 가서 쉴 거야."

"똑똑해. 똑똑해."

카페에 들어서니, 1층은 넓은 홀과 쓰임새 좋은 주방을 그대로 남겨 놓았다. 2층은 큰 방 몇 개로 정리되어 있었다. 민재는 찬찬히 구경하다 창을 열고 테라스로 나갔다.

"괜찮은 것 같아?"

"멋져요!"

담담한 척 묻지만 인욱은 가슴 속에서 말로 표현할 수 없는 벅찬 기쁨이 회오리치고 있었다. 열심히 개조 공사를 한 보람이 있었다. 민재의 멋지다는 평가 한마디에 이곳이 카페였던 시절은 기억 너머로 사라져 버렸다.

어이. 드디어, 너한테 이곳을 보여 주고 있다. ……동은아.

민재가 여기저기 둘러보는 동안 인욱도 혼자 들떠서 그녀를 지켜보았다. 푸른 바다와 하얀 집, 붉은 꽃. 그 속에 허민재. 더할 수 없이 행복했다.

바다는 그새 바람이 바뀌어 있었다. 파란 하늘이 거대한 구름 덩어리로 북적이고 습한 바람이 구름을 내륙으로 밀어 올리고 있었다.

"비 오겠다. 소나기. 어머!"

얼른 창을 닫고 돌아서다가 민재는 인욱에게 부딪히고 말았다. 그 순간 '쿠르릉' 소리가 들렸다. 너무 가까웠다. 놀라서 바짝 줄어든 홍채에 시선을 내리꽂고서 인욱이 속삭였다.

"비 오는 거 싫어? 천둥 번개 무서워?"

우르르 쿠르르 소리가 점점 다가오고, 분명 오후 시간인데 한밤중처럼 깜깜해졌다. 인욱이 커다란 손으로 민재의 귀를 틀어막고 빤히 내려다보았다.

"괜찮아. 민재야, 나 봐 봐."

비구름이 카페 위로 지나갈 모양이었다. 점점 천둥과 번개가 가까워졌다. 번쩍하는 번개가 사방을 푸르게 비추더니 곧바로 엄청난 천둥소리가 머리끝에서 발끝까지 때리고 울렸다. 그 엄청난 위력에 민재가 인욱의 품으로 달려들었다. 인욱은 따뜻하고 포근한 민재를 가슴 가득 품어 주었다. 머리 바로 위에서 해머처럼 내리치는 천둥소리가 한 번, 두 번, 마지막으로 하늘을 쪼갤 듯…… 우르르 쿵쾅!

"꺄아아악!"

마치 민재의 비명을 기다렸다는 듯 인욱이 입술로 막아 버렸다. 민재가 놀라 움찔댈 때마다 인욱은 더욱 깊게 입을 맞추었다. 지구를 쪼개 버릴 것 같은 소음이 한차례 더 지나고 곧 주위엔 비가 쏟아지는 소리만 가득해졌다. 그래도 인욱은 민재를 놓아주지 않았다. 탐색 전 따위 없는 인욱의 대범한 키스에 민재는 완전히 넋을 놓고 말았다.

어둠 속에서 두 사람은 서로를 쓰다듬고 어루만졌다. 민재의 환영을 확인한 인욱이 셔츠를 훌렁 벗어 던졌다. 소나기가 남겨 놓은 한기 속에 인욱이 뿜어 내는 열기는 민재에게 천국 같았다. 빠르고 정확한 손길로 인욱이 민재의 셔츠 단추를 열어젖혔다. 두 사람은 다시 포옹을 하고 입을 맞추었다. 벗은 피부 위로 상대의 피부가 새 옷처럼 착착 감겨 왔다.

"괜찮을까. 민재야. 괜찮을까."

"으음."

민재가 가는 목을 내주고 한숨처럼 속삭였다. 그러자 부드럽고도 단호한 손길이 민재를 슥 끌어당겼다. 쫀득쫀득하고 부드러운 인욱의 피부와 매끈하고 보송한 민재의 피부가 빈틈없이 밀착되어 야하게 철 벅거렸다. 차갑고 뜨거운 두 개의 손이 민재의 몸을 으스러져라 안고 서 귓가에 이름을 속삭였다. 거침없는 입술이 가는 목을 따라 흐르며 뜨거운 숨결을 토해 냈다.

"침대로 가요."

찰나에 움칠하던 인욱이 고개를 끄덕였다. 훌쩍 민재를 안아 들고 휙휙 2층으로 향했다.

인욱은 국보급 도자기를 다루듯 섬세한 손길로 민재를 매트리스 에 내려놓았다. 온몸으로 민재를 끌어안고 그 보드라운 가슴골에 얼 굴을 묻고 달달한 향기를 흠뻑 들이켰다. 가슴을 움켜쥔 차가운 손 이 예민한 유두를 자극할 때마다 민재의 가쁜 호흡 사이사이에 농밀 한 신음이 흘러나왔다. 긴 손가락이 휘젓는 대로 민재는 발밑이 꺼지 듯 아득한 환락에 휩쓸려 낯 뜨거운 한숨을 토해 냈다. 민재는 온몸 을 활짝 열고 그가 주는 자극과 격정을 게걸스럽게 받아들였다. 온몸 을 뒤틀어 그를 자극하고 숨넘어가는 신음으로 그를 재촉했다. 두 몸 이 부딪힌 순간 거대하게 치솟았던 욕망 덩어리는 이제 아플 만큼 딱 딱해져서 민재의 배를 짓눌러 댔다.

"사랑해."

한숨처럼 속삭이며 인욱이 민재의 입술을 열어젖혔다. 뜨겁게 달아 오른 입안을 휘저으며 두 사람은 아득하니 현실을 잊어 갔다. 곧이어 온몸으로 헐떡이며 인욱이 치마를 끌어내렸다.

"사랑해, 사랑한다. 동은아, 사랑해."

"사랑해요, 인…… 엉?"

어? 아!

민재가 인욱을 확 밀어젖혔다. 화가 머리끝까지 치밀어 올랐다. 반면, 인욱은 어깨를 들썩이며 가쁜 숨을 몰아쉬면서 민재를 어리둥절하니 바라보고 있었다. 왜 민재의 품에서 밀려났는지 모르겠다는 얼굴이었다. 그러다 자기가 무슨 말을 했나 깨닫고 인욱은 민재에게 달려들었다.

"아니야. 민재야! 그런 뜻이! 어이!"

"그 입 닥쳐! 나쁜 자식!"

부들부들 떨리는 손가락이 나쁜 놈을 정확히 가리키며 맹렬히 비난을 퍼부었다.

"이럴 줄 알았어! 내가 이럴 줄 알았다고! 이해가 안 돼, 도대체가! 한 가슴에 어떻게 두 여자를 품어? 어우, 어우, 구질구질해! 네가 포기 못 하면 내가 포기할게! 어우, 재수 없어!"

민재는 냉소에 치를 떨며 인욱을 멈춰 세웠다.

"따라오지 마. 돌아가는 길은 나도 아니까."

민재는 바닥에 떨어진 옷가지를 대충 챙겨 껴입고서 쿵쾅쿵쾅 밖으로 나가 버렸다. 경황이 없어 인욱의 겉옷을 걸쳐 입고 말았지만 지금 그딴 건 아무래도 좋았다. 분노에, 질투에, 배신감에 활활 타올라 민재는 붉은 꽃이 어우러진 회랑으로 뛰쳐나갔다. 차디찬 안개비가 뿌옇게 사방에 가득 피어오르고 있었다.

아니야. 민재야. 그런 게. 아니야.

인욱은 멍한 머리에 처덕처덕 바지를 집어 입고 민재의 뒤를 따랐다.

“가지 마. 어이. 어이!”

동은이가 죽었다고 철석같이 믿었을 땐 민재 너를 보이는 그대로 받아들이기만 하면 됐다. 동은이와 너무 다른 너지만, 너는 너인 채 그대로 완벽하게 내 마음을 사로잡았다. 그런데, 그런데 말이야.

“민재야! 기다려 봐!”

네가 동은이었다잖아. 내가 팽개쳐 둔 동은이를 허 박사가 데려다 사람 꼴을 만들어 놨다잖아. 사랑한다며 세상 끝까지 함께하자고 맹세했지만, 네가 나를 가장 필요로 할 때 나는 너를 내 손에서 놓아 버렸다. 그렇게 빼앗기고 그렇게 슬퍼한 게, 사실은 전부 다 내 잘못이었던 거야. 내가 못난 놈이었던 거야.

어둑어둑한 회랑을 지나 텅 빈 주차장으로 나갔지만 민재는 벌써 저만치 해안 도로를 향해 뛰어가고 있었다. 인욱은 목이 터져라 민재를 불러 댔다. 그러나 가공할 인욱의 사자후조차 질투에 눈먼 민재를 돌려 세울 수 없었다.

“민재야, 제발! 내 말 좀 들어 봐!”

다시 돌아온 너를, 네 다정함을, 너의 사랑을, 나는 당연한 듯 탐하고 즐기고 그저 누리려고만 했다. 난 그런 놈이니까. 그런데, 민재야……. 나한테도 양심이란 게 있었던가.

인욱의 겉옷을 걸친 작은 몸뚱이가 손에 잡힐 듯 말 듯 쏜살같이 인욱에게서 멀어져 갔다.

“제발. 민재야! 돌아와! 내 말 좀 들어 봐. 그런 거 아냐! 제발 용서해 줘!”

내가 아는 민재 너라면, 내가 얼마나 한심하고 형편없는 놈이었든, 그래도 사랑한다고 용서해 주겠지. 하지만 난 겁이 난다. 이런저런 너와 나의 이야기들을 모두 듣는다면 네가 어떻게 될까. 네가 사실은 동은이었다고, 네 엄마가 너를 죽였다고, 그리고 난 널 팽개쳤다고. 넌 또다시 망가져 버리겠지. 동은이 말고 민재조차도, 내 사랑스러운 민재조차도 사라져 버린다면, 난……! 절대 말 못 해. 내 가슴도 답답해 미칠 것 같다.

"허민재! 거기 안 서! 돌아와! 야! 야!"

타앙—.

전혀 예기치 못한 소리가 흐린 하늘에 울려 퍼졌고, 그의 눈앞에서 민재가 꽃처럼 흐느적이며 쓰러져 버렸다.

"악! 안 돼!"

인욱은 훌쩍 몸을 날려 민재를 받아 안았다. 순식간에 민재가 걸친 겉옷에 피가 뭉글뭉글 배어 나왔다. 총? 인욱은 민재의 어깨를 두 손으로 꾹 누르며 주변을 살폈다. 대체 누가 어디서 쏜 거야! 어떤 미친 놈이!

"민재야! 눈 떠. 눈 뜨라고! 민재야. 아아아악!"

인욱은 핏기 가신 허연 얼굴에 이성을 잃고 포효했다. 그런데 어디선가 거친 말 울음소리와 함께 누군가의 고통스러운 비명이 들려왔다.

"러시? 휘이익!"

저도 모르게 휘파람을 불었고, 수풀 속에서 러시가 펄쩍펄쩍 날뛰면서 뛰쳐나왔다. 그 모습에 인욱도 다행히 정신을 놓지 않고 해야 할 일을 생각해 냈다. 허겁지겁 서둘렀지만 그래도 재빨리 경찰에 신고하고 119도 불렀다. 도와줄 이들이 도착할 때까지 인욱은 민재의 상처를 지압하고 계속 그녀의 이름을 부르며 울부짖었다.

죽지 마! 또 내 곁에서 떠나지 마!

운명이든 뭐든 그 어느 것도 그에게서 이 여자를 빼앗아 갈 순 없었다. 그런 어처구니없는 일은 어리석었던 그 옛날 한 번으로 족했다.

⁜

청인대학 부속병원 응급의료센터 내 집중치료실에서 민재의 어깨에 박힌 총알 제거 수술이 행해졌다. 흔치 않은 총상 환자였지만 응급의료학과 교수와 스태프들이 잘 수술해 준 덕분에 민재는 무사했다.

"허민재 씨 병실 어디로 옮겼나요? VIP 스위튼가."

"아닙니다. 일반 병동 특실입니다. VIP 스위트는 다음 달까지 예약이 꽉 차 있습니다."

그 이상의 정보는 아무리 청인 이사장에 이 병원 설립자라 해도 알려 주지 않는다. 인욱도 그 정도에서 물러났다. 그리고 경찰 관계자들을 만나 사건 뒤처리에 분주했다.

"여기, 수술실에서 받아 온 총알입니다."

"역시 러시아제구만! 저희가 잡은 범인도 고려계 러시아인이랍니다. 이름이 뻬, 뻬쨔!"

"많이 다쳤습니까? 제가 러시아어 통역을 할 수 있는데."

"진짜요? 어이구, 글문 부탁 좀 합시다. 이사장님 말이 뒤에서 확 덮쳐 가지고 허리가 좀 삐끗하고 엉덩이뼈가 뽀사지긴 했어도, 주둥이 나불거리는 데는 아무 이상 없습니다."

인욱은 천만다행이다 싶어 한숨을 눌러 참았다. 비가 그치고 숲에서 놀던 러시가 총소리에 놀라 저격수를 덮쳤던 것이다. 카페에서 꽤 먼 곳에서 조준 사격을 했는데도 범인이 잡힌 이유였다. 똑똑한 자식.

응급실에서 안내를 받은 병상의 커튼을 젖히자, 골절 부상으로 꼼짝없이 엎드려 있던 환자가 화들짝 놀라 방문객들을 바라보았다. 잿빛 새치 머리 말고는 평범한 생김새였다.

"뻬쨔."

경찰관이 불러도 그는 못 들은 척했다. 인욱은 팔짱을 끼고 그가 하는 양을 지켜보았다.

"아임다. 저는 박판석, 새터민입니다. 한국 사람입니다."

"아까는 러시아 뻬쨔라며!"

"무서워서 질문을 착각했슴다. 이 일을 사주한 사람 이름이 뻬쨔임다."

경찰관들이 웅성대며 인욱에게 길을 터 주었다. 인욱은 목소리를 낮추어 단조로운 어조로 판석에게 물었다.

"박판석 씨, 그래서 뻬쨔란 러시아 사람이 정확히 누구에게 총을 쏘라고 시켰습니까?"

"그 집서 나오는 키 큰 사내를, 비안개 때문에 제가 남자 옷만 보고 헷갈리서뤄."

"뻬쨔는 지금 어디 있습니까."

"모르겠슴다."

"윤치성이란 이름은 전혀 들어 본 적 없으시겠군요."

"글쎔다. 던혀 몰르는 사람임다."

"조요한도?"

"첨 듣는 이름임다."

"Спаснбо."

"Не за что. 헉! 아임다. 아임다!"

인욱은 경찰관들에게 가소롭다는 듯 고개를 가로저어 보였다.

"어디 새터민이라고 구라를 치고. 이 자식 러시아 깡패 맞습니다."

"뭐라고 하신 겁니까, 양 이사장님."

경찰 하나가 기막혀 하며 물었다.

"그냥…… 고맙다고 했더니 천만에요, 하는데요?"

인욱이 뻬쨔에게 눈높이를 맞추며 다가섰다. 빙하처럼 차가운 손을 잿빛 머리에 얹은 채, 그보다 더 써늘한 음성으로 뻬쨔의 면전에 냉기를 뿜어 냈다.

"윤치성 어딨어."

"모른다."

"모르면 안 돼. 내가……."

인욱이 뻬쨔에게만 들리게 러시아어로 뭔가 중얼거렸다. 그러자 뻬쨔가 갑자기 소리를 지르며 일어나려 발광을 하기 시작했다. 경찰관들이 그를 제압했고 간호사들이 달려왔다.

"한 번만 더 묻는다. 윤치성 어디 있다고?"

"모른다고!"

인욱의 눈에 살기가 확 짙어지자 뻬쨔가 황급히 덧붙였다.

"사모님이!"

전혀 뜻밖의 단어에 인욱이 그의 멱살을 붙들고 소리 없이 다그쳤다.

"일 끝내고 오면 이쁘장한 사모님한테 돈을 받기로 했음돠."

이런, 젠장!

⚜

스르륵 병실 문이 열리고 또각또각 소리를 죽인 구둣발 소리가 다가왔다. 민재는 마취에서 깨어나 비몽사몽 그 소리에 귀를 기울였다. 누구지? 부드러운 손길이 머리채를 쓰다듬어 주고 얼굴도 톡톡 두들겼다. 간호산가 봐. 그때 전혀 반갑지 않은 목소리가 들려왔다.

"정신 들었으면 그만 일어나야지."

윤혜지? 순간 민재는 두 눈을 번쩍 뜨고 코앞의 얼굴에게서 몸을 내뺐다. 혜지가 우악스럽게 민재의 머리채를 잡아당기며 상냥하게 웃어 주었다.

"머리가 헝클어졌네. 땋아 줄까?"

아악. 거친 손길이 민재의 머리채를 잡아 뽑듯이 마구 땋기 시작했다. 민재는 아픈 머리채를 빼앗으려 몸부림쳤고 혜지는 민재의 머리채를 움켜쥐고 귓전에 속삭였다.

"암튼. 이렇게 생긴 얼굴은 하나같이 다 요물이라니까. 너 오늘도 내 남편하고 자고 나오다 총 맞았다며?"

"누가 당신 남편이야! 내가 누구랑 자건 말건 당신이 무슨 상관인데! 의사라면서 환자 막 다뤄도 돼? 이거 놓고 말로 해!"

민재가 아무리 앙탈을 부려도 혜지는 움켜쥔 손아귀에 더 힘을 주고 마구 흔들어 댈 뿐이었다. 그 탓에 어깨의 상처가 욱신대기 시작했다. 아픔까지 더해진 짜증이 터져 나왔다.

"이럴 거면 이혼은 왜 했대? 죽어라 지킬 것이지, 왜 놔주고 딴 소리야! 놔!"

"네가 뭘 알아! 네가 10선 의원 손녀야?"

"10선 의원이 그렇게 대단해? 난 그런 사람 있는 줄도 모르고 살았는데. 똑똑하잖아. 어디 딴 나라라도 도망가지. 다 큰 어른이 남 탓은 왜 해!"

"양인욱이 여기 있는데 내가 어딜 가니!"

저도 모르게 튀어나온 비명 같은 진실. 혜지도 민재도 받아들일 준비가 되어 있지 않은 생채기투성이의 진심이었다. 혜지는 민재의 머리채를 죽은 뱀을 본 것처럼 놀라 집어던져 버렸다.

"그럼 더 소중히 지켰어야지. 왜 이제 와서……."

마음 깊숙이 자신도 속여 가며 숨겨 둔 진심이 들통이 나 버려서, 혜지는 도저히 이곳에, 민재 앞에 더 있을 수가 없었다. 후들후들 떨리는 다리를 재촉하며 그녀는 힘없이 돌아섰다. 더 이상 제어할 수 없는 넋두리가 쏟아져 나왔다.

"……아무도 못 가지니까 놔줘도 괜찮을 줄 알았지. 어디 너 같은 게 굴러 와서 내 남편 채 갈 줄 알았겠니. 알았으면 놔줬겠어."

그렇게 끝내고 보내 버렸으면 좋았을 대화에 민재가 기어이 불기름을 부어 버렸다.

"어떻게 생각하고 말하는 게 전부 그따위로 이기적이야? 자기 남편을 그 오랜 세월 혼자 고통스러워하게 방치해 놓고! 아무도 못 가지니까 놔줬다니!"

문 앞에서 혜지가 우뚝 멈춰 섰다. 내가 그 사람을 방치했다고? 다른 말은 다 참아도 그딴 소리만은 용서할 수가 없었다. 그렇게 혜지가 새파랗게 질린 얼굴로 민재에게 달려들었다.

"네가 뭘 아니. 우리 결혼 생활에 대해 뭘 안다고 함부로 그 입을 놀리니. 넌 이 얼굴로 내 남편 날로 먹었지. 동은아, 망할 기집애야. 그렇게 오랫동안 내 남편 놔주지도 않고 잊지도 못하게 뒤흔들더니, 결국엔 돌아왔어. 다른 기집애 이름을 뒤집어쓰고! 어후우, 독한 것! 네 엄마가 독하니까 너도 그렇게 독하지. 신동은, 이 나쁜 년!"

"뭐래는 거야!"

민재를 보고 신동은 어쩌고 하다니, 아무래도 이 여자, 정신까지 회까닥한 것 같다. 기회다, 도망가자! 슬쩍 곁눈질로 문까지의 거리를 확인하고 민재는 자리를 박차고 뛰쳐나갔다. 자, 자, 허민재. 날마다 러닝머신 10km씩 타던 체력을 끌어올려. 바다 수영 2km 왕복하는 근력을 자랑해 보자. 어서! ……뛴다고 뛰었지만, 아쉽게도 막 마취에서 깨어난 몸뚱이는 의지대로 움직여 주지 않았다.

"악!"

게다가 문을 열고 뛰어 들어온 남자 두 명이 순식간에 민재를 제압해 버렸다. 민재는 고통에 몸부림치며 외국인들을 망연자실 쳐다보았다. 오피스텔 강도들이잖아? 다음 순간 새빨간 에나멜 구두코가 민재의 관자놀이를 지그시 짓누르기 시작했다.

"동은아, 너 진짜 여러 모로 사람 성가시게 한다. 이참에 제대로 혼 좀 나자."

그것은 벼르고 별러 온 저주요, 자비심이라곤 없는 순수한 증오였다.

어우, 젠장. 앞으로 러닝머신 따블! 매일 20km! 운동 배로 열심히! 물론 그건 혜지의 손아귀에서 살아남았을 때의 옵션이었다.

♦

"허민재 환자 어디로 옮겼지?"

"네에? 어머!"

인욱이 부리나케 병실로 찾아왔을 때는 이미 민재가 감쪽같이 사라지고 없었다. 이제 겨우 마취가 풀렸을 뿐인데 어디로 사라졌단 말인가.

"보안팀 불러요."

시스템 보안팀에서는 특실에는 사생활 보호를 위해 CCTV를 끈다고 보고했다. 안전 요원팀은 병원 밖으로 나간 사람 중에 민재와 같은 인상착의는 없다고 보고했다.

허! 한 방 먹은 건가. 윤혜지였나? 대체 왜! 아니, 아니! 정신 차려. 자학은 도움이 안 된다.

인욱은 모든 출입구 관리자들에게 출입하는 모든 차량을 검수하고 모든 출입자들의 사진을 찍으라고 명령했다. 경찰에도 주변 순찰을 부탁하고 안전 요원팀의 보고를 받고 있는데 느닷없이 전화벨이 울렸다. 혜지에게서 온 영상 통화 전화였다. 언제나처럼 아름다운 혜지가 물색없이 인사를 전했다.

[잘 지냈어?]

"죽을 맛이다."

[벌써? 내가 진짜 재미있는 거 보여 줄게. 짜잔~.]

혜지가 자못 즐거운 듯 등 뒤에 병풍처럼 쳐 둔 커튼을 확 젖혔다. 병상이 보이고 무슨 기계 장치도 보이고, 사람이 누워 있었다.

[이거 심전도라는 거야. 봐 봐.]

혜지가 주사를 꺼내 들고 화면 정면에 보여 주었다. 그리고 링거 줄에다 주사를 꾹 찔러 넣었다. 인욱은 조마조마하게 혜지의 생쇼를 지켜볼 수밖에 없었다.

[보여? 그래프 확 꺾인 거? 자, 이제 또 한 번.]

혜지가 다른 주사를 꺼내 링거 줄에 찔러 넣었다. 그녀는 재미있다는 듯 심전도 기계가 토해 내는 그래프를 들어서 보여 주었다.

[확 살아났지! 보여!]

"그만! 대체 뭐 하는 짓이야!"

더 참지 못하고 인욱이 버럭 역정을 냈다. 설마하는 의심이 가슴 한 구석에서 똬리를 틀고 있었다. 바로 그때 혜지가 환자의 얼굴을 보여 주었다.

"너!"

인형처럼 누워 있던 환자는 역시 민재였다. 혜지는 민재에게 약물을 주사해 심장을 멈추게 했다 도로 뛰게 했다 장난을 치고 있었던 것이다! 불길한 예감이 적중하자 인욱은 정신이 아득해졌다. 아니, 정신 바짝 차려야 한다. 그는 얼른 안전 요원을 손짓으로 불러들였다.

"혜지야, 넌 의사잖아. 왜 사람 심장을 가지고 장난을 치고 그래."

[그럼 넌 왜 내 심장 가지고 장난쳤어?]

인욱은 멈칫하며 그대로 굳어 버렸다. 그동안 혜지에게 지은 죄가 독바늘이 되어 민재를 죽음으로 끌고 가고 있다. 내 죄다!

혜지가 우아하게 손짓하자 곧 그녀의 주위로 낮고 서러운 바이올린 연주가 흘러들었다. 혜지는 낭창낭창 손짓으로 샤콘느(chaconne : 일정한 저음부를 반복시키며 선율을 변화시켜 나간 4분의 3박자의 느린 춤곡 양식으로, 바로크 시대 유행한 변주곡) 선율을 타며 인욱에게 상냥하게 되물었다.

[네 마누라일 땐 철저히 농락하고 살다가, 이혼한 후엔 너 참 자상하게 날 챙겨 주더라? 거의 믿을 뻔했어. 우리가 그냥 좀 어긋난 인연이었을 뿐, 양인욱 넌 그래도 괜찮은 놈이라고. 거의 믿을 뻔했다고!]

"혜지야, 진정하고."

[내 이름 부르지 마! 이미 충분히 진정하고 있는데 뭘. 내가 이 짓한 거 할아버지가 아시면 이번엔 싸대기만으로 끝나지 않겠지. 그런데도 참을 수가 없더라. 몇 년이나 같이 산 마누라는 손도 안 대고 홀대하더니 허민재한테는 아주 싹싹 빌더라? 그러니 성질이 나, 안 나?]

이번엔 싸대기만으로 끝나지 않는다. 인욱은 찰나에 귓가에 스쳐 간 혜지의 고백을 새겨들었다. 그가 모르는 사이에 혜지는, 아니 혜지를 앞세운 윤 의원은 민재에게 대체 무슨 짓을 했던 걸까. 왜 민재는 그에게 말하지 않고 입을 다물었을까.

혜지가 작은 화면 속에서 히스테릭하게 주변 기물들을 우당탕 헤집기 시작했다. 그러다 말짱한 얼굴로 아름답게 웃으며 링거 줄에 주사기를 찔러 넣었다. 심전도 그래프가 확 꺾인 채 시간이 흘러갔다. 인욱이 화면 안으로 뛰어들 기세로 애원하기 시작했다.

"잘못했다, 혜지야. 진심으로. 이렇게 사과할게."

정신 차리자, 양인욱. 네가 정신 차려야 민재가 산다.

인욱은 화면을 뚫어져라 바라보며 주문을 외고 또 외었다. 그때, 샤콘느 연주가 끝나고 고요해진 순간 문득 병상 커튼이 눈에 들어왔다. 어, 저건? 청인대학병원 병실마다 다 있는 파스텔 색상의 스트라이프 무늬로 된 폴리에스테르 커튼이다. 개원 준비할 때 인욱이 직접 고른 디자인이었다. 순간, 다음 달까지 예약이 다 찼다는 VIP 스위트가 뇌리를 스쳤다. 혹시, 그럼? 인욱은 순식간에 생각을 정리한 후 안전 요원팀에게 'VIP 스위트'라고 신호를 보냈다. 안전 요원팀을 보내 놓고 인욱은 목을 가다듬고 혜지에게 말을 걸었다. 조심스럽게. 혜지의 신경을 분산시켜야 했다.

"이러지 말고 우리 이야기를 좀 해 보자. 응?"

[이야기? 내가 재미있는 이야기를 하나 알긴 해. 훗. 여보, 당신이 요새 좋아 죽는 그 기집애가 사실 누군지 알아? 축하해~ 신동은이야. 허민재 껍데기를 쓰고 나타나서 우리를 헷갈리게 했지만. 기쁘지, 여보?]

젠장. 혜지가 알았다면 윤 의원과 조요한이 알았다는 것이고, 이제 온 세상이 알게 되는 건 시간문제였다. 민재까지 알게 된다면…… 결과는 처참해질 것이다.

불안정한 얼굴로 부산하게 움직이는 혜지의 뒤로 언뜻언뜻 축 늘어진 민재가 보였다. 인욱은 시간이 빨리 지나서 안전 요원들이 혜지를 찾아냈으면 하는 마음과, 시간이 더디 가서 민재가 조금이라도 덜 위험했으면 하는 마음 사이에서 갈팡질팡하고 있었다.

"난 그냥 네가 스스로 행복을 찾길 바랐다. 진심으로."

[고마워. ……그러고 있는 중이야.]

혜지의 얼굴에 전에 없이 화사하고 아름다운 미소가 떠올랐다. 이젠 틀렸어! 인욱은 철퍼덕 무릎을 꿇고 무너져 내렸다. 그때 혜지의 뒤로 안전 요원들이 몰려드는 게 보였다. 어디선가 건장한 검은 양복의 남자들이 튀어나와 안전 요원들과 격투를 벌이더니 곧 화면이 꺼져 버렸다.

"VIP 스위트!"

인욱은 더 기다리지 않고 뛰어나갔다. 병원 전체에 응급 상황 발생이라는 경고 방송과 의사 호출 방송이 흘러넘쳤다. VIP 스위트까지 전력 질주하는 그 몇 분이 마치 백만 년같이 길고 힘들었다. 제발!

♦♦♦

인욱이 VIP 스위트에 뛰어들었을 때, 먼저 도착한 의료진이 CPR(심폐소생술)을 실시하고 있었다. 인욱은 차마 그곳으로 다가가지 못하고 얼어붙어 버렸다. 그의 심장까지 얼어붙은 것 같다. 서글픈 탄식이 흘러나왔다. 또, 내 눈앞에서…….

"이사장님!"

부르는 소리에 돌아보니 혜지가 안전 요원들에게 에워싸여 울고 있었다. 그 옆엔 안전 요원들에게 제압당한 러시아 남자 둘도 꿇어앉아 있었다. 안전 요원들이 이들을 어떻게 처리할지 물었다.

"어떻게 하냐고?"

인욱은 긴 팔을 뻗어 혜지의 목을 낚아챘다. 빙하처럼 차가운 왼손이 목을 붙드는 순간 혜지의 두 눈에 허연 공포가 번져 갔다. 이 목을 마구 휘둘러 주고 싶다. 저 사악한 영혼이 저 몸에서 완전히 분리되어 버리도록! 하지만 민재가 살아나기 위해 사투를 벌이고 있는 바로 옆에서 살생을 할 수는 없었다. 알면서도 결심은 쉽지 않았다. 결국 인욱의 미간에 굵은 주름이 파이고, 그러고도 얼마 후 마침내 혜지를 저만치 내던져 버렸다. 냉기가 철철 넘치는 낮고 음산한 명령이 떨어졌다.

"경찰에 넘겨. 의사법 위반이든, 폭행, 상해, 살인미수, 뭐든. 평생 감옥에서 썩게 해 주지."

인욱의 눈에 어린 시퍼런 수성(獸性)이 채 가라앉기도 전에, 내실 문이 벌컥 열렸다.

"웬 소란이냐!"

윤 의원! 인욱이 거의 반가움에 가까운 놀라움을 숨기지도 않고 노인네에게 달려들었다. 아무튼 이 너구리 노인네는 그 비열한 심성을 다시 한 번 스스로 증명해 보인 셈이다. 어디 멀리 갈 것 없이, 지병이 있는 노인네께선 이 도시에서 가장 안락한 청인대학교 의대 부속병원 12층, 방 3개짜리 VIP 스위트에 틀어박혀서 더러운 술수를 부리고 있었던 것이다. 환자의 프라이버시를 원리 원칙대로 이렇게까지 철저하게 지켜 주었던 병원 관계자들을 혼내야 할지 칭찬해야 할지. 젠장할, 다 해고시켜 버릴 테다!

"편해 보이십니다. 저는 또 어디 멀리 가신 줄 알고. 어차피 병든 노구에 멀리 못 가시는데 어디서 생고생하시나, 괜한 헛걱정을 했습니다."

인욱이 왼손을 길게 뻗어 노인네의 목을 감싸 쥐었다. 얼음보다 더 섬뜩한 냉기에 윤 의원은 모골이 송연해질 만큼 놀라 버렸다.

"저 뒤에 의사들이 돌보는 여자가 죽어 버리면, 당신도 이 자리에서 내 손에 죽는다. 저 여자가 살아나도 당신네 조손은 매장이야. 내가 그렇게 한다. 내 이름을 걸고."

인욱이 가슴 속에 회오리치는 분노와 절망을 간신히 달래 가며, 전직 10선 의원을 향해 거침없이 다짐했다.

"이 싸가지 없는 놈. 아나, 죽여 봐라, 죽여 봐. 야차같이 숭한 놈아!"

"조용."

인욱이 끔찍할 정도로 서늘하게 팔순 정치가의 말문을 막았다. 그 어둡고 차가운 짐승의 눈이 팔순 노인네의 심장을 얼게 만들었다. 천하의 윤 의원조차 두려워 쭈뼛쭈뼛 물러설 수밖에 없었다.

"네놈이 한 짓, 열 배 스무 배 갚아 줄 것이다."

"훗, 내 말이."

인욱은 안전 요원들에게 윤 의원을 잘 감시하라고 맡기고 돌아섰다. 그리고 천천히 병상 쪽으로 두려운 발길을 옮겼다.

그곳에선 의사와 간호사들이 마치 춤추는 것처럼 일사분란하게 움직이고 있었다. 사람의 생명을 살리는 것은 그토록 아름다운 몸짓이었다. 얼음 갑옷을 두른 오만한 한 남자가 기꺼이 무릎을 꿇어 버릴 만큼 아름다웠다.

저 여자를 살려 주소서. 사랑하겠다고 지켜 주겠다고 백 번 천 번을 말했지만, 단 한 번 행하지 못한 죄로 우리는 멀고도 어두운 터널을 지나왔습니다. 알지 못하는 채로 제 곁에 돌아왔고, 우리가 다시 사랑을 했으니, 이건 당신의 이름이 무엇이건 운명으로 허락하신 겁니다. 저 여자를 돌려주소서. 이 세상에 저 여자 하나만을 원합니다.

질끈 감은 두 눈에 뜨거운 눈물이 흘러내렸다.

"이사장님?"

인욱은 벌떡 일어나 침상으로 달려들었다. 걸리적거리는 의료진들을 허위허위 밀어내고 민재를 두 팔에 안았다. 심박이 약하게 뛰고 있었다. 비록 파리한 얼굴이지만 얕은 숨결이 끊이지 않고 드나들었다. 하지만 여전히 축 늘어져서 눈을 뜨지 못하는 민재였다.

"고비는 넘겼습니다만, 일단 좀 더 지켜봐야겠습니다."

역시. 백 번 천 번 기도해도 번번이 신에게 버림받는 남자가 빙하처럼 차가운 손을 내밀어 환자의 뺨을 어루만졌다. 사막처럼 뜨겁게 메말라 버린 가슴이 돌아오지 않는 연인을 갈구하며 안타깝게 속삭였다.

"네 곁에 있을게. 혼자 두지 않을게."

힘없는 손짓으로 모두를 내보내고, 인욱은 고요해진 병실을 기척 없이 가로질러 병상으로 다가갔다. 후우움. 민재의 병상에 두 팔을 짚

고 인욱은 긴 한숨을 토해 냈다. 이마에 헝클어진 머리카락을 쓸어넘
겨 주고 차가운 뺨을 쓰다듬었다. 울며불며 화내며 달려가 버리던 민
재의 뒷모습이 아직도 가슴 한편을 저며 내듯 아프게 했다.

"온통 엉켜 버렸네, 우리 둘. 그래도, 어디서부터 엉켰는지 알았으니
풀어 가야겠지. 이번엔 제대로 각오했으니까 예전처럼 그런 바보짓은
하지 않을게."

인욱은 몸을 기울여 민재의 이마에 서늘한 제 이마를 대고 두 눈을
감았다. 힘내 줘. 제발.

곧이어 인욱이 훌쩍 몸을 일으키고 재킷 안에서 휴대전화를 꺼내
들었다. 그러고는 나직하지만 힘이 느껴지는 어조로 필요한 사항들을
열거하기 시작했다.

"보안팀 VIP 스위트로 집결시키고, 허민재 씨 부모님 내일 오전에
인천공항으로 픽업 나가도록. 놀라시지 않게 주의하고. 참, 양인아 잡
아들여. ……아니. 있을 거야, 여기 어디에 분명히. 모든 계좌 막고 카
드 사용처 확인하도록. 법무팀, 재무팀, 세무팀, 운영팀, 홍보팀, 전부
본부 이사장실로 호출. 나도 곧 갈게. 내일 오전 중으로 긴급 이사회
소집하고. 참, 윤 의원이 출판 기념회 하려던 책도 수배해라. 그게 대
체 뭔가 나도 좀 알자."

전화를 끊고 인욱이 굳은 얼굴로 민재에게 돌아섰다. 침대맡에 놓
인 의자에 앉아 고즈넉이 민재를 지켰다. 똑똑, 정박자로 떨어지는 수
액을 뚫어져라 보는데 온통 숨 막히는 고요에 미쳐 버릴 것 같았다.

인욱은 넥타이를 느슨하게 헤집으며 곁탁자에 놓여 있던 리모컨을
들어 전원 버튼을 눌렀다. 하지만 곧 후회가 밀려들었다. 병실 안에
낮고 음울한 샤콘느가 울려 퍼졌다. 젠장. 인욱은 벌떡 일어서서 주변

을 샅샅이 훑어보았다. 있다! 스피커 위에서 혜지가 흘려 놓고 간 시디 케이스를 집어 들었다.

병실 안에 흐르는 바이올린 연주의 연주자가 천진난만하게 웃으며 그를 올려다보고 있었다. 제멋대로 자란 긴 머리카락, 크고 상처 하나 없이 매끈한 손. 아무런 걱정 근심도, 사랑조차 몰랐던 사내 녀석의 웃는 얼굴. 잘난 척, 특별 제작해서 돌린 시디 케이스에는 십몇 년 전 날짜와 장소, 타이틀이 뚜렷하게 적혀 있었다.

청인고등학교 대강당, 108기 양인욱 졸업 기념

인욱은 뚫어져라 그 웃음을 노려보았다. 손끝으로 조심스럽게 꾹 다문 자신의 입가를 문질러 본다. 억지로 입가를 늘여 보려다 퍼뜩 정신을 차리고, 미련 없이 시디 케이스를 휴지통에 던져 넣었다. 역겨울 정도로 달콤했던 미소년이여, 굿바이.

다시 창백한 민재 곁에서 고즈넉이 기다리기를 또 얼마나 했을까. 드디어 인욱이 결심한 듯 병상 가까이 의자를 끌어당겼다. 청력은 마지막까지 살아 있다고 했던가.

"자, 어디서부터 이야기할까. 동은이가 제일 궁금하려나. ……걔네 엄마가 우리 집안 먼 친척이었다. 촌수로 엄격히 말하자면 8촌 누나의 딸이니까, 사돈의 9촌, 완전 남이지……."

민재가 듣고 있다고 확신하며 인욱은 나직하게 지난 이야기를 들려주었다.

"들어 봐. 산송장이란 이런 거야. 어둡고 아무런 소리도 없는 곳, 시간이나 공간 개념 따위 없던 어떤 곳을 백만 년쯤 떠도는 것. 그러던

어느 날이었어. 아주 찰나지만 머리를 쓰다듬는 부드럽고 따스한 손
길을 느낀 거야. 난 방랑을 멈추고 기다렸어, 그 손길을."

 하지만 그 손길은 참 드물게 찾아왔고 오히려 목소리가 자꾸 그를
귀찮게 했다. 우엉, 우엉, 고장 난 스피커 잡음처럼. 하지만 시간이 지
나면서 그 목소리는 점점 더 깨끗하고 맑게 들려왔고, 인욱은 손길만
큼이나 그 목소리도 마음에 들었다.

 —자비란 강요되는 것이 아니니, 하늘에서 대지에 내리는 단비와 같
  은 것. 베푸는 자와 받는 자 모두를 축복하리니.
 —……야, 시끄러워. 꺼져.

"간만에 바라본 눈부신 햇빛이 참 새롭더라. 그 햇빛 속에, 까만 눈
망울에 하얀 얼굴이 도도하게 나를 보고 있더라. 놀란 붉은 입술을
야무지게 다물더라. 아하, 만만찮은 녀석이라고 한눈에 알아봤지. 민
재야, 그 순간을…… 아직도 난 기억한다."

 인형처럼 곱게 누워 미동도 않는 민재에게 인욱이 애처롭게 속삭였
다. 이렇게 큰 비밀을 털어놓았는데도 무정한 이 아가씨는 눈썹 하나
꿈쩍하지 않았다. 하지만 인욱은 끊임없이 민재의 귓전에 자신의 목소
리를 들려주었다.

 네가 듣고 있는 것 알아. 내 목소리를 듣고 돌아와. 절대 널 포기하
지 않을 거니까.

절대 쉽지 않은 남자

청인대학교 본부 건물로 돌아온 인욱은 불청객들의 요란한 환영을 받게 되었다. 요한이 형사들을 이끌고 와서 의기양양하게 떠들었다.

"여어. 찾을 수 있으면 찾아보라고 했던가? 찾았다, 614억! 십 원 하나까지 정확히 알려 줄까?"

요한이 인욱의 높은 어깨에 손을 척 얹고서 만면에 썩을 대로 썩은 미소를 지어 보였다.

"양인욱, 공금 횡령 및 뇌물 공여, 협박, 사기 기타 등등으로…… 고소합니다. 자아, 여기 형사님들 말씀을 들어 보시죠, 양 이사장님."

인욱은 요한이 끌고 온 형사들의 면면을 살폈다. 그들이 하는 말들은 하나도 귀에 들어오지 않았다. 사실 귀담아 들을 내용도 없었다.

"무슨 말씀들이신지."

인욱은 오만하고 서늘한 한마디로 혐의를 부정하고, 요한을 어깨로 툭 밀쳐 냈다. 그리고 간결한 손짓 한 번으로 보안팀을 동원해 전부 쫓아내 버렸다. 다시 고요해지자 소영이 다가왔다.

"말씀하신 책, 준비됐습니다. 여기."

《한국 사립학교 100년의 흑(黑)역사》

인욱은 400페이지가 넘는 책을 스르륵 속독으로 읽고서 '탁' 책을 덮었다. 제목이 거창한 것에 비해 전체적으로 내용은 허술한 책이었다. 단 중반 이후 80페이지 가량이 문제였다. 어쨌든 인욱은 이제야 윤 의원이 꾸미는 일의 총체적인 상황을 파악하게 되었다.

"윤혜지 씨가 지금 구속되어서 책 출판 기념회를 통한 대대적인 세 몰이는 힘들어졌고요."

"아니, 내가 알아 버렸으니 주말까지 기다리지 않고 더 서두르겠지."

"경찰에서 출석 요구서가 계속 날아옵니다, 이사장님. 전화, 팩스, 메일, 문자."

"음, 나도 문자 받았다. 가긴 가는데, 법무팀에서 변호사팀 짜 주면 가야지. 이 정도 핵폭풍이 혼자서 감당이 되겠냐. 이 책 보니 난 완전히 썩어 빠진 놈이던데?"

현 청인 이사장이 600억대의 비자금을 조성해서 각계각층에 뇌물을 공여해 무소불위의 권력을 휘두르고 있다고, 수많은 사학 재단 중에 청인만 콕 집어 실명을 거론하고, 현 이사장의 천인공노할 부정부패들이 낱낱이 공개되어 있었다. 솔직히 그간 법망에 걸릴 만한 바보짓은 한 게 없지만 말이다. 어찌 되었든 이런저런 내용을 다 파악하고 쓴 글이니, 역시 비망록을 해독한 것이다. 내부의 배신자가 누군지 깊이 생각해 볼 필요도 없었다.

"이사장님, 회의실에 다들 모여 계십니다. 가시죠."

인욱은 자긍심 가득한 아름다운 얼굴을 바짝 치켜들고 긴 복도를 따라 걸었다. 필승의 패를 쥔 상대지만 이겨 내야 한다. 이긴 자의 정의가 최후에는 진실이 될 것이다. 다짐에 다짐을 거듭하며 인욱은 이미 꼿꼿한 등을 더욱 빳빳하게 일으켜 세웠다.

공공의 적으로 호도해 청인 이사장을 파멸시키겠다면, 좋을 대로. 죄를 쌓아 이룬 오늘이라고 욕할 텐가. 얼마만큼의 죄를 지우면 영혼까지 더럽혀질까. 해봐. 얼마든지.

인욱은 스으읍, 온몸 가득 심호흡을 장전하고 회의실 문을 두 손으로 힘껏 열어젖혔다. 거대한 강철 기둥처럼 버티고 선 인욱 앞에서 기다리고 있던 모든 이들이 일제히 기립했다.

"빗길에 오시느라 수고하셨습니다, 여러분."

인욱의 입꼬리가 늘어지면서 무덤덤한 얼굴에 선명한 라인이 떠올랐다. 보는 사람이 더 식겁해 서로 눈치를 살폈다. 지금 웃은 건가? 저 양인욱이? 비록 순식간에 사라졌지만 사뭇 비장했던 분위기를 일신하기엔 충분했다. 그 드높은 자신감에 감화된 이들의 얼굴에도 똑같은 미소가 떠올랐던 것이다.

"자, 그럼 친애하는 윤치성 선생을 처발라 볼까요. 겸사겸사 그 졸개 조요한도."

공감대를 이룬 잔잔한 웃음 바람이 17층 높이의 허공에 울려 퍼졌다. 단 한 사람, 인욱만 입을 꾹 다물고 넓은 유리창 너머의 잿빛 하늘을 노려보았다.

자아, 덤벼. 환멸의 끝에서 끝을 보여 주겠다.

✦

민재는 아름다운 바이올린 선율을 타고 허공을 날아 묘하게 낯익은 곳으로 날아들었다. 나 죽었나? 천국인가? 아아, 내 꿈이구나!

잊을 만하면 한 번씩 꾸는 민재의 길몽이 오래간만에 눈앞에 펼쳐졌다. 이번에는 마치 유체 이탈한 영혼처럼 민재가 낯익은 꿈속을 떠돌며 내려다보는 중이었다. 그래서인지 늘 흐릿하고 애매했던 장면들이 오늘따라 손에 잡힐 듯 선명했다.

긴 머리 남자다!

문이 열리고 남자는 가슴이 찢어질 것같이 슬픈 얼굴로 한 소녀에게 다가갔다. 민재는 소녀에게 문제가 있다는 걸 단번에 알아보았다. 입이 있으되 말을 할 수 없고, 눈은 떴으되 무엇을 보고 있는지 스스로 알지 못하고, 귀로 듣기는 하되 무슨 의민지 알아들을 수 없는 백지 상태. 소녀는 모든 기억을 잃고 아기처럼 무기력해져 있었다.

"내가 누군지 알겠어?"

남자는 소녀의 정수리를 쓰다듬어 주고 입꼬리를 말아 올려 웃어 주었다. 그 눈부신 아름다움에도 소녀는 무표정하니 아무런 반응도 하지 않았다. 남자는 서글프게 빛바래 버린 웃음을 애써 씰룩이며 부드럽게 속삭였다.

"잠시만 떨어져 있어야 해. 곧 데리러 올게. 그때까지 너도 건강해져야 해? 오래 안 걸리게 할게. 빨리 데리러 올게."

남자는 "미안해, 미안해" 하며 소녀를 쓰다듬었다. 이제 보니 소녀의 몸에는 푸르스름한 멍 자국과 혈흔이 가득해서 처참할 정도였다. 남자가 다정한 손길로 쓰다듬어도 소녀는 움찔움찔하며 몸을 사렸다.

"네가 날 기억 못 해도 상관없어. 내가 다 기억할 거니까. 일단 우리 아버지 일 친 것 처리해 주고…… 내가 돌아오면 우리 멀리 가서 둘이서만 살자. 우리 약속대로. 사랑해."

아무런 대답 없는 소녀를 떨리는 두 손에 감싸 쥐고서 남자는 소리 없이 눈물만 뚝뚝 흘렸다. 소녀는 영혼 없는 눈으로 그 눈물을 그저 바라만 보았다.

"곧 돌아올게. 나 잊지 마, 잊지 마……."

부서질 듯 오열하며 남자는 소녀의 입술에 뜨거운 입맞춤을 퍼부었다. 잊지 마, 잊지 마. 그 간절한 애원은 소녀의 텅 빈 머릿속에서 무슨 의민지도 모른 채 첫 번째 기억으로 새겨졌고 깊고 깊은 무의식으로 가라앉았다.

"헉."

꿈에서 깬 민재는 뜨거웠던 남자의 입술을 생생하게 떠올리고 망연히 허공을 바라보았다. 지끈대는 이마를 붙들고서 가쁜 숨을 몰아쉬었다. 그러나 눈을 뜨고 가쁜 숨을 몰아쉬는 그 잠깐 동안에 벌써 생생했던 꿈의 조각들이 희미하게 바래져 갔다. 손가락 사이로 흘러내리는 모래 먼지처럼 도저히 붙들 수가 없었다. 그저 가슴이 저리고 눈물이 나서 참을 수가 없었다.

"……면 ……자. ……해."

결국 얼굴을 알 수 없는 긴 머리 남자와 알 수 없는 조사 몇 개만 파편처럼 머릿속에 떠돌았다. 이유도 모르고 눈물이 쉴 새 없이 흘러내렸다.

"어이."

민재는 눈물 커튼 너머로 인욱을 돌아다보았다. 일견 무덤덤한 얼굴이지만 민재에게만 보이는 걱정 근심이 아름다운 눈매에 가득했다. 무섭게 일렁이는 눈빛에 사로잡힌 순간, 알 수 없는 안도감이 밀물처럼 공허한 가슴을 채워 주었다. 기억할 수 없는 기억들에 슬펐던 눈물도 다사로운 손길이 세심하게 닦아 주었다.

"아직도 많이 아파? 의사 말로는 상처는 잘 아물고 있다는데. 어때?"

―사랑해, 사랑한다. 동은아, 사랑해.

하아아. 민재는 긴 한숨을 내쉬며 돌아누워 버렸다. 총에 맞고, 테러를 당하고, 지옥 턱밑까지 다녀왔어도, 그 아픈 고백은 생생했다. 이런 건 좀 잊어도 되잖아!

"무슨 생각 하는지 알아. 미안하다, 민재야. 변명하자면, 아마 집 때문이었을 거야. 개조 공사가 끝나서 옛 모습으로 바뀌니까 옛날 생각도 났던가 봐."

고집스럽게 돌아누운 등줄기를 차마 건드리지 못하고, 안타까운 손이 허공을 틀어쥐었다. 결국 인욱은 두고 온 옛 추억 한 자락을 민재에게 들려주었다.

"말한 적 있을 텐데. 그 집은 원래 동은이가 원하던 대로 지은 거라고."

놀라서 흠칫 굳어진 등줄기를, 쓰다듬어 주고 싶은 고집쟁이를, 인욱은 간신히 포기하고 물러섰다.

"그 자리가 원래 내 손이 망가진 곳이야. 혹시, 들어 봤어? 양인욱이 수십 명이랑 싸워서 죽다 살아난 이야기? 언젠가 동은이를 데리고 거기에 갔었다. 청혼하려고."

⚜

단둘밖에 없는 바닷가에서 인욱과 동은 두 사람은 꼭 붙어 앉아 귓속말로 소곤소곤 이야기를 계속했다. 파랗게 떠오른 보름달과 무수한 별들과 바다의 파도 소리만이 그들을 지켜보고 있었다.

“내가 먼저 멀리 떠나자고 했으면서. 근데, 불쌍한 울 엄마 두고는 못 가겠어. 미안해요.”

“상관없어. 같이 떠나도 좋고, 여기 있어도 좋고. 어디든, 너만 있으면 돼.”

동은이 배시시 웃으며 인욱에게 바짝 다가앉았다. 인욱도 작은 어깨를 감싸 주고 따스한 체온에 부르르 전율했다.

“그럼 우리 여기다 예쁘게 집을 짓자. 꽃과 나무도 잔뜩 심자. 원래 여기가 어땠는지 아무도 모르게. 여기가 어떤 덴지 아무도 모르게.”

동은은 대답 대신 그의 볼에 짧은 입맞춤을 해 주었다. 인욱이 여기서 어떤 일을 겪었는지 알지만 자신의 사랑으로 충분히 감싸 안을 수 있다는 자신감의 표현이었다.

“어떻게 지으면 좋을까. 반딧불 초가삼간?”

“나 갈래.”

“아우, 알았어! 알았어! 자아, 생각을 모아 볼까나.”

웃음꽃 만발한 장난도 잠시, 둘은 각자 상상의 나래를 펼치며 행복한 침묵에 빠져들었다. 그렇게 얼마 후, 꿈꾸듯 속삭이는 목소리가 인욱을 꼼짝 없이 옭아매 버렸다.

“새하얀 집은 어떨까. 바닷바람을 막아 주는 하얀 벽에 꽃 넝쿨이 기어오르고, 예쁜 빨간 지붕 위로 햇살이 쏟아지고. 아, 그래. 바다를 향해 테라스를 내면 얼마나 근사할까. 1층은 넓게 터서 언제라도 보고 싶을 땐 항상 서로 눈을 마주 보며 웃을 수 있고, 2층엔…… 하늘로 창을 내서 우린 늘 별과 달과 함께 잠이 들게…… 그렇게. 유치한가?”

동은의 짙은 눈망울이 고요하게 인욱을 올려다보았다. 그 눈 속엔 이미 빨간 지붕의 하얀 집이 근사하게 완성되어 있었다. 인욱도 그 눈을 들여다보며 행복한 상상에 빠져들었다.

탁 트인 1층에서 동은이가 웃음을 터뜨리면 메아리가 되어 집 안 구석구석 울리고, 또 울리고…… 언제나 웃음소리가 울려 퍼지는 집. 하나둘 아기들이 생기면 그 아기들도 화음처럼 웃음을 퍼뜨리는 집. 응? 아기?

왠지 뜨끔해서 인욱이 퍼뜩 현실로 돌아왔다. 한숨이 나왔다. 그러자 유치하다는 뜻으로 오해하고 동은이가 뾰족하니 되물었다.

"왜요? 별루예요?"

"아냐. 집은 꼭 그렇게 짓자. 약속."

"약속. 그리고 죽을 때까지 행복하게 살아야지."

제법 야무진 포부였지만 인욱은 동은의 어깨를 꼭 끌어안고 더 낯 뜨거운 호기를 부렸다.

"죽을 때까지? 부족해, 부족해. 너 먼저 죽으면 나도 지옥까지 쫓아 갈 거야."

인욱이 두 눈 가득 동은을 담고서 빙그레 웃어 보였다. 하지만 동 은은 웃지도 않고 점점 심각한 얼굴로 인욱을 경계하기 시작했다.

"왜?"

"그건 좀 아닌 것 같아. 따라 죽는 거. 으으으."

동은이 인욱의 어깻죽지로 파고들었다. 이윽고 소녀는 그의 품에 안 겨 자분자분 자기 생각을 털어놓았다.

"누가 먼저 가든, 남은 사람은 오래 오래 살았으면 좋겠다. 한참 후 에 저 위 어디에서 다시 만났을 때, 서로 얘기해 줄 게 많았으면 좋겠 어. 늘 기억하고 늘 사랑했다고, 늘 행복을 빌었다고 서로 확인했으면 좋겠어. 안 그래요?"

"몰라, 그런 거."

인욱은 이 세상에 있으면 늘 같이 있고 없어질 때가 되면 함께 없어지고 싶다고만 생각했다. 누구 한 사람이 혼자 남아 있는 상상은 그 자체만으로도 끔찍하고 불안했다. 그 마음이 전해졌던지 동은이 인욱의 차가운 왼손에 따뜻한 숨을 불어 주며 그를 달랬다.

"삐쳤어요? 그러게 왜 이상한 이야긴 해 가지곤."

동은의 나직한 웃음소리가 인욱의 귓가를 간질였다. 그 웃음소리에 공명하며 쿵쾅대는 심장 박동. 무엇 하나 아쉬운 것 없이 충만한 느낌. 잔뜩 긴장한 인욱이 동은의 귓가에 속삭였다.

"결혼하자."

대답을 듣기 위해 인욱은 설레는 마음으로 하얀 턱을 끌어올렸다. 평소와 너무 다른 이글거리는 그 눈빛에 소녀는 주춤 몸을 사리며 물러나 버렸다 .

"무서워."

동은의 장밋빛 입술을 눈앞에 두고 인욱이 굳어 버렸다. 얼음물을 뒤집어쓴 것처럼 쨍한 패배 의식이 온몸을 훑고 사라졌다. 눈앞이 캄캄해졌다. 그런데도 그는 이미 장밋빛 입술에서 눈길을 뗄 수가 없었다. 지금이 아니면 기회가 영영 없을 것만 같은 초조함과 갈망으로 인욱은 일생일대의 유혹을 시작했다. 그것은 동은의 초롱초롱한 눈망울이 그에게 푹 빠져 딴 생각을 못 하도록 매혹하는 유혹의 말이었다.

"무서운 거 아냐. 들어 봐. 동은아, 내가 저 밤하늘에다 길고 긴 줄을 저 먼 우주로 던지는 거야. 멀고 먼 우주를 빠짐없이 돌고 돌 정도로 긴 줄이거든? 돌고 돌아서…… 그 줄은 다시 이곳으로 돌아온다. 바로 네 손으로. 그러면 너와 나는 우주의 끝과 끝이 되는 거야. 알겠어? 우리가 지금 사랑해야 하는 이유를? 우리는 우주를 하나로 잇는 전대미문의 업적을 실천하는 거야. 동은아, 그걸…… 운명이라고 하는 거야."

그 밤 인욱은 우주를 통째로 갖다 바치고 소녀의 순결한 키스 한 번을 얻었다. 키스는 한순간일지라도 이 마음만은 영원히……. 둘은 그렇게 기도했다.

⁂

생각해 보니 괘씸한 여자다.

자기가 먼저 가도 인욱에게 오래 오래 살아남으라고 한 건 동은이었다. 그가 지난 세월 고독에 허우적대면서도 죽지 않고 살아난 게 동은이 때문이었다. 그래 놓고 이제 와서 등 돌리고 누워 그를 거부하다니! 아닌 말로, 자기가 원했던 대로 지은 집을 드디어 보여 준 기쁨에 나도 모르게 이름을 헷갈렸을 뿐인데. 무슨 철천지원수마냥 욕하고 도망갔지, 너!

"어이."

인욱은 거침없는 손길로 민재를 일으켜 품에 안아 버렸다. 인욱은 놀라 헐떡이는 민재의 턱을 치켜들고 장밋빛 입술을 노려보았다.

"왜, 왜 이래요? 무섭게?"

아아, 그런가. 동은이어도, 민재여도 인욱을 무서워하는 건 마찬가지인가. 괜히 심술이 나서 인욱이 불퉁스럽게 민재를 다그치기 시작했다.

"혹시 윤 의원이나 윤혜지한테서 나나 동은이에 대해 뭐 들은 거 있지? 말해."

민재는 그 기억조차 하나도 잊지 못했다. 그녀는 불안에 겨워 인욱에게 횡설수설해 댔다.

"신동은이 살아 있다면서요? 곧 돌아온다던데? 인욱 씨, 나 이제 어떡해요? 인욱 씨, 신동은이 돌아와도…… 아니, 돌아오면, 나하곤 어쩔 거예요? 나하고는……?"

인욱은 순간 가슴이 터질 것 같아서 눈을 질끈 감아 버렸다. 얼어 죽을 윤 의원. 그 너구리가 죽은 동은이가 살아 있다고, 곧 돌아온다고 민재에게 말했구나. 물론 거짓말은 아니지만 더할 나위 없이 치졸한 술수였다. 인욱은 자기 자신이 살아 있다는 사실을 두려워하는 민재를 품에 꼭 끌어안아 버렸다. 어떻게 해야 이 여자의 불안을 시원하게 덜어 줄 수 있을지 막막하기만 했다.

"어쩌긴, 이 바보야. 동은이가 살아 있으면 살아 있는 거지. 나보고 어쩌라고. 내가 어쩌면 좋겠는데? 네가 말해 봐. 내가 어떻게 해야 좋을지."

"나랑 결혼해요."

"뭐?"

언제나 민재는 아버지 같은, 오빠 같은 남자랑 결혼했으면 했다. 가족을 위해 헌신하고 따뜻하고 튼튼한 울타리가 되어 줄 남편을 원해 왔다. 저 남자라면 좋겠어. 철딱서니 없는 마음이란 것이 내내 민재에게 속삭였다. 이상형의 남자와는 한참 거리가 먼 저 남자를 원한다고 민재를 계속 꼬드겼다. 양인욱이 후회하게 되든 말든, 민재는 너무 커져 버린 자기 욕심에 굴복하고 말았다.

인욱은 완전히 허를 찔리고 당황해서 민재를 빤히 내려다보았다. 민재도 과연 인욱이 자기 뜻을 따라 줄지 긴장해서 그를 빤히 올려다보았다. 울어서 붉어진 눈망울이, 뾰로통하니 내민 붉은 입술이 인욱의 대답만 기다리고 있었다.

"좋아."

다음 순간 인욱은 미칠 듯이 쿵쾅대는 심장이 시키는 대로 그 붉은 성찬에 입술을 묻었다. 그러자 혼미한 영혼이 조금씩 밭은 호흡을 흘리기 시작했다. 인욱이 민재의 귓전에 어둡고 탁한 욕망을 일깨워 주었다.

"참지 마, 민재야. 네 노래를 들려줘."

애틋한 속삭임에, 거침없는 손길에, 뜨거운 입맞춤에, 드디어…….

"아아, 인욱 씨…… 그만, 그만…….."

뜨겁고 야릇한 신음이 터져 나왔다. 인욱이 의기양양하게 고개를 돌리자, 열기에 혼미해진 눈동자가 그를 바라보고 있었다. 쾌감에 부들부들 떠는 눈가에 뜨거운 눈물이 고이기 시작했다. 인욱도 어느 때보다 부드럽게 풀린 눈으로 민재에게 나직하게 속삭였다.

"안녕."

동맥이 펄떡이는 가는 목에 입술을 묻고 인욱은 두 팔로 민재를 꼭 끌어안았다. 안녕. 다시 내 곁에 돌아와 줘서 고마워. 고마워. 안녕. 안녕……. 소중하게 쓰다듬어 주는 손길이, 감격에 겨운 오열이, 쿵쾅대는 고동이 한 남자의 행복한 환영 인사를 대신하고 있었다.

⁂

휴가 동안 인욱이 바닷가의 하얀 집을 민재와 그녀의 부모님께 내주었다. 민재는 봉합 수술한 한쪽 어깨가 욱신대긴 했지만, 오래간만에 부모님 곁에서 마음껏 응석을 부리고 지냈다. 민재는 이런 왁자함이 너무 그리웠었다.

인욱이 퇴근해서 바닷가의 하얀 집에 들렀을 때, 민재는 엄마랑 둘이서 해안을 산책하러 나간 참이었다. 인욱은 테라스 난간에 기대어서 민재의 망중한을 지켜보았다. 끊임없이 밀려드는 파도에 날씬한 발목이 젖으면 깜짝 놀라 도망가고, 거세지는 바닷바람에 깃발처럼 흩날리는 머리채를 쓸어 넘기고, 붉게 타오르는 노을에 온몸이 흠뻑 젖어서 아지랑이처럼 어른거렸다.

인욱의 옆에 서서 해변을 내려다보며 허 박사가 나직하니 말문을 열었다.

"윤 의원 책이 그렇게 난리라며? 어떻게, 뚫고 나갈 비책이라도 챙겨 뒀나?"

"고소에 맞고소, 지금 그렇습니다. 판이 커져서 골치 아프지만 뚫고 나가야죠."

"이 동네도 참 흉흉해졌다. 내가 있을 땐 순박하고 정이 넘쳤는데. 대한민국 땅에서 하루 만에 총에 맞고 엽기 테러를 당할 수 있는 곳이 또 있겠나. 서울도 안 이러겠다."

"다 제 탓입니다. 앞으로는 이런 일 없을 겁니다."

"민재 엄마는 그냥 이참에 재 데리고 올라가자고 한다."

"안 됩니다. 제 여잡니다."

젊은 남자가 태산처럼 버티고 서서 자기 딸에 대한 소유욕을 드러내자, 허 박사도 잠시 말문이 막혀서 그를 올려다보았다. 허 박사는 진지하다 못해 싸울 기세인 젊은 남자를 고요히 바라보다 이내 한숨처럼 말을 이어 갔다.

"둘이 결혼하기로 했다던데. 그전에 말이야…… 민재는 수련회 사건 이전 기억은 충격으로 잊어버린 것으로 알고 있어. 하지만 살면서 어느 날 갑자기 옛 기억이 돌아올 수도 있는 거고. 저 아이가 짊어진 친족 살해범의 딸이란 굴레를 알면서도 진심으로 사랑해 줄 수 있는지 물어야겠네."

허 박사는 자기 앞에 있는 남자가 지금 어떤 심정인지 죽었다 깨어나도 알 수 없을 것이다. 동은이가 살아 있었고, 사랑받으며 살아왔고, 무사히 그의 곁으로 돌아왔다. 긴 세월의 고통과 방황이 두 배 세 배로 보상받았다고나 할까.

"저에게 저 여자를 진심으로 사랑하느냐 물으신다면……."

인욱이 아련한 시선으로 노을에 스며들어 사라져 버릴 것만 같은 민재를 바라보았다. 언뜻 돌아서던 민재가 저 멀리에서 그의 시선을 느끼고 고개를 치켜들었다. 손을 높이 쳐들고 크게 흔들며 그에게 인사하고 있었다. 멀리서도 눈에 드는 환한 웃음이 노을빛으로 물들어 인욱의 가슴으로 파고들었다. 인욱은 저도 모르게 한 걸음 난간으로 다가섰다.

"처음 본 그때부터 지금까지 단 한순간도 사랑하지 않은 적이 없습니다."

"……아이쿠야, 바닷가에서 산책이나 할 일이 아니군. 넷이 모여 축배를 들어야지. 내가 준비할 테니, 자넨 여자들 불러들이게."

허 박사가 왠지 시큰해진 코끝을 훌쩍이며 부랴부랴 홀로 들어가 버렸다. 인욱도 긴 팔을 쭉 뻗어 해변에 있는 여자들에게 신호를 보냈다. 두 모녀는 깔깔대며 곧 카페로 돌아섰다.

그때 갑자기 홀 쪽에서 소란스러운 소리가 들려왔다. 인욱은 부리나케 홀로 들어섰다. 낯선 이들이 허 박사를 둘러싸고 실랑이 중이었다.

"아! 저기 오셨네! 양 이사장님!"

"누구십니까. 왜 남의 집에 함부로."

하나, 둘, 셋, 네 명의 낯선 남자들이 허 박사를 밀어내고 인욱에게 다가왔다. 그들은 순식간에 인욱의 양팔을 붙들었다. 그중 날카로운 목소리가 이렇게 소리쳤다.

"양인욱 씨! 횡령, 업무상 배임, 조세 포탈 혐의로 긴급 체포합니다. 양인욱 씨는 변호사를 선임할 수 있으며 묵비권을 행사할 수 있고, 진술한 모든 것이 법정에서 불리하게 사용될 수 있다는 것을 알려 드립니다."

"이게 무슨 일이에요! 왜 이래요! 인욱 씨!"

인욱은 형사들을 밀쳐 내고 놀란 민재에게 돌아섰다. 민재도 인욱에게 달려들었다.

"쉬. 괜찮아. 아무 일 아니다. 부모님이랑 흠문헌으로 가 있어. 민재야, 내 눈 봐 봐."

울먹울먹 커다란 눈물방울이 맺혀 버린 민재를 품에 안고서 인욱이 가만히 다독였다.

"난 괜찮을 거야. 걱정하지 마. 믿고 기다려. 곧 돌아온다. 응?"

"어어, 가지 마요. 가지 마요."

흘린 눈물 반, 삼킨 눈물 반, 씩씩하려 아무리 애써 봐도 민재는 온몸이 부들부들 떨려서 어떻게 할 수가 없었다. 인욱을 놔줄 수도 보낼 수도 없어 그녀는 결국 엉엉 눈물을 터뜨렸다. 왜 이런 일이!

이 교수와 허 박사도 아연실색하며 민재를 싸고돌았다. 인욱이 허 박사와 눈짓을 교환하고 민재의 손을 놓아주었다. 이 여자를 또 홀로 두고 가야 하나. 어떻게 이런 일이.

"긴급 체포 허가 누가 내 줬어. 어떤 새끼야. 놔! 내 발로 간다."

화가 머리끝까지 뻗친 인욱이 형사들을 뿌리치고 저벅저벅 제 발로 경찰차에 올랐다. 언젠가 인욱이 시켰던 때처럼, 그도 참 빨리빨리 구치소로 이동되었다. 누구 짓인지 알고도 남음이었다.

⁂

그즈음 일명 '청인 흑역사'라고 불리게 된 윤 의원의 저서가 전국에 센세이션을 불러 일으켰다. 사실 '흑역사'는 청렴한 10선 의원인 자신이 어떻게 정치자금 비리에 말려들게 되었는지 여러 사학 재단의 조직적 비리 활동과 연관 지어 너절한 변명을 잔뜩 늘어놓은 책이었다. 하지만 일견 허접쓰레기라도 대중의 분노를 자극하는 스위치가 곳곳에 포진해 있었다. 건들면 바로 터져 버릴 그런 스위치가.

먼저 책에 언급된 사례별 정치자금 흐름을 실제로 '증명해 냈다'는 인터넷 게시물이 하나둘 시선을 끌었다. 그에 대한 반박 글, 재반박 글로 각 인터넷 포털의 토론 게시판이 뜨거워졌다. 청인으로 대표되는 사학 재단의 각종 사악한 비리 한두 개쯤 모르면 대화에 낄 수 없을 정도로 사회적 이슈가 된 것이다.

초여름에 있었던 전국 사학 재단에 대한 대대적인 세무회계 감사도 입방아에 올랐다. 성과가 거의 전무하다시피 했을 뿐 아니라 그 후 청인을 비롯해 몇몇 재단은 국세청에서 공로패까지 받은 게 공분(公憤)을 일으켰다. 세무 공무원과 결탁했다는 혐의로 전국의 사학 재단 여러 곳이 고발되었고, 일벌백계로 청인 이시장인 양인욱이 긴급 체포되

기에 이르렀다. 청인 흑역사에 언급된 600억 비자금을 국고에 회수하
라는 언론도 높아졌다. 청인학원을 비롯한 악질 재단 몇 곳의 허가를
취소하라는 이야기도 힘을 얻어 갔다.

　세상 사람들에게 점점 청인학원과 젊은 이사장 양인욱은 온갖 비리
와 부정을 비양심적으로 저지르는 천하의 불한당이 되어 갔다. 인욱
이 봄에 했던 짓을 윤 의원도 카피캣처럼 그대로 따라 한 것이다.

　급기야 청인학원은 윤 의원을 고소했고 윤 의원도 맞고소로 으름장
을 놓았다. 온갖 억측과 의혹이 난무하는 가운데 결국 청인 흑역사
사건은 법정 다툼으로 이어졌다. 조세 포탈 혐의에 대한 형사재판을
대비한 막강한 변호인단이 나선 가운데 윤 의원과의 민사재판 변론
기일도 확정되었다. 청인 변호인단과 인욱이 동의한 대로, 민사 건을
잡고 다음 형사를 대비해야 했다. 윤 의원이 내민 '증거들'을 무효화시
키는 것이 최우선이었다. 그 증거의 핵심은 암호로 적힌 비망록의 윤
의원 측 해석이 과연 올바른가 하는 점이었다.

⁂

　"거부하겠습니다. 비망록에 쓰인 암호의 원리는 청인 이사장만의 특
권이고 의무이므로 말씀드릴 수 없습니다. 또한 비망록은 학원 운영
에 대한 이사장의 소회를 기록한 개인적인 글일 뿐 그 어떤 부정한
자금의 흐름도 기록된 적이 없습니다. 공인 기관으로부터 감사를 마
친 정식 회계장부와 세무 자료만으로 청인을 평가해 주시기 바랍니
다. 다시 한 번, 재단 운영에 관한 그 어떤 이면 장부도 없다고 분명히
말씀드리겠습니다."

　인욱이 몇 번씩이나 같은 논리로 검사 측 질문에 답변을 거부하자, 중년 여성 판사가 답답한 나머지 끼어들었다. 마이크를 붙잡고 간곡하게 해법을 제시한 것이다.

　“양인욱 씨, 자신의 정당함을 주장하시겠다면 비망록의 암호 원리를 공개하는 게 가장 적절한 수순이겠습니다만. 아니면 ‘흑역사’에서 일부 밝혀 놓은 암호 풀이가 맞는지에 의견만 내주셔도 되고요.”

　“일부라도, 티끌만큼이라도 공개하지 않겠습니다.”

　팔뚝에 있지도 않은 먼지를 손끝으로 튕겨 내면서 인욱이 도도하고 나직하게 답변했다. 그가 버틸수록 세상의 의혹이 커질 뿐이겠지만 누구에게나 물러설 수 없는 마지노선이란 게 있는 법.

　“현 청인 이사장으로서 한 말씀 드려도 된다면, 많은 분께서 걱정하시는 청인학원의 강력한 권위는 누구 한 사람이 더러운 재력을 앞세워 얻어진 것이 아니란 말씀입니다. 우리는 600년 넘게 이곳에서 뿌리 내리고 살아왔습니다. 그동안 왕조가 바뀌고, 정권이 숱하게 바뀌었지만 우리는 흔들리지 않았습니다. 가령, 누구네 집에 아이가 태어나면 부모는 청인유치원에 보내고 싶다고 이야기를 나눌 것입니다. 아이는 ‘청인’ 두 글자를 세상에 태어나자마자 듣게 되지요. 나고 자라는 내내 청인학원과 흠문헌을 동경하고 흠모하는 말을 듣게 될 것입니다. 그렇게 평생 한 사람의 머릿속에 각인된 열망이 우리의, 나의 권위가 됩니다. 나의 책임이 됩니다. 오늘날 청인의 이름으로 이룬 것들을 보십시오. 다 그렇게 이룬 것들입니다.”

　인욱이 스윽 피고석에서 일어서 법정에 모인 모든 사람 앞에서 자신을 내보였다. 진회색의 말끔한 정장 슈트에 선명하게 푸른 와이셔츠, 동백꽃처럼 붉은 넥타이. 당당하고 만사 초탈한 듯한 아름다운 얼굴은 오늘 아침까지 구치소에 있다 나온 사람으로는 보이지 않았다. 정결(精潔)한 자태 그 어디에도 오늘의 고발 죄목에 부합되는 더럽고 치졸한 일면은 찾을 수 없었다. 인욱은 재판장 이하 법정의 전원 그리고 방청석을 빼곡히 메운 사람들을 천천히 일별하며 힘찬 육성으로 자신을 변호해 나갔다.

"청인학원 재단 이사장으로서, 대한민국 법과 시스템을 존중하고 철저히 준수하면서 모든 의사 결정이 이루어졌다고 감히 자부하는 바입니다. 그러기 위해 청인 이사회에는 법률팀이 있고, 재무팀, 세무팀 등이 있습니다. 이사장의 독단이 아니라 이사회의 의결로 이중 삼중으로 견제받고 있습니다."

펜스 너머 방청석에서 웅성웅성 동요가 일었다. 원고석에 있는 윤 의원조차 번스타인처럼 사람 좋게 고개를 끄덕였다. 그렇게 뒤숭숭한 가운데 인겸이 증인석에 착석했다.

"저희 형이 거부한 정보 공개를 제 선에서 왈가왈부할 수는 없습니다. 이 재판정 자체도 저는 신뢰할 수 없습니다. 이 재판은 일명 흑역사라고 하는 음해성 기획 서적이 마치 진실인 양, 그 진실을 토대로 정의를 가리는 재판인 양, 사실을 호도하고 있습니다. 여러분께서 아셔야 할 일은, 윤 의원이 청인 이사장을 음해했다는 것, 그에 대해 청인 이사장이 피하지 않고 응했다는 점입니다. 뒤가 켕기는 사람은 그렇게 할 수 없다는 것, 여러분도 아실 겁니다."

"양인겸 씨는 원고 측 변호사의 질문에만 대답해 주세요."

판사의 경고에 인겸도 흥분을 가라앉히고 형을 돌아보았다. 인욱은 가만히 눈을 감고 그 모든 상황을 듣고만 있었다. 이윽고 윤 의원의 변호사가 준비서면에 나온 비망록 해독 편을 읽기 시작했다.

"2008년 3월 25일, 청인대학교 신입생 입학금과 학생회비 12……."

"잠시만요, 재판장님."

인겸은 이의를 신청하고 윤 의원과 조요한을 향해 신랄한 비난의 포문을 열었다.

"다른 건 몰라도 이건 말할 수 있습니다. 제 실수로 윤혜지 씨에게 도난당했던 청인 이사장 비망록은 2008년의 내용은 아니었습니다. 물론 형이 현재 쓰고 있는 비망록도 아니었습니다. 흠문헌 비밀 금고에라도 넣어 두었는지 모르겠지만, 분명히 도난당한 비망록은 2000년대 초반의 내용이었습니다."

법정이 단박에 웅성웅성 혼란스러워졌다. 청인 흑역사의 내용을 완벽히 부정하는 단서였기 때문이었다. 조요한이 싸늘하게 인겸을 나무랐다.

"거짓말입니다, 재판장님. 양인겸 씨는 이 암호문을 쓸 줄만 알지 해석은 못 한다고 분명히 이야기한 적 있습니다."

"아, 해석은 60% 정도 가능하다고 말했겠죠. 아무렴 날짜 정도야 읽을 수 있습니다. 축어 약어만 좀 힘들다고, 네, 분명히 그렇게 말씀드렸을 건데."

요한이 혼란스러운 심정을 숨기려 가쁜 숨을 내리누르고 인겸을 노려보았다. 인겸이 할 수 있는 증언은 거기까지였고, 형에게 미안해하며 증인석에서 내려갔다. 인욱은 가만히 고개를 가로저었다. 그리고 형제는 요란하게 의자를 끌어 착석하는 원고 측 증인을 돌아보았다. 조요한이었다.

"피고의 직계가족으로서 양인겸 씨는 흑역사 책이 진실이 아닌 양, 양인욱 씨의 말씀이 오히려 진실인 양 말씀하시고 내려가셨지만, 저로서는 양인욱 씨의 본성이 매우 부정직하다는 객관적인 근거를 가지고 있기 때문에 양인겸 씨의 말씀에 신용이 가지 않습니다."

"부정직함의 객관적 근거라. 흠, 더 정확히 말씀해 주시죠."

판사의 허락을 받고서 요한이 슥 마이크를 조절하면서 잠시 시간을 끌었다. 그는 인욱을 곁눈질하며 허허실실 웃어 가며 운을 뗐다.

"자신의 이익을 추구함에 망설임이 없는 사람들은 종종 아무렇지도 않게 세상을 속이고 부정을 저지릅니다. 단지 금전적 이권에만 한정된 말씀이 아닙니다. 양인욱 씨는 필요하다면 돈세탁뿐만 아니라 신분 세탁도 서슴지 않는 사람입니다. 제가 알아본 바로는……."

"닥쳐."

무시무시한 경고가 법정을 얼어붙게 만들었다. 모든 시선이 인욱에게 쏠렸다. 곧 폭발해 버릴 것 같은 검푸른 얼굴, 새하얗게 말아 쥔 주먹. 온몸으로 무겁게 내쉬는 거친 호흡. 단 한차례도 흐트러진 적 없는 남자가 단번에 한계치로 치달아 버렸다. 심상찮은 기척에 놀란 청인 측 변호사들도 급히 재판장에게 이의를 제기했다.

"조요한 씨 발언은 본 건과 무관합니다!"

"인정합니다. 조요한 씨?"

"아, 예. 시정하겠습니다."

요한도 판사에게 씨익 웃어 주고 의자에 깊숙이 눌러앉았다. 법정에서의 공방전은 길고 긴 싸움의 연속이다. 언제든 인욱의 느긋함을 뒤흔들 수 있는 무기를 확인한 걸로 일단 만족이었다. 그런데…….

"저런 썩을 놈을 보았나! 조가 거지자식이 어디 감히 흠문헌 일가에 대들어! 제 어미랑 똑같구나! 혼자 됐으니 내 아들한테 돌아오고 싶다고, 부끄러운 줄 모르고 엉덩이 살랑대며 흠문헌에 찾아들더니만. 그 어미한테 배웠으니 어찌 염치를 알 것이며, 염치를 모르므로 정당한 권위에 존경을 표하는 법도 모르는 것이다! 썩 물러가라!"

노발대발 역정을 분출하시는 팔순 노인네의 양팔에 법정 경찰들이 들러붙었다.

"댁이나 꺼져! 미친 영감탱이!"

삐—.

불쾌한 마이크 하울링(howling)이 울려 퍼졌다. 큰이사장님을 뜯어 말리던 기범과 인겸, 그리고 다른 모든 방청객, 양측 변호사들이며 윤 의원, 판사까지도 망연자실 요한을 바라보았다. 연로하신 분께 차마 입에 담기 무례한 언사 아닌가. 하지만 요한은 멈추지 않았다.

"평생 가슴에 맺힌 사죄를 하러 찾아가신 게 뭐 그리 잘못됐다고, 손자고 할애비고 떼로 덤벼서 창녀 취급이야! 사람 된 도리 좀 하겠다 는데! 울 엄마가 뭘 그리 잘못했는데!"

"그만."

서늘하고 나직한 명령이 마이크에서 터져 나왔다. 인욱이 아버지와 동생에게 눈짓을 주었다. 곧 키 크고 비슷비슷하게 생긴 삼대가 시끌 시끌하게 떠들며 법정 밖으로 몰려 나갔다.

"놔라! 내 발로 나간다. 놓으라니까!"

"재판장님, 잠시 휴정 부탁드립니다."

인욱 측 요청이 받아들여지자, 인욱과 변호사들도 우르르 법정 밖 으로 향했다.

"괜찮으세요?"

복도 벤치에 탈진한 듯 축 늘어진 할아버지께 인욱이 걱정스레 물었다. 분이 덜 풀린 근석의 노성이 쩌렁쩌렁 복도에 메아리쳤다.

"뭐가 사람 된 도리야! 무단히 남의 아들 망가뜨리고 세월 훨훨 지난 후에 멋대로 찾아와서는! 살살 웃어 가며 이사장님, 이사장님, 그런다고 내가 저를 반가워할까 봐? 못된 년!"

인욱은 슥 마른세수 한 번에 할아버지의 옆자리에 턱석 주저앉았다. 그렇게 된 거였다. 그가 알지 못하는 사이에 요한의 어머니와 할아버지가 최악의 만남을 가졌던 것이다. 인욱은 할아버지의 손을 잡고 손등을 다독다독해 드렸다.

"진정하세요. 미스 송 생각도 하셔야죠."

"미스 송이라니…… 죽은 지 사십 년도 더 된 사람 이야기가 왜 나와? 조요한, 윤치성, 저것들 경칠 방안이나 내놔 봐. 아주 속이 다 뒤집힌다."

인욱도, 기범도, 인겸도 말문이 막혀서 서로 당황한 눈짓만 주고받았다. 첫 번째 할머니께서 이미 돌아가셨다는 걸 인지하신 게 거의 반년 만이었다. 하지만 분에 겨워 씩씩대던 근석이 이내 피곤한 듯 아들의 어깨로 몸을 기울였다. 격분에 떨던 숨결도 점차 쌔근쌔근 병약한 노인네의 지친 숨소리로 약해져 갔다.

"양인욱!"

불손한 부름에 들은 척도 않는 양씨 남자들에게 성마른 기척과 함께 요한이 달려들었다. 아들과 손주에 둘러싸여 쉬는 노인네를 발견하고는 살기등등하게 뇌까렸다.

"이사장님, 이사장님, 평생을 떠받들려 사신 분이라 예의도 없으시고 경우도 없으시고. 너희 집안은 전부 안하무인이로구나. 할아버지 손자 돌아가면서 연약한 여자를 모욕하고 죽음으로 몰아넣어? 미친 영감탱이. 잔인한 것들.”

인욱이 할아버지의 손을 놓고 가만히 몸을 일으켰다. 척, 요한의 어깨에 커다란 손을 천근만근 무겁게 내려놓고 나직나직 이해를 구해 보았다.

“미친 건 아니고…… 치매 환자일 뿐이다. 작년 겨울부터 눈에 띄게 안 좋아지고 계신다. 40년 전에 돌아가신 할머니와 다시 사랑에 빠지고 계셨으니까.”

“뭐가 어째! 치매면, 나한테 개소리해도 된다는 거야? 돌아가신 분 모독해도 되고?”

인욱은 요한이 날뛰지 못하게 더욱 단호하게 어깨를 내리 눌렀다. 조요한은 100개 중 99개가 나쁜 놈이지만 효자인 건 분명했다. 멍청한 효자.

“너희 어머니가 흠문헌에 들렀다가 무슨 일을 겪으셨는지 모르겠지만 그건 내가 아니다. 우리 아버지도 아니고. 너희 어머니한테 난 그냥 ‘인욱이’였으니까. 그렇다면 너희 어머니가 ‘청인 이사장님’이라고 부를 사람이 우리 셋 중에 누구였겠냐. 응?”

요한이 대답 대신 부드득 이를 갈며 인욱을 노려보았다. 객지 생활을 오래 한 요한에겐 아직도 기범이 이사장님인 것처럼, 한 번 이사장님이라고 각인되면 중간에 이사장이 바뀌어도 쉽게 입에 붙질 않는다.

“아까처럼 툭툭 기억이 튀어나올 때도 있겠지만, 요사이 할아버지께선 새로운 만남은 거의 기억 못 하신다. 그리고 우리 입장에서는 너희 어머니에 대한 할아버지의 분노는 당연한 거라고 보는데. 아들 인생을 망친 여자에게 아버지로서 분노하신 거잖아. 게다가.”

빠개 버릴 듯이 힘주어 요한의 어깨를 틀어쥐고서 인욱이 덧붙였다.

414

"한순간 욱해서 친구를 배신했던 놈이라면, 한순간 욱해서 말실수 하신 분을 이해하고도 남을 것 같은데? 안 그러냐."

고통으로 벌게진 요한이 힘껏 어깨를 내둘렀다. 인욱도 순순히 그 어깨를 놓아주었다. 분해서 씨근대는 요한에게 기범도 넌지시 비꼬아 주었다.

"그 사람, 비명횡사했다더니, 알고 보니 화병으로 오래 병원을 드나들 었더구나. 우울증도 심했고 심장도 많이 안 좋아졌고. 너희 집안에서 쌩쌩했던 여자 하나 말려 죽인 거다. 이 얘긴 앞으로 더 하지 말자."

"끄응. 뭘 이야기 말어, 아들. 아이고, 뒷골이야. 미스 송 좀 불러와. 내가 이러다 죽겠어. 빨랑 미스 송 불러오라고."

아들의 어깨에 기댄 채 잠투정하시는 팔순 노인네에게 애틋한 후손 들의 시선이 모여들었다. 혈연 아닌 단 한 사람만 그 모습을 혐오스러 워 하며 그악스럽게 자기 고집을 내질렀다.

"누가 됐든 청인 이사장 자격으로 벌인 짓이면 아무 청인 이사장이 나 책임져!"

"에이, 어디 그런 소릴. 연좌제는 엄연히 불법이구만. 검사였단 자식 이."

듣다 못한 인겸이 한마디 거들자, 인욱이 절레절레 고개를 가로저었 다. 그는 완전히 등을 돌리고 법정으로 향했다.

"저 녀석 머리엔 이미 상식이 없어. 생떼와 트집으로 똥고집을 부릴 뿐. 상대해 주지 마."

"실컷 떠들어라. 네놈은 내가 30년 꽉 채워서 옥살이시켜 준다!"

"무슨 소린지."

그러나 느긋하니 멀어져 가는 인욱의 등에도 숨길 수 없는 긴장이 역력히 드러나 있었다. 민사를 제대로 이겨 놓지 못하면 정말 그는 청인학원을 빼앗기고 재산을 국고에 환수당하고 감옥에서 평생 썩을 수도 있다. 다 상관없지만, 또 민재를 혼자 두어야 하는 건……. 인욱은 심호흡을 몰아쉬고 법정에 들어섰다. 지는 건 생각 말자. 이겨 버리면 된다.

거대한 적, 윤 의원이 싱긋 웃으며 인욱을 맞아 주었다. 피고석에 앉은 인욱은 다시 한 번 심호흡을 장전하고 의연하게 윤 의원을 마주 보았다. 한 시대를 풍미했던 애증의 파트너십이 오고 가는 시선 위로 부글부글 들끓고 있었다. 하나는 살아남고 하나는 끝장을 본다. 이것은 그런 게임이다.

❦

합의도 중재도 없이 재판을 마치고, 인욱은 수인번호 317번인 구치소 미결수 신분으로 돌아갔다. 남루한 관복으로 갈아입고 독거실에 수감되었다.

"어."

손님이 있었다. 감방 안에까지 밀고 들어올 줄은 인욱은 생각도 못 해 본 수였다. 이 너구리에 비하면 인욱은 갈 길이 멀었다.

"참참이 놀라게 하시네요."

"나도 있어 봐서 알잖아. 요새는 독거실이라도 징벌방 아니면 감시 카메라도 안 틀더라고. 어쩌고 있나 한번 들여다보고 싶더라. 바닥이 뭐, 냉골이네. 쯧쯧. 너같이 사고 후유증으로 뼈 쑤시는 사람은 고상스럽겠다."

굳이 확인시켜 주지 않아도 인욱은 이곳에서 죽을 맛이었다. 음식은 끔찍하고 콘크리트 바닥에서 올라오는 냉기에 뼈 마디마디 안 쑤신 데가 없었다. 그래도 윤 의원의 동정을 받을 정도는 아니었다.

"어여, 피곤하지. 앉자. 천장 안 무너진다. 앉아라. 따끈하니 홍삼차 한 잔 마실래."

인욱은 혼자도 협소한 방에 윤 의원과 나란히 앉아 홍삼차 캔을 홀짝였다. 때 묻은 시멘트 벽체가 지금 두 사람이 감상할 경치의 전부였다.

"한창 일할 젊은 놈을 요런 냉골에다 집어넣어 놓고 마음이 아프구만. 600억이 어쩌구 네가 먼저 요한이한테 씨부렁댔다면서? 우리 둘만 알고 마는 것을 뭐한다고 그놈 앞에서 씨불거려, 씨불거리긴. 쯧쯧. 우리 변호사들이 특정범죄가중처벌법인가, 이리저리 계산하니까 한 20년 족히 살다 나와야겠다던데? 형사재판은 판사 잘못 만나면 한 30년 독박 쓸 수도 있다 하고. 변호사들이 암만 용을 써도 세금 쪽은 돈 계산이 딱딱 떨어져야 하니까, 어지간하면 뒤집기가 힘들다대."

인욱은 고개를 왼쪽으로 천천히 우두둑, 다시 오른쪽으로 천천히 우두둑 풀어 주고서 남은 홍삼차를 한입에 털어 넣었다.

"오신 이유를 말씀하시고 어서 돌아가시죠. 구치소 안 좋아하시지 않습니까."

"600억 국고에 환수당하고, 밀린 세금 토해 내고, 감옥도 오래 있어야 한다……. 젊은 너를 생각하면 심란하다만, 그 어떤 경우에도 방법이란 것이 다 있게 마련이지."

말없는 인욱의 기색을 살피며 윤 의원이 자못 다사롭게 설명을 늘어놓았다.

"민사라는 것은 너랑 나랑 뜻만 통하면 이 추한 짓거리도 단박에 끝나는 것이잖어. 어떠냐. 청인같이 우수한 사회의 자산을 이대로 무너뜨리지 말고 그냥 네 손에서 놔주는 것이. 학교를 없애자는 것도 아니고 공립으로 전환하자는 거지. 듣자 하니 너도 원래 청인 물려받는 거 별로 안 좋아했담서? 인자라도 손에서 놔도 된다.”

인욱이 뚫을 듯이 벽을 쏘아보다 이윽고 고개를 가로저었다. 그는 천천히 긴 몸을 일으켜서 문 앞에 기둥처럼 버텨 섰다.

“따뜻한 차 감사했습니다. 그럼 안녕히.”

“생각을 깊이 해 보고 대답을 해도.”

“정말로 그 방법밖에 없다면, 차라리 여기서 썩어 문드러지겠습니다.”

“그래도 돼? 허 아나운사는 어쩌고?”

순간 인욱이 긴 팔을 쭉 뻗어 노인네를 번쩍 일으켜 세웠다. 그리고 별 감흥 없는 얼굴에 별 감정 없는 목소리로 딱 한마디만 경고했다.

“신경 끄십시오.”

그렇지 않을 경우 어떻게 될지는 그 일렁이는 눈동자가 분명하게 경고하고 있었다. 누구라도 뒷골이 선뜩했을 눈빛이었지만 윤 의원은 관록의 정치가답게 그 상황을 모면해 나갔다.

“그려. 내 생각은 일단 그렇다 하는 것이니까. 잘 생각해 보고 다음 변론 기일에 보자.”

번스타인을 닮은 윤 의원이 발걸음도 산뜻하게 구치소 독거실에서 떠나갔다. 홀로 남은 인욱은 깊은 한숨과 함께 차디찬 시멘트 바닥에 무너져 내렸다. 얼마나 시간이 흘렀을까.

“삼백 십칠, 삼백 십칠.”

낮고 조심스러워하는 목소리에 인욱이 휙 돌아앉았다. 배식구에 낮

선 휴대전화가 놓여 있었다. 인욱은 거침없이 낚아채서 문자 메시지
를 확인했다.

그 외에도 청인 이사장의 결정이 필요한 일들, 변호사들과의 접견
일정 등이 줄줄이 이어졌다. 인욱은 일단 아버지께 전화를 드렸다.
"예, 아버지. ……아닙니다. 법무팀에 다 얘기해 뒀고 변동 사항이
있으면 김 비서가 알려 줄 겁니다. 걱정 안 하셔도."
기범이 걱정을 안 할 수 없는 이유 500가지를 청산유수로 늘어놓았
고, 인욱은 그사이 더 피곤해졌다. 왜 평생 안 하던 참견을 다 하시고.
"원죄를 따지자면 다 내 잘못 아니겠냐. 내가 너를……."
빠드득, 이 갈리는 소리에 기범도 급히 입을 다물었다.
"다 큰 자식 하는 일에 안 나서 주셨으면 합니다."
"나는 그냥 우리 삼부자가, 우리 삼대가 똘똘 뭉쳐서 이 난관을 극
복해야……."
"고맙습니다."
그 이상 차가울 수 없는 거부였다. 뭔가 더 통화하고 싶어 머뭇거리

는 기적이었지만 인욱은 인사 없이 그냥 종료 버튼을 눌렀다. 그리곤 바로 민재에게 전화를 걸었다.

"어어……!"

걱정과 반가움 그리고 사랑스러움이 가득 묻어나는 목소리에 인욱의 가슴에 켜켜로 쌓이던 맹독마저 스르르 희석되어 갔다.

"15분만, 아무 말이나 해 줘."

인욱은 공영방송 아나운서가 정확하고 품위 있는 한국어로 들려주는 사랑스러운 유혹에 귀 기울였다. 웃음기 머금은 목소리였지만 인욱도 그 외로움, 두려움, 걱정, 안타까움, 그리고 그리움까지도 속속들이 알아들었다. 다 들려왔다.

⁂

"……징역 12년과 비자금 600억의 국고 환수, 그리고 지난 10년간의 세금 탈루액 29억 원을 추징해 주실 것을 요청하는 바입니다."

해가 바뀌고 시작된 형사재판 첫 공판에서 예상했던 것과 하나도 다르지 않은 검사의 구형이 내려졌다. 일벌백계란 이런 것이라고 인욱에게 가르치려 드는 것 같았다. 방청석에서 윤 의원이 조요한과 즐겁게 환담을 나누는 모습을 일별하고 인욱도 재판장을 나섰다.

"욱아! 장남!"

인욱은 아버지의 부름에도 돌아보지 않고 변호사들과 법원 뒷문으로 나섰다.

"이 자식이! 아부지 말이 말 같지 않아!"

펄쩍펄쩍 뛰는 아버지를 냉담하게 바라보다 인욱이 변호사들에

게 수신호를 보냈다. 그들이 뒷문으로 우르르 빠져나가고, 인욱은 '후
욱' 가시 돋친 한숨으로 아버지를 재촉했다. 기범도 아들에게 되도록
차분하게 설득하려 애를 썼다. 평생을 허랑방탕하게 살아온 그에게는
분명 쉽지 않는 일이었다.

"왜 쓸데없이 어렵게 하려 들어. 징역 12년이 누구네 애 이름이냐?
민재 양은 어떻게 하려고? 청인 이사회니 흠문헌이니 다 빼고 너 자신
만 생각해 봐."

"제 자신만 생각했다면, 애초에 오늘 제가 이 자리에 올 일이 없었겠
지요, 아버지."

"그러니까! 그때 내가 잘못했다는 걸 세상에 알려! 내가 한심한 놈
이었지, 넌 아니라고!"

"아버지가 한심한 놈이면 전 한심한 놈 아들입니다. 무슨 차이가 있
습니까. 경고하는데 그만두십시오. 제가 알아서 할 겁니다. 재고 따지
고 구슬려서, 징역은 5년 내로 줄여 볼 거고, 돈도 액수 조정해서 성실
히 낼 겁니다. 그 정도면 감당할 수 있습니다."

"욱아! 5년은 뭐 짧으냐! 너 인마, 그렇게까지 안 해도."

"그만."

휙 돌아선 인욱이 채 몇 걸음 가다 말고 다시 돌아와서 기범에게
빈정거렸다.

"다른 거 다 떠나서, 대체 인겸이고 인아한테 암호를 가르친 심보가
뭡니까. 제가 당신 장남인 게 인정하기 싫습니까, 도대체가 철들 줄 모
르는 당신의 무책임한 장난입니까. 지긋지긋합니다."

난도질, 그 이상도 그 이하도 아닌 비난에 기범이 부들부들 전율하
며 벽에 기대어 섰다. 야멸차게 돌아서서 멀어지는 아들의 등에 대고

기범은 유치하기 그지없는 변명을 중얼거렸다.

"잊어 먹을까 봐. 나도 흠문헌 장자인데, 잊어 먹을까 봐."

한 번도 아버지의 마음에 찬 적이 없던 아들이어서 젊어서는 그 그늘에서 벗어날 수 없었다. 이사장과 그 후계자만 아는 암호도 잊어버릴까 겁날 만큼 오래 기다려서야 그는 간신히 이사장에 올랐다. 그때 얼마나 열심히 일을 벌였던가. 그러나 재능 없이 열성만으로는 아무것도 손에 넣을 수 없다는 걸 깨달았을 때에는 이미 늦어 버린 후였다. 새파란 인욱이 스스로를 희생하고 나서야 멈추어 선 파멸의 수레바퀴 앞에서 기범은 처절하게 무릎을 꿇었었다.

"이번만은. 이번만은."

무기력하게나마 연거푸 다짐하며, 기범이 비틀비틀 겨울 햇살 속으로 걸어 나갔다. 그런데 자동차만 북적이는 주차장에 들어섰을 때, 그의 아들 역시 다모클레스(Damokles)의 칼처럼 쏟아져 내리는 햇살 속에서 홀로 괴로워하고 있었다. 지금 청인 이사장의 권좌는 언제 떨어져 내릴지 모르는 칼 밑에 서 있는 것처럼 서슬 퍼런 위험에 직면한 것이다.

시뻘건 증오도 꽃처럼 활짝 피어나

헉, 헉, 민재는 저녁 식사 후 정해진 스케줄대로 러닝머신 위에 올랐다. 저번 날에 총도 맞고 윤혜지 손에 죽을 뻔했을 때 스스로 다짐했던 대로 운동량을 배로 늘렸다. 아침 뉴스를 끝내고 사내 피트니스 센터에서 한 시간 운동하고, 퇴근해서 저녁때 흠문헌 지하 수련실에서 한 시간 운동한다. 아 참, 올 겨울은 인욱의 고집대로 내내 흠문헌에서 보냈다. 겨울 내내 민재에겐 아무런 일도 일어나지 않았지만 여전히 조심이 상책이었다.

[오늘 저녁 괜찮았어? 새해 첫 번째 수요 만찬이잖아.]

민재의 헉헉대는 소리가 재미있었던지, 휴대전화 스피커에서 인욱이 자꾸 지분대며 말을 걸었다. 남, 자, 여! 아아, 구치소에서는 이 범털을 언제까지 방치해 둘 건가!

"헉, 헉, 어우. 암울했어요! 아오, 옆구리야!"

민재는 타들어 가는 옆구리를 꼭 붙들고 휴대전화에 대고 빽 소리쳤다. 가장을 구치소에 보내 놓고 겨우내 흠문헌 식구들과 민재는 매달 세 번째 수요일이 다가오는 것을 두려워했다. 안 할 수도 없는 고역스러운 만찬을 침묵 속에 꾸역꾸역 밀어 넣어야 했다.

"어서 흠문헌의 기둥이 제자리에 돌아오셔야 하지 않을까 싶네요! 헥, 헥!"

[우리 슬슬 결혼식 올릴까? 내가 너무 이기적인가?]

"헉헉……."

민재는 뭐라 말을 할 수도 없고, 멍하다가 호흡도 놓쳐 버려서, 결국 러닝머신에서 주르르 밀려나 버렸다. 아, 도움 안 되는 인간. 민재는 어깻숨을 벌떡이며 쉿내 나는 입에 생수를 들이부었다. 구치소에 수감 중이고, 징역 5년 형 정도 받을 목표로 형사재판을 진행 중인 남자가 전화상으로 하기에는 참 이기적인 프러포즈인 건 맞았다. 옥중 결혼은 예전에 민주 투사나 했던 거잖아. 한숨, 나온다.

완전무결한 남자와 결혼해서 완벽하게 행복하게 살려던 완벽한 꿈은 이제 정말 덧없는 꿈이 되어 간다. 허민재의 현실은 첫사랑 부인도 못 잊고, 둘째 부인하고는 슬쩍슬쩍 스킨십하면서, 곧 별을 달 남자가 그녀의 몫이었다.

[생각해 봐야 답이 나오는 건가.]

인욱의 낮고 음험한 도발에 척추를 따라 찌릿찌릿 전기가 오르면서 세상 때에 찌든 비관론이 흔적도 없이 사라졌다. 오헐~ 좀 귀여운데? 즉답 안 한다고 나름 애태우는 거잖아?

"전화에 대고는 한 마디도 안 하겠습니다."

공영방송 아나운서의 상큼한 거부 답변에 곧 조용한 침묵이 이어졌다. 민재는 다시 러닝머신 위로 뛰어올라 전투적으로 내달리기 시작했다. 준족이여, 파워 업! 그런데 다음 순간 민재는 깜짝 놀라 우뚝 멈춰 서 버렸다. 어, 어? 민재는 허둥지둥 버튼을 눌러 가며 간신히 모양 빠지지 않게 바닥에 내려섰다. 뭐지? 꿈인가?

전면 거울에 온통 까만 옷을 입은 키가 큰 남자가 보였다. 꿈인 듯, 남자가 기척도 없이 다가오며 느긋하게 이죽거렸다.

"노크했어. 못 듣던데. 대체 어디다 정신을 파느라."

응? 이만큼 키가 크고 잘생긴 남자는 세상에 둘 있기 힘드니까 인욱이 맞긴 한데. 민재는 좋다기보다 점점 더 두려움이 커져 갔다. 어째서 이 남자가 이 시간에 여기에 있는가!

"어떡해! 프, 프리즌 브레이크(Prison Break)!"

"뭐? 날 뭘로 보고. 돈을 내고 말지 왜 그런 번거로운 짓을."

아. 그제야 정신이 번쩍 들면서 충격의 여파에서 벗어났다. 탈옥을 하느니 돈으로 자유를 사겠다니, 딱 양인욱스러운 소리 아닌가. 보증금 내고 출소하는 거, 뭐라고 하더라? 감격에 겨운 나머지 고급 한국어 단어들이 머릿속에서 전부 휘발해 버렸다. 이럴 땐 다른 방법이 없다. 민재는 넓은 품으로 달려들어 겨우내 보고팠던 얼굴을 가슴팍으로 힘껏 끌어내렸다.

인욱도 구부정하니 고개를 내어 주고 조용히 기다려 주었다. 살 냄새, 땀 냄새, 머리에 밴 샴푸 냄새. 고대하고 고대하던 민재의 체취로 인욱은 딱 기분 좋을 만큼만 어질어질 취해 버렸다. 더 빨리 나오고 싶었지만 '어쩐지' 보석 허가가 나지 않아서 꼬박 겨울을 새고서야 나오는 길이었다.

"서둘렀는데도 저녁을 놓쳤네. 배고파."

민재는 반짝반짝 감격의 눈물이 고인 눈동자로 키 큰 사람을 머리끝부터 찬찬히 훑어 내렸다. 입맛 까다로운 사람이 비루한 곳에서 한 계절을 나더니 눈에 띄게 수척해졌다. 속상해라. 목이 메어도 기어이 떼를 써 본다.

"이제 아무 데도 가지 말아요."

뜨거운 한숨 범벅으로 민재가 서럽게 속삭였다. 이윽고 눈물 젖은

눈망울과 메마르고 무덤덤해 보이는 눈매가 서로를 뚫어져라 바라보
았다.
"음."
리히텐슈타인의 〈행복한 눈물〉보다, 오백 배는 예쁘게 눈물이 그렁
대는 함박웃음에 인욱이 천천히 다가섰다. 두 팔에 오롯이 안겨 드는
여자에게 나직하게 다시 묻는다.
"우리 어서 식 올리자. 응?"
그런데 대답은 좀 더 먼 곳에서 훨씬 거칠게 돌아왔다.
쿠콰쾅!
"뭐지?"
민재를 품에 잡아끌면서 인욱이 놀라 소리쳤다. 이게 무슨 날벼락
인가! 느닷없는 폭발음과 매캐한 화약 냄새 그리고 사람들의 비명과
화재 경보가 한꺼번에 들려왔다.
"일단 나가자!"
민재의 손을 붙들고 앞장서 달려가는 인욱에게서 선연한 분노가 뿜
어져 나왔다. 흠문헌 가장의 귀환에 감히 어느 누가 장난질인가!

같이 사는 식구들은 거지같지만 그래도 흠문헌이야말로 이 도시에
서 가장 안전한 곳이라고, 만약 그가 없어도 민재를 안전히 보호할 수
있는 유일한 곳이라고 인욱은 그렇게 믿어 의심치 않았다. 구치소에
있을 때도, 형사 재판에서 한 5년 정도의 형은 감수하겠다고 호기를
부렸을 때도 그런 믿음이 밑바닥에 단단히 깔려 있었던 것이다.
두 사람이 지상으로 올라왔을 때 다행히 식구들과 고용인들이 다
빠져나와서 웅성대고 있었다. 그리고 또 한차례 폭발음이 들려왔다.

쿠콰쾅!

"서재다!"

사람들의 외침에 돌아본 두 사람은 2층 서재에서 피어오르는 불꽃에 아연실색하고 말았다. 특히 인욱의 분노와 경악이 한계치를 넘어서고 있었다.

"형! 언제 왔어!"

경황없는 와중에도 인겸이 형의 출현에 놀라서 뛰어왔다. 퍼렇게 부들부들 떠는 형의 심기를 살피며 그는 일단 현재의 상황부터 알려 주었다.

"1층 북쪽 주방에서 폭발음과 함께 불꽃이 치솟았는데, 다행히 식사 시간이 지나서 인명 피해는 없었어. 3분 간격으로 남쪽 홀이랑 2층 서재 쪽에서도 폭발이 일어났는데, 스프링클러 덕분에 내부 불길은 다 잡혔고. 폭발 원인은 아직."

"비켜, 새꺄!"

동생을 발길질로 쫓아내고 인욱이 스프링클러의 물줄기가 쏟아져 내리는 실내로 뛰어들었다. 1층을 둘러보는 동안, 인욱은 화가 머리끝까지 뻗쳐 올라왔다. 흠문헌의 얼굴인 남쪽 홀이 완전히 난장판이었기 때문이었다. 100년을 넘게 지탱해 온 목조 구조물과 아름다운 장식품들, 그리고 선대 양씨 선비들의 기상을 담은 족자 등이 찢기고 뜯기고 물에 젖어 성한 것이 없을 정도였다.

감히 잘도 내 집을. 살기 가득한 인욱이 미루나무같이 긴 다리로 척척 계단을 올라 2층으로 향했다. 가슴 속에 열불이 터져 미쳐 버릴 것 같았다. 흠문헌을 폭파시키다니, 인욱에게 정면승부를 건 것이나 다름없었다. 누가 됐든 잡히면 그 길로 골로 보내 버릴 것이다.

때르르르룽—.

귀 따가운 화재 경보음이 2층 복도 전체에 쟁쟁거렸다. 인욱은 냉정을 잃지 않고 슥 화재경보기를 열어 복구 버튼을 눌렀다. 일순 조용해진 그때 서재에서 소란스런 소리가 들려왔다. 인욱은 꾹꾹 눌러 참은 분기를 서늘하게 다스리며 차분히, 재빠르게 서재로 향했다.

"도둑이야! 도둑이야! 빨리요! 2층 서재에 도둑이야!"

젠장, 민재야! 인욱은 잡생각을 일단 접고 부리나케 서재로 달려들었다.

⚜

화재를 피해 대피한 사람들 속에서 발을 동동 구르던 민재는 2층 서재 프렌치 창이 슬며시 열렸다가 닫히는 것을 보고 말았다.

저기 있다! 잡아야지!

민재는 이 사실을 알리려고 주변을 두리번거렸지만 다들 바쁘게 뛰어다닐 뿐 누구도 민재에게 신경 써 주는 사람이 없었다. 할 수 없이 민재는 조심조심 까치발로 외부 계단을 밟아 테라스로 올라갔다. 용감히 유리 파편을 넘어 벽난로 앞에 있는 부지깽이를 단단히 집어 들었다. 기합도 박력 있게 '합!' 끌어올리고 엉망진창이 된 서재로 돌아섰다.

그 고풍스럽던 서재에서는 여름비처럼 쏟아지는 스프링클러의 물줄기가 점점 가늘어지고, 물에 젖어 불완전 연소된 종이에서 매캐하고 역한 냄새가 풀풀 피어올랐다. 그런데 복면을 한 낯선 이가 폭발로 덜렁거리는 벽체의 금고 문을 헤집어 가죽 장정의 노트 여러 권을 서둘러 자루에 옮겨 담고 있었다. 놈이 제법 묵직해진 자루를 어깨에 둘러메고 돌아섰을 때였다.

"그거 내려놔! 소리 지른다! 내려놔. 어서!"

여자가 부지깽이를 들고 설치니까 웃겼던 모양이었다. 복면강도가 코웃음을 치며 민재에게 돌아섰다.

"하핫!"

응? 민재는 눈자위가 휘둥그레져서 복면강도를 향해 집게손가락을 반짝 치켜들었다. 외마디 외침으로도 그가 누군지 알아챈 것이다.

"당신 미쳤어? 왜 이런 짓을!"

범인은 대답 대신 자루를 내려놓고 민재를 위협하며 다가왔다. 민재는 잽싸게 서재 문을 열고 야무지게 복도에다 소리쳤다.

"도둑이야! 도둑이야! 빨리요! 2층 서재에 도둑이야!"

민재의 비명에 부응하듯 누군가의 요란한 뜀박질 소리가 복도에 울려 퍼졌다.

"어딜 감히!"

천둥 같은 호통이 쩌렁쩌렁 터져 나왔고, 복면강도가 놀라 뒷걸음친 것과 동시에 커다란 손이 민재를 끌어당겼다. 인욱은 부지깽이를 빼앗아 칼처럼 휘두르며 복면강도에게 버럭 내질렀다.

"왜 얼굴은 가려. 오늘 넌 죽었어!"

무시무시한 경고와 함께 인욱이 득달같이 복면강도에게 덤벼들었다. 그러나 강도도 한발 먼저 자루를 둘러업고 테라스를 통해 밖으로 뛰쳐나가 버렸다.

"거기 안 서!"

인욱이 부지깽이를 내던졌고, 복면강도의 허벅지에 정통으로 날아

가 찍혔다. 무릎이 꺾인 채로 복면강도는 계단을 뛰어 내려갔고, 인욱
도 단번에 1층으로 뛰어 내려갔다. 하지만 강도는 때마침 달려온 차에
올라타고 그대로 도주해 버렸다. 인욱은 씩씩대며 뒤늦게 달려온 인
겸과 보안 요원들에게 불같이 화를 냈다.

"정문 폐쇄시키고! 보안팀이고 보안 장치고. 이 밥버러지들아! 내 생
전에 흠문헌이 불에 타는 꼴을 보게 하다니! 꺼져!"

부글부글 분노에 들끓는 인욱이 처덕처덕 외부 계단을 통해 2층 테
라스로 오르기 시작했다. 그러다 계단참의 벽돌 외벽을 보고 밭은 숨
을 들이켰다. 벽돌도 다 바스러지고 심지어 황금빛 이끼마저 다 쓸려
서 사라져 버렸다. 인욱은 매섭게 좁아진 눈매로 흠문헌의 처참한 벽
돌 외벽을 스윽 올려다보았다. 욱, 눌러 다문 입술에 시뻘건 핏물이 배
어나왔다.

흠문헌. 나고 자라고 평생을 살아온 곳. 내 소중한 이가 가장 안전
하게 지켜져야 할 곳.

"인욱 씨, 괜찮아요?"

민재가 걱정스럽게 계단을 내려오며 물었다. 인욱은 대답 대신 민재
를 품에 덥석 끌어안았다. 벌떡대는 심장이, 부들부들 떨리는 손끝이,
핏물 머금은 입술이, 민재에게 짠할 정도로 간청하고 있었다.

위로를. 뜨겁고 격렬한 위로를.

민재의 심장도 미친 듯이 덜컥거리기 시작했다. 긴 손가락이 요구하
는 대로 민재는 고개를 돌려 그에게 입술을 열어 주었다. 뜨겁게 달아
오른 그의 입안을 더 뜨겁고 달콤한 혀로 밀고 들어가 순식간에 인욱
을 전율하게 만들었다. 그것은 겨우내 인욱을 괴롭히던 모든 악몽과
좌절마저 일거에 몰아낼 만큼 뜨겁고 격렬한 위로였다.

장미 정원 앞에 우뚝 서서, 인욱은 군데군데 하얀 연기가 피어오르는 흠문헌의 처참한 몰골을 말없이 지켜보았다. 스프링클러가 작동했기 때문에 불길의 확산은 막았지만 폭발에 의한 피해는 막심했다. 황금빛 이끼를 두툼하게 덮어쓴 채 1세기를 꿋꿋이 버텨 낸 붉은 벽돌들이 산산조각 가루가 되어 흩어져 버렸다. 잃어 봐야 소중한 줄 알게 된다더니. 자신이 이 집을 이렇게까지 아끼고 자랑스러워했던가, 비로소 알게 되었다. 또한 가장 안전한 곳이어야 할 이곳에 멋대로 쳐들어온 놈을 찾아내 철저히 응징해야 했다.

"휘이익~~ 열다섯 권 전부 털렸네? 무거울 텐데, 힘도 좋아?"

인겸이 태블릿 화면에 흠문헌 곳곳의 CCTV 영상을 형에게 보여 주며 이기죽거렸다.

"어쭈, 서재로 곧장 들어가는데? 금고 위치를 알고 있단 거잖아. 그래, 그래. 서재 금고 털려고 먼저 주방이며 홀을 폭파시킨 거네. 짜식, 애썼네."

복면강도는 영상 속에서 한 번도 우물쭈물하지 않고 거침없이 이동하고 있었다. 다만 그 덩치와 몸놀림은 복면을 하나 마나, 두 형제에겐 너무나 낯익다는 게 함정이라면 함정이었다.

그래, 조요한, 너. 넌 오늘의 이 대가를 치러야 할 거다.

"현재 이동 경로는?"

인겸이 어깨를 으쓱이며 태블릿의 다른 화면을 내밀었다. 지도상에서 붉은 점이 점멸하며 흠문헌에서 멀어져 가고 있었다.

"순진할 정도로 똑바로 자기 집으로 돌아가는데? 그런데 형은, 설마 이런 날이 올 줄 알고 있었던 거야? 필사며, 위치 추적기며."

동생에게 가짜 비망록 필사를 시키고 가짜 비망록 더미에 위치 추적기를 달아서 서재의 비밀 금고에 넣으며 무슨 생각이었냐고? 걸리기만 해라, 단단히 별렀냐고?

"글쎄다……. 설마 그랬겠냐."

이상하게도, 설마 그랬다고 하는 것처럼 들리는 부인이었다. 이윽고 냉기를 갑옷처럼 두른 인욱이 거대한 흑표범처럼 우아하게 돌아섰다.

"쫓아간다."

얼마 후, 두 형제와 아버지, 세 남자가 청인 마크가 선명한 헬기에 올라 서울시보다 두 배 넓은 시내를 가로질러 외곽 지역으로 향했다. 두 눈을 감고 생각에 잠긴 인욱이 헤드폰 마이크로 인겸에게 물었다.

"넌 여기 너무 오래 있는다. 회사에서 잘리지 않아?"

"형이 무고하게 감옥에 갇혔는데 곁을 지켜야지. 사정 설명하고 휴가 냈으니까 걱정 마."

"내가 로렐을 못 지켜 주니까 걱정돼서 못 떠나는 거겠지."

"에이, 무슨. 너무 콕 짚는다. 클클."

"데려가. 사랑하고 지켜야 할 사람도 없이 남자가 무슨 낙으로 사냐. 로렐마저 없으면 넌 예전의 나처럼, 아버지처럼 될 거다. 제수씨한테도 가서 싹싹 빌어 보고."

말하는 인욱도, 듣는 인겸도, 못 들은 척하는 기범도…… 양씨 집안 남자들은 그렇다. 그런 내림인 걸 어쩌겠는가.

⚜

“다시 말해 봐.”

요한이 인아의 어깨를 뒤흔들며 다그쳤다. 인아는 서글픈 눈웃음을 찡긋거리며 방금 읽은 부분을 재차 확인해 주었다. 인아 건들지 마, 인아 건들지 마…….

“인아 건들지 마. 열다섯 권 전부 그 말만 반복해 놨네. 우리 오빠들 유머 센스야 원래 허접하거든. 알잖아.”

“이리 내! 누굴 속이려 들어!”

요한이 테이블에 놓인 열다섯 권의 가죽 장정 노트에 묶인 실크 끈을 뜯어 내고서 한 권씩 내용을 훑어 내렸다. 지렁이 꿈틀대는 암호들이 가득했지만, 곧 요한도 짧은 문장 하나가 무한 반복되고 있다는 사실을 깨달았다. 한 권, 두 권…… 열다섯 권 모두 그랬다. 열다섯 권 모두를 패대기친 요한이 모진 숨을 몰아쉬며 인아의 멱살을 잡아 뜯었다.

“……의심은 배신자다. 쓸데없는 두려움으로 얻을 수 있는 승리도 잃게 만들기 때문이다.”

“무슨 소리야!”

“셰익스피어는 천재야. 당신은 어차피 내 해석을 전적으로 믿지도 않았잖아. 울 오빠들이 틀렸다고 하니까 작은 믿음조차 흔들렸을 테고. 그래서 흠문헌에 나머지를 훔치러 갔던 거잖아. 울 오빠들은 내가 여기 있는 것도 아네. 날 건들지 말라는 건 자기들 손으로 죽이겠단 거고. 지금쯤…… 오고 있겠다.”

요한이 뒤틀린 입술을 꾹 다물고 인아의 멱살을 더욱 세게 틀어쥐었다.

“그럼, 네 해석이 전부 옳다는 거야? 장난은 하나도 안 쳤다고?”

찰싹! 손때 매운 인아의 손바닥이 야무지게 요한의 싸대기를 쳐올렸다. 그리고 긴 다리를 고혹적으로 꼬고서 나긋나긋 요한을 놀려 댔다.

"내가 장난치겠거니 생각했잖아. 그래도 상관없다고 생각했잖아. 어차피 진실을 원한 건 아니니까. 그래서…… 원하는 대로 해 준 거야. 난 언제나 그랬잖아. 오빠가 원하는 대로 해 주는 바보. 그래도 절대 칭찬 못 받는 바보. 이번에도 늘 하던 짝 났지."

요한이 화끈대는 뺨을 부여잡고 인아를 씨근씨근 노려보았다. 인아는 너절한 교회당 내부를 한 번 슥 훑고서 슬쩍 코웃음을 쳐 주었다.

"오빠 왜 이렇게 가진 게 없냐. 재력이 없으면 진실 어린 성품이라도 탑재해야 예뻐해 줄 텐데. 생긴 것도 밉상에다 쓸데없이 머리엔 똥만 가득. 으이그, 미워 죽겠어."

인아가 서류 더미 가득한 책상에 걸터앉아 시원하게 꼰 긴 다리를 까닥까닥 흔들어 댔다. 남자의 평균보다 키가 크고 짧은 머리카락, 성인 여자보다는 미소년에 가까운 매끈한 몸매. 절대로 요한의 취향이 아니었건만 지금 이 순간엔 무섭도록 섹시한 자태였다. 어려서부터 질리도록 쫓겨 다녔지만 늘 무시했던 인아가 이 순간 처음으로 요한의 내면에 있는 남자를 건드렸다. 분노와 동량의 정욕이 치솟아 몸이 두 배로 후끈 달아올라 버렸다.

흠문헌의 사생아 공주. 그 혐오스럽고도 어여쁜 존재가 조요한을 숭배하는 대신 멸시하다니! 조롱하다니! 이 건방진 게!

요한은 기가 막혀서 인아를 온몸으로 덮쳤다. 이런 스스로가 황당해 죽을 것 같았다.

"내가 지금 미친 것 같다. 널 딱 죽여 버리고 싶은데, 네가 미치게 섹시해 보인다. 이게 뭔 조홧속이냐, 양인아."

"아아, 그런 고민이라면, 좋아, 힌트 줄게. 1번. 지금 날 죽이면 사흘 안에 30억이 오빠 앞으로 입금된다. 내가 그렇게 해 놓고 왔거든. 2번! 나랑 지금 섹스하면 울 오빠들에게 발각돼도 목숨은 건진다. 자아, 어느 쪽을 선택할 거야, 오빠?"

거침없는 손길로 길고 매끈한 다리를 단호하게 가르며 요한이 인아를 나무랐다.

"내가 너랑 흠문헌에서 저 장부들을 훔쳐 온 건 아무도 몰라. 쫓아 온 놈도 없고. 발각 어쩌고 헛소리하지 마."

헛소리는 누가 하고 있는지 그다음 순간 판명이 났다. 야음(夜陰)을 타고 저주파의 묵직한 헬기 소음이 엄습해 온 것이다. 인아의 눈동자에 쾌재의 빛이 스쳐 지나갔다.

"어떡해. 30억도, 끝내 주는 섹스도, 시간이 너무 빠듯하네. 쯧쯧. 어떡하냐, 오빠."

긴 다리로 요한을 옥조이며 인아가 부드럽게 속삭였다. 도망치려 몸을 뒤척이는 요한을 붙잡고 인아는 그의 넥타이를 끌어당겼다.

"나랑 같이 있어. 내가 보호해 줄게."

두두두, 점점 다가오는 헬기의 소음에도 인아는 요한의 입속으로 거리낌 없이 파고들었다. 내빼려 발악하는 요한을 아름다운 팔다리가 쇠고랑처럼 포박해 버렸다. 한껏 부푼 아랫도리를 쓰다듬으며 인아가 나른하게 속삭였다.

"드디어 잡았다. 못난이 내 사랑. 이젠 내 손에서 못 벗어나."

"으악!"

매운 손아귀로 요한을 힘껏 움켜쥐고 인아가 마녀처럼 웃어 댔다. 요한에겐 다가오는 흠문헌의 추적보다 눈앞의 스토커가 더 진저리 날 정도였다. 한순간 혹했던 양인아의 모든 것은 그저 끔찍한 망상이었다. 요한은 있는 힘껏 인아를 밀어내고 옥죄던 긴 다리에서 벗어났다.

"오빠! 가지 마! 안 돼! 가면 안 돼!"

통곡으로 부르짖는 인아를 버려두고 요한이 교회당 밖으로 뛰쳐나갔다. 그 순간, 헬기의 새파란 서치라이트가 요한을 가두어 버렸다. 끼이익, 멈추어 선 차들에서 경찰들이 우르르 쏟아져 나왔다. 요한이 낭패감에 사방을 둘러보며 살길을 찾았지만 허사였다. 어깨 너머를 돌아보니, 인아가 흐트러진 차림에 온몸을 둘둘 말고 끅끅 울고 있었다. 그제서야 단 하나 남았던 활로(活路)를 스스로 팽개쳐 버린 걸 깨달았다.

"조요한."

어둠 속에서 거대한 세 존재가 짐승처럼 안광을 흘리며 그에게 다가왔다. 슥 다가온 차디찬 손이 요한의 목을 감아쥐고 나직하고 담담하게 죄를 일러 주었다.

"흠문헌 폭파 테러와 청인 비망록 탈취. 아아, 성폭행도 추가. 더 이상 자비는 없다."

인욱의 선언이 끝나자마자 경찰들이 우르르 달려들어 요한을 붙들었다. 요한은 온몸으로 저항하며 바락바락 소리쳤다.

"무슨 소리야, 대체! 내가 뭘 어쨌다고! 이 자식 또 무고한 사람 붙잡고 지랄이야!"

인욱이 차가운 손으로 요한의 등짝을 스윽 쓸어 올렸다. 그리고 요한의 눈앞에다 손가락 끝을 내보였다.

"흠문헌의 이끼. 아니, 곰팡이다. 더 할 말 있나?"

전 세계 통틀어 흠문헌의 붉은 벽돌에만 자생하는 황금빛 지의류(地衣類)가 요한의 옷에 잔뜩 묻어서 순백의 서치라이트 아래 빛나고 있었다. 인욱이 던진 부지깽이에 다리를 맞고 좌충우돌 도망치던 복면강도도 부지불식중(不知不識中) 온몸에 황금빛 지의류가 범벅인 채 도망쳤었다. 이건 도저히 빠져나갈 수 없는 범죄의 증거였다.

"더 할 말 있나!"

인욱이 커다란 손으로 요한의 얼굴을 뒤덮고 꾸욱 힘을 주기 시작했다. 곧 고통에 겨운 비명이 튀어나왔다.

"아니야! 아니야! 아니야!"

콰쾅!

비명과 동시에, 놀랍게도 교회당이 폭발해 버렸다. 모든 사람들이 충격의 여파에 풀썩 바닥으로 나가떨어져 버렸다. 가짜 비망록 종이 쪼가리가 불붙어 훨훨 하늘로 날아올랐다. 활활 불길에 휩싸인 교회당에서 애타는 외침이 들려왔다.

"도망가! 얼른 도망가! 오빠, 도망가!"

푸른 불길에 휩싸인 가늘고 긴 형체가 몸부림치며 비명을 내질렀다. 인욱 형제가 충격으로 망연자실한 그때, 기범이 울부짖으며 딸에게 달려들었다. 그는 윗도리로 딸을 감싸고 한달음에 밖으로 끌고 나왔다.

"인아야……! 이 녀석아! 애비 앞에서 이게 무슨 짓이야!"

형제도 퍼뜩 충격에서 벗어나 여동생에게 달려들었다. 그 와중에 피투성이 요한이 바닥을 기어 도망가도 아무도 알아차리지 못했다. 어떤 여자는 그런 식으로 사랑을 지켰더란다.

⁂

흠문헌과 변두리 폐 교회당 폭발 사건은 그 어떤 매체에도 알려지지 않은 채 조용히 묻혔다. 또한 비밀리에 인아가 청인 의대 부속병원 중환자실에서 생사의 기로를 헤매고 있는 와중에도, 민사재판 변론 기일은 어김없이 다가왔다.

인욱은 검은 울 슈트에 새하얀 와이셔츠, 그리고 장미보다 붉은 넥타이 차림으로 법정에 출두했다. 오만하고 아름다운 자태였지만 100% 컨디션은 아니었다. 그 밤 불길에 휩싸여 요한에게 도망가라고 소리치던 여동생의 모습이 뇌리에서 맴돌고 있었다.

"양 이사장! 으째 이런 일이!"

윤 의원이 사정을 다 듣고 온 모양으로 인욱의 두 손을 붙잡고 흔들었다. 이 양반하고는 도통 비밀이란 게 없는 건가. 인욱은 무덤덤하니 그 손을 놓아주고 정중히 자리를 청했다.

"워낙에 조요한이 데리고 있던 러시아 깡패들이 애초에 불법 폭발물이랑 총기를 대거 들여왔다더라고. 아무리 그렇다 쳐도, 인아 녀석 놀라웠어! 분신 폭발이라니. 영화처럼 사는 게 영화인이라더니. 죽을 때조차 영화감독다운 선택인가!"

죽을 때라니. 안타까움인지 쾌재인지 모를 노인네의 탄성이 인욱의 비위를 뒤집었다.

"그래서 인아 상태는 좀 어떤가. 이렇게 나와 있어도 되는가. 동생 곁을 지켜야."

훗, 인욱은 차가운 콧방귀로 윤 의원의 속 보이는 친절을 물리쳤다. 이 자리에 인아가 있었대도 똑같이 반응했을 것이다. 하긴, 인욱이 자기 머리맡에서 밤새워 기도한 걸 안다면 인아는 그거 가지고도 성질낼 아이였다. 세상 천지에 참 적막한 남매간이었다.

─도망가! 얼른 도망가! 오빠, 도망가!

조금 놀랐다, 인아야. 그렇게까지 지키고 싶었던 건가. 나도, 더 아득바득 매달려야겠다. 목숨 거는 녀석도 있는데, 자존심 그 까짓 것 정도야. 인욱은 두근대는 심장을 애써 억누르고 가만히, 가만히 호흡을 조절하기 시작했다. 그간 나이를 헛으로 처먹지 않았기를. 나이 개수만큼이나 많았던 실수와 상처로 다져진 강함이 나를 지켜 주기를. 마지막의 마지막을 드러내고도 버텨 주기를.

"인욱 씨, 인욱 씨."

작은 부름에 고개를 돌리자 방청석에서 민재가 순간 환하게 웃음을 터뜨리며 그를 응원해 주었다. '화이팅!'이라고 주먹을 불끈 쥐어 보이고 '힘내요'라고 소리 없이 외쳐 주었다. 그 웃음, 그 다정함을 지키기 위해서도, 인욱은 오늘의 재판을 싸워서 이겨 버려야 한다.

이번 재판에서도 양측 공방의 핵심은 역시나 비망록의 암호가 제대로 해독되었는가였다. 사실 여부에 따라 600억 비자금이 진실인지 단서가 될 것이고, 실제로 윤 의원에게 건네졌는지도 밝혀질 것이었다. 헌데 이번엔 청인 쪽에서 전에 없이 적극적인 공세를 퍼부었다.

"일명 청인 흑역사라는 악의적 기획 서적에서 언급된 비자금 600억은 전혀 사실이 아닙니다. 애초에 600억이란 숫자는 614억을 오해한 내용이었습니다."

600억도 많은데 거기다 14억이 더 있다는 청인 측 주장에 법정이 시끌시끌해졌다. 윤 의원도 서늘한 미소로 인욱을 돌아보았다. 정말로 할 거냐. 에이, 정말로 할 수 있겠어? 그는 그렇게 묻고 있었다. 인욱은 간단히 고개를 끄덕여 주었다. 순간 번스타인을 닮은 윤 의원의 얼굴이 허옇게 바래졌다. 반백 년 이상 풍파에 닳고 닳은 너구리를 놀라게 했다는 건 그 자체로 인욱에게 영광이자 경사였다. 초연히 눈인사하고 시선을 돌리는데, 아버지의 서글픈 얼굴이 그를 바라보고 있었다.

나 혼자 살려고 당신을 배신하겠습니다. 옛날 당신께서 저를 아무렇지도 않게 수렁에 밀어 넣으셨듯이. 이렇게 한 번씩 주고받는 걸로 서로 마음의 짐과 빚을 내려놓기로 하죠.

"양인욱 씨, 방금 전 청인 측 변호사들의 주장을 확인해 주시겠습니까."

"기꺼이."

인욱이 자리에서 일어서는데, 갑자기 기범이 손을 번쩍 들고 재판장을 불렀다.

"재판장님! 그 614억에 대한 결정은 십여 년 전 제가 청인 이사장으로서 내린 결정이었습니다. 그 문제에 대한 증언에 저보다 더 적합한 사람은 없을 것입니다만."

젠장, 아버지! 젠장! 인욱은 두 눈을 질끈 감고 재판장의 결정을 기다렸다.

"시기적으로 볼 때 양기범 씨의 증언이 더 시의적절하긴 합니다. 증언을 허락합니다."

인욱은 불끈 쥔 주먹으로 탁자를 받치고 증인석으로 이동하는 아버지를 매섭게 노려보았다. 아들의 격분한 시선을 애써 무시하고 기범이 차분하게 마이크를 조정했다.

"아시겠지만 저는 3대 청인 이사장으로서 최단기간 이사장직을 역임했으며, 무분별한 사업 진출로 인한 과다한 부채 증가를 이유로 이사회 의결로 파면되었습니다. 파면 당시 제가 남긴 부채가 얼마였냐면……"

인욱은 아랫입술을 꾹 깨물고 청인 전체가 휘청거렸던 시절의 참혹
했던 실상을 흘려들었다. 그때는 양인욱 개인으로서도 밑바닥까지 휘
청거렸던 시절이었다.

─잠시만 떨어져 있어야 해. 곧 데리러 올게.

그토록 사랑했던 소녀는 영혼 없는 눈으로 그를 멍하니 바라보았
다. 안겨서 위로받고 싶은 건 인욱인데, 그의 첫 아내는 고장 난 클론
처럼 그를 멀뚱멀뚱 바라보기만 했다.

─돌아오면 우리 멀리 가서 둘이서만 살자. 사랑해. 잊지 마. 잊지 마.

양자택일이란 이것과 저것 중에 더 나은 것을 고르는 것이 아니다.
하나만 택하고 나머진 버리는 것이다. 위기에 처한 가업을 구해야 하
니, 내 몸을 둘로 나눌 수 없으니, 홀로 돌보기 버거우니, 갖은 이유를
대 가며 혼자서는 아무것도 할 수 없는 아내를 버리는 것이다.
　"당시에 주거래 은행을 포함한 모든 제도권 금융들이 청인의 자금
요청을 거절했습니다. 사채업자들도 찾았지만 그들은 엄청난 담보를
요구했습니다. 결국 우리에게 필요한 현금을 제공할 수 있는, 그리고
제공하겠다고 나선 이는 윤 의원뿐이었습니다."
　청인을 손에서 놓아 버리고서 흠문헌 일가만 구하려 했다면 일이
이렇게 복잡해지진 않았을 것이다. 그러나 어느 청인 이사장도 그런
식으로 일을 하진 않는다. 청인도 흠문헌도 반드시 그가 양손에 움켜
쥐고 있어야 할 홀이고 왕관이기 때문이다.

"급한 대로 몇 차례에 걸쳐 돈을 빌렸습니다. 이래저래 100억 가까이. 5년 거치 5년 상환에 사채에 준하는 이자를 지급하기로, 그리고 담보는…… 제 아들이 남은 평생 윤 의원에게 협조한다는……."

담보와 협조라는 말이 이토록 아름다울 수도 있다니. 인욱은 코웃음을 치고 윤 의원을 돌아보았다. 아니나 다를까, 먹이를 코앞에 둔 호랑이처럼 윤 의원의 눈이 반짝거렸다.

"그것은, 사실이 아닙니다. 양기범 씨, 그리고 친애하는 재판장님, 방청객 여러분."

살벌한 반박이 흘러나왔고, 인욱은 두 눈을 질끈 감아 버렸다. 그와 기범이 차마 입을 떼지 못하고 머뭇거리는 사이에, 윤 의원이 먼저 사실을 폭로하기에 이르렀다.

"양기범 선생이 찾아와 돈이 필요하다고 떼를 쓰시기에 저로서도 너무 큰돈이라고 거부했더니, 다짜고짜 아들을 팔겠다고 했습니다. 자기 아들의 남은 인생을 팔 테니, 당신 마음대로 부리시고 돈을 내어 달라…… 예, 그런 대화였다고 기억합니다."

소름이 쫙 오르는 짧은 침묵 후에, 제대로 들었나 서로 확인해 보는 낮은 웅성거림이 이어졌다. 보통의 선량한 사람들은 방금 들은 것을 도통 납득할 수가 없는 것이다.

시장의 무지렁이도 아니고 청인 이사장이, 아들을 팔았대. 제 입으로, 제 스스로.

"정숙! 정숙하십시오."

재판장 본연의 임무에 충실하고 있지만 이미 판사의 얼굴엔 양씨 부자를 경계하는 기색이 역력했다. 상식을 무기로 살아가는 사람에겐 당연한 반응일 것이다.

"제가 한 말씀 드려도 된다면."

"그래요! 말씀하세요, 양 이사장."

판사뿐만 아니라 모든 사람이 인욱의 말을 궁금해하며 그를 향해 돌아앉았다. 인욱은 악마처럼 빙글빙글 웃는 윤 의원을 외면하며 나직하게 말을 이어 갔다.

"그 당시에는, 너무나 심각한 상황이어서, 사실 할 수 있는 일은 거의 없었습니다."

동은이가 죽은 건 우연이 아니라고 자책했다. 버려두었기 때문에 죽었다고 생각했다. 윤 의원과의 거래는, 스스로를 실컷 벌하고 싶을 때 찾아온 적당한 기회일 뿐이었다.

"팔 수 있는 것이 내 미래밖에 없다면, 그것을 팔아서라도, 영혼이든 생명이든 팔 수 있는 건 탈탈 팔아서라도, 옳고 그름을 따지는 건 사치였고, 당장 코앞에 닥친 파멸부터 피해야 한다고, 그땐 그렇게 판단했습니다."

청중석에서 더 큰 법석이 일어났다. 무능력하고 무책임한 3대 이사장은 그렇다 치고, 저 자부심 덩어리 젊은 이사장조차 사악한 거래에 동조했다니! 저 부자의 썩어 빠진 정신세계에 모두가 경악해 버렸다.

그래, 당신들의 비난은 정당하다. 그래, 살아 숨 쉬는 것만으로도 세상을 오염시키며 살아온 날들이었다. 동은이를 죽게 했다는 자책감에 인욱은 아버지가 준 멍에를 고스란히 받아들였다. 윤 의원이 내건 결혼의 덫도 기꺼이 떠안았다. 그리고 본말이 전도된 채, 이혼만은 할 수 없다며 억지를 부렸던 것이다. 어느 날 기적처럼 허민재가 나타나 죽은 심장을 다시 두들기기 전까지, 그렇게 자신마저 속이고 '사는 척 했던' 것이다.

인욱은 민재가 어쩌고 있을지 두려워 고개도 들 수 없었다. 어떤 표정일까 차마 쳐다볼 수도 없었다. 동은이가 민재로 다시 태어나 먼 곳, 먼 길을 돌아 그에게 돌아오던 그때에 인욱은 그러고 생을 허비했다.

"정숙! 정숙!"

재판장조차 흥분해 의사봉을 두드렸고, 겨우 조용해진 어느 순간에 또박또박 카랑카랑한 육성이 재판정에 울려 퍼졌다.

"재판장님! 그러면 윤 의원은 대체 무슨 돈으로 청인에 자금을 댔습니까. 평생 청렴한 의정활동으로 일관하신 분께 추적 가능한 정치자금 말고도, 개인적으로 유용할 수 있는 비자금이 최소 100억은 있었다는 사실을 간과해선 안 될 것입니다. 국회의원 수십 년 하면 까짓 100억 정도는 저절로 모아지나요? 저한테만 구린내가 진동하는 건가요?"

입꼬리를 한껏 말아 올린 공영방송 아나운서가 자칫 간과될 뻔했던 진실에 통렬한 의혹을 제기하고 나섰다. 한창 법정을 달구던 흥분도 싸하게 얼어붙었다. 잘난 아들을 팔고 팔리고, 그런 욕 하며 보는 통속극은 잠시 잊자. 614억의 흐름을 거슬러 올라간 끝이 과연 어디일까. 자칫 놓칠 뻔했던 진실의 향방에 냉정해진 청중들도 바짝 집중하기 시작했다.

인욱도 퍼뜩 자격지심의 늪에서 헤어났다. 아아, 정말. 허민재, 허민재. 그 도도하고 영특한 모습은 인욱을 한 방에 무너뜨릴 만큼 섹시하기 그지없었다. 가슴 벅찰 만큼 사랑스러웠다. 정신 차리자, 양인욱. 그래, 민재의 지적대로 윤 의원의 비자금, 그것이 바로 인욱이 오늘을 위해 준비한 비장의 카드였었다.

"재판장님! 윤 의원의 비자금 규모와 출처에 관련된 자료를 제출하겠습니다."

청인 측 변호사가 인욱이 준비해 둔 자료를 재판장에게 넘겼다. 재판장은 얼떨떨하니 자료를 읽어 보고서 윤 의원 측으로 반문했다.

"차명 계좌 16군데에서 청인으로 입금된 자료군요. 이 차명 계좌에 대해서 해명이나 반박하시겠습니까."

"자료의 진위를 확인할 시간이 필요합니다."

"그럼 잠시, 30분 휴정하지요. 아하아아."

중년의 여판사는 넌더리를 내며 자리를 박차고 나가 버렸다. 기범이 터덜터덜 인욱에게 다가왔다. 아들의 이름을 부르려 입을 벙긋한 순간이었다.

"그만."

인욱이 지끈대는 이마를 꾹 누르며 아버지에게서 벗어났다. 민재가 방청석과 법정을 가른 펜스 뒤에서 인욱을 기다리고 있었다.

"아, 해요."

민재는 인욱의 입에다 초콜릿을 한 개 넣어 주고 자기도 한 조각 입에 물었다. 달콤 쌉싸름한 초콜릿이 펄펄 끓는 입안에서 스르르 녹아 사려져 버렸다.

"오늘은 밸런타인데이. 맛있다. 그죠? 하나 더 먹을래요?"

인욱이 무슨 말만 하려고 하면 민재가 그렇게 초콜릿을 밀어 넣었다. 반짝반짝 빛나는 눈망울로 연인을 올려다보며 넥타이를 똑바로 해 주고, 있지도 않은 먼지를 떼어 주었다.

"……그만. 그만하자, 민재야."

반짝반짝 고여 있던 눈물이 주르륵 볼을 타고 흘러내리고, 민재가 인욱의 가슴으로 파고들었다. 처참했던 지난날을 위해 울어 주는 소중한 눈물이 고맙고 아깝고 사랑스러웠다. 가슴에 품은 해묵은 독기

마저 흐물흐물 녹아내릴 만큼.

"언젠가. 지금은 말고. 그니까 그만하자."

인욱은 다음을 기약하며 한발 물러서 주었다. 오열하는 민재를 꼭 끌어안고 허공을 응시하는데, 저만치 오가는 사람들 사이로 미운 녀석의 얼굴이 스윽 드러났다. 조요한. 뻔뻔하게도 그가 씩 웃으며 방청석 뒤에 서 있었다.

"얼래? 요한이 저 녀석이. 며칠째 연락 두절이더니! 하여튼 제멋대로."

윤 의원도 혀를 끌끌 차며 요한을 비난했다. 그래도 그 눈은 번들번들 웃고 있었다.

⁂

"허 아나운서."

인욱이 변호사들에게 간 사이 윤 의원이 다정하게도 민재에게 다가왔다. 민재의 두 손을 꼭 잡고 옆집 할아버지 같은 정치가의 착잡한 소회가 이어졌다.

"자네가 이러고 양 이사장 사람이 되어서 내 앞에 서게 될 줄이야. 작년 봄에 국회에서 만났을 때만 해도 우리 둘 다 이런 일이 생기리라 생각이나 했겠는가!"

그건, 정말 그랬다. 그래도 끝까지 이런 낭만적인 대화를 나누려고 부르진 않았을 것이다. 민재는 윤 의원의 어깨 너머로 청인의 보안 요원들이 급히 다가오는 것을 확인했다.

"저 혼자 의원님 만나면 인욱 씨 싫어할 거예요. 하실 말씀이 뭔지 금방 끝내 주세요."

"이혼만은 절대 못 한다고 버티던 놈이 손바닥 뒤집듯이 이혼하고 우리 아나운서 양반이랑 결혼을 하겠다니, 놀랄 일은 아니지. 그 집 남자들은 원체가 그렇더라고. 결혼했다 이혼했다, 집구석이 그 모양인데도 흠문헌이고 청인이 그냥저냥 돌아가는 것 보믄, 차암 신기해."

민재는 윤 의원의 험담을 한 귀로 흘려 버리고 말라비틀어진 노인네의 손아귀에서 힘겹게 손목을 빼냈다. 일의 순서와 원인 제공을 찬찬히 따져 보면 윤혜지랑 결혼하라고 협박했다가, 또 멋대로 이혼하라고 종용했던 윤 의원 본인부터 욕을 먹어야 했다. 누굴 바보로 알고.

"그럼에도 불구하고 허 아나운서, 내 말 좀 들어 보소."

입꼬리를 억지로 확 끌어올리면서 민재가 윤 의원을 돌아보았다. 그 무고한 얼굴을 싸하게 들여다보며 윤 의원이 웬 군소리를 장황하게 늘어놓았다.

"그 집안 꼴이 비록 콩가루일망정 청인 이사장은 이 지역을 대표하는 얼굴임에 틀림없을 것이네. 이혼이 결혼만큼 많은 세상, 더는 흠이 아니네만, 청인 이사장 옆자리는 그 이름값에 부족하지 않은 사람을 들여야 하지 않겠는가. 학벌이니 집안이니 재력이니 그런 조건은 젊은 사람들 의견대로 시대착오적이라 쳐 보세. 다만, 최소한 도덕적이나 윤리적 하자는 없는 사람이기를 바라 보네만."

"그러니까, 저한테 무슨 도덕적 윤리적 하자가 있다는 말씀인가요?"

"듣자 하니 자네가 상당히 재미있는 인생 역정을 거치셨더구먼."

빙글빙글 웃으며 윤 의원이 다시 민재에게 손을 내밀었다. 스틱스(Styx) 강의 뱃사공 같은 손이 민재를 지옥으로 채 가려던 그때였다.

"그만."

어느 틈에 다가온 인욱이 윤 의원을 막아서며 서슬 퍼렇게 명령했다. 주변을 둘러싼 보안 요원들과 노기충천한 인욱을 일별하고서, 윤 의원이 스윽 한발 물러섰다. 비실비실 웃으며 돌아서는 얼굴에 아쉬움이 한가득했다. 허나 기회는 언제든 또 있을 것이란 표정이었다.

인욱은 매서운 냉기로 윤 의원을 물리치고 민재를 덤덤하니 돌아보았다. 젠장! 뭔가 묻고 싶어 안달하는 그 얼굴에 인욱의 강철 심장조차 우글쭈글 쭈그러들었다. 이 영특한 여자가 윤 의원이 던진 떡밥을 잊도록 하려면 어떻게 해야 하는가! 인욱은 헤매지 않고 곧바로 답을 찾아냈다.

"왜. 민재야, 이리 와 봐."

인욱은 입꼬리를 길게 늘이고 달콤한 눈웃음까지 머금고서 민재를 끌어안았다. 놀란 민재의 머릿속이 하얗게 비어 가는 게 훤히 들여다보일 정도였다. 인욱은 민재의 얼굴을 다정하게 쓰다듬어 더욱 환하게 웃어 주며, 마지막의 마지막, 자그마한 의심 한 조각까지 날려 버렸다. 쓸데없는 방황보다는 연인의 희롱에 굴복하는 편이 훨씬 바람직하지 않은가.

✦

"청인 흑역사에 언급된 600억은 액수도 틀리고, 614억 역시 '청인 이사장 명의'로 된 개인적인 거래의 원금과 이자, 그 총액일 뿐입니다. 결코 불법 비자금을 조성해서 윤 의원에게 로비를 했다거나 그런 종류가 아닙니다."

"청인학원이 벌인 사업 실패를 무마하는 데 왜 청인 이사장 명의로 개인 빚을 지셨나요?"

변호사의 물음에 기범이 심란한 얼굴에 애써 미소를 지으며 대답했다.

"저의 개인적인 무능 때문에 청인학원에 부담을 줄 수 없다는 이사회의 결정이 있었기 때문입니다."

'이사회'라고 쓰고 '할아버지'라고 읽으면 정확했다. 인욱은 한숨을 꾹 눌러 참고, 아직도 큰이사장님이라 불리는 그 꼬장꼬장한 노인네를 떠올렸다. 지금은 비록 말끝마다 '미스 송~ 미스 송~' 하시지만, 본래 그 양반은 무섭도록 철저한 사업가였다. 그 양반이 일으킨 청인의 기틀을 인욱이 완성해 가고 있다는 게 청인과 양씨 집안의 현대 역사라고 볼 수 있었다.

아들 기범을 결코 믿지 않았던 분이었고, 용서하지도 않으셨다. 그 분노로 인해 애지중지하던 손자가 아들 대신에 파멸로 나가떨어졌지만 말이다.

"제 무능한 실패를 아들이 덤터기 썼습니다. 그 많은 빚을 결국 다 갚아 냈습니다. 아들이 아비와 가문과 가문의 사업을 위해 희생한 결과입니다. 만약 그 희생을 불법이라고 매도하고 죄를 지운다면, 당연히 제가 그 벌을 받아야 마땅합니다."

기범이 증인석에서 내려와 방청석으로 물러났다. 인욱은 훌쩍 몸을 일으켜 '전대 이사장'의 퇴장에 예를 표했다. 하지만 두 부자의 시선은 결코 서로를 향하지 않았다.

듣기만 해도 찜찜했던 기범의 고해성사 비슷한 증언이 끝나고, 판사의 시선이 윤 의원에게로 향했다.

"이제 차명 계좌 건에 대한 해명, 혹은 반박하시겠습니까. 아니면 청인 측 주장을 인정하시겠습니까."

"그것이……."

"재판장님, 자료에 대해 보충 설명을 드려도 된다면……."

인욱이 재판장을 향해 담담하게 청했고, 허락이 떨어졌다. 인욱은 곧 이 도시 사람이면 누구나 아는 레전드 중의 레전드에 대해 운을 떼었다.

"한 세대 전의 만석꾼 조갑술 어르신을 모르는 지역민은 없을 것입니다. 이 지역과 이 나라의 미래를 위해, 그분이 쏟아 부은 안타까울 만큼 헌신적인 희생과 투자도 모르는 이가 없는 이 시대의 전설입니다. 청인도 그 과정의 한 부분을 담당했기에 저는 분명히 말할 수 있습니다. 조갑술 어르신이 그 넓은 땅을 팔아 저희 할아버지께 받았던 자금은 분명히 윤치성 의원께 전달되었습니다. 정치자금법이고 실명제고 없던 시절이므로 가타부타하지 않는다 쳐도, 한 가지 의혹만은 남습니다. 이 지역을 위해, 이 나라의 미래를 위해 쓰겠다던 자금은, 단 한 번도 그 용처에 제대로 쓰인 적이 없다는 것입니다. 차명 계좌를 흘러 흘러 덩치를 키웠고 개인의 영달을 위해."

"네 이놈!"

윤 의원이 벌떡 자리를 떨쳐 일어났다. 부들부들 떨리는 손가락이 정확히 인욱을 정조준하고 있었다.

"아아! 정숙하십시오! 양인욱 씨는 방금 하신 진술에 대해 책임질 수 있습니까. 명예 훼손으로 고발될 수 있습니다."

아름다운 입술 끝이 꿈틀, 뒤틀리다가 곧 악다물어져 버렸다. 이어서 나직하고 자신만만한 음성이 마이크에서 흘러나왔다.

"재판을 진행하면서 제 생각이 바뀌었습니다, 재판장님. 청인 비망록을 1세대부터 차례로 해독해서 공개하겠습니다. 이제 청인의 역사는 이사장 혼자만의 비망이 아니라 온 지역민이 공유하는 성공과 실패와 재기의 텍스트가 될 것입니다. 그러니 기다려 보시면 아실 겁니다. 윤 의원께서 저를 명예 훼손으로 고소할 수 있을지 없을지. 이상입니다."

결국 방청석이고 법정 안이고 난리가 나 버렸다. 판사가 아무리 정숙하라고 의사봉을 두드려도 아무도 들은 척하지 않았다. 극도로 어수선해진 와중에 윤 의원 측 변호인의 안타까운 외침만 연거푸 터져 나왔다.

"재판장님! 휴정, 휴정을 요청합니다!"

인욱은 두 손을 바지 주머니에 쑤셔 넣고 느긋하게 그 혼란을 음미했다. 등 뒤로 따갑게 쏟아지는 시선도 나름 재미있었다. 조요한, 보고 있나. 진실의 파괴력을 실감했나. 네가 그토록 소중히 여기는 조씨 가문의 긍지. 네가 윤치성에게 붙은 순간, 조갑술 어르신의 높은 뜻을 저버린 윤치성에게 붙은 순간, 넌 스스로 너희 가문의 영광을 더럽히고 있었던 거다. 네가 돌아와서 했던 모든 짓은 패륜이고 패덕이었다. 너는 정말, 멍청한 효자다.

"2시간 동안 휴정하겠습니다!"

인욱은 스윽 긴 몸을 천천히 일으켜 꼿꼿하게 등줄기를 세웠다. 잘한 것 없는 옛날의 실수도 세상에 다 드러냈고, 멍청한 죽마고우에게 진실을 일깨워 주었고, 평생의 천적 윤 의원도 코너에 몰아세웠다. 그런데 왜 가슴이 이토록 쓸쓸한가.

"괜찮아요?"

"음? ……괜찮지 그럼."

인욱은 긴 팔을 뻗어 민재의 목덜미를 가슴팍으로 끌어당겼다. 두 팔을 내밀고 안겨 오는 연인을 꼭 끌어안고서야 가슴이 후련해졌다. 몸도, 마음도, 영혼도. 그렇구나. 이거구나.

그런데, 민재를 안고 간만의 안도감에 젖어 든 인욱 옆으로 갑자기 요한이 슥 스치고 지나갔다.

헉! 흠칫 놀란 인욱을 본 체도 안 하고 그는 윤 의원에게 똑바로 걸어갔다. 그러고는 팔순 노인네의 멱살을 움켜쥐고 뜯어먹을 듯이 사납게 물었다.

"의원님, 원래는 만석꾼 집안이었다고 평생을 귀 따갑게 듣는 게, 가난한 집 아이한테 얼마나 스트레슨지 아십니까. 지금 배곯는 건 너희 엄마 탓이라고 말도 안 되는 비난을 참고만 있어야 하는 게, 얼마나 슬픈지 아십니까."

"놓고 말해라, 이놈아. 내가 이렇게 끝낼 것 같으냐. 턱도 없다. 너도 끝까지 내 밑에서 양인욱을 끌어내려야 한다."

"얼씨구. 당신보고 나쁜 놈이라고 말 못 해서 한스럽습니다. 나도 당신 같은 놈이라서! 그래도 말이야! 최소한, 우리한테 싹쓸이해 간 돈을 좋은 데 어디다 쓰지 그랬어. 최소한 울 할아버지가 당신 호구는 아니었다고, 말이라도 하게! 이건 뭐! 아후!"

살기 오른 두 손이 곧 노인네를 어떻게 할 것처럼 허공을 움켜쥐었다. 분노와 두려움보다 수치심에 벌겋게 달아오른 윤 의원이 도움을 청하듯 주변을 두리번거렸다. 그러자 어쩌면 윤 의원이 제일 원치 않는 — 아니 어쩌면 가장 원하는 — 목소리가 그 부름에 응했다.

"조요한, 한가하구나. 휴정 후에 곧바로 폐정시키고, 너 잡는다. 시간이……."

인욱이 손목시계를 확인하고 요한에게 오금 저리도록 아름다운 미소를 지어 주었다.

"많지 않네."

아름다운 미소에 사로잡혀 멍해 있던 요한이 번쩍 정신을 차리고 한 걸음, 두 걸음…… 점점 잰걸음으로 인욱에게서 멀어졌다. 살고 싶다면 그것보단 빨리 뛰어야 할 것이다.

윤 의원 측에서 소송을 취하할 테니 청인도 고소를 취하해 달라고 새 협상안을 제시했다.

"일명 청인 흑역사의 내용 중 일부 오해의 소지가 있었던 부분은 자료 조사자였던 조요한 씨의 의도된 실수였습니다. 저희 의뢰인도 피해자이신 거죠. 이에 4대 일간지와 2대 인터넷 포털에 사과문을 게재할 것이며 유무형의 피해도 충분히 보상할 용의가 있습니다."

인욱은 기꺼이 협상을 받아들이고 윤 의원과 악수를 주고받았다.

"살려 드렸으니 이 은혜 잊지 마십시오."

"허허, 이놈이."

"공짜로 살려 드린 것 아닙니다."

"허허, 그래도."

더 잡고 있기 싫은 손이어서 인욱은 곧 썩은 나뭇가지 같은 노인네의 손을 털어 냈다. 휙 돌아선 인욱이 청인의 보안 요원들에게 담백하게 명령했다.

"조요한, 잡아들여."

싸워서 이겨 버리는 것을 좋아하는 청인 이사장의 냉엄한 본성을 세상이 다 알게 되었다. 그리고 그의 뜻대로, 이긴 자의 정의가 최후에는 진실이 되었다. 이건 본래 그런 게임이었다.

모든 밤의 끝에서 시작하는 하루

사랑하는 남자를 살리기 위해 목숨을 걸었던 양인아의 가공할 만
행은 큰오빠뿐만 아니라 고교 동창에게도 영감을 불러일으켰던가 보
다. 인욱과 민재의 결혼식 날이 그녀의 디데이였다.

"새벽같이 수고가 많네?"

이 도시 최고의 미용실에서 신부 화장을 끝낸 민재는 느닷없는 참
견에 놀라 거울 속을 빤히 노려보았다. 아, 짜증 나. 또 무슨 재앙을
떨려고 온 거지? 오늘은 절대 안 돼!

풀 메이크업한 신부보다 몇 배는 예쁜 혜지가 농염한 몸매를 한껏
드러낸 시폰 원피스 차림으로 다가왔다. 그녀는 가는 허리에 손을 얹
고 자랑하듯 풍성한 가슴골을 민재에게 내밀었다. 마치 넌 백날 가꿔
봐야 내 발밑에도 못 따라온다고 설교하는 것 같았다. 그게 어느 정
도는 사실이란 게 슬프지만. 게다가 혜지는 옷걸이에 걸어 놓은 민재
의 웨딩드레스에 대해서도 악평을 늘어놓았다.

"어머, 자기야. 드레스가 좀, 후지다. 이런 걸 입어도 된다고 인욱 씨
가 허락했어?"

"후진 게 아니라 빈티지라고 하는 겁니다. 이 드레스엔 우리 집안
여자들의 역사가……."

"도와줄게."

454

혜지가 무례하게도 민재의 말을 싹둑 잘라 먹고, 민재의 미용실 가운을 벗기더니 웨딩드레스를 척척 걸쳐 주었다. 그러는 내내 민재는 암사자의 발에 깔린 생쥐처럼 무기력하기만 했다.

"예에쁘다아~."

과장되고 영혼 없는 칭찬과 함께 새빨간 손톱 끝이 민재의 예쁘게 화장한 턱을 치켜들었다.

"그래서, 행복하니? 근데 어쩌나. 동은이가 드디어 왔다. 자기 좀 보자는데. 어쩔래?"

파르르 떨리는 눈자위도, 앙다물려고 애쓰는 입매도, 민재의 허세는 죄다 혜지에게 들켜 버렸다. 혜지는 그 예쁜 얼굴을 들이대며 상냥하게 속삭였다.

"만나자는 동은이 무시하고 결혼하려면 해. 저 두 사람 서로에게 얼마나 애달파하는지 알면서도 굳이 결혼하겠다면 뭐. 나도 누굴 이기적이라고 욕할 처지는 아니니까. 그치만 이러고 결혼하면? 그것들이 헤어질 것 같니? 이혼해 달라고 둘이서 대놓고 바람이라도 피우면?"

의연하게 뿌리치면 될 것도 같은데, 그게 안 된다. 아아, 혜지는 정말 민재의 천적임에 분명했다. 오만상을 찌푸린 민재에게 혜지가 더욱더 상냥하게 어깃장을 놓았다.

"있지, 나 실력 좋은 흥신소도 알아. 살다가 의심나면 연락해, 번호 알려 줄게. 그럼 너도 인욱 씨가 동은이 끌어안고서 '동은아, 하자. 응? 응?' 이런 걸 받게 될 거야. 그러면 가슴이…… 미어진단다? 당해 보면 너도 무슨 뜻인지 알 거야. 눈물 날려 그런다야."

"그만해요!"

민재는 혜지를 똑바로 바라보며 또박또박 상황을 정리해 주었다.

"인욱 씨 마음은 이미 신동은한테서 떠났어요. 그 사람한텐 이제 나뿐이고, 우린 결혼해서 행복하게 잘 살 거니까."

"쯧쯧. 남자 마음이야 뭐, 여자 하기 나름. 동은이가 마음먹고 꼬리 치면, 자기 자신 있어? 나 같으면 찜찜해서도 동은이하고 깔끔하게 해결봐 놓고 식 올릴 것 같은데?"

아닌 게 아니라, 이대로 평생 찜찜한 채 살 순 없어서, 도대체 신동은이란 여자의 실물은 어떨지 너무 궁금해서, 민재는 결혼식 날 아침의 한 시간을 할애하기로 결정했다. 그렇게 제 발로 혜지의 차에 올라 신동은이 기다리고 있다는 곳으로 향했다.

╬

결혼식 날 아침에 머릿속이 복잡한 건 인욱도 마찬가지였다. 모닝코트를 늘씬하게 차려입은 흠문헌 남자들에게 황당한 뉴스가 날아들었던 것이다. 인아가 병원에서 사라졌다고.

"피부 이식 수술받더니 살 만해졌나. 어딜 벌벌대고 돌아다녀. 하여튼."

"아직 혼자 다녀도 될 정도는 아니잖어. 이 녀석이 대체 어디로 갔단 거냐."

"인아가 누구야? 미스 송 불러다 줘. 요샌 내가 깜빡깜빡해서 미스 송 아니면 힘들어."

온갖 소란에도 인욱은 말없이 허공을 쏘아보았다. 설마. 썩 믿기지 않지만 그래도 혹시 모르는 거니까. 그는 전화로 소영을 다그치기 시작했다.

"기소 유예 됐던 러시아 녀석들 이미 출국했던가? 아직 있어? 혹시 조요한은?"

[저기 죄송한데 조요한 씨가 어제 밀입국했다는 정보도 있는데, 아직 확인은 안 된 거라. 오늘 결혼식이시고 해서 말씀을……. 죄송합니다!]

"……죽을래? 누가 네 멋대로 보고 누락하랬어. 빨리 확인하고 연락 줘."

냉기가 펄펄 끓는 닦달 후에 인욱이 휴대전화를 힘껏 움켜쥐었다. 미친 놈. 뭘 어쩌자고 다시 들어와. 인욱은 초조하게 남쪽 홀을 왔다 갔다 하며 소영의 보고를 기다렸다. 그때, 한복을 곱게 차려입은 순옥과 귀여운 화동 로렐이 치장을 마치고 2층에서 내려왔다.

"아니, 누가 없어졌다고?"

"요한이 녀석이 인아를 데려간 것 같습니다. 아직 확인 중이지만."

식구들이 모두 뜨악한 얼굴로 인욱을 바라보았다. 대체 왜? 이런 표정이었다. 그리고 이 중에 인아를 진정으로 걱정하는 유일한 사람, 기범이 인욱에게 도움을 청했다.

"어이, 장남. 나랑 같이 병원에 좀 가 볼래? 걔가 아직 완전히 회복된 것도 아니고 걱정이다. 아니다, 경찰서로 가 봐야 하나? 어떻게 하면 좋겠냐?"

"결혼식 앞둔 새신랑이 그런 델 왜 가! 부정 타게! 당신 딸이니까 당신이나 가 봐!"

바깥자식 때문에 친아들의 인생 중대사에 방해를 받는 게 싫어서 순옥이 버럭 내질렀다. 기범이 상처받은 얼굴로 돌아보자 순옥은 아예 십자포화를 퍼부었다.

"은혜도 모르는 나쁜 년. 조요한 같은 거에 엮여서 내 아들 발목 잡은 년! 당신은 그런 계집애도 딸이라고 건사하러 나서네? 내 아들한테 장남, 장남, 하면서 도움 청하지 마!"

"넌 말야! 내 딸이면 네 딸도 된다는 마인드로 같이 도우면 어디 덧나냐? 아주 저밖에 몰라요. 아주 싹퉁 바가지가 못돼 처먹었어!"

못돼 처먹다니! 순옥은 아무리 생각해도 그런 욕까지 들을 짓은 한 게 없었다. 그녀는 바들바들 치를 떨며 전남편에게 울화통을 터뜨렸다.

"이거 봐, 양기범. 순 자기 생각밖에 안 하는 게 누군데! 아냐, 내가 미친년이야. 맞아. 당신한테 뭘 더 기대하고 여기서 얼쩡거렸을까. 남의 딸 욕할 것 하나 없네. 나라도 정신 차려야지. 잘 있어."

도도하게 고개를 치켜든 순옥이 우아한 한복 자태로 미끄러지듯 흠문헌 식구들에게서 멀어져 갔다. 기범은 돌처럼 굳은 얼굴로 전처의 손목을 붙들고 성큼성큼 현관으로 향했다.

"당신 또 이런다. 응? 아들한테 다 떠넘기고 훌훌 도망가지. 당신이 나 밉고 싫은 건 이해하고 정말 미안해. 그런데, 아들한테는 그러지 마라. 며느리며 사돈댁 보기 창피하지도 않냐? 다소곳이 내 옆에서 마나님 노릇이나 하란 말이다!"

"놔!"

순옥이 아들하고 똑같이 생긴 눈에 불을 켜고 기범에게 대들었다.

"세상이 다 날보고 나쁜 어미라 욕해도, 넌 그럼 안 돼. 네가 무슨 아비야! 내 아들 인생 팔아먹은 놈. 내 아들 고생시킨 놈. 양기범! 너 잖아!"

너잖아. 너잖아. 너잖아……. 넓고 높은 흠문헌 남쪽 홀에 순옥의 처절한 비명이 무시무시하게 공명하며 오래도록 메아리쳤다.

"그만하세요."

인욱이 싸우는 부모님을 지나쳐 부모님과 할아버지, 동생을 스윽 둘러보았다.

"인겸아, 할아버지 모시고 로렐이랑 카페에 가서 대기해. 민재 식구들이랑 같이 어울려 드리고. 어머니, 부탁인데 결혼식 끝까지 자리해 주세요. 그 후엔 아무도 어머니 막는 사람 없을 겁니다. 아버지, 어머니 손은 놓아주시고 일단 병원으로 가 계세요."

인욱은 이쯤에서 할아버지 이하 부모님과 동생, 그리고 로렐까지 찬찬히 시선을 맞추었다. 차분하고 건조한 어조로 흄문헌 가장의 뜻을 표했다.

"경고하는데, 앞으로 이 집에서 어느 누구도 지난번 법정에서 오간 이야기에 대해 왈가왈부하지 맙시다. 지난 잘잘못을 따지려 들면 들수록 우리 얼굴에 똥칠하는 것밖에 안 되니까. 자, 어서 움직여요. 어서!"

우왕좌왕 떠들썩한 식구들에게 갈 길을, 할 일을 일러 주는 것, 그것은 흄문헌 가장의 가장 중요한 임무였다. 그리고 흄문헌 가장을 거역할 가족은 아무도 없었다. 혼자 남은 인욱은 드디어 찾아온 고요한 평화에 안도하며 소영의 전화를 기다렸다.

[새벽에 인아 씨 입원 병동이 30초 정도 정전됐고요, 임시 발전기는 즉시 가동됐는데 보안 시설 재부팅에 2분 정도 소요됐답니다. 그 사이 인아 씨를 빼돌렸습니다.]

"누가."

[……조요한 씨요. 죄송합니다! 정전으로 CCTV 기록은 없지만 간

호사 몇 명이 정상적인 환자 이송인 줄 알고 조요한 씨를 도왔답니다. 이사장님 결혼식에 다녀오겠다고 해서 그런 줄 알고. 주치의 허가도 받았다고 그랬다는데 정전 끝이라 직접 확인은 못 했답니다.]

도대체 경계심 없이 살아가는 선량한 인간들이 조요한에게 인아를 넙죽 내줬다는 소리다. 그건 그렇고, 왜 인아지? 인질로 써먹으려고? 허어, 허어. 헛바람이 연신 터져 나왔다. 인아가 무슨 인질감이 된다고 그런 헛수고를?

"조요한 이동 경로 파악하고 이번엔 놓치지 말고 잡아들여라."

전화를 끊고도 찝찝한 건, 인아가 아무 가치 없는 인질인 줄 요한도 이미 알고 있다는 사실 때문이었다. 갑자기 없던 애정이 샘솟기라도 했어? 젠장, 이게 블랙코미디야, 멜로야!

곧바로 전화벨이 울려서 소영인가 했더니 놀랍게도 혜지였다. 이 시점에서 인욱에겐 짜증만 배가 되는 상대이기도 했다.

"뭔데. 결혼 축하 어쩌고면, 됐다. 골치 아파."

[어머? 무슨 일 있구나, 당신? 난 당신이 내 전화 엄청 기다릴 줄 알았지? 신부가 나랑 있어서. 뭐야, 신부한텐 신경도 안 쓰는 분위기네? 김새라.]

"뭐?"

[당신 신부 나랑 있다고.]

표독스런 한마디 후에 전화가 끊겼다. 인욱은 맥이 탁 풀려서 휴대전화를 떨어뜨렸다. 조요한, 양인아, 윤혜지. 그렇게 당했으면서도 배움이 없구나, 양인욱. 자책이 밀물처럼 밀려들었다. 동시에, 분노에 절규하는 사자후가 터져 나왔다.

"으아악, 으아악……!"

인욱의 까만 스포츠카가 시 외곽의 폭발 폐허에 도착한 것은 거의 한 시간 후였다. 인욱은 차에서 내려 폭발로 상부가 날아가 버린 교회당과 너저분하게 버려진 부속 건물들을 둘러보았다. 선글라스를 확 벗어 던진 인욱이 종탑을 올려다보았다. 20여 미터 위 빈 종루에 하얀 면사포가 깃발처럼 휘날리고 있었다. 기다렸다는 듯 전화벨이 울렸다.

[올라올래?]

얼마든지.

인욱은 모닝코트를 벗어 던지고 애스콧타이도 풀어헤치고서 거침없이 철탑을 오르기 시작했다. 은회색 조끼에 모닝 스트라이프 팬츠를 입은 새신랑 차림이었지만 인욱은 붉은 녹에 얼룩지고 분노에 덜룩진 채 묵묵히 종루로 향했다.

[힘내.]

대화를 원한 게 아니므로 인욱은 혜지의 목소리에 답하지 않았다. 시선을 들면 어여쁜 얼굴이 그를 내려다보고 있었다. 인욱이 아는 가장 아름다운 사람이자 가장 안타까운 인연이었다. 문득 누가 누구에게 화를 내는 건지 우스워졌다. 분명, 제대로 돌보지 못했던 내 죄도 절반은 되겠지. 그냥 아름다운 채로 네 갈 길을 가 주면 안 될까. 내 욕심이 과한가.

[이렇게 수고롭게 해 놓고 미안한데, 여기 올라와도 허민재는 없어.]

"알아."

인욱은 긴 팔을 뻗어 혜지의 휴대전화를 슥 빼앗았다. 휙 내던진 휴대전화가 수십 미터 아래로 날아가 버렸다. 인욱은 혜지와 그렇게 탁 트인 종루에 단둘이 마주 앉았다.

"허세 부리지 마. 사실은 허민재가 어디 있나 알고 싶어 미치겠지. 그치?"

"혜지야."

인욱은 가만히 아름다운 혜지의 얼굴을 쓰다듬어 주었다. 지금 입을 연다면, 왠지 값싸 보이는 '미안해'밖에는 할 말이 없어서. 두 사람이 서로에게 쌓은 죄는 몇 마디 말로 씻을 수 있는 종류가 아니어서. 그렇다고 언제까지나 이런 불쾌하고 불행한 만남을 되풀이할 수도 없어서. 부디 오늘로 '덜 아프고 깨끗한 끝장'이 났으면 바랄 뿐이다.

"나를 여기로 불러서 하고 싶었던 말이 있었겠지. 해라. 들을게."

인욱이 말로는 어떻게 할 수 없었던 것처럼, 혜지에게도 말로 '지금'을 설명하라는 건 절대 무리였다. 대신…… 하고 싶었던 것, 할 수 있는 것, 해야만 하는 것, 그 하나를 간절히 마음으로 염원하고 있다. 혜지는 고개를 들어 푸른 가을 하늘을 행복하게 올려다보았다.

"오늘은 날씨가 참 좋다, 그치?"

푸른 하늘과 가깝고 기분 좋아지는 바람이 지나는 곳. 양인욱과 단둘이 있는 곳. 더할 나위 없이 좋은 곳이다. 혜지는 요염한 라인을 자랑하듯 고혹적인 자태로 인욱에게 다가왔다. 깃대처럼 나부끼던 면사포를 머리에 얹고 부드럽게 속삭였다.

"알지? 내가 당신 사랑한 거."

처음부터 알았지만 단 한순간도 인정하지 않았던 아내의 사랑. 나긋나긋 뇌쇄적인 육성으로 들으니 오히려 더 놀랍기만 했다. 차마 입도 벙긋 못 하는 인욱을 서운해 미칠 듯이 바라보던 혜지가 순간 방

굿 웃어 주었다. 그리고 종루 아래로 몸을 던졌다.

"이 바보가!"

달려들어 안길 거라 생각했다. 입술을 훔치려 들 거라 예상했다. 최악의 경우, 따귀나 주먹질을 당해도 참으리라 마음먹었다. 그러나, 그의 눈앞에서 수십 미터 아래로 몸을 던지리라고는!

"안 돼…… 혜지야."

인욱은 순간 깨달았다. 혜지는 사랑고백이나 하려고 그를 이 높은 곳에 불러들인 게 아니었다. 복수를, 평생 가는 상처를 입히려고 한 것이다. 인욱은 욱욱대는 입을 두 손으로 꾹 틀어막고서 간신히 종탑 가장자리로 고개를 내밀었다. 앞으로 보게 될 참상은 남은 평생 그의 가장 험난한 악몽이 될 게 분명했다.

"어이! 뭘 보고만 있어요!"

응? 민재?

"놔, 이거 놔! 네가 뭔데 날 막는 거야! 놔!"

"시끄러! 첫 번째 마누라도 못 잊어 허덕이는 남잔데, 너까지 내 신랑 앞에서 이따위로 죽어 버리면, 평생 가슴에 맺히라고? 평생 자책하며 널 기억하라고? 내가 그 꼴을 두고 볼까 봐? 어우, 진짜 이기적이고 못된 년! 그 좋은 머리로 이딴 짓밖에 못 해?"

"꺄아악!"

얼래? 일장연설을 하던 민재의 손이 삐끗한 바람에 혜지의 손까지 미끄러질 뻔했다. 민재도 곧바로 틀어쥐었지만…… 혜지도 비명을 지르며 민재의 손목에 힘껏 달려들었던 것이다. 민재와 혜지의 두 시선이 허공에서 쭈뼛쭈뼛 불편하게 엮여 들었다.

그래, 떨어지면 아플 것 뻔히 아는데, 끔찍하게 몸이 부서질 줄 뻔히 아는데, 이런 식으로 죽어 버리고 싶은 사람이 어디 있겠어. 그냥 온몸이 부셔져도 상관없을 만큼 외로운 마음이 있을 뿐이지. 너무너무 외로워서 아프다고 알아주기 바랄 뿐이지.

민재는 더 단단히 혜지의 양 손목을 틀어쥐고서 벌게진 혜지에게 밉지 않은 잔소리를 늘어놓았다. 동정 아니고, 훈계도 아니고, 거의 부탁하듯이.

"넌 말이야, 평생 반성하고 뉘우치면서 벽에 똥칠할 때까지 살아야 돼! 앞으로 나한테 해코지할 거면 해! 평생 다 받아 줄 테니까. 나, 이래 봬도 겨우내 운동해서 힘 좋아졌거든? 앞으로도 바짝 긴장하고 너 하는 짓 다 받아 줄 테니까 절대로 죽지 마, 이 나쁜 기집애야!"

민재는 우악스럽게 혜지의 손목을 움켜쥔 채 머리 위의 남자에게 목청껏 고함을 내질렀다.

"왜요! 뭘 멍하니 쳐다만 보는데? 얼른 119 불러요!"

진짜 인욱은 넋 놓고 민재가 하는 짓을 지켜보는 중이었다. 어깨가 다 흘러내려 가슴이 훌러덩 들여다보이는 웨딩드레스 — 였던 넝마 — 자락을 휘날리며, 두 다리로 종탑에 몸을 고정한 채 자기 덩치만 한 혜지를 두 팔로 붙들고 있었다. 저 가는 팔로! 바락바락 혜지와 인욱을 혼내 가면서! 정말로, 사랑스러운 여자 아닌가. 아아, 정말.

"아악, 뭘 보고만 있는데! 내 팔 빠지면 책임질 거임? 빨랑 도와줘요!"

"놔 버려."

경악한 두 여자가 동시에 그를 올려다보았다. 그러자 인욱이 긴 손가락을 딱딱 울려 두 여자에게 저 아래 상황을 알렸다. 그 아래는 지금 난리도 아니었다.

“여기 오는 길에 소방서랑 경찰이랑 구급차랑 다 불렀거든. 사이렌 소리도 안 나고 조용하길래 제때 못 오나 했더니, 잘해 주고들 있네.”

소방관과 구급 대원들이 다급하게 오가며 혜지의 추락에 대비해 드넓은 에어 매트를 펼쳐 놓았다. 아무리 그래도! 민재는 기가 막혀서 양인욱을 매섭게 흘겨 주었다.

“혜지야, 넌 누가 뭐래도 나한텐 세상에서 제일 예쁜 여자고, 그 모습 그대로 네 행복을 찾았으면 좋겠다. 진심이다. 잘 가.”

“놔!”

혜지가 순간 손목을 뒤틀어서 민재의 손아귀에서 벗어났다. 그녀는 인욱의 말대로 세상에서 제일 예쁜 모습으로 허공을 날았고, 곧 에어 매트로 떨어졌다. 기다리고 있던 구급 대원들이 부리나케 그녀에게 달려들었다. 고마운 분들 덕분에 혜지는 무사히 살아서 땅을 밟았다.

“어이.”

인욱이 민재에게 긴 팔을 내밀었다. 딱히 저 남자가 지은 죄는 없었지만 왠지 민재는 이 순간 그가 미워졌다. 저 얄미운, 저 뻔뻔한, 저 달콤한? 응? 응? 민재는 인욱의 아름다운 얼굴에 찬란하게 피어오르는 웃음에 완전히 넋을 놓고 말았다. 헤베베! 민재는 퍼뜩 정신을 차리고 거세게 투레질하며 허공으로 시선을 돌렸다. 아오, 약았어 진짜.

“잠깐만 올라와, 민재야.”

맞잡은 손으로 따뜻한 온기가 전해져 온다. 민재는 종루에 올라 시원한 바람을 흠씬 들이켰다. 저 지상에서 벌어지는 모든 소란을 완벽하게 차단해 주는 바람이었다.

“어렸을 때 자주 올라오곤 했는데, 그땐 여기가 세상에서 제일 높은 곳이었거든.”

희고 완벽하게 둥근 가을 해가 새파란 하늘을 지나고, 이 좋은 날 부부가 되기로 했던 두 사람은 맥이 탁 풀려서 하염없이 서로만 바라보고 있다. 더럽고 헤지고 추레한 채로.

"혜지 때문에 고생했지? 미안해."

"별로 고생 같은 건. 둘이 위에서 하도 조용하길래 나도 그냥 올라와 보다가…… 순간 탁, 낚아챘지. 나이스 캐치! 원래는 자기 차에서 기다리라고 해서 내내 기다린 것밖엔."

……신동은을. 그 여자도 이 모든 소란을 어디선가 지켜보고 있었을 테지. 내 입으로 저 남자가 첫 마누라를 못 잊어 허덕인다고 실토를 해 버렸으니.

"한숨 쉬지 마. 이 탑 엄청 낡아서 무너질지도 몰라."

민재는 썰렁한 유머를 용서하기 위해 그의 목을 덥석 끌어안아 버렸다. 곧이어 서럽고 서글픈 고백이 인욱의 목덜미를 간질였다.

"저 아래 신동은이 와 있어요. 당신의 도도한 첫 부인 신동은이. 안 죽었다는 거 당신도 이미 알죠? 지금이라면…… 놔줄 테니까, 가요. 가서 개랑 행복해져요."

그렇군. 그렇게 된 거네. 인욱은 혜지가 어느새 자기 할아버지만큼 사람의 마음을 가지고 노는 것에 통달해 버린 것도 깨달았다. 그는 다정하게 민재의 얼굴을 붙들고 바슬바슬 깨져 버릴 것 같은 눈동자를 들여다보았다. 인욱을 위해 혜지를 응징할 때는 여전사처럼 씩씩하더니, 지금은 유리 꽃처럼 여리기만 했다. 이미 한 번 철저히 부서졌던 여자다. 또다시 충격을 줄 순 없었다. 소중히 지키고 보살펴야 한다. 그러므로 그도 이젠 동은이와 작별을 고해야 할 때인 것이다.

"저 아래 와 있다는 여자가 정말로 내가 아는 동은이라면, 자기 없이 내가 새 인생을 찾았듯이 분명히 나 없이 자기만의 인생을 찾았을 거야. 혼자 남아도 자기만의 행복을 찾아서 열심히 살기로 했으니까. 서로 행복을 빌어 주기로 했으니까. 그래서, 그러니까…… 정말로 동은이라면, 훨씬…… 훨씬 후에…… 만나고 싶다. 동은이도 분명 그런 마음일 거야."

뭘까. 민재는 두 볼에 타고 흐른 눈물 줄기가 참 수상했다. 동정이야? 안심한 거야? 상관없어. 눈앞에 두고도 아련하게 그리운 사람에게 민재는 욕심 사나운 입맞춤을 실컷 퍼부었다.

"이젠 절대 돌이킬 수 없어. 양인욱은 영원히 허민재 거."

탁한 눈동자에 들끓는 욕망이 허스키한 음성에 고스란히 드러났다.

"좋아."

정답이었다.

인욱이 흘러내린 드레스 자락 사이로 손을 미끄러뜨렸고 드러난 가슴에 얼굴을 묻었다. 두 사람의 신음이 하늘 가까이에서 울려 퍼졌다.

물론 그것도 정답이었다.

❦

흠문헌 폭파 사건의 피해를 완전히 복구하는 데는 새로 한 채 짓는 것보다 더 많은 시간이 들게 생겼다. 새로 해 넣은 벽돌들이 기존의 벽돌만큼 산화되고 풍화되고 황금빛 이끼로 뒤덮이려면 100년은 지나야 한다. 그러니 흠문헌 외벽의 얼룩덜룩한 흔적은 앞으로 100년 동안 집주인들의 신경을 곤두서게 할 게 뻔했다. 이를 바득바득 갈며 두고두고 복수를 다짐할 것이다. 지금 인욱이 그러하듯이.

"어디? 블라디보스토크? 벌써? 결국 밀항에 성공했군. 됐고. 소재지 파악되면 다시 알리라고 해. 끝까지 쫓아."

신경질적으로 전화기를 내던지고 인욱이 손님에게 돌아섰다. 화이트 타이와 조끼 차림이 우아하기 그지없는 몸놀림과 어우러져 쉽게 범접 못할 양인욱만의 아우라를 자아냈다. 이 손님에겐 평생 가도 결코 손에 넣을 수 없었던 무형의 자산이기도 했다.

"손님을 모셔 놓고. 죄송합니다."

"아니다. 급한 일 먼저 해. 여기는…… 큰 피해 없이 복구가 끝났던 가."

윤 의원은 일견 완벽하게 복원된 듯 보이는 흠문헌의 서재를 평온한 시선으로 둘러보았다.

"그렇지도 않습니다. 대대로 소장 중이던 고전 희귀본 여러 권이 소실되어서 얼마나 마음이 아픈지 모르겠습니다."

인욱은 책상 모서리에 걸터앉아 연미복 바지를 섬세하게 매만지며 번스타인을 닮은 노인네를 내려다보았다. 이 영감님의 손녀 덕분에 그의 결혼식은 결국 저녁때로 연기되었다. 이 영감님의 후계자 때문에 여동생은 블라디보스토크로 가 버렸다. 이 영감님이 입만 벙긋하면 민재는…… 아아, 그다음은 생각하기도 싫다.

윤 의원은 전에 없던 지팡이에 몸을 기울이고 소파에 앉아 있었다. 인욱의 묻는 시선에 윤 의원이 해사하게, 그리고 느릿느릿 답했다.

"진짜로 늙었는갑써. 몸이 예전 같지 않아. 봐라, 오랜 친구가 박정하게 대해도 찍소리도 못 하잖어."

스카치위스키도 최고급 시가도 베토벤도 없는 접대니 박정하단 소리 들을 만했다.

"일 이야기를 하죠. 내년 봄 총선에 나가실 겁니까."

"글쎄다. 온 세상이 다 알게 청인 이사장하고 틀어져 버렸으니 나가 본들 승산이 있을까."

인욱은 매섭게 실눈을 뜨고 윤 의원을 똑바로 노려보았다.

"그 어떤 경우에도 방법이란 것이 다 있게 마련이라고 하셨지 않았던가요?"

인욱은 책상 위 휴미도에서 시가 하나를 꺼내 찬찬히 성냥불에 굽기 시작했다. 윤 의원의 주름진 이마 위로 굵은 눈썹이 꿈틀, 한 번 요동쳤다. 인욱은 잘 구워진 시가를 정중히 윤 의원에게 내밀었다. 윤 의원이 선뜻 받아 든 순간, 인욱도 속내를 드러냈다.

"총선 나가시겠다면 막지 않겠습니다. 조건이 맞는다면, 공개적으로 응원할 수도 있습니다."

윤 의원이 볼이 움푹 패도록 시가 한 모금을 한껏 빨아들였다. 그가 내뱉은 하얀 연기가 사라질 즈음 윤 의원의 얼굴에 발그레 미소가 떠올랐다. 더 말해 보라는 무언의 재촉에 인욱이 벌떡 몸을 일으켜 장식장에서 스카치위스키를 꺼내 들었다.

"청인 비망록 1권 곧 출간합니다. 1대 이사장님 시절의 기록을 정리한 거고, 6개월에 하나씩 낼 거니까, 내년에 나올 3권부터 윤 의원님이 언급되기 시작하겠죠. 까딱하면."

싱글몰트 스카치를 막잔에 스트레이트로 부어 내밀며 인욱이 음산하게 덧붙였다.

"애써 11선 하셨다가 또 은퇴 선언하시게 될지도. 안타깝지만."

스트레이트 잔 바로 앞에서 윤 의원의 주름진 손이 파르르 전율했다. 하지만 곧 잔을 낚아채 목구멍으로 털어 넣었다. 인욱도 책상 모서리에 걸터앉아 담담하게 협박을 마무리 지었다.

"하지만 별일 없이 지나갈 수도 있는 거죠. 다른 건 없습니다. 그냥 신분 세탁이니 뭐니, 제 신부에 대해 신경을 꺼 주시기만 하면 됩니다. 무덤까지. 내내."

아. 공감과 이해의 아름다운 침묵이 시가 연기와 스카치 향기에 뒤섞여 잔잔하게 두 남자 사이에 내려앉았다. 마치 십여 년 동안 착착 맞아떨어졌던 파트너십이 재건되어 가는 길조 같았다. 아니면 혼자 꾸는 각자의 망상일지도.

"내가 죽을 때까지 입 다물면 너도 죽을 때까지 비망록 4권 안 내는 걸로?"

"무슨 그런."

파스스, 신생 동맹의 연약한 기반에 잔 균열이 인다. 누구의 망상이 먼저 깨어질 것인가.

"비망록 4권은 의원님이 정계를 은퇴하거나 돌아가실 때까지 출간을 연기하는 방향으로."

"흠."

인욱이 양보해 줄 수 있는 최대치라는 건 윤 의원도 알고 있지만, 그는 뜸을 들이고 장고(長考)에 빠져들었다. 그러자 인욱이 리모컨을 들고 오디오를 켜 주었다. 애증의 선곡이랄까. 책상 양 옆 스피커에서 에로이카 2악장이 매우 느리게(Adagio assai) 울려 퍼졌다. 그런데, 자기 원칙에 충실하면서도 대중 친화적이었던 번스타인의 대범한 에로이카가 아니었다. 섬세하고 자기애에 충만한, 소심한 자들의 프로메테우스, 카라얀(Karajan)이 야들야들 녹여서 들려주는 장송 행진곡이었다.

일순 윤 의원이 눈을 부릅뜨고 인욱을 쏘아보았다. 자기 처지에 비추어 장송 행진곡이 짜증스러운지 아니면 카라얀이 불만인지…… 어쨌든.

"참말로 자상한 제안이다만, 혹시 이런 것은 어떠냐. 내가 총선에 나가지 않는 대신……."

윤 의원이 무슨 말을 해도 놀랄 일이 없을 줄 알았지만, 그건 인욱의 오판이었다.

"우리 혜지, 내가 간신히 구치소에서 빼냈더니, 너 또 잡아넣었지. 우리 혜지 풀어 다오."

이 만남을 위해 극도로 세심하게 공들인 인욱이지만 이런 전개는 전혀 예상 밖이었다. 내내 긴장한 자신이 우스워질 만큼 윤 의원은 획기적이었다. 이 너구리가 자기 말고 손녀딸 걱정을 다 하다니. 내일은 분명 지구의 종말이다! 정색하고 따지려던 인욱은 갸우뚱 고개를 기울이며 윤 의원을 내려다보았다.

"농담 아니시군요."

"우리 혜지, 한때 네 마누라, 우리 손에서 이제 놔주자."

인욱은 얼마나 놀랐는지 숨기느라 슬쩍 돌아서서 이브닝코트를 집어 들었다. 척척, 팔을 꿰고 옷매무새를 정리하면서 경탄(敬歎)을 억누르는 중이었다. 평생 가도 이 노인네를 결코 따라잡지 못할 것 같은 자괴감도 치밀어 올랐다. 아, 한 방 먹었다. 사실은 인욱도 카라얀은 별로였다. 저 우수 어린 눈 속에 온갖 욕심과 불평불만을 통째로 다 담고 있는 번스타인이 더 만만하긴 했다.

"마지막에 후회하지 않으려면 우리 혜지 앞날을 해결봐 둬야 할 것 같으다. 도와 다오."

"그렇다면, 한국 밖으로 보내십시오. 다시는 한국에 돌아오면 안 됩니다. 어떠십니까."

인욱이 윤 의원 앞에 우뚝 서서 손을 내밀었다. 번스타인을 닮은 윤 의원이 지팡이에 체중을 싣고 흔들흔들 몸을 일으켰다. 그리고 고목 같은 손으로 인욱과 힘찬 악수를 나누었다.

"결혼 축하한다. ……네가, 너랑 함께 한 십년이, 참 그리울 것이다."

노정치가의 마지막 인사에 인욱도 가슴 한편이 울컥 치밀어 올랐다. 그 폭우 쏟아지던 날 골목길을 돌고 돌아 찾아가서 시작된 악연. 정말 평생을 볼모로 묶여 버릴까 두려워 악착같이 일했던 날들. 몇 년 뒤를 밟아 간신히 잡아낸 외국 호텔에서의 돈 세탁 장면. 그 후 갑자기 요한과 민재가 끼어들어 판이 복잡해졌고, 결국 오늘 그의 손을 놓게 되었다.

죄와 과오로 얼룩진 나날인가, 아니면 거칠 것 없던 영광의 나날인가. 판단은 각자의 머릿속에 이미 새겨져 있을 것이다. 무덤까지 가져 갈 고독한 진실로서.

그 모든 감회에도 불구하고, 인욱은 별 내색을 않고 서재 문으로 성 큼성큼 걸어갔다. 윤 의원을 위해 정중히 문을 열어 주고 45도로 각 듯이 고개를 숙여 담백하게 인사했다.

"그럼 안녕히."

뚜각, 뚜각, 지팡이 소리가 인욱을 지나쳐 갔다.

뚜각, 뚜각…… 한 시대가 저물어 간다.

미용실에서 사라졌던 신부는 반나절 후에 바닷가의 하얀 집에서 가족과 재회했다. 꼴이 엉망이 된 신부는 엄마와 언니들에게 둘러싸여서 신부 화장을 처음부터 다시 시작해야 했다. 신부가 몸단장을 하는 동안 아버지와 오빠는 드레스를 세탁하러 다녀오셨다. 온 가족이 막내의 결혼식을 위해 총출동하고 나선 것이다.

"아웅, 피곤해 죽겠당."

민재는 엄마의 품에 안겨 거한 하품을 토해 냈다. 새벽부터 생난리를 쳤더니 오후가 될수록 파김치가 되어 가고 있었다. 화장, 당연히 안 먹는다. 이러다 세상에서 제일 안 예쁜 신부가 될 것 같다. 어떡해!

"얘! 한숨 자. 어후, 이 얼굴 까실한 거 봐. 시간 좀 있다. 한숨 자고 마저 하자. 응?"

보다 못한 엄마가 언니들이며 미용실 스태프를 몰아내고 민재에게 쉴 시간을 주셨다. 덕분에 민재는 파란 하늘이 올려다 보이는 천창 방에서 세상모르고 잠에 빠져들었다.

─미안하다, 아가.

느닷없이 귓전에 들려오는 울먹임에 퍼뜩 놀라 민재가 돌아보았다. 잠이 들었었는데? 그런데 사위가 너무 어두웠다. 분명히 햇살 따가운 대낮일 텐데. 꿈인가…….

"미안하다, 아가. 아프지. 어떡하니. 미안해서 어떡하니."

떨리는 목소리가 들려오는 쪽으로 고개를 돌리고 민재는 한 치 앞도 보이지 않는 어둠에 익숙해질 때까지 기다렸다. 누군가 그녀를 안고 쓰다듬어 주었다.

"제대로 된 부모 밑에서 났으면 좋았지. 손찌검 말고 이쁨만 받고 자랐음 좋았지. 금이야 옥이야 컸음 좋았지."

[그런 소리 마…… 엄마 아빠 딸이니까 좋았지.]

응? 민재의 입술은 꿈쩍 않는데 저런 소리가 들려왔다. 민재는 왠지 모르게 모골이 송연해져서 대체 누가 자신을 안아 주고 있는지 올려다보았다. 갸름한 하얀 얼굴에 동그랗게 나온 짱구 이마, 피곤해 보이는 까만 눈망울, 잔주름이 자글자글한 붉은 입술. 민재는 처음 보는 이 슬픈 얼굴이 퍽 낯익다는 걸 깨달았다. 아, 가물가물 떠오를 듯 말 듯, 뇌세포가 간질간질하는데 딱 맞아떨어지는 단어가 없었다.

"우리 딸 또 엄마를 감동시키네. 기억해야지. 지옥에 가도 우리 딸 얼굴은 꼭 기억해야지."

옆에서 캑캑거리는 소리가 들렸지만 웬일인지 몸을 꼼짝도 할 수가 없었다. 민재는 간신히 눈동자만 흘깃대며 주변을 살폈다. 뒤집어엎어진 밥상. 밥상엔 먹다 남은 메밀부침개 접시와 흩어진 젓가락들이 보였다. 메밀부침개? 메밀 알러지 때문에 민재는 위가 터질 것처럼 울렁거려서 입을 틀어막고 몸을 일으켰다.

"아가, 아가……."

낯익은 그 얼굴이 울면서 민재의 등을 쓸어 주었다. 어깨 너머를 훔쳐본 민재는 시커먼 피멍이 가득한 팔뚝을 보고 기함할 듯이 놀라 버렸다. 팔뚝뿐만 아니라 온몸이 피멍이었다.

[악!]

두 손으로 비명을 삼키던 민재는 다시 한 번 경악해 버렸다. 자기 팔에도, 아니 온몸에 피멍이 가득했던 것이다. 무슨 꿈이 이런 꿈이 있을까. 민재는 고장 난 장난감처럼 삐걱대며 옆으로 시선을 돌렸다. 흰 셔츠를 입은 사람이 목을 붙들고 온몸을 비틀며 컥컥대고 있었다.

아……ㅂ…….

뭔가 민재의 목구멍을 콱 막고서 어떤 단어 하나를 막아 버렸다. 민재는 축 늘어진 제 몸을 어쩌지도 못하고 메마른 눈으로 낯선 남자의 고통스러운 최후를 그저 지켜보아야 했다. 좋을 땐 최고로 좋은 사람. 최고로 멋진 사람. 하지만 술에 취하면 허리띠부터 풀어 내리치던 사람. 어? 아는 사람이었던가. 당황한 민재는 이 악몽에서 벗어나려 뒤척이기 시작했다.

"보지 마, 아가."

피멍 든 여자가 민재를 안고 오열하기 시작했다. 엄마가 아기를 안고 그러하듯 토닥토닥 다독이며 마지막 넋두리를 늘어놓았다.

"우리 이제 그만하자, 아가. 싫은 거 미운 거 아픈 건 다 잊어버리자, 아가. 다 잊어버리고 새로 태어나면 좋겠다. 사랑만 하고 예쁨만 받고 살면 좋겠다."

[이러지 마세요. 난 사랑하는 사람이 있어요. 그 사람한테 갈래요. 나한테 이러지 마요, 제발! 이러지 마세요!]

"다 잊어버리자, 아가. 다음 생에는 좋은 부모 만나거라. 다시 태어나면 사랑만 하고 예쁨만 받고 살아라. 이번 생은 다 잊어버리자, 다 잊어버리자……."

다 잊으라는, 나지막하고 서글픈 주문(呪文)이 가물가물 의식이 꺼져 가는 민재의 귓전에 파고들었다. 뜨고 있으려고 애를 써도 눈꺼풀이 자꾸만 내려앉았다.

화르륵.

초승달처럼 닫히는 눈꺼풀 사이로, 불길에 휩싸인 사람이 살풀이 춤사위처럼 허위허위 팔을 내저으며 서러운 절규를 터뜨리는 게 보였다! 발딱 일어나 도와주고 싶은데, 마음뿐. 감각도 빛도 전부 사라져 갔다. 아득한 암흑 속에 서러운 울먹임만 내내 귓전에 파고들었다.

—미안하다, 아가. 다 잊어버리자, 다 잊어버리자…….

"엄마! 엄마!"

"왜! 애, 왜 그래!"

놀란 엄마의 목소리에 민재가 퍼뜩 정신을 차렸다. 파란 하늘에 눈이 부셨다. 산들산들 바람이 시원했다. 안 돼. 파란 하늘과 산들바람을 깨달은 순간, 꿈에서 본 것들이 또 스르르 망각의 저편으로 날아가 버렸다. 잊어버리자, 다 잊어버리자…… 서글픈 그 음성만은 끝까지 붙들고 싶었지만.

"민재야? 애!"

격정스레 민재를 흔드는 다정한 손길에 그마저 허공으로 흩어져 버렸다. 결국 민재는 멍한 얼굴로 사방을 둘러보며 꿈의 잔상으로부터 완전히 깨어났다.

"왜 그래. 가위 눌렸어?"

언니들이 빙 민재를 둘러싸고 내려다보고, 엄마가 다정하게 민재를 다독이며 물었다. 따뜻한 손으로 민재의 눈가에 맺힌 눈물을 훔쳐 주며 물었다. 민재는 말하는 법을 잊은 사람처럼 혀만 들썩일 뿐 아무런 말도 할 수가 없었다. 무엇을 말해야 하는지 아는 것 같은데, 또 전혀 모르겠는 이 희한한 기분.

"왜 그러니. 어우, 애 눈 휑한 거 봐. 대체 왜 그래?"

"……아무것도 아니에요. 가위 눌렸나 봐."

"결혼식이 그냥도 스트레슨데, 아침부터 그런 큰일 겪어서 그런다. 아유, 불쌍한 것. 그러게 멀쩡한 총각들 다 놔두고 재취 자리가 뭐야, 재취가. 양 서방이 그냥 재취야? 삼취네, 삼취. 어우, 속상해."

삼취. 인욱의 세 번째 아내가 된 딸의 팔자를 한탄하며 엄마가 만들어 낸 말이셨다. 내심 속상해하시던 엄마는 그렇게 마지막 순간에 마음을 털어놓으셨다. 민재는 가만히 엄마의 품에 기대어 뺨을 비비적거렸다. 서른이 코앞이어도 어쨌든 막내니까 이런 애교가 썩 잘 통한다. 엄마도 언니들도 징그럽다며 야유를 하면서도 어느덧 한시름 내려놓는 분위기였다.

늦은 오후, 드디어 순백의 신부가 '엄마가 입으셨고, 언니들이 줄줄이 입었던' 웨딩드레스를 차려입고 하얀 집 천창 방을 빠져나왔다. 뽀얀 면사포로도 가려지지 않는 환한 웃음을 얼굴에 새기고서 계단을 내려왔다. 계단 아래서 기다리시던 친정아버지와 팔짱을 끼고, 화동 로렐이 흩뿌려 주는 꽃잎 비를 맞으며 넓은 홀로 한 발 한 발 걸어 나갔다.

"이미 행복하겠지만 그래도 엄마 아빠는 늘 기도하고 있다."

"음! 감사합니다, 아빠. 사랑해요. 알죠?"

아버지의 손을 놓고 민재가 인욱에게 한 걸음 다가섰다. 시원한 바닷바람이 연신 신부의 베일을 펄럭이게 했다. 활짝 열어젖힌 테라스 너머로 푸른 하늘과 붉은 노을이 아름답게 뒤섞인 장관이 펼쳐져 있었고, 그 아래 연미복을 우아하게 갖춰 입은 새신랑이 무섭도록 매섭게 신부를 노려보고 있었다. 아니, 아니, 사랑스럽게 지켜보고 있는 거다. 분명. 민재는 환한 웃음을 머금고 새신랑이 내민 손으로 다가

갔다.

오래된 꿈에 한 걸음 한 걸음 다가서고 있다. 언제부턴지 알 수 없던 시절부터 완벽한 남자를 만나서 완벽한 결혼 생활을 꿈꾸었다. 하지만 운명은 상처투성이 남자를 그녀에게 내던졌고, 저항도 못 해 보고 속절없이 저 남자에게 빠져들었다.

"어이, 어서 와."

인욱이 평소와 다름없는 담담한 얼굴로 민재를 이끌었다. 생각해 온 이상형에 완벽하게 딱 떨어지는 남편감은 아니지만 양인욱은 예상보다 괜찮은 남자였다. 처음엔 무서워서 쳐다도 못 봤던 걸 생각하면, 정말 이 관계는 장족의 발전을 이룬 셈이었다. 게다가 완벽한 결혼식에 대한 민재의 로망을 잊지 않고 지켜 주어 신랑에게 너무나 고마웠다. 축하해 주는 많은 사람들, 아름다운 장소와 딱 좋은 날씨, 나름 다정한 신랑. 이 정도면 거의 완벽해서 민재는 더 여한이 없다고 생각했다. 하지만 인욱은 '거의' 완벽한 것으로는 성에 차지 않는 사람이었다.

"성혼 선언하기 전에 잠시만. 민재야, 해 줄 말이 있어."

"응?"

"손 줘 봐."

인욱이 민재의 두 손을 마주 잡고서 일순 무릎을 꿇었다. 놀라서 부풀어 오른 홍채에 인욱의 모습이 한가득 담겼다. 좋아서 웃고는 있지만 어리둥절하기도 해서, 민재의 함박웃음이 어찌할 바를 몰라 하며 바들바들 떨리기 시작했다. 그때 인욱이 아름다운 얼굴 가득 부드러운 미소를 그리면서 다정하고도 단호하게 힘주어 말해 주었다.

"당신이 당신이어서 감사합니다. 단 한순간도 당신을 사랑하지 않은 적이 없었습니다. 앞으로 우리 앞에 놓인 많은 기쁜 일들과 슬픈 일들, 고통과 눈물을 그대와 함께, 그대를 지키며, 그대를 사랑하며, 헤쳐 나가겠습니다. 그대에게 성실하며 진실하겠습니다. 이 사랑 죽는 그날까지 변하지 않겠습니다. 언제까지나 내 가슴 속에 있는 유일한 사랑, 허민재 당신입니다."

"인욱 씨……."

"멀고 먼 길을 돌고 돌아서 만난 당신, 두 번 다시 내 손에서 놓아주지 않겠습니다."

진한 감동이 밀려들어 2% 부족했던 그 무언가를 완벽하게 채워 주었다. 눈물이 글썽글썽한 민재에게 아름다운 미소를 머금은 남편이 천천히 다가왔다. 그는 스윽 몸을 일으켜 민재의 귓전에 속삭였다.

"어이, 나 말이야, 아무 때나 사랑한다고 징징대고, 내키면 아무 데서나 사랑하고…… 계속 이럴 건데, 어때? 이런 나라도 괜찮겠어?"

민재는 손사래를 치며 자꾸만 솟구치는 눈물을 말리느라 정신없었다. 이 완벽한 결혼식에 너그러움마저 사방에 철철 넘쳐흘렀다.

"괜찮고말고요! 다 돼요! 완전 좋아요!"

"오케이, 평생도록 서로 다독여 주고 배려해 주는 담백한 남자도, 노력해 볼게."

끄덕끄덕.

"좋아, 그럼."

인겸이 인욱에게 고풍스러운 버건디 칼라의 카르티에 반지 박스를 건네주었다. 인욱은 이 물건에 대해 민재에게 차분하게 설명해 주었다.

"허민재, 이건 우리 고조할머니께서 시집오실 때 받은 예물 반지인데, 우리 증조할머니도 끼셨고, 미스 송 할머니도 끼셨고, 우리 어머니도 끼시던 거야. 그리고 이젠 네 차례다.”

민재의 눈동자만 한 다이아몬드와 플래티넘만으로 이루어진 고전적인 솔리테어 반지가 민재의 가는 손가락에 거대하게 자리 잡았다. 헉. 숨도 못 쉬겠는 민재에게 인욱의 나직한 부탁이 이어졌다.

“흠문헌을 부탁해. 완전 엉터리지만 우리 식구들도 부탁해. 나도 부탁해. 앞으로도 쭉, 응?”

민재의 머릿속에서 한국말이 홀라당 사라져 버렸다. 숨도 쉬기 힘들었다. 그래도 대답은 해야 했다. 사랑하는 남자에게 한 걸음 다가섰다. 그의 아름다운 얼굴을 무거운 다이아몬드 반지를 낀 손으로 끌어내렸다. 꿀꺽, 두려움을 삼키고 민재는 가슴에서 넘쳐흐르는 뜨거운 마음을 신랑에게 들려주었다. 반짝반짝 빛나는 눈망울에 입꼬리를 활짝 끌어올린 함박웃음으로 신부가 감개무량하게 속삭였다.

“난 완벽하게 행복한 여자야. 고마워요, 인욱 씨.”

“내가 더…… 훨씬 더…….”

꼭 한 번은 이렇게 말해 주고 싶었다. 나를 포기하지 않고 돌아와 줘서. 내가 버티고 살아갈 수 있도록 지켜 줘서. 날 사랑해 줘서. 내 거지 같은 가족마저 사랑해 줘서. 그래서…….

“고마워, 민재야.”

푸른 바다와 하늘, 황홀하게 일렁이는 붉은 노을, 초록빛 언덕 위의 새하얀 집, 붉은 꽃들이 앞다투어 아름다움을 뽐내는 그곳에서, 세상에서 가장 완벽한 결혼식이 치러졌다. 긴 시간 동안 알게 모르게 서로만을 향해 달려온 상처투성이 두 영혼이 그렇게 서로의 품에서 안식을 찾았다.

[음악 잘 들으셨나요? 이번에는 '고밤' 3주년 기념 이벤트, '먼 데서 온 편지' 시간입니다. 먼저, 별로 친하지도 않은 제 친구의 결혼 소식을 전해 볼까 하는데요.]

민재는 '앗싸 자랑질' 게시판에 올라온 결혼식 사진을 모니터에 띄우고 고개를 잘래잘래 흔들었다. 이건 정말, 정말이었다!

[3년 전에 미국으로 이민 간 웬수, 아니고 친구거든요. 결혼했다고 결혼식 사진을 보내 줬네요. 상대는 브라질 출신 의사래요. 아, 진짜 이 사진은 사기야. 이렇게 잘생긴 사람이 내 남편 말고 또 있을 리가 없어! 궁금하시면 여러분도 게시판을 확인해 보세요~.]

단순한 웨딩드레스를 입어도 섹시한 혜지의 옆에는 키가 크고 입이 딱 벌어지게 잘생긴 신랑이 활짝 웃고 있었다. 양인욱과 똑 닮은 닥터 로드리고 아옌데스! 혜지는 결국 자신만을 위한 '70억분의 1'을 찾아 낸 것이다. 의지의 한국 여성이야.

민재는 뭔가 후련 개운한 마음으로 혜지가 보낸 두 번째 사진을 클릭했다. 처음에 민재는 그 사진이 혜지와 결혼한 새신랑의 어릴 때 모습인가 싶었다. 하지만 곧 깨달았다. 긴 머리카락을 쓸어 넘기며 환하게 웃는 그 미소년은…… 인욱이었다!

―……알겠어? 우리가 지금 사랑해야 하는 이유를?

응? 뭐지? 몇 초 후, 민재가 제정신을 차렸을 땐 아스라한 기억의 자잘한 파편 같은 건 이미 휘발해 버린 후였다.

[죄송해요, 갑자기 담 결린 것처럼 찌릿 멍해졌어요. 아, 설명하기 힘든데, 가끔씩 전원이 꺼졌다가 다시 들어오는 것 같은 희한한 순간이 있거든요. 여러분은 어떠세요? 살면서 뭐 특이한 경험 같은 거 있으세요? 경품 걸까요? 오케이, 2인용 호텔 식사권 쏩니다~. 많이 많이 올려 주세요.]

얼른 음악을 틀어 놓고 민재는 인욱의 풋풋한 시절의 사진을 하염없이 들여다보았다. 요즘도 가끔씩 웃곤 하지만, 그건 정말 약아빠진 '전략적 스마일'일 때가 많았다. 물론 그 웃음도 가슴 철렁하게 멋지긴 하지만.

교통사고로 망가지기 전엔 이렇게 판타스틱한 스마일을 가진 남자였구나. 민재는 3년째 같이 사는 남자에게 다시 한 번 반해 버렸다.

⁂

[카자흐스탄 금광 지대에서 반군이 쏜 포탄에…… 한국인 사업가가…… 임신한 부인을 보호하려다…….]

인욱은 DMB 뉴스 화면을 멍하니 바라보았다. 머나먼 카자흐스탄의 어느 시골길에서 벌어진 유혈 테러 현장과 한국인 피해 남성의 얼굴이 차례로 스쳐 지나갔다. 저 녀석이 죽었어? 무슨 그런, 어떻게 그런……. 인욱은 곧바로 카자흐스탄 알마티(Алматы)에 전화를 걸었다. 정기적으로 보고해 주던 흥신소의 고려인 젊은이가 영악스럽게 변명을 늘어놓았다.

[아, 그렇지 않아도 한국 시간에 맞춰서 연락하려고. 조요한 씨 사망 맞고요.]

"맞다고?"

[예! 제가 병원에 직접 확인했거든요? 일단 부인도 임신한 아이도 무사하답니다.]

"임신했다고?"

지능이 급격히 감퇴해 버린 사람처럼 인욱은 그의 말을 맹하니 따라 하고 있었다. 점점 아름다운 얼굴이 처참하게 일그러져 갔다. 통화가 끝나고도 인욱은 눈을 감고 이마에 손목을 얹은 채 짧은 한숨을 연거푸 토해 냈다.

그렇게 얼마 후 '딸칵' 어둠 속에 헤드라이트 빛 두 줄기가 선명하게 떠올랐다. 방송국에서 나오던 민재가 헤드라이트 빛을 향해 반갑게 달려왔다.

"인욱 씨, 나 할 말 있어요!"

"나도."

응? 기분이 별로인 것 같은 남편의 기척에 민재는 어리둥절해하며 차에 올랐다. 곧 새까만 스포츠카는 신호를 다 지키는 정속 운행으로 해안 도로에 접어들었다. 하지만 흄문헌과 반대 방향이었다. 평소에도 라디오 생방송이 끝날 때까지 기다렸다가 민재를 태우고서 남편은 곧잘 둘만의 데이트 장소로 데려가곤 했다. 호젓한 해안가에 차를 세울 때도 있고, 하얀 집으로 데려갈 때도 있었다. 그런데 오늘따라 옆에 있어도 어디 먼 곳을 헤매고 있는 것 같아 보이는 남편이 걱정되어서 민재까지 불안해져 버렸다.

3년 전, 민사소송 맞고소를 취하하니 뒤따른 형사 법정에선 공소가 기각되어 지루한 법정 다툼도 거짓말처럼 끝나 버렸다. 윤 의원 측에서 약속한 대로 일간지며 포털에 사과문도 게재했다. 누가 봐도 청인과 양인욱의 일방적이고 찬란한 승리였다. 하지만 사람들의 머릿속에 한 번 흑역사로 각인되어 버린 청인의 오명은 쉽게 나아지지 않았다. 일단 그해 청인대학교의 응시생이 확 줄어 대학 운영에 애를 먹은 것부터 시작해 직접적인 타격도 컸다. 그나마 청인 비망록이 1권부터 착착 나오면서 조금씩 인식이 바뀌어 가고 있지만 참 더딘 변화였다. 그런 이유로 인욱은 3년이 지난 지금까지도 공식 행사에 전혀 얼굴을 내밀지 않고 있었다.

아 참! 민재는 무거운 분위기를 띄워 보려고 오늘의 빅뉴스를 남편에게 전해 주었다.

"윤혜지 씨가요, 결혼했대요."

"브라질 남자라며."

"아오, 내 정신. '고밤' 애청자님 앞에서. 완전 잘생겼어요, 신랑이. 당신도 깜짝 놀랄 거야."

인욱이 갑자기 갓길에 차를 세우고 민재를 돌아보았다. 민재의 재잘거림도 뚝 멈춰 버렸다. 핸들에 두 팔을 얹고 석석 머리카락을 긁어 올리는데 그렇게 괴로워하는 모습은 근래 들어 처음이었다.

"왜요."

"……조요한이 죽었다. 그 개자식이. 인아를 임신시켜 놓고 멋대로 죽어 버렸다."

민재가 즉시 두 팔을 내밀었고, 동시에 인욱이 포근한 아내의 가슴에 안겨 들었다. 인욱의 뜨거운 한숨이 민재의 여린 살갗에 거침없이 쏟아져 내렸다.

"그 자식, 블라디보스토크에서 사업 말아먹은 거, 모스크바에서 불법 체류자로 잡혀 들어간 거, 다 알고 있었어. 카자흐스탄 금광 사업?

이번엔 큰 거 한 방 하나 했더니, 인아는, 지 새끼는 어쩌라고, 끝까지…… 끝까지……. 개자식, 이따위로 죽어 버리면……."

뜨거운 한숨, 더 뜨거운 눈물. 지금 이 사람의 귀에 무슨 말이 들리겠는가. 민재는 섣부른 말 몇 마디보다, 가만히 남편을 안아 주고 쓰다듬어 주고 기다려 주었다.

스르륵, 짙푸른 밤바다를 향해 서 있는 스포츠카의 하드톱 지붕이 열렸다. 무수히 많은 별들이 넓은 밤하늘에서 영롱하게 빛을 발하는 여름밤이 머리 위로 펼쳐졌다. 인욱이 긴 팔을 뻗어 허공을 휘저으며 혼잣말처럼 웅얼거렸다.

"인아를 불러들이면 올까? 그 자식, 휴우, 한 고비 넘었나 하면 또 다른 고비가 오고. 쉽지 않구나, 산다는 게."

"살면서 늘 고비만 있는 건 아닐 건데……."

무슨 소린가 의아하게 돌아보는 눈동자에게 민재는 말갛게 웃어 주었다. 허공을 붙들던 손이 주춤주춤 민재의 어깨로 내려앉았다. 민재는 왠지 조금 수줍어서 별빛 쏟아지는 밤하늘로 시선을 돌려 버렸다. 촉촉한 눈망울에 우주가 한가득 내려앉았다.

"예전에 누구한테 들은 얘긴데, 우주는 말이에요, 하나의 끈으로 전체를 묶을 수 있는 둥근 모양이래요. 생각해 봐요. 내가 여기서 길고 긴 끈을 던져서 우주를 한꺼번에 묶어 버리는 건데, 돌고 돌아서 그 끈이 당신 손에 도착하는 거예요. 그럼 우리는……."

"우주의 끝과 끝이 되는 거네."

"와, 맞아요!"

깜짝 놀란 얼굴에 반짝반짝 함박웃음을 터뜨리면서 민재가 인욱을 돌아보았다. 섬세한 흰 손에 인욱의 손가락을 엮고서 살망살망 달래 듯 흔들어 주었다.

"자아, 이러면 우주의 끝과 끝이 연결된 거야. 멋지지 않아요? 그리고 더 멋진 건, 우주의 끝에선 새로운 우주가 태어난다는 사실."

순간, 인욱은 숨도 못 쉬고 눈을 부릅뜬 채 민재를 바라보았다.

"축하해요. 저 우주 끝에서 이 우주 끝으로 우리 아기가 오고 있어요."

나긋나긋한 통고에 잔뜩 긴장했던 인욱의 이마가 민재의 이마 위로 스스륵 떨어졌다. 입꼬리를 한껏 말아 올린 어여쁜 웃음이 그를 환영해 주었다.

아아, 살다 보면 무수한 오르막과 내리막이 있을 거고 우린 어떻게든 살아가야겠지만, 사랑하는 너와 내가 함께하는 이 밤은 더 이상 암담한 끝이 아니어서, 이 밤들을 지나 찬란하게 시작되는 하루가, 또 하루가, 또 많은 하루가 우리를 기다리니까, 날마다 작은 기적들이 기다리고 있으니까, 우리가 같이 있는 이 어두운 밤이 두렵지 않다.

"날 사랑한다고 말해야 되지 않아요?"

남편이 감격에 겨워 하는 그 몇 초를 못 기다리고 민재가 재촉했다. 푸하핫, 인욱이 환하게 웃음을 터뜨리며 아내를 끌어안았다. 가식 없는, 사랑과 행복만 충만한 판타스틱한 스마일이었다.

아아, 드디어!

뭐 하나를 붙잡으면 끝을 봐야 직성이 풀리는 사람에게 고문과도 같았던 작품이 끝나가는군요. 2006년도에 남쪽 어느 해안 도로를 드라이브하다가 바라본 저녁노을에서부터 시작된 대장정이 2013년 여름에야 세상에 나가게 되었으면 말 다한 것 아닌가요.

그간 썼던 버전들이 여럿인 만큼 에피소드도 넘치게 많습니다만, 그중 많은 부분은 버리고 남은 부분은 새로 엮고 태반은 새로 써서《세 번째 아내》를 완성했네요. 특히 동은이와 인욱의 소싯적 에피소드는 다 덜어 냈어요. 본문에서는 인욱이 온 우주를 갖다 바치고 키스 한 번을 얻지만, 원래는 그 바닷가에서 사랑의 결합을 하거든요. 내내 고민하다가 현재, 즉, 민재에게 집중한다는 원칙에 따라 뺐어요. 흠문헌 일가와 양인욱의 치부(致富) 과정 또한 너무 방대해져서 온통 들어냈어요. 그 외에도 할 말은 많지만 일단 이 정도로 하지요.

본문에 러시아어 대화는 2007년 초에 네이버 지식인 [하륜]이란 분께 도움받았습니다.《베니스의 상인》中 포샤의 대사는 제 소싯적 기억대로 썼기 때문에 민음사 번역과 다를 수 있습니다.

'이번에도 빠꾸 먹이면 차라리 계약금 돌려주고 이 글 접을래.'

특히 올해 들어 이런 생각이 많이 들더이다, 오름미디어 여러분. 그
럼에도 결국 오늘에 이른 것은 '이거 하나도 끝맺지 못하면 나란 인간
아무것도 아니다'라는 제 집착 때문이 아닐까요.

영 진전이 없을 때 참참이 다그쳐 준 전주예 팀장님에게도 감사 인
사를.《세 번째 아내》가 무사히 세상에 나간다면 저와 오름미디어 관
계자 모두의 인간 승리겠지요(왠지 시니컬해지는데?).

그리고 우리 식구들, 누구누구 나열하지 않아도 다 그 마음이 이
마음이려니 하시면 그게 정답입니다. 건강하게 오래 사세요. 밤늦게
까지 뭘 하고 앉아 있는지 모르겠다던 불평불만 덕분에, 더 열심히 자
판을 두드렸답니다. 그럼에도 불구하고, 매우 감사하고 사랑합니다.

마지막으로 이 책을 구매해 주신 당신께.

많고 많은 산뜻한 로맨틱 코미디 대신 치정 멜로《세 번째 아내》를
선택해 주서서 감사해요. 늘 믿고 볼 수 있는 성실한 작가가 되도록 더
욱 분발하겠습니다. 응원 부탁드려요.

폭염 주의보 내린 날,

김지오 **올림**